btb

Ferdinand Desoto hatte Pizarro nach Peru begleitet, dem Inkakönig Schach und Spanisch beigebracht, dessen Schwester geschwängert und mit dem Sklavenhandel ein Vermögen gemacht. Er war bereits berühmt, als er 1538 eine große Expedition nach Florida startete, die eine einzige Spur der Verwüstung durch den Süden Amerikas zog. Knapp 500 Jahre später klagt ein New Yorker Anwalt im Namen aller indigenen Stämme auf Rückgabe der gesamten USA an die Ureinwohner. Franzobels neuer Roman ist ein Feuerwerk des Einfallsreichtums und ein Gleichnis für die von Gier und Egoismus gesteuerte Gesellschaft, die von eitlen und unfähigen Führern in den Untergang gelenkt wird.

Franzobel, geboren 1967 in Vöcklabruck, ist einer der populärsten und polarisierendsten österreichischen Schriftsteller. Sein Werk wurde vielfach ausgezeichnet. Mit seinem Roman »Das Floß der Medusa« stand er auf der Shortlist für den Deutschen Buchpreis, und er erhielt den Bayerischen Buchpreis.

Franzobel

Die Eroberung Amerikas

Roman nach wahren Begebenheiten

btb

Für Ramona –
und die Völker, deren Lieder
nicht mehr gesungen werden

FSC www.fsc.org
MIX
Papier | Fördert gute Waldnutzung
FSC® C014496

Penguin Random House Verlagsgruppe FSC® N001967

1. Auflage
Genehmigte Taschenbuchausgabe Dezember 2022,
btb Verlag in der Penguin Verlagsgruppe Random House GmbH,
Neumarkter Straße 28, 81673 München

Umschlaggestaltung: semper smile, München
nach einem Entwurf von Anzinger und Rasp, München
unter Verwendung eines Motivs von © Francisco Coronado on 1540 Expedition From Mexico Through American Southwest, 1905 Lithograph of Painting by Frederic Remington © akg-images / Glasshouse Images / JT Vintage
Karte: Peter Palm, Berlin
Druck und Einband: GGP Media GmbH, Pößneck
SL · Herstellung: sc
Printed in Germany
ISBN 978-3-442-77192-9

www.btb-verlag.de
www.facebook.com/btbverlag

»Eroberer haben sich noch nie mit Ruhm bekleckert.«

Joseph Conrad, *Herz der Finsternis*

INDEPENDENCE DAY

Gestern war heute noch morgen, und übermorgen wird morgen gestern sein. Manchmal ist etwas Wahrheit, auch wenn es nicht erkannt wird. Geschichte wird geschrieben, ist parteiisch, voller Skurrilitäten. Sonnenkönig Ludwig der Vierzehnte etwa war ein gefräßiger, zahnloser Fettwanst, dem beim Essen Suppe aus der Nase spritzte. Albert Einsteins Hirn wurde von einem Pathologen gestohlen und vierzig Jahre durch die Provinz gekarrt. Papst Innozenz der Achte war so fett, dass kleine Monde um ihn gekreist sind. Nein, aber er musste im Bett von Dienern gewendet und von jungen Frauen gestillt werden. Abraham Lincoln wurde von einem Schauspieler erschossen, und George Washington starb, weil ihm Ärzte beim Aderlass zu viel Blut abgezapft hatten. Der Leiche Karls des Fünften wurde der kleine Finger gestohlen, und … *nicht zu fassen, was da alles ans Licht kommt* … Christoph Kolumbus hat Amerika nur aufgrund eines Rechenfehlers entdeckt.

Und solch historische Persönlichkeiten werden bei Festumzügen herumgeschleppt? Die Parade in Gettysburg erreichte ihren Höhepunkt. Musikkapellen spielten »The Star-Spangled Banner«, und Männer in historischen Uniformen stelzten im Stechschritt hinterdrein. Planwagen, ein Weißkopfadler aus Polyesterharz und aufgeblasene Präsident-Lincoln-Puppen.

Amanda Burmaster hätte nicht im Büro sein müssen, aber ihr Schreibtisch quoll über von Briefen von Kriegsveteranen, die ihre posttraumatischen Belastungsstörungen nicht länger mit Antidepressiva bekämpfen wollten, sondern Marihuana forderten.

Auf der Straße zogen Indianer vorbei. Motorradfahrer mit der Flagge der Konföderierten und Kinder mit »Moms with Guns«-Schriftzügen auf T-Shirts. Im Bezirksgericht las die Sekretärin Veteranengeschichten, in denen von Kabul und Mossul die Rede war. Ein Schreiben wie das andere. Einer litt unter Panikattacken, der Nächste hatte mit Schlaflosigkeit zu kämpfen, ein anderer bekam Schreikrämpfe, wenn er Kinder sah, und dann war da ein Brief, der aus der Reihe tanzte. Dass sich ein Veteran einen Anwalt leistete, war ungewöhnlich. Einen aus Manhattan: »Trutz Finkelstein und Partner« stand in eleganten Lettern auf dem Kuvert. Sie öffnete den Umschlag, nahm den Brief heraus, las die Zeilen und verschluckte sich. Ihre Augen wurden Tischtennisbälle und hüpften fast aus den Höhlen. Dann las sie den Text noch einmal und merkte, wie ihre Hände anfingen zu zittern.

– Heilige Dreifaltigkeit! Wenn das durchgeht, können wir einpacken. Aber nein, das wird nicht durchgehen. Das darf nicht sein. Sie schüttelte den Kopf.

Draußen marschierte eine Delegation der Waffenlobby vorbei. Die meisten hatten den zweiten Zusatz der Verfassung auf ihren T-Shirts stehen, andere hielten halbautomatische Bushmaster, AR-15-Gewehre oder Deringer-Pistolen in die Höhe. Waffen, die ihnen nichts nützen würden gegen diesen Brief, den die verdatterte Sekretärin nun ein drittes Mal las. Trutz Finkelstein und Partner wollten dem Land das Fell über die Ohren ziehen, diese Verrückten verlangten nichts Geringeres als die Rückgabe der Vereinigten Staaten von Amerika an die Indianer, einschließlich Hawaii und Alaska. Das war … ungeheuerlich! Wahnsinn! Gestern war heute noch morgen, und übermorgen wird morgen gestern sein. Manchmal ist die Wahrheit wahr, auch wenn sie nicht erkannt wird. Geschichte ist parteiisch, voller Skurrilitäten.

Doch bevor wir auf diesen Brief zurückkommen, machen wir

einen Sprung durch Raum und Zeit und begeben uns zur Ursache dieses abstrusen Ansinnens, in eine Zeit, in der sich die medizinische Versorgung auf Zahnzieher und Steinschneider beschränkt hatte und Schusswunden mit Aderlässen und siedendem Öl behandelt wurden, in die Epoche der Eroberung Amerikas, zum Urverbrechen des Kolonialismus, der Conquista, und zwar zu einer Episode, mit der sich Trutz Finkelstein und Partner intensiv beschäftigt hatten, um ihre Klage zu begründen – zu Hernando de Soto, oder, wie wir ihn nennen: Ferdinand Desoto.

GERUCH VON SCHNEE

Put, put, put, das Näschen. Obwohl kein Engelsfurz den Abendhimmel zierte und die vom Meer kommende Brise wohltuend warm war, roch es nach Schnee. Davon ließen sich die mexikanischen Fischersfrauen, die weder wussten, dass sie Mexikaner waren, noch sich je als Fischersfrauen bezeichnet hätten, nicht irritieren.

– Put, put, put, das Näschen, und ich bin ein Häschen, hielt sich ein Mädchen einen Bommel an den Steiß und wackelte obszön mit dem Hintern. Nun packte sie zwei Fische und hielt sie sich wie Hasenohren neben das Gesicht. Sie schob die Vorderzähne vor, zog Nasenfalten, kniff die Augen zusammen und sagte etwas von Rammeln, Karnickel, Hasenstall und küsste einen Fisch. Alle lachten – die Dorfälteste so sehr, dass man fürchtete, sie würde sich das Unterkiefer ausrenken. Die Häsin ging in die Knie, wackelte mit dem Bommel und ignorierte den Geruch von Schnee.

Niemand beachtete das Kindergeschrei. Die Kleinen waren immer laut. Mal, weil eine Schildkröte aus dem Wasser kam, mal, weil sie ein Kapuzineräffchen entdeckten oder eine Qualle. Die Netze flickenden Frauen sahen lieber der närrischen Häsin zu. Sie genossen die Abendsonne und stimmten in den Refrain eines zweideutigen Liedes ein, das von Liebe, Eifersucht und Put, put, put, dem Hühnerverb, handelte, als die Schreie der Kinder hysterisch wurden. Endlich wandten die Weiber ihre Köpfe, doch da war es zu spät, sie kamen sich vor wie Feldhasen, die ein Bataillon mähender Sensenmänner zu spät bemerkt hatten. Ihnen wurde heiß vor Aufregung und kalt vor Schrecken.

Erst sahen sie die goldglänzenden Spiegelungen im glatten Meer, dann die bedrohlich aufgetürmten Wolken, schließlich Schiffe. Schiffe? Notdürftig zusammengezimmerte Hasenställe, die Schatten ausspuckten. Schatten? Bärtige, in Lumpen gekleidete Außerirdische, die durch die Brandung wateten und, kaum hatten sie trockenen Boden unter den Füßen, auf sie zuliefen. Es waren dutzende. Eine Horde Zombies. Helme, Brustharnische und Büchsenläufe funkelten, andere waren fast nackt. Und ehe die Frauen den Mund aufbrachten, um nach ihren Männern zu rufen, die besoffen in strohgedeckten Hütten dösten, waren die Gestalten auch schon da. Mokkabraune Kerle mit verwundeten Blicken. Die Typen umarmten die Frauen, die nun nicht mehr lachten, mit ausgemergelten, aber kräftigen Armen und drückten ihnen angefaulte Zahnstummel in die Wangen. Nein, Küsse.

Put, put, put, das Hühnerverb, sie rannten ihnen hinterher, warfen sie zu Boden, griffen ihnen in den Schritt. Die Frauen kreischten. Manche flohen oder versuchten, sich zu verstecken, wurden geschnappt, gedrückt und abgeschmatzt. Alle schrien. Als ihnen ihre Männer zu Hilfe kamen, ließen die Außerirdischen von den Frauen ab, liefen auf die verblüfften Fischer zu, umarmten auch sie und riefen:

– Hunger. Durst! Wir waren vier Jahre lang im Land der Wilden und freuen uns, wieder in der Zivilisation zu sein.

Zivilisation? Das Fischerdorf im Norden Mexikos hatte nicht einmal einen Namen. Seine Bewohner nannten es Tante Zwiebel, weiß der Teufel, woher diese Bezeichnung stammte.

Ohne sich lange aufzuhalten, fielen die Eindringlinge über die Vorräte her. Schamlos verschlangen sie rohen Fisch und Mais, sämigen, aber kalten Erbsenbrei, Wurzeln und Zwiebeln. Nur einer war tiefbewegt, weinte und versuchte das Geschehen den verwirrten Dorfbewohnern zu erklären. Cord Fenk, Sohn eines niederländischen Wurstmachers, Arzt, dessen Äußeres genauso wenig vertrauenerweckend wirkte wie das der anderen – zerschlissenes Leinenhemd, zerfetzte Hose, verfilzte Haare, Bart. Er sprach von der Ferdinand-Desoto-Expedition, Florida, Indianern, Kämpfen, Perlen, und dass man, stimmte die Rechnung, das Jahr 1543 schrieb, den 12. Oktober?

– Über den Tag streiten wir seit Monaten. Was ist in den vergangenen vier Jahren passiert? Gab es Krieg? Haben wir den Weltuntergang verpasst?

Er erwähnte Kaiser Karl den Fünften, in dessen Namen man Florida erobert hatte, und verkündete den Dorfbewohnern, dass sie sich glücklich schätzen könnten, weil ihnen als Bürger Spaniens ein goldenes Zeitalter bevorstünde. Spanien? Karl der Fünfte? Die Fischer hatten nichts von ihm gehört, sie verstanden ja nicht einmal die Sprache!

– Du glaubst doch nicht, die kapieren, was du sagst? Ein Soldat klopfte ihm auf die Schulter.

Und tatsächlich, Cord Fenk sah in verständnislose Gesichter. Zivilisation! Die Zivilisation würde nicht verstehen, was sie erlebt hatten. Vielleicht wäre es besser, diese Geschichte niemandem zu erzählen? Er sank in die Knie und dachte an die Eintöpfe Kastiliens mit Kichererbsen, Blutwurst, Speckstreifen und Meeraal, nach denen er sich seit Jahren sehnte. Was gäbe er jetzt für eine Flasche Rioja, Ibérico-Schinken und holländischen Käse.

Auch Paula, seine Verlobte, kam ihm in den Sinn. Was aus ihr geworden war? Nimm mir etwas mit, hatte sie gesagt, das Erste, was dir vor die Füße fällt. So wie in dem Märchen »Drei Nüsse für Aschenbrödel«. Und hatte er ihr etwas mitgebracht? Etwas anderes als Indianerwörter?

Er sah Soldaten, die den Fischern von ihren Heldentaten vorschwärmten, von schier aussichtslosen Kämpfen gegen Menschenfresser und wilde Tiere, von goldenen Palästen und Kisten voller Perlen in fernen Königreichen. Die Leute von Tante Zwiebel hingen an ihren Lippen, obwohl sie nichts verstanden, und Cord Fenk wusste, dass es so nicht gewesen war … Er staunte über die Unbekümmertheit, mit der sich die anderen mühelos wieder in der Welt zurechtfanden, und ahnte, dass man das auch von ihm verlangen würde. Die Kommissionen in Spanien brauchten solche Geschichten, um weitere Expeditionen nach Westindien zu finanzieren. Sie würden ihn bitten, pragmatisch zu sein und die Wahrheit ein bisschen zu verbiegen. Davon, dass man ihren Führer Ferdinand Desoto vergiftet hatte, würde man nichts wissen wollen. Es würde keine Untersuchung geben, und kein irdisches Gericht würde den Mörder je belangen.

Fenk sah den am morastigen Boden liegenden Bommel, mit dem das Mädchen gerade noch gespielt hatte, und fühlte sich schuldig, schuldig, ein Zurückgekommener zu sein, dieses vierundfünfzigmonatige Abenteuer überstanden zu haben. Mehr als die Hälfte der Expeditionsteilnehmer war nicht mehr am Leben, er aber, Cord Fenk, hatte es geschafft. Zumindest seine Haut hatte er gerettet. Er dankte Gott, blickte zum Himmel, sah die Wolkentürme und fühlte erste Tropfen im Gesicht. Schnee? Nein, in Mittelamerika schneite es nicht, das war Hagel!

Während die kleinen weißen Körner alles bedeckten, landete ein weiteres Schiff am Ufer, wateten vier Indianer mit einem Baldachin an Land, unter dem ein würdevoller Mann einherschritt. Der Mensch trug eine für dieses Klima unpassende Robe, einen flachen Hut und eine goldene Kette, die ihn als Vertreter Spaniens auswies. Aber was war mit seinem Gesicht? Er hatte keins!

– Sind Sie Richter?, schrie ihm Cord von weitem zu. Wenn Sie gekommen sind, den Anteil des Königs zu fordern, waren Ihre Mühen vergeblich. Wir haben nichts erbeutet.

– Sind das die Männer der Desoto-Expedition? Der Ankömmling sprach mit ruhiger, sonorer Stimme. Er hielt einen Hund in Händen, einen bellenden Rauhaardackel. Mein Name ist Turtle Julius, ich bin Notar und suche einen Ambrosio Bastardo.

– Was hat der angestellt? *Bastardo?* Cord dachte an das rattenähnliche Gesicht dieses kleinen Gauners, der gemeinsam mit seinem Kumpan Cinquecento während der gesamten Expedition nur Unheil angerichtet hatte.

– Er ist zum Alleinerben des Grafen von Orgaz bestimmt. Ich bin seit fünf Jahren unterwegs, um es ihm mitzuteilen – er ist ein gemachter Mann. Abzüglich meiner Spesen beläuft sich sein Vermögen auf hundertachtundsiebzigtausend Golddukaten, Ländereien, Weinberge, zwei Schlösser samt Falknerei, ausgedehnte Wälder, vierzehn Mühlen, davon eine für Papier, eine für Draht, und acht Jagdhunde. Dieser nicht, der ist mir zugelaufen, er streichelte den Dackel. Im selben Moment begann das Tier zu kläffen, sprang aus Turtle Julius' Händen, lief zu einem auffällig bunt gekleideten Menschen und hüpfte an ihm hoch.

– Ramses! Der Mann quietschte vor Freude. Der Hund bellte wie verrückt. Immer noch roch es nach Schnee.

Holen wir kurz Luft und blicken in die Heimat jener Rückkehrer, die gerade über die Fischersfrauen hergefallen sind, die Extremadura, das Burgenland Spaniens … also die am wenigsten entwickelte Region – sonst wäre Kastilien das Burgenland. Extremadura? Bereits der Namen verrät, die Landschaft und die Menschen sind extrem – mutig, hart und verschlossen. Nicht von ungefähr kommen so gut wie alle Konquistadoren aus dieser Gegend. Wenn man aber nach Desoto fragt? Risotto? Wer? Ferdinand?

Menschen machen alles lächerlich, sehen nur das Böse. Also ist auch die Eroberung Amerikas für viele ein Gemetzel verrohter Abenteurer, die in lächerlich aussehenden Ballonhosen und mit federgeschmückten Helmen ganze Völker ausgerottet, Landstriche verwüstet und Kunstschätze vernichtet haben sollen. Gräuel, bei denen einem die Luft wegbleibt. Aber ist der moderne Mensch in der Lage, das zu beurteilen?

Wir sind noch am Luftholen und fragen: Darf man den Geschichtsbüchern glauben? Geschichte wird von Siegern geschrieben, von denen, die Geld und Einfluss haben. Andere Sichtweisen werden abgewürgt oder lächerlich gemacht. Warum sollte es der indigenen Bevölkerung Amerikas besser gehen? Was waren das für Leute? Marihuana rauchende, Peyote fressende und Powwows veranstaltende Wilde, die mit Federschmuck um Lagerfeuer tanzten? Leute, deren Nachfahren Casinos betreiben und auf Minderheitenrechte pochen?

Die Chance ist gering, heutzutage einen Menschen des 16. Jahrhunderts zu treffen. Es wird niemanden geben, der bei der ersten Begegnung zwischen Weißen und Indianern dabei gewesen ist. Es wird sich keiner finden, der von einem eine butterweiche Menschenleber verspeisenden Kariben berichtet, von indianischen Kochtöpfen, aus denen Kinderbeine ragen. Niemand hat die Zeremonien, Drogenexzesse und Massenhinrichtungen erlebt oder den von Frauenbrüsten träumenden Mönch gekannt, der im Delirium Amazonenstämme erfand und dem größten Strom Südamerikas den Namen gab.

Eroberer prangen an Hausfassaden, auf Münzen, Bierdosen oder Briefmarken: Francisco Pizarro, Hernán Cortés, Pedro de Alvarado, Lope de Aguirre und noch ein paar Namen, durch die ein R rollt wie eine Erntemaschine über einen Hasenbau. Spanien nennt sie Entdecker oder »freundschaftliche Völkerverständiger«, dabei waren sie Brutalos, die unter dem Vorwand der Christianisierung unfassbare Grausamkeiten begingen.

Europa hält sich für das Zentrum der Welt, dabei stammen die wichtigsten Erfindungen aus Asien: die Schrift, das Zahlensystem, der moderne Pflug, das Schießpulver, bewegliche Lettern für den Buchdruck, Steigbügel. Was haben die Europäer erfunden? Die Zeit – und in ihrer Folge Mittel, sie zu überwinden. Die Europäer sind Eroberer. Alles haben sie in Beschlag genommen, ausgebeutet, und immer wurde ihnen die Zeit knapp. Das Christentum ist eine Religion der Endzeit, ein Glaube an die Zählung. Vierzig Jahre in der Wüste, drei Tage bis zur Auferstehung, und am Sonntag, dem 23. Oktober 4004 vor Christus, wurde, wie der Bischof von Armagh anhand der biblischen Genealogie errechnet hat, die Welt erschaffen … Aber darf man, heiliger Bimbam, das Christentum für alles verantwortlich machen? Nein, sämtliche Völker werden von einem Willen zur Übernahme angetrieben. Schon der Homo sapiens hat den Neandertaler verdrängt, die Mongolen kamen bis Finnland und die Mauren bis zu den Pyrenäen.

Menschen waren meist vulgär, scheußlich und unmoralisch, haben einander bekämpft, gefoltert und getötet. Warum sollten die spanischen Konquistadoren anders gewesen sein? Ist die Geschichte des aus der Extremadura stammenden Ferdinand Desoto, der 1539 Florida erobern wollte, eine von Barbarei und Entmenschlichung? Oder war seine Expedition mitfühlend, vernünftig, human? In jedem Fall ist dieses erfolgloseste aller spanischen Unternehmen eine gute Geschichte, die Geschichte von einem Eroberer, seiner Frau und ihrem Geliebten, *kein Greenaway-Film*, von einem Schiffbrüchigen, einem Arzt und zwei Gaunern.

Doch bevor wir uns in die dicke Luft der Eroberer begeben, zu dem niederländischen Arzt und Wurstmachersohn Cord Fenk zurückkehren und flacher atmen müssen, wechseln wir den Schauplatz und werden im Wortsinn ins kalte Wasser dieser Geschichte geworfen, wo wir einem Luftikus begegnen.

ELIAS PLIM

»Mann im Wasser!«, schallte es vom Krähennest. Der Kapitän, von einem breitkrempigen Filzhut beschattet, kaute an einer verkohlten Hühnerkeule, warf den abgenagten Knochen über Bord und griff zum Fernrohr. Es dauerte, bis er in der azurblauen Fläche das kleine Objekt gefunden hatte, an das sich ein Körper klammerte. Mann im Wasser? Ein Schiffbrüchiger? Mitten im Weltmeer? Hundert Seemeilen nordwestlich von Madeira?

Der frischgewählte Korsarenkapitän, eine Narbe zerteilte sein Gesicht wie der Vertrag von Tordesillas die Welt in eine spanische und eine portugiesische Reichshälfte, ließ die Schaluppe fieren und gab Befehl hinzurudern, um den Mann zu retten. Als die Freibeuter das seltsame Objekt, diese Vorstufe eines Surfbretts, erreicht hatten und den durchweichten, leblosen Körper sahen, das mehlsuppengraue Gesicht, bekreuzigten sie sich an

Brust und Stirn. Der Kerl war hinüber, hatte sich im Todeskampf an eine Tür geklammert und trieb nun wahrscheinlich Ewigkeiten durch die See, um irgendwann im Verdauungsstrakt von Haien zu landen. Aber war sein Bauch schon aufgetrieben? Hatte er die für Wasserleichen typische grünstichige Gesichtsfarbe? Wuchsen ihm Algen aus den Ohren? Nein.

Ein Pirat betastete die durchnässte Kattunhose, hoffte auf einen Geldbeutel oder Wertsachen. Als er ihm das Lederband vom Hals riss und mit Mühe die abgewetzte Inschrift »Elias Plim« auf dem Metallplättchen entzifferte, öffnete der bleiche Hautlappen die Augen, blickte seinem Retter und Räuber, den dabei fast der Schlag getroffen hätte, ins Gesicht, bekam einen katatonischen Anfall und fiel gleich darauf zurück ins Koma. Als man ihn in das Rettungsboot hievte, stieß sein Kopf gegen das Dollbord, und selbst da zuckte der Bewusstlose nur leicht.

– Elias Plim, sagte der Kapitän der Seestern, während er in eine Hühnerbrust biss. Elias Plim? Sprichst du Französisch, Spanisch, Italienisch? Bist du Engländer, Holländer oder ein Maure? Rede, Elias Plim! Woher kommst du? Oder bist du eine Meergeburt? Der französische Korsarenkapitän mit unaussprechlichem Namen – einer Mischung aus Giscard d'Estaing, Gérard Depardieu und Chateaubriand – gab dem Schiffbrüchigen eine Ohrfeige und brüllte: Antworte, Elias Plim! Wer bist du? Was machst du hier? Wieso willst du auf einer Tür über den Ozean? Hast du den Verstand verloren? Als ihm die Absurdität seiner Fragen bewusst wurde, trat er dem von zwei Seeleuten gestützten Schiffbrüchigen gegen das Schienbein und schrie aufs Neue:

– Wenn ich etwas nicht leiden kann, du Landfisch, dann Verstocktheit.

Ausgestattet mit einem von König Franz dem Ersten unterfertigten Freibeuterbrief, war der Kapitän mit der nussschalenförmigen Galeone unterwegs, um spanische Karavellen aufzubringen, die Gold von Westindien, wie man Amerika damals nannte, nach Sevilla brachten. Genau genommen waren sie also keine Piraten, auch wenn wir das Wort weiter verwenden, sondern Freibeuter oder Kaperer … Auf alle Fälle waren sie die erfolglosesten Seeräuber aller Zeiten – Vorbilder für Enternix, Dreifuß und Baba im »Asterix«.

Seit mehr als einem Jahr waren sie nun unterwegs, ohne nur eine einzige Prise gemacht zu haben. Abgesehen von Fischern vor Madeira, von denen sie ausgelacht wurden, war ihnen niemand vor den Bug gekommen. Sämtliche Schiffe, die sie gekreuzt hatten, waren dickbauchige Kähne, die Sklaven von Westafrika nach Übersee brachten. Die Bedingungen auf diesen Kuttern waren derart grauenvoll, dass sich ein Gutteil der Sklaven aus dem Leben stahl, womit sie ihren Besitzer um sein Eigentum brachten, gegen das siebte Gebot verstießen und somit ewig in der Hölle schmoren mussten. Der Gestank der halbverfaulten Leichen im Unterdeck war derart erbärmlich, dass man diese Kähne hundert Meilen gegen den Wind roch. Manchmal breiteten sich Cholera und Typhus aus, rissen Löcher in die Mannschaften. Es soll vorgekommen sein, dass alle abkratzten und die Schiffe führerlos über den Ozean trieben, von Vögeln gekapert wurden und mit zugeschissenen Skeletten und fetten Kackvögeln ein derart skurriles Bild abgaben, dass jeder, der so ein Geisterschiff zu Gesicht bekam, um seinen Verstand fürchten musste. Trotzdem würde man im 16. Jahrhundert keine Seele finden, die sich ernsthaft über den Sklavenhandel, das sogenannte »kreolische Geschäft«, entrüstete.

Die einzigen Spanier, die der Seestern begegnet waren, segelten in Formation und waren zu viele, um sie anzugreifen. Die französischen Freibeuter hatten La Gomera umsegelt, waren vor Teneriffa und Madeira gelegen, bis zu den Azoren geschippert, aber egal, wo sie kreuzten, die Spanier schienen an ihnen vorbeizukommen wie an einem von Ameisen bewachten Burgtor. Und ausgerechnet jetzt, da sie beschlossen hatten, ihr Glück in der Karibik zu suchen, stießen sie auf diesen Schiffbrüchigen.

Elias Plim, der Luftikus, hatte minutenlang gehustet, bestimmt sechs Liter Seewasser ausgespien. Nun blickte er auf die holländische Flagge am Besanmast, sah die eingerollte Blutfahne und hörte französische Flüche, die wie »Erde« und »Gülle« klangen. *Froschfresser!* War er gerettet? Ein Blick auf die Besatzung sagte alles. Plims Vorstellung von Piraten war nicht von Hollywoodfilmen geprägt, und auch wenn hier niemand ein Tuch am Kopf trug, weder Holzbein noch Eisenhaken oder Augenklappe vorzuweisen hatte, wusste er, diese bärtigen Gentlemen mit den wenigen Zähnen in den zerrissenen Mündern, den zerschlissenen Kleidern, abgewetzten Stulpenstiefeln waren kein Alumni-Verein auf Sommerfrische, sondern Seeräuber. Selbst der mit den Resten des Huhnes beschäftigte Kapitän machte keinen seriösen Eindruck.

Elias Plim war vor dem Ertrinkungstod gerettet, dafür aber auf einem Korsarenschiff gelandet. Er sah Männer mit gegerbten Gesichtern Segel flicken und Taue spleißen, andere hockten auf Fässern und würfelten mit der Langeweile um die Wette. Ein paar waren so betrunken, dass sie nicht mehr stehen konnten, andere putzten ihre Säbel oder machten sich an den Kanonen zu schaffen. Nur der Kapitän versuchte mit einer Karte, ihre Position auszumachen. Er warf einen Blick zu seinen Männern und schüttelte den Kopf.

– Ästhetik, ihr verlauster Haufen! Wir sind Franzosen, bekannt für Stil und Eleganz. Und ihr? Wie seht ihr aus?

War Plim also gerettet? Schaurige Geschichten hatte er gehört. Piraten ließen ihre Gefangenen Kakerlaken schlucken, nagelten sie an den Ohren an die erste Rah, brandmarkten sie mit rotglühenden Eisen oder ließen sie kielholen. Aber war er ihr

Gefangener? Er sah Männer mit Kübeln voller Pech und Schwefel, und als ihn jemand an den Ohren zog, fürchtete er bereits das Schlimmste.

Wir schreiben also das Jahr 1537. Die Welt war größer geworden. Zuerst hatte die Erfindung des Buchdrucks durch Johannes Gensfleisch die Kommunikation revolutioniert, dann erlebte ein Mönch mit starkem Bartwuchs und Beichtzwang bei der Notdurft sein »Turmerlebnis«, das der katholischen Welt gewaltig auf den Kopf fallen sollte. Anfangs verweigerte der erleichtert Erleuchtete jeglichen Kotau, dann soll er das Kirchenportal zu Wittenberg geschändet haben … Tatsächlich hat Luther seinc Thesen gar nicht an das Kirchentor geschlagen, was bei der damaligen Alphabetisierungsrate auch völlig unsinnig gewesen wäre, sondern hat sie dem Erzbischof von Mainz geschickt. Der englische König forderte vom Papst die Annullierung seiner Ehe, was dieser ablehnte, weil ihm der Bart des Angelsachsen nicht gefiel. Damit war dem christlichen Abendland ein Rasiermesser angesetzt, das ihm ein Jahrhundert später mit dem Dreißigjährigen Krieg in die Gurgel fahren sollte. Und alles nur, weil der wohlbeleibte Tudor mit seiner verhärmten Spanierin keine Söhne zuwege brachte. Im Reich des Habsburgers Karl des Fünften, eines gichtkranken, humorlosen Fanatikers mit einem so veritablen Unterkieferproblem, dass es nicht einmal Tizian beschönigen konnte, machte den Menschen die Inflation zu schaffen, von der niemand verstand, dass sie mit den steigenden Silber- und Goldlieferungen aus der Neuen Welt zusammenhing. Die Portugiesen ärgerten sich über ihre Rechenkunst, die unzweifelhaft bewiesen hatte, dass Kolumbus' Route unrentabel war, weil der Weg nach Indien in westlicher Richtung viel zu weit war. Wer hatte ahnen können, dass die Königin von Kastilien mathematischen Dilettanten vertraute, dem Genueser auf den Leim ging, und dieser das Glück hatte, auf einen unbekannten Kontinent zu stoßen?

Der Preuße Kopernikus hatte die Erde zu einem kleinen, lächerlichen Trabanten der Sonne degradiert. Der Straßburger Satiriker Sebastian Brant sah die Gesellschaft als Schiff voller Narren, und Rabelais arbeitete an seinem »Pantagruel«. In der Medizin kritisierte ein verfetteter Schweizer die vorherrschende Viersäftelehre, Machiavelli schrieb an einer Komödie, und die meisten großen Geister rückten den Menschen und die Antike in das Zentrum ihres Denkens, zumindest beriefen sie sich auf griechische Philosophen, die keiner kannte. Die katholische Kirche entwickelte Methoden, um ihre Macht gegen die Reformierten zu behaupten, und an der Lambertikirche zu Münster hingen noch die Eisenkäfige mit den verrotteten Leichen der ein Jahr zuvor zu Tode gefolterten Wiedertäufer.

Aus heutiger Sicht war das 16. Jahrhundert vor allem eines: brutal. So als hätte die Mafia sämtliche KZ-Aufseher zu einem Wettbewerb in Sachen Grausamkeit herausgefordert. Da wurden Menschen gevierteilt, bei lebendigem Leib zersägt oder mit zerstoßenen Gliedern auf ein Rad geflochten. Dass man zur Steigerung des Spektakels den Unglücklichen zuvor noch mit glühenden Zangen die Brustwarzen ausgerissen und flüssiges Blei, Teer und Schwefel in die Wunden gegossen hat, sei nur nebenbei erwähnt. Brutal? Nein, ungeheuerlich, menschenverachtend, maßlos grausam.

Verglichen mit den willkürlichen Herrschern war die Inquisition ein altruistischer Anglerverein, dabei folterte, verbannte und verbrannte auch das Heilige Offizium. Schlimm, dass damit das Denunziantentum fröhliche Urständ feierte, Unschuldige der Wahrsagerei, Bigamie, Sodomie, Dämonenanrufung, Beleidigung von Kirchenglocken, Hostienschändung, Nichteinhaltung der Fastenregeln oder anderer Abstrusitäten beschuldigte, sich niemand mehr seiner Haut sicher sein konnte – und zwar wortwörtlich. In der Neuen Welt machte die indigene Bevölkerung Bekanntschaft mit den Lehren Christi und wurde abgeschlachtet. Als ob das nicht genug wäre, wüteten auf dem Balkan noch die Türken. Ganz Europa zog sich zusammen wie Schnecken im Salz, und das Salz waren die Osmanen.

Daneben fand ein ganz normales Leben statt, mit Liebeskummer, Geldsorgen, Heiratsplänen, Kochrezepten. Menschen erfreuten sich an der Lektüre des »Amadis de Gaula« ... bewunderten die Bilder Arcimboldos und Hieronymus Boschs ... staunten über apotropäische Figuren an Häuserfassaden, machten Bekanntschaft mit Kartoffeln, Kakao und Tabak, stachen sich an der Ananas, ärgerten sich über die unverschämten Teuerungswellen und sahen im unbeständigen Klima ein Vorzeichen des Jüngsten Gerichts.

Von all diesen Entwicklungen wusste Elias Plim wenig. Er hatte sich noch nie für Politik interessiert und immer in Phantastereien gelebt. Zudem verstand er die französische Sprache schlecht, wusste nicht, was ihn hier auf dem Korsarenschiff erwartete. Mit seinen zwanzig Jahren hatte er schon so viel erdulden müssen, dass er sich jetzt lieber stumm stellte.

– Wie der Einfaltspinsel bisher überlebt hat, ist mir ein Rätsel. Ein Pirat tätschelte seine Wange, versetzte ihm einen Klaps, aber Plim atmete auf, als er sah, dass die Pech- und Schwefelkübel zum Ausräuchern des Ungeziefers im Unterdeck verwendet wurden.

– Trink! Der Kapitän mit dem unaussprechlichen Namen reichte ihm eine bauchige, schilfumflochtene Weinflasche. Dein Glück, dass wir Flaute haben, sonst wärst du jetzt Fischfutter. Wir unterhalten uns später. Seine Narbe glänzte in der Sonne, und zwei Zähne blitzten im Gesicht.

– Sollen wir ihn zum Reden bringen? Ein Pirat packte Plims Haar, riss ihm den Kopf nach hinten.

– Noch nicht. Der Kapitän war von der Mannschaft gewählt

worden, weil er schussfest und tapfer war, geschickt verborgen hatte, dass er Grausamkeiten verabscheute. Den Männern reichte sein Herumnörgeln an ihrer Kleidung, sein Beharren auf Schönheit und Ästhetik.

DER FINGER DES KAISERS

Spanien, 19. Jahrhundert. Kurz vor der Ausrufung der ersten Republik werden die Särge der Könige geöffnet. Revolutionäre wollen dem Volk zeigen, dass ihre früheren Herrscher gewöhnliche Sterbliche gewesen sind. Und was kommt zum Vorschein? Philipp der Zweite ist ein Häufchen Elend, Philipp der Dritte ziemlich ramponiert, und auch Philipp der Vierte hat schon einmal besser ausgesehen, nur Karl der Fünfte, Stammvater aller Philipps, ist erstaunlich gut beisammen, wenn man bedenkt, dass er über dreihundert Jahre Zeit gehabt hat zu verwesen. Einem Leonardo di Caprio hätte er keine Konkurrenz gemacht, in den Augenhöhlen wohnen Spinnen, das Nasenbein ist von brüchiger Haut bedeckt, und die Zähne gleichen den Zehen eines Greises, doch die herben Gesichtszüge sind zu erkennen, selbst der Vollbart lässt sich erahnen.

Am 14. September 1870 steckt der Student Raimundo Fernández Villaverde, Markgraf von Pozo Rubio, einem Wächter zwanzig Reales zu, bittet ihn, kurz wegzusehen, und bricht dann dem toten Kaiser den kleinen Finger seiner linken Hand ab – wie einen Milchzahn reißt er ihn aus. Das Geräusch erinnert an das Zerteilen eines Brathuhns. Was den nachmaligen Ministerpräsidenten zu dieser Tranchieraktion bewogen hat? Weder ist es eine Wette, noch hat er Verwendung für den imperialen Knochen. Damit rührt man schließlich nicht den Tee um oder pult sich

Speisereste aus den Zähnen. Fingerfood gibt es nicht. Raimundo Fernández Villaverde, Markgraf von Pozo Rubio! Wir erwähnen diesen Namen, lang wie eine Eisenbahngarnitur, damit Sie die Geschichte überprüfen können.

War der Finger des einst mächtigsten Herrschers, mit dem der Kaiser in der Nase gebohrt und sich an geheimen Körperstellen gekratzt hat, ein Glücksbringer? Eine habsburgische Hasenpfote? Die Geschichte dieses kleinen Fingers endet hier nicht, doch springen wir vorerst zurück in jene Zeit, als die kaiserlichen Hände noch vollzählig waren, zum 20. April 1537: An diesem Freitag nämlich hat Karl der Fünfte mit seinem Digitus minimus – dem kleinen Finger – Muster in den Tisch gezeichnet und sich am Kinn gekratzt. Es war der Tag, an dem Ferdinand Desoto den kleinen Finger der heutigen USA bekam – Florida.

Wir befinden uns in Valladolid, wo damals das reinste royale Spanisch gesprochen wurde. Dicke Schneeflocken taumeln vom Himmel, die Menschen lächeln über dieses Naturschauspiel. In den Nasen stecken Kälte und abgestandener Rauch von Glutnestern. Wie hypnotisiert ist Ferdinand Desotos Blick auf diese Scheiterhaufenreste gerichtet. Hier hatte Feuer Fleisch gefressen, Menschen zu Staub gemacht – dagegen war ein abgetrennter Finger ein Klacks. Nein, keine Verbrennungen von Stellvertretern, keine Puppen in der Kleidung von Verurteilten, sondern richtige Menschen, Fleisch und Blut waren hier abgefackelt worden.

Scheiterhaufen waren im 16. Jahrhundert populär. Es gab weder Fernsehen noch Internet. Die Theater waren so schlecht, dass dem Publikum die Füße einschliefen, Fußball war noch nicht erfunden, und Stierkämpfe fanden nur zu Festtagen statt. Was blieb, waren Hinrichtungen – Köpfen, Rädern, Vierteilen. Schleifen, Hand abhacken, flüssiges Blei in Wunden gießen. Die Unterhaltungsindustrie hatte sich einiges einfallen lassen, um die Leute bei der Stange zu halten. Am beliebtesten waren Verbrennungen. In Andalusien, Aragón, Katalonien, ja, selbst im Baskenland, es brannte überall. Damals war es noch unüblich, die Verurteilten vorher gnadenhalber zu erdrosseln, also blieb das Spektakel der Inflammation, wenn Haut platzte, sich vom Fleisch rollte, Augäpfel wie erschreckte Schnecken aus den Höhlen sprangen, der Mensch so allein war, wie er es nur sein konnte.

Die Feuerteufel hatten sich zu einem Dachverband namens Inquisition zusammengeschlossen. Seit man 1492 Granada erobert und die Reconquista abgeschlossen hatte, war der Krieg ins Innere verlagert worden. Nun ging es für die Rückeroberer Spaniens, sofern sie nicht gerade Amerika plünderten oder sich auf Kreuzzügen austobten, gegen Juden, Konvertiten, Moslems, Ketzer, Hexen, Ehebrecher, Zinswucherer, Bettler, Vagabunden. Zumindest behauptet das die Legende, die die spanische Inquisition als besonders fanatisch verteufelt. Wer den Mächtigen nicht zu Gesicht stand, wurde gefoltert, dann nach allen Regeln der Rechtswissenschaft verurteilt, mit der Schandmütze versehen und verbrannt.

Anschließend bekamen die Angehörigen die Rechnung zugestellt – zwölf Reales für den Folterknecht samt Gehilfen, dreißig für den Richter, acht für die Unterbringung und Verpflegung im Folterkeller. Gerichtskosten, Scharfrichter, Errichtung des Scheiterhaufens …

Ferdinand Desoto gehörte zu den berüchtigsten Gestalten seiner Epoche. Wenn sein Name heute in Vergessenheit geraten ist, so nur deshalb, weil ihn sein Ehrgeiz in die Irre führte. In der Zeit, von der wir reden, war es schwer, sich einen Namen zu machen. Er hat es geschafft. Aber ein Menschenleben war damals nicht viel wert, es herrschte die Willkür einer privilegierten Obrigkeit, dazu die Feuerteufel der Inquisition. Desoto waren die Verbrannten egal. Für ihn waren das Leute, die die Ordnung störten, und trotzdem konnte er den Blick nicht von den Glutnestern wenden, in denen jetzt Schneeflocken zergingen wie gestern Ketzer, die so abscheuliche Sachen wie Gleichheit aller Menschen oder Besitzlosigkeit gefordert hatten.

Desoto, mittelgroß, feine Gesichtszüge, schwarzer Knebelbart, traurige Augen und eine etwas zu lange Nase, war ein ernster Mensch. Heute war ein entscheidender Tag, der wichtigste in seinem Leben, heute traf er den mächtigsten Menschen auf Erden, den Kaiser, der damals noch alle Finger an der Hand hatte. Heute entschied sich Ferdinand Desotos Schicksal.

Er hatte die Hälfte seiner zweiundvierzig Jahre in Westindien verbracht, Panama und Nicaragua erobert, Francisco Pizarro bei der Eroberung Perus begleitet, dem Inkakönig Atahualpa die Grundbegriffe von Schach und Spanisch beigebracht, dessen Schwester geschwängert und mit dem Verkauf von Sklaven genug verdient, um sich in seinem Palast in Jerez de los Caballeros die Sonne auf den Bauch scheinen zu lassen.

Ein bewunderter Held, der sich in den Ruhestand begeben konnte, um mit seiner Frau am Nachwuchs zu basteln und sich der Jagd und dem Tennis zu widmen, aber die Vorstellung daran bereitete ihm Magenschmerzen. Jerez de los Caballeros war keine Herausforderung.

Ferdinand Desoto war unzufrieden. Es gab reichere Grafen, größere Schlösser und Männer, die mehr besaßen, obwohl sie ihr Leben nicht in den Kolonien riskiert hatten. Wozu sich mit Schweinebauern, Korkfabrikanten, Winzern und Hirten streiten, wenn es wichtigere Aufgaben gab?

Also hatte er seine Kumpane versammelt: Luis de Moscoso, Nuño de Tobar, Francisco de Maldonado, Juan de Añasco und Rodrigo Ranjel – Männer, mit denen er in Peru gewesen war, deren Namen so schwer waren, dass sich beim Aussprechen die Zunge verknotete. Mit ihnen wollte er sich einer neuen Unternehmung widmen, seiner, wie seine Frau es nannte, fixen Idee.

– Das wird die Geschichte von sechs Männern, die ein neues Reich gründen, verkündete er. Eine Geschichte, die uns reich machen wird. Kinder werden unsere Namen lernen, ganz Europa wird uns kennen als Könige von Amerika. Das war es, was ihm vorschwebte, ein Königreich in Mittelamerika.

Moscoso, Moskito genannt, ein kleiner Mann mit Vogelnestfrisur, der keinen Alkohol vertrug, gefiel die Idee, sich dort ein Palais mit einem noch größeren Weinkeller zu bauen, als ihn die Pizarros in Trujillo planten. Auch Nuño, ein frühneuzeitlicher Brad Pitt mit einem Pierre-Brice-Kinngrübchen, war begeistert. Der an Sancho Panza gemahnende, aber eitle Maldonado, genannt Nero, der ständig Frauen … »den Süßen« … Küsschen zuwarf, phantasierte von einer indianischen Prinzessin. Añasco vulgo Plattnase, der immerzu von seiner Heimatstadt Granada schwärmte, war auf Abenteuer aus. Und dann war da noch der kleinwüchsige Rodrigo, Stummel, mit der vorgewölbten Stirn, die ihn wie einen Bruder der Zwergin in Velázquez' berühmtem Bild aussehen ließ. Ein Zyniker, der für einen Gott gehalten werden wollte. Für einen Zwerg zu groß und für einen ausgewachsenen Menschen zu klein, weshalb er sich für eine eigene Rasse hielt, älter und würdiger als alle anderen: »Niemand ist größer als ich!«

Moskito, Nuño, Nero, Plattnase und Stummel, das war Desotos' Buberlpartie. Seine Brüder? Nein, Männer, denen er sich verpflichtet fühlte. Wirklich nahe waren sie ihm nicht, weil er niemanden an sich heranließ.

– Die Inka beweihräucherten uns nicht, weil wir so stanken, polterte Stummel, sondern weil sie uns für Söhne der Sonne hielten. Nur bei Nero war es anders, klatschte er dem Dicken auf die Wange, der stank wirklich.

Sie alle hielten Desoto für egoistisch und eingebildet. *Der ist so von sich selbst überzeugt, dass er glaubt, seine Scheiße stinkt nicht. Er lacht nur einmal im Jahr, und dann geht er in den Keller.* Trotzdem vertrauten sie ihm, glaubten seinen Schwärmereien.

Desoto sehnte sich nach der Freiheit in den Kolonien, nach einem Ort, an dem er herrschen konnte, außerdem hoffte er, dort Isabella, seine Frau, zu bändigen, sofern sie mitkam. Er war ein Draufgänger, ernst und ungesellig, aber der herrischen Art seiner Gattin nicht gewachsen. Sie wollte ihm vorschreiben, was er zu essen hatte, wann es Zeit für das letzte Glas Wein und wann für die Nachtruhe war. »Setz dich gerade hin, schmatz nicht beim Essen, reinige deine Fingernägel … Wenn wir ein Kind haben, musst du ihm Vorbild sein!« Diese gemütskranke Frau konnte einem die Seele herausreißen, sie auswringen und auf eine Wäscheleine hängen. Er wusste nie, was in ihr vorging. Ein störrisches Wesen, das ihm, dem großen Eroberer, das Leben zur Qual machte. Immer hatte sie das letzte Wort, jede seiner Erklärungen drehte sie um, so dass sie postwendend zurückkam und in ihn hineingestopft wurde. Ständig gelang es ihr, dass er sich schuldig fühlte. Mal, weil er statt in die Kirche auf die Jagd ging, dann wieder, weil er vergessen hatte, einen Bierkrug wegzuräumen, sein Atem nach Alkohol roch, immer gab es was zu meckern. Diese Isabella war lustfeindlicher als die ärgste Puritanerin, verspannt wie eine Leinwand auf dem Keilrahmen ihrer Ideale und, vielleicht das Schlimmste, unfähig, Ruhe zu ertragen. Wenn ein Engel durchs Zimmer ging, blaffte sie ständig ihr »Ist was?« in die Stille.

Desotos Manieren ließen fraglos zu wünschen übrig. Er stammte aus bescheidenen Verhältnissen, einem Nest namens Barcarrota, und hatte jahrelang keinen anderen Umgang als die Kaserne gehabt. Selbst wenn er sich bemühte, war es seiner Frau nicht recht.

Desoto war kultivierter als die vulgären Pizarro-Brüder, ehrlicher als der gerissene Cortés und mutiger als viele andere Konquistadoren zusammen. Einer, der alles, was er anpackte, zu einem guten Ende brachte. Abgesehen von seiner Frau hatte er vor wenig Angst, nur vor Lebensstumpfsinn und Bedeutungslosigkeit.

Mit sieben war er allein nach Jerez de Caballeros auf die Schule gegangen und verprügelt worden, weil er anders war – verschlossen, unnahbar. Es war nicht so, dass ihn die anderen Kinder gehasst hätten, aber er war ihnen unheimlich. Doch er hatte überlebt. Mit sechzehn zog es ihn in das zweihundert Kilometer entfernte Salamanca und wurde er gedemütigt. Als ihn die Diener der reichen Schnöselstudenten wegen seines Dialekts verhöhnten, geriet er in Rage. Das Fass zum Überlaufen aber brachte etwas anderes. Man erwischte ihn, wie er nach einem Zechgelage in die Ecke des Universitätsgebäudes pinkelte, in die man Bilder von Heiligen gemalt hatte. Er wurde zum Rektorat zitiert. Seine Rechtfertigung, dass er sich für den heiligen Laurentius entschieden hätte, weil diesen auf seinem glühenden Rost nach Kühlung dürstete, kam nicht gut an, gar nicht gut. Er beschimpfte die Professoren als »impotente, alte Trockenpisser«. Noch ehe das Urteil gesprochen wurde, floh er nach Badajoz.

Ob der damals unsichere, jähzornige Mann ahnte, dass man vierhundert Jahre später ein Auto nach ihm benennen würde, während seine alkoholabstinente Frau das Etikett einer kubanischen Rumflasche zieren sollte – Havana Club Rum?

Isabella de Bobadilla war groß, bestimmt eins vierundsechzig, schlank und für ihre dreißig Jahre recht jugendlich – rotblondes Haar, milchweiße Haut. Weder hatte sie das sorgenvolle Froschgesicht ihrer Mutter geerbt noch das schroffe Kinn des Vaters. War sie wütend, und das war sie oft, bildete sich eine Zornesfalte zwischen ihren Augenbrauen. Obwohl man nicht zu sagen vermochte, wo das Geheimnis ihrer Schönheit lag – der Hals zu lang, die Partie darunter von einem leichten Doppelkinn gestützt und die Nase höckerig –, ging etwas Bezauberndes von ihr aus, das alle Männer entzückte. Lag es an den erdnussgroßen Zähnen? Am schwarzen Muttermal an der Wange oder an den elendslangen Beinen? Sie trieb Gymnastik, ernährte sich von Vogelhäppchen und mied die Sonne. Die meiste Zeit verbrachte sie mit ihren Hofdamen, um modische Neuerungen wie Kothurne, Chopinen und geschlitzte Ärmel zu diskutieren. Außerdem zerkleinerten sie den Gesellschaftstratsch, der in Jerez mit erheblicher Verspätung eintraf. *Dem Grafen Soundso wird ein Verhältnis mit der Baronesse von Daunddort nachgesagt. Die Mätresse des Kaisers soll sich unmöglich benommen haben, sie soll seine anderen Kebsweiber …* Selbst Julius Cäsar, Isabellas indigener Diener, erhielt mehr Zuneigung als ihr Ehemann.

Bevor wir aber nun Desoto zum Kaiser vorlassen, gehen wir zwei Jahrzehnte zurück, in das Jahr 1514. Europa glich einer überreifen, gerade erst aus Übersee importierten Tomate. Niemand ahnte, welche Kerne daraus hervorquellen würden. Luthers Thesen formierten sich, der Rechenmeister Adam Ries arbeitete an seinem Lehrbuch, Machiavelli verfasste eine Komödie, und Leonardo da Vinci konnte mit seiner verkrüppelten Hand Kriegsmaschinen konstruieren, aber keine neue »Mona Lisa« malen. Venedig verbot das Vergolden von Marzipan, Rabelais schrieb erste Satiren, und Magellan, eben unrühmlich aus der portugiesischen Armee entfernt, ging nach Spanien. Alle waren fasziniert von der roten Frucht, erfüllt vom Geist der Renaissance, der Wiedergeburt des Menschen. An den Höfen der Bourbonen und Medici fanden prunkvolle Feste statt, zu denen nicht nur diese Paradiesäpfel serviert wurden, sondern auch Ochsen – und darin steckte ein mit Hühnern gefülltes Lamm in einem Kalb. Im Geflügel waren mit Wachteln gestopfte Tauben, gefüllt mit Fischen, in denen Froschschenkel waren, darin mit Spinnenaugen gefüllte Schneckeneier in Lerchenzungen. Der Ton allerdings wurde von den Feuerteufeln angegeben, die Inquisitoren waren die Fruchtfliegen an den Paradiesäpfeln, die mit flammenden Reden allen Zweiflern, konvertierten Juden und Moslems einheizten.

1514 also. Der achtzehnjährige Ferdinand war von stattlichem Wuchs und selbstsicherem Schritt – als wollte er die ganze Welt befruchten. Trotzdem ängstlich. Sein Gesicht hatte ein paar Aknenarben, dazu gelocktes Haar, wohlgeformte Lippen. Ein Mann von edler Herkunft, der aber nicht reden konnte. Die richtigen Worte fielen ihm immer erst zu spät ein, er verwechselte die Präpositionen, vergaß Artikel, verschluckte Wortenden. Die Aussprache war bellend, seine Wörter hatten die Patina des Südens, und bei Aufregung begann er noch zu stottern. Dabei stand seine Abstammung auf vier kräftigen Beinen, wurde von blaublütigen Großeltern getragen, die ihm jedoch außer ihrer Herkunft wenig hinterlassen hatten. Bereits der Erhalt des Guts in Barcarrota fiel der Familie schwer, weshalb sich Ferdinand nach dem Intermezzo in Salamanca als besserer Stallknecht in Badajoz verdingte, mit Fliegenschwärmen kämpfte und sich um Rösser, Rüstungen, Lanzen und Pferdeäpfel kümmerte. Er brachte die Fohlen zum Schmied, wo sie beschlagen wurden, und die alten Mähren zum Metzger. Ihm gefiel die Arbeit, sie hatte etwas Ehrliches.

Das Gesinde erkannte, dieser Desoto, der ständig irgendetwas zählte und manchmal mit Zahlen antwortete, war vornehmer als sie. Das provozierte Missgunst. Besonders der gockelhafte Stallmeister Armando Gallo, ein hünenhafter Rüpel, hatte es auf ihn abgesehen und ließ ihn die schwersten Arbeiten tun, was Ferdinand schweigend ertrug.

– Mach dir nichts draus, tröstete ihn ein alter Rossknecht. Stallmeister sind die Schlimmsten. Glaub nicht, du kannst ihnen entkommen. Die Welt ist voller Stallmeister.

– Zweiundfünfzig, antwortete Desoto.

– Wie?

– In der Extremadura gibt es zweiundfünfzig Stallmeister. Ich habe sie gezählt.

Als sich dieser Gallo während einer Kirchweih als ausgemachter Widerling erwies, Mädchen anpöbelte, das Vieh schlechtredete und die Arbeit der Schafscherer verhöhnte, zischte Ferdinand, er solle zeigen, ob er es besser könne.

– Was fällt dir ein? Gallo schwoll der Kamm. Schon packte er den Vorlauten und wollte ihn zerlegen. Andere gingen dazwischen, schlugen einen Wettkampf vor.

– Jawohl. Wer schneller ein Schaf schert. Der Verlierer muss nackt die Stadt verlassen.

– Abgemacht. Ferdinand bekam ein flaues Gefühl im Magen. Worauf hatte er sich da bloß eingelassen? Ihm war, als hätte man literweise Adrenalin in seinen Blutkreislauf gepumpt.

Jeder holte sich ein Schaf, die professionellen Scherer lachten und riefen Wetten aus. Rationale setzten auf den Stallmeister, Emotionale auf Ferdinand. Schon der Anfang zeigte, die Vernünftigen hatten recht. So wie der Stallmeister mit der Schere und dem Schaf umging, wirkte es, als hätte er nie etwas anderes getan.

Desoto hatte keine Ahnung, wie er es anstellen sollte, dem Tier aus seinem Pelz zu helfen. Vorsichtig packte er das Lamm, warf es auf den Rücken, band seine Läufe zusammen und begann zitternd mit der Schere an den Unterschenkeln herumzuschnipseln. Als er bei den Flanken war, pikste er das Tier, das mit einem entsetzten Laut reagierte, worauf hunderte andere Hammel in einen Chor aus Mäh und Bäh und Wäh einfielen. Ferdinand ließ sich nicht irritieren, arbeitete bedächtig weiter, legte die Schenkel frei und kam ins Schneiden. Bald vergaß er die johlende Menge um sich her. Nach seiner Rechnung waren zweihundertachtzig Scherenschnitte notwendig. Zweihundertneunundsiebzig, zweihundertachtundsiebzig … Als er einen Blick zu seinem Konkurrenten wagte, erstarrte er. Gallo war fast fertig. Der Stallmeister entknotete sein Schaf, packte es so, dass der Kopf zwischen den Oberschenkeln eingeklemmt war, und schnitt dem willenlosen Tier das Fell vom Bauch. Zweihundertzwölf, zweihundertelf … Ferdinand plagte sich noch, da war Gallos Schaf schon kahl wie ein Stück Seife. Der Stallmeister ließ sich feiern und verspottete den Verlierer.

Niederlage! Vor diesem Eingeständnis scheut man zurück. Ferdinands Gesichtszüge waren ängstlich, entsetzt. Einhundertzweiunddreißig, einhunderteinunddreißig …

Da kam der Graf von Badajoz, fragte, was hier los sei, ließ sich den Sieger präsentieren und die Felle. Gallo schien zu schweben wie in einem Traum, verbeugte sich und grinste über das ganze Gesicht. Doch was war das? Es stellte sich heraus, das Vlies des Stallmeisters war löchrig wie ein Schwamm, während jenes des jungen Ferdinand, als er endlich fertig war, einem dichten Teppich glich.

– Kann nicht sein. Gallo war sprachlos und suchte nach Ausreden. Jemand habe die Felle ausgetauscht, Parasiten, unbekannte Käfer haben Löcher reingefressen … bestimmt … so etwas kommt vor. Ihr habt doch zugesehen. Du! Und du! Die Decke war perfekt … Der Stallmeister packte einen Knecht und eine Händlerin:

– Ihr habt es gesehen, ihr … Seine Stimme ächzte, als krähte ein Hahn aus ihm. Da niemand reagierte, schlich er geknickt davon, zog sich fluchend aus und verließ unter dem höhnischen Gebrüll der Straßenjungen die Stadt.

– Mir scheint, ich habe einen neuen Stallmeister, gab der Graf Ferdinand eine Ohrfeige. Mal sehen, ob mich das glücklich macht.

Verlegen blickte Desoto um sich, sah Knechte, Viehhändler

und Schafscherer, mittendrin ein keckes Näschen, das er kannte. Ein Mädchen, das sich öfter bei den Stallungen herumtrieb, den Pferden Geheimnisse ins Ohr flüsterte und sie stundenlang striegelte. *Die Kleine ist abenteuerlich hübsch.* Ihm war, als wäre plötzlich Salmiakgeist in seinen Adern, der ihn durchputzte wie ein Abflussreiniger, alles, woran er je gedacht hatte, herauswusch. Dieses Mädchen! Dieses Näschen! … Bevor er ihr schräges Glitzern in den Augen zu deuten wusste, wurde sie von der tobenden Menge mitgerissen.

Desoto war Brachland, das sich selbst bestellen musste. Einen Namen wollte er sich machen. Aber die Aussichten für einen verarmten Adeligen, der, sobald er den Mund auftat, an einen Hinterwäldler erinnerte, waren auch im Spanien des frühen 16. Jahrhunderts trist. Ohne gute Heirat, ohne Karriere in der Armee oder Kirche blieb einem nur das Leben auf einem heruntergekommenen Landsitz, welches unweigerlich zur Trunksucht führte. Pferdeknecht oder Gutsverwalter? Allenfalls, wenn man wie er mit Zahlen umgehen konnte, Buchhalter, Gerichtssekretär oder Reichsverweser, was auch zum Saufen führte, aber der königliche Hof blieb einem verschlossen. Es war also nicht abzusehen, dass aus diesem versonnenen Burschen mit der ungelenken Sprache und der Manie, alles zu zählen, einmal einer der bedeutendsten Konquistadoren Spaniens werden würde, einer, dessen Denkmal am Hauptplatz von Barcarrota stünde – verantwortlich für die größten Erfolge, aber auch für eine der größten Pleiten in der Geschichte Spaniens.

Nach seiner Ernennung zum Stallmeister sah er das Mädchen häufiger. Hübsche Kleider, ein fein geschnittenes Gesicht … *dieses Näschen!* … mit einem verschmitzten Lächeln, und Karotten, die es an Pferde verfütterte. Keine Magd, Köchin oder Wäscherin, das sah man gleich, sondern ein Wildfang. Ständig trieb sie sich bei den Koppeln herum, besonders ein Hengst mit Blesse hatte es ihr angetan. Obwohl sie noch kein Wort gewechselt hatten, schien es Ferdinand, als käme sie mehr seinetwegen als wegen der Tiere. Wie alt sie war? Vierzehn? Fünfzehn? Mädchen waren ihm so fremd wie der Geruch des Meeresgrundes. Was wollte man mit so einer sprechen?

– Frag sie was, sagte der Rossknecht, doch Ferdinand war zu schüchtern. *Was denn? Wie viele Wolken am Himmel stehen? Oder etwas Leichtes? Die Anzahl der Sonntage zwischen Ostern und Pfingsten?*

Wenn er ihr dabei zusah, wie sie mit den Tieren sprach, riss er Moos von Steinen und zerkrümelte es zwischen seinen Fingern. Manchmal hoffte er, ein Pferd würde ausschlagen und sie verletzen, ganz leicht nur, damit er ins Gespräch kommen könnte. So vergingen Tage, Wochen, Jahrtausende, in denen sie sich sahen und schwiegen, bis er sich eines Tages, er hatte schon Tonnen an Moos pulverisiert, ein Herz fasste und sie zitternd fragte, ob vierundvierzig …

– Was?

– Reiten? Ich meinte, ob du … ob Sie reiten wollen, Fräulein? Aber ich muss hinten sitzen.

– Angreifen dürfen Sie mich aber nicht. Das Mädchen kicherte. Weil ich aus Zuckerwatte gemacht bin. Das sind Engel immer.

Sie stiegen auf. Das Mädchen vorne, Ferdinand dahinter. Sie spürte seinen Atem im Genick, er umfasste zaghaft ihre Hüfte. Räuspern. Lassen wir diese schüchternen Menschen kurz allein, sind sie doch auch ohne uns verlegen ohne Ende. Wenden wir uns Badajoz zu.

Wie die meisten Städte der Extremadura saß auch die von portugiesischen Einflüssen geprägte Grenzstadt auf einem Gebirgssattel. Im Weichbild fiel der Kirchturm auf, mehr Stumpen als elegante Stele. Die dicke Stadtmauer, die Alcazaba, stammte von den Mauren. In der Dämmerung trafen sich hier Liebespaare und genossen den Blick über das Tal. Auch die Brücke über den Guadiana sah man, ebenfalls ein maurisches Konstrukt wie die halbe Stadt. Doch davon wollte man nun nichts mehr wissen. Auf die Moscheen hatte man Kreuze gepappt, die arabischen Schriften waren mit Blattgold überpinselt worden, die Gipsstuckaturen mit Mörtel bedeckt. Alles Islamische hatte man unsichtbar gemacht, aber es gab noch türkischen Honig, ein Dampfbad, Zisternen und hunderte Wörter, deren Ursprung arabisch war: Alkohol, Alchemie, Algebra, Almanach, Algorithmus, Alraune, Allianz Versicherung, Alka Seltzer, Alleluja …

Als Ferdinand und das Mädchen vom Ausritt zurückkamen, waren sie ein Paar.

– Ich weiß, ohne zu wissen, sagte sie. Ich bin mir sicher, ohne es erklären zu können.

– Wie heißt du?, fragte Ferdinand, als sie den Gaul in die Koppel brachten.

– Maria de Peñalosa Arias Dávila.

– Nein! Dem jungen Burschen fiel die Kinnlade herunter. Eben noch hatte er geglaubt, über den Mond springen zu können, und jetzt zog ihn ein Universum in die Tiefe. Du bist die Tochter des Grafen?

– Exakt!

– Dann gehst du mit ihm nach Westindien?

– Ich nicht, aber du vielleicht. Sie zwinkerte und lief davon. Ferdinand wusste nicht, was er davon halten sollte. Der damals über sechzigjährige Graf von Badajoz, der Choleriker Pedro Arias Dávila, allgemein nur Pedrarias genannt, war der grauenvollste Mensch, den die Natur jemals hervorgebracht hatte. Und ausgerechnet der sollte der Vater seiner Liebsten sein?

Pedrarias, gerade zum Gouverneur von Goldkastilien ernannt, dem heutigen Panama, war jähzornig, brutal und übellaunig. Ein hageres Männlein mit greisenhaftem Kohlgesicht, kahlrasiertem Schädel, schroffem Kinn und grauem Bart, das abgesehen von seiner an Schinkenrollen gemahnenden Halskrause stets ganz in Schwarz gekleidet war. Ein Rumpelstilzchen mit einer von Alkoholexzessen angeschwollenen Knollennase. Er hatte gekämpft, Granada von den Mauren zu befreien, war gegen die Türken Nordafrikas ins Feld gezogen und hatte acht legitime Kinder – fünf Söhne, drei Töchter –, wer weiß, wie viele Bastarde.

Seine Wutanfälle waren so berüchtigt, dass die Badajozer alle beneideten, die außerhalb der Stadt lebten. Sie hängten silberne Zungen und Ohren zu den Devotionalien-Altären oder ließen Messen für den Verlust seiner Stimme lesen. Nützte alles nichts. Abgestumpft von einem langen Soldatenleben, geschlagen mit einem keifenden Weib, und von der Natur benachteiligt, besaß dieser spanische Richard der Dritte keine andere Triebfeder, als Rache zu üben an der Welt, die ihm so übel mitgespielt hatte.

Als der Despot nun erfuhr, dass ein Stallmeister seiner Tochter nachstellte, ja dass es heimliche Treffen und vielleicht mehr gab, kratzte er sich am Bart und starrte an die Decke. Dann warf er Flaschen gegen Wände, zerschlug Stühle und verprügelte einen Bediensteten mit einem Silbertablett, bis man das Tablett für eine Skulptur, den Lakaien aber für eine Suppeneinlage hielt.

– Himmelherrgottsakrament! Pedrarias brüllte so laut, dass sich selbst die Maulwürfe im Burggarten verzogen. Erst als man diesen Knaben herbeischaffte, kam der Graf zur Besinnung. Die Dienerschaft, die Burg, ja ganz Badajoz zitterte. Nur Desoto war so dreist, hier im Angesicht des Wahnsinns um die Hand von Maria anzuhalten.

– Eins plus eins, einfache Rechnung … Was wir empfinden … Bestimmung … Liebe, stammelte Ferdinand. Ein echtes, ein wahrhaftiges Gefühl.

Pedrarias schäumte.

– So? Liebe also? Ich zeige ihm, was Liebe ist, Drecksau. Beug er sich vor.

Desoto tat, wie ihm geheißen, und schon spürte er eine Glut an seiner Wange. Der Alte hatte ihm eine derartige Ohrfeige verpasst, dass Ferdinand glaubte, er wäre auf eine heiße Ofenplatte gefallen.

– Maria ist für einen Prinzen oder Grafen bestimmt, nicht für einen Pferdeäpfelsammler, du Suppenkasper. Mit gezücktem Schwert ging Pedrarias auf den Jüngling zu.

– Aber … Liebe … eins plus eins … Wir haben uns versprochen. Das ist wichtiger als eine gute Partie. Ferdinand zitterte. Sein Sinn war bei Maria, ihrem makellosen Lächeln. Ohne sie hätte sein Leben keinen Sinn, würde er vergehen wie ein an Land gespülter Fisch. Er liebte sie. Maria war das Erste, woran er nach dem Aufwachen dachte, und das Letzte vor dem Einschlafen. Maria, immer wieder Maria, rein wie eine Primzahl. Wenn er Pferde zuritt, den Stall ausmistete oder dem Sattler zusah, träumte er von ihrem Näschen, ihrer Nähe, ihrem Atem auf seinem Gesicht, kurz, er war vernarrt in sie.

– Liebe ist Verbrechen und meiner Tochter unwürdig. Liebe? Dabei weiß jeder halbwegs vernünftige Mensch: Die Liebe ist ein Blumenstrauß, das Pflücken macht mehr Spaß als das Besitzen. Irgendwann verwelkt das schönste Bukett. Der Tyrann gab ihm noch eine Ohrfeige und setzte ihm die Schwertspitze unters Kinn. Viel hätte nicht gefehlt, und Ferdinand Desotos Zeit wäre hier abgelaufen, die amerikanischen Autohersteller hätten sich einen anderen Patron suchen müssen, den Marktplatz von Barcarrota würde heute ein anderer zieren, das Havana-Club-Rum-

Etikett sähe anders aus, und diese Geschichte würde nie erzählt werden. Aber gerade als der vor Wut rasende Pedrarias zustechen wollte, erschien das Näschen, Maria, blickte in den Raum, der vor Zorn zu beben schien, kreischte und lief entsetzt davon.

– Gut, lassen wir das. Ich verschone dich, brüllte der Wütende, aber du begleitest mich nach Darién. Ich gebe dir das Kommando über – der Alte dachte nach, gab ihm eine dritte Ohrfeige und fuhr fort … eine Reiterstaffel, und wenn du dich bewährst … *In Darién wirst du sie vergessen.*

– Gallien? Was soll ich denn in Frankreich?

– Darién! Idiot. Isthmus, Neue Welt!

Ferdinand holte tief Luft und hielt den Atem an. Darién? Welch kleines Wort für eine große Sache. Darién, das zunächst keine Auswirkung auf sein persönliches Schicksal hatte, aber bald stand fest, es war dieses kleine Wort, Darién, das die Liebenden auseinanderriss.

Drei Monate später brach man auf. Vor seiner Abreise hatten sich Ferdinand und Maria mit pathetischen Worten ewige Liebe geschworen – mit versiegelten Briefen und heimlichen Treffen. Ewige Liebe? Beide waren im süßen Schwebezustand einer einfachen Melodie, die nur aus zwei Tönen bestand: ich und du. Beide glaubten, ohne einander nicht leben zu können. Man müsse, meinte Maria, an das Positive denken.

– Schwöre mir, dass du immer nur mich lieben wirst.

Ferdinand schwor. Sie dachten an die Zukunft und an ihre Haut, wenn sie die des anderen spürten.

Dann war es so weit. Sechs Tage lang saß Ferdinand dem schweigsamen Alten, seiner Giftspinne und ihrem ältesten Sohn in einer engen Kutsche gegenüber und starrte verlegen aus dem Fenster.

– Was gibt es da zu glotzen?

– Storchennester. Zweihundertzwölf.

– Dir ist klar, dass du von dieser Reise nicht zurückkommen wirst?

– Wollen Sie mich umbringen?

– Niemand kommt wieder zurück, grinste Pedrarias, jedenfalls nicht so, wie er losgefahren ist.

Die Fahrt war derart holprig, dass Ferdinand das Gefühl hatte, ein Pfahl würde in ihn getrieben. Als sie nach zwei Deichsel- und drei Federbrüchen Sevilla erreichten, fühlten sich seine Beine hölzern an, und sein Kopf war weichgeklopft.

Die Stadt war ein Labyrinth aus Gässchen. So etwas Gewaltiges hatte er noch nie gesehen. Überall Soldaten, Seeleute, Kaufmänner und ihre Adlaten. Mönche, Sekretäre, Abenteurer, die alle auf eine Passage in die Neue Welt warteten. Sevilla war der Flaschenhals, durch den alle mussten, der einzige autorisierte Hafen für den Transatlantikhandel. Hier war 1503 das Indische Handelshaus gegründet worden, die Casa de la Contratación de las Indias, hier wurde der Handel mit Amerika geregelt, hier kam es zur Erfindung eines neuen Standes, des Passagiers. Sevilla war das unbestrittene Zentrum des Planeten, zumindest für die stolzen Sevillanos.

– Moloch, sagte Pedrarias.

– Überall Gesindel, ergänzte seine Frau.

Ferdinand war beeindruckt. In den verwinkelten Gassen sah er Orangenverkäufer, auf den Balkonen Psalmen-Sänger, deren waberndes Gewinsel sich anhörte, als hätten sie sich ihr bestes Stück im Türstock eingeklemmt.

– Karwoche, erklärte Pedrarias. Und tatsächlich begegneten ihnen Bruderschaften: Kapuzenmänner, die wie wandelnde Stoffkegel aussahen und riesige Kreuze und Marienstatuen schleppten. Daneben Flagellanten und Nonnen in Verzückung. *Sind hier alle durchgedreht?* Halb Sevilla war im Osterwahn, während die andere Hälfte von nichts anderem als den Gold- und Silberschätzen aus Übersee sprach. In jeder Spelunke war von unermesslichen Reichtümern die Rede. Überall verließen Bedienstete ihre Herren, liefen Söhne von zuhause fort, waren versessen, an Bord eines der Schiffe nach Westindien zu kommen. Lehrburschen, Dienstboten, Schuldner, bankrotte Landbesitzer – alle missachteten die Predigten der Priester, hofften auf das große Glück in Amerika. Amerika! Benannt nach Amerigo Vespucci … oder nach Richard ap Meryk, einem Kaufmann, der die ersten Entdeckungsreisen finanzierte? Amerika! Alle waren wie berauscht, in einer einzigen großen Orgie an Erregung. Nur die Oberschicht wandte indigniert den Blick ab.

Pedrarias inspizierte seine Truppen, und Ferdinand dachte an Maria, zählte die Stunden. Nachdem die Formalitäten erledigt waren, erreichten sie am Donnerstag nach Ostern Palos de la Frontera, wo die Schiffe lagen. Mächtige Holzkästen. Zum ersten Mal sah Desoto das Meer und war ergriffen von dieser ungeheuren, wie gehämmertes Blei glitzernden Fläche.

Stell dir vor, schrieb er an Maria, in Palos essen die Leute Schnecken, die nicht größer sind als Kichererbsen. Es dauert Stunden, bis man davon satt wird. Die Schwalben fliegen so niedrig, dass sie einem einen Scheitel ziehen, außerdem gibt es einen schweren Wein, den die Leute Sherry nennen. Die Schiffe sind bereits beladen und von den Beamten kontrolliert, das Wetter ist ausgezeichnet, und ich freue mich auf die Reise, vor allem aber auf unser Wiedersehen.

Tatsächlich beschäftige ihn etwas anderes: Er hatte die Soldaten gesehen, mit denen er in Westindien sein würde. Ein Panoptikum an Ausgestoßenen. Es war, als hätte man die Bewohner eines Elendsviertels eingefangen: Knollennasen, vernarbte Gesichter, Einäugige … verrohte, vom Leben gezeichnete Gesellen und ihre stinkenden Gespielinnen. Die meisten so dreckig, dass man hinter ihren Ohren Petersilie hätte anbauen können.

Hatte Pedrarias recht? Würde er wirklich nicht zurückkommen?

Maria und Ferdinand hatten sich damit getröstet, dass die Liebe von Geographie nichts wisse, keine Grenzen kenne, unverwüstlich sei. *Beschwere sie mit Gewichten und versenke sie in einem tiefen See – sie taucht wieder auf. Fessle und vergrabe sie, mauere sie ein, schieße sie zum Mond – sie taucht wieder auf. Zerhacke sie, zerschneide sie – sie kommt zurück. Die Liebe ist unverwüstlich.* Sie hatten sich auf ein, zwei Jahre Trennung eingestellt. Wenn alles gutging – und sie hatten keinen Grund daran zu zweifeln –, würden sie sich bald wiedersehen. Es kam anders. Einundzwanzig Jahre sollten bis zu Ferdinands Rückkehr vergehen. Einundzwanzig Jahre, in denen aus dem schüchternen Ferdinand ein gefeierter Held werden sollte. Jahre, in denen Maria die Burgmauer von Segovia ablief und auf Nachricht hoffte. Segovia? Maria war mit ihren Geschwistern dort bei der Großmutter untergebracht worden. Um Historiker in den Wahnsinn zu treiben, hieß diese Großmutter genauso wie Marias Mutter, die Giftspinne, und auch Marias Schwester, die spätere Frau Desotos: Isabella de Bobadilla.

Die Isabellas waren Marias geringste Sorge. Bald gab es Freier, die sie abwimmeln musste, um sich aufzusparen für den einen Mann, von dem sie nicht einmal wusste, ob er noch lebte. Diesen einen, den sie in ihrem Herzen trug. Und als sie alle Hoffnung begraben hatte, kam er zurück, zu spät, viel zu spät.

Ferdinands Leben in der Neuen Welt hing oft an einem dünnen Faden. Die im Namen Spaniens und der Kirche agierenden Konquistadoren waren eine staatlich legitimierte Räuberbande, ein skrupelloser Haufen. Selbst die Missionare waren mehr am Fleisch der einheimischen Frauen denn an ihrem Seelenheil interessiert. Und an der Spitze dieser Bande stand der greise Pedrarias, der immer wieder zu Desoto sagte:

– Lange wirst du hier nicht überleben.

Wie alle halbwegs sensiblen jungen Menschen empfand auch Ferdinand die Welt als feindselig, vulgär und grobschlächtig, was er aber in Darién erlebte, übertraf alles. Der Alte führte ein barbarisches Regiment, ließ Hunde auf Einheimische hetzen oder mähte sie vom Pferd aus nieder wie reifes Korn. Seine Mission war es, Indianer zur Arbeit in den Silberminen zu versklaven und sie zum Bau von Häusern und Straßen anzuhalten.

Dabei war Panama wunderbar. Überall flammendrote Mimosenbäume, Orchideen, Magnolien. Weiße Reiher, faustgroße Schnecken, Schildkröten, Krebse. Bis zum Einmarsch der Spanier hatten die Indigenen in einem Paradies gelebt. Freundliche Leute mit einfachem Gemüt, die der Natur in einem fortwährenden Kampf das Notwendigste abrangen. Zwar hieß es, sie würden getötete Feinde verspeisen, Menschenfleisch räuchern und zu Eintöpfen verarbeiten, aber davon hatte Ferdinand nie etwas bemerkt. Er sah, dass selbst Frauen und Kinder in den Silberminen schuften mussten und beim kleinsten Ungehorsam strengstens bestraft wurden.

Ferdinand war schockiert. Wie besessen schrieb er Briefe an Maria, in denen er ihr von den Schönheiten des Landes erzählte. Es war, als ob er sich eine andere Wirklichkeit erfinden wollte. Er berichtete von riesigen Schmetterlingen und kleinen Vögeln, die Nektar aus Blumen saugten, von Wildkatzen und Krokodilen, Schlangen, dick wie Oberschenkel, Zecken, die die Größe von Weintrauben erreichten, und vom Urwald, dem man ein paar Flächen abgerungen hatte. Ein feuchtes, heißes Klima ließ hier üppige Pflanzen sprießen. Palmen, Gummibäume und Mais, aus dessen Blättern die Eingeborenen kleine mit Hühnerfleisch, wildem Reis und Kräutern gefüllte Pakete schnürten, die sie Tamales nannten.

Darién war ein Mekka der Improvisation mit schlechtgelaunten Eingeborenen, deren Haare lang, glatt und schwarz waren, während sie nur weiße Gewänder trugen – Zeichen des Friedens. Eines Friedens, von dem die Spanier nichts wussten.

– Schau hin, sagte der Gouverneur, nahm Ferdinands Kopf und drehte ihn in Richtung einer grausamen Bestrafung. Was denkst du, was die Wilden machen, wenn wir ihnen Freiraum lassen? Hast du dir überlegt, dass sie uns zahlenmäßig überlegen sind? Wenn wir hier überleben wollen, müssen wir ihnen Angst einjagen. Abschreckung! Das ist die einzige Methode.

Die einzige Methode? Was konnte Desoto tun? Es erforderte alle Anstrengung, seine Reiter zu befehligen. Was sollte er sich da um die Zimtfarbenen kümmern? Vor den Soldaten musste er wie ein Haudegen auftreten, über ihre dreckigen Witze lachen und sich als Frauenheld gebärden. Wie ihm wirklich zumute war, konnte er nur seinen Briefen anvertrauen, Briefe, von denen die meisten nie geschrieben wurden. Die einzige Methode? Eigentlich gab es nur eine Möglichkeit, damit fertigzuwerden: Man durfte die Indianer nicht als Menschen sehen. Wie sagten die Priester? Das sind Affen. Können keine Seele haben! Weil sie nämlich sonst die Bibel widerlegen würden, in der geschrieben steht, die Überlebenden der Arche Noah sind im Ararat-Gebirge gelandet und nicht in Neuspanien. Alle Menschen stammen von Noah ab – und der war weiß. Das ist so sicher wie die Tatsache, dass im Paradies Spanisch gesprochen wird, auch wenn die Schneckenfresser etwas anderes behaupten. Aber woher kommen dann die Indianer? Und was sind das für Menschen?

Ferdinand redete oft mit Pedrarias Stellvertreter, Vasco Núñez de Balboa, der die Dinge ähnlich sah.

– Wenn du hier zu viel Gefühl hast, gehst du ein. Uns allen ist es wie dir gegangen, auch wir waren geschockt. Aber wenn du begreifst, dass die Indianer seelenlose Kreaturen sind, gewöhnst du dich.

Seelenlose Kreaturen? Sie sprechen, lachen, weinen genau wie wir. Wenn man sie kitzelt, lachen sie. Wenn man sie sticht, bluten sie. Und wenn man ihnen Schmerzen zufügt, schreien sie. Mütter sorgen sich um ihre Kinder, Männer beschützen ihre Frauen …

– Sie sind wie Tiere, keine Individuen. Balboa, der zwanzig Jahre ältere, frühere Gouverneur von Darién, stammte aus Jerez de los Caballeros, wo Ferdinand zur Schule gegangen war, und befand sich im Dauerstreit mit seinem Nachfolger. Es ging um Erträge aus den Minen, Sklavenschiffe und Erkundungsreisen in den Süden, die ein junger Grobian namens Pizarro forcierte. Nie waren Balboa und Pedrarias einer Meinung. Ständig drohte einer dem anderen mit dem Kaiser. Schrieb der eine Briefe an das Indienhaus, wie gut die Kolonie funktionierte, widersprach der andere. Verlangte der eine mehr Siedler, Sklaven, Waffen, schrieb der andere, man hätte genug.

Balboa wurde ein väterlicher Freund. Bei ihm fiel Ferdinands Dialekt nicht auf, weil er genauso sprach – beide dehnten die A, verschluckten S und redeten mehr mit der Nase als mit dem Mund. Er hörte sich Ferdinands Schwärmereien von Maria an, auch wenn ihm meist nicht mehr dazu einfiel als »die Ehe ist, wie wenn man mit seinem Feind zusammenzieht«. Widersprach Desoto, begann Balboa mit seiner indianischen Frau, durch die er beste Beziehungen zu den Eingeborenen hatte. Die hatten von Biru erzählt, einem sagenhaften Reich im Süden, das er erobern wollte. Die Indianer in Biru, hieß es, hätten mehr Schätze als die Mexikaner … Genau dahin wollte er. Balboa war ein Marketingmensch, einer, der Visionen verkaufen konnte. Nicht umsonst war er es, der als erster Weißer den Isthmus überquert und von Amerika aus den Pazifik gesehen hatte. Und jetzt Biru. Ließ Pedrarias sich überzeugen? Damals flossen alle Anlagen und Spekulationen in Eroberungen, aber ein ganzes Vermögen in ein Phantasiereich investieren?

Einmal erzählte Balboa etwas von einer kolossalen Tierhatz. Desoto wollte nicht mitkommen, aber der alte Haudegen meinte, das Spektakel besäße die Strahlkraft römischer Gladiatorenkämpfe, man müsse das gesehen haben. Sie gingen in eine heruntergekommene Gegend, wo Mischlinge und Trunkenbolde lebten. Das Ereignis fand in einer Bretterbude statt – kein Kolosseum. Sie schäkerten mit Huren, sahen auf ihre butterweichen Schenkel, gönnten sich gegrillte Fleischstücke und Tamales, bekamen Plätze direkt über der Arena. Der Lehmboden war mit einer zweieinhalb Meter hohen Bretterverschalung umgrenzt.

– Damit keiner heraushüpft, erklärte Balboa, winkte einem Jungen und schickte ihn um eine Flasche Wein.

Alle Zuseher hatten ihre Plätze eingenommen, die Atmosphäre war alkoholgeschwängert und aufgeladen von Gebrüll. Da wurde ein Hund hereingeführt, und hunderte Daumen gingen nach oben. Adolfo hieß das Tier. Der Hundeführer zog an seinen Lefzen und präsentierte dem johlenden Publikum die furchterregenden Zähne, außerdem wies er auf den durchtrainierten Körper hin – ein einziger Muskel mit Gebiss. Ferdinand fielen die verknöcherten Ohren auf: Blumenkohllauscher wie bei Jahrmarktringern. Buchmacher waren zugange und notierten Zahlen.

– Worauf wetten die?

– Wirst gleich sehen. Pedrarias hat sich's ausgedacht. Brot und Spiele für das Volk.

Ferdinand sah, wie der Hundeführer die fletschende Bestie zurückließ. Dann wurde eine Sanduhr präsentiert, und im nächsten Augenblick wusste Ferdinand Bescheid. Indianer! Damnatio ad bestias. Ein ganzer Knäuel dieser kleinen nackten Körper wurde durch eine sich nur kurz öffnende Tür gestoßen. Die Indigenen wussten nicht, was los war, blickten verschreckt ins Publikum. Als sie den Hund entdeckten, entfuhr ihren Kehlen ein einziger Verzweiflungsschrei – kein »die Todgeweihten grüßen dich«. Panisch drängten sie sich an die Begrenzung, versuchten hochzuspringen, was nicht gelang. Die mit Schmierfett eingelassenen Bretter boten keinen Halt.

– Immer dasselbe, lachte Balboa. Erst das Hochspringen, dann die Räuberleiter und zuletzt der Kampf.

Tatsächlich bildeten die Indianer jetzt einen Menschenturm, und als der an der Spitze Stehende die Bretterenden erwischte, blickte ihm Ferdinand kurz ins Gesicht. Verzweifelte, entsetzte Augen waren das, in denen »Was geschieht hier?« stand. Da kam Adolfo angeschossen und verbiss sich in der Wade eines Unteren. Wieder gingen im Publikum Daumen in die Höhe. Der Mann brüllte, versuchte sich zu halten, gab nach, und die Formation krachte wie ein Kartenhaus zusammen. *Die Würfel sind gefallen.*

– Manchmal schafft es einer, aber die Zuseher werfen ihn sofort zurück … oder erschlagen ihn. Balboa nahm einen Schluck Wein. Auch Ferdinand trank, um dieses Theater des Grauens besser zu ertragen. Blut, Schreie und Entsetzen – hier war alles Schreckliche Wirklichkeit geworden.

– Weißt du das Neueste? Pedrarias will Versöhnung! Zum Zeichen unserer Freundschaft will mich der Hundling mit seiner Tochter vermählen.

– Aber Isabella ist doch erst zehn, warf Ferdinand ein.

– Wer spricht von Isabella? Es geht um Maria.

Inzwischen hatte Adolfo einen Indianer gepackt, blickte kurz zum Publikum und sah nach unten zeigende Daumen. *Keine Gnade.* Im nächsten Augenblick hatte der Hund, der nichts wissen konnte von Rom oder Gladiatorenkampf, dem Mann die Kehle durchgebissen. Ferdinand starrte in den zuckenden Körper, aus dem eine Blutfontäne schoss. Maria? Das Näschen? Er sah das Menschenknäuel, in dem sich jeder hinter jedem zu verstecken suchte. Die blutunterlaufenen Augen des Hundes spähten ein nächstes Opfer aus. Nur mit zusammengebissenen Zähnen konnte Ferdinand die Szenerie jetzt noch ertragen. Es war, als würden nicht Indianer zerrissen, sondern er, Ferdinand Desoto.

Das Publikum tobte und brüllte wie im Rausch:

– Weiter, Adolfo! Nicht schlappmachen.

Adolfo und Maria? Beide Namen vereinten sich zu einem schrecklichen Gebilde. *Da also liegt der Hund begraben?*

Unter den Indianern setzte Tumult ein. Sie rannten vor der Bestie davon, hatten aber keine Chance. Bald waren drei erlegt, bald fünf. Was für ein Gemetzel! Manche versuchten sich zu verteidigen, bekamen den Hals der Bestie zu fassen, wurden aber gleich darauf in den Arm oder das Bein gebissen, ließen los und wurden im Handumdrehen zerfleischt.

Maria? Ferdinand konnte es nicht fassen. Dieser Köter hatte keinerlei Ähnlichkeiten mit den Stöberhunden, die bei der Jagd das Wild aufscheuchten, keinerlei Gemeinsamkeiten mit den Schoßhündchen der feinen Damen, war anders als der Wachhund seines Vaters. Adolfo, eine Kreuzung aus Dogge, Pitbull und Rottweiler, war ein zum Töten abgerichtetes Scheusal – ein Indianerhasser, erster hündischer Rassist. Und Balboa? Sein väterlicher Freund sollte die Liebe seines Lebens heiraten? *Hundsgemeinheit!* Ferdinand spürte, wie sehr sich alles verändert hatte. Die Kluft zwischen seinem jetzigen Leben und dem in Badajoz war riesig. Damals hatte er Maria bei den Stallungen getroffen, damals hatten sie abends an der Stadtmauer dem Sternenhimmel beim Sternenhimmeln zugesehen. Jetzt war alles grauenvoll und grausam.

Dann geschah etwas Unerwartetes: Ein Indianer stellte sich furchtlos in die Mitte der Arena … *hält sich wohl für Spartacus* … und sprach mit fester Stimme zum Publikum. Er redete in seiner Eingeborenensprache, aber man konnte »Söhne der Sonne«, »Gott« und »Christentum« verstehen. Er sprach von Mitgefühl und Menschlichkeit. Liebe deinen Nächsten …

– Ruhe, du Moralapostel, begannen welche zu plärren. Andere pfiffen. Daumen gingen nach unten. *Gefällt mir nicht.*

Auch Adolfo war irritiert, stand einfach da und wedelte mit seinem Stummelschwanz. Da sprang der Indianer Richtung Hund, bekam ihn an der Gurgel zu fassen und biss nun seinerseits das Tier – überraschenderweise in die Brust. Er packte den verblüfften Adolfo an den Ohren und warf ihn mit einer Drehung auf den Rücken.

– Ja, brüllte Ferdinand, jawohl, zerreiß ihn.

Sofort stürmten andere Indianer hinzu, packen den Hund an den Läufen, um ihn, wie es aussah, auseinanderzudividieren. Man sah den hellen Bauch des Tieres, seine großen Hoden und einen entsetzten Blick.

– Ja! Schnappt ihn euch. Ferdinands Stimme quietschte wie bei jemandem, der einen Witz erzählt und das Lachen schon vorwegnimmt.

So etwas hatte man noch nicht erlebt. Das Publikum tobte, und Ferdinand schrie wie besessen. Er hatte von Anfang an zu den Indianern geholfen, nun, da sie die Oberhand hatten, musste er lachen und weinen zugleich. Diese zum Töten abgerichtete Bestie schien besiegt. Bravo! Gebt es ihm, dem Hund! Es war, als hätten die ersten Christen Roms einen Löwen überwältigt. Im nächsten Moment flog, Himmelherrgottsakrament, eine Flasche auf den würgenden Indianer, der den Griff kurz lockerte. Adolfo konnte nach ihm schnappen und, niemand hätte es für möglich gehalten, sich befreien. Keine fünf Minuten später waren alle totgebissen – auch der Prediger, der noch etwas von Feigheit, Scham und Hölle schrie. Was du nicht willst, dass man dir tu … Das ekstatische Publikum war verzückt, die Sanduhr abgelaufen, und als Endergebnis wurde … nueve … diez … und dann triumphierend once – elf! – verkündet. Elf getötete Indianer, die wie blutende Puppen in der Arena lagen. *Märtyrer ihres Volks?* Männer schleiften sie hinaus, wischten Gedärme weg. *Wehe den Besiegten.*

Ferdinand spürte, wie die Tamales und das halbverdaute Fleisch aus ihm herauswollten, stürzte ins Freie, kotzte neben einer pissenden Hure und sagte:

– Das kann ich nicht durchgehen lassen.

– Was? Das Mädchen sah ihn verwundert an.

– Jetzt kommt Heinrich, rief Balboa, den dürfen wir auf keinen Fall verpassen. Doch keine zehn Pferde hätten Desoto wieder hineingebracht. Alles, was er wollte, war, sich zuhause in seine Hängematte legen und von Maria träumen. Die Schreie, das Blut, die Sterbenden, Balboas Braut, das alles war so erbaulich wie ein Magendurchbruch.

Wenige Tage später geschah das Schreckliche: Die Hochzeit Balboas mit Maria wurde bekanntgegeben. Jetzt war es offiziell, Ferdinands Leben zerstört. Die nächsten Wochen und Monate taumelte er besinnungslos herum, flüchtete sich in Zahlen, zählte Blätter auf Bäumen und Astknoten in Brettern.

Gerade als er sich an das Leben eines Toten gewöhnte, wir schreiben das Jahr 1519, wurde Balboa Hochverrat vorgeworfen. Pedrarias ließ ihn verhaften und mir nichts, dir nichts enthaupten. Für Ferdinand war das grauenvoll und zugleich großartig, weil ihm die Hoffnung auf Maria blieb.

Heute, fünfhundert Jahre später, prangt Balboas Konterfei auf den Münzen Panamas, gibt es Straßen, Schulen, Parks und ein populäres Bier mit seinem Namen.

Pedrarias konnte ihn nicht leiden, aber ihm den Kopf abschlagen? Ferdinand verstand die Welt nicht mehr. War Balboa auch Pedrarias mit einem Goldland in den Ohren gelegen? Ständig hatte er von Biru geschwärmt und Ferdinand überreden wollen, mit ihm und Pizarro eine Expedition dorthin zu unternehmen. Oder lag es an den Blättern, die der Alte konsumierte? Dem jungen Dragonerführer war aufgefallen, dass bei Marias Vater eine Veränderung vorging, wenn er dieses Grünzeug kaute und Kalkasche dazu aß.

Die Wilden besaßen keine Schrift, ihre Wörter waren unverständlich. Selbst Sprachbegabten fiel es schwer, sich Namen wie Quamquemacu oder Namquaduga zu merken – könnte auch Altägyptisch oder Sumerisch sein. Die Männer besaßen eine mit Muschelstaub gefüllte Kalebasse, in der ein Stäbchen steckte, mit dem sie Muschelstaub einspeichelten und auf die Kalebasse strichen – ihre Identität, so eine Art tragbare Seele. Kleine, schweigsame Menschen. Unergründlich. Aber Kannibalen, wie man in Spanien erzählt hatte? Nein, es gab keine gegrillten Leiber und auch keine Eintöpfe mit Menschenfleisch.

Ferdinand hatte sich bemüht, in ihnen seelenlose Kreaturen zu sehen, doch es war ihm nicht gelungen. *Die Mütter kümmern sich genauso um ihre Kinder wie die Christinnen. Sie beten zu ihrem Gott wie wir. Wie wir lachen sie, träumen, spielen, verehren ihre Ahnen. Und wenn man ihnen die Haut aufschneidet, kommt Blut heraus, kein Himbeersaft …*

– Ich werde mit Pedrarias sprechen, ihm klarmachen, dass wir diese Leute nicht so behandeln dürfen. Ferdinand stapfte los, dem Gouverneur von Panama die Meinung zu geigen.

Wenig später stand er vor dem Greis und senkte, nachdem er zwei Sätze gestammelt hatte, schuldbewusst den Kopf

– Kulturlose Affen, fauchte Pedrarias. Kannst du dich an die Kathedrale in Sevilla erinnern? An den goldenen Altar? Die Bilder flämischer Meister? Das ist Kultur! Was haben dagegen diese Tiere? Plumpe Steinfiguren und hohle Flaschenkürbisse, die sie für ihr Gebetbuch halten.

– Sie sind unschuldig wie die ersten Menschen.

– Pha! Seelenlose Kretins. Willst du wissen, warum ich die Indianer hasse? Willst du wissen, warum ich nie zulassen werde, dass du meine Tochter besteigst? Pedrarias machte ein ernstes Gesicht und deutete auf seinen Schoß. Die Ärzte sagen, das kommt von einer Planetenkonstellation, aber ich bin mir sicher, ich habe es einer Indianernutte zu verdanken. Diese neue Krankheit, die Kolumbus mitgebracht hat. Morbus pustulatus, Franzosenkrankheit, Hiobsseuche …! *Syphilis!* Er griff zu einem Tiegel mit einer gräulich braunen Paste. Quecksilber ist das Einzige, was hilft! Und weißt du, wie es endet: Irgendwann hängen die Reste meines Hirns wie Spanisches Moos von der Schädeldecke. Total verblödet trete ich dann ab. Schöne Aussicht, oder?

Ferdinand schluckte. Überall lauerten hier giftige Schlangen, Spinnen, Krokodile, und dann gab es noch das Fieber. Von wegen Paradies, ein schreckliches Land, in dem man nachts von Moskitoschwärmen zerstochen wurde und tagsüber an der feuchten Hitze litt. *Und jetzt noch diese Krankheit, die einen verblödet.*

– Du glaubst, ich hätte Balboa grundlos hinrichten lassen, stimmt's? Der Alte sah ihn durchdringend an. Ferdinand blickte zur Decke.

– Schau dir das an. Pedrarias warf ihm ein Pergament hin. Umsturzpläne! Desoto konnte von den Kritzeleien nichts verstehen.

– Und jetzt verschwinde, der Greis hob sein Kinn. Einen kleinen dahergelaufenen Besserwisser, der von nichts einen blassen Schimmer hat und hier ungefragt Vorträge über Indianer hält, braucht kein Mensch.

– Ich dachte …

– Fürs Denken wirst du nicht bezahlt. Darin bist du nicht geübt.

Geknickt ging Ferdinand aus dem Haus des Gouverneurs,

aber schon im Innenhof richtete er sich auf, und kaum war die schwere, mit Nägeln beschlagene Tür hinter ihm geschlossen, schwoll seine Brust, und draußen auf der Straße sagte er zu sich:

– Dem habe ich es gegeben. Ganz klein war der am Schluss. Dem habe ich gezeigt, dass er mit den Eingeborenen nicht so umspringen kann.

In den nächsten Wochen geschah Seltsames. Während andere beim Anblick der Massaker an den Indianern in Ohnmacht fielen oder in einen Blutrausch gerieten, gab es immer mehr solche wie Ferdinand, die es nicht mehr sahen, die verzweifelten Schreie nicht mehr hörten, die Blutlachen und Gliedmaßen an der Hinrichtungsstätte einfach nicht mehr bemerkten. Irgendwann nahm er das alles nicht mehr wahr, gehörte es ebenso zu seinem Alltag wie der Regenguss am Nachmittag, die Moskitos oder der nächtliche Gesang betrunkener Soldaten. Und wenn er darüber nachdachte, kam er zu dem Schluss, dass es sich um den Freiheitskampf von Menschen zweiter Klasse handelte, womit er aber nicht die Eingeborenen meinte, sondern die Spanier. Das Schwarzweißdenken der Weltöffentlichkeit, die, wenn diese Dinge bekannt würden, von grausamen Gemetzeln spräche, war ihm zu einfach. Verbrechen wider die Menschlichkeit? Es gelang ihm, sich damit zu arrangieren.

Ferdinand zählte, was ihm vor die Augen kam, schimpfte über den nach Eisen schmeckenden Schinken, den rostigen Geschmack des Weins und träumte von Maria. *Ihr Näschen!* Ob sie an ihn dachte, so wie er mit seinen Gedanken ständig bei ihr war? Manchmal hatte er das Gefühl, sein Leben wäre der Traum eines anderen. Von Maria? Meistens war er bei den Pfer den oder kontrollierte die Dragoner. Er war so sehr mit Steigbügeln, Zaumzeug und Stallungen beschäftigt, mit Heurationen, Ausritten und Dienstplänen, dass er die Brutalitäten entweder nicht mehr wahrnahm oder sie als legitime Reaktion auf hinterhältige Aktionen sah. Sein Alltag waren die Berichte an Pedrarias, Lohnverrechnungen, Materialausgaben, Versorgungspläne … bürokratische Dinge, die sein Zuhause wurden.

Er striegelte einen Pferderücken, als ihm jemand auf den Hinterkopf schlug.

– Wasn los? Ferdinand drehte sich um und bekam eine Ohrfeige, die ihn umwarf. Als die Benebelung verflog, erkannte er einen kräftigen Mann mit dicken Armen. Der Soldat Pérez sah ihn verächtlich an und brüllte:

– Das ist eine Aufforderung zum Schwertkampf auf Leben und Tod.

– Was? Ein Duell? Desoto konnte sich nicht erinnern, mit diesem Pérez jemals mehr als zwei Sätze gewechselt zu haben. Womit konnte er ihn beleidigt haben? Warum?

– Weil ich es nicht ertrage, dass du hier die gleiche Luft atmest wie ich.

– Habe ich Sie gekränkt? Ich …

– Wer mich beleidigt, entscheide immer noch ich.

Ferdinand ahnte, es war Pedrarias, der dahintersteckte. Der alte Gouverneur wollte den Verehrer seiner Tochter aus dem Weg räumen.

Der Zweikampf wurde für einen Tag im April in der neu gegründeten Stadt Panama festgesetzt. Die Sonne war wie siedendes Fett, die Luft ein heißer Lappen. Es gab nur wenige Zuseher, die meisten schweigsam, nur Pedrarias, völlig überdreht, brabbelte in einer Tour. Schließlich gab der tatterige Greis das Startzeichen für die Kämpfer – eine Doppelwatsche an einen Lakaien.

Ferdinand war, als hätte sich sein Hirn in Quittengelee verwandelt; seine Knie waren weich, und jeder Luftzug schnitt ihn in der Lunge.

Zum Glück hatte es sein Kontrahent nicht eilig. Pérez war der

Erfahrenere, Stärkere, ein Baum von Mann, und er hatte einen Plan. A man, a plan, a canal: Panama. Aber der Kanal, um den es Pérez ging, war Desoto, den er durchstechen wollte.

– Du bist tot. Ich werde dein Blut trinken.

Ferdinand klammerte sich verzweifelt an sein Schwert, hatte nicht den Funken einer Chance. Schon das Heben der Waffe, um die Hiebe seines Gegners abzuwehren, kostete ihn alle Kraft. Schweiß stand auf seiner Haut wie Kondenswasser auf einem Badezimmerspiegel. Ermutigend war das nicht. Er hatte Maria versprochen, in spätestens zehn, zwölf Monaten zurück zu sein, jetzt waren daraus Jahre geworden, und so wie es aussah, sollte er überhaupt nicht mehr zurückkommen.

Die Klingen der Schwerter prallten aufeinander, und Pérez grinste mit der Gewissheit des Siegers.

– Kennst du den Kuss des Todes, Freundchen? Der Stoß zerteilt dir die Zähne, die Zunge, das Hirn.

Pedrarias war so entzückt, dass er vor Freude dem Lakaien alle Zähne ausschlug, die dieser diskret in seine Hand gleiten und verschwinden ließ. Es war ein schöner Tag, die Sonne brannte vom Himmel, eine leichte Brise spielte mit Ferdinands Bluse, und Pérez drosch mit seinem Schwert auf ihn ein.

– Heute wirst du gut schlafen, Freundchen. Für immer.

Als Ferdinand bereits mit seinem Ende rechnete, geschah etwas völlig Unwahrscheinliches. Palmen in Sibirien! Elefanten, die übers Wasser gehen! Eine Quelle mitten in der Wüste. Daran musste er nun, fast zwei Jahrzehnte später, denken, als er mit dem kleinwüchsigen Rodrigo und dem halbnackten Julius Cäsar durch den frischen Schnee von Valladolid stapfte. Damals, im April 1520 in Panama, hätte er nicht gehofft, je vor den Kaiser oder irgendeinen anderen treten zu können. Doch genau das war eingetroffen, er hatte überlebt und nun, siebzehn Jahre später, tatsächlich einen Termin bei seiner allerkatholischsten Majestät. Damals war er noch einmal davongekommen wie beim Schafscherwettbewerb mit Armando Gallo. Aber heute? Heute würde er scheitern, das wusste er.

DIE DREI ISABELLAS

Wir werfen einen Blick zum Schiffbrüchigen und stellen fest, Elias Plim liegt ohne Bewusstsein im Zwischendeck des Korsarenschiffes. Also springen wir nach Valladolid ins Jahr 1537 und gehen mit Desoto zur kaiserlichen Audienz.

– Es heißt, Charly habe gute Laune. Stummel grinste. Seit er vor zwei Jahren die Schlacht von Tunis gewonnen hat und seine Stiefgroßmutter an Verfettung gestorben ist, soll er auf Wolke sieben schweben.

– Pst. Hört ihr das? Julius Cäsar hob die Hände und blieb stehen.

– Was denn?

– Man hört … keinen Vogel. Der Sommer wird kommen, aber Julius Cäsars Herz wird im Winter leben. Der Indianer machte ein bedeutungsschweres Gesicht. Desoto und der Kleinwüchsige schüttelten den Kopf und gingen weiter.

– Der Kaiserhof ist ein Schlangennest, aber du bist nicht allein, Ferdinand Desoto, du bist drei Männer. Julius Cäsar fröstelte.

– Vor allem müssen wir Charly den Mund wässerig machen, sagte Rodrigo, der es schaffte, einen sogar von unten herablassend anzusehen.

– Könige, sagte der Zwerg, sind unberechenbar: Wen sie heute lieben, lassen sie morgen brennen. Wir müssen dem Habsburger klarmachen, dass wir in Nicaragua …

– Pass auf, dass dich der Kaiser nicht als Hofzwerg behält. Der

Indianer blickte Rodrigo mitleidig an und blies Luft durch seine Zähne. Julius Cäsar war Isabella zu ihrem zehnten Geburtstag aus Panama geschickt worden und lebte seither als ihr Diener – statt der Kalabasse mit Muschelstaub besaß er einen Rosenkranz, statt Naturgötter verehrte er den Gott der Katholiken.

Abgesehen von der zimtfarbenen Haut, zugespitzten Zähnen und dem spärlichen Bartwuchs unterschied ihn kaum etwas von einem Spanier. Die Schnallenschuhe, Röcke und Blusen mit Puffärmeln waren für ihn normal geworden. Sonntags legte er sich eine Mühlsteinkrause aus Brüsseler Spitzen an, setzte seinen schwarzen Spitzhut auf, um ihn in der Kirche wieder abzunehmen und einen ans Kreuz genagelten Jesus Christus anzubeten. Dieser Julius Cäsar hatte mit einem Indianer nicht mehr gemeinsam als mit einem römischen Imperator, trotzdem flüsterten ein paar, er sei ein Kannibale, der nur auf eine passende Gelegenheit warte, um einen Menschen zu verspeisen. *Seht euch nur mal seine Zähne an.* Nichts an ihm erinnerte an seine Kindheit in einem subtropischen Strohhüttendorf, wo es normal gewesen war, aus Hundezitzen Milch zu saugen. Nichts zeigte die Bekümmertheit eines Davongekommenen, der einem Gemetzel entronnen war, der Vernichtung seines Dorfes. Nur seine Wortwahl war verschroben, bezeichnete er doch Gott als Weltenbeweger und sich selbst als Vagabund der Träume. Wenn Isabella aufgebracht war, ihre Zornesfalte zum Vorschein kam, gab er ihr den Rat, an die Gelassenheit der Schmetterlinge zu denken.

Heute war er nur mit einem Lendenschurz und ein paar Federn bekleidet, weil es galt, dem doppeladlerigen Kaiser-König etwas Kurioses vorzuführen – und dieses Kuriosum war er, Julius Cäsar. Er fühlte sich nackt und fror entsetzlich.

Desoto trug ein Wams aus schwarzer Wolle, weißgestärkte Halskrause, Pluderhose und einen Degen mit juwelenbesetztem Griff. Lieber hätte er den reichverzierten Brustharnisch mit silberbestickter Bluse angezogen, aber man riet ihm, bescheiden aufzutreten.

– Der König muss dir nur das Plazet geben, in Nicaragua oder Guatemala ein Gouverneursamt zu errichten. Mittel, die Expedition auszustatten, hast du genug.

Stummel, der in Puffärmeln und Ballonhose aussah wie ein kleiner Ball, war guter Dinge. Ferdinand beachtete seine Begleiter nicht, er war nervös, und seine Beine zitterten. Zur Ablenkung zählte er Fliesen.

Es war nicht der Kaiser, der ihm Sorgen bereitete, sondern seine Frau, Isabella, die vom Hof träumte, in Gedanken mit turmhohen Frisuren und einem Bügelbrett um die Hüften durch Prunksäle stolzierte und wie eine aufgetakelte Gesellschaftsbiene herumschwirrte. Isabella, nicht Maria! Seine steife, kontrollierte Frau war für ihre Schwester eingesprungen. Warum? Weil die Liebe immer zwischen allem und nichts schwankt, oft schon eine Kleinigkeit genügt, alles zu verändern – wie im Leben. Als Ferdinand 1536 als reicher Mann aus Peru nach Spanien zurückkehrte, war Maria nicht mehr verfügbar. Von einem Kloster war die Rede.

– Wie konntet Ihr das zulassen, beschimpfte er ihre Mutter, die Giftspinne, und die Großmutter. Nur zaghaft rückten die Isabellas mit der Wahrheit heraus: Ob er sich nicht gewundert habe, keine Nachrichten zu bekommen? Seine Briefe seien ja regelmäßig eingelangt … Ob Pedrarias nie etwas erwähnt habe? Maria sei ihrer Unschuld beraubt worden, die daraus entstandene unehrenhafte Frucht zu Pflegeeltern gekommen, brave, aber einfache Leute, und Maria war infolge dieser Besudelung nichts anderes übriggeblieben, als zwischen Fluss und Kloster zu wählen.

– Vergewaltigt? Von wem?

– Unwichtig. Das Lächeln der Mutter erstarrte. Jedenfalls ist dieses Subjekt nachher in die Kolonien gegangen.

– Wann ist das passiert? Ferdinand war zumute, als hätte das Leben ein Urteil über ihn gefällt.

– Lass mich nachdenken … Die Giftspinne machte eine Pause. Kurz nachdem ich von Darién zurückgekommen bin.

Vergewaltigt! Ferdinand war zwei Wochen lang rasend, zertrümmerte, was ihm in die Quere kam, wollte Maria aus dem Konvent holen, beruhigte sich aber und beschloss, sie zu vergessen. Ja. Kaum zu glauben, er riss sie sich aus dem Herzen, überwand den Schwur, immer nur sie zu lieben. Die Liebe schwankt zwischen allem und nichts, und manchmal reicht eine Kleinigkeit, alles zu zerstören.

Zwischenzeitlich hatten die Isabellas begonnen, ihm die Dritte ihres Namens schmackhaft zu machen, Marias Schwester Isabella Arias de Bobadilla y Peñalosa. *Immer diese langen spanischen Namen, als wollten sie ihr ganzes Land damit ausfüllen.*

Isabella? Die Langbeinige? Sah man diese Frau, fiel einem zuerst ihre Größe auf, bestimmt eins vierundsechzig, dann richtete man den Blick auf ihr Gesicht, sah ihre weißen Zähne, das Muttermal.

– Sie ist an die dreißig, aber hübsch. Wenn dir Maria gefallen hat … Isabella wird das Gut in Darién bekommen … Denk an den guten Namen unserer Familie. Mutter und Großmutter Isabella redeten sich den Mund fusselig, doch er wollte davon gar nichts hören. Maria war wie eine Ente, fröhlich schnatternd. Dagegen Isabella? Ein Schwan! Makellos schön, aber eingebildet.

Und sie? Groß, rotblond, leicht neurotisch mit milchweißer Haut. 1514 war sie ein Kind mit langen Zöpfen und einem nichtssagenden Gesicht gewesen, und jetzt? Beine so lang wie das Leben Salomons. Babylonische Brüste, eine Jericho-Figur, dazu ein hübsches, aber alttestamentarisches Gesicht mit einem biblischen Muttermal. Erdnussgroße Schneidezähne mit einer Ritze, groß wie die Kluft zwischen Kain und Abel.

– Glaubst du, ich habe mich umsonst enthalten? Sie lächelte. Ihre Stimme war warm wie Bratäpfel im Winter. Unverschämtigkeit! Kannst du dich an den Schafscherwettkampf erinnern? Was glaubst du, wäre aus dir geworden, wenn du verloren hättest? Verrücktigkeit! Eine verkrachte Existenz wie dieser Gallo, von dem es heißt, er habe sich um den Verstand gesoffen. Hast du dich nie gefragt, ob dein Sieg mit rechten Dingen zugegangen ist? Die Löcher im Fell des Stallmeisters …

– Du warst das? Du warst sieben Jahre alt? Ferdinand blickte Isabella fassungslos an.

– Maria war's! Aber ich hätte euch verpfeifen können. Als Gallo triumphierend krähte, alle auf ihn sahen, machte Maria ein paar Schnitte mit der Schere … Isabella lächelte.

Zwischen ihnen standen einundzwanzig Jahre Westindien, aber Ferdinand war entschlossen, diese Frau zu lieben. Gut, sie war zu alt, zu groß, zu eingebildet … ihr Vater war der schreckliche Pedrarias gewesen … Und dann machte es klack. Wenn sie sprach – und das tat sie fast immer –, hörte er nicht hin, dachte aber, hoffentlich hört sie nie auf damit. Es war, als äße sie die Wörter, und er liebte ihre Stimme. Auch Isabella hatte sich entschlossen. Fast dreißig und noch unverheiratet, das war, als trüge man ein Schild um den Hals, das vor Aussatz warnte. Dabei lag es nur an ihrer rechthaberischen Art, die alle Verehrer vergrault hatte. Und diejenigen, die sie nicht vertrieben hatte, waren ihr nicht gut genug.

Mit Ferdinand war alles anders. Er sah in ihr Maria, und unterstrich sein Werben mit einem Strauß frisch geschnittenem Liguster. Sie überschwemmte ihn mit Wohlgeruch und Wörtern. Gemeinsam zwangen sie die Liebe, sich für alles zu entscheiden – doch bald schon war sie wieder nichts. Wenige Wochen nach der Hochzeit wussten beide, sie hatten sich getäuscht. Desotos Liebe zu Maria damals in Badajoz war geheim und heftig gewesen, aber so heiß, dass sie auch ihre Schwester wärmte, war diese Suppe nicht. Von der Hormonausschüttung, die das kecke Entlein damals ausgelöst hatte, war beim Schwan nichts mehr zu spüren. Für Desoto war bald klar, diese herrische Frau hatte mit dem kecken Pferdemädchen nichts zu tun, war zwanghaft, rechthaberisch und ein Feldwebel. Wenn Maria zu den Pferden kam, sagte sie »Ihaha. Weil auch das einmal gesagt werden muss«, und streichelte die Tiere. Isabella dagegen sprach von ansteckenden Krankheiten, Schmutz und Gestank. Marias Haut war Milchkaffee, die von Isabella Panna cotta. Und wenn Julius Cäsar sein »Denk an die Gelassenheit der Schmetterlinge« sagte, zischte sie:

– Woher weiß ich, dass die gelassen sind? Wahrscheinlich sind sie panisch, können sich aber mit ihren großen Flügeln nicht schneller bewegen.

Als Spross einer einflussreichen Familie besaß sie Macht und Ansehen. Beides hatte sich Ferdinand erheiratet, doch zu welchem Preis? Schon ein Monat nach der Hochzeit, wenn er nur dasaß und die Kinnlade hängen ließ, fauchte sie »Ist was?«. Gesprächigkeit! Reden! Das ist das, wo man den Mund auf und zu macht.

Isabella war von dem verwilderten Haudegen entsetzt. War das der Jüngling mit den melancholischen Augen, in den sich ihre Schwester verliebt hatte? Ein schüchterner, aber zärtlicher Galan mit ernster Ausstrahlung, von dem Maria so lange geschwärmt hatte, bis etwas davon auch auf sie übergesprungen war? Nein, Ferdinand war es gewohnt, in Feldlagern zu essen, besaß die Manieren eines Bauern und keinerlei Interesse an Mode oder Tratsch. *Er hat traurige Augen, aber als Mensch ist er ein bisschen lächerlich.*

Die Hochzeit wurde 1537 in Valladolid gefeiert – die Dame von der Rumflasche und der Bursche, nach dem ein Ami-Schlitten benannt werden sollte. Es war die prunkvollste Trauung des

Jahres mit Theatermaschinen, Wasserspeiern und einem atemberaubenden Kunststück der Pyrotechnik. Fakire und Schwertschlucker traten auf, bauchfreie Tänzerinnen aus Libyen, und serviert wurde ein gefülltes Dromedar, in dem eine Kuh, ein Schwein, Truthähne, Wachteln, Fische, Froschbeine, Flusskrebse und Kaviar steckten. Die Leute waren begeistert, das Paar trug dieselben Vornamen wie die katholischen Könige, aber im Gegensatz zu den allerkatholischsten Majestäten hatten sie nicht die Angewohnheit, über Altarräumen zu schlafen, sondern bevorzugten Betten mit Baldachin. Gut, nicht alle waren freundlich. Manchem stieß die pompöse Feier sauer auf, und die alten Aristokraten sprachen gar von einem vulgären Haudegen, der mit unlauteren Geschäften zu Geld gekommen sei und sich jetzt ein Denkmal setzen wolle. Sie flüsterten von einem pöbelhaften Parvenü und trugen Groll, dass Burschen wie dieser Desoto in den Kolonien zu Reichtum kamen und dort eine Freiheit fanden, die man sich im strengen Hofzeremoniell Spaniens nicht vorzustellen wagte. Außerdem munkelte man, der Bräutigam habe bei der Trauung anstatt dem üblichen »Ja, ich will« »Zweiundvierzig« gemurmelt.

Schon die Hochzeitsnacht enttäuschte: Sie war steif und hölzern wie ein entrindeter Baumstamm, er, an die Liebeskünste der gelenkigen Eingeborenenmädchen gewöhnt, ging zu Werke wie ein Kaminkehrer, der sich mit einem verrußten Schornstein plagt.

Bald bereute Ferdinand seinen Entschluss. *Wir müssen alle für unsere Sünden büßen, jeder Einzelne. Aber so früh?* Sie wollte ihn erziehen, einen devoten Pantoffelkäfer aus ihm machen. Aber er war nicht sein halbes Leben lang Eroberer gewesen, um dann von einem Augenblick zum nächsten seine Leidenschaften aufzugeben. Wie alle Männer suchte er Distanz, weil sie auf Nähe aus war. *Männer sind wie Inseln, Frauen wie das Meer.* Er hatte

Wilde gebändigt und Peru erobert, aber an diesem halsstarrigen Schwan war er gescheitert. Nach Mittelamerika wollte sie auch nicht mitkommen.

Blühten dort Judasbäume oder, wie die Spanier sie nannten, Bäume der Liebe? Roch es im Frühling nach Orangenblüten, gab es Blutwürste, flambierten Pudding, Schaumwein? Selbst wenn Desoto ihr das raue Klima der Extremadura entgegenhielt, wo es neun Monate lang eiskalte Nächte gab, während es im Sommer so heiß war, dass man nicht mehr denken konnte, ließ sie sich nicht umstimmen. Nein, sie würde in Spanien bleiben – Negerragout, Goathemala, Wenigzuela, oder wie das alles hieß, konnten ihr gestohlen bleiben. Trotzdem oder gerade deshalb ging er jetzt zum Kaiser, ihn genau dort um ein Gouverneursamt zu bitten.

– Schaut, sagte Rodrigo, der Großinquisitor hat den Statuen die Penisse abschlagen lassen. Bald werden auch Steinmetze auf Scheiterhaufen brennen. Der Zwerg war es, der Desoto die Idee eines neuen Reiches schmackhaft gemacht hatte. In Westindien wurden die Weißen als Söhne der Sonne angesehen, sogar die kleinen.

Sie betraten den Königspalast, drängten sich durch stinkende Bettler, passierten mehrere Wachen, gingen Flure und Gänge entlang und stießen beim großen Festsaal auf zwei Soldaten mit Hellebarden.

– Ich werde den König überzeugen, dass er in der Neuen Welt noch ein Gouverneursamt errichten muss, sagte Desoto zu den Wachen, die ihn verständnislos anblickten.

– Ferdinand Desoto, ergänzte Rodrigo. Wir sind bei seiner Majestät vorgeladen.

– Karuba ka kamakana gschu. Das kam von Julius Cäsar. Der Indianer machte sich einen Spaß daraus, sich als Wilder zu gebärden. Als ihn einer der Wächter erschrocken anblickte, flüsterte er ihm zu: Julius Cäsar reißt dir das Herz aus deiner Brust und frisst es!

Schließlich öffnete man die schwere Tür, und ein Ausrufer verkündete den Namen des Besuchers.

TURTLE JULIUS

Bevor wir nun dem Kaiser gegenübertreten, um uns zu überzeugen, ob er noch alle Finger an der Hand hat, wenden wir uns dem Schiffbrüchigen zu, der nach wie vor im komatösen Zustand ist. Da versäumen wir noch nichts. Also zum Kaiser! Doch Moment, beinahe hätten wir jemand anderen vergessen, der wie eine Schildkröte nur langsam von der Stelle kommt. Turtle Julius!

In der Burg von Orgaz, einer Kleinstadt südlich von Toledo, roch es nach kaltem Bratensaft, verschüttetem Wein, Pisse und Erbrochenem. Die Reste eines nächtlichen Gelages. Betrunkene rekelten sich auf dem versifften Boden. Junge Grafen mit Essensresten im Bart und Damen in teuren, aber verschmutzten Kleidern lagen wie tot herum. Daneben nackte Afrikaner, die vor wenigen Stunden mit brennenden Fackeln jongliert hatten, als Jäger verkleidete Diener und Pantomimen, die ein schamloses Satyrspiel aufgeführt hatten. Ein riesiger Penis aus Pappmaché, Dildos aus Elfenbein und andere Zeugen eines gotteslästerlichen Bacchanals.

Gibt es etwas Widerlicheres als junge Reiche? Empfängt man so einen Turtle Julius?

Der Notar, von dem eine puritanische Strenge ausging, spürte, wie sich seine Eingeweide verknoteten. Der ganz in Schwarz gekleidete Jurist machte ein ernstes Gesicht – er sah aus wie Ben Kingsley und besaß auch dessen butterweiche Stimme. Noch nie hatte er ein Testament in einem derartigen Saustall eröffnet. Der Advokat räusperte sich und legte seine ganze Autorität in die Kingsley-Stimme, als er verkündete, er sei gekommen, den letzten Willen des Verstorbenen kundzutun.

– In Kürze werde ich in dem kleinen Saal neben der Kapelle, dem einzigen, in dem noch etwas Ordnung herrscht, den letzten Willen des Verstorbenen verkünden. Daher bitte ich alle … Komisch, dachte Turtle Julius, als er Tropfen an sich vorbeifliegen sah, plötzlich regnet es. *Im Burgsaal?* Als er einen Wasserstrahl auf den Steinboden prasseln hörte und irritiert hochblickte, sah er zuerst die Balustrade, das Deckengemälde, dann zwei höhnisch grinsende Gesichter, dunkle Fleischwürste, und allmählich registrierte er es: Zwei junge Grafen pissten von der Galerie herunter … pissten wie Brauereipferde. Angeekelt sprang Turtle Julius zur Seite.

– Frechheit! Das wird … die Testamentseröffnung … Der Advokat rang um Worte. Von oben ertönte Hohngelächter.

Die Söhne und Töchter rafften sich auf, gaben herzerwärmende Rülpser und Fürze von sich, die Blumen zum Verwelken brachten, klammerten sich an Weinkaraffen und tranken »das Blut Christi«, wie sie es nannten. Es dauerte eine gute Stunde, bis sich alle in dem kleinen Saal versammelt hatten. Da saßen sie nun: feiste Burschen mit schlaffen Hängebacken, fette Gänse mit gepuderten Gesichtern, längliche Aristokratenschädel, in denen arrogante Augen saßen. Alle waren sie sich sicher, etwas von dem Vermögen ihres verstorbenen Vaters zu erben. Auch Mätressen und die Witwe machten sich Hoffnungen.

Turtle Julius betrachtete diesen dekadenten Haufen: Diese nichtsnutzige Bagage, deren einzige Leistung ihre Geburt war, erbte ein Vermögen, ohne irgendwas dafür getan zu haben. Der Notar räusperte sich, zog eine Pergamentrolle hervor, brach das Siegel und begann mit sonorer Stimme zu lesen:

– Letzte Verfügung. Hiermit erkläre ich, Orlando Bernardo Graf von Orgaz, im Vollbesitz meiner Sinne und bei bester geistiger Verfassung, wie nach meinem Ableben sämtliche Güter und Besitzungen aufzuteilen sind. Nämlich wie folgt: Da ich ein Gläubiger ohne Religion bin und auf mein Seelenheil wenig gebe, erhält die Kirche nichts.

Erleichtertes Raunen ging durch die Anwesenden.

– Da ich mich nicht für befugt halte, die Welt zu retten, gehen auch die Armen leer aus.

Grinsen. Vereinzelte Bravorufe.

– Meine geliebte vierte Ehefrau Pilar, die sich als berechnendes Geschöpf entpuppt hat, bekommt die Ehre, mein Grab pflegen zu dürfen.

Ein entsetzter Schrei, doch Turtle Julius ließ sich davon nicht aus der Ruhe bringen.

Meine geschiedene dritte Ehefrau Guiomar, deren Zanksucht mich den letzten Nerv gekostet hat, erhält das Recht, von mir zu träumen.

Wiederum hysterisches Kreischen.

– Meine nicht mehr unter den Lebenden weilenden Ehefrauen Numero eins und Numero zwei erhalten naturgemäß nichts weiter als die unbezahlbare Hoffnung, mir im Jenseits zu begegnen. Meine Mätressen Africa, Blanca, Candela, Diana, Erika, Fontanella und wie diese Weiber alle heißen … Raunen unter den Anwesenden … entschuldigt, wenn ich nicht mehr alle Namen weiß, aber ich kann euch beruhigen. Die Ausbildung der von mir gezeugten Bälger ist dank einer notariellen Treuhandverwaltung gesichert.

Erleichtertes Stöhnen. Turtle Julius räusperte sich.

– Doch nun zu den Hauptkandidaten. Meine legitimen Söhne Aurelio, Argentus, Titanus, Nickel, Ferrero, Hydragyrion … es folgte eine Auflistung von zwölf metallisch klingenden Namen …, die sich alle als träge, gefräßig und vollständig unbegabt erwiesen haben, dürfen weiterhin meinen Namen führen.

– Wie? Unruhe machte sich breit. Das muss ein Irrtum sein! Ruhe!

– Meinen legitimen Töchtern Petunia, Dalia, Hortensie, Jasmin, Margarita, Rosalia … acht weitere blumige Namen … steht es frei, ihre Kinder nach mir zu benennen.

– Was?

– Mein anerkannter Nachwuchs linker Hand … Dialysius, Gastroskopus, Heptologar … vierzehn Namen …, der sich als nicht weniger unnütz erwiesen hat, bekommt das Privileg zugesprochen, sich meiner jederzeit erinnern zu dürfen. Meinen Dienern verehre ich die besten Wünsche. Mein Vermögen aber vererbe ich meinem illegitimen Sohn Ambrosio Bastardo, weil dieser der Einzige ist, den ich nicht kenne … Ein langgezogenes Seufzen erfüllte den Raum … Es ist dafür zu sorgen, dass dieser Sohn einer armen Magd, die ich beiläufig das Vergnügen hatte zu schwängern, mein Vermögen inklusive aller Besitzungen bekommt. Es folgten administrative Details und die Nennung zweier Zeugen, die die Echtheit des Dokuments garantierten. Turtle Julius hatte Mühe, nicht schallend zu lachen, als er in die entsetzten Gesichter vor sich blickte.

Die Versammelten schnappten nach Luft. Einer begann loszuprusten.

– Das ist ein Scherz? Das darf nicht sein! Ein Bursche sprang auf und schrie. Eine Göre schien den Verstand zu verlieren. Andere verfielen in eine Art Agonie, aber alle waren davon überzeugt, dass der Graf vor der Abfassung dieses Testaments übergeschnappt sein musste.

– Unser Vater litt an Altersblödigkeit, er hat allen Ernstes behauptet, Gott existiere nicht, und die Erde drehe sich um die Sonne.

– Sie müssen das für ungültig erklären. Ich möchte Sie darauf hinweisen, dass ich bewaffnet bin. Sie werden das ungeschehen machen, Herr Tuttel Julius. Wir sind die Erben, die legitimen Erben.

– Sollen wir Kalk von den Wänden fressen, sagte eine der gemästeten Gänse.

– Und Mehlsäcke statt Kleider tragen, ergänzte eine andere.

– Davon weiß ich nichts. Turtle Julius war seltsam feierlich zumute. Ich werde diesen Bastardo suchen, finden und ihn über sein Erbe informieren, selbst wenn ich dafür bis in den letzten Winkel der Welt müsste.

– Das werden Sie bereuen, zischte einer.

– Genau, wir werden dieses dumme Testament verbrennen, und sämtliche Anwesenden, auch Sie, Herr Tuttel Julius, erhalten den gleichen Anteil. Das reicht für alle … *Tuttel?* Turtle Julius nahm seine schwarze Samtmütze ab, blickte in die Runde und sagte mit fester Stimme:

– Nur über meine Leiche.

Er verließ das Anwesen, ritt die kleine Anhöhe hinab, als er eine Explosion hörte, kurz darauf noch eine zweite spürte. Etwas zischte an ihm vorbei. Turtle Julius widerstand der Versuchung, sich umzudrehen, verspürte aber einen Stich am rechten Unterschenkel. Er bemerkte, dass sich seine Hose rot färbte, und begriff, dass man gerade auf ihn schoss. Dann verlor er die Besinnung.

Zurück nach Valladolid, zurück zur Audienz beim Kaiser! Im Festsaal standen dunkle, raubtierhafte Möbel. Gewaltige Teppiche … frühneuzeitliche Comics … hingen an den Wänden, selbst dutzende Kandelaber konnten den Raum kaum erleuchten. Desotos Herz hatte zu rasen angefangen. Er spürte ein Pochen an den Schläfen, suchte den Monarchen, sah aber nur seine Minister, bärtige Herrschaften, die in ihren Purpurmützen würdige Gesichter machten. Die Bischöfe von Sevilla, Toledo, Saragossa. Der Großinquisitor neben dem Großkanzler, daneben Heinrich Graf von Nassau-Breda, der engste Vertraute des Kaisers, mit rundem germanischem Gesicht, rötlichem Vollbart und flachem Hut. Außerdem war da ein leerer Stuhl, vor dessen Platz sich Speisen türmten: Pasteten, Wildbret, mit Honig glacierte Ferkel, ein Kälberkopf, gekochtes Ochsenhirn.

– Desoto, hörte man jemanden flüstern.

– Wie? Wer? Was für ein Otto? Giotto?

– Desoto!

– Er hofft auf ein neues Reich, zischte der Großkanzler mit leicht unterdrücktem Gähnen. Er gilt als eine große Nummer in der Branche.

Desoto verbeugte sich. Er zitterte ein wenig, riss sich aber zusammen.

– Seien Eure Exzellenz versichert, dass ich weder verrückt noch unbesonnen bin. Ich bringe den Wilden die Lehre unserer heiligen Kirche, und ich mache sie zu Untertanen Ihrer königlichen katholischen Majestät.

– Seiner, flüsterte Stummel.

– *Was seiner?*

– Seiner Majestät.

– Ich bin entschlossen, Ferdinand sagte seine vor dem Spiegel geübten Sätze in Richtung des leeren Stuhls … *wo ist der Kaiser?* …, mein Leben zu opfern, wenn es notwendig sein sollte, um Eurer Hochwohlgeboren zu höherem Ruhm zu verhelfen. Ich bin bereit für Aufgaben, die die Besitztümer … *Seiner? Ihrer?* … Eurer heiligen königlichen katholischen Majestät festigen und mehren.

– N Gott as wollt hätt, meldete sich nun ein dünnes Stimmchen, laub Ihr, Gott hätt Eu schickt, i Wilden u bekehrn? Der Kaiser, nun sah man ihn, saß in einer Nische mit offener Tapetentür. Er hatte die Hosen heruntergelassen und begleitete seine Verdauung mit Darmwinden, die ihm ein Lächeln auf das windschnittige Gesicht zauberten. Desoto verstand kein Wort, was zum einen daran lag, dass Karl der Fünfte kaum Spanisch sprach, und zum anderen an seiner verwachsenen Zahnstellung, die keine verständliche Artikulation zuließ. Progenie! Selbst seine engsten Berater verstanden ihn schlecht – dagegen war sogar Desotos brüchiger Extremadura-Dialekt rein und klar.

– Wenn Gott das gewollt hätte, übersetzte Graf Nassau-Breda, glaubt Ihr, Gott hätte Euch geschickt, die Wilden zu bekehren?

Noch mehr Besitztümer? Mit Grauen dachte der allerkatholischste Monarch an die mühseligen Stunden seiner Jugend, in denen er all die Gebiete auswendig lernen musste, über die er jetzt herrschte: Kastilien, León, Navarra, Toledo, Sevilla, Córdoba, Algarve, Gibraltar, Granada, Murcia, beide Sizilien, Jerusalem, die Kanarischen Inseln …

Desoto war sprachlos. Er wäre nie auf den Gedanken gekommen, dass dieser gottgleiche Mensch eine Verdauung hatte wie jeder andere ordinäre Pupser.

Es war Rodrigo, der sich zu Wort meldete, von Desotos Verdiensten sprach und die Aussicht auf ein neues Gouverneursamt in den schönsten Farben ausmalte.

Die Minister hörten dem Kleinwüchsigen mit unbewegten

Minen zu, während sie überlegten, was dabei für sie herausspränge. Nur der Großinquisitor Juan Pardo de Tavera erhob sich und sprach mit der sonoren Stimme eines Herzchirurgen:

– Wir empfinden unabhängiges Denken als genauso gefährlich wie Fanatiker – und für einen solchen halten wir ihn. Hätte der Mann Flügel, er käme aus dem Himmel und würde behaupten, das Paradies wäre leer.

Der Kaiser schien diese Sätze mit einem gewaltigen Darmwind zu bestätigen. Noch immer war er mit seiner Liste beschäftigt: Erzherzog von Österreich, Herzog von Burgund, von Brabant und Mailand, Markgraf von Oristano und Goziano, Herzog von Athen und Neopatria …

– Desoto hat Pizarro begleitet, ging Rodrigo darüber hinweg. Desoto war es, der als erster Christ mit dem Inka-Häuptling Atahualpa gesprochen und ihn im Schach besiegt hat. Seht ihn euch an, er ist der fähigste Mann Spaniens. Ein begabter Proselyt!

Die Bischöfe hüstelten.

– Es heißt, er hat in Peru einen General gefoltert und die Massenvergewaltigung von Nonnen geduldet, warf der Großinquisitor ein. Außerdem soll er mit Atahualpas Schwester ein Kind gezeugt haben.

– Ihr wisst selbst, wie es in den Kolonien zugeht, wie wenig unseren Soldaten dort das Seelenheil der Einheimischen am Herzen liegt, antwortete Rodrigo sanft.

– Das können wir nicht riskieren. Der Kirchenmann blickte ihn aus stählernen Augen an. Nicht jetzt, da seine Heiligkeit Papst Paul der Dritte verkündet hat, dass die Indianer wirkliche Menschen sind und nicht länger ihrer Freiheit und ihres Besitzes beraubt werden dürfen.

– Eine apostolische Bulle, deren Verbreitung in Spanien verboten ist. Der Zwerg grinste. Außerdem ist Desoto ein besonnener Führer, dem es nicht um Reichtümer geht, sondern allein darum, Eurer Majestät zu dienen und den Wilden die Lehre unseres Erlösers zu bringen.

– Ds sgn s all. Majestät erhob sich und ließ sich von zwei Dienern den Hintern waschen. Dann kam er, von Gichtzehen geplagt, *er müsste seine Füße in einen Ameisenhaufen stecken,* langsam aus seiner Nische und betrachtete Desoto. *Giotto?* Selbst im düsteren Licht fiel dem Eroberer die milchige Blässe des Herrschers auf. Der Kaiser hatte einen gutproportionierten Körperbau, schöne Beine, die in modischen sumpfgrünen Strumpfhosen steckten, und wohlgeformte Arme, aber er hinkte. Seit sein Pferd bei einem Jagdunfall auf ihn gefallen und der dabei gebrochene Oberschenkelknochen nur schlecht wieder zusammengewachsen war, schleppte er sich mühsam vorwärts wie ein Mensch mit zwei künstlichen Kniegelenken nach der OP.

Die kaiserlichen Karls waren alle deformiert. Der Vierte hatte nach einem Turnierunfall einen zerbrochenen Unterkiefer und eine lädierte Halswirbelsäule, musste sich jahrelang Tag für Tag mehrere Stunden aushängen und strecken lassen. Der Dritte war ein verfetteter Epileptiker, der Zweite Ergebnis eines Ehebruchs, und der Erste, für seine Zeit ein Riese, Sohn eines treulosen Hausmeiers und Asthmatiker, hat nach Meinung einiger Historiker gleich gar nicht existiert.

Der Fünfte? Adlernase. Ein stattlicher Mensch, wäre da nicht die viel zu ausladende Unterkieferpartie, die seinem Aussehen etwas Lächerliches verlieh, als wäre sie mit Ersatzteilen schlampig geflickt. *Nussknackerfresse!* Schloss er den Mund, blieb ein breiter Zwischenraum zwischen den Zahnreihen, wodurch sein Sprechen dem eines Zahnlosen glich. Ein schwermütiges Wesen, mit Religion verholzt, kein von Wollust getriebener Lebemann, sondern ein Bürokrat, dachte Desoto, als der Kaiser nahe an ihn hintrat, ihm fest in die Augen blickte und kaum verständlich sagte:

– Biskaya, Molina, Graf von Flandern, von Tirol und Barcelona … Karl merkte, dass er beim falschen Thema war, und korrigierte:

– Oria!

– Bitte was?

– Der Kaiser bietet ihm Florida an! Der rotbärtige Graf von Nassau sprach mit ruhiger Stimme.

– Aber? Florida? Was? Wieso?

– Die Gegend ist ziemlich überlaufen. Das wäre die vierte Expedition in zwanzig Jahren. An Florida haben sich schon Ponce de León, Lucas Vázquez de Ayllón und Pamphilius von Narváez die Zähne ausgebissen, warf Rodrigo ein. Wir sollen uns also an den schlimmsten Ort der Welt begeben? Die Indianer dort sind Menschenfresser, die Sonne und Mond anbeten und von unserem geliebten Jesus Christus noch nie etwas gehört haben. Von der ersten Eroberung sind sieben und von der letzten überhaupt nur vier Männer zurückgekehrt.

– Das zeigt, wie viel Vertrauen der Kaiser in Desoto setzt.

Ferdinand war sprachlos. Seine Ahnung hatte ihn nicht getrogen, alles lief gerade aus dem Ruder. Kein Gouverneursamt mit Silberminen. Stattdessen Florida! Er wusste, Cabeza de Vaca, der einzig ernstzunehmende Überlebende der letzten Florida-Expedition, war acht Jahre lang als Medizinmann durch Sümpfe und Steppen geirrt, hatte außer primitiven Nomaden und unbedeutenden Dörfern nichts entdeckt. Es gab Gerüchte von unermesslichen Schätzen, goldenen Dächern, Palästen aus Perlen. Ein Land, durch das König Midas marschiert sein musste, ein Goldland, das seinen Entdecker zum reichsten Menschen der Welt machen würde. *Aber das waren Gerüchte!* Alles, was man von diesem Land sicher wusste, war, dass dort wilde Eingeborene lebten, es sich um eine sumpfige Seenlandschaft handelte.

– Der Kaiser ist überzeugt, dass Ihr dieser Entdecker seid. Er glaubt fest, dass das vor über zwanzig Jahren entdeckte Florida ein Land voller Schätze ist, einen Jungbrunnen birgt, und wie eine überfällige Jungfrau nur darauf wartet, erobert zu werden. Und Ihr, Ferdinand Desoto, seid ausersehen, diese Defloration vorzunehmen, Euch der Aureole zu bemächtigen. Man muss dieses Eldorado nur finden. Mit einer entsprechenden Expedition kein Problem.

– Ich … Desoto war sprachlos.

– Pizarro hat mit hundertsechzig Soldaten das Inkareich erobert, da werdet Ihr mit ein paar hundert Männern wohl Eldorado einnehmen können.

– Wir könnten Pferde und Hunde zur Abschreckung der Indios mitnehmen. Ferdinands Gedankenmühle kam in Bewegung, und zur Versorgung Schweine. Hundert, zweihundert? Schweine sind eine sich ständig neu auffüllende Vorratskammer, das Geheimnis jeder Eroberung. Schafe bleiben in den Sümpfen stecken, Schweine sind widerstandsfähiger und intelligenter.

– Wie willst du sie ernähren?, flüsterte Stummel. Du weißt, dass es in Westindien keine Eichenwälder gibt. Dort sind nur undurchdringliche Wälder, hohe Gebirgsketten, Sümpfe mit Krokodilen, die deine Schweine mit Freude verputzen werden.

Desoto dachte an die arkadische Landschaft der Extremadura, wo es aussah, als ob Riesen mit Murmeln gespielt hätten. Er dachte an Olivenhaine und Steineichen, an Weinstöcke und Jara-Sträuche. Eine wildromantische Gegend, in der man hinter jedem Baum Faune und Elfen vermutete. Das Gebiet zwischen Jerez, Badajoz und Cáceres war eines der schönsten der Welt. Wenn nur nicht die Sommer so unerträglich heiß wären und die Winter so bitterkalt und windig. Warum um Himmels willen sollte er das eintauschen für einen von Menschenfressern bevölkerten Sumpf? Wegen dem Gold und der Perlen? Ehre und Unsterblichkeit?

– Nun, ich …

– A erlan er? Die Worte des Kaisers waren unverständlich. Von sich selbst sagte Kaiser Karl, er spreche mit Gott Spanisch, Italienisch mit den Frauen, Französisch mit Männern und Deutsch mit seinem Pferd, aber zu überprüfen war das nicht.

– Was verlangt er?, artikulierte der Nassauer.

– Er will zum Gouverneur von Kuba ernannt werden, und auch aller anderen Länder, die er entdeckt, darüber hinaus erwartet er Anteile an den eroberten Reichtümern. Rodrigo sprach wie ein routinierter Außenminister, hoffte, mit überzogenen Forderungen den Kaiser von dieser unsinnigen Idee abzubringen … Außerdem, da er ein Basislager braucht, wofür nur Kuba infrage kommt, will er, dass während seiner Abwesenheit seine Gemahlin Isabella dort als Gouverneur regiert.

– Eine Frau?

– Was? Ferdinand stutzte. *Die will doch zuhause bleiben.*

Isabella? Der Kaiser dachte an seine Isabella in der Alhambra zu Granada. Er liebte sie über alles. Vor elf Jahren hatte er sie in Sevilla geheiratet, nachdem er zuvor einen Bischof umbringen lassen und den Tod der eigenen Schwester verheimlicht hatte. Liebe auf den ersten Blick, und noch immer, vier Kinder später, schrieben sie sich täglich Briefe. Dass er nebenbei mit Hofdamen Kinder zeugte, tat dem keinen Abbruch.

– We inanzn?

– Und wer soll das finanzieren?, übersetzte der Nassauer Barbarossa. Der traditionell klamme Kaiser hatte sich zu seinem Platz begeben und begonnen, an einem Kalbskopf herumzukiefeln. Der Leibarzt zog ein verdrießliches Gesicht, um den Herrscher an sein Gichtleiden zu erinnern, was dieser genervt abtat, dem Arzt zuprostete und einen gewaltigen Schluck Bier nahm. Das also war er, der Herrscher, in dessen Reich die Sonne niemals unterging – ein blasses, gefräßiges Gesicht, einer, der nichts so liebte wie die Jagd und das Kampftrinken mit seinem Bruder Ferdinand. Nie wieder vor oder nach ihm sollte ein einzelner Monarch ein derart gigantisches Gebiet regieren, das sich von Wien bis Lima erstreckte.

– Niemand Geringerer als ich selbst, sagte nun Desoto. Es wird die größte und beste Expedition, die Spanien je ausgesandt hat. Ich denke an zehn Schiffe, dreihundert Pferde, tausend Mann. *Nicht zu viele Zahlen.* Es wird die lohnendste Eroberung, die je gemacht wurde.

– Brav, murmelte der Kaiser.

– Diesmal wird es anders. Der Eroberer blickte den Herrscher stolz an. Jenen Kaiser, dessen Mutter die Wahnsinnige genannt wurde, weil sie in geistiger Umnachtung jahrelang mit dem Trauerzug ihres toten Mannes durch Spanien gezogen war.

– Ir selb abn fnfndrsg Jah artn üssn, bis ir n Krieg knnlrn urften, murmelte Karl. Jhrlng hbn wr ns m Strg …

– Wir selbst haben fünfunddreißig Jahre warten müssen, bis wir den Krieg kennenlernen durften, verlautbarte der Rotbärtige. Jahrelang haben wir uns mit Strategie, Geschützbauweise und Schanzen auseinandersetzen müssen, jahrelang haben wir uns mit Häretikern wie diesem Martin Luther herumgeschlagen …

Das Gespräch entglitt. Seine unterbissige Majestät verlor sich in theologische Fragen wie die der Vereinbarkeit zwischen Fegefeuer und Opfertod Christi, über die Zeit zwischen Tod und Jüngstem Gericht. Es schien, als habe der Kaiser das Interesse an Desoto völlig verloren, diskutierte er doch mit dem Großinquisitor über Transsubstantiation, Rechtfertigung und Vorbestimmung, und gab letztlich einem Minister Anweisung, bei Tizian ein Porträt zu bestellen.

Als Julius Cäsar, der bislang völlig unbeteiligt neben Desoto und Rodrigo gestanden war, sich anschickte, einen indianischen Tanz anzudeuten, was an den Balztanz eines geistesgestörten

Truthahns erinnerte, blickte der Kaiser noch einmal auf, lächelte, zeigte den kleinen Finger seiner linken Hand, ebenjenen, den der Markgraf dreihundert Jahre später entwenden sollte, und sagte:

– Plus ultra.

Plus ultra war sein Leitspruch. Karl der Fünfte hatte als Wappen nicht nur den Doppeladler, sondern auch die zwei Herkulessäulen, ein von den Römern gemopstes Motiv. Bei den alten Lateinern standen sie für Gibraltar und Ceuta, das Ende der Welt, dahinter, dachten sie, würde das Meer von der Erdenscheibe fallen. Non plus ultra war der Leitspruch der Römer gewesen – immer weiter geht es nicht. Seit bewiesen war, dass es doch weiter ging, hatte Karl das non entfernen lassen. Plus ultra, das war sein Stolz, stand für die Neue Welt, die es ihm sehr viel später danken würde, indem sie sein Symbol, die beiden Herkulessäulen, zu einem Strich vereinfacht, in das Symbol ihrer Währung aufnehmen sollte, nämlich in das Dollar-Zeichen: $

– Was haben wir zu verlieren?, artikulierte der kaiserliche Berater, während die Majestät selbst dachte: *Sollen sie ein fremdes Land besetzen und in Promiskuität leben, solange uns das Gold bringt …*

Desoto und seine Begleiter verbeugten sich und gingen rückwärts Richtung Ausgang. Sie hatten die Tür schon fast erreicht, als der Großinquisitor aufblickte, Desoto ansah und fragte:

– Haben diese Indianer eine Seele?

Ferdinand hatte keine Ahnung, was man hören wollte.

– Nun, fuhr der Großinquisitor fort, nach allem, was wir wissen, haben diese Primitiven keine Kultur. Ihre Artefakte zeigen klobige Köpfe, die man, verglichen mit unseren Kunstwerken, primitiv nennen muss …

– Aber die Goldschmiedearbeiten der Inka, entfuhr es Desoto.

– Die laufen nackt herum, beschmieren sich mit Lehm und essen Menschenfleisch. Soweit ich das sehe, können das gar keine Menschen sein.

Ferdinand spürte, wie Julius Cäsar rot anlief und kurz vorm Platzen war. Er kannte die Wutanfälle des Indianers, in denen er die Weißen als leere Hüllen bezeichnete, die den Körper ihres Gottes aßen und Analphabeten in der Sprache der Natur waren. Dieser Wilde war in der Lage, sogar den Kaiser zu beleidigen. Also beeilte er sich hinauszukommen. Draußen blickten sich Desoto und Rodrigo verwundert an. Nur Julius Cäsar kaute an einem Hühnerschenkel, den er, der Teufel weiß wie, von der kaiserlichen Tafel mitgehen hat lassen.

– Die haben Kuhmist im Kopf. Der Indianer grinste.

Sie nahmen einem Lakaien drei Weingläser vom Tablett und prosteten einander zu.

– Auf Florida! Plus ultra!

– Wir werden vielleicht keinen heiligen Gral finden, kein goldenes Vlies und kein Schwert in einem Amboss, aber Gold. Viel Gold. Der kleinwüchsige Rodrigo ballte die Faust, und Ferdinand gestattete sich den phantastischen Gedanken, er sei der erfolgreichste Eroberer aller Zeiten.

Auf dem Rückweg sahen sie einen Karren, der abgeurteilte Gesetzesbrecher zur Richtstätte brachte. Männer und Frauen, die um einen Kopf kürzer gemacht werden sollten. Entsetzte Augen und zitternde Körper. Bei einem hatte sich am Bein ein dunkler Fleck ausgebreitet, ein Nächster plärrte, und die anderen sangen:

– Wenn mein Stündlein schlägt …

Hintendrein liefen verschmuddelte Kinder und Schwachsinnige, die etwas von »Rübe ab« und »angeschissen« brüllten. Davor gingen der Henker und seine Knechte. Der Scharfrichter fuchtelte mit seinem Beil und deutete Hiebe an, was die Schaulustigen mit Gejohle quittierten. Unter den Verurteilten waren auch zwei Gauner – Bastardo und Cinquecento, die sich erdreistet hatten, einen für den Papst bestimmten Elefanten zu stehlen.

– He, den kenne ich. Eine Alte zeigte auf Bastardo. Der hat mir einen Liebestrank verkauft, von dem mir zwei Wochen lang schlecht gewesen ist. Und sein Freund! Wenn du dem die Hand gibst, fehlen dir nachher zwei Finger.

– Ich kenn sie auch. Das sind die, die sich mit Fischbein und Vogelleim im Opferstock zu schaffen gemacht haben, ergänzte eine andere.

– Gesindel! Mit solchen Verbrechern musst du kein Mitleid haben, schrie die Alte zum Henker. Hörst du, Angstmann, keine Vergünstigungen!

– Genau, zeig's ihnen, diesen Sumpfbuben.

Bastardo und Cinquecento? Bald wird ihr Kopf auf dem Richtblock liegen. Wie allen Dieben wird ihnen zuerst die Hand abgehackt werden, um sicherzustellen, dass sie das Jenseits nicht schmerzfrei erreichen. Spaßvögel werden vulgäre Sprüche klopfen, und Abergläubische werden sich um die Finger der abgehackten Hände streiten. Besonders der Daumen ist begehrt, soll er doch Diebe vor der Polizei beschützen. Und sobald der Kopf im Trog mit Sägespänen liegt, kommen Weiber mit Schwämmen und Eimern, das Blut aufzuwischen, um es ihren epileptischen Söhnen einzuflößen, weil Menschenblut gut gegen Schwindsucht sei.

Desoto sah die devastierten Gesichter und überlegte, ob er sich das Spektakel ansehen sollte. *Hinrichtungen haben etwas Erhabenes!* Ein mildtätiger Wirt gab den Verurteilten Branntwein. Manche schrien, andere beteten … Wenn mein Stündlein schlägt … nur die Elefantendiebe blieben gelassen, als ginge es zu einer Theaterpremiere. Sie hatten wenig zu verlieren. Ob sie anders dächten, wenn sie von Bastardos Erbe wüssten, von Turtle Julius?

Zwei Stunden später formulierte Desoto einen Brief an seine Frau, den er mit »Der Kaiser schenkt mir Florida« übertitelte. Er wurde zum Adelantado Floridas ernannt, zum kaiserlichen Statthalter einer Provinz, die noch nicht einmal auf dem Papier existierte, gleichzeitig wurden ihm Kuba und Puerto Rico unterstellt, außerdem bekam er die Würde eines Ritters von Santiago. Und sollte seine Unternehmung gelingen – und es gab keinen Grund, daran zu zweifeln –, würde er auch noch in den Rang eines Markgrafen erhoben werden.

Dafür sollte er die Eingeborenen milde behandeln, keine Sklaven jagen und ein Fünftel der erbeuteten Reichtümer dem Kaiser übergeben. Er durfte fünfzig Hektar Land in Besitz nehmen und Indianer als Arbeitskräfte nutzen. Die Wilden konnten jetzt schon Gott für ihre Rettung danken, wurden sie doch von der Tyrannei ihrer Häuptlinge befreit.

Das war die kaiserliche Audienz. Und der kleine Finger des Monarchen? Das gute Stück war von Raimundo Fernández Villaverde … wir erinnern uns an den diebischen Studenten … lange in einem Kästchen verwahrt worden – wie das heilige Präputium – und diente der Belustigung. Blasierte Damen ließen sich damit erschrecken und Kinder irritieren. Irgendwann geriet er in Vergessenheit, und am Weihnachtsabend 1912 wurde Kaiser Karls kleiner Finger schließlich König Alfons dem Dreizehnten zurückerstattet.

Die kaiserliche Extremität blieb jahrelang unbeachtet. Erst im 21. Jahrhundert wurde sie in einem Leichenwagen samt Polizeieskorte in ein Labor gebracht. Ein roter Teppich wurde ausgelegt, die Blasmusik spielte den Kaisermarsch, und der sozialdemokratische spanische Premierminister ließ es sich nicht nehmen, eine Ansprache zu halten, in der er den Finger mit »Eure allerkatholischste kaiserliche Eminenz« ansprach. Im Labor wurde dann festgestellt, dass Karl der Fünfte nicht wie angenommen an der Gicht, sondern an Malaria gestorben war.

SKLAVENMARKT

Es wäre nicht notwendig gewesen, dem Schiffbrüchigen den Kiefer aufzureißen, um nachzusehen, ob er eine Zunge hat. Seine Schreie machten klar, Elias Plim hatte einiges durchgemacht, und er besaß eine Zunge.

Seit seiner Rettung waren acht Tage vergangen, und nachdem der Kapitän mit dem unaussprechlichen Namen dem Teufel ein Büschel Haare für guten Wind geopfert hatte, kam die Seestern bei klarem Wetter und guter Brise von achtern beinahe über das ganze große Weltmeer. Plim, ein junger Mann mit weichen, fast weiblichen Gesichtszügen, sandfarbenen Locken und feingliedrigen Händen, lag die ganze Zeit in einer Art Verschlag und fieberte. Weder hatte man ihn an den Ohren angenagelt, noch ihm Kakerlaken in den Hals gestopft. Wir haben also nichts Wesentliches versäumt. Gefangener oder Passagier? War er wach, schlang er Suppe, Brot, Bier und was man ihm sonst kredenzte hinunter. In Ruhe gelassen werden, liegen und schlafen, das war alles, was er wollte.

– Verstehst du meine Sprache? Begreifst du, was ich sage?, wurde er oft gefragt, doch Plim blieb stumm, ließ das Anlegen der Senfwickel über sich ergehen und starrte auf die Rippen des Schiffsbauches. Sobald er die Augen schloss, lag er wieder auf der Tür mitten im Meer, wo er von Eintöpfen und Fischsuppe geträumt hatte, bis die ganze See zu einer einzigen Fischsuppe geworden war und es ihm irgendwann nichts mehr ausmachte, ob er gerettet wurde oder nicht, sich die zwanzig Jahre seines Lebens anfühlten wie der Flügelschlag einer Libelle, die in einer Bouillabaisse ums Überleben kämpfte.

Die Besatzung hatte sich für ihn nicht interessiert, und auch der Kapitän, zuerst begierig, die Umstände seines Schiffbruchs zu erfahren, war bald nur noch mit Navigation beschäftigt, las in den Ephemeriden ... komplizierte Tabellen ..., studierte Karten oder hantierte mit dem Astrolabium. Er konnte jeden Mann gebrauchen, und wenn es nur war, während eines Gefechts die Richtkeile der Kanonen einzustellen oder Sägespäne auf dem Kanonendeck auszustreuen. Das Gewerbe der Freibeuterei litt unter akuter Personalnot.

Kapitäne waren sonderbare Käuze, manchen von ihnen sagte man einen Bund mit dunklen Mächten nach. Dieser hier, der Unaussprechliche mit der langen Narbe, war ein besonderes Exemplar, der erfolgloseste Pirat aller Zeiten. Obwohl er sich Gedanken machte, mit welchen Grausamkeiten er seinen zungenbrecherischen Namen in den Geschichtsbüchern verankern könnte, fehlte ihm dazu nicht nur jede Gelegenheit, sondern auch der starke Magen. Seinen Gegnern die Testikel abschneiden und brüllen, »Du wirst der Welt von mir verkünden!«? Oder seine Gefangenen in appetitliche Häppchen hacken und dann in siedendem Öl braten? Schon beim bloßen Gedanken an solche Höflichkeiten wurde ihm übel. Er war Franzose! Ästhet! Wenn schon eine Grausamkeit, dann eine formvollendete.

Bei einer Schlacht, nahm er sich vor, wollte er sich brennende, mit Salpeter und Kalkmilch präparierte Hanfschnüre ins Haar stecken, um besonders furchterregend auszusehen. Es kam aber zu keiner Schlacht, weil kein spanisches Schiff in Sicht war. Das Meer war leergefegt, der sanfte Rhythmus des gegen die Bordwand schlagenden Wassers wurde nie von dem Ruf »Spanier!« gestört.

– Rahsegel am Großmast setzen, Klüver einholen und andere Kommandos rollten über das Deck. Es roch nach Bilgewasser, verfaultem Fleisch, Branntwein, Pech und Schwefel. Dennoch war alles voller Ungeziefer.

– Elender Haufen Süßwassermatrosen, schimpfte der Quartiermeister. Verdammte Landratten! Seine Schreie drangen bis ins Zwischendeck und vermischten sich mit Plims Tagträumen, die hin und her wogten wie die Gezeiten.

Ein Hüne, der einer keltischen Sage entsprungen schien, versorgte ihn mit abgestandenem Bier, stinkender Fischsuppe, kaltem Pökelfleisch und Schiffszwieback, auf dem sich dicke Mehlwürmer tummelten. Der Riese trug einen schwarzen Morion, einen offenen Helm, unter dem sich ein rothaariger Lockenkopf verbarg.

– Bin ich Gouvernante, oder was? Ohne feindliche Schiffe bleibt nichts anderes zu tun, als Emilie in Schuss zu halten und darauf zu achten, dass das Pulver trocken bleibt. Und du schau nicht so, sagte er zu Plim, sonst endest du als Fischfutter. Ist dein Bug leck, oder was? Ruben Christian, so hieß der Hüne, fluchte ständig in einem schwerverständlichen Kauderwelsch. Manche Verben veränderte er mit einem kindergeheimsprachlichen »an«, so sagte er etwa sanuchen statt suchen oder lanesen statt lesen. Einmal blieb er stehen, stellte den Teller mit eingesalzenen Fettknorpeln ab, holte Luft und stieß einen Schrei aus, der das ganze Schiff erzittern ließ. Sein Gesicht färbte sich puterrot, und die Adern am Hals wurden zu dicken Strängen.

– Macht er immer, wenn er Heimweh hat, sagte der Schiffsjunge zu dem verstört dreinblickenden Plim.

Normalerweise war Ruben umgänglich, sprach mit dem stummen Elias wie mit einem Haustier.

– Die Mannschaft will dich über die Planke janagen, Monsieur, den Haien zum Lunch servieren, aber der Kapitän hält dich für ein Geldbäumchen, ein reiches Bürschchen, für das man Lösegeld an Land zieht. Jawohl, Monsieur. Er zwickte Elias in die Wange, betrachtete seine weichen, an Semmelteig erinnernden Hände … *na, du Lösegeld* … und sah Abschürfungen an den Gelenken. Ein Sklave?

– Algier, murmelte Elias, und Ruben klatschte in die Hände. Es war das erste Wort des Schiffbrüchigen.

– Gier? Wieso? Hast du nicht stets deine Ration bekommen? Gut, manchmal habe ich davon genascht, aber nie so viel, dass man mich gierig nennen darf. Ruben sah ihn verächtlich an. Ihm war, als hätte ein Toter gesprochen.

– Algier, wiederholte Plim.

– Algier? Heilige Makrele. Dann manusst du tot sein, weil von dort entkommt man nicht, Monsieur. Algier ist ein Räubernest. Die Scheichs dort vergnügen sich mit dem Pökeln der Köpfe ihrer Feinde. Algier? Tsstss. Glaubt, er kann mich nanarren. Erst tagelang den Mund nicht aufbringen und dann gleich Seemannsgarn oder was. Er packte den Schiffbrüchigen und fixierte ihn. Wie willst du entkommen sein?

– Ich war dort monatelang bei einer bösen Zauberin, Herr Ruben Christian, hauchte Elias.

– So? Bei einer bösen Zauberin? Und morgen regnet es Hammelfleisch? … Da sind wir ja in eine schöne Untiefe geraten. Ruben umfasste Elias' Backen, drückte zu.

– Woher kennst du meinen Namen, Monsieur Plim? Rede!

– Muss ich … im Schlaf gehört haben. Elias wollte nicht zugeben, dass er alles bereits erlebt hatte – die Rettung, Senfwickel, den Rothaarigen … alles das hatte er in Visionen gesehen. Ob sich auch seine anderen Traumbilder bewahrheiteten? *Gott bewahre!* Um sich selbst und den Matrosen abzulenken, fragte er:

– Wer ist Emilie?

– Meine Braut, die Kanone. Ich bin erster Kanonier an Bord, Monsieur. Und Zauberinnen gibt es nicht.

– In Algier schon. In einen Esel hat sie mich verwandelt.

– So siehst du aus. Und jetzt bist du ein Frosch? Heilige Makrele! Der Rotschopf erwartete, dass sein phantasierender Patient wieder ins Koma fallen würde, aber dem war nicht so. Man konnte Elias Plim ansehen, wie er nachdachte, die Erinnerung zurückkam.

– Es war ein wunderbarer Neujahrstag, hauchte er … der erste Weihnachtstag 1537 – damals fiel in Spanien Neujahr auf den 25. Dezember –, die Sonne schien, die Luft war klar, Vögel trällerten, und es war der Tag, an dem ich den Teufel kennenlernen sollte. Waren Sie schon einmal in Sevilla? Da bin ich aufgewachsen, habe in den Auen des Guadalquivir gespielt. In Salamanca hätte ich Medizin oder Jurisprudenz studieren sollen, doch dann geschah etwas, das mein Leben auf den Kopf stellte.

– Du bist auf Grund gelaufen? Ruben blickte ihn fragend an.

– Sevilla, Neujahrstag. Meine Eltern hatten, wie es Brauch ist, zwölf Trauben für ein glückliches Jahr gegessen, und ich lernte die Falschheit kennen, ging Betrügern auf den Leim. Plim spürte, wie seine Zunge am Gaumen klebte, die Wörter nur widerwillig herauswollten. Zwei dreckige Halunken haben mich geprellt, mir alles geraubt, was ich besaß. Die Schande war zu groß, ich konnte mich zuhause nicht mehr blicken lassen … Obwohl ich von der Seefahrerei nichts verstehe, habe ich als Leichtmatrose auf einem Kauffahrer angeheuert.

– Sprotten werden überall gebraucht.

– Noch zwei Tage zuvor war ich in der Kathedrale, habe dem brodelnden Powidl-Powidl-Gesang des Chors und dem lispelnden Bischof gelauscht, und jetzt war ich auf dem Unglückskahn. Plim richtete sich auf, erhob sich und machte unsichere Schritte wie ein frischgeborenes Kalb.

– Setz dich wieder, Monsieur. Wirf Anker. Ruben gab ihm einen Krug mit Bier. Elias trank und erzählte weiter:

– Ich stand am Pier, weil nachhause konnte ich nicht mehr. Da hat einer gefragt, ob ich Heuer suche. Die Brigg war in erbärmlichem Zustand und der Kapitän ein versoffenes Subjekt, doch mir war alles recht.

– Was hast du angestellt, Monsieur?

– Später. Elias winkte ab. *Und hör mit dem Monsieur auf, das erinnert mich an meine Cousine, die man, wenn sie schlimm gewesen war, Madame nannte.* Wir hatten Getreide für Portugal geladen, und meine Aufgabe lautete, Ladung kontrollieren, Ratten jagen, dem Tuchmacher beim Segelflicken helfen, dem Kalfaterer Werg und Eisen reichen. Außerdem musste ich dem Koch zur Hand gehen, dem Kapitän den Branntwein bringen … Hauptsache, ich kam von Sevilla weg.

Die Fahrt war ruhig, und ich begann mich an das Leben auf See zu gewöhnen. Die Luft, das Meer – herrlich. Den Wind im Haar, auf der Haut das Salz und am Horizont flirrendes Glitzern. Ich hatte meine Schmach schon fast vergessen, als uns kurz vor Lissabon eine Galeere vor den Bug kam. Genueser Flagge, Stückpforten geschlossen. *Der Kapitän und die Matrosen waren mit anderem beschäftigt, ich wusste, was passieren würde, vertraute meinen Ahnungen aber nicht.* Als wir auf gleicher Höhe segelten, kam uns das Schiff seltsam vor – die Ruderhäuser, die dreieckigen Segel und die Geschützhütten. Was war das für ein Kahn? Da wurde die Flagge eingeholt, und die Galeere gab sich als Algerier zu erkennen. Piraten aus den Barbareskenstaaten!

– Keine Süßwassersegler.

– Der Tuchmacher stach sich in den Finger, der Koch warf sein Essen über Bord, und der Kapitän verschluckte sich am Branntwein. Die Flagge mit dem Krummsäbel wurde aufgezogen. Schreie! Bevor wir wussten, was geschah, hatten diese Hunde schon eine Breitseite abgefeuert. Ein Höllenlärm mit Pulverdampf. Die hatten Engelsmunition, gespaltene Kanonenkugeln mit kurzen Ketten, die die Masten umrissen wie Hühnerknöchelchen. Enterhaken flogen herüber, und Kahlgeschorene mit Zöpfen tauchten auf: schreckliche Fratzen mit goldenen Ohrringen – maurische Piraten, die brüllten, als hätten sie ein Minarett im Arsch.

– Halleluja.

– Einen Moment lang herrschte Schweigen. Da setzte sich der Kapitän eine Flasche an die Lippen und eine Pistole an die Stirn: »Señoritas, das bedeutet Sklaverei oder Tod.« Dann pustete er sich aus.

– Tja, brummte Ruben, diese muselmanischen Herrschaften verstehen ihr Geschäft. Von denen könnten wir uns eine Scheibe abschneiden. Wenn ich an unseren Unaussprechlichen denke, dem schon übel wird, wenn der Koch sich in den Finger schaneidet.

– Nachdem der tote Kapitän über die Brücke auf das Deck gefallen war, herrschte Chaos. »Töten und verschlingen! Sie werden uns töten und verschlingen«, kreischte ein Grünschnabel. »Blödsinn«, beruhigte der Bootsmann, »sie bringen uns nach Algier auf den Sklavenmarkt.« Fürchterlich aussehende Gesellen mit Knebelbärten, türkischen Hosen und Krummsäbeln sprangen auf unser Schiff, fuchtelten mit ihren Waffen, schrien und zerschnitten unsere Takelage. Zwei wurden einfach so, um sich Respekt zu verschaffen, aufgeschlitzt. Plim nahm einen Schluck Bier, und man sah, wie ihm der Schrecken nochmals in die Glieder fuhr.

– Ihr Anführer, der Raïs, man erkannte ihn am größten Turban, war ein jähzorniger Brüllaffe. Sie schleppten uns auf ihr Schiff, kreischend rissen sie uns die Kleider vom Leib, und plärrend stellten sie uns Fragen, die sie mit Schlägen selbst beantworteten. Dann hieß es Hände zeigen. Bei meinen, als sie sahen, dass ich keine Schwielen hatte, grinsten sie. »Die glauben«, flüsterte ein Matrose, »du bringst Lösegeld.« *Ich?* Wie es der Bootsmann prophezeit hatte, ging es Richtung Afrika. Uns wurden Halseisen angelegt, und wir mussten rudern, bis sich die Haut von unseren Händen schälte. Rudern, nichts als rudern.

– Klingt nach einer steifen Brise. Ruben kratzte sich am Ohr.

– Wir durften den Platz am Riemen nicht verlassen, unsere Notdurft wurde mit Eimern weggespült, und fiel einer in Ohnmacht, wurde er wachgepeitscht. Ich verstand nicht, wie der Mensch einem Menschen so etwas antun konnte. Noch wenige Tage zuvor hatte ich ein Zuhause, wo es nach Zimt und Milchreis roch, eine warmherzige Mutter und einen strengen, aber gutmütigen Vater. Ich liebte Rittergeschichten und das Herumstreifen in den Auen. Man hatte mich Algebra und Grammatik gelehrt, Konversation, Geschichte und die Namen der letzten Päpste, aber niemand hatte mir gezeigt, wie man sich unter maurischen Piraten zu verhalten habe. Plim stockte und holte Luft, ehe er fortfuhr.

– Wir kamen nicht in Algier an, sondern in einem Kaff namens Mostaganem, was Senfstadt heißt, aber von Senf war keine Rede, nur Palmen, dürre Sträucher, rote Erde, Sand. Die Leute johlten und bespuckten uns. Noch nie hatte ich eine solche Feindseligkeit erlebt. Man schmiedete uns Eisenringe um die Knöchel und übergab uns Sklaventreibern, die wie Stoffballen auf Kamelen saßen. Riesige Tiere mit mahlenden Kiefern waren das – Wüstenschiffe. Wir Gefangenen mussten zu Fuß nach Algier gehen. Anfangs zuckten wir, wenn wir auf spitze Steine traten, doch bald gewöhnten wir uns an den Schmerz. Und dann der Sand! Schnell war er in den Ohren, Nasen, ja, in jeder Pore. Sandkörner in den Augen, zwischen den Zähnen, Beinen, überall. Da niemand mit uns sprach, vermuteten wir die Stadt hinter jedem Hügel. Weit konnte Algier ja nicht sein. Unsere Wächter hatten Proviant, aber für uns gab es Disteln und verdorrte Sträucher, manchmal Schnecken, Eidechsen oder angeschwemmte Seeigel, die wir aus der Schale saugten. Eine nach europäischen Maßstäben völlig indiskutable Verpflegung. Obwohl wir immer wieder, wenn die zerklüfteten Felsen es zuließen, am Meer entlanggingen, litten wir Durst. Zu trinken gab es brackiges Wasser, das wir unter Büschen freigraben mussten. Natürlich führte das zu Bauchfluss. Austreten? Nein. Unten lief die Soße, oben waren wir vertrocknet, platzte der Schädel, und in der Mitte brannten Striemen von den Hieben. Nur wenn sie beteten, fünfmal am Tag, gaben die Schinder Ruhe. Plim hatte einen Kloß im Hals, aber Ruben deutete ihm fortzufahren.

– Über vierzig Leguas waren es bis Algier … mehr als hundert Meilen. Drei haben diesen Gewaltmarsch nicht überlebt. Wir haben sie beneidet, obwohl ihre Körper von den Sklaventreibern noch stundenlang geprügelt worden sind. Die Kerle fürchteten den Vorwurf, Sklaven auf eigene Rechnung zu verkaufen. Also hackten sie den Toten kurzerhand die Köpfe ab und befahlen uns, sie mitzuschleppen. Bald waren diese Schädel stinkende, von Fliegenschwärmen umwölkte Kürbisse, denen die Haut samt dem Haar herunterrutschte. Wie ein Zerrbild der Heiligen Drei Könige haben die Träger ausgesehen, nur dass sie nicht Gold, Weihrauch und Myrrhe brachten, sondern wurmstichige Totenschädel.

– Gütiger Neptun. Ruben nahm das Bier und trank.

– Nach zwei Wochen Fußmarsch erreichten wir halbtot Tipasa, wo wir in römischen Ruinen schliefen. Tags darauf trafen wir Janitscharen, die mit Kanonen auf eine Pyramide schossen, das Grabmal der Tochter Kleopatras. Die Kanonenkugeln richteten nichts aus. Der Kommandant, ein Tschorbadschi-Baschi, hielt zornig seine Suppenlöffel – Rangabzeichen bei den Janitscharen – in die Höhe, brüllte. Als der Schiffskoch lachte, wurde er kurzerhand vor den Kanonenlauf gebunden. Wir dachten, sie wollten ihm Angst einjagen, aber Augenblicke später hatte er ein Loch im Bauch. Einfach eine Kugel durchgejagt. Plim stockte. Es sah aus, als wäre er in einen Lochstanzer geraten, dann purzelten die Gedärme heraus. Seinen Blick, wie er an sich hinabgesehen hat, werde ich nie vergessen. »So schlecht war mein Essen nicht«, jammerte der Koch. Da sahen die Sklaventreiber ein, dass es besser war, sofort zu verschwinden. Zwei Tage später lichtete sich der Dunstschleier am Horizont, und nun sahen wir verschwommen eine kristalline Stadt – Algier.

– Da würde ich gern einmal auf Reede gehen. Ruben schnalzte mit der Zunge. Einen Harem mit zweitausend Konkubinen soll es geben, Bäder ...

– Nicht für Sklaven, die werden mit Kameldung beworfen und mit Dreckwasser beschüttet. Andere verspotteten unsere Religion, unsere Hautfarbe, unsere ausgemergelten Körper. Alle schrien »Kuffar! Billa oa rosole« – gottlose Ketzer. Dieses Arabisch hört sich an wie Gewinsel, wenn ein Kamel auf Hundepfoten steht. Wir waren nackt, die Haut schälte sich ab, das Haar war Gips, und an den Beinen klebten Schlieren. Wir empfanden nicht einmal Verzweiflung; die Verzweiflung empfand uns.

– Heilige Makrele! Aber Algier ist doch märchenhaft?

– Ein schmutziger, beengender Moloch ... als Latrinen missbrauchte Stadtmauern ... verschachtelte Häuser mit breiten Erkern ... und Heimat einer bösen Zauberin.

Tatsächlich war Algier, das heute mit seinen azurblauen Fensterläden und Balkonen an ein heruntergekommenes Nizza erinnert, damals die mächtigste Stadt Nordafrikas. Im 16. Jahrhundert war sie unter dem Korsaren Khair ad-Din, den die Christen Barbarossa nannten, groß geworden und stand unter dem Schutz des türkischen Großsultans.

– Auf der Galeere, wo wir nur verschrumpelte Oliven, alte Datteln und die Peitsche bekommen hatten, waren wir voller Hoffnung. Noch beim Marsch entlang der Küste hatten wir uns Mut zugesprochen, geglaubt, vielleicht als Erzieher bei einem Sultan zu landen oder als Dolmetscher bei einem Kaufmann. Nur manche ahnten, dass es christlichen Sklaven unter Moslems kaum besser ging als Moslems unter Christen. Sie behandelten uns wie Hunde, die es dort nicht gab – unreine Tiere. In Algier wurden wir in einen Schweinestall gesperrt.

– Lüg mich nicht an, Monsieur! Ruben machte ein ernstes Gesicht. Weiß doch jedes Kind, dass Muslime keine Schweine essen.

– Palastschweine, Elias ließ sich nicht aus der Fassung bringen. Mit deren Fett werden die Stukkaturen in den Palästen eingelassen. Aber im Schweinekoben waren wir nicht lange, bald kamen wir in ein feuchtes, dreißig Fuß tiefes Erdloch. Ein Gestank wie in einem Plumpsklo. Tagelang ging es uns schrecklich, wir waren überzeugt, in dem Drecksloch zu verfaulen oder von Nagern verspeist zu werden, die nachts auf uns spazieren gingen. Sind Sie schon einmal aufgewacht, weil Ihnen ein Rattenschwanz durch das Gesicht gefahren ist? … Es war die Hölle, bis man eines Tages unsere Rationen erhöhte, wir Eidotter mit Brot bekamen, an die frische Luft durften. Warum? Damit wir am Sklavenmarkt Eindruck machten. Als es so weit war, hat man uns gewaschen und geölt, sahen wir aus wie polierte Ostereier.

– Und dann kamst du zur Zauberin?

– Später.

– Algier ist ein Juwel, eine Stadt wie ein Kreideberg mit Palästen, Befestigungsanlagen und dem uneinnehmbaren Hafen. Ruben geriet ins Schwärmen. Und die Frauen! Es heißt, ihre Ankerklüsen sind glatt wie Pflaumen und süß wie Feigen. Da kannst du abbrassen und aufentern.

– Ich wurde am nach Kamelpisse stinkenden Sklavenmarkt

ausgeschrien. Plim rollte mit den Augen. Überall Ausrufer, die etwas brüllten wie: »Seht euch diesen kräftigen Burschen an, für jede Arbeit geeignet. Schaut diesen Knaben, für jede Lustbarkeit zu haben.« Männer im Kaftan strichen um uns rum. Der Sklavenmarkt, wo wir uns splitternackt zeigen mussten, war die schlimmste Demütigung, ärger als die Ratten im Gesicht. Die Kaftanmänner zogen uns die Zunge aus dem Mund, steckten uns Finger in die Ohren, sahen nach, ob wir Zähne hatten, weil, wer nicht essen kann, kann auch nicht arbeiten. Sie zogen uns die Arschbacken auseinander, um nachzusehen, ob wir Arschgewächse hatten, weil, wer nicht scheißen kann, kann auch nicht arbeiten. Ein Eunuch kostete vierzig Dukaten und ein Dromedar fünfzig, während ein gesunder Arbeiter keine zwanzig wert war, das Zehntel einer Bisamkatze. Da waren haselnussbraune Zwerge aus Guinea, pechschwarze Riesen, bestimmt fünf Fuß groß, mit zugespitzten Zähnen von der Elfenbeinküste, manche mit Narben an den Wangen. Frauen aus dem Kongo mit Hinterteilen so groß wie Predigtkanzeln, welche mit Ringen um die Hälse, durchbohrten Nasen, Tellerlippen. Bucklige, Ausgemergelte, andere waren schön und stolz. Und alle wurden sie verkauft wie Vieh.

– Fischmarkt, oder was. Ruben rülpste.

– Ich war bei den Billigangeboten. Man machte sich über meine Ärmchen lustig, feilschte. Schließlich erwarb mich …

– Die Zauberin?

– … ein gewisser Abdelmalek Faïd, der mir Ketten um die Knöchel schmieden ließ. Trotzdem war ich guten Mutes. Faïd hatte ein freundliches Gesicht und schmunzelte, als er in meiner Sprache sagte, wir Menschen seien alle aus demselben Teig gemacht. Ein guter Mensch? Ich jubilierte. Da fügte er laut hinzu, so dass ihn alle hören konnten, er hasse Christen: gottloses Geschmeiß.

– Da warst du platt vor dem Wind. Ruben kratzte seinen roten Bart.

– Zuversichtlich, fast stolz ging ich neben meinem Herrn, und als ich sein Haus in der Kasbah sah, war ich beglückt. Kein Palast, aber weitläufig mit vielen gekachelten Räumen, Dachterrassen, Möbeln mit Intarsien. Alles hier war fein ziseliert und voller Schnörkel, Arabesken. Überall hatten Menschenhände viel Mühe investiert, um all die Verzierungen anzubringen. In der Küche werkten verschleierte Frauen, die mich misstrauisch beäugten, doch bekam ich Ziegenmilch. Man zeigte mir die Wohn- und Schlafräume, sogar die Tür zur Kammer von Faïds Lieblingsfrau. Außerdem bläute man mir ein, dass Männer den oberen der zwei Türklopfer benutzen mussten, damit die Frauen drinnen wussten, sie hatten sich zu verschleiern.

– Segel setzen.

– So würde ich also, war ich überzeugt, als Haussklave meine Tage fristen, in einem Land, in dem es dreimal im Jahr Orangenernte gibt. Ich sah die zubereiteten Speisen – Couscous mit roter Sauce, grüne Suppe mit Koriander, geschmortes Fleisch, Fladenbrot … Und als ich mich schon auf die Annehmlichkeiten des Orients freute, erschien ein Bärtiger mit Tischdecke auf dem Kopf und Gebetsteppich unter der Achsel. Der Kerl sah mich böse an, setzte ein furchteinflößendes Grinsen auf und begann mit gezwungener Freundlichkeit zu sprechen: »Na, was haben wir da für ein Milchbrötchen, das glaubt, sich hier einnisten zu können?« Gleich darauf fing er an zu brüllen und mich zu schlagen. Dann schleifte er mich auf ein Feld, wo ich an einer Winde die anderen, wie Ochsen schuftenden Sklaven sah. Zu früh gefreut! Von wegen Erzieher oder Dolmetscher, ich war ein Nutztier und sonst nichts. Das schlechtestmögliche aller Lose. Wieder steckte man mich in ein Erdloch. Es roch nach Moder, Kot und Schweiß. Dagegen ist die Hölle ein Biergarten. Kinder bewarfen uns mit Steinen, und boshafte Menschen schütteten stinkendes Wasser in das Loch.

– Da bist du im Unterdeck gelandet.

– Morgens wurden wir Sklaven aus dem Erdloch herausgezogen, bekamen Milch, Fladenbrot, das für die Ziegen zu hart war, und mussten an das Mühlenrad. Der Bärtige, selbst ein Konvertit, brüllte unentwegt – er würde uns das Bild, das wir von uns selbst hatten, schon austreiben. Wenn er mit uns fertig wäre, hätten wir nur noch Essig im Kopf … Mustafa Müller rief er sich, und auf mich hatte er es abgesehen … Wie Ochsen sind wir bei der größten Hitze im Kreis gelaufen, bis sich die Haut in Fetzen löste. Nichts als schieben, gehen, schwitzen. Von morgens bis abends, Tag für Tag.

– Ein Leben an der Ankerwinde.

– Dazu kamen Ausschläge, Fieber, Brechdurchfälle, doch am schlimmsten war diese Jallajalla-Sprache, von deren gurgelndem Singsang ich nichts verstand. Jallajalla von den Minaretten, Jallajalla vom Aufseher, von überall. Ich konnte hören, was gesagt wurde, aber die Bedeutung nicht verstehen. Ohne Sprache ist man verloren … Eines Tages erschien Faïd. Er hatte ein gutmütiges Gesicht. Ich, weiß Gott, welcher Teufel mich ritt, schrie ihm zu, das Drehen der Spule könnte auch der Wind erledigen. »Idiot«, zischten mir die anderen Sklaven zu. Faïd hob die Hände, ließ die Arbeit stoppen. Ich wurde herausgezogen aus der schwitzenden, stöhnenden Sklavenmasse, und obwohl Mustafa Müller mich prügelte, zeichnete ich ein Windrad in den Sand und blickte hoffnungsvoll zu meinem Herrn.

– So eine Mechanik, sagte ich, ist ein epochaler Fortschritt. Vergleichbar mit der Erfindung der Schrift durch die Assyrer, der Verwandlung vergorener Früchte in Alkohol …

Faïd lächelte, überlegte … da flüsterte ihm Müller was ins Ohr, änderte mein Herr seinen Gesichtsausdruck, brüllte »Jallajalla … aufwieglerischer Bursche!« und prügelte auf mich ein. Sah er die Arbeitserleichterung nicht? Den Fortschritt? Wollte er von solchen Problemen die Finger lassen, weil sie ihm zu ungemütlich waren? Er zerstörte meine Zeichnung, schüttelte den Kopf.

– Volle Breitseite, murmelte Ruben, der an Elias' Lippen hing.

– Die Lektion war klar: Wir waren nicht zum Denken da. Die anderen Sklaven hielten mich für einen Besserwisser und Einschmeichler. Zum Glück waren sie zu schwach, den Albtraum, den sie mir wünschten, zu verwirklichen. Als ich nach Tagen der Demütigung nur noch sterben wollte, kam die Rettung. Ich durfte raus. Plötzlich hieß es Boden schrubben, kehren, Hühner und Ziegen füttern, an Festtagen das Haus mit Kalk und Milch streichen – alles besser als das Mühlenrad. Mustafa Müller zeigte mir, wie man Oliven von den Bäumen schlug und wie oft die Salzlake, in die sie gelegt wurden, gewechselt werden musste.

– Warum bist du aufgestiegen, Monsieur?

– Obwohl ich mich bemühte, Elias überging die Frage, meinem Herrn nützlich zu sein, und mich mit Wörtern wie hamssa, shukran, habibi, salamaleikum herumschlug, hoffte, mich eines Tages freikaufen zu können, wurde ich mit Prügelsuppen überschüttet. Schlugen mich nicht Faïd und Mustafa Müller, so waren es die Frauen. Ein Hundeleben. Nachts wurde mir eine Kette um den Hals gelegt, und zu essen gab es Küchenabfälle.

Eines Tages kam Abdelmalek Faïd, zog mich zu dem Mühlenrad und zeigte mir freudig klatschend die Windflügel, die er getreu meiner Zeichnung hatte bauen lassen. Das Werk funktionierte einwandfrei.

– So schnell dreht sich der Wind.

– Damit ich mir nichts einbildete, gab es Schläge. Die anderen Sklaven waren bald verkauft, ich wurde als Haussklave behalten, setzte alles daran, mich als nützlich zu erweisen. Ich konstruierte eine Wasserrinne, zeigte meinem Herrn, wie man Schablonen zur Wandbemalung nutzen konnte, erklärte ihm, wie Spinnräder mit Fußpedalen funktionierten, und noch so allerlei. Doch wurde mein Leben besser? Keine Spur. Mustafa Müller machte mir die Tage schwer. Der Kerl mit dem Bart am Hals kam aus Pommern, Schlesien oder der Ukraine, jedenfalls aus Deutschland, betete mehr als ein Prophet, rührte keinen Alkohol an und zitierte ständig den Koran. Meist war er hundsgemein, nur wenn er an seine Heimat dachte, redete er von der guten alten Zeit und wurde traurig.

– Und du stammst aus Sevilla? Der Monsieur ist ein Sevillano?

– Mein Vater ist dort … Elias machte eine Pause, als ob er überlegte … Totengräber. Die Inquisition hat ihn reich gemacht, weil ihn die Angehörigen der Opfer bestechen, damit der geschundene Leib nicht unter der Kirchentraufe oder auf einem Acker verscharrt werden muss. Seit sich die Leute Särge leisten, weil sie nicht mehr unter ungelöschtem Kalk vermodern wollen, blüht das Geschäft. Daneben hat mein alter Herr Leichen an Medizinstudenten verhökert, Leute, die Tote aufschneiden, um dieser neuen, aus Padua kommenden Lehre zu frönen, die sich Anatomie nennt.

– Anna-Toni?

– Meine Zukunft war ein Diamantenring. Den hätte ich bei einem Juden hinter der Kathedrale versetzen sollen … gib gut darauf Acht, hatte Vater mich gewarnt … doch am Weg traf ich den Teufel, gleich in zweifacher Gestalt: Bastardo und Cinquecento … der eine sah aus wie eine Ratte, der andere hatte etwas Fischiges … Die beiden haben mich bezirzt, über die Brücke des Guadalquivir gelockt, gesagt, drüben in Triana würde ich für meinen Ring viel mehr erhalten … viel, viel mehr … »Sei kein Holzkopf, nur Strohbohrer gehen zum Jud …« Und ich habe es geglaubt, weil ich gierig war. Anstatt zum Juden bin ich mit den beiden mit. Der größte Fehler meines Lebens. Plim seufzte. Mein Vater hätte mich umgebracht, wenn er es erfahren hätte. Ich könnte jetzt in Salamanca sitzen und mir Vorlesungen über Trigonometrie oder die Viersäftelehre anhören, aber nein, ich musste diesen Gaunern folgen, die Trittling statt Schuh sagten, Kleebiss für Pferd, schwarze Luft statt Nacht.

DIE ZIEGENBEINE DER KÖNIGIN

– Cinquecento und Bastardo?

– Obwohl ich bei der Fronleichnamsprozession die Fahne der Totengräber tragen durfte, wollte Vater nicht, dass ich Gräber ausschachte und Särge in die Grube lasse. Mein alter Herr hätte mich gerne als Doktor, Famulus oder Feldscher gesehen. Stattdessen fand ich mich in einer verruchten Flamencobar, auf einem maroden Handelsschiff und schließlich in Algier bei einer Zauberin wieder.

– Moment, unterbrach Ruben. Das läuft mir zu schnell vom Stapel. Wie haben die Gauner dem Monsieur den Diamantenring abgeluchst?

– Ich erinnere mich nicht. Elias zuckte mit den Achseln. Kennen Sie Sevilla? In Triana leben Fischer, Seifensieder, Abdecker und leichte Mädchen. Es stinkt nach Gerberlauge, Garküchen, altem Fisch und Hammelfett, sogar die Menschen stinken … Der Händler war nicht da. Plötzlich hieß es, dass wir nicht mehr zurückkämen, weil die Brücke über den Guadalquivir geschlossen sei, die Wächter ab fünf Uhr niemand passieren ließen. Also gingen wir in eine Schenke. Mehr weiß ich nicht. Am nächsten Morgen war der Ring dann weg. Aber, Ruben Christian, ich kann Ihnen sagen, wie es in Algier war, dieser Berberstadt, wo man in der blauen Stunde die traurigen Gesänge des Muezzins hört, sich die Menschen nach dem Begrüßen an das Herz fassen. Plims Augen glänzten wie Datteln in der Sonne.

– Ich habe Beschneidungen gesehen, Kamelmärkte, Moscheen, das goldene Gewand des Sultans mit Edelsteinen größer als Zitronen. Ich war dabei, wenn alle Sand fraßen, weil die Sultaninen, also die Haremsdamen durch die Stadt flanierten. Wer das nicht machte, wurde verschnitten. Ich sah die tausend Ohren der Aufständischen, die ein Sohn Barbarossas seinem Vater zum Geschenk machte, und das Ghetto, »Ort aus Salz« genannt, weil es Aufgabe der Juden ist, die Köpfe der Aufständischen zu pökeln.

– Appetitlich.

– Mustafa Müller brüllte ständig: »Schafft mir den Bastard aus dem Haus!« Der Konvertit war muslimischer als Mohammed, hat Frauen, die nicht ordentlich verhüllt waren, gescholten, ihnen mit Gräten das entblößte Fleisch geritzt, auf die Einhaltung der Fastenordnung gepocht … kein Essen und Trinken, solange man einen weißen von einem schwarzen Faden unterscheiden kann … Dieser Mustafa Müller schimpfte auf die Christen, dabei war er früher selber einer gewesen. Als ich ihn, der sich weigerte, Weinflaschen auch nur anzurühren, erwischt habe, wie er im Keller heimlich getrunken hat, war er um eine Ausrede nicht verlegen: »Im Koran steht nirgendwo, dass man nicht saufen darf. Da heißt es bloß, man soll sein Gebet nicht im trunkenen Zustand verrichten.« Dann gab er mir eine Ohrfeige und sagte: »Du hast nichts gesehen, Kretin. Wenn doch, bekommst du noch ein paar, weil, wer rote Ohren hat, der lügt.« Dieser bärtige Konvertit hat alles darangesetzt, mich loszuwerden. Ständig war ich mit Anschuldigungen konfrontiert: »Das Milchbrötchen hat von der Tajine genascht, der Hausklave hat schlechtes Holz gebracht …« Schließlich hat mich Faïd in seiner unendlichen Gutherzigkeit an den Zeremonienmeister des Sultans verkauft. Ein Aufstieg! Müller biss sich in die Hand vor Wut.

Man kleidete mich ein, Hosen mit Gesäßteilen bis zu den Kniekehlen. Ich durfte in einer Baracke schlafen und mich im Tempel frei bewegen. Anfangs musste ich den Kupferkessel für das Bad befeuern, für das Dampfbad und die Duschen. Da es Moslems verboten ist, in unbewegtes Wasser zu steigen, haben diese fliesenverrückten Mauren Duschen erfunden … *oder den Griechen abgekupfert.*

– Tuschen? Ruben hatte davon noch nie gehört.

– Eine Art Gießkanne. Plim hob seine Hand und wackelte mit den Fingern. Ich lernte blinde Musiker kennen, die in den Bädern der Haremsdamen spielten. Auch die Muezzine waren blind, damit sie von den Minaretten aus nicht in die Innenhöfe sehen konnten.

– Lauter Blinde und Eunuchen.

– Der Tempel war eine Oase aus Marmor, Alabaster. Wunderbare Farben: Lapislazuli, Zinnoberrot, Mintgrün. Überall Suren und Gedichte, reichverzierte Reliefs, der achteckige Stern der Moslems oder der Leitspruch des Sultans: »Es gibt keinen Sieger außer Gott.« Unglaublich, dass ein Volk, das solche Schönheiten hervorbringt, so grausam ist.

– Die Christen sind nicht besser, Monsieur. Laufen mit Mühlsteinkrägen herum und erfinden Folterwerkzeug, mit dem sie Knochen brechen und Körper quetschen, bis das Blut spritzt. Selbst auf der allerheiligsten päpstlichen Galeere schuften Sklaven.

– Im Palast gab es Fußbodenheizung, fließendes Wasser und eine angenehme Luftzirkulation. Aber was nützt der beste Fisch, wenn man keinen Wein bekommt und man auf keinem Sessel sitzen kann? Das ist ein Volk von Teppichhockern.

– Und alle Weiber für den Sultan. So ein Herr ist gefordert.

Der muss liefern. Heilige Makrele. Wenn ich mir vorstelle, wie Frauen in so einem Harem reden … und die reden viel … Gestern hat er wieder nur zwei Minuten … Bei mir hat er ihn nicht hochgebracht … Ruben grinste.

– Die Sultaninen müssen nicht arbeiten wie die Frauen in Spanien, keine Kinder erziehen, keine Wäsche waschen und nicht kochen. Eine Frau in einem Harem hat es geschafft. Allerdings gibt es eine strenge Hierarchie. Nummer eins ist die Mutter, Nummer zwei die erste legitime Frau, die dem Sultan einen Sohn geboren hat, und Nummer drei ist die jeweilige Lieblingsfrau – die heilige Dreifaltigkeit des Serails. Besonders die Lieblingsfrauen leben gefährlich. Sind sie in Ungnade gefallen, werden sie beseitigt.

– So ein Palast muss wunderschön sein, da scheißt du blaue Äpfel. Ruben seufzte.

– Überall Ornamente. In den Innenhöfen Teiche – wegen der Spiegelung, was auf König Salomon zurückgeht. Dem hat man, bevor er mit Salzheringen die Königin von Saba verführt hat, erzählt, seine Braut wäre unterhalb des Nabels eine Ziege.

– Mit Euter und Hufen?

– Um das zu prüfen, ließ der weise König Teiche bauen.

– Und?

– Die Königin von Saba kam mit so viel Juwelen- und Goldbehang, dass er darauf nicht mehr geachtet hat.

– Paläste, Gärten, Teiche … Warum ist Monsieur dann weg?

– Die Muslime haben etwas Undurchschaubares, sie sind fanatisch religiös. Außerdem geschah etwas Schreckliches. Ich holte Wasser von der Zisterne, da kam ein kreischender Suppenmeister, also ein Janitscharenführer auf mich zu. Ich sah ihn fragend an, und das, nur dieser kurze Blick, wurde mir als Beleidigung ausgelegt. Selbstverständlich steckte Mustafa Müller dahinter … Ich kam vor einen Schnellrichter, der seine Worte langsam durch die Nase entweichen ließ und mich völlig ungerührt zum Bab Azoun verurteilte.

– Bab Was?

– Bab Azoun. Zum Sprung vom zehn Schritt hohen Haupttor, aus dessen Seitenwänden krumme zugespitzte Eisenhaken ragen.

– Das gibt es? Ruben kratzte seinen Bart.

– Danach kannst du dich als Sieb verdingen. Während Elias nach Wörtern suchte, diese Tötungsanlage zu beschreiben, wurde alles von Schreien übertönt.

– Eine spanische Galeone! Eine Goldgaleone! Endlich. Leck-o-mío-mucho-madre. Der unaussprechliche Kapitän konnte sein Glück kaum fassen. Die entgeht uns nicht! Sofort begann ein geschäftiges Treiben, rannten die Kanoniere zu ihren Geschützen, die Piraten zu den Waffen. Nur der Quartiermeister stellte sich dem Kapitän in den Weg und wollte die Taxen für Verletzungen ausverhandelt haben.

– Sechshundert Silberpesos oder sechs Sklaven für den rechten Arm, fünfhundert für den linken. Dasselbe für die Beine. Zweihundert für einen Finger oder ein Auge.

– Hundert!

– Hundertfünfzig.

Man zog die blutrote Flagge mit dem Grabstein und dem Stundenglas auf, holte die Nussschale bald ein und veranstaltete einen Veitstanz auf dem Achterdeck. Das Piratenorchester spielte eine Vorform des Gigue, wobei die Oboe Probleme mit dem Takt hatte, das Kratzen der Fiedel hervorstach und die Trommel ein fürchterliches Geschepper verursachte. *Katzenmusik!*

– Dass euch der Teufel hole, Gentlemen, wurde gebrüllt. Man setzte einen Schuss vor den Bug des Spaniers und warf Beutel voll ungelöschtem Kalk auf das fremde Schiff, das bald aussah, als wäre es in Mehl gewendet worden. Keine Reaktion, nur Husten. Der Kapitän befahl, die Geschütze zu laden, das Schiff klar zum Gefecht zu machen.

– Streicht die Segel, ihr Landeier, sonst murksen wir euch ab. Die Spanier reagierten nicht. Also wurde ein Enterkommando in einer Schaluppe losgeschickt. Wenig später hörte man Schreie:

– Diese Idioten haben das Deck mit Butter beschmiert, überall Erbsen, Bohnen und Bretter, aus denen Nägel ragen.

Dann knallten auf dem eingenebelten Schiff Schüsse. Das Ende des Enterkommandos?

– Angriff!

Man feuerte eine volle Breiseite ab, die pure Manifestation, was die Kanonen so erhitzte, dass sich der für Kugeln und Pulver zuständige Bursche, den man Pulveraffe nannte, die Finger verbrannte. Eine Kugel riss den Mast des anderen Schiffes um. Enterhaken flogen in die Takelage des Spaniers. Die Piraten schwangen Streitäxte, Messer und Arkebusen. Männer, die vor wenigen Stunden noch friedlich gezecht und gewürfelt hatten, sahen nun entsetzlich aus. Jetzt kam der Auftritt des Kapitäns. Der Unaussprechliche steckte sich Salpeterschnüre ins Haar, zündete sie an und sah aus wie eine brennende Geburtstagstorte. Mit kreischender Stimme gab er Befehl zum Entern.

– In Formation! Aber ästhetisch!

Während sich Widerhaken verfingen und die Mannschaft das spanische Schiff stürmte, wäre der Korsarenkapitän fast abgebrannt.

– Seid ihr verrückt, was macht ihr?, kam vom Enterkommando.

– Ihr lebt? Wir hörten Schüsse, dachten, ihr wärt tot.

– Das waren Salutschüsse, ihr Idioten.

Die Spanier, viel zu wenige, um die Geschütze zu bedienen, hatten sich auf dem Achterdeck verschanzt, ergaben sich aber, sobald die ersten Freibeuter an Bord waren. Die Augen aller tränten von dem ungelöschten Kalk.

Nur einer stellte sich den Räubern heldenmutig entgegen, ihr Kapitän. Der Mann fuchtelte mit einem Säbel herum.

– Ergib dich!

– Niemals. Da traf ihn ein Pistolenschuss, der keine Wirkung zeigte. Der spanische Schiffsführer rannte auf den Quartiermeister der Piraten zu, als ihm ein Schlag gegen den Hals versetzt wurde. Er blutete, kämpfte aber weiter. Ein Hieb schlitzte seinen Bauch auf, und obwohl Eingeweide hervorquollen, dachte er nicht daran, sich zu ergeben.

– Ich kriege euch! Mit der einen Hand hielt er seine Gedärme fest, mit der anderen führte er die Waffe. Selbst als er entkräftet in die Knie sank, brüllte er:

– Mich bekommt ihr nie. Und Penelope schon gar nicht.

– Penelope?

– Wo ist eure Geldtruhe?, brüllte der Quartiermeister.

– Wie schauen wir aus? Man legte dem knienden spanischen Kapitän ein Seil um den blutenden Hals und zurrte es fest, bis ihm die Augäpfel aus den Höhlen sprangen.

– Ist nichts Persönliches.

Der Korsarenkapitän, er hätte ohnehin nicht zusehen können, war mit dem Löschen seiner brennenden Haare beschäftigt. Der Spanier röchelte, während seine glänzenden Gedärme aus dem Bauch purzelten, und war so herzlos, diese Erde ohne den kleinsten Hinweis auf irgendwelche Schätze zu verlassen.

– Hört auf, sagte nun der Kapitän mit den rauchenden Haaren. Wir sind Freibeuter, keine Piraten. Er ging zu dem toten Kapitän und verlas den vom französischen König unterfertigten Erlass, der ihn ermächtigte, spanische Schiffe aufzubringen.

– Nur damit Ihr seht, dass alles seine Ordnung hat. Als Antwort fiel dem Toten ein Stück Dickdarm aus dem Leib.

Nun stürmte man den Laderaum des gekaperten Schiffes, fand aber weder Gold noch Silber. Da waren nur Säcke mit ungenießbaren Bohnen, die jemand Kakao nannte, kleine gelbe Körner, die wie lose Zähne aussahen, und braune Kegel, Zuckerhüte. Der Kapitän, sein Kopf qualmte noch, wusste nicht, was er mit dem Zeug anfangen sollte, und befahl, alles an Bord zu bringen.

– Darüber müssen wir abstimmen, schrie der Quartiermeister. Krempel. Wer ist dafür, alles ins Meer zu schmeißen?

Hände gingen in die Höhe, andere blieben unten. Diese Urform einer demokratischen Gesellschaft stimmte über alles ab.

Fässer mit Branntwein wurden auf das Deck der Seestern gehievt, wo ihre Böden eingeschlagen wurden, Seeräuber mit Schüsseln daraus schöpften. Andere köpften Weinflaschen mit dem Entermesser und tranken aus den abgeschlagenen Hälsen. Einer schlug den Bootsmann der Spanier, stopfte ihm Kalfaterwerg ins Maul und drohte, es anzuzünden.

– Nicht, hauchte Elias, der mit wackeligen Beinen an Deck stand und dem Treiben zusah. Er hatte gehofft, seine Landsleute würden die Piraten überwältigen, aber das Gegenteil war der Fall. Er sah zu seinen Spaniern, verängstigte Gesichter. *Leck-o-mío-mucho-madre.*

– Zumindest frisches Trinkwasser haben sie geladen, schrie einer. Ihr Wein schmeckt rostig. Ein anderer brachte eine große Schildkröte mit ledriger Haut und schnitt sie auf.

– Pfui Teibel, völlig ungenießbar, er spuckte das Fleisch gleich wieder aus und warf es zu den in den Rahen sitzenden Tölpeln.

Schildkrötenfleisch erzeugt Skorbut, sagte der Quartiermeister. Schwarzes Zahnfleisch, ausfallende Zähne und eine dumpfe Lethargie.

– Das ist mir neu.

– Weiß ich von einem Arzt.

Es sollte noch ein halbes Jahrhundert dauern, bis Kapitän Richard Hawkins die Wirksamkeit von Zitronensaft gegen diese gefürchtete Seefahrerkrankheit entdecken würde, und zweihundert weitere Jahre, bis man diese Erkenntnis anwandte.

Die Spanier wurden vor die Wahl gestellt, sich den Seeräubern anzuschließen oder über die Klinge zu springen. Jeder zog das Freibeuterleben vor. So standen sie bald in einer Reihe vor dem Unaussprechlichen, hielten ihre Hände auf die Bibel und schworen im Angesicht der langen Narbe, dass jeder gleich sei und gleichen Anteil an Beute und starken Getränken habe. Ob sie wussten, was sie dem Kapitän da nachsprachen? Korsaren waren gesetzestreue Leute, nur dass ihre Legislative etwas eigen war: Wer die Gemeinschaft betrügt, soll auf einer einsamen Insel ausgesetzt werden, wer andere beraubt, muss sich darauf gefasst machen, dass ihm Nase und Ohren abgeschnitten werden. Niemand darf um Geld spielen. Licht und Kerzen müssen um acht Uhr abends gelöscht werden, wer danach weitertrinken will, soll es an Deck und ohne Licht tun. Knaben und Frauen sind an Bord nicht erlaubt. Wer ein Weibsbild an Bord bringt, ist des Todes. Dasselbe Schicksal erwartet den, der seinen Gefechtsstand verlässt. Das Tragen einer offenen Flamme im Laderaum wird mit einem weniger als vierzig Streichen bestraft, wer einen Mord begeht, wird mit seinem Opfer zusammengebunden und über Bord geworfen …

Plötzlich ein Tumult. Gellende Schreie waren zu hören, Pfiffe. Ein junges Mädchen wurde an Bord gebracht. Splitternackt, da man ihr die Kleidung vom Leib gerissen hatte: Beine wie junge Birkenstämme, kleine Wacholderbrüste, die sie mit der einen Hand zu bedecken suchte, während die andere auf ihrer Weizenähren-Scham lag. Weiche Härchen funkelten im Sonnenlicht. Strohblondes Haar, karamellfarbene Haut. In ihrem Gesicht spiegelten sich Stolz und Trotz, und in ihren Augen stand Wasser. Die

Tochter des toten spanischen Kapitäns. Penelope. Was für eine Schönheit! Elias spürte eine Gänsehaut am Rücken.

– Was machen wir mit der?

– Frauen sind an Bord nicht erlaubt.

CASTING-SHOW

– Ägypterkönig! Ramses!, hallte es durch die Spalier stehenden Männer, aber der Ägypterkönig reagierte nicht, rannte wie verrückt, schnupperte an Füßen und konnte sich nicht entscheiden, wohin er pinkeln sollte. Lauter baumlange Männer, und der kleine Rauhaardackel war völlig überfordert.

Eine Expedition in ein neues Goldland? Das Gerücht hatte sich wie Tinte im Wasser ausgebreitet. Aus ganz Spanien waren Wegelagerer, Gauner, alte Soldaten, aber auch junge Hidalgos, Abenteurer und Glückssucher aufgebrochen, um teilzunehmen. Burschen, die etwas erleben wollten, von Reichtum träumten oder Freiheit suchten, diesen Zweck aller Zwecke.

Andere, besonders die Gutsituierten, hielten dieses Entdecken für ausgemachten Schwachsinn. Wozu solche Strapazen? Man hat Hunger, Fieber, Schüttelfrost, wird von Mücken gepeinigt, von Eingeborenen bekriegt und stirbt am Fieber oder im Suppentopf von Wilden. Mit solchen Gedanken trösteten sich jene, die zu feige waren, um alles für eine vage Hoffnung einzutauschen.

Alle anderen hatten den Betrunkenen in den Gasthäusern geglaubt, den Händlern auf den Märkten oder Barbieren, die von einem Land sprachen, wo Juwelen wie Äpfel an den Bäumen hingen, Straßen mit Marmor gepflastert waren und man von goldenen Tellern speiste. Ein Land, in dem die Dächer mit Pfannkuchen bedeckt waren und hübsche, nackte Mädchen darauf warteten, von einem Sohn der Sonne begattet zu werden.

Die Musterung fand auf dem Appellplatz von Sevilla statt. Der morgendliche Bodennebel hatte sich verzogen, und das milchige Blau des Himmels klarte auf.

– Ramses! Komm her! Aber die Drahtbürste reagierte nicht, rannte durch die Spalier stehenden Bewerber und kläffte.

Zwanzig Meter dahinter marschierte der kleinwüchsige Rodrigo durch die Reihen, klopfte auf verrostete Brustpanzer, zog an zerschlissenen Kettenhemden, machte sich über löchrige Stiefel lustig und zwickte manchen Bewerbern in die Eier. Aus zweitausend sollten siebenhundert ausgewählt werden. Hinter Stummel stritten der angeheiterte Moskito und der eitle Nero.

– Du solltest deine Töle fangen, lallte Moskito. Der Zwirn ist voll!

– Ach was, brummte Nero. Der Ägypterkönig ist gut erzogen.

Moskitos Bewegungen waren unkoordiniert wie bei einem frischgeborenen Kalb, er beschimpfte die Männer als storchenbeinige Witzfiguren. Nero hatte mit seinen Ochsenaugen mehr einen Blick für die abseits kichernden Damen als für die von seinem Hund beschnupperten Rekruten – später würde er Ramses den Zweiten diesen Frauenzimmern opfern. Sie würden sich auf das Hündchen stürzen und verzückt Neros Gedichten lauschen.

Auch andere gaben ihren Senf dazu. Der schöne Nuño betrachtete manche Bewerber als persönliche Beleidigung. »Gogottverdammt!« Der glatzköpfige Añasco verglich sie mit den Leuten in Granada, die kräftiger, fleißiger, verlässlicher und überhaupt besser waren.

Der eine bemängelte riesige Füße, den anderen störten arthritische Knie. Bei einem kräftig gebauten Rekruten wurden die Fußballen beanstandet, bei einem anderen der Buckel, beim nächsten die Zähne.

– Hasenschartiger Krüppel. Stummel beschimpfte einen Burschen mit Vorbiss. Mit solchen Beinen, erklärte er einem anderen, kann man nicht marschieren … Diese blöde Fresse will ich nicht jeden Tag sehen … Ramses der Zweite, inzwischen zu den Hauptleuten zurückgekehrt, bellte, als wollte auch er den Zustand der Rekruten bekritteln.

Wenn ein Bewerber keine körperlichen Mängel aufwies, war sein Säbel verrostet oder das Leder in seinem Helm brüchig.

– Wir hätten bei dem Geschäft mit den blinden Passagieren bleiben sollen, murmelte Bastardo.

– Und unsere Gläubiger? Die Polizei? Cinquecento schüttelte seine Hand in der Luft.

– Aber dann mussten wir einen Elefanten abstauben, der für den Papst bestimmt gewesen ist. Zu allem Überfluss war der Rüssling auch noch kurzsichtig.

– Sei froh, dass dein Kopf noch auf dem Hals sitzt. Wir verlassen dieses Land, in dem Adelige nach Gutdünken über Leben und Tod entscheiden, sich das Recht der ersten Nacht nehmen und wo es für Leute wie uns keine Aufstiegsmöglichkeiten gibt. Keine Bildung und wenn, dann nur so viel, dass die Leute ihre Lage nicht begreifen … Schlimm genug, dass sich ein rechtschaffener Mensch gezwungen sieht, krumme Wege einzuschlagen. Vielleicht ist es gottgewollt, dass wir arm sind, aber dann ist Gott ein ungerechter Spinner. Hörst du mich? Cinquecento blickte zum Himmel. Ein Spinner bist du! Darum glauben wir auch nicht an dich. Das hast du jetzt davon. Kehre in dich, tue Buße!

Die beiden Kleinkleptomanen Bastardo und Cinquecento … jawohl, sie lebten, waren den Feuerteufeln vom Scheiterhaufen gesprungen, dem Henker vom Richtblock … hatten sich zuletzt damit über Wasser gehalten, blinde Passagiere auf die nach Westindien auslaufenden Schiffe zu schmuggeln. Da es nur zwei Abreisedaten gab, den Januar für die nach Zentralamerika auslaufende »Flotte« und den September für die den Süden ansteuernden »Galeonen«, war das Geschäft mau. Sie hatten Schiffsausrüstungen an Kapitäne vermietet und sich als Matrosen verkleidet, um die Beamten des Indienhauses zu täuschen, aber auch das war zäh. Und die Sache mit dem Elefanten? Ein dickhäutiges Fiasko! *Ein rechtschaffener Mensch stiehlt keinen Elefanten.* Jedenfalls standen sie jetzt unter den Rekruten, die sich für Desotos Expedition bewarben. Bastardo und Cinquecento, die Ratte und der Aal, sie mochten Mitte dreißig sein, auf keinen Fall älter als vierzig, auch wenn sie sich für alte Herren ausgaben und aussahen wie fünfzig. Die Sohlen ihrer Schuhe waren dünner als Schmetterlingsflügel, Strümpfe hatten sie gleich gar keine, und ihre ausgefransten Halskrausen, steif vor Schmutz und Dreck, waren ein Gitterwerk aus Fäden. Abgewetzt und knopflos ihre Jacken, und das Einzige, was ihnen Glanz verlieh, waren die »ausgeborgten« Brustharnische und Morione, ihre, wie sie sagten, Blechtulpen. Wenn man sie schönredete, sahen sie aus wie Robert Redford und Paul Newman, die in einem Sozialdrama Ganoven spielten. Sie hatten ihr eigenes Argot, verwendeten Wörter wie ausbaldowern, Zinken, Bammelmann. Flossling war der Fisch, Hobelhengst der Tischler und Gackerbeere ein Ei … Gaunersprache!

– Aber wir haben nicht vor, mit diesen Sonzen nach Florida zu schwänzeln? Ein rechtschaffener Mensch hat dort nichts verloren.

– Auf Kuba machen wir die Fliege. Sollten diese Gurgler Erfolg haben, werden sich Möglichkeiten finden, daran teilzuhaben. Bastardo grinste. Wir müssen nur einen Weg finden, unser Erspartes rüberzuschmuggeln.

– Und wenn wir die Kröten auf eine Bank tragen?

– Geld hat keine Vagina. Wenn aus Geld Geld wird, kommt es irgendwoher, geht es irgendwem ab. Das ist ein noch frevelhafterer Diebstahl als unsere kleinen Geschäfte. So ein Bankmensch soll mir erst einmal die Gebärmutter des Geldes zeigen. Die sagen, man dürfe es nicht in Kondomen aufbewahren, damit es sich vermehrt.

– In Sparstrümpfen?

– Jetzt müssen wir erst mal Expeditionsteilnehmer werden, dann die Mäuse auf einem Schiff verstecken und später …

– Du willst Pflanzer werden? Gurkenmacher? Cinquecento, der eher Robert Redford glich, fuhr sich durchs Haar.

– Warum nicht? Bevor ich hier mit Seilers Tochter tanz? Wirst sehen, auch auf Kuba lässt sich pflügen, gibt es Weiden abzuräumen, runzelige Witwen, die von uns abgeerntet werden wollen. Bastardo lächelte ein schmieriges Paul-Newman-Lächeln.

Das ganze Rekrutierungs-Spektakel glich einem frühneuzeitlichen Casting mit gestrenger Jury. Wäre es nach dieser Kommission gegangen, von den zweitausend Bewerbern wären höchstens zwanzig in die nächste Runde gekommen. Und hätte Ägypterkönig Ramses zu bestimmen gehabt? Man weiß es nicht, der Dackel bellte bei allen. Gerade als unter den Bewerbern ein Gemurre anhob, traf Desoto ein. Und wie er eintraf. Er schien größer und größer zu werden. Zuerst sah man sein Pferd, dann ihn, den großen Eroberer. Er saß auf einer prächtigen weißen Stute namens Augusta, der gelocktes Haar über die Stirn fiel, hatte eine glänzende Rüstung angelegt, und auch das Ross war mit goldbestickten Brokatdecken und edelsteinbesetztem Zaumzeug herausgeputzt – er sah aus wie Kaiser Karl auf dem Bild von Tizian.

– Desoto!, schrien die Männer. Eine Rede! Sie brüllten, als der Entdecker die Hände hob, und schwiegen erwartungsvoll, als er sie senkte. Alle machten gespannte Gesichter, als könnte dieser Mann mit zwei Fischen und einem Laib Brot eine ganze Armee verköstigen.

– Männer, hob Ferdinand mit fester Stimme an. Wir sind ausersehen, für den Kaiser ein Land zu entdecken, die verlorenen Seelen der dort lebenden Wilden zu retten und Reichtümer zu erwerben, die alle Vorstellungen übertreffen. Das wird kein Spaziergang. Ihr braucht Kettenhemden, Brustpanzer, Helme, festes Schuhwerk, ein scharfes Schwert. Außerdem müsst ihr mutig, standhaft und tapfer sein. Wer die Schwindsucht, Blattern oder die Gicht hat, ist ungeeignet. Unsere Expedition startet in zwei Wochen. Sie wird uns Ruhm und Ehre bringen.

Jubel brandete auf. Nur wenige stießen sich an seiner Aussprache.

– Leider haben sich zu viele Freiwillige gemeldet. Unsere Expedition benötigt siebenhundert Mann, hier aber sind zweitausend.

Ein Durcheinander entstand.

– Nehmt alle, deren Vorname mit einem Buchstaben zwischen A und M beginnt, brüllten die Antonios, Diegos, Guiomars, Miguels, Manolos.

– Die ab dem N, schrien die Nuños, Oswaldos, Pedros …

– Stirnreihe bilden, nur die Größten kommen mit, meinten Großgewachsene.

– Ruhe. Desoto hob gebieterisch die Hand. Jeder, der über dem Harnisch einen Umhang trägt, hat zu verschwinden. Die Kommission begann noch einmal alle Rüstungen zu überprüfen. So eine Rüstung bedeutet Stil, Sex, Macht – höchste Verfeinerung. Aber hier waren auch Rostlauben und Blechbüchsen dabei. Die Träger der schadhaften Brustpanzer wurden heimgeschickt, gingen aber in die Wirtshäuser und betranken sich. Wenn die Fenster offen standen, konnte man ihre Flüche und Verwünschungen in allen Gassen hören.

Die Auserwählten wurden registriert. Auch Redford und Newman, also Cinquecento und Bastardo, mussten ihre Papiere zeigen und kamen auf die Liste. Natürlich waren ihre Unterlagen gefälscht. Da gab es Dokumente, die besagten, dass sie ihrem glänzenden Ruf als Ruhestörer abgeschworen hätten. Der Bürgermeister einer kleinen Stadt in Andalusien versicherte auf dem Papier, sie wären ledig, keine Neukonvertierten, von guten Sitten und bestem Ruf. In einem weiteren Dokument versicherte ein Zeuge, dass der Bürgermeister tatsächlich Bürgermeister war. Dann gab es noch ein Schreiben, das die Glaubwürdigkeit des Zeugen bestätigte, und ein weiteres attestierte dem Schreiber der Bestätigung höchste Integrität. Aber alle diese, mit ausladenden Schnörkeln verzierten Papiere waren falsch. Dem Bordschreiber fiel nichts auf, gelassen trug er ihre Namen in die Mannschaftsliste ein … Ambrosio Bastardo, Nemecio Cinquecento … und ließ sie schwören, dass sie keine Kinder eines Verbannten, Mauren oder Juden waren, und nicht vorhatten, lügnerische Texte, insbesondere Ritterromane oder Pamphlete dieser liederlichen Franzosen, in die Neue Welt mitzunehmen.

– Wir können gar nicht lesen. Bastardo hatte sein Rattengrinsen aufgesetzt.

Desoto beobachtete das Prozedere mit Genugtuung. Stolz und unberührbar sah er aus.

– Seit du den Dispens vom Kaiser hast, bist du verändert, sagte Plattnase.

– Wieso? Ferdinand schätzte die Meinung seines Freundes, konnte aber keine Kritik vertragen. Und dieser kahlköpfige Añasco war so ein kalter, berechnender Mensch, dass man sich an heißen Sommertagen in seiner Nähe kühlen konnte.

– Du bist arrogant und hochnäsig geworden. Añasco sagte das weniger als Vorwurf, mehr als Feststellung. Du benimmst dich, als wärst du der reichste Mensch auf Erden. Das ist vulgär.

– Blödsinn. Das ist die Verantwortung. Ich leite eine der bedeutendsten Expeditionen. Außerdem habe ich mein ganzes Vermögen in diese Unternehmung investiert.

Geben wir dem Eroberer Zeit, Añascos Sätze zu verdauen, und springen wir zurück nach Gettysburg. Vor dem County Seat, einem nüchternen pseudoelisabethanischen Backsteinbau, tobte eine Menschenmenge – diesmal keine Parade zum Unabhängigkeitstag, sondern eine Demonstration. Simple Reime wurden skandiert, Schilder hochgehalten. Man protestierte gegen die Exekution eines vielfachen Mörders und Vergewaltigers, verlangte die Begnadigung des Verurteilten, welcher in den Genuss der in Pennsylvania ausgesetzten Todesstrafe kommen sollte.

Richter Mortimer Grant machte ein Gesicht, als plagten ihn Blähungen. Er trat vom Fenster zurück, nahm seinen Cowboyhut vom Kopf und fächelte sich Luft zu. Der weißhaarige Grant war ein gutmütiger Mensch mit Gerechtigkeitssinn, aber für Todesstrafe-Gegner hatte er kein Verständnis – die waren so notwendig wie eine Darmmassage von einem kurzfingrigen Kleinwüchsigen. Die Demonstranten beriefen sich auf das fünfte Gebot, aber hatte sich der Verurteilte daran gehalten, als er seinen Opfern Eisenstangen durch die Köpfe trieb? *Für den ist die Giftspritze noch viel zu gut. Causa finita.*

Mehr Kopfzerbrechen bereitete dem Richter der Brief, den ihm seine Sekretärin in die Hand gedrückt hatte. Eine Klage auf Rückgabe der Vereinigten Staaten an die Indianer? Die Worte dieser unverschämten Forderung hallten in ihm nach wie Steine, die in einen tiefen Schacht gefallen waren. *Contra legem.* Seit dem Codex Hammurabi war keinem Richter so etwas Vertrotteltes jemals untergekommen. Von einer Anwaltskanzlei Trutz Finkelstein und Partner hatte Richter Grant noch nie gehört. Er wusste von Klagen der Indianer, Native Americans nannte man sie ja jetzt, die ihre Heiligtümer aus Museen zurückwollten, um sie zu bestatten. Er hatte von Ureinwohnern gelesen, die Entschädigung verlangten, weil man sie als Kinder in ein Internat gesteckt hatte, um aus ihnen »Weiße« zu machen. Es gab Klagen wegen Nichteinhaltung der Abkommen und Streitigkeiten bezüglich der Gesetze, die den Nachkommen der Urbevölkerung Souveränität zusicherten. Ihre Situation war durch eine Unzahl sich widersprechender Verordnungen ausweglos verworren. *Ultima ratio.* Aber diesen Spinnern von Finkelstein und Partner war es gelungen, sämtliche fünfhundertzweiundsechzig Stammesvertreter zu einer Sammelklage zu veranlassen. Sie bezichtigten die USA der illegitimen Landnahme, wollten eine Rückgabe des gesamten Bundesgebietes – und zwar einschließlich Alaska und Hawaii sowie aller beweglichen und unbeweglichen Güter. Völlig idiotisch. Der Richter zog seinen breiten Ledergürtel hoch und stöhnte. Er trug spitze Cowboystiefel zum silbergrauen Anzug, was bei seiner massigen Figur seltsam wirkte, aber das war aktuell sein geringstes Problem. *Zweieinhalb Millionen größtenteils schlecht ausgebildeter Leute mit Alkoholproblemen, von denen viele nicht einmal wussten, wie man eine Toilette benutzte, wollten das mächtigste Land der Erde übernehmen. Geht's noch? Die bedeutendste Wirtschaftsmacht der Welt! Warum? Weil hier zufällig ihre unzivilisierten, Menschen verspeisenden Vorfahren gehaust hatten. Leute, deren einzige kulturelle Hervorbringungen Tipi und Tomahawk waren? Absurd. Aber unmöglich?* Sogar die kleinen Fahnen auf dem Schreibtisch schienen nachdenklich herabzuhängen.

Mortimer Grant brachte krächzende Lachlaute hervor, die an Geierschreie erinnerten. Er hatte zu in Schweinsleder gebundenen Büchern gegriffen, auf denen in Gold geprägt »Einführung in das Strafrecht von Pennsylvania« oder »Ergänzungen zur amerikanischen Verfassung« stand, Verordnungen, Artikel und Zusätze studiert, die Klageschrift mehrfach geprüft, aber keinen juristischen Fehler entdecken können. Natürlich, das wusste er so sicher, wie eins plus eins zwei war, konnte dieser Klage kein Erfolg beschieden sein. Aber schon die Tatsache, dass es jemand wagte, so etwas Unverschämtes zu formulieren, war eine Chuzpe. Trutz Finkelstein? Ein Wicht! Wahrscheinlich ging es ihm um Publicity, sicher wollte sich dieser New Yorker Narr nur wichtigmachen. Dem Richter kamen antisemitische Stereotype in den Sinn … *Wie ging doch dieses Sprichwort? Öffne ein Ei, und du wirst einen Juden finden* … Er wusste, warum die Klage in Gettysburg eingereicht worden war, und auch, dass ihm nichts übrigblieb, als sie an den Obersten Gerichtshof weiterzuleiten. Sollte sich doch der Supreme Court damit herumschlagen und zeigen, dass eins plus eins zwei war! *Sonst können wir gleich die Scharia einführen oder zu den Gesetzen Mose zurückkehren.* Draußen brüllten die Gegner der Todesstrafe etwas von Klassenjustiz und dem Schutz des Lebens. Mortimer Grant hätte am liebsten das Fenster aufgerissen und ihnen zugerufen, sie sollten ihre blöden Fressen halten … *im Namen des Volkes* …, sonst würde das Land bald anderen gehören, könnten sie sich mit einer Gerichtsbarkeit herumschlagen, die Marterpfahl und Skalpierung für legitime Mittel des Strafvollzugs hielt.

Es war schon dunkel, als er heimkam. Ferdinand, untergebracht in einem Palais nahe der Kathedrale, ging zum Fenster, sah den Schatten vom Turm des Goldes, spürte den sich darunter schlängelnden Guadalquivir und dachte, dass dieser dunkle Fluss seine Flotte bald in das große Weltenmeer treiben würde.

Er betrachtete sich im Spiegel: eine respekteinflößende Erscheinung, aber die Hochstimmung blieb aus. Der große Eroberer starrte in das gelblich-braune Spiegelbild und sah ein gequältes Lächeln. Die Falten um die zu große Nase waren tiefer geworden, das angegraute Haar wirkte angeklebt. Wie hatte ihn eine Frau je attraktiv finden können?

Mit dieser Expedition fing sein Leben überhaupt erst an, aber eine dunkle Ahnung bedrückte seine Stimmung, und das gefiel ihm nicht. Dabei war es ein erfolgreicher Tag gewesen. Er hatte die Rekruten ausgewählt, siebenhundertzwölf Männer, darunter portugiesische Edelmänner samt Gefolgsleuten. Außerdem zwei Neffen des Cabeza de Vaca. Dazu Baltasar de Gallegos und Cristóbal de Espindólo. Wie sollte er sich all diese Namen merken? Sein alter Freund Nuño de Tobar, der hübsche, aber stotternde Weiberhasser, wurde zum Quartiermeister ernannt und damit zu seinem Stellvertreter, was dieser mit »Gu-Gute Wahl, ich bin der Ei-Einzige, der seine Si-Sinne nicht von einer go-gottverdammten Frau bene-nebeln lässt« kommentierte.

Moskito und Añasco sollten die Kavallerie befehligen, Nero die Infanterie … *Was der mit diesem Rauhaardackel will? Ramses der Zweite? Blöder Name* … und als Schatzmeister wurde der riesenhafte Hernández de Biedma ausersehen. Ferdinand hatte einen Koch namens Castro gefunden, einen kleinen dicken Kerl mit schwarzen Locken, dazu einen Arzt aus den Niederlanden namens Cord Fenk. Außerdem gehörten zwei seiner Neffen, der feiste Dominikanerpater Juan Desoto und der Hauptmann Diego Desoto, der Expedition an.

Er hasste diesen Nepotismus, seine bucklige Verwandtschaft, aber sofort nach Bekanntwerden der Expeditionspläne waren aus allen Ecken und Winkeln des Landes Desotos gekrochen, Leute, von denen er noch nie gehört hatte, um ihm ihren Nachwuchs anzutragen. »Einen Siegelstecher, du brauchst einen Siegelstecher!« oder »Dein Großcousin vierten Grades hier hat nichts gelernt und kann doch alles. Er ist ungelernter Wachszieher, Siebmacher und Mörtelrührer.« »Einen Sattler und Stellmacher wirst du nötig haben.« Wie widerlich ihm doch Verwandtschaft war, aber alle hatte er nicht abwimmeln können.

Die acht Missionare waren vom Bischof bestimmt worden: Franziskaner, Dominikaner und zwei Trinitarier. Er hatte die Kuttenpisser noch nicht gesehen, wusste aber, dass es nur zwei

Kategorien gab. Die einen waren beseelt und scheiterten an den Wilden, denen das Christentum nicht einzutrichtern war, die anderen sprachen zwar auch in beredten Worten von Erlösung und Enthaltsamkeit, betrachteten ihre Mission aber als Abenteuer – über kurz oder lang lebten alle mit Indianerinnen, wurden Sklavenschinder und fanden nur im profanen Blut Christi … also im Rebensaft … Trost für ihr lasterhaftes Leben, gegen das sie predigten.

– Ich komm nicht mit! Auf keinen Fall! Niemals!

Der große Eroberer stand noch vor dem Spiegel, als seine Frau heranbrauste, völlig außer Atem. Es heißt, sie ist eine Schwester des Inkakönigs.

– Wer? Desoto sah sie fragend an. Diesmal lag ihm das »Ist was?« auf der Zunge.

– Eine Skandaligkeit! Man sagt, du hast Kinder mit ihr. So ein kleines, dreckiges Schleimloch. Stimmt das? Gibt es in den Kolonien kleine Ferdinands?

– Von wem redest du?

– Von der Prinzessin von Curicuillor? Deiner Geliebten! Eine Hofdame hat es erzählt. Die Zornesfalte zerteilte Isabellas Stirn. Gemeinigkeit! Wenn das so ist, will ich nicht nach Übersee. Ich bleibe hier.

– Du wirst auf Kuba Gouverneurin sein.

– Einen Scheißdreck werde ich. Habe ich das verdient? Mit einer Wilden! Das sind doch keine Menschen!

Ich bin geliefert, dachte Desoto. Wenn sie jetzt mit dieser Geschichte anfängt, hört das nie mehr auf. Er dachte an die quietschenden Geräusche, die er in Darién aus dem Schlafzimmer ihres Vaters gehört hatte, an das Stöhnen aus den Hütten der Offiziere und an die jungen Mädchen, die ihn mit Schamlosigkeit übermannt hatten, an ihre unwahrscheinliche Gelenkigkeit, von der er sich hatte umspülen lassen. Aber das waren keine richtigen Frauen, das waren vorübergehende Trennungsbegleitungen, Fleischersatz.

Der große Eroberer legte seinen Arm um Isabellas Schulter und flüsterte ihr ins Ohr:

– Du darfst deine Sklaven mitnehmen, auch Julius Cäsar. Du wirst die erste Frau auf Kuba, der erste weibliche Gouverneur Spaniens. In die Geschichte wirst du eingehen.

– Du nimmst mich nicht ernst, schluchzte sie.

– Sei nicht kindisch. Es geht ums Goldland. Ich werde der reichste Mann der Welt, und auch für dich wird etwas abfallen.

Sie küssten sich, doch wenig später blickte sie ihn wieder vorwurfsvoll an.

– Ist was?

– Alfonsito muss auch mit!

– Wer ist das?

– Mein Großvater! Es ist sein größter Wunsch, einmal die Kolonien zu sehen.

Ferdinand erinnerte sich an einen sabbernden Greis, der sich bei der Hochzeitsfeier eingenässt hatte.

– Aber das ist nichts für ihn. So eine Reise ist nicht unbedingt erquicklich … Mari…

– Wolltest du gerade Maria sagen? Ich weiß, dass du noch immer meine Schwester liebst! Heulend rannte Isabella aus dem Zimmer, drehte sich um: Aber Maria wirst du nie bekommen, niemals, die ist in Nicaragua mit dem dortigen Gouverneur verheiratet.

– Ich dachte, sie sei in einem Kloster.

– Da war sie nur drei Jahre lang.

Verheiratet in Nicaragua? Maria? Seine große Liebe! »Schwöre, dass du immer nur mich lieben wirst.« Maria, die sich schon mit vierzehn in Schenken herumtrieb, mit Fremden sprach, weil sie auf Begegnungen aus war, und alles so intensiv machte, dass ihr oft ein Schweißbärtchen auf der Oberlippe stand. Maria, die mit Tieren und Dingen redete und immer ausgehen wollte, weil sie vom Nachtteufel getrieben war. Der Wildfang, das Näschen, die Ente. Verheiratet in Nicaragua? Hatte er deshalb in Mittelamerika ein Königreich gründen wollen? Unbewusst? Um sie wiederzusehen? Wie anders dagegen Isabella – eingebildet und bissig wie ein Schwan. Sollte er ihr nachlaufen? Nein.

Die Expedition abblasen? War er sich sicher, dass er in ein fremdes Land wollte? In einen unzivilisierten Flecken? Einem Teil von ihm gefiel das nicht. Jetzt könnte er noch abbrechen. Man würde ihm Vorwürfe machen, ihm sagen, die größte Sünde auf Erden wäre die Feigheit, aber vielleicht war es nicht die Feigheit, sondern der Mut? Der Übermut?

Turtle Julius griff an seine Glatze, die Knubbeln wie Luftmatratzenpolster hatte. Er spürte einen Schmerz im linken Fuß und verstand nicht, wie das möglich war. Er hatte das Schussattentat knapp überlebt, das Holzbein, das ihm den Unterschenkel seither ersetzte, würde ihn ewig daran erinnern. Aber hatte er sich ins Bockshorn jagen lassen? Keineswegs. Er war zäh wie ein resistentes Bakterium, und sein Ordnungs- und Gerechtigkeitssinn war grenzenlos.

Allerdings war er bei seiner Suche nach Bastardo kaum vorangekommen. Dieser Universalerbe war in keinen Taufbüchern registriert, hatte keine Schule besucht und war, wenn überhaupt, dann nur als Gesetzesbrecher auffällig geworden. Immerhin hatte der Notar eine vage Personenbeschreibung erhalten und herausgefunden, dass er mit einem Burschen namens Cinquecento, genannt Gino, der Aal, herumzog. Die einen behaupteten, man hätte sie in Barcelona gesehen, andere sagten, sie wären in Frankreich beim Versuch, einen Geldboten zu überfallen, erschossen worden. Dann hieß es, sie seien an Bord eines Portugiesen in

Richtung der Molukken unterwegs. Einem Zirkus sollen sie sich angeschlossen haben oder in einem Hungerturm schmachten. Am unglaublichsten klang die Geschichte mit dem Elefantendiebstahl. *Wer macht denn sowas?* Eine Weile, hieß es, hätten sie sich als Aussätzige durchgeschlagen, von der Mildtätigkeit ihrer Mitmenschen gelebt, obwohl sie kerngesund waren.

Jedenfalls war klar, dieser Bastardo war ein kleiner Krimineller, den zu finden alles andere denn leicht werden würde. Turtle Julius hatte Botschaften und kleine Geldbeträge von den Angehörigen des Grafen von Orgaz erhalten. In seinen Taschen waren Nachrichten wie »Vergessen Sie diesen Kretin, Herr Tuttel« oder »Kommen Sie zur Besinnung«. Manchmal fand er Golddublonen, und immer wusste er, was man ihm mitteilen wollte: Wir beobachten dich. Vergiss das Testament und teile mit uns das Erbe, aber der Notar dachte nicht daran. Zu sehr hatten sich die Bilder des Gelages von Orgaz mit den beiden von der Balustrade Pissenden und dem Schussattentat in ihn eingebrannt. Selbst wenn er bis ans Ende der Welt müsste, wenn es seine letzte Tat auf Erden wäre, er, zäh und unerbittlich wie Ben Kingsley, würde diesen Bastardo finden und ihm sein Erbe übergeben. Und wenn er dafür draufging, dachte er, als er einen dunklen Schatten über sich spürte – man könnte sagen, seiner gewahr wurde, aber das wäre zu umständlich formuliert, mit einer derart geschwollenen Ausdrucksweise könnte er nämlich dem schweren Kasten, der da wie aus dem Nichts auf ihn niedersauste, unmöglich ausweichen. Auch so war es dazu fast zu spät.

– Passt auf die Fläschchen auf! Himmelherrgottsakrament! Da ist Medizin drin. Krampflösende Engelwurz, Eibisch gegen Erkältung, Eisenhut, Quecksilber … Petroleum für Gliederschmerzen … Cord Fenk – da ist er wieder, unser niederländischer Arzt! Was hat er die ganze Zeit getrieben? – Jetzt stand er auf der San Cristóbal, dem Flaggschiff der Expedition, und war entsetzt über die Hafenarbeiter, die achtlos mit seinen Arzneien umgingen, ihn mit verständnislosen kleinen Maulwurfsaugen ansahen, als er Schädelbohrer, Skalpelle, Klammern und den Destillierapparat verpackte. Das Schiff war kleiner, als Cord gedacht hatte. Es hieß, er müsse in einer Hängematte schlafen, und auf seine Frage nach einer Toilette hatte man gelacht. Ebenso, als er den Männern ein gesegnetes neues Jahr gewünscht hatte. Fenk würde sich nie an den Jahreswechsel der Spanier gewöhnen. 25. Dezember? Wo jedes Kind von Antwerpen bis Zandvoort wusste, dass ein Jahr am 1. April begann.

Nach und nach fielen ihm Dinge auf, die nichts Gutes verhießen. Er überlegte, ob es eine gute Idee gewesen war, sich dieser Unternehmung anzuschließen. Aber ja, beruhigte er sich selbst. *Gesegnetes neues Jahr, Cord Fenk.* In Florida würde er Käfer und Schmetterlinge sammeln und unentdeckte Pflanzen finden. Karten würde er zeichnen und Steine klassifizieren, so dass man dieses Land eines Tages nach ihm benennen würde: Fenkreich, Fenkland oder Corderia?

Da klopfte ihm jemand auf die Schulter, lachte:

– Der Quacksalber, richtig? Ich bin Castro, der Koch. Muss sehen, ob die Vorräte in Ordnung sind. Die Anchovis aus Málaga, der Ibérico-Schinken, der Stockfisch … Wegen der Verpflegung brauchen wir uns keine Sorgen machen.

Fenk war sprachlos. Was wollte dieser kleine, dicke Mann?

– Sie sind also ein hopfenblütiger Niederländer wie der Kaiser. Wissen Sie, was Karl der Fünfte gesagt hat, als man ihm bei seinem ersten Spanienbesuch Oliven vorgesetzt hat? Bei uns werden Weintrauben zum Nachtisch serviert, außerdem sind sie nicht so grün. Verstehen Sie? Der Kaiser hat Oliven für Weintrauben gehalten. Castro lachte. Man hat versucht, ihm das Konzept der Tapas zu erklären … Hat der allerkatholischste Herrscher nicht kapiert. Der kleine, dunkelgelockte Mann mit starkem Bartwuchs juchzte.

– Wer weiß, wie es uns mit den Früchten in Übersee ergehen wird, sagte Fenk versonnen. Es soll welche geben, die außen gelb sind, andere sehen aus wie runde Zapfen, Ananas. Es heißt, dort wachsen Krebse und Fische auf den Bäumen.

– Hören Sie auf. Vor zwei Jahren kam ein Matrose mit so einer Pflanze an, Erdtuffel, Grundbirn oder so.

– Kartoffel, murmelte der Niederländer … gut gegen Hungersnöte.

– Das sehe ich mir an. Wir haben die Blätter gekocht und Spinat daraus gemacht. Gut, sie waren nicht schlecht, aber wenig später haben sich alle vor Schmerz gekrümmt. Wir wären fast krepiert an dieser neuen Frucht aus Übersee … Kartoffel oder wie immer Sie das nennen. Gut gegen Hungersnöte? Ja, wenn man hin ist, hat man wenig Appetit.

– Sie hätten die Knollen essen müssen.

– Knollen? Wer isst so etwas? Wird sich nicht durchsetzen. Vielleicht in Streifen geschnitten, im Öl gebraten und mit roter Sauce? Lächerlich. Castro schüttelte den Kopf.

– Stimmt es, dass wir nächste Woche ablegen?

– Das wäre eine Schande. Wir müssen hier die Karwoche erleben. Castro rollte mit den Augen. Die Osterwoche in Sevilla ist einzigartig: Nazarener tragen Monstranzen durch die Stadt, dazu die in Kapuzen gehüllten Bruderschaften. Die kürzeste Prozession dauert vierzehn Stunden. Nachts brennen auf den Gestellen der Marienstatuen und Tabernakel hunderte Kerzen, und am Tag der Auferstehung sind die Straßen voller Wachstropfen, Tonnen an Wachs … So etwas haben Sie noch nicht erlebt.

– Mag sein, brummte Cord und dachte, dass diese Ansammlung von unwissenschaftlichen Behauptungen, Vorschriften und Brimbramborium, die sich Religion nannte, ein ausgemachter Blödsinn sei, um dem Volk das Maul zu stopfen.

– Sie halten nichts von Ostern? Sie denken, Religion ist so notwendig wie ein Abszess? Castro wusste Fenks Blick sofort zu deuten. Typisch Wissenschaftler. Ich werde Ihnen etwas sagen, weil der Koch Castro kein Blödmann ist, Ostern in Sevilla ist phantastisch. Davon abgesehen kann auch ich Verben konjungieren. Zum Beispiel trinken. Wollen Sie hören? Der Dicke machte eine Pause, dann sagte er bedeutungsschwer: Schwipp, schwapp, schwupp. Castro lachte, stieß ihm den Ellbogen in die Flanke und widmete sich seinen Fässern.

Cords Gedanken waren jetzt bei Paula, seiner Verlobten, die ihm beim Abschied Küsse zugeworfen und gesagt hatte, er solle sie sich in die Hosentasche stecken. Wann würde er sie wiedersehen? *Schwipp, schwapp, schwupp? Verben konjugieren? So ein Unfug. Vielleicht noch schnippel, schnappel, schnuppel als Konjunktion von schneiden?*

– Wo ist Jakob? Was treibt der Bursche? Dem Kerl fehlt der Sinn für Subordination. Desoto brüllte, und die Beamten des Indienhauses, würdige Herren mit grauen Bärten, wussten nicht, was er meinte. Sie mussten die Ladung registrieren, die Takelage, Ausrüstung und Instrumente kontrollieren und das Auslaufen der Schiffe genehmigen. Manche flüsterten: »Dieser Desoto in seiner zügellosen Abenteuerlust ist eine Gefahr für das ganze Gewerbe.«

Endlich erschien Ferdinands Bursche. Jakob, krumme Säbelbeine und Aknefelder unter den Mundwinkeln, brachte eine Karaffe mit Wein, Zinnbecher und kandierte Früchte. Die Beamten lächelten.

Gemeinsam sah man sich die Schiffe an, war beeindruckt von den kraftvollen Bugen, den massiven Bordwänden. *Da ist keine Planke aus Wacholderholz dabei.* Neben der dreimastigen San Cristóbal waren es fünf breitgebaute, nur leicht bewaffnete Handelsschiffe, zwei Karavellen mit je zwanzig Kanonen und zwei kleine Brigantinen, die da im Hafen von Sevilla lagen.

Die Kommission prüfte sie alle. Man zog an Takellagen, begutachtete Ankerwinden, klopfte auf Drehbrassen – Geschütze mit radlosen Lafetten –, hob eiserne Kanonenkugeln, *ganz schön schwer,* legte sie zurück in kreisförmige Versenkungen, stieg schließlich den schmalen Niedergang hinab, besichtigte die Laderäume mit den Getreidesäcken, die Schweineherde und Hundezwinger. Dreihundert Fässer Wein, vierhundert mit Öl, zweihundert mit Essig, dazu getrockneter Schinken, Bohnen, Knoblauch, Käse, Honig, Senf, Rosinen, Feigen, Salz, Zwiebeln. Außerdem Steine, direkt über der Bilge, für eine Kirche auf Kuba, um den Schiffen einen günstigen Schwerpunkt zu verleihen.

– Und was ist da drin? Ein Beamter deutete auf Kisten.

– Geschenke für die Eingeborenen. Glasperlen, Nägel, bunte Bänder. Desoto trat zur Seite und schlug mit seinem Ring gegen Griselda, die große Glocke im Zwischendeck der San Cristóbal.

– Bald, sagte der Chef der Kommission, wird dieses Meisterwerk der Glockengießerkunst in der ersten Kirche Floridas schlagen und vom Sieg der Christenheit und Desotos Wagemut künden.

– Da sagen Sie etwas Wahres. Ferdinand strich über die metallische Haut, das wulstige Wappen und lächelte selbstbewusst, weil er überzeugt war, dass sein Leben vor ihm lag, ein triumphaler Erfolg, wenn nur diese keifende Frau nicht wäre. *Ist was?* Dazu seine verblödete Verwandtschaft, die ihm ständig im Ohr lag, immer weitere Großneffen und Cousins achten Grades ankarrte, um irgendwelche Phantasieposten zu fordern.

– Wir brauchen noch den Schwur. Ein Beamter hielt dem Konquistador ein Dokument vor die Nase.

– Natürlich. Desoto ratterte mit gleichgültiger Stimme die Schnörkelschriftwörter von dem Pergament herunter, die besagten, dass er keine blinden Passagiere an Bord nehmen werde, keine unwürdigen Personen nach Übersee bringe, besonders keine leichten Mädchen, Spielleute oder Schauspieler, keine Schmuggelwaren und keine verbotenen Bücher. Kaum war er fertig und der Schwur geleistet, gingen sie in den hinteren Teil des Zwischendecks.

Da wurden gerade Pferde an breiten Riemen aufgehängt, was ein eigenartiges Bild abgab. Die Tiere hingen da wie Schinken in einer Bodega oder große Insektenpuppen, bevor sie schlüpften. Ferdinand streichelte Augusta, seine treue Stute, und grüßte Rossknechte, die mit der Fütterung der Tiere beschäftigt waren oder gefüllte Pferdeäpfel-Säcke ausleerten. Er griff dem Schimmel an die Lefzen, betrachtete das maisgelbe Gebiss und sah ihm in die pflaumengroßen Augen. *Ob Augusta weiß, dass sie auf einen neuen Kontinent gebracht wird? Tiere denken nicht so viel, aber sie wissen viel mehr, als wir denken.* Mit Pferden kannte er sich aus, nicht erst seit seiner Zeit als Stallknecht in Badajoz, Pferde waren ihm lieber als Menschen. Pferde und Zahlen, dafür hatte er ein Faible.

Die Beamten des Indienhauses fanden nichts zu beanstanden. Die Fracht war gut verstaut, das Getreide vor den Ratten sicher, es gab Vorräte, um die Welt zu umsegeln, die sollten auch bis Kuba reichen. Und bald würde es losgehen. Wurde auch Zeit. Ferdinand verachtete die Sevillanos, die auf der Straße nicht auswichen, einen anrempelten. *Eingebildete Arschlöcher!* Wenn sie redeten, war das weniger eine Sprache als ein rausgewürgter Schmerz. Und laut! Als müsste jeder wissen, was es bei ihnen zum Abendessen gab. Wurde Zeit, dass sie hier wegkamen, das Goldland entdeckten und als strahlende Helden zurückkehrten.

Als er aber die feixenden Soldaten sah, die schnatternden Offiziersfrauen, die wie einige Siedler und Handwerker für die karibische Insel bestimmt waren, fragte er sich, ob diese Menschen, von denen das Gelingen seiner Reise abhing, die richtigen waren – alle nur auf ihre Habseligkeiten bedacht. Töpfe, Bilder, Kleidung, weiß der Teufel, was die alles mitschleppten. Im 21. Jahrhundert muss man am Flughafen jeden Nagelknipser abgeben. Nicht mehr lange, und es werden Ohrenstäbchen konfisziert. Damals hatten die Leute Schwerter, Messer, Steinschleudern und noch so allerlei dabei. Waren das die richtigen?

Warum nicht? Ein des Schreibens unkundiger Schweinehirt namens Francisco Pizarro, ein Analphabet, der mit Schablone signierte, hatte mit hundertsechzig Mann Peru erobert, und Desoto war dabei gewesen. Ewigkeiten war das her. Jahre, in denen aus dem schüchternen Ferdinand ein stolzer und, wie Añasco sagte, hochmütiger Anführer geworden war.

Am 6. April 1538 war es dann so weit. Die Sonne kam gähnend aus ihrem Schlafgemach hervor, tauchte den Horizont in blasses Rot. Vögel tirilierten, und die Flotte passierte den kleinen Hafen von Sanlúcar de Barrameda hundert Kilometer südlich von Sevilla und nahm Kurs auf die Kanarischen Inseln. In Sanlúcar hatte die dritte Visitation durch das Indienhaus stattgefunden, es war noch einmal festgestellt worden, dass die Waren- und Passagierlisten stimmten, sich keine Schmugglerwaren an Bord befanden, keine blinden Passagiere. Zertifikate wurden angebracht, Genehmigungen erteilt, und nachdem die Beamten in das Beiboot gestiegen waren, das sie zurück zum Hafen brachte, wurden die Segel gesetzt. Endlich.

An Deck herrschte eine feierliche Stimmung. Schiffsmenschen waren immer still und streng, als wäre alles an Bord etwas Heiliges. Den meisten klangen noch die Kirchenglocken und Ehrensalute von Sevilla im Ohr, als sie Sanlúcar mit seiner Trutzburg entschwinden sahen, von wo aus die katholische Königin Isabella zum ersten Mal das Meer erblickt hatte und Magellan zu seiner Weltumsegelung aufgebrochen war. Manche dachten an den mächtigen Turm der Kathedrale von Sevilla, auf den man eine dreieinhalb Meter hohe bronzene Wetterfahne stellen wollte. Eines Tages, dachten alle, würden sie triumphal zurückkehren. Añascos Egozellen waren aufgeladen. Nero, ausstaffiert wie ein Dandy, pfiff Mädchen am Ufer nach und hielt den Ägypterkönig in die Höhe, den das Wasser ängstigte.

– Schau, Ramses, wenn wir zurückkommen, werden wir uns der Liebe dieser Damen nicht erwehren können.

Rodrigo, der von einem Paradies mit nackten Eingeborenen träumte, sagte:

– Was gibt es da zu pfeifen? Gehört sich nicht auf einem Schiff! Noch dazu von einem, dessen einzige Leistung der Bauch ist, den er sich angefressen hat.

Nero strich über seinen schottischen Wollstoffwanst, blickte belustigt hinab und meinte:

– Geh mir aus der Sonne, Zwerg, sonst wird dich der Ägypterkönig fressen.

– Wo hast du diese Töle überhaupt her?

– Von einem Züchter erlesener Hunde aus Katalonien.

– Und du bist dir sicher, dass der Wurstl nicht von Ratten abstammt? Stummel grinste, und der Rauhaardackel knurrte.

Desoto selbst stolzierte ernst über das Achterdeck und dachte, dass er nach seiner Rückkehr eine Kapelle stiften werde. Aber wem? Der Jungfrau auf dem Pfeiler? Dem Heiligen der Wiedergutmachung? Sebastian, dem Patron der Akupunktur?

– Juan! Er rief seinen Neffen, den dicklichen Pater mit dem beflaumten Hefeteiggesicht. Wem soll ich meine Kapelle widmen? Der Jungfrau des Kummers? Oder jener vom Karamellberg?

– Weiß nicht, antwortete Juan mit heller Stimme. *Viel zu schrill für seinen massiven Leib.* Höre auf Gott … Aber wenn wir schon sprechen, Onkel, ich habe hier einen Brief vom Bischof, der mir aufträgt, auch in den Kolonien die Regeln der Inquisition zu beachten. Wenn es sein muss, Ketzer zu verbrennen, Abtrünnige mit der Folter zurück zum Glauben zu führen.

Desoto nahm ihm den Brief aus der Hand, überflog ihn, blickte auf, sah seinen qualligen Neffen an … *du könntest dich auch einmal rasieren* … und schüttelte den Kopf. Dann zerknüllte er das Papier, warf es ins Wasser.

– Damit eins klar ist, du kannst Wilde bekehren, so viel du magst, aber das mit der Inquisition schlag dir aus dem Kopf.

– Aber? Juan starrte ihn entgeistert an. Der Bischof …

– Welchem Heiligen soll ich jetzt meine Kapelle stiften? Dem Jesus ohne Bart? Jakob Matamoros, dem Maurenmörder? Oder dem Heiligen der ungeschnittenen Zehennägel. Ich bin in der Hagiographie nicht bewandert, aber in Spanien gibt es Heilige und Patrone für alles …

– Die Sünde der Eitelkeit, ergänzte Juan. Doch sein Onkel verstand die Ironie nicht. Und während der ernste Feldherr noch über seine Kapelle grübelte, wurden beide von Geschrei aufgeschreckt.

– Ferdinand Desoto! Luis de Moscoso! Pablo Añasco! Der Eroberer blickte hoch und sah Julius Cäsar vorne am Bugspriet brüllen.

– Um Gottes willen, was soll das? *Was macht der Verrückte?*

– Es ist üblich, die Namen der Kämpfer zu rufen, bevor sie in den Krieg ziehen, sagte der Indianer. Julius Cäsar trug eine gestreifte Pluderhose, hatte Brustharnisch, Halskrause sowie einen Helm mit Straußenfeder angelegt und hielt den Säbel hoch. *Steht da wie eine Galionsfigur.*

– Rodrigo … Ramses …

– Wieso Krieg? Schluss damit! Desoto zerrte ihn von seinem Podest.

– Aber das freut den großen Geist.

– Aus! Großer Geist? Wir sind im Namen Gottes unterwegs.

– Das werdet ihr bereuen, Bleichgesichter. Leere Hüllen seid ihr. Julius Cäsar stapfte wutschnaubend davon. Ferdinand schüttelte den Kopf.

Die Passagiere machten untereinander Bekanntschaft. Neben den Soldaten, Missionaren, Offizieren und all den anderen Expeditionsteilnehmern waren da auch Verwaltungsbeamte der Kolonien, die Schwester eines Gutsbesitzers, Händler für Tropenhölzer, eine Dame, die zu ihrem Onkel nach Nicaragua wollte, Pflanzer mit Familien. Alle hatten beweisen müssen, dass sie seit sieben Generationen spanische Katholiken waren. Eine neue Verordnung, mit der die kaiserlichen Beamten verhindern wollten, dass Mauren, konvertierte Moslems, Juden, Zigeuner oder anderes Gesocks in die Neue Welt kam. Ein Erlass, der Sevilla reich machte, mussten doch nun die Ausreisewilligen monatelang ausharren, bis die notwendigen Dokumente, Abschriften aus den Pfarrbüchern, Beglaubigungen und so weiter in Sevilla eintrafen. Nicht zu reden von den Bestechungen, Fälschungen und Gaunereien wie bei Bastardo und Cinquecento.

So lief Sevilla Granada den Rang ab, wichtigste Stadt in Andalusien, dem Land des Lichtes, zu sein. Die Kathedrale war dafür das sichtbare Zeichen, eine einzigartige Verschwendung an Raum und Geld. Der gigantische Hauptaltar mit seinem vergoldeten Schnitzwerk war atemberaubend. Dazu die Kreuzrippengewölbe, kunstvoll gearbeitete Glasfenster, der goldene Tabernakel … All das war mit dem Gold aus Übersee finanziert, mit dem Blut der Eingeborenen. Im Grunde dasselbe, was die Mexikaner bei ihren Menschenopfern veranstalten, nur raffinierter.

Aber Sevilla lag nun hinter ihnen. Manche blickten aufgeregt in die offene See, die sich wie ein großes blaues Tier vor ihnen ausbreitete. Sie staunten über die gläsernen Wellenkämme mit dem weißen Schaum, weiß wie Zuckerguss. Andere beobachteten die von geschickten Matrosenhänden durchgeführten Segelmanöver, oder sie sahen ängstlich zur Gischt, die trotz des ruhigen Seegangs an Deck spritzte, den gewölbten Boden flutete und an der seitlichen Aussparung der Bordwand wieder ablief. Alle spürten die wohlige Ruhe des Meeres, das sich in ständig neuen Körpern zeigte. An Bord war keine Zeit für Langeweile, dafür gab es zu viel Arbeit: Deck schrubben, Hängematten ausbessern, Taue spleißen.

Die Missionare unterhielten sich über das Evangelium. Cord Fenk, der sich einiges auf die kritische Vernunft seines Geistes einbildete, diskutierte mit einem Apotheker die Viersäftelehre der Humoralpathologie und mit einem Schiffszimmerer die Möglichkeit, einen antimephitischen Respirator herzustellen – einen Apparat zur Bekämpfung der Miasmen. Soldaten erzählten Weibergeschichten, und Jakob, Desotos Bursche, polierte den Brustharnisch seines Herrn.

Aus Angst vor algerischen Piraten und französischen Kriegsschiffen fuhr die Flotte nur nachts und ohne Lichter. Zur Verständigung hatte man Trompetensignale vereinbart.

Während die Flotte zur Eroberung Floridas auf die offene See hinausfuhr, wollen wir schauen, wie es Turtle Julius ergangen ist. Zuletzt sauste ja ein schwerer Kasten auf ihn herab. Er konnte gerade noch zur Seite springen, doch war seine Hand nicht schnell genug und wurde zerquetscht. Seither hatte er nicht nur das Holzbein, sondern auch noch einen Eisenhaken statt der linken Hand. Gab er deshalb auf? Niemals!

Der Advokat mit dem Ben-Kingsley-Aussehen hatte halb Spanien durchquert, sich in Branntweinschenken begeben und unzählige Drinks spendiert. Mit zahnlosen Prostituierten, Krüppeln und Bettlern hatte er gesprochen, sich dem faulen Atem von Magenkranken ausgesetzt und von Tuberkulosepatienten ins Gesicht husten lassen. Er war in Armenhäusern, Lazaretten gewesen und hatte jeden Wegelagerer angesprochen. Für nichts war er sich zu schade. Keine Spur war ihm zu vage, bis er schließlich in Sevilla landete, doch zu spät! Dieser Bastardo soll illegale Passagiere auf Schiffe geschmuggelt, Leichen an Anatomiestudenten, falsche Potenzmittel an Leichtgläubige verkauft und tatsächlich einen Elefanten gestohlen haben. Alle möglichen und unmöglichen Gaunereien kamen da ans Licht, besonders verwerflich war der Verkauf von gefälschten Reliquien – teilweise so absurd, dass man sich über die Gutgläubigkeit der Leute wundern musste: Menstruationsblut der Maria Magdalena, Petrus' Zehennägel, Haarlocken der heiligen Maria … Und jetzt, die Information hatte dreißig Reales gekostet, war er mit der Desoto-Expedition Richtung Florida unterwegs.

Niemand hätte dem Advokaten einen Vorwurf gemacht, wenn er die Suche abgeblasen hätte, aber Turtle Julius war beharrlich. Auf irgendeine Art war dieser Mann ein Heiliger. Also beschloss er, auf den Januar zu warten, um dann mit der auslaufenden Flotte nach Mittelamerika zu segeln, den Erben dort zu finden. Er nahm sich ein Zimmer, widmete sich seinen sonstigen Aufgaben und fand weiterhin Botschaften und Goldmünzen, die er ignorierte. Er unterhielt sich kaum mit seinen Vermietern, ein freundliches, aber geldgieriges Paar, aß nur selten auswärts, und trotzdem geschah es, dass er eines Tages von Krämpfen niedergeworfen wurde. Es war, als würden unzählige Hände seine Eingeweide auswringen. Seine Haut bekam Krötenfarbe, und der Pelz auf seiner Zunge war dick wie Schimmel.

– Er stirbt, sagten die Vermieter, wischten sich mit dem Handrücken über den Mund und holten einen Priester, den Turtle Julius mit kaum hörbarer Stimme zum Teufel jagte. Die Vermieter fielen in untröstliches Klagen, das sich ziemlich verlogen anhörte, bereiteten dem von Schüttelfrost Gebeutelten Umschläge und kümmerten sich rührend um das Entsorgen seines mit bestialisch stinkenden Haufen gefüllten Nachttopfes. Die Alte kochte ihm scheußlich schmeckende Gemüsesuppen, ihr Mann flößte ihm Schnaps ein. Sie waren fürsorglich, aber Turtle Julius, dessen Geist sich in die hinterste Kammer seines Körpers zurückgezogen hatte, ahnte, dass er sterben würde, sie nur auf seinen Besitz aus waren. Er schwitze, hatte Fieberträume und sprach mit wunder Stimme von Vergiftung, Erben und Bastardo.

– Das dürfen Sie nicht sagen. Die Alte war empört. Wir wollen gar nichts erben, und wir sind auch keine Bastarde. Gut, wenn Sie uns etwas hinterlassen, ist das Ihre Sache, Herr Julius, wir sind gute Menschen, die das verdient hätten. Wir haben uns sogar um einen renommierten Arzt gekümmert. Eine Konifere! Tatsächlich tauchte bald ein Quacksalber auf, der im Voraus bezahlt werden wollte, einen flüchtigen Blick auf den Kranken warf und daraufhin eine Behandlung mit Eigenblut, Honig und Schweineschmalz empfahl:

– Ein Saft treibt den anderen aus. Der Salbader hantierte, nachdem er sich nochmals bezahlen lassen hatte, mit rostigen Nägeln, Quecksilber und allerlei Säften, rieb ihn von Kopf bis Fuß mit Honig ein, tropfte Harz auf seinen Bauch, streute Asche darauf und veranstaltete auch sonst einigen Unfug, wofür er, wie

Turtle Julius verschwommen wahrnahm, Unsummen verlangte. Der Advokat wusste, das war sein Ende. Bastardo würde leer ausgehen.

TAG DER HAKEN

Wie jede Katastrophe erfüllte auch die Zerstörung der spanischen Galeone alle mit Lust. Sogar Elias Plim war fasziniert. Wie besessen hackten Piraten Löcher in den Rumpf und sahen vergnügt zu, wie Wasser eindrang. Sie führten sich auf, als hätte das Schiff sie persönlich beleidigt, warfen Möbel über Bord, setzten Segel in Brand und genossen es, die Flammen auflodern zu sehen.

– Das ist Ästhetik, das hat Stil, murmelte der Kapitän, als die brennende Fackel auf dem Wasser trieb, langsam in sich zusammenfiel und vom Meer verschluckt wurde.

Nur noch die Mastspitzen ragten aus dem Wasser, als ein heftiger Schrei die Seestern erzittern ließ. Es folgte jämmerliches Gewimmer. Das Schluchzen kam von einem an der Reling kauernden spanischen Matrosen, dem ein Kanonensplitter die Wade zerfetzt hatte. *Sieht aus wie Kuttelfleck.*

– Jonas, ich heiße Jonas. Ihr müsst meine Mutter benachrichtigen, jammerte der bleiche Junge. *Noch zu jung, um sich zu rasieren.* Mir ist kalt. Er machte ein Gesicht, als hingen wilde Tiere an der Wunde und fräßen von seinem Fleisch, das schlaff am Unterschenkel hing, während der Fuß noch unversehrt in einer Holzpantine steckte. Jonas jammerte, weinte aber nicht … *ein angebissener grüner Apfel mit einer angefaulten Wunde.* Plim war fasziniert und erschüttert zugleich.

Das war die Stunde des Knochensägers. Nun konnte er beweisen, dass er mehr vermochte, als kleine Furunkel aufzuschneiden, zur Ader zu lassen und eitrige Zähne zu ziehen. Der Kurpfuscher hatte bisher nichts anderes getan, als die Syphiliskranken mit Quecksilbersalben einzuschmieren. Nicht einmal um Elias hatte er sich gekümmert. Er aß gerade eine knusprig gebratene Ratte, willkommene Abwechslung auf dem Speiseplan. Nun, da der Quecksilber-Quacksalber seine Kunst beweisen konnte, biss er noch einmal ab, drückte die Delikatesse einem Piraten in die Hand, baute sich geschäftig vor dem Verwundeten auf und verkündete mit vollem Mund:

– Jetzt werde ich euch zeigen, was ich kann, ihr Landeier.

– Gott beschütze uns vor der Kunst der Ärzte, feixte einer.

– Das bedeutet das Todesurteil für den Jungen, meinte ein anderer.

– Wenn es schiefgeht, darf nächstes Mal der Schiffszimmerer ran.

– Das Wichtigste für einen Doktor ist ein gutes Pferd, damit er nach einer Operation schnell genug das Weite suchen kann.

Der Arzt schrie nach einem Becken mit glühenden Kohlen, hantierte mit Sägen, Brenneisen und Blutauffangbechern. Heute geht man selbst bei kleineren Eingriffen nüchtern ins Spital, bekommt eine Lokalanästhesie und Schmerzmittel verabreicht, bevor man in den keimfreien Operationssaal geschoben wird. Jonas wurde Branntwein eingeflößt und ein alter Fetzen als Knebel in den Mund gestopft, während sich der Doktor die Hände in sein Hemd rieb. Der Knochensäger machte ein Gesicht wie ein Scharfrichter und tat geschäftig. Erst entfernte er Gewebe, hob mit einer Spachtel einen großen Hautlappen vom Fleisch, den er später für den Stumpf verwenden wollte, und dann begann er mit Ächzen und Stöhnen das Bein unterhalb des Knies durchzusägen. Das Fleisch durchtrennte er wie weiches Eclair, aber mit dem Knochen hatte er zu kämpfen. Ritsche-ratsche. Während kleine Fleischfasern durch die Luft spritzten, brüllte der Spanier entsetzlich in den Knebel. *Madre-mía-leck-o-mío.* Der Korsarenkapitän suchte bei diesem Gemetzel sofort das Weite, *kein Anblick für einen Ästheten*, während Ruben und Elias zusahen, wie der freigelegte Knochen … *weiß wie ein entrindeter Ast* … nun mit einer Feile rundgeschliffen wurde, während ein Schiffsjunge mit Frettchengesicht nach dem losen Bein griff und damit scherzhaft über die Planken trippelte. Als er eine Amme mit Säugling an der Brust imitierte, lachten sogar die gekaperten Spanier lauthals, nur Jonas starrte entsetzt auf sein abgetrenntes Bein, das nun nur noch ein lebloses Glied war.

Der Salbader kauterisierte die Wunde, indem er weißglühendes Metall auf die offenen Gefäße drückte, was kurz zischte. Den Zusehern stieg ein Verlangen nach Minzsaucen und Gewürzmarinaden in die Nase – der Geruch nach gegrilltem Fleisch. Sobald die Wunde mit dem großen Hautlappen zu einem Stumpf geformt, genäht und verbunden war, sobald der Arzt sich getreu der damaligen Hygienevorstellungen Hände und Kehle mit Schnaps desinfiziert hatte, zerstreuten sich die Schaulustigen. Jonas wurde halbbewusstlos ins Unterdeck gebracht, und kaum jemand glaubte, dass er überleben würde. In Elias' Kopf machte es noch immer ritsche-ratsche. Er dachte an Penelope, die in der Kapitänskajüte untergebracht worden war, während der abgetrennte Kopf ihres Vaters den Bugspriet zierte.

Um sich abzulenken, begann Plim mit der Fortsetzung seiner Bab-Azoun-Geschichte. Sie standen an der Reling, blickten in die offene See … kobaltblau … und Elias sagte:

– Algier war schrecklich und zugleich wunderbar … Paläste mit duftenden Gärten, worin Orangen- und Zitronenbäume blühten. Fliesen aus Jaspis und Marmor, Berberteppiche, Stuckverzierungen wie Honigwaben.

– Ah, unser Passagier, fiel ihm der Korsarenkapitän ins Wort. Elias sah die angesengten Haare, lächelte.

– Weiter, Monsieur, befahl Ruben. Setz Segel.

– Auf den Märkten gab es Sandelholz, Trompetenmuscheln, Porzellandosen und exotische Gewürze. Überall Barbiere, Schreiber und Händler mit einer unglaublichen Ausdauer im Feilschen.

– Algier also, brummte der Kapitän. Da ist noch kein Christ lebend herausgekommen. Es sei denn, man hat ihn freigekauft.

– Es hat auch noch keiner auf einer Tür den Ozean überquert. Ruben machte eine antreibende Handbewegung, und Elias fuhr fort:

– Männer in Bettlaken mit Deckchen auf dem Kopf, die nichts taten, als Gebetsschnüre zu drehen und Christen zu verfluchen. Die Stadt war ein Moloch. Chinesen, Inder, Tuaregs, Berber, Araber … Hier hatte Augustinus seine Predigten gehalten, war die Sahara zu spüren, das Dattelland. Pittoreske weißgekalkte Häuser. Die Frauen machten Dinge unter ihren Röcken, und wenn sie uns Sklaven sahen, zogen manche ihre mit Henna verzierten Hände hervor und steckten uns zwei Finger in den Mund.

– Stimmt es, dass sie ihre Frauen von hinten nehmen? Das fragte der Wundarzt, der wieder an der Ratte nagte. Inzwischen hatte sich ein Grüppchen gebildet, das Plims Ausführungen lauschte.

– Es gab ein Tor der Winde und ein Tor des Abfalls. Elias sprach, als redete er zu einem vollen Auditorium. Das Haupttor aber, Bab Azoun, war vierzig Fuß hoch, zwölf breit und der Stolz von Barbarossa. Nicht bloß ein Tor aus Sandsteinziegeln, sondern eine perfide Tötungsanlage.

– Barbarossa muss ein Greis sein?

– Ein Despot, dessen Ruf darauf beruht, dass er einmal zweiundsiebzig Jungfrauen in nur einer Nacht befriedigt und anschließend zwölf Buntbarsche verdrückt hat. Die Pocken sollen ihn treffen.

– Stimmt es, dass er eine Neger-Garde hat?

– Sein goldener Triumphwagen wird von sechsundsechzig Eunuchen gezogen, außerdem gibt es einen königlichen Fliegenverscheucher und einen Schattenspender, der seinen Kopf beschirmt.

– Seemannsgarn, brummte der Kapitän. Ihr glaubt das?

– Sind die Eunuchen wirklich fett und buckelig? Stinken sie nach Urin?

– Pst, zischte der Wundarzt, der eigentlich für seine Operation gelobt werden wollte, jetzt aber an den Lippen des Schiffbrüchigen hing.

– Jedes Jahr zu Ende des Ramadans feiert man das Zuckerfest. Anlässlich des Fastenbrechens werden vierzig nackte Sklaven dieses Tor hinabgestoßen, um von den Haken aufgespießt zu werden … krumme zugespitzte Eisenstangen.

– Interessantes Freizeitvergnügen.

– Hat man Glück, so fällt man mit dem Herz oder dem Hals in einen Haken und ist sofort tot. Hat man kein Glück, bleibt man mit einem Bein oder Arm hängen und geht jämmerlich zugrunde. Falls man kopfüber hängt, wird man von perfiden Burschen gewendet, um nicht zu schnell am Blutsturz zu krepieren. Bei den Moslems sind solche Hinrichtungen genauso ein Spektakel wie bei uns. Es gibt Straßenhändler, Notare, Apotheker. Schreiber sind mit tragbaren Ständen unterwegs, Tuchverkäufer, Schneider und Barbiere … Die halbe Stadt hatte sich versammelt, um den Tag der Haken zu erleben. Es gab ein Schaureiten der Garde, und man zeigte dressierte Raubvögel, Tanzbären aus Russland. Mit einem Wort, ein Festtag.

Wir vierzig Sklaven wurden von Janitscharen eingefasst, hörten, wie sich Leute im Publikum über unsere Geschlechtsteile lustig machten. Alle plapperten, auch wir. Menschen, die am Abgrund stehen, verfallen in Geschwätzigkeit. Einer brabbelte von seinem Elternhaus, ein anderer von Kindern, der Nächste redete mit Gott. Ein paar haben sich angeschissen oder angepisst. Andere sagten, das wäre alles nur Theater, um uns Angst einzujagen. Man hätte gar nicht vor, uns da hinabzustoßen. Die Janitscharen wären ja auch gar nicht bewaffnet, hätten nichts als große Suppenlöffel …

– Und du?

– Ich fühlte ein Ziehen in der Magengrube. Ein Richter verlas das Urteil, sagte etwas vom Propheten, der schwarze Umhänge, Krummsäbel und ein Maximum von vier Weibern befohlen hatte. Dass es Sünde sei, während des Gebets einen fahrenzulassen, und Allah es nicht mochte, wenn sein Volk Schnecken aß.

Die Piraten johlten.

– Monotone Gesänge waren zu hören, Trommler gaben einen schnellen Rhythmus vor, und die Leute klatschten in freudiger Erwartung. Dazu das aufgeregte Geschnatter der Sklaven, die jetzt durchdrehten. Manche beteten, andere schrien oder versuchten, mit den Janitscharen ins Gespräch zu kommen: »Wie könnt ihr sowas tun, ihr seid doch selbst geraubte Christen.« Vergeblich, diese türkischen Elitesoldaten wollten nichts wissen von Herkunft oder Knabenlese. Schließlich bildeten die Janitscharen eine Formation, reckten ihre großen Suppenlöffel in die Höhe, und da passierte Seltsames: Ich sah den Abgrund und hatte plötzlich keine Angst mehr, fühlte mich wie eine verpuppte Schmetterlingslarve, die wusste, Schlüpfzeit ist. Der Lärm, die Schalmeien, die Schreie, alles vermengte sich zu einem Brei aus Licht und Tönen, in dessen Mitte ein bekanntes Gesicht auftauchte – Mustafa Müller. Der Kerl grinste.

– Ein gemeiner Konvertit, erklärte Ruben.

– Dann blickte ich in die Gesichter der Janitscharen: Da war die Gleichgültigkeit von Leuten, die Mücken erschlagen oder kalte Nudelsuppe essen. Sie stießen uns mit ihren Löffeln ohne

Vorwarnung hinab. Erst hörte ich Schreie, dann bekam ich einen Stoß und spürte den Sog der Tiefe, den Tod, das langsame Ertrinken in Finsternis, und wusste, die Welt kommt auch ohne Elias Plim gut aus. Jetzt war ich nur noch Fall. Ich war der Fall. Ich fiel. Es war vorbei.

– Musstest die Segel streichen. Ruben machte ein ernstes Gesicht.

– Doch nein, ich fiel auf einen anderen, überschlug mich, streifte einen Haken, und alles, was dann kam, war Schwärze und der strenge Geruch eines weiblichen Unterleibes. Und jetzt entschuldigt mich. Elias hatte Tränen in den Augen, drängte sich durch seine Zuhörer und lief ins Zwischendeck. Die zuhörenden Piraten blieben verdutzt zurück, nur Ruben rief:

– Monsieur, Monsieur!

GROßE OPER

Vierzehn Tage nach der Ausfahrt erreichte man La Gomera. Es war der 20. April 1538, genau ein Jahr, nachdem Desoto den Auftrag erhalten hatte, Florida zu erobern. Ostersamstag. Ostern so spät? Ja, weil man im Julianischen Kalender lebte. Die gregorianische Kalenderreform sollte erst vierundvierzig Jahre später die Zeitrechnungen erfassen – zuerst in katholischen, später in protestantischen Ländern, was zwischendurch absurde Komödien ermöglichte, weil oft ganze Heere zehn Tage zu spät zu einer Schlacht kamen oder Minister Friedenskonferenzen versäumten.

Die Reise verlief ereignislos, wenn man von Isabella absieht, die sich heftig übergeben musste. Stundenlag hing sie bebend an der Reling, wies Tröstungen von sich und keifte Ferdinand an:

– Verschwinde. Kümmere dich um Alfonsito.

Ferdinand reichte der Anblick des Greises, der unverständliches Kauderwelsch von sich gab. Hinzu kam das Gezeter eines Dominikaners, der lamentierte, dass jenseits des Meeres die Unendlichkeit läge, man bald an seine Grenzen stoße, weil die Erde flach sei wie ein Brett und nicht rund wie eine Orange.

– Spinner, dachte Cord. Der glaubt wahrscheinlich auch an ein Himmelreich mit fetten Engeln.

Vierzehn Tage, in denen sie meist an Deck standen, in die Weite des Meeres blickten, den anderen Schiffen winkten oder den Matrosen zusahen. Da hingen welche in den Rahen, rollten das Segeltuch ein oder ließen es fallen, bevor andere Taue spannten, flink auf das Gebrüll des Bootsmanns reagierten. Wenn man nicht aufpasste, traf einen ein Holzpflock oder wurde man von einem Seil gepeitscht. Zweimal täglich gab es aufgeweichten Stockfisch, trocken und salzig, Schiffszwieback und Wein. Um sich zu erleichtern, musste man auf die balkonartige Brüstung am Bug des Schiffes klettern oder mit dem Nachttopf einen ruhigen Ort finden und hoffen, dass der Kahn nicht gerade im ungünstigsten Moment Schlagseite bekam. Die Nächte in den Hängematten waren kurz und unbequem, und wenn man es schaffte, in den Schlaf zu fallen, wurde man von Hundegebell, Pferdewiehern oder scharfen Kommandos geweckt.

– Wo hast du unsere Ersparnisse versteckt? Bastardo hockte im Zwischendeck, kaute Zwieback, formte kleine Kügelchen und warf sie auf Cinquecento.

– An einem sicheren Ort, erwiderte Gino, der Aal.

– Wo? Im Bett von einem Schreiling? Unter der Haut von einem Regenwurm?

– Dort, wo ein rechtschaffener Mensch seine Notgroschen hingibt, in der Glocke.

– Was?

– Im Unterdeck ist eine große Glocke, ihr Name ist Griselda. Als ich die Batzen versteckte, war sie aufgebockt, um ihr den Klöppel zu justieren … und ebendaran, an diesem Klöppel, hängen unsere Kröten.

– Das ist ein Scherz? Bastardo verschluckte sich.

– Sicherer geht es nicht. Griselda ist jetzt mit Brettern eingerüstet, außerdem ist sie so schwer, dass es sechs Leute braucht, um sie anzuheben. Wir müssen nur warten, bis man sie auf einem Kirchturm montiert.

– Du dreimal unmöglicher Idiot. Bastardo griff sich an den Kopf.

– Ist das nicht genial? Auf Kuba wird man sie …

– Du Saufgurgel! Die Glocke ist für Florida bestimmt.

– Das ist nicht wahr.

– Wir werden Kuba erreichen, aber die Glocke mit unseren Mäusen wird an Bord bleiben. Erst in Florida wird man sie an Land bringen. Die Kuttenbrunzer werden eine Bethütte bauen ….

– Und wie kommen wir an unseren Zaster?

– Frag ich mich auch, du Hornbock, dreimal depperter.

– He! Was ist mit euch? Ein Matrose erschien und klatschte. Land ist in Sicht. Interessiert euch das nicht?

Nun, da sie La Gomera erreichten, besserte sich die Stimmung. Kaum war die Insel zu sehen, entspannten sich alle. Sofort nahmen sämtliche Passagiere Aufstellung beim Fallreep, als ob sie gleich das Schiff verlassen könnten. Dabei dauerte das Beidrehen, Ankern und Fieren der Beiboote eine Ewigkeit. Die Leute standen geduldig da wie Kühe vor dem Melken, warteten und wollten den Seeleuten Informationen abpressen. *Wie lange dauert das denn noch?*

Auf der Insel erklangen Salutschüsse, und die Expedition wurde mit großem Zeremoniell empfangen. Schon von den Beibooten aus sahen sie die Gesichter der Inselbewohner. Manche hielten Zitronen, Fische oder bemalte Muscheln in die Höhe und riefen ihnen Zahlen zu. Die Unsitte, Touristen Nippes und überteuerte Lebensmittel anzudrehen, war schon damals gang und gäbe. Mit Maultierkarren brachte man die Ankömmlinge in ihre Unterkünfte: Steinhäuser und Ställe. Die Landschaft war karg, von schroffen baumlosen Hügeln eingefasst. Das dunkle Grün der Zypressen wirkte abweisend, die Wacholder- und Feigenbäume sahen melancholisch aus, und selbst die Palmen und Rhododendren waren schief gewachsen, als ob sie sich gegen Neuankömmlinge stemmten.

Der Gouverneur, ein fetter und phlegmatischer Potentat, hatte seinen schönsten Ornat angelegt, weiß von den Schuhen bis zum Hut, sah er aus wie Windgebäck. Enrico de Bobadilla war ein Verwandter Isabellas. Ein windiger Charakter, das war Desoto sofort klar, ein Wendehals, der sich wie eine Fahne im Wind drehte. Oder war er wie ein Krankenhauspatient, der sich anders benahm, sobald die Verwandtschaft zu Besuch erschien? Jedenfalls hatte dieser Windbeutel einen weichen, knochenlosen Händedruck und überschlug sich geradezu vor lauter Verbeugungen.

– Ich bin geehrt, mich in Eurer Gegenwart sonnen zu dürfen, Euer Gnaden, grinste der Gouverneur, und darum habe ich auch eine Überraschung vorbereitet.

– Passt schon. Desoto, dem Formalitäten auf die Nerven gingen, winkte ab.

Trotzdem gab es bereits am ersten Abend ein Festbankett. Kalbsköpfe, gebratene Ferkel und haufenweise Fische. War das die Überraschung?

– Natürlich nicht. Der Windige achtete darauf, dass die Gläser seiner Gäste immer gut gefüllt waren, pfiff seinen Lakaien und sagte bei jedem zweiten Schluck:

– Man darf dem Wein nicht die Gelegenheit geben zu verdunsten.

– Aber man darf den Wein auch nicht vor dem Branntwein loben, entfuhr es Nero. Der Ägypterkönig bellte.

– Und was ist mit diesen Leuten da? Isabella blickte naserümpfend zur Galerie, wo sich verschmuddelte Gesichter drängten, die heruntergafften.

– Haben Eintritt bezahlt, damit sie uns beim Essen zusehen dürfen. Der Gouverneur nahm eine Schweinshaxe, tat, als werfe er sie hoch, biss selbst hinein und grinste.

Alle langten tüchtig zu. Desoto gefiel es, seine Leute mit so tüchtigem Appetit essen zu sehen. Isabella, sie saß so gerade, dass man ihren Rücken als Senkbleischnur hätte verwenden können, irritierten die Schaulustigen auf der Galerie. Sie spürte, diese einfachen Leute empfanden nicht nur das Gelage, sondern auch ihren, Isabellas Anblick als appetitlich. Sie sah neidische Gesichter und hörte, dass geflüstert wurde.

Die Gespräche am Tisch drehten sich um Navigationsprobleme, Politik und das sich ständig verschlechternde Wetter. Auch das politische Klima, meinte Bobadilla, werde unerträglich – und zwar in ganz Europa. Die verfeindeten Stadtstaaten Italiens, das vom Geist der Reformation gespaltene Deutschland, gar nicht zu reden vom Engländer mit seinem promiskuitiven König, vom Franzosen. Diese Uneinigkeit nützt dem Türken, der sich ins Fäustchen lacht – oder in die Hand Fatimas. Man hat Konstantinopel in Istanbul umbenannt, aus der Hagia Sophia eine Moschee gemacht … und was geschieht? Der Papst vergnügt sich mit Nutten, und der Kaiser erobert Tunis, statt einen Kreuzzug zu initiieren. Schlimm wird das alles enden, schlimm.

Man erzählte Soldatenwitze und Anekdoten vom königlichen Hofstaat, wo es in der Damenwelt gerade Mode war, sich das Haar mit Lauge und Zitronensaft zu waschen.

– Friss nicht so viel, Dicker, feixte Rodrigo, sonst gehst du auf wie Teig. Nero blickte den Zwerg grinsend an, biss in seine Hammelkeule und nahm ihn zärtlich in den Schwitzkasten.

– Hättest du auch machen sollen, kleiner Mann, dann wärst du groß und stark geworden. Kleine Fleischfasern spritzten aus Neros Mund, während Ramses der Zweite den Zwerg in die Wade biss.

– Au! Dein Wurstl verwechselt mich mit einer Schweinshaxe.

– Du sollst nicht Wurstl zu ihm sagen.

– Was willst du mit dem Vieh? Solche Hündchen sind etwas für feine Damen mit Blähungen, damit sie eine Ausrede haben, wenn ihnen eine Flatulenz auskommt.

Wenn ich davon in Spanien erzähle, dachte Añasco, wird mich das vulgäre Volk so beneiden wie hier der Pöbel auf der Galerie. Moskito war derart betrunken, dass er nicht mehr gerade sitzen konnte, aber immer noch Dinge sagte wie »Lassen wir die Küche im Dorf«, und Nuño hatte seine Augen unablässig auf den leeren Platz neben Isabella gerichtet, die jetzt verbissen auf die Tischplatte stierte, als ob es dort eine komplizierte Schachstellung zu lösen gälte.

– Na? Desoto tätschelte den Kopf des Schönlings, strich ihm durchs lange blonde Haar, woran denkst du?

– Dass die Kopu-, die Kopu-, Kopulation eine ekelige Sache ist, sagte Nuño unvermittelt. Dieser Säfteaustausch ist e-ekelig. Eine Beleidigung.

– Sie Schlingel. Dem Gouverneur war ein butteriges Lächeln ins Gesicht geschmiert. Dann ist für ihn die Tischdekoration ganz umsonst. Der Windige nahm eine mit Goldregen gefüllte Vase, roch an den gelben Blüten und verdrehte die Augen.

– Himmlisch.

Die Dinge laufen gut, sagte sich der große Eroberer. Das wird die erfolgreichste Expedition aller Zeiten. Selbst Isabella machte ihm ausnahmsweise keine Vorwürfe, schwieg, starrte auf den Tisch oder tuschelte mit Julius Cäsar.

– Ha-habt ihr das Relief über dem Tor gesehen, sinnierte Nuño. Eine do-doppelschwänzige Meerjungfrau! Sie so-sollte do-doppelzüngig sein. Gottverdammt! Frauen bringen Verderben.

– Jedem sein Chaube. Nero rülpste.

– Chaube? Was'n das?

– Ein bitteres Getränk aus Bohnen, das ein Engel dem Propheten Mohammed geschickt hat. Die Mauren sind verrückt danach, wollen sogar Mekka in Mokka, wie der Trank auch heißt, umbenennen. Verrückt, oder? Das wird sich bei uns nie durchsetzen. Chaube? Nicht einmal der Ägypterkönig wäre mit dieser schwarzen Brühe glücklich. Die Chinesen, sagt man, trinken heißes Wasser, in dem sie Blätter ziehen lassen, aber da kann man gleich Pferdepisse gurgeln.

Der Sitz des Gouverneurs der Kanarischen Inseln war nichts weiter als ein besseres Bauernhaus. Türme mit feuchten Mauern, in denen Stille und Dunkelheit herrschten. Kandelaber hingen wie kleine Sonnen von der Decke. Alles atmete Bescheidenheit. Ein Außenposten der Zivilisation, der aber bewacht wurde, als ob es darum ginge, das christliche Abendland vor einer Invasion maritimer Ungeheuer zu bewahren. Wächter liefen wie Automaten auf und ab – militärischer Formalismus in seiner banalsten Form.

– Ist das nicht übertrieben?

– Keineswegs! Der Türke kann von überall kommen, Euer Gnaden. Oder der Chinese. Bobadilla machte ein besorgtes Gesicht.

– Oder der Ju-Jude, ergänzte Nuño. Wem gehört die Welt? Den Ju-Juden. Warum hat Heinrich der Achte sich mit dem Papst zerkriegt?

– Wegen Frauen?

– Weil die Ju-Juden selbst Münzen prägen wo-wollen. Warum wurde Machiavelli umgebracht?

– Der Florentiner ist tot?

– Ermordet. Gottverdammt! Weil er gegen die Ju-Juden geschrieben hat. Warum sind wir hier? Weil Kaiser Karl Schu-Schu-Schulden hat. Bei wem?

– Es geht also wieder einmal nur ums Geld.

– Aber jetzt zu etwas Erfreulichem. Frauen! Der Windbeutel strahlte.

– Go-Gottes Werkzeug, um Männer zu bestrafen, entfuhr es dem antisemitischen Weiberhasser.

Der Gouverneur pfiff in dieser seltsamen Sprache, die es nur auf La Gomera gab, woraufhin ein Mädchen erschien. Sie war so hübsch, dass manche von einem Stupor befallen wurden, andere Geräusche wie sich reibendes Styropor im Kopf hatten, während ihnen der Platz unter dem Hosenbund zu eng wurde. Eine Schönheit, die einem die Kehle zuschnürte.

»Oh, là, là« und Zungenschnalzen waren zu hören. Das schüchterne Mädchen, eine Mischung aus Ornella Muti und Grace Kelly, blickte zu Boden.

– Darf ich vorstellen: Leonora, meine Tochter zur linken Hand, aber anerkannt und adoptiert. Die Stimme des Gouverneurs war so selbstsicher, dass man darauf Bratheringe aufspießen hätte können. Euer Gnaden hier, Euer Gnaden da. Ich würde sie gerne Donna Isabella, der zukünftigen Gouverneurin von Kuba, als Gesellschafterin mitgeben. Isabella blickte auf und sah etwas, das sie nicht für möglich gehalten hatte, *ist was?*, dieses Mädchen war noch hübscher als sie, *Krassigkeit, tss,* doch Desotos Frau verbeugte sich und erklärte, Ornella-Muti-Grace-Kelly-Leonora wie ihre eigene Tochter behandeln zu wollen.

– Auch das, um Ihre Frage vorwegzunehmen, ist nicht die

Überraschung. Der Gouverneur war süß und pickig wie ein frisches Baiser, außerdem stank er nach Parfüm. Ferdinand erhob sich und sprach von Bedeutung, welthistorischer Größe und Wahrhaftigkeit, sah, dass ihm Isabella etwas zeigen wollte, überging es, redete weiter voller Pathos von Bestimmung, Schicksal, blickte wieder zu seiner Frau, die auf ihr Handgelenk deutete.

– Was ist denn?

– Du hast ein Stück Käse an den Manschettenknöpfen.

Tatsächlich klebte da ein weißer Patzen. Desoto spürte, wie ihm das Blut zu Kopfe stieg.

– Erstens sind das keine Manschetten und zweitens, egal. *Die hat ein Talent, einen lächerlich zu machen.*

Am nächsten Tag fand die Ostermesse statt, kein Spektakel wie in Sevilla, nur eine kleine Prozession, bei der Kreuze, Fahnen und Monstranzen durch die Stadt getragen wurden. Leute sangen tranige Lieder, und Weihrauchbehälter, die wie große Teeeier aussahen, wurden heftig geschwenkt.

Eine ganze Woche dauerte es, bis die Pferde aus ihrer strampelhosenartigen Verschnürung im Zwischendeck befreit, in die Beiboote gehievt, vertaut und an Land gerudert waren, um dort etwas Auslauf zu genießen. Die Mannschaft begeisterte sich an frischem Fleisch, Brot und Ziegenkäse. Außerdem trug sie dazu bei, den Jahresumsatz der leichten Mädchen von La Gomera zu verdoppeln.

Desoto, nach außen stolz und siegessicher, musste wissen, ob die Sterne ihm gewogen waren. Er wollte eine Prophezeiung, die ihm den Erfolg seiner Unternehmung bestätigte. Dafür konnte man von der Inquisition angeklagt werden, aber es musste sein, er wollte Gewissheit.

Rodrigo hatte eine runzelige Alte aufgetrieben, welche in der Kunst der Salben bewandert war und auf Nadeln Geister erscheinen lassen konnte. Sie hatte keine Brüste, hängende Schultern und war mager wie eine Dreizehnjährige.

– Es heißt, Sie können in die Zukunft blicken.

– Ich habe ein Alter erreicht, in dem man lebensverlängernde Nahrung braucht … Ich liebe es, die Vögel zu beobachten.

– Sie hat mich nicht verstanden, murmelte der Eroberer.

– Du musst lauter sprechen, flüsterte Stummel.

– Es heißt, Sie können in die Zukunft blicken. Desoto brüllte.

– Warum schreien Sie so? In der Zukunft lesen? Ja, aber nur im Gehirn eines Toten. Ihr Kopf schaukelte wie ein Boot auf einem stillen See. Zum Glück gäbe es gerade einen Ertrunkenen, dessen Leiche unter Aufwendung finanzieller Mittel … Der große Eroberer gab ihr zehn Reales … die teuerste Weissagung seit dem Orakel von Delphi, und beobachtete, wie diese Greisin Richtung Hafen pfiff und wenig später einen Schädel, den eine Art Quasimodo gebracht hatte, aufschnitt und darin mit jungfräulichem Menstruationsblut, drei Reales extra, Eiterflechte eines Todkranken und einem Hahnenkopf hantierte. Als sie fertig war, schüttelte sie den Kopf. Ferdinand machte ein neugieriges Gesicht, aber die Alte starrte ihn bloß an und sagte:

– Dreh um, in Florida erwartet dich der Tod. Auf euch alle wartet er.

– Lüge! Betrügerin, ich glaube dir kein Wort. Rodrigo trat ihr erbost gegen das Bein, was die Alte mit einem verächtlichen Blick quittierte.

– Das ist nicht wahr! Ferdinand schrie so laut, dass man es bis China hören konnte. Er gab der Alten eine Ohrfeige, senkte aber dann, als er die flennende Gestalt sah, schuldbewusst den Blick und schlich schweigend davon.

Der Tod? Das kann ich niemandem erzählen. Moskito würde sich betrinken, Plattnase sagen, er hätte das bereits gewusst. *Glaubst du diesen Unsinn? Wieso nicht? Ist nicht idiotischer als*

Jungferngeburten und Marienerscheinungen … Nein! Man will mich prüfen. Das Goldland, das ich Desotonien nennen werde, Desotoland, Desotopotanien … Ferdinand überlegte, was davon zu halten war, als Rodrigo angelaufen kam. Der Zwerg war über ein Bienennest gestolpert, dessen Schwarm ihn nun verfolgte. Seltsamerweise sausten sowohl der Kleinwüchsige als auch der Bienenstaat an ihm vorbei.

Ferdinand dachte an den Tod. *Wenn er dich gewollt hätte, hätte er dich längst geholt. Vielleicht in Peru. Wie war es möglich, mit hundertachtundsechzig Mann das Reich der Inka zu erobern? Weil Atahualpas Land zerstritten war? Auch die einfachsten Männer sind damals reich geworden. Wie hat Pizarro, dieser Bastard einer Magd, das gemacht? Mit der einzigen Strategie, die Spanier immer angewandt haben, mit Verschlagenheit und Lüge. Als wir in Catamarca eintrafen, wo Atahualpa mit achtzigtausend Kriegern auf uns wartete, wurden wir nicht ernst genommen. Es gab diese Verabredung. Der Dominikanerpater ging zu dem Inka-Häuptling, drückte ihm eine Bibel in die Hand und sagte: »Höre das Wort Gottes.« Atahualpa hielt sich das Heilige Buch ans Ohr, und da er nichts vernahm, warf er es beleidigt auf die Erde, was für Pizarro das Zeichen zum Angriff war. Hundertachtundsechzig Männer eroberten ein Reich mit Millionen Indianern. Wie? Weil Gott auf unserer Seite stand und wir die Unterstützung feindlicher Stämme hatten? Nein, weil man keine Scheu vor der gemeinsten aller Waffen hatte, der Hinterlist! Atahualpa schenkte uns alles Gold, ließ sich taufen, schwor dem Kaiser ewige Treue. Ich habe ihm Spanisch beigebracht und Schach. Der Wilde hatte es nie zu mehr als einem Remis gebracht, und auch das nur, weil ich unaufmerksam war. Trotzdem wurde er verurteilt. Angeklagt wegen Hochverrat und Polygamie. Was ging es uns an, dass Atahualpa seinen Halbbruder getötet hatte? Wie konnten wir ihn der Vielweiberei anklagen, obwohl das bei denen ganz normal war?*

Da kam Stummel wieder, diesmal ohne Bienen.

– Die Alte war nicht echt, keuchte er. Ich habe mir einen Scherz erlaubt … war gar keine richtige Wahrsagerin … hab sie unten am Hafen aufgegabelt … Du lässt dich auch leicht ärgern. Rodrigo grinste. Ferdinand versetzte ihm einen Tritt. Aber wie gern war er bereit, die unheilvolle Prophezeiung als Unfug abzutun.

Was für eine Überraschung sich Bobadilla wohl ausgedacht hatte? Am Tag vor der Abreise war es so weit. Auf dem Dorfplatz hatte man eine Bühne errichtet – Desoto erwartete ein provinzielles Autodafé. *Oder eine Vorführung der Pfeifsprache?* Alle Expeditionsteilnehmer nahmen Platz und sahen wenig später, wie die Inselbewohner ein kleines Schauspiel aufführten. Eine Mischung aus »Odyssee« und Fastnachtspiel. Bunt gekleidete Mädchen tänzelten eine Art Chaconne, römische Soldaten waren zu sehen. Und dann geschah etwas Merkwürdiges: Ein Schauspieler stimmte, anstatt zu sprechen, einen derart hohen Gesang an, dass manche dachten, man hätte ihm die Kronjuwelen eingezwickt.

– Eine neue Kunstgattung, Euer Gnaden, flüsterte der Gouverneur. Man nennt sie Oper.

Setzt sich nie durch, dachte Desoto und sah vollbusige Weiber und bärtige Sänger mit dicken Bäuchen. Warum müssen die so übertreiben? Er verstand den Text nicht, langweilte sich entsetzlich und begann zu zählen. Vierzehn römische Soldaten, einundzwanzig Tänzerinnen, achtundvierzig Blumengestecke … Dann ging eine Schleuse auf, und es begann ihm zu gefallen. Plötzlich war der Gesang nur noch Gefühl, wollte er nicht, dass das jemals aufhörte. So viele Menschen, die für einen spielten und sangen und hier dem Publikum etwas von ihrem Talent schenkten. Das war Liebe. Er dachte an Isabella, die ganz ergriffen seine Hand drückte. Ob er sich zu wenig um sie kümmerte wie der Held der Oper um seine Frau? Dachte sie oft an ihren Vater? War sie noch in Trauer? Sollte er ihr sagen, wie ekelhaft Pedrarias gewesen war? Er sah sie an … ihr Gesicht, dieses unbekannte Land, das Muttermal, die Zahnritze … und fühlte Zuneigung. Ihre Augen waren geschlossen, so versonnen lauschte sie den Tönen. Nein, sie schlief. Wie war das möglich? Tatsächlich hörte er ein leises Schnarchen, nichts Despektierliches, kein empörtes Trompeten, aber doch das leise Schnaufen einer Schlummernden. Neben ihr schlief Alfonsito. Ferdinand roch einen leichten Fäkalgeruch und ahnte, woher er kam. Was dann folgte, war wirklich eine Überraschung. Er spürte eine Hand auf seinem Oberschenkel – die des Gouverneurs. Erschrocken drehte sich der Eroberer zu ihm hin, sah feine, fast kindliche Gesichtszüge, die versonnen schmunzelten. *Eigentlich ein schöner Mensch. Wenn er nur nicht so nach Lavendel stinken würde.* Im nächsten Moment überschlug er seine Beine und wischte die Hand wie beiläufig weg.

KUBANISCHES BARBECUE

Während Desoto die Welturaufführung der ersten Oper erlebte, setzte die schwerfällige Seestern ihren Weg ziemlich prosaisch fort – mit der Bestimmtheit einer Bäuerin, die in den Stall eilt, weil eine Kuh kalbt. Wurde sie in den Wind gestellt, dauerte es, bis ihre geflickten Segel Richtung annahmen. Die Takelage war zerfasert, an den Bordwänden hingen Algenfetzen, aber war sie erst einmal in Fahrt, konnte sie nichts aufhalten.

Der Korsarenkapitän mit dem unaussprechlichen Namen und der elendslangen Narbe beschloss, das kubanische Santiago zu überfallen, wurde aber überstimmt, weil diese Stadt zu gut befestigt war. Auf dem Piratenschiff ging es zu wie im britischen Unterhaus, nur waren hier die Parlamentarier verwilderte Kerle mit gegerbten Gesichtern, Vollbärten und verfaulten Gebissen. Die übergelaufenen Spanier plädierten für Hispaniola, während andere die Insel Tortuga, Jamaica oder Porto Príncipe vorschlugen. Unterausschüsse wurden gebildet, es kam zu Eingaben und Entschließungsanträgen. Nachdem mehrere Abstimmungen ohne Ergebnis geblieben waren, einigte man sich nach einem Ordnungsruf des Quartiermeisters auf Havanna, weil dort der gut einsichtige Hafen durch kein Fort gesichert war. *Na bitte, die Demokratie ist eben doch die vernünftigste Regierungsform.*

Elias dachte an Penelope, doch diese Schönheit war, seit man sie in die Kapitänskajüte gebracht hatte, nicht mehr zu sehen. Die Männer vergnügten sich mit Würfelspielen und verloren ihre Beute schon im Vorhinein. Wie die Spanier hatte auch Plim auf die Bibel geschworen, sich an die Verfassung der Piraten zu halten, schlief wie sie in einer Hängematte im Zwischendeck, aß Pökelfleisch und Schiffszwieback voller schwarzköpfiger Maden, die er nur in der Dunkelheit hinunterwürgen konnte. An den Geruch des brackigen Bilgewassers hatte er sich bald gewöhnt, ebenso an die Geräusche des abfließenden Wassers durch das Speigatt. Sonne, Wind und Seeluft, dieses Leben begann ihm zu gefallen. Da wurde er unsanft aus dem Schlaf gerissen und an Deck gezerrt. Kräftige Hände hatten ihn gepackt.

– Was ist los? Hört auf! Er wehrte sich, doch ohne Chance. Die Sonne stand als roter Ball am Horizont, und Elias wusste, die Piraten hatten die ganze Nacht gezecht. *Denen steht der Alkohol zwischen den Augen.* Er wurde zum Quartiermeister geführt, der eine Persenning wie eine Robe übergeworfen hatte, eine Krone aus Fischgräten trug und auf einer Art Thron aus Tauen saß.

Ein anderer Pirat mit einem zerlumpten Dreispitz auf dem Kopf benahm sich wie ein Richter – nur waren seine Insignien ein Totenschädel und ein Oktopus.

– Hier steht ein verkommenes, verabscheuungswürdiges Subjekt, deklamierte er mit heiserer Stimme und deutete mit der Spitze seines Entermessers auf Elias. Er hat Branntwein und Bier getrunken, rohen Fisch verputzt und das Lotterleben eines Piraten geführt. Gibt es Zeugen, die das Gegenteil beschwören? Nein. So beantrage ich, diesen Hundsfott durch Hängen zu erhöhen.

Der Richter gebot der johlenden Menge, Ruhe zu bewahren, und fragte:

– Bekennst du dich schuldig, Pirat Plim? Und da Elias, der nicht wusste, ob es sich um Spaß oder bitteren Ernst handelte, den Kopf schüttelte, fuhr er fort: Nicht schuldig? Sag das noch einmal, du gesetzloses Subjekt, und ich lasse dich auf der Stelle an den Mast nageln. Wie für jedermann, der Salzwasser unter den Füßen hat, klar ersichtlich ist, musst du aufgeknüpft werden, weil es nicht angeht, dass ich als Richter keinen hängen lasse. Außerdem hast du ein Galgengesicht, und überhaupt bin ich hungrig nach Abwechslung. Das ist das Gesetz der See, dessen würdigster Diener ich bin, und darum musst du in den Strick. Basta. Knüpft ihn auf und lasst ihn baumeln, bis die Fische singen.

Die Seeräuber jubelten. Es war, als blickten sie Plim mit nur einem Auge an, während sie sich mit dem anderen gegenseitig zuzwinkerten.

– Ich … Elias wollte sich verteidigen, doch war ihm bereits ein Seil um den Hals gelegt, er dachte an den Kopf des spanischen Kapitäns am Bugspriet, sah Penelope, seine Mutter und spürte einen schneidenden Schmerz an der Kehle, wie er den Boden unter den Füßen verlor, in die Höhe gezogen wurde, sein Bewusstsein sich auflöste. Es war wie der Tag der Haken, nur andersrum, diesmal fiel er nicht, sondern schwebte. Sein Blick zerrann. *Aber ich habe nichts getan* … Vage bekam er mit, wie Ruben … »Heilige Makrele!«… . dazwischenging, er wieder Boden unter den Füßen spürte.

– Schluss mit dem Affentheater, brüllte der Rothaarige. Seid ihr auf Grund gelaufen? Ihr Bastarde von Prostituierten! Braucht ihr eine Breitseite? Die Menge der Betrunkenen zerteilte sich, und Elias stürzte den Branntwein, den ihm Ruben gab, in einem Zug hinunter. Piratengerichte! Äquatortaufen! Blödsinn. Alles nur, weil ihnen fad ist. Plim griff sich an den Hals und würgte die Demütigung hinunter.

Die nächsten Tage verliefen ohne Zwischenfälle. Nur die Vorräte neigten sich dem Ende zu. Eine Weile hatte man von den Speckseiten und Bohnen der Spanier gut gelebt. Aber man war damit zu sorglos umgegangen. Nun gab es wieder Pökelfleisch und Schiffszwieback mit Maden. Kein Salmagundi! Der Kalfaterer bemängelte den Zustand des Rumpfes. »Bestimmt vom Schiffsbohrwurm ausgehöhlt!« Und die Männer fanden, es wäre höchste Zeit für eine Eroberung. Auf nach Havanna!

Vor der Küste Kubas hisste man die holländische Fahne und ging auf Reede vor Anker.

Die Nacht war klar und von einem Viertelmond nur schwach erleuchtet. Fast alle Piraten, auch Ruben und Elias, wurden in die Beiboote kommandiert, um an Land zu rudern.

Jetzt bin ich also ein Pirat, dachte Elias. Einer, der friedliche Bürger überfällt. Vielleicht tötet? Dabei war mein Leben klar abgesteckt, doch hat es eine andere Bahn eingeschlagen. Er presste die Lippen so fest aufeinander, dass sie weiß wurden.

Nachdem eine Landzunge umschifft und der Hafen backbord liegengelassen war, steuerte man eine Sandbucht an, wo man die Boote festzurrte und an Land watete. Flüsternd schlich man Richtung Havanna, einer Stadt aus achtzig, hundert Steinhäusern und einer Kirche.

– Musst keine Angst haben, Monsieur, zischte Ruben, der jetzt aussah wie ein rothaariger Fidel Castro. Bevor die Bewohner merken, was geschieht, hanaben wir die Stadt erobert. Am meisten freue ich mich auf das Essen und die Weiber. Da werden wir bei einer anheuern. Ich mag sie, wenn sie etwas Tiefgang haben, man unter den Brüsten keine Spanten sieht.

Angst? Nein, Angst hatte Elias keine. Und Weiber? Er schwieg.

– Mach dir keine Sorgen. Die Süßwassersegler haben sich ihre Lage selbst zuzuschreiben. Was müssen sie sich hier ansiedeln? Was müssen sie Habseligkeiten haben? Ein anständiger Mensch hat keinen Besitz und kann auch nicht überfallen werden.

– Bist du gern Pirat? Ist das richtig, was wir machen?

– Friedliche Bürger massakrieren? Natürlich … natürlich nicht. Ruben wirkte nachdenklich. Wenn ich ehrlich bin, habe ich dieses Leben schon lange satt. Ich möchte mich absetzten, ein normales Leben führen … Ich habe mir schon oft gesagt, handle, Ruben Christian, geh von Bord, bevor du untergehst … Bist du dabei, Monsieur Plim? Ich brauche einen Burschen.

– Und wie?

– Ruhe, zischte der frettchenhafte Schiffsjunge. Wollt ihr alle aufwecken?

– Weißt du, woher die Rotzrinne an der Oberlippe kommt? Elias flüsterte und deutete auf die Stelle unter seiner Nase. Wir haben alle früher schon einmal gelebt, aber bei der Geburt legt uns ein Engel seinen Finger auf die Lippen und sagt: »Vergiss!« Die Einbuchtung bleibt zurück.

Das Frettchen sah ihn verdattert an, nicht weil es zustimmte, sondern weil es in einem Zustand höchster Erregung war.

Man war an der Stadtgrenze, schlich zu den Wachtürmen und überwältigte zwei Wächter. Leider fiel ein Schuss. Minuten später wurde eine Kirchenglocke geläutet, und es dauerte nicht lange, bis die Bewohner ihr Entzücken in Worte fassen konnten: »Überfall! Piraten!«

– Stimmt nicht, brüllte der Kapitän zurück. Wir sind Freibeuter! Das ist ein Unterschied!

Sofort erschienen bewaffnete Männer, schwarze Sklaven und Frauen, die um Souvenirs von den Piraten baten.

– Ich wette ein Fass Wein, der Herr, wir haben dieses Gesindel bis zum Morgengrauen erledigt, sagte eine Stimme.

Einige Frauen waren hibbelig, wollten zusehen, mussten weggesperrt werden.

– Denkt daran, dass ich den Ersten, der Feigheit zeigt, niederschießen werde, schrie der Quartiermeister. Die Piraten reichten sich zum Eid die Hände. Danach verschanzten sie sich hinter prallen Maissäcken, die den Bewohnern als Barrikaden dienen sollten. Schüsse fielen, Frauen kreischten, Hunde bellten, und die im Kampf ungeübten Zivilisten schrien ihre Schlachtrufe in die Nacht. Oder war es Angst? Die Piraten hatten sich zu Kleingruppen formiert, um die Bewohner der Reihe nach zu überwältigen.

– Ergebt euch, wurde gerufen, doch die störrischen Habaneros dachten nicht daran, luden ihre Arkebusen und schossen in die Finsternis. Eine verirrte Kugel traf das Frettchen. Der Schiffsjunge taumelte, blickte verwundert zur Wunde, fiel auf Plim und stammelte mit blutverschmiertem Mund etwas von Heldentod und Mut und dass nicht alles umsonst gewesen sein könne.

– Jetzt begegne ich dem Engel. Glaubst du, flüsterte er mit pelziger Stimme, dass man sich eines Tages an mich erinnern wird? Als einen mutigen Befreier Havannas? Seine Beine zitterten. Vielleicht wird man … Er brach mitten im Satz ab und erstarrte. *Jetzt schaukelt er keinen abgetrennten Fuß mehr wie ein Baby.* Elias hielt seinen Kopf, streichelte das Haar, schloss ihm die Augen und drückte ihm den Zeigefinger auf die Oberlippe. Vergiss! *Niemand wird sich je an dich erinnern, Frettchen, dein Tod ist komplett sinnlos.* Plim rollte ihn zur Seite, merkte, wie sein Herz raste.

Schüsse und Schreie gellten durch die Nacht. Ruben hatte es sich hinter einem Maissack bequem gemacht wie auf einer Hollywoodschaukel in Erwartung eines Blockbusters. Dann blickte er zu Elias und sagte:

– Uns kann nichts passieren, wenn wir hier auf Kiel liegen. Ich beweis es dir. Er stand auf, zeigte eine lange Nase und wurde prompt getroffen, brüllte wie am Spieß: »Verdammte Landratten! Küstenschiffer!« – Da war es wieder, das ungeheure Lärmreservoir in diesem Menschen. Er murmelte ... gute Nacht, Monsieur ... und fiel um.

– Idiot! Elias, er zitterte am ganzen Körper, beschmierte sich mit Sand und Blut und kroch unter den toten Schiffsjungen. Aus dem Maissack rieselten kleine gelbe Körner, und während Schüsse und Schreie die Stille zerrissen, dachte er an sein Elternhaus und dass er jetzt lieber zuhause am Küchentisch säße und sich von seiner Mutter einen Bohneneintopf servieren ließe. *Mit Kichererbsen, Speck und Fleisch.* Was tat er hier in diesem fremden Land? *Schüsse! Die schießen auf uns! Das könnte einen töten.* Er fühlte sich benommen, als wäre er nicht in seinem Körper, hatte Wörter wie Schweinebucht und Che Guevara im Kopf, die er nicht zu deuten wusste. Sechzig Herzschläge später war er ruhiger geworden. Nun zitterte er nicht mehr, und die Angst war einer wohligen Wärme gewichen. Trotz der gellenden Schüsse und Schreie hatte er sich noch nie so wohl gefühlt, so ausgeglichen und ruhig. Was war los? Beruhigte ihn der nahe Tod? Spielte sein Bewusstsein verrückt?

Als er wieder zu sich kam, saßen Truthahngeier bei dem toten Frettchen und rissen Fleischstücke aus seinem Körper. Ein schöner Gedanke erfüllte Plims Kopf – in Vögeln weiterleben. Die Morgensonne bohrte sich in seine Augen. Jetzt erst merkte er, dass ihn jemand rüttelte. *Die Bürger Havannas haben die Piraten in die Flucht geschlagen, und jetzt sind sie unterwegs, sich zu rächen, schneiden den Verwundeten und Toten die Köpfe ab, stecken sie auf Piken, die sie vor der Stadt aufpflanzen.*

– Lebst du noch, Monsieur? Schnell, wir müssen uns verstecken, solange der Wind von achtern kommt. Ruben gab ihm einen Klaps, zog ihn hoch, und gemeinsam humpelten sie in Richtung eines Wäldchens.

– Und die Piraten?

– Feiern ihren Sieg. Ruben hatte ein in Streifen gerissenes Hemd im Mund, womit er seine Wunde verband. D Prtn wrdn ncht lng blbn.

– Was?

– Die Piraten werden nicht lange bleiben. Der Hüne nahm den Stoff aus seinen Kauwerkzeugen. Sobald sie weg sind, können wir ein neues Leben anfangen. Vielleicht reist Monsieur Plim zurück nach Spanien? Und jetzt mach dich nützlich, Sprotte. Er hob sein Bein und zeigte auf den Stiefel.

– Was soll das?

– Ausziehen und putzen! Oder willst du, dass ich ihn dir in den Hals stecke? Das Schicksal hat für jeden von uns eine Rolle vorgesehen, und deine ist es, mir den Arsch abzuwischen, wenn ich das will.

– Ich … Diese Seite kannte Elias an Ruben nicht, aber der Rothaarige war eine andere Gewichtsklasse, *besser, sich nicht mit ihm anlegen.* Also half er dem Hünen aus den Stiefeln … ein Geruch war das … und begann, sie zu putzen. Da erhob sich ein Windstoß, und im Blätterwerk einer Palme stieß ein Vogel einen Seufzer aus.

Die Piraten? Sie waren Freibeuter, das ist ein Unterschied, eine staatlich legitimierte Räuberbande. Der Kapitän ging von Haus zu Haus und verlas formvollendet den königlichen Kaperbrief. Selbst Leichen und Kindern wurde er vorgelesen. *Hier hat alles seine Ordnung!* Der Unaussprechliche trug ein taubengraues

Jackett mit rotem Halstuch – eine auch für damalige Zeiten gewagte Kombination. Man hatte keineswegs die Absicht, die Stadt schnell wieder zu verlassen. Der Quartiermeister schlug sogar vor, das Schiff kielholen zu lassen, um die Schiffsbohrmuscheln und das Plankton abzukratzen.

– Das macht uns schneller und manövrierfähiger. Die Seestern müsste kalfatert und frisch gestrichen werden. Das ganze Unterschiff sollte mit Pech … Die Mannschaft hatte anderes im Sinn.

Zuerst wurde der Bürgermeister mit Schmalz eingerieben und geröstet – wie beim Barbacoa, dem Fleischräuchern der Ureinwohner. Anderen wurden brennende Lunten zwischen Finger und Zehen gesteckt. Oder man versengte ihren Bart, was stark nach faulen Eiern roch.

– Normalerweise mag ich es subtiler, feixte der Kapitän, aber wenn es darum geht, den Leuten die Verstecke ihrer Schätze abzupressen, muss man Maßnahmen ergreifen. Man zerstörte Wachtürme, vernagelte die Zündlöcher der Kanonen und verbrannte Lafetten.

Den meisten Bürgern von Havanna ging es schlecht, es gab aber auch welche, die an den Piraten gut verdienten. Etwa den Wirt, einen rothäutigen, mit Sommersprossen übersäten Engländer namens Quigley, der neben dem Branntwein bloß »Christen und Mauren«, also Reis mit Bohnen anbot. Der Mann war um die fünfzig, mit einer kleinen runzeligen Indianerin verheiratet, hatte nur noch wenige Zähne, die eine Bürste nur vom Hören kannten, und schimpfte unentwegt auf England.

– Kalt, regnerisch und nebelig! Gut, hier muss man jedes Jahr das Holz streichen, Eisen rostet wie verrückt, aber das ist der Preis des Paradieses. Im wirklichen Leben muss man Steuern zahlen, dem König dienen und sonntags in die Kirche gehen, andererseits gibt es Postkutschen, Ärzte und Dinge, von denen wir hier nur träumen können. Zum Beispiel Gürkchen für den Branntwein! Fank you … Quigley, der mit einem leichten Cockney-Einschlag redete, hatte sich angewöhnt, das englische Th als F zu sprechen … Es hat ja niemand eine Ahnung, wie schwierig es ist, hier Gürkchen zu bekommen. Fats fe problem. Man kann ja keine Kaktusfrucht in den Sundowner geben. Das wäre eine Sünde.

Drei Tage lang feierten die Piraten. Einer bezahlte einer Nutte fünfhundert Pesos, nur damit sie sich auszog. Ein anderer stellte ein Weinfass auf die Straße, ritt darauf und zwang jeden Passanten, mit ihm zu trinken. Aufgrund der erhöhten Nachfrage trieben die kleinen Gewerbebetriebe … die kleinen und mittleren Unternehmen … nämlich Huren und Gastschenken, ihre Preise in schwindelerregende Höhen – Gesetz der freien Marktwirtschaft. Freibeuter schleppten Hausrat und Silbergeschirr zu den Booten, um es zur Seestern zu rudern. Da waren welche mit Tischen und Stühlen unterwegs, mit Kandelabern, gepolsterten Möbeln, Statuen, mit allem, was nicht niet- und nagelfest war.

Nach drei Tagen, in denen sich Ruben und Elias im Wald versteckt hielten und der Rothaarige den Knaben mehr und mehr zu seinem Diener degradierte, forderte der Kapitän zehntausend Silberpesos von den Habaneros, wenn sie ihre Stadt vor dem Niederbrennen bewahren wollten, was, so der Unaussprechliche, ein ästhetisches Erlebnis von neronischer Qualität wäre.

Die Bürger flehten, man solle ihnen Zeit geben. Doch Teile der Stadt brannten schon.

Als das Gerücht aufkam, spanische Kriegsschiffe seien unterwegs, die Stadt zu befreien, wurden die Piraten unruhig. Vielleicht nur eine Finte der Bewohner, vielleicht auch nicht? Es kam zu einer Abstimmung, bei der die Hälfte der korsarischen Parlamentarier wegen Trunkenheit ausfiel. Reden wurden geschwungen, Argumente und Gegenargumente ausgewalzt, bevor sich die Befürworter des Abzugs mit knapper Mehrheit durchsetzten.

– Bleibt da, Piratenmänner, rief ihnen Quigley hinterher, ich mache euch einen Sundowner mit Limetten … doch umsonst, die Freibeuter ruderten zu ihrem Schiff.

– Die See stinkt wie eine alte Hure, verkündete der Quartiermeister, und deshalb liebe ich sie. Er befahl Kurs auf den Golf von Matamano, wo man sich mit Schildkrötenfleisch eindecken konnte. Andere präferierten Neuspanien, also Mexiko … oder Puerto Rico. Auch die Kaimaninseln, Barbados oder Cartagena wurden vorgeschlagen. Nachdem keine Abstimmung ein Ergebnis gebracht hatte, segelte die Seestern mit ihrer beschlussunfähigen Mannschaft auf die offene See hinaus. Danach ward das Schiff nicht mehr gesehen. Der Kapitän mit dem unaussprechlichen Namen soll später sogenannte kreolische Geschäfte gemacht haben. Vom Wundarzt heißt es, er hätte auf Island das erste Krankenhaus gegründet. Und der Quartiermeister soll an der Eroberung Brasiliens beteiligt gewesen sein. Es ist aber auch möglich, dass der Kahn mit Mann und Maus abgesoffen ist. Vielleicht finden irgendwo am Meeresgrund noch hitzige Debatten und Abstimmungen mit Davy Jones als Speaker statt? Und Penelope? War sie verloren?

Elias und Ruben verbargen sich im Wald. Die Piraten hatten die Insel verlassen, und ein anderes Schiff war nicht in Sicht. Weder ein Sklaventransporter noch ein Handelsschiff. Würden sie bis Februar warten müssen, wenn die Flotte aus Sevilla käme?

Sie wuschen sich in einem Bach, und es tat gut, nicht mehr das klebrige Gefühl von Salzwasser auf der Haut zu spüren. Der Kanonier demonstrierte, wie man den Strunk einer Dattelpalme kochte, mit ihren Blättern Fleisch räucherte. Er zeigte die Dornen der Stachelpalme, mit denen Indianer Gefangene folterten, bis sie aussahen wie Nadelkissen.

– Die Weinpalme, ihre Früchte verursachen Bauchweh, Jenipapo-Bäume … und hier die fünfgliedrigen spitzen Blätter …

– Kastanie?

– Maniokbäume, deren Wurzelknollen gekocht werden.

Sie stahlen Früchte von Feldern, jagten Opossums, Affen, Vögel, die sie auf kleiner Glut garten. Plim musste die Arbeit machen, der Rothaarige kommandierte.

– Wollen wir ewig im Wald hausen? Elias kämpfte mit Sandflöhen und Moskitos, wurde von den Geräuschen der Krabben im Unterholz fast wahnsinnig, von riesigen Leguanen erschreckt und schlief schlecht. Es nützte nichts, wenn er abends die Augen schloss und verkündete, er sei unsichtbar. »Ich sehe euch nicht, also seht auch ihr mich nicht!« Die Geräusche des Waldes blieben unheimlich.

– Wir müssen abwarten, Monsieur Plim, bis das nächste Schiff kommt, dann mischen wir uns unter die Landgänger, und schon sind wir ehrliche Seeleute, oder was. Bis dahin dürfen wir uns nicht zu oft an Deck wagen.

Bei einer ihrer Erkundungen sahen sie, wie Bürger einen halbverwesten Piraten … *das Frettchen* … verhöhnten, ihm lachend den Säbel in die aufgetriebene Seite stießen, was ein leises Zischen bewirkte, gegen seinen Kopf traten, was hässlich knirschte. Sie hörten auch, dass zehn Schiffe einer spanischen Expedition auf Reede lagen und die Bewohner besser daran taten, ihre in Zisternen und Brunnen versteckten Juwelen dort zu lassen.

In den nächsten Tagen beobachteten sie die Entladung der Galeonen und Brigantinen, hörten von Desoto, wagten es aber nicht, sich unter die Neuankömmlinge zu mischen.

– Zuerst müssen wir uns Kleidung besorgen, Monsieur Plim. Sonst können wir abentern.

Sie entdeckten ein abgelegenes Gehöft, mussten aber drei Tage warten, bis Passendes auf der Wäscheleine hing. Als sie mit der feuchten Kleidung zurück in den Urwald wollten, wurden sie entdeckt.

– Diebe!, brüllte eine aufgebrachte Frauenstimme. Haltet die Diebe!

Sie rannten, so schnell sie konnten, doch die Hunde waren schneller. Ruben und Elias wurden gefangen genommen und der aufgebrachten Menge als bösartiges Diebsgesindel präsentiert.

– Piraten! Verbrecher! Keine Gnade mit diesem Geschmeiß!

– Jetzt sind wir dran, hauchte Elias. Das ist kein lustiges Piratengericht, diesmal ist es ernst. Sie werden uns den Kopf abschneiden und auf einen Pfahl vor ihrer lächerlichen Stadt stecken.

– Wenn man uns den Hanfkragen um den Hals legt, sagte Ruben, sind die Klüsen bald für immer dicht.

PALAST DER WINDE

Desotos Schiffe haben Havanna erreicht? Nein, nicht so schnell. Wir schippern hinterher, gleiten mithilfe des Windes übers Wasser auf einer unsichtbaren Straße, geleitet nur vom Stand der Sonne und der Sterne. Delphine tummeln sich neben dem Bug, auch Haie sind zu sehen.

– Der Zwerg! Das war Stummel! Ein erboster Nero humpelte über das Deck. Der kleine Dreckskerl hat mir Honig in den Stiefel geschmiert. Dazu Kakerlaken! Das ist eine Kriegserklärung.

– Stimmt nicht, verteidigte sich Rodrigo. Nur weil ich klein bin, heißt das nicht, ich bin verschlagen oder boshaft.

– Wer denn sonst? Nero war außer sich, schleuderte seine Stiefel durch die Gegend und musste zurückgehalten werden, damit er den Kleinen nicht ins Wasser warf. Ägypterkönig Ramses bellte, wie nur kleine Rauhaardackel bellen können.

Geht das wieder los, dachte Ferdinand. Natürlich war es Rodrigo. Alle wussten, dass der Knirps zu Streichen neigte. Mit Leim verklebte Türschlösser, Maden im Bett oder mit Nägeln gespickte Früchte, selbst das Hornissennest im Mannschaftszelt und der tote Vogel in der Suppe konnten nur auf Stummels Mist gewachsen sein. Der Kleine war nicht nur intelligent, sondern auch hinterlistig und gemein. Außerdem hielt er sich für die Seele der gesamten Unternehmung. Es ist ein Trugschluss, dass jene, die auf Toleranz und Mitgefühl angewiesen sind, diese Eigenschaften selbst verkörpern. Bei Rodrigo war das Gegenteil der Fall, er glaubte, seine Beeinträchtigung entschuldige alle seine Streiche. Andere Zwerge wurden an Höfen gehalten, Päpsten geschenkt, von Schaustellern wie bärtige Frauen oder Missgeburten vorgeführt, aber Stummel hielt sich selbst für einen Herrn – Hidalgo Rodrigo.

War dies die Geschichte von sechs Männern? Lüge! Ferdinand ahnte die Wahrheit. Seine Hauptleute? Eine Ansammlung Mensch gewordener Todsünden: der wollüstige, stets völlernde und dumme Verse schmiedende Nero mit seiner Töle, der Trunkenbold Moskito, der kaltherzige Añasco, dieser auf seine Abstammung eingebildete Patriot, der hübsche, aber stets auf Frauen schimpfende Nuño, der boshafte Stummel … Und er … was war Desotos Laster? Eitelkeit – Ferdinand war süchtig nach Bestätigung, manche nannten ihn auch arrogant.

Eine Gesellschaft von verdorbenen Männern, die ihre Libido in fixen Ideen sublimierten. *Aber Honig im Stiefel? So ist der Mensch. Wenn es keine Kriege oder andere Katastrophen gibt, wird ihm langweilig, und er richtet seine Zerstörungswut nach innen. Doch sind das nur kleine Störungen auf dem Weg zum Triumph.*

Desoto war noch mit der Moral seiner Hauptleute beschäftigt, als ihn Schreie aufschreckten.

– Schnell, im Unterdeck ist was passiert. Beeilt euch, er erstickt.

Im Bauch des Schiffes standen Männer um die Glocke, deren Einrüstung entfernt worden war. Griselda war mit Pfosten aufgebockt und wurde angehoben. Ein Matrose blickte in ihren Hohlraum und zog, *ja gibt's das?*, einen ohnmächtigen Mann heraus. Es war Cinquecento, der ein seliges Gesicht machte.

– Wie kommt der Kerl in die Glocke? Ein blinder Passagier?

– Das ist mein Freund. Bastardo tätschelte den Bewusstlosen, goss ihm Wasser ins Gesicht. Gino, komm zu dir! Nicht abnibbeln! Und zu den Umstehenden: Er hatte solche Angst vor Meeresungeheuern, dass er sich in der Glocke verstecken wollte, weil das der christlichste Ort an Bord ist. Mein Freund ist sehr gläubig, müsst ihr wissen.

– Jemand muss ihm geholfen haben.

– Davon weiß ich nichts. Er ist kein Hänfling, aber das Meer macht ihn verrückt. Ich kümmere mich um ihn. Er braucht jetzt frische Luft. Bastardo umfasste Cinquecento, hob ihn hoch und zerrte ihn vorbei an den Männern Richtung Deck.

– Sich in einer Glocke verstecken? Ideen haben die. Griselda wurde wieder eingerüstet, niemand maß dem Vorfall Bedeutung bei.

Bastardo sah seinen Freund fragend an:

– Wo sind die Batzen?

– Noch an ihrem Platz. Kaum war ich im Glockenbauch, verlor ich das Gehirn.

– Idiot.

– Du weißt nicht, wie eng und finster es in dem Lochling ist. Gino keuchte.

Nachdem die weitere Reise mehr oder weniger reibungslos

verlaufen war, erreichte die Flotte am 7. Juni 1538 Santiago de Cuba, die Hauptstadt der Insel.

Wieder einmal wurden Aristoteles und Ptolemäus widerlegt, wurde bewiesen, der Ozean ließ sich überqueren. Plus ultra – immer mehr. Die Erde ist rund wie ein Apfel und nicht flach wie eine Gurkenscheibe.

Der Himmel war wolkenlos, aber bevögelt: Möwen, Papageien, Schwalben, sogar Pelikane, rosarote Löffler, Kolibris. Isabella schimpfte auf das spärlich bemöbelte Gouverneurshaus, »Plumpigkeit!«, den unfreundlichen Exgouverneur und die arroganten Bürgerfrauen, die sie naserümpfend ansahen, *diese Gänse mit ihren Etagere-Figuren*. Sie konnte das Urteil anderer nicht ignorieren, hörte überall Geflüster, lauerte auf Anzeichen von Missbilligung und war besorgt, dass man schlecht über sie reden könnte. Dabei schimpfte sie selbst am meisten. Isabella war voller Widersprüche.

Julius Cäsar schwieg, zog aber ein Gesicht, als wäre er vermöbelt worden. Wieder dauerte es Tage, bis die Pferde ausgeladen waren, die erst wackelig wie Marionetten mit schlecht montierten Gliedern auf den Beinen standen, allmählich aber die Muskelbeherrschung wiedererlangten. Teile der Ladung waren verfault, und in den Zwischendecks fand sich Rattenlosung. Auf den Ankern waren Rostblumen gewachsen, und die Segel mussten geflickt werden. Außerdem hatten die Leute Matrosenbeine, schwankten wie Betrunkene, als sie über festen kubanischen Boden gingen.

Der Bürgermeister begrüßte sie emotionslos und unterfertigte die Passagierlisten und Frachtpapiere, ohne zu kontrollieren. Seinem Gesichtsausdruck zufolge war ihm die Obrigkeit in Spanien völlig unwichtig.

Das Erste, was den Neuankömmlingen auffiel, waren nicht die üppigen Bananenstauden und auch nicht die Papageienschwärme, sondern Indianer ohne Hände, die entweder in den Gassen bettelten oder ihr Glück als Straßensänger versuchten. Überall Eingeborene mit Stummelhänden.

– Strafmaßnahmen. Härte ist das Einzige, was diese Affen verstehen. Das einfältige Gesicht des Bürgermeisters zeigte nicht die geringste Regung.

– Hände abschlagen? Sind wir nicht die Vertreter der Renaissance und des Humanismus? Cord Fenk war entsetzt. Er kannte das von Märkten in Europa, wo man Händlern Hände abschlug, um sie mitsamt ihren falschen Gewichten an einem Stadttor aufzuhängen, aber das hier? Ein Heer von Amputierten? Seine Haare standen zu Berge, schienen auf einen Schlag grauer und stacheliger zu werden. Der Arzt trug eine Brille ohne Bügel und blickte … Übersprungshandlung … ständig auf die Uhr, die er von einem Alchimisten namens Johann Faustus erstanden hatte, einem Wunderheiler und Sternendeuter, der behauptete, mit dem Teufel im Bunde zu stehen und so viel erlebt zu haben, dass man darüber ein Buch schreiben müsse. *Aber wer in drei Teufels Namen sollte sich dafür interessieren?* Die Uhr war allerdings ein kleines Wunderwerk, hergestellt von einem Nürnberger Feinmechaniker namens Hähnchen oder so ähnlich.

Cord Fenk war wissbegierig. Weitblickend wollte er werden, sehend, um auch in Kleinigkeiten Großes zu erblicken. Die Welt, war dieser Sohn eines Wurstmachers überzeugt, glich weniger einer Brätmasse denn einem komplizierten Uhrwerk, das man, gab man sich nur Mühe, verstehen konnte. Er hatte irgendwann genug gehabt von der Wurstmacherei, war nach Prag, Olmütz und Münster gereist, um die Meisterwerke der Uhrmacherkunst zu bewundern, verstand aber das Gewirr von Zeigern und Scheiben nicht, das Planetenstand, Tierkreiszeichen, Himmelshäuser und vieles mehr anzeigte. Der Mensch, das Leben, alles war wie diese Riesenuhren, bei denen es Zeiger gab, die sich vor seiner

Geburt das letzte Mal bewegt hatten und erst lang nach seinem Tod wieder weiterwandern würden. Cord Fenk wollte verstehen, wie die Rädchen zusammenhingen. Da waren die Stummelhände wie Steinchen im Getriebe. Cord war der väterlichen Schlachterei entflohen, dem Blutgeruch, den Knochenhaufen, und jetzt erst wieder in einer Metzgerei gelandet.

Da in Europa das Forschen schnell der Ketzerei verdächtigt wurde, hatte er der Alten Welt den Rücken zugewandt. Nun, da er die Stummelhände sah … *als ob sie in den Fleischwolf gekommen wären* …, machte er sich Gedanken, was aus den Wilden, die sie in Florida entdecken würden, werden sollte. Mit dem Handabschlagen wurde das große Uhrwerk nur blockiert.

– Santiago wird Ihnen gefallen. Nur an die Hitze gewöhnt man sich hier nie. Der Bürgermeister schwenkte den Strohhut vor seinem Gesicht.

Legen hier die Hühner Pflaumen? Schlüpfen aus den Eiern Schweine? Gibt es blaue Blätter oder rote Milch? Wachsen Krebse auf den Bäumen?

Während sich die Seeleute und Soldaten bei den, wie Bastardo sie nannte, Bauchschwestern, also Huren anstellten, um ihren Kaspar zu schnäuzen, begann Cord Fenk seine Aufzeichnungen. Er transkribierte Wörter der Indianer, die so fremd klangen wie ein ejakulierender isländischer Vulkan (Eyjaflallajökull) oder ein baskischer Viehzüchter (Urretabizkaia), machte Zeichnungen von Palmen, Schmetterlingen, Vögeln. Besonders die Fledermäuse, kaum größer als Kohlweißlinge, interessierten ihn.

– Wozu machen Sie das? Um den fetten Ärschen an den Universitäten eine Reise zu ersparen? Die Augen des Bürgermeisters glitzerten böse.

– Und wenn? Cord dachte an Salamanca, wo er nicht nur Medizin studiert, sondern auch die Philosophen gelesen hatte. Wunderbare Stadt. Die Kathedrale, Kreuzgänge mit Drachenwesen, geflügelten, ziegenbeinigen Kreaturen – viel leidenschaftlicher als die kleinmündigen Engel des lustfeindlichen Mitteleuropas. Frauen mit Krötenleibern, grausige Geierköpfe, Wesen aus Wurstbrät ... *Nein, keine Würste! Ungeheuer! Jetzt aber Schluss mit dieser Wurstterminologie!* ... Neuerdings war die älteste Universität Spaniens von der Inquisition bedroht, von Sittenwächtern, die das Volk dumpf und ungebildet wollten. War er deshalb in die Neue Welt gegangen? Ein vernünftig denkender Mensch wie Cord, der auch vor blasphemischen Gedanken nicht zurückschreckte, konnte die abgeschlagenen Hände nicht mit seinen humanistischen Idealen in Einklang bringen. Aber was sollte er tun?

Kaum waren die Pferde, Reiter und Soldaten an Land, wurden die Schiffe mit allen darauf Verbliebenen nach Havanna geschickt, woher Nachrichten eines Piratenüberfalls gekommen waren. Isabella, ihre Diener und Sklaven, Julius Cäsar, die meisten Passagagiere und ein paar Soldaten, aber auch Jakob, der Bursche war ohnedies die meiste Zeit unauffindbar, sollten mit den Schiffen in die zweitgrößte Stadt Kubas gebracht werden. Bastardo und Cinquecento waren ebenfalls an Bord und überlegten krampfhaft, wie sie an ihr Erspartes kommen könnten.

– Jetzt haben wir den Senf. Noch einmal dürfen wir nicht in den Läutling kriechen.

– Wenn uns nicht bald was einfällt, müssen wir die Expedition nach Florida begleiten.

– Niemals!

Desoto wollte sein Gouvernement auf der Stute Augusta durchqueren, um die Insel kennenzulernen. Außerdem war dieser Ritt ein Training für die Truppe. Nur wer es von Santiago bis Havanna schaffte, würde sich in Florida bewähren.

Kuba? Añasco schimpfte auf das feuchte Klima, die ständigen Gewitter, und schwärmte vom Wetter in Granada.

Nero stopfte sich kleine, nach Limonen schmeckende lycheeartige Früchte namens Mamoncillos in den Mund, spuckte Schalenteile und den glatten Kern aus, pfiff Frauen hinterher und benutzte den Ägypterkönig, um mit ihnen ins Gespräch zu kommen. Ganz egal, wie verwachsen, krummbeinig, hängebusig, faltig eine aussah, für Nero war sie die schönste, bezauberndste Prinzessin, zumindest rief er ihr das zu – meist schlecht gereimt.

Nuño begeisterte sich für Tabak, den die Indianer rauchten.

– Eine schwere Verfehlung, warnte Juan, der fette Priester. Teufelszeug! Der Bischof von Saragossa hat Traktate gegen das Rauchen verfasst. Schon der aus Nase und Mund kommende Qualm ist unanständig. Höllenzeug! Eine Lieblosigkeit im Umgang mit sich selbst.

– Was interessiert mich dieses go-gottverdammte Saragossa, sagte der Blonde und grinste wie der Mann aus der Camel-Werbung.

Die Indianer waren ein lethargischer, aber friedliebender Haufen von Faulenzern, die in Hütten aus Palmblättern wohnten, von Kochbananen, Maniok und Fisch lebten und herumlungerten, sofern sie nicht zur Arbeit eingeteilt waren. Umso mehr erschütterte die Nachricht eines Massenselbstmordes. Ein ganzes Dorf, hieß es, habe sich umgebracht.

– Ich bin nicht das Gewissen, aber so etwas kann ich nicht durchgehen lassen. Das ist Sünde, Diebstahl, gibt ein Strafgericht. Desoto nahm die Nachricht erbost zur Kenntnis, ritt mit dem unwilligen Bürgermeister von Santiago … *wegen den paar Wilden?* …, mehreren Pflanzern, seinen Offizieren und dem Arzt Cord Fenk in das betreffende Dorf. Zuerst erblickten sie die Bambushütten auf den Palmen, große, moosüberwachsene Bäume, das üppige, vor Geilheit triefende Urwaldgrün und die wie Schafe über den Baumwipfeln hängenden Wolken. Sie rochen einen süßlichen Gestank von Fäulnis, Tierkot, Natur, und dann sahen sie es! Ein schrecklicher Anblick, der wie eine Schockstarre über ihnen waberte. Da hingen dutzende Frauen, Männer, Kinder, sogar Babys in den Bäumen. Ein Windspiel des Grauens. Bemalte nackte Körper, leblos wie die Schoten des Affenbrotbaumes. Alle aufgehängt, als wäre ein schreckliches Tribunal über sie gekommen. Für einen Augenblick war es, als ob die Stille brüllte.

– Habt ihr keine Vaterlandsliebe, schrie Stummel in das gottbetretene Schweigen. Ihr seid ein Schandfleck für euer Volk. Ihr solltet euch was schämen! Ihr seid lächerlich!

– Einundsiebzig, murmelte Desoto, dem es meisterhaft gelang, keine Gefühle an sich heranzulassen.

– Was glauben Sie, war hier los? Das Jüngste Gericht? Nero sprach aufgeregt. In atemlosen Schüben stieß er kurze Sätze aus. Was ist passiert? Ramses! Still! Er schälte und entkernte Mamoncillos und fütterte damit den Hund, war aber so durcheinander, dass er Früchte aus Ramses' Maul nahm und selbst aß, dem Hund aber ungeschälte spanische Limetten, wie die Dinger auch hießen, hineinstopfte. Dann sah er eine hübsche Tote und flötete:

– Schnuckelchen, warum tust du mir das an? Warum?

Nuño schwieg, und Moskito murmelte etwas von schlechten Vorzeichen und Prophezeiung.

– Das Strafgericht sind wir, murmelte Cord Fenk. *Hängen da wie Würste in der Selchkammer, aber zum Glück sieht man kein Blut!* Er musste sich zusammenreißen, damit ihm beim Anblick dieser steifen Körper nicht das Frühstück hochkam.

– Massenselbstmord! Warum machen die so etwas? Desoto dachte an das alte Weib auf La Gomera, das vom Tod gesprochen hatte, bemühte sich, seine Stimme zu beherrschen, und doch kam es zu schrill heraus. Warum?

– Als sie von der Ankunft spanischer Schiffe gehört haben, hat die Verzweiflung sie gepackt, erklärte der Bürgermeister. Sie ziehen den Tod der Versklavung vor.

– Das ist unstatthaft. Wissen die nicht, wer ich bin? Ein Beamter der kastilischen Krone, Gouverneur von Kuba, ein Adelantado!

– Adelwas? Dem Bürgermeister stand der Mund offen.

– Adelantado.

– Eine Art Truchsess, brummte Rodrigo. Statthalter!

– Ein ganzes Dorf? Cords Mund stand offen. Uns scheint ein schöner Ruf vorauszueilen.

– Pest und Hungersnot! Auch meine Indianer wollten sich erhängen, machte sich ein Plantagenbesitzer wichtig. Da habe ich den strengsten Aufpasser geholt, der hat sich mit einem Strick neben sie gestellt und gesagt, wenn sie sich aufhängen, mache er es auch, und dann würde er sie im Paradies quälen bis zum letzten Tag. Da haben sie es sich anders überlegt. Der Pflanzer lachte.

– Und was geschieht mit denen in den Bäumen? Sind sie euch wurst? Cord Fenk dachte an Anatomiestudenten, die ihr Erspartes dafür gäben, ein paar von ihnen zu sezieren. Runterschneiden und begraben?

– Hol sie der Geier, brummte ein Pflanzer. Sind ja nur Wilde. Ramses bellte.

– Ruhe jetzt, befahl Nero. Kaum hatte sich der Hund beruhigt, sagte der Bürgermeister:

– Pst. Hört ihr das?

Alle lauschten, doch in dem Dschungeldorf mit den Totenbäumen war nichts zu hören. Für einen Augenblick war es sogar vollkommen still, selbst die Baumfrösche und sirrenden Zikaden hatten eine Pause eingelegt.

– Da war es wieder, flüsterte der Bürgermeister. Geister! Die Seelen der toten Indianer.

Alle hielten den Atem an. Jetzt hörten sie es auch, dieses tonlose Flüstern, das hier in der Luft lag. Selbst die Pferde und Ramses der Zweite waren still. Angsteinflößende Geräusche.

– Pest und Hungersnot!

Der Bürgermeister war bleich wie ein Leintuch, und allen saß der Schrecken in den Gliedern. Von überall her schienen diese Töne jetzt zu kommen. Da war ein Blubbern und Plätschern, ein Zischen und Ploppen. War das der erste Kreis der Hölle? Die Expeditionsteilnehmer verspürten kaltes Entsetzen, zuckten zusammen, zogen ihre Schwerter.

– Zeigt euch!

Ramses bellte.

Da hörte man ein Lachen, alle sahen zu Cord Fenk, der offensichtlich den Verstand verloren hatte. Den Wurstmachersohn bog und schüttelte es, während wiehernde Laute aus ihm kamen.

– Was soll da lustig sein?

– Gärgase, sagte Cord. Hört ihr es nicht? Die Toten furzen, durch ihre leblosen Hinterbacken fahren Winde. Da erkannten es auch die anderen. Aus den toten, wie putrefizierende Mobiles in den Bäumen hängenden Indianern kamen zischende, wabbelnde, trötende Geräusche, die die Bäume mit den Toten in ein seltsames Instrument verwandelten.

– Orgelpfeifen, zischte Rodrigo, und alle stimmten ins Gelächter ein.

– Respektlos! Ruhe! Der Bürgermeister war zornig und zeigte den Toten seine Faust. Wisst ihr nicht, wer das ist? Ein Adelantón!

– Adelantado, verbesserte ihn Ferdinand, aber der Bürgermeister schien ihn nicht zu hören, fluchte auf die verfurzten Toten, diesen Palast der Winde.

Beinahe wären ihm sein Körper, der Quacksalber und das geldgierige Vermieterpaar zum Verhängnis geworden, aber dann tauchte ein richtiger Arzt auf, diagnostizierte eine Vergiftung und verordnete eine wirksame Therapie.

Turtle Julius geriet in schwitzende Fieberträume, die von Vögeln in Lederjacken, Giraffen mit Schals und Störchen in Stiefeln handelten, aber er starb nicht. Im Traum sah er einen Paul-Newman-Robert-Redford-Film, aber er starb nicht. Er verlor Gewicht, konnte tagelang weder sprechen noch feste Nahrung zu sich nehmen, aber er hielt durch. Und allmählich begann er zum Entsetzen seiner Vermieter, sich zu erholen.

Als er die letzten Vergiftungsnachgeburten ausgeschieden hatte, wollte er sich waschen, nur waschen. Nach einem Tag im Badehaus vertilgte er ein wahres Festmahl und begab sich – mit Holzbein, Eisenhaken und zahlreichen Narben am Bauch – zum Hafen, um ein Schiff nach La Gomera zu finden.

– Erst macht er einem Hoffnung, und dann stirbt er nicht, sagte der Vermieter zu seiner enttäuschten Frau. Diese Leute wissen nicht, was sich gehört.

Seine Reise dauerte zwölf Tage, und Turtle Julius' Ankunft wurde vom windigen Gouverneur nicht einmal registriert. Von den Gomeranern mit ihrer seltsamen Pfeifsprache erfuhr er, dass Ambrosio Bastardo hier gewesen war. Nur zu gut konnten sie sich an seine Lügengeschichten erinnern, mit denen er und Cinquecento sich in Schenken Fische und Wein erdichtet hatten. Von Meeresungeheuern war die Rede, von Geisterschiffen und Kreuzzügen. Außerdem hatten sie gewettet, zu zweit ein ganzes Schwein verdrücken zu können. Was sie nicht schafften. Und als es um das Einlösen der Wettschuld ging, waren sie verschwunden. Oder sie redeten Wirten ein, dass sie magische Kräfte besäßen, vergrabene Schätze finden würden, wenn man sie nur gut verköstigte.

Man erzählte dem Advokaten auch vom Bienenschwarm, der es auf den Kleinwüchsigen abgesehen hatte, von der schönen Leonora und den Prophezeiungen der Wahrsagerin, die kurz nach Desotos Abreise verstorben war. Turtle Julius gefiel La Gomera.

Die Leute mochten ihn. Er hätte nie damit gerechnet, dass er hier überfallen werden könnte. Doch genau das geschah. Er begegnete einer Gruppe junger Herren, die sich vorgenommen hatten, ihm das Hirn aus dem Schädel zu prügeln. Das war sein Ende.

KAKERLAKEN

Eine Woche blieben Desoto und seine Leute in Santiago. Sie ließen Messen lesen für eine glückliche Expedition, besichtigten Plantagen wie Silberminen, unternahmen Exkursionen in die Wälder und Berge. Cord Fenk skizzierte unbekannte Arten, die er Cordiandrum, Fenkus vulgaris, Narcissus fenk oder so ähnlich nannte. Dann brachen sie auf, die Insel zu durchqueren.

Inzwischen hatten die Schiffe Havanna erreicht, das von seinen Bewohnern wieder notdürftig instand gesetzt worden war, womit sich unsere Geschichte selbst einholt, da wir wieder an der Stelle sind, an der die Piraten abgezogen sind.

Die Ankömmlinge sahen Fischer, Marktweiber und freigelassene Sklaven, die gerußte Gläser und aus Schilfgras geflochtene Hüte feilboten.

– No problem, brüllten die. Schutz vor Sonne. Billig. No problem.

Isabella begann das Gouverneurshaus einzurichten. Sie besuchte ihren Bruder Francisco, der hier seit zwei Jahren Priester war, und fühlte sich in ihre Kindheit zurückversetzt. Was war aus ihrer Familie geworden? Es war wie bei den Kennedys, als wäre man mit einem Fluch belastet. Drei Brüder waren in Darién gestorben. Nur Juan, der Jüngste, lebte noch in Segovia bei Mutter. Vater Pedrarias war 1531 an den Spätfolgen der Syphilis gestorben, Maria irgendwo in Nicaragua und Elvira nicht ganz richtig im Kopf. Blieb nur Francisco, ein religiöser Eiferer, mit dem Isabella nicht viel anzufangen wusste, und Alfonsito, der sabbernde Großvater, dem die Hitze so zu schaffen machte, dass er sein Zimmer nicht verließ.

– Was meinst du, Julius Cäsar, soll die Kommode unter das Fenster oder neben das Bett? Isabella hatte sieben Diener und achtzehn Sklaven mitgebracht, und alle waren jetzt beschäftigt, unter ihrer Anleitung Möbel zu verrücken.

Julius Cäsar stand nur da und brütete. Seit ihrer Ankunft kleidete er sich wie ein spanischer Kavalier und ließ sich Locken drehen, um nicht als Indianer erkannt zu werden.

– Was ist los? Du machst ein Gesicht wie verhagelte Petersilie.

– Haben Sie die Leute mit den abgehackten Händen gesehen? Meine Leute.

– Du Dummerchen, dir passiert nichts … Was meinst du, soll ich das gelbe oder das blaue Kleid ausführen? Na, sagte sie zu ihrem Kleiderkoffer, wer von euch Hübschen hat Lust, mit mir unter die Leute zu gehen? Julius Cäsar stand da wie angeschraubt, stierte vor sich hin und murmelte:

– Julius Cäsar denkt nicht. Wenn Julius Cäsar hier zu denken anfängt, wird er verrückt. Julius Cäsar denkt nicht, das war sein Mantra. Denken ist eine Krankheit des weißen Mannes, Julius Cäsar vergisst.

Auch Isabella dachte nicht viel. Sie liebte es, ihre eleganten Kleider mit den Bügelbrett-Krinolinen anzuziehen, brachte ihr Haar mit Zuckerwasser in Form, gab Empfänge, bei denen es gebratene Ferkel gab und Tänze geübt wurden, die an Kartoffelkäfertreten erinnerten. Bald entwickelte sich ein kleiner Hofstaat nach steifem spanischem Zeremoniell, nur dass die Männer Strohhüte trugen und die Kleider der Damen hoffnungslos veraltet waren. Und erst die Schuhe! Kein Wunder angesichts der Gäste: Pflanzer und Handwerker, Sklavenaufseher und ihre

Mulattenfrauen, ein Pandämonium an menschlichen Sumpfblüten, kulturlosen Primitivlingen und Hinterwäldlern. Dennoch gaben sie Isabella das Gefühl, der Mittelpunkt zu sein. Sie liebten ihre auf unverschämte Art hinreißende Gouverneurin, die neuerdings … *wie ernst sie doch ihre Frisur nahm* … ihr Haar zu einer Korona flechten ließ.

Es war Desotos Entscheidung gewesen, nicht Kubas Hauptstadt Santiago als Residenz zu wählen, sondern Havanna. In Santiago lebten der Bischof und der vorige Gouverneur, die über Desotos Bestellung keineswegs erfreut waren und ständig wehleidige Briefe an das Indienhaus schickten. Außerdem gab es dort eine verschlossene wohlsituierte Oberschicht, verkalkte alte Bürger, die von den Desotos nicht viel hielten. In ihrem ganzen Leben war Isabella nie so frostig behandelt worden wie in diesem Santiago. Dagegen waren die Leute in Havanna schlicht wie Brotdosen, aber viel freundlicher.

Isabella benahm sich gespreizt und affektiert, als wäre sie mit silbernen Löffeln im Mund zur Welt gekommen. Auch wenn die Auswanderer bestenfalls eine Karikatur des spanischen Hofes zustande brachten, fühlte sie sich wichtig. Ihre Dienerinnen trugen Isabellas alte Kleider und hatten trotzdem keinen Sinn für Eleganz. Einzig Leonora war bezaubernd.

Zu Ehren der Gouverneurin wurden Pferderennen, Stierkämpfe und Theateraufführungen, meist vulgäre Possen, veranstaltet, bei denen der schwerhörige Alfonsito schon zu Beginn, wenn noch gar kein Satz gefallen war, »Lauter!« Richtung Bühne rief. Havanna hatte damals achtzig Bürger, die mit ihren Familien und Sklaven in Holzhäusern wohnten. In Santiago standen Steinhäuser, und man hatte mit dem Bau einer Befestigungsanlage begonnen – trotzdem sah die Krone Kubas Zukunft in Havanna. Die Stadt bot einen strategisch günstig gelegenen Hafen und war besser zu erreichen.

Straßenhändler verkauften gegrillte Meerschweinchen, Fladen aus Maniokmehl und gezuckerte Teigwürste. Überall Handwerker, Mönche, Sklaven, Soldaten, Glücksritter … Und dann war da noch ein dreiundfünfzigjähriger Plantagenbesitzer namens Vasco Porcallo de Figueroa, der Isabella schöne Augen machte. Ein stattlicher Mann, schwarzes Haar, Ziegenbart, ein erblich offen stehender Mund und selbstbewusst wie Pontius Pilatus. Er hatte Cortés in Mexiko begleitet und dabei ein derartiges Vermögen zusammengerafft, dass er nun als der reichste Mann auf Kuba galt. Ihm gehörte das Dorf Trinidad. Er besaß zweihundert Sklaven und lebte in einer Art Palast.

– Ich sehe, Sie sind unglücklich, sagte er zu Isabella während eines Stierkampfs. Seine Stimme war gebeizt, kellertief wie bei allen Machtmenschen, die Aussprache feucht.

– Man sollte Stierkämpfe verbieten. Isabella schüttelte den Kopf.

– Ohne Stierkämpfe gäbe es keine Stiere und ohne Stiere keine Kühe … und ohne Kühe keine Milch und somit eine Hungersnot. Außerdem ist das Tradition.

– Tradition? Nein, nein! Auch das Töten von unliebsamen Neugeborenen hat Tradition, aber ist es deshalb richtig?

– Ich habe einmal auf einer Wiese zwei kämpfenden Stieren zugesehen, sagte der Plantagenbesitzer. Als mich der Unterlegene entdeckte, war ihm das peinlich. Die Niederlage hätte ihm nichts ausgemacht, aber die Tatsache, dass es Zeugen gab, kratze an seinem bovinen Stolz. Das Tier rappelte sich hoch, begann zu schnauben und stürzte in meine Richtung, um den einzigen Zeugen, nämlich mich, zu beseitigen. Ich sah mein letztes Stündlein gekommen. Dann, ehe er mich auf seine Hörner nahm, ich danke Gott dafür, rutschte er aus, verlor das Gleichgewicht und landete mit Karacho in einer Steineiche. Gerettet! Danach stand das Vieh auf und tat, als sei gar nichts gewesen.

– Aha. Isabella sah ihn verständnislos an, während in der Arena ein toter Stier auf einen Karren gehievt wurde.

– Ich will sagen, er legte seine Hand auf ihren Schenkel und bekam ein schmieriges Beischlafgrinsen, nicht jeder wütende Stier ist eine Gefahr. Und Ihr Mann muss ein Hornochse sein, wenn er sie so lange allein lässt. Obwohl Isabella die Avancen dieses Porcallo abwehrte, spürte sie, wie er auf quälende und zugleich erfreuliche Weise Einfluss über sie bekam. Bald unternahmen sie Kutschenfahrten und Bootsausflüge. Dabei sprachen sie über Kunst; er erklärte ihr, dass die moderne Malerei Humbug sei, den man den Leuten eingeredet habe, um die große Tradition der Ikonenmalerei zu desavouieren. Was halten Sie von Leonardo da Vinci?

– Er ist verrückt, besonders seine Abendkleider.

– Ich meine den Maler und Erfinder.

– Und ich den Modeschöpfer. Sie sah auf ihrem Ärmel weiße Speicheltröpfchen und wischte sie dezent weg.

Isabella erfuhr, dass Porcallo vierzehn uneheliche Kinder von Indianerinnen hatte, und dass er regelmäßig nach Havanna fuhr, um Sklaven für seine Plantagen zu kaufen. Er baute Bananen, Mais und Maniok an, außerdem Brotfrucht, ein hellgrünes, zuckermelonengroßes Gemüse mit verwarzter Krötenhaut. Die Zukunft jedoch, sagte er, liege in Zucker und Tabak.

– Zucker? Vielleicht. Isabella rümpfte die Nase. Aber Tabak? Dieses Kraut zum Qualmen? Wozu soll das gut sein? Für die Gesundigkeit?

– Fördert das Wohlbefinden. Tabak hilft bei Entzündungen, Schlangenbissen und regt die Verdauung an. Er soll die Lust steigern, gut gegen Husten sein und der Schwindsucht vorbeugen. Tabak ist ein Wundermittel.

Aber gegen feuchte Aussprache hilft er nicht! Drei weitere Speicheltröpfchen, diesmal auf ihrem Schoß.

Wenn es stimmte, was Porcallo erzählte, gab es auf seiner Estancia nicht nur venezianische Lüster, böhmisches Glas, Gewürze aus Indien, sondern auch Konzerte italienischer Rauschpfeifen- und Violaspieler. Berühmte russische Meister würden ihn porträtieren, selbstverständlich als Ikone. Er hatte französische Köche und englische Schneider, schien die Europäer in allem zu übertrumpfen, ohne dabei wirklich glücklich zu wirken.

Was sollte er sonst machen mit all dem Geld? Seine Kinder in europäische Internate schicken? Rennpferde kaufen? Was immer er auch tat, er blieb ein Parvenü. Also steckte er alles in seinen Palast, ließ ihn mit Türmchen verzieren, mit geißblattförmigen Schmiedeeisenbalustraden, Stukkatur, und in die Zimmer kamen klauenfüßige Möbel. Seine fixe Idee aber war ein Turm, den man von Spanien aus sehen konnte. Porci, wie er sich nannte, war ein Mann von Welt, ein Renaissancemensch, einer, der von London und Paris erzählen und die Hauptstadt Schwedens unfallfrei aussprechen konnte. Derartiges imponierte Isabella, die es genoss, hofiert zu werden.

Ob sie ahnte, dass sie hier fünfhundert Jahre später jede Rumflasche zieren und ihre zwei Meter hohe Statue auf einem Turm prangen würde? Porcallo brachte ihr täglich Blumen, Schmuck oder kandierte Früchte, war ständig da, hörte ihr zu, und ob sie es nun wollte oder nicht, es machte in ihr klack, und eine Schleuse ging auf, ließ Flüssigkeiten durch, und die brachten etwas zum Überlaufen – sie verliebte sich. Klackklack.

Sie wird doch nicht …, dachte die eine Hälfte ihres Hofstaates, während ihr die andere diesen Vasco Porcallo de Figueroa schönredete. Jedenfalls hatte man was zu tuscheln, überall von der Küche bis zur Schneiderei erklang ein Wispern und Zischen, Flüstern und Mauscheln – Schlangen in einem Laubkübel.

Das größte Unheil neben Krieg und Pestilenz, das, wovor alle Angst hatten, weil es nachts hereingekrochen kam und das Weltbild zertrümmerte, alles außer Kraft setzte: die Liebe! Aber eine unmögliche Liebe, die Isabella unglücklich machte. Wäre sie nicht die Frau des Gouverneurs, sie würde sich zu den Einheimischen gesellen, die sich abends mit einer Flasche Branntwein ins Meer stellten und tranken. Oder sie würde sich mit denen zusammentun, die bei Sonnenuntergang auf ihrer Veranda saßen, in das Wasser starrten, über das Leben nachdachten und sich volllaufen ließen.

Jetzt war es ihr egal, dass sie einen schlechten Eindruck machen könnte, Leute vielleicht reden würden. Tag und Nacht wollte sie in der Nähe von Porci sein, mit ihm sprechen, ihn berühren. *Ein anderer Körper zeigt einem die Grenzen des eigenen, und bei der Liebe überschreitet er sie auch.* Bei ihm fühlte sie sich tausendmal wohler als bei Ferdinand. Doch wusste sie, das ging nicht. Die Vernunft sprach für ihren Mann, den Adelantado, aber ihr Herz? Bald würde Desoto kommen, der nur an seine Expedition dachte, nichts anderes im Kopf hatte als Zahlen – Schweineherden, Waffen, Munition, Kanarische Doggen und Vorräte. Ein Mensch, der nicht um sie kämpfte, ihr keine Komplimente machte, neben ihr lebte wie ein Fremder … Sätze waren das, die, hätte sie sie ausgesprochen, ihr Übelkeit verursachten.

Inzwischen war Ferdinand tatsächlich mit seinen Leuten in Havanna eingetroffen. Er hatte den Ritt durch die Insel genossen, alles Mögliche gezählt und gemerkt, wie sehr er die nächtlichen Rufe der Wachposten, die Feldküche und das Wiehern der Pferde in den letzten Jahren vermisst hatte.

Als er von Isabellas Ausfahrten mit Porcallo hörte, ignorierte er den Stich, den ihm das versetzte, lächelte. *Mit einem Porci? Absurd. Eifersüchtig? Er, der große Eroberer? Niemals!* Aber benimmt sich so eine anständige Frau? Er sah sie an, sie wich ihm aus, schwieg.

– Weißt du, was man von diesem Porcallo erzählt? Als in

Sancti Spíritus eine Kommune ausgerufen wurde, soll er sie brutal niedergeschlagen haben. Und weißt du, was er mit den Indianern gemacht hat, die in selbstmörderischer Absicht Erde gegessen haben? Das ist dermaßen brutal und unmenschlich …

– Gerüchte! Porcallo ist ein Renaissancemensch. Der würde bestimmt nicht so wie du während einer Überfahrt seine Frau allein lassen, wenn sie sich übergibt.

– Was heißt denn das jetzt? Du hast mich weggeschickt.

– Na und?

Na und? Ferdinand maß der Sache keinerlei Bedeutung bei, kümmerte sich um seine Causa prima, der Eroberung Floridas. Er hielt seine Leute bei Laune, indem er ihnen Wein spendierte, sah den Übungen mit den Doggen zu, die sich auf Puppen in Indianerkleidung stürzten, half bei der Fütterung der Schweine, überwachte die Ausbesserungsarbeiten der Schiffe und träumte von seinem Goldland.

Nero war den Frauen hinterher, Moskito so betrunken, dass man Angst haben musste, er könnte ins Meer stürzen, und Rodrigo stolzierte wie ein kleiner Lord durch die Straßen, an jeder Hand ein Flittchen – beide zwei Köpfe größer als er.

– Was glotzt ihr so, brüllte er Passanten an. Glaubt ihr, ich spritze buntes Sperma?

Añasco war unleidlich, bezeichnete die Kubaner als faules Pack, das sich vor der Arbeit drücke.

– Nur weil hier alles auf den Bäumen wächst und es so feucht ist, dass die Kleidung sofort durchgeschwitzt ist, darf man die Etikette nicht vernachlässigen. Dieses Kuba ist ein hinterwälderisches Kaff. Nachts trommeln Negersklaven, und im Morgengrauen wechseln sich die Hähne, von denen jeder das letzte Wort haben will, mit ihrem Gekrächze ab … wie vulgär. Die Leute sind dekadent hoch drei, und diese Indianer so faul, dass Moos zwischen ihren Beinen wächst.

Damit er nicht die ganze Mannschaft aufbrachte, wurde Añasco auf eine Erkundungsfahrt nach Florida geschickt. Er sollte eine Landestelle finden und Indianer mitbringen, die man zu Dolmetschern ausbilden könnte.

Kaum hatte Añascos Brigantine abgelegt, kam die Nachricht von einem Aufstand. Geflohene Sklaven hatten sich in die Berge zurückgezogen und wagten Angriffe gegen Plantagenbesitzer.

– Soll ich ihnen Benehmen beibringen? Soll ich? Rodrigo plusterte sich auf.

– Du bleibst schön hier und hältst die Stellung. Desoto machte eine beschwichtigende Bewegung.

– Gut, der Kleinwüchsige war enttäuscht, dann passe ich eben hier auf, dass nichts passiert. Und es wird auch nichts passieren … nicht, wenn ich aufpasse, außer vielleicht bei Isabella.

– Wie meinst du das?

– Ich habe nichts gesagt.

Der Statthalter blickte zu dem kleinsten seiner Offiziere und dachte, du alter Egel. *War es also sogar Rodrigo aufgefallen, dass seine Frau diesem Plantagenbesitzer schöne Augen machte? Renaissancemensch? Pah! Egal, jetzt gab es Wichtigeres.* Ferdinand kommandierte eine Strafexpedition, die alle Wilden, derer sie habhaft wurde, niedermachte. »Cimarrones« wurden die genannt, so wie entlaufene Viecher, und das waren sie rechtlich auch, entlaufene Haustiere, nur dass man mit denen humaner umging.

Als Ferdinand von seinem Rachezug zurückkam, erwartete ihn die nächste schlechte Nachricht: Leonora, die Tochter des Gouverneurs von La Gomera, war schwanger.

– Was? Hast du deine Damen nicht im Griff? Ferdinand hörte, wie seine Stimme ins Falsett stieg, fast quietschte. Er schritt das Regierungszimmer ab, in dem Isabella und Leonora saßen und Löcher in den Boden starrten. Die eine, weil sie ihr Tabernakel nicht verschlossen gehalten hatte und sich jetzt wie ein ausgenommener und gefüllter Fisch vorkam, die andere, weil sie diesem Beispiel gerne gefolgt wäre.

– Weiß man, wer der Vater ist?

– Wieso hast du den Fetzen mitgehen lassen? Was sollen wir damit? Bastardo schlug sich an den Kopf. Die Fahne des Kaisers?

– Ist sie nicht schön? Cinquecento rollte das rot-gelbe, mit silbernen Löwen bestickte Tuch zusammen. So etwas freut ein rechtschaffen pochendes Herz.

– Wir sind Lamentierer, Abstierer, Fopper, Beutelzieher, aber keine Fahnenverhökerer.

– Und was machen wir hier? Was schlägt Mister Wichtigtüchtig vor? Gino hielt die eingerollte Fahne wie einen Degen und begann, damit zu fechten.

– Warten, bis wir wieder auf den Schweinevogel kommen, um die Batzen aus dem blödesten aller Verstecke zu holen. Oder willst du an dieser Expedition teilnehmen?

– Nicht die Bohne. Und jetzt?

– Der natürliche Lebensraum des Taschendiebes ist die Menschenmenge. Bastardo machte ein nachdenkliches Gesicht.

– In Havanna mit seinen hundert Beuteln gehen uns bald die Hammel aus.

– Du wolltest aus Sevilla weg.

– In Sevilla würden wir längst brennen oder am Galgen hängen.

– Weiß man, wer der Vater ist? Desoto war außer sich vor Zorn.

– Nudetobar, murmelte Ornella-Muti-Grace-Kelly-Leonora.

– Wer? Ich verstehe nichts.

– Nuño de Tobar. Leonora war noch immer hübsch, schnuckeliges Kirschmündchen, die Schwangerschaftshormone verliehen ihrer Haut einen leichten Glanz – als wäre sie ein mit Schweinefett eingeriebenes Osterei.

– Nuño de Tobar? Das kann nicht sein. *Der stotternde Quartiermeister und Stellvertreter, dieser besonnene Mensch, der immer auf die Frauen schimpft, ausgerechnet er hat in Leonora Quartier bezogen?* Desoto war sprachlos. Das schlug dem Fass den Boden aus. Nuño? Gut, der Kerl mit dem blonden Haar, den makellosen weißen Zähnen und dem Kinngrübchen war ein Schönling, aber er hatte für Frauen nie was übriggehabt! Ferdinand blickte dem Mädchen ins Gesicht, sah erstmals, dass alles etwas zu groß geraten war: Die Augen kamen aus den Höhlen, die Zähne hatten kaum Platz im Mund, und auch die Ohren waren für das kleine Köpfchen viel zu lang. Außerdem hatte sie viel zu große Hände.

Desoto stürmte in das Lager seiner Hauptleute, stieß Rodrigo beiseite, der »na, na, immer auf die Kleinen« murmelte, trat gegen das Bett, in dem Moskito seinen Rausch ausschlief, und erwischte den Schönling, der gerade Eier à la Nuño kreiert hatte und dem Gouverneur stolz eine Pfanne hinhielt.

– Chili, Pfefferoni und To-Tomaten anbraten, Spiegeleier dadarüber und einen Schuss Olivenöl. Go-gottverdammt genial.

– Dir gebe ich gleich deine Eier à la Nuño. Weißt du, was deine selbstversessene Selbstvergessenheit angerichtet hat? Du hast Leonora geschwängert …

– Ich …

– Ihr einen Braten in die Röhre geschoben. Sie hat jetzt einen Untermieter.

– Ich …

– Du musst sie heiraten. Trotzdem werfe ich dich aus allen Ämtern. Es bleibt mir gar nichts anderes übrig.

– Ich habe es gewusst, Frauen bringen das Ver-, das Ver-, den Untergang. Nuño machte ein Gesicht wie der sterbende Winnetou, starrte an die Decke. So eine Kränkung war ihm sein ganzes Leben noch nicht widerfahren.

– Als neuen Quartiermeister werde ich Porcallo bestellen, damit mich dieser Gutsbesitzer mit seinem Reichtum unterstützt und er Isabella nicht länger belästigt. Sie wird meine Stellvertreterin auf Kuba. Er ohrfeigte Nuño, der immer noch betreten die Eierpfanne in die Luft hielt, und ging zurück in den Regierungssitz.

– Wir müssen noch die Welt erobern, rief ihm Rodrigo hinterher. Heute nicht mehr, aber in den Folgetagen. Dann wandte er sich um, trat dem versteinerten Nuño gegen das Schienbein, nahm ihm die Pfanne aus der Hand und sagte:

– Idiot. Frauen, deren Muschis stinken, haben einen Pilz.

Nuño fühlte sich erschlagen. Seine Schönheit schien verflogen, die Mundwinkel hingen bis zu den Schultern, und sein blondes Haar wirkte so farblos und stumpf wie ein Fußabstreifer. Sogar der Appetit auf Eier war ihm vergangen.

– Am besten, mischte sich eine formlose, talgige Masse ein, der Missionar Juan Desoto, bezahlst du eine Messe. Das ist eine Sünde, die ein Priester nicht vergeben darf.

Und Ferdinand? Schon von weitem hörte er einen markdurchdringenden Schrei, der das Regierungsgebäude erzittern ließ. Was war los? Zweifellos die Stimme Isabellas. Er stürmte hoch, stürzte ins Zimmer und sah seine Frau auf einem Stuhl stehen und mit den Händen fuchteln.

– Gib das weg! Gib das sofort weg!

– Was denn?

– Das da! Weg! Sofort!

Wenig später sah er die Ursache. Eine daumengroße Kakerlake, die gemächlich über den Boden trippelte.

– Nur eine Cucaracha. Tut nichts. *Maria würde mit ihr reden, würde sagen: Na, du kleiner Krabbelkäfer, was hast du hier ver-*

loren. Aber Maria ist nicht da, nur ihre Schwester, die wegen nichts und wieder nichts herumkreischt.

– Solche Tiere haben hier nichts verloren. Die ernähren sich von Abfall, essen Scheiße. Weg, du Garstigkeit.

– Stell dich nicht so an.

Isabella war panisch. Ihre Zornesfalte war so lang und tief, als hätte eben noch ein Küchenmesser darin gesteckt. Kakerlaken! Sie konnte nachts nicht schlafen, träumte, dass es fette Käfer in ihr Bett regnete, sie in einer Grube inmitten dieser ekelhaften Viecher aufwachte. Wie sie die Natur hasste, den Gestank, den Dreck, das Ungeziefer. Und Desoto, als sie ihm davon erzählte, machte sich lustig über sie.

FILIBERTA BUDENHOLZER

– Diebe!

– Das sind Piraten!

– Mörder! Aufhängen, das Gesindel! Macht sie fertig! Die mit Zaunlatten, Mistgabeln und Pistolen bewaffneten Bürger Havannas, in der Mehrzahl gottesfürchtige Leute, brüllten Höflichkeiten. Bigotte Frauen wollten Ruben und Elias am nächsten Ast baumeln sehen, selbst der Priester Francisco hatte Speicheltropfen an der Oberlippe. Die Luft war dick wie gestocktes Fett.

Hinter Elias' Ohren pochte es, und er fühlte das Verlangen, sich in Nichts aufzulösen oder per Astralwanderung in einen anderen Körper einzuziehen.

– Heilige Makrele! Ruben sagte was von »borgen« und legte die gestohlenen Kleidungsstücke auf den Boden. Die Menge grölte. Seit Algerien hatte Elias keine solche Aggression erlebt. Menschlichkeit in ihrer niedrigsten, gemeinsten Form. Zwei fürchterliche Fratzen taten sich hervor, stoppelbärtige Gesichter mit löchrigen Gebissen, fettigem Haar. Plims Verstand zog sich in seinen hintersten Raum zurück, darin stand eine Kommode, und in der untersten Lade lag unter einem Berg unwichtiger Dinge die schreckliche Erkenntnis, er kannte sie – Cinquecento und Bastardo. Jetzt hatten sie nichts von Paul Newman und Robert Redford. Die beiden waren ein Kübel eiskaltes Wasser ins Gesicht. Diesem Gaunerpärchen verdankte Plim sein Schicksal, sie hatten ihn einst in das wilde Viertel Sevillas gelockt und ihm dort den Diamantenring abgeluchst.

Gedanken an den größten Fehler seines Lebens blitzten auf. Kaum über der Brücke, hatten sie bei einem Wandererzähler Halt gemacht. Der stand an einer Bildertafel und erzählte von der abenteuerlichen Reise eines Eroberers, von Eingeborenen, blutigen Kämpfen, Gold und Perlen. Der Held dieser Erzählung war so verwegen und unverwundbar, dass man munkelte, er treibe es mit dem Teufel. Wenn andere zum Rückzug riefen, schrie er »Angriff!«, wenn andere vor wilden Tieren zurückschreckten, schritt er voran. Elias war fasziniert. Doch bevor der Wandererzähler dazu kam, seine Wundertinktur feilzubieten, drängten Bastardo und Cinquecento zum Aufbruch.

– Bei unserem Kroner bekommst du mehr für deinen Klunker, hatten sie gemeint, und ihn durch das von Nutten, Landstreichern und Tagelöhnern bevölkerte Triana gelotst. Da waren Kinder mit verdreckten Mündern, streunende Katzen und zwielichtige Gestalten, Seiler, Gerber, Seifensieder, sogar eine Besengarde, wie die Straßenkehrer hießen, alle waren sie da, nur nicht der Händler. Also, weil nur wer warten kann, gewinnt, ging man in eine Schenke, wo Knoblauchzöpfe und geräucherte Schweinekeulen von der Decke hingen und ein Henker gerade seine Gesellenprüfung feierte. Der Scharfrichter erzählte, wie er das Enthaupten an Kürbissen, Rhabarberstängeln und Hunden geübt hatte. Ein anderer brüstete sich, mit einem Streich zwei Verurteilte enthauptet zu haben.

– Man muss die Füße in die richtige Position bringen, den Nacken des armen Sünders mit dem Blick fixieren, sich konzentrieren, so richtig ausholen und dann den Schlag locker durchschwingen … Hole-in-one … Zünftige Gesellen waren das, gediegene Handwerksburschen in karierten Hemden, die nur für den Feierabend lebten. Die Henker und ihre Büttel hatten sich einen Affen gekauft, waren also sturzbetrunken, als sie anfingen, von der Kapelle zu erzählen, wie sie die Folterkammer nannten. Da fielen Begriffe wie der Polnische Bock, die Schlesische Mütze, das Englische Hemd, der Andalusische Hund. Und jetzt mussten sie mit dem Gesindel feiern, weil Henker genauso ein schändlicher Beruf war wie Bader, Bettler, Färber, Abdecker, Kastrierer, Schauspieler, Zöllner.

– Und was ist mit dem Händler? Sollten wir nicht nachsehen, ob er …

– Später. Bastardo und Cinquecento hatten Spaß, die Gabler, wie sie zu den Henkern sagten, auszufragen. Was empfanden sie, wenn sie Gliedmaßen an den Galgen nagelten, Augen ausstachen oder Gotteslästerern die Zungenspitze abschnitten? Wie ging es ihnen, wenn sie Kindesmörderinnen ertränkten?

– Wie soll es einem gehen? Die Scharfrichter lachten. Man ist stolz, wenn man sein Handwerk richtig macht. Man hat ja Ehr im Leib … Nicht jeder bringts zur Meisterschaft. Man braucht tadellose, nämlich eheliche Herkunft, standesgemäße Verwandtschaft, einen makellosen Werdegang …

Irgendwann war die Schenke voll mit kleinen Ganoven, die Hühnerbein, Schneck, Achtfinger, Rüssel oder ähnlich hießen. Ein Carnifex erzählte, dass sich eine Hebamme geweigert hatte, sein Haus zu betreten, weil es unrein war, woraufhin seine Frau eine Totgeburt bekam. Ein anderer regte sich auf, weil er als

Scharfrichter auch für das Bordell und die Müllentsorgung verantwortlich war. Der Nächste berichtete von einer Bahrprobe, bei der die Leiche zu bluten anfing, als sich ihr Mörder näherte. Der Pöbel johlte.

– Sollten wir jetzt nicht zum Händler gehen? Elias wurde unruhig.

Da kamen Zigeunerinnen mit Rosen zwischen den Zähnen, die Flamenco tanzten. Angestrengte, konzentrierte Gesichter. Tanzgemüse. An den dünnen Stangenselleriehälsen wölbten sich die spargeldicken Adern. Ihre kleinen Kohlsprossenbrüste wippten. Sie trieben ein Spiel mit Tüchern und Schleifen, und ihre tomatenroten Schuhe hackten in den Boden wie ein Gemüsemesser beim Schnittlauchschneiden – eine Art Urstepptanz, bei dem Fred Astaire mit der Zunge geschnalzt hätte. Betrunkene klapperten mit Kastagnetten, schlugen Tamburine, und der Aal bestellte Branntwein, der Elias schnell zu Kopf stieg. Plötzlich waren seine Sinne wie in eine Gemüsesuppe gefallen, kam die Theke auf ihn zu und hatte sich der Schankwirt verdoppelt, auch Cinquecento und Bastardo waren nun zu viert, zwei Aale und zwei Ratten, die, wie war das möglich, Portugiesisch sprachen, während die Schenke selbst vibrierte wie ein Walfischmagen. Die Tänzerinnen wirbelten … Aiaiaijaijai … durch den Raum, Vegetarier in einer Fleischerei, und selbst wenn die Musik verzerrt war, trommelten ihre Füße auf den Boden, als würden sie nach Kakerlaken treten.

– Ich werde nach Malasanca gehen und Zedimin mustieren, lallte Elias, der nun überhaupt nicht mehr an Ring und Händler dachte. Und wenn ich dann als Doktor zurückkomme, werde ich euch gratis behandeln. Alle! Ich werde dafür sorgen, dass niemand mehr behauptet, Triana sei gefährlich. Der Arzt Elias Plim wird Seuchen bekämpfen und Miasmen und Biberfäulen und … Große Münder kamen auf ihn zu, die Röcke der Tänzerinnen waren Kreisel, die Kastagnetten verwandelten sich in Klapperschlangen, während die Schinken an der Decke nackte Frauenleiber waren. Elias umarmte Bastardo und Cinquecento, der jetzt Portugiesisch redete … »kannst mich Gino nennen, Gino, der Aal« …, küsste ihre Wangen, *Schleifpapier grob,* auch sie waren nun hübsch wie junge Mädchen …

– Wirt! Mehr Getränk!

Irgendwann saß eine Tänzerin auf seinem Schoß, und gemeinsam sangen sie Lieder, Aiaiaijaijai, das Glamourgirl mit rauchiger Stimme, er hell und quietschend wie ein Ertrinkender. Texte, die er nicht kannte. Lusitanische Seefahrerlieder? Dann zerkugelte er sich über ein simples Wortspiel mit »Waffe laden« und »Waffelladen«, *Teekesselwörter,* seine Augenlider waren längst auf Halbmast, jemand sagte was von Trockenschnarchen, und alle lachten, als der Wirt Grunzlaute imitierte. Elias war noch nie so glücklich gewesen. Selbst als er spürte, dass etwas zum Aufbruch drängte, seine Beine ihn nicht mehr trugen und ihm der Branntwein hochkam, ging es ihm noch blendend. Sogar, als er Wörter wie »völlig weggetreten« und »beblubbert« hörte. Aiaiaijaijai.

Als er am nächsten Morgen auf dem Kopfsteinpflaster vor der Schenke erwachte, war es zu spät. Er konnte nicht geradeaus sehen, und sein Kopf war wie unter einem Schmiedehammer, der unerbittlich zuschlug. *Doink. Doink. Doink.* Nein, das war sein Pulsschlag. Das Tageslicht schmerzte die Augen, der Straßenlärm tat in den Ohren weh, und die ersten Schritte fühlten sich an wie nach einer Hüftoperation, bei welcher der Chirurg statt eines künstlichen Gelenks eine Knoblauchpresse eingebaut hatte. Das Schlimmste aber war, der Ring war weg und auch die Gauner. »Gino! Bastardo!« Er suchte nach dem Lederbeutel, durchwühlte seine Taschen – nichts. Panik! Entsetzen! Als er verzweifelt gegen die verriegelte Tür der Schenke klopfte und »Aufmachen!«

brüllte, kam ihm der Inhalt eines Nachttopfes entgegen. Alles vorbei. Aus Scham wagte er sich nicht nachhause, ging stattdessen zum Hafen und heuerte auf einem Kauffahrer an.

Und nun standen diese Gauner hier auf Kuba in der grölenden Menge und forderten seinen Kopf. Gino und Bastardo! *Wie kamen die hierher?* Zum Glück erkannten sie ihn nicht. Damals war Elias ein feistes Bürschchen mit fettig glänzenden Wangen, einem leichten Doppelkinn und langen Locken gewesen. Jetzt, nach Algier und den Wochen auf dem Piratenschiff, war er abgemagert, gebräunt und hatte kurzes Haar.

– Schnappt euch die Verbrecher, knüpft sie auf. Und als lynchmobige Hände nach ihnen griffen, Elias voller Panik war, hob Ruben die dicken angelsächsischen Arme und sprach mit fester Stimme:

– Wartet! Monsieurs! Ja, es stimmt, wir waren bei den Piraten. Aber warum, glaubt ihr, sind wir jetzt hier?

– Weil man euch vergessen hat, Verbrecher, schrie einer. Wahrscheinlich wart ihr so besoffen, dass ihr euer Schiff verpasst habt.

– Weil wir danesertiert sind.

– Ihr seid was?

– Desertiert, er meint desertiert.

Ruben legte seinen Zeigefinger an die Lippen und sagte leise:

– Wir sind keine Piraten, seht uns an. Wir waren Sklaven in Algerien, sind geflohen, kamen auf ein Schiff, das geriet in einen Sturm, der Schweinevogel bekam ein Leck und sank … Piraten haben uns herausgefischt … Glaubt uns, wir sind ehrliche Leute, Monsieurs, die hier auf anständige Art ihr Brot verdienen wollen.

– Stimmt das? Du da, forderte einer Elias auf, wenn ihr wirklich gute Christen seid, sag mir, aus welchem Geschlecht Papst Clemens der Siebte stammt.

– Er ist oder vielmehr war ein Medici, kam es wie aus der Pistole geschossen. Er ist seit vier Jahren tot. Sein Nachfolger nennt sich Paul der Dritte und kommt aus dem Geschlecht der Farnese, allerdings bin ich bei den Päpsten nicht so auf dem Laufenden, und in Algier wurden ihre Namen nur verwendet, um zu fluchen.

– Und was bedeutet »De möbilus nihil risibisi bene«, du Klugscheißer?

– Sie meinen wahrscheinlich »De mortuis nil nisi bene«, was bedeutet, man solle die Toten nicht mit Dreck bewerfen, sagte Elias ohne zu zögern.

– Besagt gar nichts, schrien welche.

– So etwas weiß kein Pirat, widersprachen andere.

– Ein Gottesurteil, forderten die Nächsten, oder:

– Werft sie gefesselt ins Meer. Unter der Folter werden sie reden.

– Wenn du ein Christ bist, musst du die Geschichte von den ersten Menschen kennen ... erzähl sie uns.

– Na gut. Elias sprach mit ruhiger Stimme. Am Anfang war das Wort, und wenig später kam die Stimme, dann der Mund. Gott erschuf die Erde, die zu Beginn von riesigen Drachen bevölkert war, weil Gott gesagt hatte, es werde Licht – dabei wurde es Feuer. Da waren große flammenspeiende Ungetüme und kleine, die sich vom Dreck in den Zehennägeln der Riesen ernährten. In einer dampfend brodelnden Drachenscheiße entstand schließlich der erste Mensch, der Adam hieß. Dieser Adam war ein Jude, und das Erste, was er machte, war, Gott einen Tauschhandel anzubieten: Rippe gegen Frau. Gott wollte zwei Rippen, aber der Jude konnte feilschen, schlug noch Zinsen drauf, die Kinder. Dafür bekam Gott das Präputium.

– Wasn das?, kreischte einer.

– Vorhäutchen, flüsterte Francisco.

– Anfangs dachte Adam, er hätte ein Mordsgeschäft gemacht, als diese Eva aber anfing, ihn zu nerven, kamen ihm Zweifel. Rückgaberecht existierte nicht, und der Markt für Frauen und Rippen war im Paradies beschränkt, quasi göttlich monopolisiert. Und dann gab es da diesen Apfelbaum, auf dem eine Schlange wohnte, die Eva an die Birnen wollte.

– Blödsinn, schrien welche. Ahnungsloser Ketzer. Ein Tumult entstand.

– Herrschaften, Monsieurs, hob Ruben seine Hände wie Moses, als er das Meer teilte. Was unterscheidet einen Piraten von einem rechtschaffenen Bürger? – So begann er zu reden, zunächst stockend, ängstlich, bald freier. – Ist ihr Blut dicker? Oder hanaben sie ein Teufelsmal? Sind sie mehr behaart, oder schmatzen sie beim Essen? Gerade euch auf eurer schönen Insel muss es um Werte gehen, um eine Gemeinschaft, in der man anständig leben kann und nicht betrogen wird. Da könnt ihr nicht auf alles schießen, was euch vor den Bug kommt. Vor allem aber bin ich der Meinung, dass die euch überfallen habenden Piraten Franzosen waren. Und sind wir etwa Franzosen, Monsieurs? Sehen wir wie Schneckenfresser aus? Wächst uns aus der Nase Käse? Oder was? Dieser Fischkopf hier, mein Beiboot, stanammt aus Sevilla, während ich meinerseits Venezianer bin, eigentlich Österreicher, Nachkomme der berühmten Margarethe mit dem großen Maul. Beide sind wir gute Christen.

Da kamen Zweifel in den Lynchmob, begann man zu diskutieren, ob jetzt nur die Franzosen Piraten waren oder auch alle anderen, und weshalb der Rothaarige dauernd Monsieur und Wörter wie hanaben oder stanammen sagte. Jedenfalls ließ man die beiden einfach stehen. Die Menge zerstreute sich, und obwohl sich einige um das Vergnügen einer saftigen Lynchjustiz gebracht sahen, waren sie nun ganz in ihre Streitgespräche vertieft. Auch Cinquecento und Bastardo, die in Elias Erinnerungen an den schwärzesten Tag seines Lebens geweckt hatten, verschwanden so schnell, wie sie gekommen waren, und diskutierten Möglichkeiten, der Glocke an die Innereien zu kommen. Die beiden Senkgrubengesichter waren keineswegs so furchterregend, wie Elias sie empfand. Bastardo hatte sich Schweinefett ins dunkle Haar gestrichen, und Cinquecentos weizenblonde Locken waren frisch gewaschen. Ihre Jacken waren zwar geflickt, doch die Schuhe auf Hochglanz poliert … eigentlich coole Typen …, sie wollten zu den leichten Mädchen, die sie Gleit- und Wonneberge nannten.

– Ich verstehe nicht, wieso du nicht die Batzen vom Klöppel genommen hast? Dafür könnte ich dich flosseln. Bastardo spuckte aus.

– Ich war in Galle. Cinquecento zuckte mit den Achseln. Habe gegen den Läutling gepocht, doch von dir kam kein Respons.

– War bewusstlos. Mich hat ein Brettling am Kabas erwischt.

– Ich wäre fast erstickt. Finsterig war's, wie es für einen rechtschaffenen Menschen nicht auszuhalten ist. Wenn du nicht zu Verstand gekommen wärst, würde ich jetzt mit den Engeln pfeifen.

Elias und Ruben atmeten tief durch und schlüpften in das immer noch am Boden liegende Gewand – im Tumult hatte man darauf vergessen.

– Was sollen wir jetzt machen? In Havanna bleiben?

– Warum nicht? Zuallererst müssen wir Geld verdienen, Monsieur Plim, und hier werden Arbeiter für den Wiederaufbau gesucht. Maurer, Zimmerleute …

– Davon verstehe ich nichts. *Und so wie ich dich einschätze, soll ich arbeiten, während du nur auf der faulen Haut liegst.*

– Vielleicht kannst du Kinder unterrichten? Der Rothaarige machte ein nachdenkliches Gesicht. Oder Straßenmusiker?

– Lass uns zurück ins Wäldchen gehen.

– Zu den Platanen, deren Rinde an Leprakranke erinnert? Affen und Wurzeln fressen? Daraus wird nichts, Monsieur Plim. Ich habe genug vom Unterdeck. Wir müssen nach Havanna. Ruben legte den schweren Arm um Elias' Schulter und drängte ihn vorwärts.

Sie sahen Ochsenkarren, schwarze Sklaven und eine noble Kutsche, in der Isabella und Porcallo saßen. Da kam ihnen eine hagere Gestalt entgegen. Holländischer Spitzhut, aber weiß. Eine Kniebundhose von derselben Farbe, gelbe Stutzen, rote Schuhe und ein bunt gestreiftes Hemd samt Halstuch. *Eine auf Ibisbeinen wandelnde Geburtstagstorte?* Der Mensch sah so lächerlich aus, dass sie nicht anders konnten, als ihn anzustarren.

– Ist etwas, meine Herren, sagte die Witzfigur mit deutschem Akzent. Gestatten Sie, dass ich mich vorstelle: Wilhelm Friedrich Erasmus Müggenpflug, genannt Gunkel, Kunsthändler aus dem Schwarzwald, wo das Göschle gaht und s Ärschle blaht.

– Müggenpflug?

– Für Sie Herr Gunkel. Eine triste Gegend ist das hier, lauter Ungebildete, die man erziehen muss … Stellen Sie sich vor, den Leuten hier sagt Vesper nichts, die kennen keine Herrgottsbschissli, keine Spätzle, nicht einmal Flädlesupp. Als auch Ruben und Elias ihre Namen nennen wollten, fiel er ihnen ins Wort: Im Deutschen muss man höflich sein und den anderen aussprechen lassen, weil das Verb immer erst ganz zum Schluss kommt. Verstehen Sie? Im Deutschen sorgt die Grammatik für Höflichkeit.

– Sind Sie Lutheraner, Monsieur Gunkel? Haben Sie diesen deutschen Ketzer ausgeflaggt? Ruben fragte direkt.

– Aber wer wird denn? Ich? Wo denken Sie hin? Lutheraner? Affadaggl! Sehen Sie, die Spanier pflanzen kreuz und quer, dagegen wir Schwaben, da ist eine Allee schnurgerade, können Sie als Lineal verwenden. Und trotzdem bin ich ein Papist. Die Spanier wollen nur Gold und Perlen, ich aber suche Artefakte, Tonfiguren, Masken ... Dinge, die man mir an den Fürstenhöfen aus den Händen reißen wird. Die adeligen Schnösel sind ganz wild auf Kuriositäten aus der Neuen Welt. Und jetzt, da Desoto angekommen ist, bin ich entschlossen, mich seiner Expedition anzuschließen.

– Was für ein Otto?

– Desoto! Männer werden gesucht, und es heißt, dieses Florida ist ein reiches Land, es heißt, da trinkt man aus goldenen Bechern und verwendet silbernes Nachtgeschirr. Dabei so nah. Gunkel blickte nach Norden und schwenkte seinen Hut.

– Eldorado, mach dich bereit! Wilhelm Friedrich Erasmus Müggenpflug kommt. Ich möge tot umfallen, wenn da nicht das Glück zu machen ist.

Genau in dem Moment fiel zzzzzzck etwas vom Himmel, streifte den Deutschen am Kopf, der sofort zu Boden ging und sich nicht mehr rührte. *Tot umgefallen?*

Elias und Ruben zuckten zusammen und hielten schützend ihre Arme über den Kopf. Jetzt sahen sie, was da angeflogen gekommen war.

– Eine hölzerne Kanonenkugel?

– Eine Kokosnuss! Ruben griff sich das Ding, schälte die braunen Blätter ab und brachte eine behaarte Holzkugel zum Vorschein.

– Sieht aus wie das Ei eines Orang-Utans.

– Eine Nuss. Ruben schlug sie auf, trank die darin schwappende Milch und reichte Elias ein Stück Mark, das trocken und faserig schmeckte wie gepresstes Heu.

Inzwischen hatte sich Gunkel wieder aufgerappelt, klopfte auf die Kokosnuss und begann deutsche Zungenbrecher von sich zu geben.

– Eine schwäbische Schwalbe schwebt beschwingt verschwenderisch ins schwulstige Schweden ... Jetzt fühl ich mich ein wenig stärrig. Dann brabbelte er etwas von lustigen Indianerstämmen, die sich ihre Gesichter rot bemalten »wie zu Fastnacht«, und dass er jetzt wohl aussähe wie ein Schluck Wasser in der Kurve.

– Können Se ma vielleischt ein bitzle Öl auf de Stirn tupfe, aber nischt das Haar berühre … Man verstand etwas von einem weißen Indianer und einem Hinterhalt. Schaffe, schaffe, Häusle baue … Beddbronzr. Kein Zweifel, der Deutsche mit der Gehirnerschütterung hatte den Verstand verloren, hinter seiner Stirn war alles im Bodensee versunken, alles Schwarzwald. Dann schüttelte er den Kopf und verlangte Falz.

– Falz?

– Na, das weiße Zeug, das man aufs Essen heult.

– Salz?

– Un poco sol por verwirr. Hanoi.

– Dem ist da drin etwas durchgeglüht. Der hat jetzt einen Webfehler. Ruben drehte einen Finger neben seiner Stirn.

– Und eine Treffermühle, sagte der Schwabe. Ich bin ein Buttermensch …

Ruben und Elias ließen ihn stehen, gingen weiter, kamen zu den Stadttoren und sahen einen Aushang, auf dem Sklaven angeboten wurden: Frau aus Kongo gibt Milch. Mann von Guinea mit zwei gesunden Armen … Daneben eine Vermisstenanzeige, eine vermögende alte Dame namens Filiberta Budenholzer suchte ihren Sohn, der bei den Gewürzinseln verlorengegangen, aber angeblich in Westindien gesichtet worden sei. Sie versprach ihm ein angenehmes Leben und ein stattliches Erbe, wenn er nur nachhause käme. Der Gesuchte sei von hagerer Statur, besitze ein wohlgeformtes Gesicht und glattes braunes Haar mit weißen Tupfen.

– Soll ich da auf Heuer gehen? Ruben kratzte seinen roten Bart. Ich könnte mich als Filibuster Budenholzer ausgeben …

– Du entsprichst auch genau dieser Beschreibung. Elias lächelte.

– Das Leben verläuft nicht immer glatt, Monsieur Plim, nicht jedes Geschäft geht aus, wie es geplant ist, nicht jeder Klippfisch landet auf dem Teller.

– Das ist wohl wahr, sagte Elias versonnen und dachte an den Diamantenring. Die Gauner!

– Ich bin überzeugt, die Alte ist halbblind, taub und ohne Erinnerung. Aber Holz vor der Bude. Bestimmt eine alte Vettel mit blauen Äderchen auf der Nase und spinnfadendünnem grauen Haar. Die nimmt jeden, der sich ihr als Sohn anbietet.

– Wenn du mit einer Blinden, die ihr Wasser nicht mehr halten kann, leben willst … in einem Haus voller Spinnweben, wo das graue Haar der Alten alles überwuchert … sie dich mit Erinnerungen einstrickt?

– Die hat bestimmt Diener, Köche … und wenn nicht, habe ich dich. Er legte seine mit hellem Flaum bewachsene Pranke auf Elias' Hals und drückte etwas zu.

– Blödsinn. Ob wir uns dieser Expedition anschließen sollen? Diesem Otto?

– Ja! Wenn nichts dazwischenkommt, werden wir reich.

– Was soll dazwischenkommen?

– Man könnte uns töten. Es wäre möglich, dass wir am Fieber sterben, ein Krokodil könnte uns zum Nachtisch verzehren. Vielleicht gibt es dort Eingeborene mit sechs Händen oder Menschen mit nur einem Auge an der Stirn? Ruben zog eine Grimasse, doch Elias wusste, sie würden in dieses unbekannte Land gehen. In Träumen hatte er es gesehen.

– Vielleicht finden wir die Quelle ewiger Jugend? Dieses sagenhafte Wasser, von dem die Indianer erzählen? Der Hüne kratzte sich am roten Bart, was dem Geräusch einer Käseraspel glich. Aber ich weiß nicht recht, Ponce de León, der diesem Florida den Namen gegeben hat, weil er es an einem Ostersonntag erblickt hat …

– Was hat Florida mit Ostern zu tun?

– Vielleicht war es Fronleichnam? Nein, Palmsonntag war's … jedenfalls ist er beim Versuch, es zu erobern, auf so heftigen Widerstand gestoßen, dass sich zehn Jahre lang niemand mehr hinwagte. Die nächste Expedition war die des Pamphilius von Narváez mit vierhundert Mann und zweihundert Pferden, von der nur vier zurückgekehrt sind … Männer! Von den Pferden keines. Jetzt beeilt man sich, weil die Franzosen schon an der Kabeljau-Küste sind. Es heißt, Vizekönig Mendoza will auch eine Expedition entsenden. Alle wollen zu den sagenhaften sieben Städten aus Gold. Dabei weiß niemand, wie groß dieses Florida ist. Wenn du mich fragst, Monsieur, ist das eine Schnapsidee.

– Überhaupt nicht, widersprach Gunkel, der ihnen gefolgt war. De Vaca, der Grasfresserkopf … einer der vier Überlebenden, hat die Fehler des Pamphilius aufgezählt. Er hat zu wenige Handwerker mitgenommen, der Proviant verdarb, man hatte nicht genügend Tauschwaren für die Ithaka. Nennt man die Einwohner in Hinterindien so? Ithaka? Lauter Fehler, die Desoto nicht machen wird. Ihr werdet sehen, die Teilnehmer dieser Exekution werden genauso reich wie die Begleiter von Cortés und Cinzano … wenn nur mein Kopf nicht glühen würde, wie mit einem Schwurhaken verbrannt …

– Kann ich auch mit?, fragte eine helle Stimme.

Sie drehten sich um und sahen Jonas, der auf einer hölzernen Prothese angehumpelt kam. Der Junge lebte? Und er hatte es geschafft, vom Piratenschiff an Land zu kommen! Jonas zeigte seinen Beinstumpf, aus dem Nähte schauten, und grinste:

– Sehen die nicht aus wie die Schnurrbarthaare einer Maus?

Möwenschwärme zogen durch den Himmel und fielen krächzend über den Hafen her. Cord Fenk genoss den Anblick des Meeres, das wie ein gigantischer Teppich vor ihm ausgerollt war. Kleine Boote lagen am Ufer, der Niederländer beobachtete die Fischer, sah Reusen, Netze mit Korkschwimmern und volle Eimer, die an Land geschleppt wurden. Im Hintergrund band Jonas seine Holzprothese an den Beinstummel. Fenk tat der Bursche leid.

– Alles, was wir sind, ist eine Eigenschaft, murmelte der Arzt. Bei dem Jungen ist es das Defizit. Schade, dass Paula das Meer nicht sehen kann. Er dachte an seine Verlobte und ihr Faible für Märchen, in denen immer jemand Prüfungen bestehen musste … Drachen töten oder dem Teufel drei goldene Haare ausreißen …, um am Ende die untätige, eigenschaftslose, gelangweilte, aber schöne Prinzessin zu bekommen. Würde sich auch die Expedition als märchenhaft entpuppen? War ihr Anführer fähig? Was war seine Eigenschaft? Desoto war in Peru zu Reichtum gelangt. Doch war er ein guter Führer? Vielleicht hatte er bloß Glück gehabt?

Fenk ging zu den wackligen Holztischen und betastete giftig aussehende Drachen- und Fetzenfische – bäuchlings bläulich, silbern geschuppt, aprikosenfarben. Was ist die Haupteigenschaft der Expeditionsteilnehmer? Neugier? Nur Gier? Abenteuerlust? Und welche Prüfungen kommen auf sie zu?

– Nimse, namse, nemse. Essen würde ich die nicht. Castro tätschelte einen kleinen Hai, setzte sich einen Oktopus auf den Kopf und grinste. Der Koch war mit seinen Gehilfen für die Verpflegung zuständig, kochte Fischsuppen und Bohneneintöpfe, buk Brot und ließ Karren voll Mangos und Papayas ins Lager bringen.

– Pipel, Papel, Popel, imitierte ihn der Arzt. Castro pfiff Jonas, und der Bursche kam angehumpelt.

– Hat bei einer Seeschlacht seinen Unterschenkel verloren. Breitbeinig stand der Koch da und klatschte: Beeilung! Wir haben nicht bis morgen Zeit.

– Und was macht er bei der Expedition? Fenk kraulte sich am Kinn.

– Er will mit. Castro zuckte mit den Achseln.

– Mit einer Prothese?

– Er lässt es sich nicht ausreden. Castro gähnte, dass seine Kieferknochen knackten, und Fenk betrachtete den Prothesenjungen, der zu seiner Überraschung lächelte.

Man hatte Holzbaracken errichtet, die sich tagsüber derart aufheizten, dass man am liebsten die eigene Haut ausgezogen hätte. Ein kleines Rinnsal diente den achthundert Männern als Waschgelegenheit, und der Abtritt war ein schmaler Graben mit einem Brett darüber, worauf bis zu zwanzig Hinterteile Platz fanden. Ein stinkendes Paradies für Fliegen, und dennoch saßen da welche stundenlang und diskutierten die großen Fragen. Existiert Gott? Was gibt es morgen zu essen? Welche Eigenschaft unterscheidet den Menschen vom Tier?

– Tiere haben keine Klitoris, behauptete Cord. Niemand widersprach, kaum jemand wusste, was er meinte.

Die meisten Männer waren mit der Wiedererrichtung der abgebrannten Häuser beschäftigt. Ein Sandsteinblock wurde in Form gehauen, Kies gesiebt, Muschelkalk gerührt. Pferde brachten Baumstämme, die zu Pfosten und Brettern verarbeitet wurden.

– Und zu acheln Zwiebelsuppe, murrte Bastardo. Es gibt Orte, wo man sich die Därme besser füllt. Da geht es den Schnorrern in Spanien besser.

– Wo man Bettler zwingt, Stadtmauern auszubessern? Gino rollte die Augen. In Kastilien kann jeder Strotter zu dreißig Tagen Schufterei auf einem Feld gezwungen werden. Hier kann man sich zumindest bis zu den Kiemen volllaufen lassen … und auf Indianer schimpfen. Vorwärts, faules Pack. Gino klatschte in die Hände.

– Was ist mit diesem Kleinen? Bastardo blickte zu Elias, der Mörtel zu den Maurern karrte. Warum schaut der so? Kennt uns der?

– Wüsste nicht, woher. Ein rechtschaffener Mensch kennt so jemanden nicht.

– Vielleicht sollten wir ihn uns vorknöpfen? Bastardo und Cinquecento hatten ein Talent, sich vor der Arbeit zu drücken. Anstatt mitanzupacken, kommentierten sie das Tun der anderen. Oder sie wetteten, ein hartgekochtes Ei aus der Schale zu bekommen, ohne die Hülle zu verletzen, was mit einem kleinen Zaubertrick auch jedes Mal gelang.

Pferde, Schweine und Hunde waren zu versorgen, und der Großteil der Ausrüstung vertrug keine Feuchtigkeit, musste ständig umgeschichtet werden, um Ungezieferbefall und Schimmel zu verhindern. Auch wenn man für die schwersten Arbeiten Indianer heranzog, hatte man sich Eldorado anders vorgestellt. Die nur mit Branntwein erträgliche Hitze, das Insektenvolk, sogar den Huren, die sich am Rand des Lagers postiert hatten, klebte die nasse Kleidung auf der Haut.

– Hurerei und Bigamie! Kein erbaulicher Anblick, diese Fleischbeschau. Rodrigo saß breitbeinig auf seinem Pony und blinzelte sarkastisch. Wir mussten nehmen, was wir kriegen konnten. Bevor wir die Flittchen hatten, konnten sich die Leute die Zeit nur vertreiben, indem sie Indianer betrunken machten. Sie johlten, wenn die in den Abtritt fielen.

Desoto saß auf Augusta und blickte ernst. Huldvoll winkte er den Männern, die mit Schmutzwäsche unterwegs waren, und ebenso jenen, die Früchte schälten, Schweine zerteilten oder ihre Rüstung putzten. Alle fühlten sich geehrt, wenn sich der Statthalter nach ihrem Befinden erkundigte. Dem einen befahl er, Zaumzeug zu richten, beim Nächsten war die Uniform nicht in Ordnung, bei einem anderen das Schuhwerk. Mal war ihm der Zustand der Hütten nicht recht, dann gefiel ihm der Pferdekobel nicht, oder er war mit dem Hundezwinger unzufrieden. Desoto ließ nichts durchgehen, aber die Männer vertrauten ihm. Er hatte etwas Väterliches und trotz der Arroganz eine angenehme Ausstrahlung – im Gegensatz zu seinen Hauptleuten. Mindestens einmal in der Woche ließ er zum Exerzieren antreten und brüllte:

– Ihr seid auserwählt, Männer, weil ihr die Besten seid. Mir zu dienen ist eine Auszeichnung. Unsere Expedition wird bedeutender als die des Cortés oder Pizarro.

Im August, Havanna lag im Würgegriff der Hitze, begann es täglich heftig zu regnen, um fünf Uhr nachmittags, man konnte die Uhr danach richten. Die Wiesen, Bäume und Sträucher strahlten in saftigem Grün … Grün in allen Schattierungen, als wäre einem Maler der Farbkasten explodiert.

– Jetzt ist es nicht mehr notwendig, sich abends einen heißen Ziegelstein mit ins Bett zu nehmen. Stummel holte Luft und hustete Insekten.

– Dafür ist es ratsam, Leintücher über Betten zu spannen, um nicht auszusehen wie der heilige Sebastian.

– Die Männer möchten lieber heute als morgen aufbrechen.

– Wir müssen bis zum Frühling warten, damit wir in Florida nicht in den Winter kommen. Wenn alles gutgeht, sind wir im Herbst wieder zurück.

Die nächsten Monate verliefen ohne Zwischenfälle. Im September wurde der Grundstein für eine kleine Kirche gelegt, und schon im November wurde sie geweiht. Tagelang wurden Messen gelesen, um den Expeditionsteilnehmern, allen Einwohnern Havannas und den Indios Gelegenheit zu geben, einen Gottesdienst zu feiern.

– Ich habe keine Angst, weil ich weiß, Gott, der Herr ist bei mir, verkündete Juan Desoto. Es ist unsere heilige Pflicht, unser Land zu verteidigen, den Kaiser, unsere Familien ... Es gibt keine schönere Aufgabe, als die Heimat vor gottlosen Wilden zu schützen. Der dickliche Priester mit dem Bartflaum predigte so inbrünstig, dass selbst den hartgesottensten Männern, denen zuvor noch Wörter wie »Kerzenschlucker« und »Kuttenbrunzer« auf der Zunge gelegen waren, ein warmes Gefühl in die Kehle stieg. Ruben und Elias, sie hatten es geschafft, sich der Expedition anschließen zu dürfen, hörten die Worte des Paters, der vom ewigen Kampf zwischen Licht und Finsternis sprach, und dass man Farben in sein Leben lassen müsse.

– Vor wem sollen wir unser Land beschützen? Sind nicht wir die Eindringlinge?, flüsterte Elias.

– Wir sind die Krone der Schöpfung, proklamierte der Prediger. Um Gott zu gefallen, haben wir die Pflicht, uns die Erde untertan zu machen, bevor wir wieder zu Staub zerfallen. Das ist kein Hochmut und keine Gier, sondern unsere Pflicht als Katholiken. Gott wird uns prüfen, aber wir werden stark sein. Wir haben den Mut, uns dorthin zu wagen, wohin sich sonst keiner wagt ... Sogar der Heilige Vater in Rom hat gesagt ...

– Murmeln, schrie plötzlich einer. Ihr habt Murmeln im Kopf. Alle blickten zu der seltsamen Person, die einen Spitzhut in Händen hielt und wie ein Edelman gekleidet war, aber der Kopf in der weißen Mühlsteinkrause war zweifellos der eines Indianers – flache Nase, bartloses Gesicht. Zugespitzte Zähne!

– Pst. Julius Cäsar, beruhige dich, zischte jemand. Aber der dachte nicht daran. Er fuchtelte mit den Händen, gebärdete sich wie ein Wilder und schrie etwas von der Sonne, die nicht länger scheinen möge, solange diese Ungerechtigkeiten geschehen, diese schrecklichen, gottlosen Dinge. Verbrecher! Ausbeuter! Ehe jemand reagieren konnte, war er aufgesprungen und fluchend hinausgestürmt. »Ich bin kein abendländischer Indianer!« Zwei Damen rannten hinterher.

– Danke für diesen Einwurf. Juan Desoto ließ sich nicht aus der Ruhe bringen. Da, wo wir jetzt hingehen, ist niemand unser Freund. Vielleicht werden wir Feinde töten müssen, aber das ist keine Sünde, im Gegenteil, meine Brüder … wir handeln im Auftrag Gottes.

Elias fühlte ein Kratzen in der Kehle.

Der Rothaarige und der Junge hatten bald genug vom Schwarzweiß des Lageralltags. Lieber heute als morgen wären sie in das farbige Florida aufgebrochen, aber je mehr Tage mit Waffenübungen, Exerzieren und Instandsetzungen verstrichen, desto unsicherer wurden sie, ob diese Expedition überhaupt jemals starten würde. Auch das Training der Kanarischen Doggen stieß ihnen auf. Indianer wurden mit einer Hand an einen Pfahl gebunden, bekamen einen Prügel in die andere, und dann wurde ein Hund auf sie gehetzt. So prüfte man den Kampfgeist des Hundes.

Bastardo und Cinquecento bestachen Wächter und Fischer, aber alles, was sie unternahmen, um auf die San Cristóbal zu gelangen, scheiterte.

Die Indianer, die Añasco von seiner Erkundungsfahrt mitgebracht hatte, waren verschlossener als jene auf Kuba, weigerten sich, Spanisch zu lernen, und zeigten sich verstockt. Stolze Menschen, die in einer Sprache redeten, die niemand verstand, auch nicht Julius Cäsar.

Im Herbst wurden die Nächte kälter, und im Winter fror man sogar untertags. Zu Weihnachten wurde im Lager eine hölzerne Krippe aufgestellt, und in der Neujahrsnacht gab es zwölf Trauben für jeden, eine pro Glockenschlag, was Glück bringen sollte – Glück, das sie alle brauchen würden.

Leonoras Bauch hatte eine melonengroße Wölbung bekommen, und es war rührend zu sehen, wie sich Nuño um sie kümmerte. Isabella vermisste Porcallo, der sich meist in Trinidad aufhielt, während ihr Desoto auswich. Wollte auch sie ein Kind? Natürlich, aber Ferdinand hatte andere Sorgen, ritt oft durchs Lager und zählte: Arkebusen, Munitionskisten, Weinfässer. Alles bestens, nur die Portugiesen bereiteten ihm Kopfzerbrechen. Man spürte den Stolz, der sich hinter ihrem bescheidenen Auftreten verbarg.

– Was erwartest du, versuchte ihn Rodrigo zu beruhigen. Die haben auf der einen Seite das Meer und auf der anderen Spanien. Melancholiker. Ihre Musik hört sich an, als wäre ihnen etwas auf den Fuß gefallen. Mach dir keine Sorgen.

Keine Sorgen? Ich mache mir keine Sorgen, gut, meine Frau ist eine gemütskranke, nur mäßig talentierte Gouverneurin mit einem zu großen Hintern. Die Portugiesen sehen aus wie trauernde Witwen, und die Männer haben das Lagerleben statt, aber sonst ist alles bestens. Plattnase Añasco wird bei seiner nächsten Erkundungsfahrt eine geeignete Landungsstelle finden und freundlichere Indianer mitbringen. Ein Reich werde ich gründen und ein großer Herrscher sein, König von Amerika. Man wird mir einen neuen Stammbaum schreiben, in dem festgehalten ist, dass ich in direkter Linie von Dschingis Khan und Karl dem Großen abstamme. Aber jetzt werde ich mich in den Alkoven zu meiner Angetrauten begeben und dieser nervenkranken Person einheizen. Ich werde ihr etwas in den Ofen schieben, damit mich nach der Rückkehr ein kleiner Ferdinand erwartet. Aurelio werde ich ihn nennen, Gold-

junge. Sorgen? Von wegen. Ein Desoto hat doch keine Sorgen, so etwas kennt er nicht.

Siegessicher trat der große Eroberer in Isabellas Schlafgemach, nahm einen kräftigen Schluck Wein und unterdrückte einen Rülpser. *So gewinnst du ihre Liebe.*

Gut, dass seine Stimme gerade versagte, sonst hätte er etwas furchtbar Pathetisches von sich gegeben, etwas von Weltbedeutung, Fortschritt und Zuversicht. Er zog sich aus bis auf das Unterhemd, kroch unter ihre Decke, passte sich ihrer Löffelchenstellung an und versuchte sie zu küssen.

– Wir müssen ein Exempel statuieren. Wir haben die Pflicht …

– Du stinkst aus dem Mund, Isabella drehte ihren Kopf weg.

– Seit wann? Der große Eroberer atmete in die Hand und roch daran.

– Schon immer.

– Magst du kein Kind?

– Hast du Leonora gesehen? Sie ist im achten Monat, ein Bauch auf Beinen. Sich unter Mühsal bewegen, bloß am Rücken schlafen, nur Salzheringe essen und ständig von Übelkeit gepeinigt … Ist das die hochgelobte Schwangerschaft? So etwas brauche ich nicht, verkündete Isabella.

– Ich will einen Nachfolger, einen Aurelio.

– Blöder Name. Vielleicht können wir ein Kind adoptieren? Aber gleich ein zweijähriges, das aus dem Gröbsten schon heraußen ist.

– Warum nicht gleich ein zwanzigjähriges? Sie wollte etwas erwidern, weil sie immer das letzte Wort haben musste, aber er verschloss ihr den Mund mit einem Kuss, und kurz darauf konnte sie die Sterne durch die Zimmerdecke sehen.

Ein Monat später kam Leonoras Kind zur Welt. Es war ein Junge, der zu Ehren Desotos den Namen Ferdinand erhielt. Lassen wir den Leuten Zeit, sich an diesem Säugling zu erfreuen, und schauen wir, wie es um die Restitution der USA an die Indianer steht.

Der New Yorker Rechtsanwalt Trutz Finkelstein war ein gutmütiger Pechvogel. Einer, der Bettlern grüne Scheine zusteckte und es nicht fertigbrachte, von säumigen Klienten Honorare einzutreiben. Zu Thanksgiving lud er russische Immigranten ein, und, wenn ihm danach war, gestattete er Rucksacktouristen, bei ihm zu übernachten. Er kümmerte sich um Untersuchungshäftlinge, Arbeitslose und Rentner, sorgte sich um seine Nachbarn und konnte an keinem Obdachlosen vorbeigehen, ohne zu fragen, ob alles in Ordnung sei. Er war Pazifist und Präsident bei den Rotariern. Seine Studienkollegen hatten es auf die harte Tour zu protzigen Villen, Segelyachten und Limousinen gebracht. Und er?

Trutz war klein, hatte ein scharfgeschnittenes Gesicht, traurige Augen, dünne Lippen und einen durchtrainierten Körper. Jeden Morgen joggte er durch den Central Park, und nachmittags ging er zu einem Seelenmetzger, um seine Vergangenheit zu tranchieren – über das Bettnässen war der Psychoklempner zu Trutz' Eltern vorgedrungen, über Jom Kippur zur Flucht seiner Großeltern aus Nazideutschland und immer noch weiter zurück, beinahe bis zum Auszug der Israeliten aus Ägypten. Finkelstein hatte herausgefunden, dass seine Vorfahren Lumpensammler in Galizien gewesen waren, die sich abrackerten, damit es ihren Kindern besser ging. Diese Kinder hatten dann mit Stoffen und Seiden gehandelt, aber mit demselben Zweck – die Lebensbedingungen ihrer Kinder zu verbessern. Also verdingten sich die Nachkommen der Tuchhändler bereits als Geldwechsler, besaßen eine Wohnung im Ghetto, hörten auf den Rabbi und projizierten alle Hoffnungen auf die nächste Generation. So ging es aufwärts bei den Finkelsteins. Auch Trutz lebte für den Nachwuchs … aus dem was geworden war? *Heutzutage kommen ja Kinder mit Zahnspangen, Kopfhörern und Handy zur Welt.*

– Ich habe dir Bagels mitgebracht. Trutz Finkelsteins Stimme klang wie die Synchronstimme von Woody Allen. Er betrat die Wohnung, sah seinen einzigen Sohn und wusste, was der hochgezüchtete Nachwuchs machte. Er lümmelte auf der Couch, schaufelte Cracker in sich hinein und amüsierte sich mit einem Egoshooter-Spiel.

– Nichts zu lernen? Ich als dein Anwalt empfehle dir, wieder einmal in deine Schulsachen zu sehen.

Sohn Levy murrte nur. Natürlich sollte er lernen, befand er sich doch auf der geistigen Entwicklungsstufe eines Mehlwurms. *Der Faulenzer weiß nicht einmal, dass man John F. Kennedy erschossen hat, glaubt, Walt Disney wäre der erste Mensch auf dem Mond gewesen, und Adolf Hitler hätte Israel gegründet.*

Trutz verstaute den Einkauf und öffnete den Brief, den er wochenlang erwartet hatte. Adressiert an Trutz Finkelstein und Partner. Die Partner, das waren seine Eltern, und die Anwaltskanzlei seine Wohnung. Seit Jahren steckte er alle Energie in diese Indianergeschichte, die ihn entweder unsagbar reich machen würde oder ihn so mittelständisch arm ließ, wie er war.

Wie lange hatte es gedauert, bis er allen misstrauischen Häuptlingen die Beteiligung an der Sammelklage abzuringen vermochte. Die Idee war ihm kurz nach der Scheidung gekommen, als er von Indianern nicht mehr wusste, als dass sie in Reservaten lebten, Casinos betrieben, Tänze für Touristen aufführten und schlecht gemachte Panflöten verkauften. Die Indianer waren eigenwillig, Zugang zu ihnen fand er eigentlich nie. Aber wer sagte, dass ein Anwalt mit den Klienten befreundet sein musste? Trutz war überzeugt, das Richtige zu tun, und irgendwann hatte er alles beisammen und die Klage abgefasst. Es folgten Wochen bangen Wartens, Hoffens. Monate! Und nun die heißersehnte Antwort. Er spürte, wie eine brennende Erregung seinen Hals emporschnellte. Jetzt würde sich zeigen, ob sich das jahrelange Abstrampeln gelohnt hatte. Mit zitternden Händen öffnete er das Kuvert, überflog die Zeilen und blieb an zwei Wörter hängen: Formfehler und abgelehnt.

Trutz gab einen jämmerlichen Laut von sich. Abgelehnt! Natürlich. Alles vergeblich! Finkelstein wusste, das würde ihn während vieler Therapiestunden beschäftigen. Er hatte den Geschmack von totem Fisch im Mund und war kurz davor, aus dem Fenster zu springen. Glücklicherweise verlangte der übergewichtige Sohn gerade jetzt einen Bagel.

QUIGLEY UND QUARGEL

Im April 1539 war es mit dem regnerischen Wetter vorbei. Gunkel stand stocksteif am Hafen und beobachtete einen Reiher, der mit einem Wurm kämpfte, als ein Ruderboot einen kleinen, alten Mann im kirchlichen Ornat ans Ufer brachte. *Sicher sächselt der unter seiner Kutt. Ob ma mit ihm schwätze sollt?*

– Wilhelm Friedrich Erasmus Müggenpflug, murmelte der Deutsche mit undeutlicher Aussprache. *S Göschle gaht zäh.* Seit dem Unfall mit der Kokosnuss waren seine Lippen wie gelähmt, und noch immer fielen ihm nicht alle Wörter ein, verwechselte er das eine oder andere, aber der ganz in Purpur gehüllte Bischof von Nicaragua beachtete den grillenbeinigen Schwaben ohnehin nicht. Der Kirchenfürst ließ sich huckepack an den Strand tragen und in die Sänfte setzen. Als er Müggenpflug schließlich doch wahrnahm, dachte er: *Jetzt ist es vorbei mit eurem Erobern. Das Abenteuer wird storniert.*

Man brachte den Bischof in den Gouverneurspalast. Bescheiden, aber geschmackvoll eingerichtet. Gleich hinter der schweren Eingangstür hing ein Porträt Ferdinand Desotos in voller Rüstung.

– Wen darf ich melden, fragte ein Lakai.

– Bartholomäus de Las Casas, den Bischof von Nicaragua, verkündete ein Träger.

– Der Gouverneur ist mit seinen Hunden beschäftigt.

– Melden Sie mich seiner Frau, und holen Sie ihn her, brummte der Kirchenfürst. Hunde?

– Kanarische Doggen. Sein Liebling ist Besserico, Küsserkönig, dessen Ahne von Ponce de León trainiert worden ist. Der Lakai war bei seinem Thema. Hunde tragen die Expedition, sie bekommen einen Sold, haben eigene Sklaven und Schneider, die ihnen Lederkoller anpassen.

– Tötungsmaschinen. Das Gesicht des Bischofs sah aus, als hätte man Zitronensaft in Milch geträufelt. Seine Augen wirkten gequält.

– Sagen Sie das nicht, die Tiere sind kultiviert. Ihnen zu Ehren finden Theateraufführungen statt. Es wurde überlegt, sie in den Rang von Adeligen zu erheben …

– Die Hunde? … So weit kommt's noch … Was ist mit der Frau des Gouverneurs? Der Bischof war unwirsch. Wenig später saß er einer bezaubernden, aber strengen Person gegenüber.

Isabella, in einem blassroten Kleid und das Haar zu einem Zopf zusammengebunden, war gerade beim Mittagsmahl. Als sie den Gast erblickte, fiel ihr ein Stück Brot aus der Hand.

– Der Boden isst mit.

Sie stellte Las Casas ihrem Großvater vor, der röchelnd in einer Ecke saß, und bot dem Bischof Wein und kalten Hammelbraten an, doch der Kirchenfürst, der sie an ihren Vater erinnerte, hatte keinen Appetit, sah zuerst zum vollgekleckerten Alfonsito, dann zu Julius Cäsar und schwieg.

– Ist was?

Las Casas saß nur da und wirkte wie ein Leichenbeschauer. Er schwieg noch eine kleine Ewigkeit, ehe er mit brüchiger Stimme anhob:

– Glauben Sie an den Herrn, unseren Gott? Ja? Aber der Herr verschließt die Augen vor dem, was hier geschieht.

– Wovon sprechen Sie, Eminenz?

– Sagen Sie bloß, Sie sehen das nicht? Sie haben doch Augen in ihrem bezaubernden Gesicht? Las Casas machte eine verächtliche Miene. Sogar in Nicaragua haben wir von den Indianerselbstmorden gehört, ein ganzes Dorf hat sich erhängt. Sind Ihnen die Leute mit den Stummelhänden nicht aufgefallen?

– Ja, Käse! Ich weiß nicht … Tatsächlich war Isabella so sehr mit ihren Gefühlen zu Porcallo beschäftigt gewesen, dass sie auf nichts anderes geachtet hatte. Julius Cäsar hatte sie durch sein demonstratives Wegsehen auf das eine oder andere aufmerksam gemacht, aber Indianer waren Menschen zweiter Klasse. Sie hatte ihre eigenen Probleme, war nicht dafür geschaffen, die Welt zu retten.

– Ihr Mann ist der vierte Tyrann. Der Alte, dessen Wörter zuerst gedehnt wie Schmelzkäse waren, sprach jetzt enthusiastisch wie ein Jahrmarktschreier. Ich will ihn zu Humanität ermahnen. Wissen Sie, was mit den Indianern geschieht?

– Hhhhh hhh, schrie Alfonsito.

– Ruhe! Isabella schüttelte den Kopf, dachte an Porci … *der hat auch Sklaven, sogar mehr als jeder andere* …, blickte zu Julius Cäsar, der starr dastand – seit dem Vorfall in der Kirche war er noch schweigsamer geworden – und jetzt begann, mit Kreide Figuren, Spiralen und schlangenförmige Linien an die Wand zu kritzeln.

– Ich bin unterwegs, den Kaiser von der moralischen Vergärung zu unterrichten, wie man mit diesen armen Wesen umgeht, die die friedfertigsten Menschen auf Gottes Erden sind. Las Casas hatte müde, milchig-graue Augen, die in faltenumwucherten Höhlen lagen, aber funkelten. Er war beseelt von seiner Mission. Und von Käse … Jetzt nahm er sich ein Stück.

– Man bindet sie an Pfähle und legt Feuer unter ihren Füßen. Die Lastenträger der Expeditionen, wie auch ihr Mann eine plant, werden in Ketten gelegt und geschunden, bis sie tot umfallen. Und ist einer hin, wird ihm einfach, damit man ihm die Ketten nicht abnehmen muss, der Kopf abgeschlagen. Der Bischof biss in den Käse und sagte mit vollem Mund: Wie Tiere werden sie behandelt, dabei sind sie Menschen, haben eine Seele wie wir.

– Hhh, pflichtete Alfonsito bei.

Isabella schüttelte den Kopf. Selbst wenn ich weiß, dass es stimmt, kann ich es nicht glauben. Mein Mann ist ein schweigsamer und eitler Mensch, aber so etwas … Julius Cäsar, was sagst du? Was machst du überhaupt?

– Was Julius Cäsar weiß, ist nur der Schatten einer Ameise. Er trat einen Schritt zurück, betrachtete seine Zeichnung, die aus seltsamen Figuren bestand, und schüttelte den Kopf.

Las Casas streckte seine Hand mit der Käserinde aus, Julius Cäsar sprang hinzu und fing sie auf.

– Was bedeutet das? Der Bischof deutete auf die Zeichnung.

– Julius Cäsar erinnert sich nicht. Er entsorgte die Käserinde und redete, ohne Las Casas anzusehen. Früher sprachen die Steine zu Julius Cäsar, die Bäume. Jetzt schweigt alles.

– Seit wann zeichnen Diener auf Wände? Der Bischof war irritiert.

– Er ist mein persönlicher … Sklave. Ich habe ihn, seit ich zehn bin.

– Gut. Ich habe die Gemetzel selbst erlebt. Der Alte beachtete den Indianer nicht weiter, seine Stimme wurde kräftiger. Was ich sagen wollte: Die meisten dieser Entdecker bedröhnen sich mit Coca, das sie Gott weiß wie von den Anden bekommen. Wenn sie das kauen, führen sie sich auf wie der Leibhaftige.

– Aber es gibt kriegerische Stämme … Fallen, Hinterhalte … Die Spanier müssen sich wehren. Notwendigkeit. Wir bringen ihnen das Christentum, befreien sie von der Sklaverei ihrer Häuptlinge. Isabella dachte an ihren Vater, den brutalen Pedrarias, der seine Ohrfeigensalven gelegentlich auch in ihre Richtung abgefeuert hatte, aber damals war sie noch ein Kind. Von ihrer Mutter hatte sie gehört, wie brutal er mit den Eingeborenen umgegangen war. Er war ihr geliebter und verehrter Vater … Jetzt saß er wieder vor ihr, der gleiche kleine Kopf … *kaum größer als eine Zwiebel* … dieselben kurzen grauen Haare, derselbe käsige Teint. Aber Las Casas war Bischof, Humanist und einer, der nicht wollte, wie mit den Wilden umgegangen wurde. *Wahrscheinlich hat er ein Indianerflittchen wie alle Pfaffen. Bestimmt lag die ihm damit in den Ohren. Und dann noch diese selbstgerechte Ausstrahlung.* Auf keinen Fall durfte er erfahren, wer ihr Vater war, sie würde sich in Grund und Boden schämen.

– Häuptling ist eine Verniedlichung, murmelte Julius Cäsar. Eine Lächerlichmachung unserer Anführer. Die Weißen haben die Geschenke der Götter vergessen.

– Das ist nicht so wichtig, sagte Las Casas.

– Hhhh hh, kam von Alfonsito, der in seinem Brei herumstocherte.

– Einmal, führte der Bischof aus, hatten die Indios eine Grube ausgehoben und spitze Pfähle darin aufgestellt, um sich gegen die berittenen Soldaten zu verteidigen. Ohne Erfolg. Sie wurden selbst hineingeworfen.

– Da haben wir es. Isabella nahm ein Bratenstück und aß. Wer anderen eine Grube gräbt … Und Sie wollen sicher nichts?

– Käse, sagte Las Casas und nahm sich noch ein Stück. Ich

sehne mich nach Käse, wie es ihn nur in Spanien gibt. Schafkäse, Torta del Casar, Blauschimmel ... Der Käse in den Kolonien ist ungenießbar. Er biss ab und spuckte ihn gleich wieder aus.

– Was?

– Manche Dinge verstehen wir nicht, ergänzte Julius Cäsar. Sie sind Teil des großen Mysteriums, wir sollen sie auch nicht verstehen. Seine Kritzeleien bedeckten nun die halbe Wand, erinnerten an eine Mischung aus Kinderzeichnung und unbekannter Piktogrammschrift. Der Indianer hob den ausgespuckten Käse auf und redete mit einer bedeutungsschweren Stimme, als würde er verkünden, das ganze Universum bestünde aus Legobausteinen. Keine Atome oder Quarks waren die kleinsten Elemente, sondern Legosteine.

– Herrschaften, hier geschieht das größte Verbrechen der Menschheit. Verglichen mit den Konquistadoren war Caligula ein Menschenfreund. Millionen Indianer sind schon umgebracht worden. Millionen! Und diejenigen, die man am Leben lässt, werden mit dem königlichen Eisen gebrandmarkt.

– Sie übertreiben. Isabella schüttelte den Kopf.

– Übertreiben? Für eine einzige Stute bekommt man achtzig Indios. Ihre Götzenbilder, ihre Tempel werden verbrannt.

– Mag sein, aber größtes Verbrechen der Menschheitsgeschichte? Lächerlich.

– Hetzhunde, ich habe gehört, auch Ihr Mann setzt sie ein, zerfleischen sie. Für einen Christen, den aufständische Indios töten, tötet man hundert. Ein einzigartiges Theater der Grausamkeit. Es geht nicht um Missionierung oder Zivilisation, schon gar nicht um die Errettung der Seelen, sondern ausschließlich um Profit. Gewinnmaximierung. Wachstum, Fortschritt, alles auf Kosten armer unschuldiger Menschen.

– Und was wollen Sie von mir? Die Berichte von den Gräueln ließen sie eigentümlich kalt. Es war wie mit der Pest, solange man nicht selbst betroffen war, konnte und wollte man nicht daran glauben.

– Wer darauf wartet, dass Raffgier und Ignoranz von selbst verschwinden, wird vergeblich warten. Der Bischof zeigte mit seinem Zeigefinger erst auf sich selbst, dann auf Isabella. Ich will, dass Ihr Mann Florida in Ruhe lässt. Es wäre für alle besser, er würde diese Expedition abblasen!

Abblasen? Tausend Gedanken gingen Isabella durch den Kopf. Ferdinand würde dableiben? Sie würde nicht Gouverneurin. Und Porci würde die Expedition nicht begleiten … Abblasen? Und wie sie noch in ihren Gedanken war, öffnete sich die Tür.

– Da schau her, wen haben wir denn da? Desoto betrat das Zimmer, schenkte sich Wein ein und küsste Las Casas' Ring – und zwar genau in dieser Reihenfolge.

– Der Bischof von Nicaragua, von dem es heißt, er habe mit seinen aufrührerischen Predigten Soldaten zum Desertieren gebracht. Wollen Sie meine Männer aufwiegeln?

– Der Bischof hat mir ungeheure Dinge erzählt. Isabella sprach schnappend, war aufgewühlt. Von Massakern an Indianern, Folterungen …

– Übertreibungen. Desoto machte ein ernstes Gesicht. Manchmal kommt es zu Übergriffen, aber wir müssen uns verteidigen. Das sind hinterlistige Teufel, Menschenfresser. Wir retten ihre Seelen aus der ewigen Verdammnis. Er tätschelte Julius Cäsar. Diese Indianer sind ein verschlagenes, gemeines Völkchen. Stimmt's?

Der Indianer verzog keine Miene. Jetzt erst fiel Desoto die Zeichnung auf, die ihn an Schriftplatten in Peru erinnerte.

– Hübsch. Was wird das?

– Die Geschichte vom Jaguar, sagte Julius Cäsar mit ernster Stimme. Julius Cäsar hat im Traum den Weltenbeweger gesehen. Er wird sich in eine Schlange verwandeln, den Jaguar zu töten.

– Interessant. Desoto blickte erst zu Las Casas, dann zu dem Indianer. Und wer ist der Jaguar? Ich?

– Ein Volk, das sein Land verteidigt, brummte Las Casas.

– Hhhh, röchelte Alfonsito.

– Sie fahren nach Spanien, Eminenz? Desoto stützte die Arme in die Hüfte. Ich muss Ihnen einen Brief an das Indienhaus mitgeben. Die sollen Siedler und Waffen schicken. Wir brauchen hier mehr Sklaven und bessere Versorgung.

– In vierzig Jahren hat sich der Locus amoenus in einen Ort kompletter Verwüstung verwandelt. Las Casas hob sein Kinn. Allein in Virreinato de Nueva España gibt es seit der Eroberung durch Cortés zwanzig Millionen Opfer. Zwanzig Millionen! Ich will, dass Sie den Indianern in Florida ihr Paradies lassen, diese Expedition absagen.

– Abblasen, hauchte Julius Cäsar, während er eine Figur durchstrich, die man mit etwas Mühe als Reiter erkennen konnte.

– Abblasen? Ist so ein Unternehmen eine Kerze? Der Eroberer fühlte, wie sich seine Blutgefäße erweiterten, ein göttlicher Zorn in ihm hochstieg. Um sich zu beruhigen, betrachtete er den purpurnen Ornat des Bischofs. *Schaut aus wie ein zweihundert Jahre alter Perserteppich. Abblasen?*

– Ich habe dem Bischof versprochen, fiel Isabella ein, dich zu beeinflussen, damit du dich dort wie ein Mensch verhältst. Natürlich will der Bischof, dass du den Wilden das Christentum bringst …

– Nein! Ich will Sie überzeugen, diese Expedition nicht zu machen. Las Casas' Gesicht war unbewegt.

– Ich habe mein Vermögen investiert. Und überhaupt? Wie kommen Sie dazu? Nur weil Sie ein purpurnes Pferdehalfter tragen und dicke Klunker an den Fingern? Ich habe achthundert Leute, die wären alle arbeitslos. Was würde mit den Pferden, Hunden, Schweinen? Die haben ein Recht auf Florida!

– Sobald ich dem Kaiser Bericht erstattet habe, wird er diese Expedition nicht mehr gutheißen.

– Dann habe ich das Goldland längst erobert. Ferdinand tobte innerlich, schüttelte den Kopf. Es war des Kaisers eigene Idee. Außerdem hat der nichts im Sinn als Biertrinken und Fressen. *Und Verdauen.* Die Audienz bei Karl dem Fünften flackerte kurz auf.

– Der Bischof will dich nur zum Nachdenken bewegen, sagte Isabella. *Hier wird gar nichts abgeblasen.*

– Wenn der Kaiser von den Hunden erfährt, wird er Leute wie Sie verdammen. Las Casas wurde unruhig.

– Darf ich Sie etwas fragen, Bischof? Wie viele Kinder haben Sie mit Indianerinnen gezeugt?

– Unwichtig.

– Ich finde auch, das tut nichts zur Sache. Du willst nur ablenken. Natürlich musst du Florida erobern, aber menschlich … Es ist wichtig, dass deine Leute … Isabella war dabei, sich in Schwung zu reden, als der Eroberer sie unterbrach:

– Was mischst du dich ein? Weiß der Bischof, wer dein Vater war?

– Das tut nichts zur Sache.

– Find ich schon: Pedrarias, der brutalste Schlächter von Darién.

Alfonsito furzte, wie nur Greise furzen können.

– Der Gouverneur von Darién? Das ist nicht wahr? Pedrarias? Der Bischof brauchte einen Augenblick, bis er sich fing, dann stand er auf, wischte mit einer Handbewegung sämtliches Geschirr vom Tisch und ging zu seiner Sänfte, ohne die Zurückgelassenen auch nur noch eines einzigen Blicks zu würdigen.

– Zum Hafen, befahl er den Trägern. Er wandte sich noch einmal um und spuckte aus. Pah! Wenig später sollte er Müggenpflug wiedersehen und den Kopf schütteln. Der Reiher kämpfte noch immer mit dem Wurm, wurde von Las Casas aber nicht bemerkt.

– Siehst du, was du angerichtet hast. Isabella, eine Zornesfalte auf zwei Beinen, war knapp davor, ihren Mann abzuwatschen, ohrfeigte stattdessen Julius Cäsar und schimpfte ihn beim Hinausgehen einen Volksverräter.

– Und entferne diese Kritzeleien. Jaguar?

– Was ich tun kann, lässt sich auf den Bauch einer Fliege schreiben, sagte der Indianer und lief ihr hinterher.

– Ja, geh zu deinem Gutsbesitzer und lass dich trösten. Desotos Worte waren zynisch. Er pfefferte ein volles Tablett gegen die Wand … *abblasen?* …, schenkte sich Wein nach, trat ans Fenster und wollte Isabella etwas Gemeines hinterherrufen, als die Tür aufging. Erst dachte er, Isabella oder der Bischof kämen zurück, dann sah er, es war Jakob, *wo steckt der Bursche immer? Lebt nach dem Motto: Willst du was gelten, zeige dich selten,* der ihm die Rückkehr des plattnasigen Añasco meldete.

Abends saßen der Adelantado und seine Buberlpartie bei einem Festmahl und lauschten Añasco, dessen zweite Erkundungsfahrt erfolgreicher gewesen war.

Nero war mehr an den Kellnerinnen interessiert. In seiner Phantasieuniform wirkte er lächerlich. Selbst der Ägypterkönig bellte ihn an, seit er das weiß-blau gestreifte Wams mit den gebauschten Ärmeln trug. *Eine wandelnde Tischdecke des Münchner Hofbräuhauses.* Stummel schüttelte den Kopf, doch Nero schien vor Stolz zu platzen. Er verehrte die Kreationen seines Schneiders John Schnur beinahe religiös. Saumaufschläge, Kräuselkrägen, straußeneiergroße Suspensorien … lächerlich.

Moskito war bald so betrunken, dass er sich an seine Sessellehne klammern musste, und auf Nuños Platz saß Porcallo, der sich über die Faulheit der Indianer echauffierte.

– Sie sagen immer »passt schon«, aber wenn ein Indianer »passt schon« sagt, kann man davon ausgehen, dass gar nichts passt. Da sind sie wie Handwerker. Wenn ein Handwerker eine Wasserleitung repariert und »passt schon« sagt, bedeutet das, dass sie keine zwei Stunden hält … Porcallos Adamsapfel hüpfte auf und ab wie ein Jo-Jo. Er verkündete, dass er an der Expedition nur teilnehmen wolle, wenn ihm die Gefangennahme indianischer Sklaven zugesichert werde.

– Passt schon, das kam jetzt von Desoto.

– Aber der Kaiser hat die Versklavung der Eingeborenen verboten. Stummel grinste.

– Ist das Papier nicht wert.

– Warum importiert Ihr keine Negersklaven? Moskito lallte. Das wäre der heiße Tropfen auf dem Schwein.

Oder die Spucke? Warum hat der Sklaventreiber so eine feuchte Aussprache?

– Zu kostspielig, zu viele Ausfälle. Porcallo schüttelte den Kopf, und Ferdinand fragte sich, was seine Frau an diesem Menschen fand. *Wieso bringt der das Maul nicht zu?* Aber er brauchte ihn, die Mittel waren aufgezehrt, und dieser Porci hatte die Verproviantierung der Schiffe zugesichert.

Hört man mir jetzt endlich zu?, verschaffte sich der kahlköpfige Añasco Gehör. Ich habe die Stelle entdeckt, an der Pamphilius gelandet ist. Eine Sandbucht ohne Riffe oder Untiefen. Ich habe dort die Fahne Spaniens gepflanzt. Wir haben vier Indianer gefangen genommen und begonnen, ihnen unsere Sprache beizubringen. Und dann noch eine gute Nachricht: Die Wilden erzählen, dass es Gold bei ihnen gibt. Dieses Land ist reich. Plattnase hob sein Glas, und alle stießen an. Nero sagte einen Trinkspruch, und Porcallo verkündete mit hüpfendem Adamsapfel, dass er einen seiner Söhne mitnehmen werde. *Passt schon.* Drei Gläser später, Moskito lag bereits unter dem Tisch, und

Rodrigo machte sich noch immer über Neros Kostüm lustig, nahm Añasco Desoto beiseite und flüsterte:

– Da ist etwas, das ich nicht laut sagen wollte. Die Indianer dort sind keineswegs harmlos. Sie haben uns beschossen, und die vier, die wir zufällig gefangen genommen haben, waren rot bemalt. Das sind andere Wilde, kämpferischer, brutaler … keine mit Muschelstaub bemalten Kalebassen, dafür haben sie Giftpfeile … geradezu beleidigend …

– Mach dir keine Sorgen. Desoto, immer noch vergrämt durch den Besuch des Bischofs, blickte ihn bestimmt an. Für diese Rothäute haben wir die Doggen.

– Da ist noch etwas. Die Bucht, an der wir landen wollen, ist mit Knochen übersät. Knochen, Schädel und Rüstungen von Spaniern.

– Hmm, jetzt machte der große Eroberer ein nachdenkliches Gesicht, doch sofort wischte er die düsteren Gedanken beiseite und lächelte. *Passt schon.* Da wurde ihm gemeldet, dass man Julius Cäsar erwischt habe, wie er gerade dabei war, ein Loch in die San Cristóbal zu bohren.

ESELEIEN

Während Desoto und seine Offiziere am Erfolg der Expedition nicht zweifelten und den Schatz in Gedanken bereits ausgaben, dachte Cord Fenk an die Krankheiten, die sie in diesem unbekannten Land erwarteten: Typhus, Pest und Cholera, dazu die Lustseuche … *Sie zogen aus mit bunten Wimpeln und kamen heim mit wunden …* Fleckfieber, Schlafkrankheit, Tollwut und weiß der Geier was noch alles. Gebrechen und Entstellungen, die zu Wahnsinn oder Selbstmord führten. Aber waren es nicht immer mutige Forscher, die die Grenzen der Welt und die Abgründe des Aberglaubens überwunden haben? Sein Vater hatte die verschnürte Zwiebelwurst erfunden, die Groninger Mettwurst und die Zungensülze, aber Cord hatte Höheres im Sinn, er wollte sich als Forscher einen Namen machen. Er glaubte an die Wirkung von Aderlässen und Luftzufuhr. Seit er gesehen hatte, wie der Atem eines Schwindsüchtigen Fliegen tötete, war er überzeugt von seiner Idee des antimephitischen Respirators, der verseuchte Miasmen aus der Luft filtern und Kranke heilen würde.

Weniger Gedanken machten sich die Soldaten. Sie hatten mit den Mücken zu kämpfen, aßen gegrilltes Fleisch und tranken kubanischen Wein, der schwarz wie Pech war und nach abgestandener Melasse schmeckte. Eine ölig dicke Brühe, die nur schwach an Rioja oder Ribera erinnerte. Sie widmeten sich dem ernsten Geschäft der Nahrungsaufnahme und waren überzeugt, dass ihnen ein Höhenflug bevorstand. Wilde niedermachen, Gold einsammeln und zurück nach Spanien, das war ihr Plan. Dafür hatten sie ihr Haupthaar eingebüßt.

Es war eine Idee Rodrigos gewesen, und manche hassten diesen Knirps dafür, allen Soldaten das Haar zu scheren, damit sie die Erinnerung verloren. Während zwei Barbiere wie am Fließband Haare stutzten und Bärte abrasierten, war der Kleinwüchsige herummarschiert und hatte zynisch gefragt, ob man bereit wäre, die Strapazen zu ertragen, Müdigkeit, Langeweile, Heimweh, lange Märsche und vielleicht das Töten. Alle hatten genickt und Desoto Treue geschworen.

Jetzt strichen sie sich über Stoppelglatzen … *Schleifpapier, fein* … und genossen die Wärme des Lagerfeuers, das helle Streifen in die Nacht brannte. Alle waren unruhig, wussten, die Zeit des Prahlens war vorbei, nun ging es los.

Bastardo hatte den Geistesblitz gehabt, am Strand Sardinen hochzuhalten und zuzusehen, wie sich Seemöwen darauf stürzten. Er hatte Geld dafür kassiert, sich Fische in den Mund zu stecken und von Vögeln herauspicken zu lassen. Dabei blieb es nicht. Bald steckte er sich Sardinen in die Ohren, unter die Achseln, ja, sogar in den Popo. Die Männer johlten, wenn die Möwen im Sturzflug auf ihn zuschossen und sich die Fischlein schnappten. Damit war nun Schluss.

Castro spülte Därme und warf sie auf den Rost.

– Ziemlich zäh, beschwerte sich Ruben, der geschoren an ein altes angelsächsisches Baby erinnerte.

– Denk dir, es wäre Tintenfisch. Plim kaute an einem Stück Darm und war zufrieden. Der kühle Abendwind strich um sein rasiertes Haupt, und in der Ferne zuckte ein Wetterleuchten.

Müggenpflug lobte die Geradlinigkeit der Deutschen:

– Mir san kane Hennafidla. Mir ham Alleen im Köpfle.

Quigley, der seine Gastwirtschaft aufgegeben hatte, um mit Desoto Florida zu erobern, lud Soldaten zu unsinnigen Wetten ein: Morgen werden sieben Hähne krähen.

– Wie kann man nur eine gutgehende Wirtschaft verlassen? Ruben pulte im Ohr. Im Wind stehen und Segel streichen?

– Was gebe ich auf, Kupfermann? Hier gibt es keine Gurken für den Sundowner. Fis is fe hell! Der Engländer machte eine abfällige Geste. Einen Verschlag mit morschen Möbeln, einen zugewucherten Garten. Wenn man nicht aufpasst, hat man wilde Tiere im Haus. Und dann der Dreck. Sehen Sie sich um, mein Herr. Auf Kuba fehlt die Ordnung. Der Kubaner neigt zur Schlampigkeit.

– Wollen Sie zurück nach England?

– Um Gottes Willen. Nein. Quigley erhob sich, ging ein paar Schritte und überlegte, ob seine Entscheidung klug war. War er nicht zu alt für monatelange Märsche? Seine letzten Zähne würden ausfallen, und wer weiß, ob die wilden Weiber besser waren als seine Kathy, die ihm zwar das Leben zur Hölle machte, widersprach, wenn sie widersprechen konnte, aber trotzdem seine Frau war.

Havanna war ein Kaff, lag man aber in der Hängematte und hörte dem Rauschen der Wellen und dem Schnattern der Papageien zu, hatte es etwas Paradiesisches. Dazu die Schenke, die Quigley mal »Zur Moorleiche«, dann wieder »Zur Hühnerlosung« oder »Paradiesbucht« nannte. Und das wollte er verlassen? *Ja, der Herr!*

Er gab auf, wovon Ruben träumte: ein Strandhäuschen unter Kokospalmen, eine erträgliche Frau ... einen Ort, wo es nichts zu tun gab, als Früchte vom Boden zu klauben, Fischern ihren Fang abzukaufen, Strandhunden beim Herumtollen zuzusehen und mit einer Flasche Branntwein unterm Sternenhimmel über das Leben nachzudenken, Ewigkeit zu empfinden. Quigley träumte von exotischen Drinks, die er Blutige Maria, Schraubenzieher oder Sex am Strand nennen wollte.

Ruben wollte lieber hören, wie es Elias gelungen war, aus Algier zu fliehen.

– Du erinnerst dich an Bab Azoun?

– Das Tor mit den Eisenhaken ... Mit neununddreißig anderen Sklaven hat man dich über die Planke gejagt.

– So gleichgültig, wie man Orangenschalen wegwirft. Alle wurden aufgespießt. Nur ich nicht. Gott muss sich gedacht haben, nun ist es Zeit, dem armen Plim zu helfen.

– Das soll ich glauben?

Auch wir wissen nicht, ob Elias' Geschichte der Wahrheit entspricht. Manches klingt unglaubwürdig, allerdings waren wir dabei, als man ihn auf der Tür im Ozean entdeckte. Doch hören wir, wie es am Tag der Haken weiterging.

– Ich muss so glücklich auf andere Sklaven gefallen sein, sagte Plim, dass ich das unverletzt überstanden habe. Die Besinnungslosigkeit hat mir eine kleine Frist gegönnt. Als ich zu mir kam, war alles schwarz, aber bald wurde klar, dass das, was ich lieber für einen Traum gehalten hätte, real war. Ich hörte hektisches Geschrei. Man suchte mich. Ich atmete flach und tastete umher, kein Zweifel, ich war umgeben von … Frauenbeinen, schlanken Fesseln.

– Unter einem Weiberkittel? Da lernst du, was es heißt, ein Mann zu sein. Ruben nahm ein Stück gegrillten Darm, steckte seine Zunge durch und grinste. Oder hat es dort gemodert und war alles voller Spinnweben?

– Sie hieß Anisa Anis, war die Schwester eines Piratenkapitäns, verstoßene Lieblingsfrau des Sultans, und, Elias blickte in den Himmel: hat mich gerettet.

– Eine Odaliske?

– Nachdem der Sultan ihrer überdrüssig geworden war, hätte sie ein Eunuch ermorden sollen. Der Verschnittene wurde von ihr behext und ließ sie frei. Sie war eine Zauberin.

– Moment, Monsieur. Du bist diese Mauer mit den Haken hinabgestürzt und unter einem Weiberkittel gelandet? Zu den Beinen einer Zauberin? Klingt nach dickem Seemannsgarn.

– Anisa Anis war eine Unberührbare, zeigte in der Öffentlichkeit ihr Gesicht nicht und lebte im Haus ihres Bruders, der sich auf hoher See herumtrieb. Nach Einbruch der Dunkelheit, als das Wimmern und Stöhnen versiegte, sich alle an den aufgespießten Sklaven sattgesehen hatten, hat sie mich zu sich geführt. Ich sei ein ernster Junge, sagte sie, und das sei etwas Gutes. Ihr Haus in der Medina war prächtig. Mich hat sie in einen Ziegenstall gesperrt, und ich, der ich noch nie eine nackte Frau gesehen hatte, von der Liebe wusste, ohne sie zu kennen … musste ihr gefügig sein.

– Du bist mit ihr in See gestochen?

– Ich habe sie in See gestochen! Nachdem die erste Probebohrung erfolgreich war, musste ich ständig …

– Tauchgänge unternehmen? Und da bist du geflohen? Heilige Makrele. So ein Schiff verlässt man nicht. Ruben grinste. Du musst verrückt sein.

– Diese Hexe war unersättlich. Mit ihren orientalischen Augen … blauen Wimpern und nusssaftschwarzen Brauen … glotzte sie mich an, als hätte sie noch nie einen Mann gesehen, dann formten ihre weichen Lippen spöttische Sätze, und sie sagte, ich sei ihr Dschinn. Sie hatte gekräuseltes Haar, schwarz wie Lakritze, einen kleinen Mund, ein leicht vorgezogenes Kinn und bemalte Hände.

– Und ihre Figur? Ruben räusperte sich und neigte seinen rasierten Schädel erwartungsvoll zur Seite.

– Anfangs gefiel sie mir, dann sah ich Fältchen, die Brüste waren Fladen und ihr Hinterteil eine große, leblose Masse. Eine Frau in besseren Jahren.

– Und da bist du abgehauen, Monsieur Plim? Bei steifer Brise muss man hart am Wind segeln. Ruben rülpste diskret in seine Faust.

– Anisa Anis war mit allem unzufrieden. Wenn sie nicht gerade vom Opium berauscht war, keifte sie. Die Hähne krähten ihr zu laut, der Couscous war zu klebrig, die Datteln zu süß, der Himmel zu blau … Immer fand sie etwas zu bekritteln. Und dann die Hexenkunst. Wenn ihr eine Zauberei gelang, trieb es ihr Tränen in die Augen, doch wehe, es ging etwas daneben. Das Unangenehmste aber war ihr Faible.

– Was?

– Sie liebte es, ihr Schlafzimmer in eine Bühne zu verwandeln. Es gab nur einen Aufzug, nur einen Akt mit zwei Akteuren. Anisa Anis bestand darauf, einen Esel aus mir zu machen.

– Auch Jesus ist auf einem Esel eingezogen in Jerusalem. Das erinnert mich an etwas … Eselsohren … Meister Zettel … nein, Lucius.

– Sie hatte für mich eine Eselsmaske – das Ding stank, war eng und die Sehschlitze so klein, dass ich kaum sah. Außerdem musste ich eine Jacke tragen aus Eselsfell, Fäustlinge mit Hufen und manchmal einen Futtersack. So haben wir uns, wie man sagt, erkannt. Die orientalische Prinzessin und der Esel! Für sie war ich Daddschāl, der muslimische Antichrist. Indem sie sich mit dem Bösen paarte, bekam sie Zauberkraft. Sie war verrückt … Besondere Lust bereitete es ihr, wenn ich brunftig brüllte. Elias brachte einen kehligen Laut hervor – so laut, dass sich Ruben, der gerade Brot über den Rost gestrichen hatte, um das Fett aufzusaugen, vor Lachen fast verschluckte.

– Das heißt man Eselsbrücke.

– Sie liebte es bis zum Wahnsinn, zitterte vor Entzücken, konnte nicht genug bekommen, machte Geräusche, die sich anhörten, als ob eine Maultierherde über einen Hirten herfällt. »Ja, Daddschāl, verführe mich, bring alles Schlimme und die Endzeit über mich … zeig mir die Wahrheit des Bösen, die Verkommenheit.« Einmal geschah es, wir waren gerade mit der Eselei zugange, dass im Nachbarhaus Feuer ausbrach. Sie hatte sich in meinem zünftigen Iah-Iah hochgejubelt, und von draußen klang: »Es brennt! Es brennt!« Ich sah den Lichterschein und roch den Rauch. Alle rannten auf die Straße, auch ich wollte hinaus, doch die Verrückte hielt mich fest und lachte. »Du bleibst da! Verbrenne mich!« Endlich gelang es mir, mich loszureißen. Sie hing an meiner Felljacke, riss sie mir vom Leib. Es kam zu einem Kampf, bei dem sie mir die Fäustlinge abnahm. Nur mit dem Eselskopf bekleidet lief ich hinaus, mitten in die Löscharbeiten. Ich muss ausgesehen haben wie eine mythologische Figur aus dem alten Griechenland – ein umgekehrter Zentaur … Die algerische Bürgerschaft zeigte sich angemessen aufgebracht: Frauen kreischten, Kinder plärrten. Man hielt mich für einen Dämon, einen Teufel aus der Hölle … gekommen, sie zu holen. Ich konnte kaum was sehen, hörte Schreie und ahnte, dass Krummsäbel gezogen wurden, man kurz davor war, mich zu filetieren. Ich würde als Salami enden oder als Eselwurst. Da erschien Anisa im Aufzug einer orientalischen Prinzessin. Aber was war mit ihrem Kopf? Ein Ziegenhaupt! Wie bei der Königin von Saba, nur umgekehrt.

– Ja seht ihr nicht, ihr dummen Leute, wer das ist? Daddschāl, Meister der Täuschung, Prophet des Endes dieser Welt! Flieht, so schnell ihr könnt. Der Untergang ist nah.

– Ihaha. Ruben juchzte.

– Die Menge hielt inne, und einen Moment lag war nicht klar, ob sie sich auf uns stürzen oder davonlaufen würde.

Da, ausgerechnet jetzt, am Höhepunkt von Plims Geschichte, war Tumult zu hören, alle drehten sich um und sahen, Bastardo … *dieser Esel* … hatte einen Jungen an der Kehle gepackt und fluchte, als hätte er die Absicht, ihn ins Jenseits zu befördern. Es war der Knabe mit der Beinprothese, Jonas.

– Scheißkerl, brüllte der Gauner. Ich wollte seine Karten sehen, und der fulminante Krüppel tritt mir mit seinem Holzhaxen in den Schritt. Er war knapp davor, den Jungen zu erwürgen. Dem traten die Augen aus den Höhlen, und hätten sie die Fähigkeit gehabt zu sprechen, sie hätten »Warum tut denn niemand etwas?« gekrächzt. Da ging Ruben dazwischen … »Schluss mit der Eselei!« …, stieß Bastardo zu Boden und drückte sein Gesicht in den Staub, bis die Lippen spitz wurden wie ein mit Hämorrhoiden garnierter Hühnerarsch.

– Willst du tanzen? Soll ich dich kalfatern?

– Was mischst du dich ein, du rothaariger Bär? Cinquecento wollte seinem Kumpan zu Hilfe kommen, trommelte gegen Rubens Rücken, doch der Hüne ließ sich nicht irritieren, wischte ihn weg wie Fliegen. Die beiden Gauner … was kroch da hinterhältig über ihre Lippen? Ein schmieriges Grinsen! … beteuerten ihre Unschuld, schlichen kratzfüßig davon.

Elias kümmerte sich um den Jungen, dessen Körper aus nichts als Knochen und Kanten zu bestehen schien.

– Mein Freund ist unheimlich stark, der kann einen mit der bloßen Hand erwürgen. *Hatte er Ruben wirklich Freund genannt? Ja, seit sie bei der Truppe waren, hatte er aufgehört, Elias herumzukommandieren.*

Jonas stand die Angst in den Augen, er zitterte, trotzdem stieß er Elias weg. Gefühle zur Schau zu stellen, das hatte er gelernt, galt als unmännlich.

– Was ist hier los? Eine Prügelei? Nero stand breitbeinig da. In seiner Phantasieuniform sah er aus wie ein Faschingsprinz. Du da, deutete er auf Elias, zwei Wochen Latrinendienst. Ramses bellte.

– Aber ich wollte nur helfen, ich …

– Interessiert nicht. Der Hauptmann streichelte den Hund und schritt davon.

– Latrinendienst? Ach du Scheiße.

– Ich helfe dir, verkündete Jonas so bestimmt, dass in Plim ein warmes Gefühl hochstieg.

– Worum ging es mit Bastardo?, wollte Ruben wissen.

– Um Kleinigkeiten. Jonas winkte ab.

– Kleinigkeiten? Elias blickte Jonas in die Augen, die entschlossen, ernst und trotzig waren. Florida wird keine Kleinigkeit. Willst du wirklich mit? Glaubst du nicht, dein Fuß …

Jonas nickte.

– Wenn er sich von Bord stürzen will, ist ihm nicht zu helfen. Ruben knackste mit den Fingern.

– Du hast gesehen, was passieren kann.

– Ich weiß, was ich tue. Jonas wollte nicht zugeben, dass er sich von Bastardo und Cinquecento hatte überreden lassen, sie nachts zur San Cristóbal zu rudern. Sie hatten etwas von einem lustigen Streich erzählt. Tatsächlich packten sie beim Schiffsrumpf einen Handbohrer aus und begannen an der Wasserlinie ein Loch ins Holz zu treiben. Es war Nacht, gottbetretene Stille, doch die Aktion blieb nicht unbemerkt. Als sie Stimmen hörten, sprangen sie ins Wasser und schwammen zurück, wobei sie fast ertrunken wären.

Löcher im Schiff? Das war auf Bastardos Mist gewachsen. Unbemerkt würde sich der Kielraum füllen, und bis die Besatzung etwas mitbekam, wäre so viel Wasser eingedrungen, so sein genialer Plan, dass man die Ladung würde löschen müssen. Damit käme die Glocke an Land, und der Rest wäre ein Kinderspiel. Hatte nicht funktioniert. Auf die Schliche war man ihnen nicht gekommen, hatte stattdessen den Hausindianer der Gouverneurin festgenommen, der, warum auch immer, in ihrem Boot aufgegriffen worden war.

Man warf Julius Cäsar vor, er hätte die Expedition zum Kentern bringen wollen. Der störrische Indianer … *was ist bei dem aus dem Ruder gelaufen?* … verteidigte sich nicht. Stoisch ließ er alle Demütigungen über sich ergehen. Wenn er etwas sagte, sprach er von einem Jaguar und einem alten Ort. Erst als Isabella erfuhr, dass ihr Leibsklave eine Perlenkette bei sich gehabt hatte, sorgte sie für seine Freilassung. *War er ihretwegen zur San Cristóbal gerudert, um die Kette zu holen?* Aber warum bohrte er Löcher in Schiffsrümpfe?

Gegen Ende April passierte noch etwas Merkwürdiges. Eine Karavelle geriet vor der Küste in einen Tropensturm. Der Besatzung gelang es, das havarierte Schiff in den Hafen Havannas zu retten. Niemand wusste, woher es kam und wohin es wollte. Niemand durfte während der Reparaturarbeiten mit der Mannschaft sprechen, die ihrerseits das Schiff auch nicht verließ. Einzig ihr Kapitän, von dem man munkelte, es sei Ponce de León, wurde an Land gebracht und im Gouverneurspalast gesehen.

– Ponce de León, der Entdecker Floridas? Der ist doch tot!

Die Gerüchteküche brodelte. Es hieß, dieser ominöse Kapitän und Desoto wären bei einem Notar gewesen. Hafenarbeiter erzählten von vergrabenen Kisten … dass ihnen dieser Kapitän unheimlich vorgekommen sei … von Hörnern und einem Pferdefuß war die Rede … Es klang nach Teufelspakt.

DIE SPANISCHE FLIEGE

– Wir sind die Moorsoldaten und ziehen mit dem Spaten … Latrinendienst bedeutete, angekotete Bretter säubern und Erde in die Senkgrube schaufeln, vor allem aber hieß es harte Arbeit in fliegenumwölktem Gestank. Die Ausdünstung kroch in jede Pore, es war, als müsste man den Stall des Augias mit der Zunge sauberlecken. Plim erzählte Witze, und Jonas, der ihm wie versprochen half, schwieg. Tagelang würden sie den Güllegeruch nicht aus der Nase bekommen. Elias ließ sich davon nicht betrüben.

Früher als gewöhnlich setzte Anfang Mai die Regenzeit ein. Havanna war eine Explosion in Grün – diesmal musste eine Farbenhandlung explodiert sein. Das Beladen der Schiffe war reibungslos erledigt worden, lediglich zwei Pferde waren über Bord gegangen und ertrunken.

Am Mittwoch, dem 17. Mai 1539, war es dann so weit. Unter einem strahlend blauen Himmel verließ die neunschiffige, im Wortsinn aufgetakelte Flotte samt Porcallos Brigantine Kuba, um sich nach Florida aufzumachen und das Goldland zu entdecken.

Achthundert Mann, dreihundert Pferde, dreißig Kanarische Doggen, eine ganze Schweineherde, vier Kühe, acht Ziegen, etliche Maultiere, Milben, Mehlwürmer, Hundertschaften an Insekten, Hühner, ein paar Mäuse, Ratten – gemeinsam veranstalteten sie eine Kakophonie aus Schreien, Grunzen, Bellen, Wiehern, Oinken, Muhen, Sirren, Rascheln. Dagegen war der Auszug der Israeliten aus Ägypten ein Schulausflug von taubstummen Pennälern.

Die Soldaten trugen federgeschmückte Helme, Ballonhosen, Strümpfe, sogar die flachgeschwungenen Brustharnische waren angelegt – das Design der Renaissance, mehr apollinisch als dionysisch. Heute laufen Menschen mit Shirts herum, auf denen Tommy Hilfiger, Calvin Klein oder Hugo Boss steht, damals waren Wappen in die Harnische und Schwerter graviert. Manche hatten Blumenkränze um den Hals, in den Takelagen steckten Orchideen. Fahnen und Wimpel zierten die Masten, so dass die Schiffe wie schwimmende Blumengestecke wirkten.

Trotzdem lehnten viele an der Reling mit mulmigem Gefühl. War es die Angst der kleinen Leute vor dem Schicksal, das sich zu allen Zeiten gegen sie gerichtet hat? Ein Schicksal, das so gewaltig und unerbittlich war wie das Meer. Oder spürten sie das leise Tamtamtam unter ihren Sohlen? Ahnten sie, dass das sanfte Wiegen der Schiffe schnell in wildes Schaukeln, Rollen, Stampfen und Schlingern umschlagen würde, die salzige Brise bloß das Präludium für wasserpeitschende Stürme war?

Desoto stand am Achterdeck und betrachtete stolz die mechanisch ineinandergreifenden Handgriffe der Seeleute. Ihm war, als hätte es das Jahr auf Kuba nicht gegeben. Entschlossen und selbstsicher wirkte er, denn für den großen Eroberer war klar, er würde jeder Gefahr trotzen und als reicher Mann zurückkehren.

Die Bewohner Havannas feuerten Salutschüsse ab, und Isabella hatte Tränen in den Augen, ob wegen Ferdinand oder Porci, wusste sie nicht so genau. Sie ahnte, dass sie nur einen lebend wiedersehen würde. Leonora, sie hielt ihren wimmernden Säugling im Arm, weinte, und Julius Cäsar murmelte:

– Sie haben Trauer auf der Seele. Ihr Herz verbrennt.

Tücher wurden geschwenkt, Frauen kreischten, und ein Pflanzer machte Blllbrrr zu dem Baby. Nicht alle Städter waren glücklich, nahm doch der große Eroberer so gut wie alle wehrfähigen Männer mit. Auch Pater Francisco, Isabellas Bruder, stand bei den Winkenden, drückte sein Kruzifix und dachte bange an die Möglichkeit eines Sklavenaufstands. Auf den Plantagen arbeiteten Schwarze, riesige Kerle mit massiven Schädeln … Westfalenschädel, sagte Gunkel …, aus denen meist helles Lachen kam. Was, wenn die anfingen zu rechnen?

Für die meisten aber war der Abschied bewegend, selbst die hartgesottensten Männer auf den Schiffen waren gerührt. Würden sie Kuba je wiedersehen? Stand diese Reise unter einem guten Stern? Jedenfalls durfte jeder auf die Vergebung seiner Sünden hoffen, galt doch die Errettung der Wilden als gutes, gottgefälliges Werk. Ihre Lederbeutel würden sich mit Perlen füllen, die Schiffsbäuche mit Gold.

– Vorsegel setzen, Brassen anlegen, lasst die Lappen runter. Kommandos waren zu hören, und schon pflügten die Schiffe durch die Wellen, hielten Kurs nach Norden. Elias blickte in die dunkle See, hörte Möwen kreischen und wusste, zur Umkehr war es zu spät. Dabei wäre das sein größter Wunsch gewesen, hatte er doch unter den Winkenden Penelope gesehen. Die Tochter des toten Kapitäns! Auf Kuba? Ihm wurde bewusst, dass der Satz »Ich liebe dich« nie so gültig war wie bei einer Abreise. Aber wen liebte er? Ein Trugbild?

Die Schiffe waren eben aus dem Blickfeld entschwunden, als sich eine Brigantine dem Hafen näherte. Es war kein Schiff der Flotte, sondern … *Piraten? Kam Las Casas zurück?* Nein. Die Ausbootung brachte eine hübsche, aber unentwegt fluchende Indianerin an Land: die Prinzessin von Curicuillor mit ihren neun Kindern. Sie hatte von Desotos Expedition gehört und sich unverzüglich auf den Weg gemacht, damit das Kind, eine Tochter stammte von Ferdinand, ihren Vater zu Gesicht bekam. Als die Königstochter von seiner Abreise erfuhr, war sie wie vernichtet, schlug ihre Kinder, schimpfte.

Die Leute am Ufer starrten sie an und hofften, dass ihr bald die Munition ausging. Aber die Prinzessin fluchte weiter wie ein Lastenkutscher, bis man sie zur Gouverneurin brachte.

– Die Prinzessin von Curicuillor, das Flittchen von Desoto, sagte Julius Cäsar ungerührt.

– Was für ein Curriculum?

– Die Schwester Atahualpas.

Isabella sah sie verächtlich an. Die Prinzessin trug ein besticktes Leinenkleid und ein Stirnband mit Federn und Troddeln. Trotz Kinderschar war sie attraktiv, eine nicht mehr ganz frische Kastanie. *Dann ist es also wahr?* Isabella fühlte ihren Herzschlag. Wut! Ihr Mann war ein ebensolcher Casanova wie der allerkatholischste König. Sie war nicht wie die allerkatholischste Königin Isabella gegürtet, schlief über keinen Altarräumen, besuchte nicht fünfmal am Tag die Messe, aber er, dieser Hallodri, befand sich ständig auf der Jagd – nach Prachtexemplaren auf zwei Beinen. Wahrscheinlich schluckte er wie sein königlicher Namensvetter das aus gestampften Käfern hergestellte Cantharidin, das damalige Viagra. Aber genau genommen hatte er mit dieser Wilden nicht sie betrogen, sondern ihre Schwester Maria.

Isabella setzte ein zynisches Abwehrlächeln auf. Sie spürte, diese Prinzessin fühlte sich überlegen – ein alle Kontinente übergreifender Standesdünkel. Da die Schwester eines Königs, hier die Tochter einer geschäftstüchtigen, gesellschaftlich nur mäßig wichtigen Familie. Kurz ging ihr der Gedanke durch den Kopf, die Prinzessin samt ihren Bälgern einsperren zu lassen, aber dann bot sie ihr an, bis zur Rückkehr Desotos ihr Gast zu sein.

– Diese Dreckschleuder wird alles auf den Kopf stellen. Julius

Cäsar schüttelte den Kopf. Das ist eine Kuh mit prall gefüllten Spracheutern, die sie achtmal täglich melken muss. Nur kommt keine Milch, sondern ein Strahl von Schimpfwörtern.

Isabella gab der Prinzessin zu verstehen, dass sie willkommen sei. Die Mestizin verstand nicht, was diese große Frau von ihr wollte. Muttermal, Zornesfalte und Ritze zwischen den Vorderzähnen? Diese Frau hatte kein Kind von Ferdinand. Die Prinzessin keifte wie ein Marktweib, zeigte mit dem Finger auf Isabella, sich selbst und ihre verrotzte Mestizen-Tochter, die als halbnackter Beweis danebenstand.

Isabella ließ sie in ein Gästehaus bringen und lauschte dem abnehmenden Lärmpegel der Schimpferei.

– Ob das gutgeht? Julius Cäsar verdrehte die Augen.

– Warte, rief ihm Isabella hinterher. Weißt du, warum Porcallo als brutal verschrien ist? Er ist ein herzensguter Mensch … ja, er hat Sklaven, aber … er ist einfühlsam.

– Haben Sie davon gehört, Señora Isabella, dass manche Indianer Erde essen? Julius Cäsar tut das nicht.

– Warum?

– Aus Hunger? Einige behaupten, es sei gesund, aber die Erdfresser haben einen aufgetriebenen Bauch und sind ganz schlapp.

– Was hat Porcallo damit zu tun?

– Viele Spanier denken, die Indianer praktizieren das Erdfressen in selbstmörderischer Absicht. Um sie davon abzuhalten, hat Vasco Porcallo de Figueroa … Julius Cäsar betonte jede Silbe dieses Namens … ihnen die Genitalien abschneiden lassen und sie ihnen persönlich in den Mund gestopft.

– Das … das kann nicht sein. Isabella wurde grün wie Kleopatra nach dem Schlangenbiss.

Während sich die einen Expeditionsteilnehmer auf den Schiffen nach Florida befinden, ist Turtle Julius noch nicht einmal auf Kuba. Der Notar wird doch nicht in den Weiten des Ozeans verlorengegangen sein? Nein. Zwei Tage nach Desotos Abfahrt erreichte auch er die Insel. Zu spät, schon wieder. Seit der Prügelei auf La Gomera – weiß der Teufel, wie er da davongekommen ist – trägt er Zahnersatz und eine Ledernase. Mit Holzbein und Hakenhand ist er das reinste Ersatzteillager. Aber aufgeben? Niemals!

Auch ihm fielen die handlosen Indianer auf, auch er hatte von dem kollektiven Selbstmord eines ganzen Dorfes gehört. Er sprach mit Bürgern, Wirtsleuten, Sklavenaufsehern und Wachsoldaten. Alle mochten seine sanfte Stimme, das angenehme Timbre, erzählten ihm von Bastardos Streichen. Gemeinsam mit seinem Kumpel, einem Kerl, der sich Aal nannte, verkaufte er selbstgezeichnete Seekarten, auf denen Meeresungeheuer eingezeichnet waren: Nixen mit Drachenschwänzen oder Fische auf Krabbenkörpern … auch magische Zettel, die vor Schussverletzungen schützten sollten, wenn man sie aß. Oder falsche Alraunen – mit Schmalz bestrichene Steckrüben, denen diese Halunken Rosshaare angeklebt hatten.

Niemand zweifelte, dass sie mit Desotos Leuten nach Florida aufgebrochen waren. »Wahrscheinlich drehen sie dort den Wilden Glaskugeln an … so wie alle anderen.« Florida? Bis jetzt nur ein vages und fernes Ziel, nun wurde es konkret. Auch Turtle Julius würde in dieses unbekannte Land reisen, auch auf ihn würden neue, intensive Bilder warten.

Der Schildkrötenkopf mit dem ernsten Gesicht und dem runden Körper sprach bei der Gouverneurin vor, erzählte von seiner Mission und erhielt die ernüchternde Auskunft, dass er kein Schiff für diese Reise finden werde, sondern, wenn er unbedingt dorthin wolle, schwimmen müsse.

– Oder Sie vergessen diesen Erben und kehren zurück nach Spanien.

Turtle Julius enthielt sich jeglichen Kommentars. War er seit zwei Jahren unterwegs und hatte er Anschläge überlebt, um klein beizugeben? Sicher nicht!

– Oder Sie warten, bis die Expedition zurückkommt? Einen Juristen können wir hier immer brauchen. Die hiesige Richterschaft hält es schon für überzogene Milde, einen Angeklagten auch nur anzuhören. Die Gouverneurin war beeindruckt von der juristischen Schildkröte, die trotz der Ersatzteile ein Beispiel an Würde und Integrität abgab, helfen konnte sie ihr aber nicht.

Also blieb Turtle Julius in Havanna und versuchte weiter, ein Schiff aufzutreiben. Hier war er wenigstens vor Anschlägen sicher – dachte er, bis er zwei Golddublonen in seinen Schuhen fand. Dazu einen Zettel, auf dem stand: »Herr Tuttel, es ist aus!«

GRINGOLAND

Zuerst war die Reise eine Frischluftkur gewesen, dann hatte der Wind gedreht, waren schwere Stürme aufgezogen. Die Schiffe begannen zu krängen und zu rollen, zu schlingern und zu stampfen. Stunden waren das, in denen die ältesten Gebete aus den tiefsten Gehirnrinden gekratzt wurden. Nicht nur die Ladung, auch die Wörter gerieten durcheinander, Cords Aufzeichnungen, Quigleys Wetten, Gunkels Sprache, alles purzelte herum, so dass das Unterste zuoberst und das Oberste unten zu liegen kam, selbst Jonas' Holzbein war nicht mehr an seinem Platz.

– Dumm wie Schifferscheiße! Ruben fluchte. Elias übergab sich.

Nun, acht Tage nach der Abfahrt, hatte sich das Meer wieder beruhigt, der Himmel war wie ausgewaschen, und man erreichte die Heilige-Geist-Bucht, das heutige Tampa Bay. Florida! Kein Beamter einer Einreisebehörde, der ein Visum verlangte, sich nach dem Zweck des Aufenthalts erkundigte und wissen wollte, wie viel an Devisen, Alkohol und Zigaretten man dabeihatte, keine Fotos, keine Fingerabdrücke und keine Drogenhunde. Niemand fragte, ob man Mitglied einer terroristischen Vereinigung war oder schon einmal in einem Konzentrationslager gearbeitet hatte. Auch keine kreischenden Teenager, die beim Anblick der Eroberer in Verzückung gerieten, aber warum auch, sie waren schließlich nicht die Beatles.

Cord sah Möwen und Stare. Daneben stakten Reiher durch das Wasser, Tiere, die nur aus Bauch, Schnabel und Stelzen zu bestehen schienen, Fische harpunierten. Es gab Vögel mit säbelförmigen Schnäbeln und Seeschwalben, die sich kamikazehaft ins Wasser stürzten.

– Genauso werden wir agieren, uns blitzschnell in das Land werfen und mit Schätzen zurückkommen.

Hinter dem sandigen Ufer standen Bäume, denen gräulich grüne Moosflechten wie Rotzglocken von den Ästen hingen. Spooky. Bald zeigten sich breite, mit Algen und Seerosen bedeckte Sümpfe. Riesige Rhododendren, Magnolien, Azaleen und immer wieder Seen mit Mangrovenwäldern. Das Land war flach wie ein Schachbrett und der Boden nur eine dünne, wabernde Schicht. Cord klassifizierte Blumen, Beeren, wilde Weintrauben. Ein Duft von Jasmin lag hier in der Luft. Aber Goldland? Ein morastiger Sumpf! Dazu schwarze Tiere mit großen Mäulern. Zähne wie Kämme, und Kiefer, die irgendwie verkehrt wirkten. Diese Viecher glichen Schuhen, denen vorne die Sohle abging.

– Drei! Diese Alligatoren haben drei Augenlider! Cord Fenk untersuchte einen Kadaver. Mit dem Fuß berührte er das tote

Tier. *Wenn es den antimephitischen Respirator schon gäbe, könnte ich ihn hier erproben.*

– Sind Sie fertig? Müggenpflug drängte Cord zur Seite. Die Deutschen würden nie zulassen, dass sich solche Tiere in ihrem Land ansiedeln. Hast du was gearbeitet, Kleiner? Er tätschelte das tote Tier. In Schwaben muss man gearbeitet haben, um anerkannt zu werden. Ich werde dich ausstopfen und nach Heureka bringen. An den kurfürstlichen Höfen wird man sich um dich reißen.

Cord betrachtete den weißgekleideten Deutschen, seine spindeldürren Beine, den langen Hals mit dem vorspringenden Adamsapfel, den trichterförmigen Hut und dachte: *Witzfigur, du störst die Wissenschaft.*

– Fürsten? Wissen Sie, was dieses Tier bedeutet? Eine neue Spezies!

Der Deutsche zuckte mit den Achseln. Spezies? Kann man das essen?

– Passen Sie lieber auf, dass nicht Sie gefressen werden. Cord deutete zu einem kahlen Baum, auf dem schwarze Geier saßen. Träge ekelhafte Tiere.

– Jedenfalls ist dieses Krokodil …

– Alligator, unterbrach ihn Cord. Das sind Alligatoren. Sehen Sie die breite Schnauze? Krokodilmäuler sind spitz. Krokodile leben im Salzwasser, während Alligatoren …

– Wollen Sie daraus Wurst machen? Castro leckte sich die Lippen.

– Ich wette meinen Helm, hier ist der Quell ewiger Jugend. Quigley trug unter dem Brustpanzer ein kariertes Hemd und statt der aufgebauschten Hose einen grün-rot karierten Rock schottischer Fasson. Auch er näherte sich dem Alligator, klappte ihm das Maul auf, roch einen abscheulichen Verwesungsgeruch … wie eine seit Wochen offene Thunfischdose …

Ausländer! Der Kaiser wusste, warum er sie nicht in die Kolonien lassen wollte. Aber die bestechlichen Beamten mit ihren Sondergenehmigungen …

So liefen alle über den Strand und in die sumpfigen Wälder, sahen Otter, Biber, Gürteltiere und maisgelbe Schlangen. Niemand dachte an Wilde oder einen Hinterhalt, bis jemand »Rauch!« rief. Tatsächlich, jetzt sahen es alle: Aus den Wäldern stiegen Rauchsäulen. Dunkler und heller Rauch wechselten einander ab. Plötzlich fühlten sich die Männer beobachtet, spürten einen unsichtbaren Feind, der darauf wartete zuzuschlagen. Jetzt klangen die Geräusche des Waldes anders, die Affenschreie und das Vogelgezwitscher, selbst das Rauschen des Windes war auf einmal feindselig.

– Was bedeutet das? Die von Añasco entführten Indianer wurden zu Desoto, der auf einem Scherenstuhl thronte, getrieben. Rodrigo trat ihnen in den Hintern und brüllte:

– Vorwärts, Lahmarschgesichter. Heraus mit der Sprache, was bedeutet das. Doch die Wilden schwiegen.

– Sie verständigen sich über unsere Ankunft. Na und? Der große Eroberer lehnte sich zurück und verschränkte seine Arme.

– Sollen wir uns auf einen Angriff vorbereiten?

– Ach was, der Feldherr winkte ab und befahl die Errichtung einer Zeltstadt. Die Offiziere, alle hatten rote Barette auf dem Kopf, nur Nero trug einen Helm mit blauen und weißen Federn … ein dicker, bunter Witz …, gaben Anweisungen, wie das Lager auszusehen habe – viereckig und mit Kanonen bestückt. Sie schritten das Gelände ab, spannten Schnüre, gaben Befehle, wo Desotos Zelt hinkommen sollte, wo die Mannschaftsunterkünfte, die Latrinen.

– Unfreundliches Volk. Rodrigo bespuckte die vier Indianer. Kolumbus wurde mit Geschenken empfangen, und wir sind es nicht einmal wert, begrüßt zu werden? Nennt ihr das Gastfreundschaft? Eine Rauchsäule? Wo bleibt das Festmahl? Wo sind die Jungfrauen? Die Indianer schwiegen, sagten mit den wenigen spanischen Wörtern, die man ihnen beigebracht hatte, dass sie hier selbst fremd seien. Außerdem sprachen sie von einem bösen Dämon namens Wendigo, der sie alle holen würde. Diese Rauchsäulen, sagten sie, seien die Sendboten des dunklen Geistes.

– Aberglaube!

Die Mannschaft mühte sich mit den Pferden, vor allem aber mit Griselda, der Glocke, deren Gewicht die Schaluppe so ins Meer drückte, dass Wasser über das Dollbord lief. Schweißtriefende Oberkörper bewegten sich im Takt der Kommandos, und Kniegelenke ächzten wie Türscharniere. Die Männer waren in ihre Arbeit vertieft, agierten voller Stolz und konzentriert. Sorgfältig wurden über Seilwinden die Beiboote beladen und an Land gerudert. Gelassen schleppte man Säcke voller Proviant und Kisten mit Ausrüstung an den Strand. Bastardo hatte einen Klumpen in der Kehle, als er sah, wie die Glocke ins bewachte Waffenlager kam.

Kaum waren die wichtigsten Dinge an Land, wurde ein vier Meter hohes Kreuz errichtet und an einem Mast die Fahne Spaniens gehisst – ein buntes Tuch mit rot-gelben Streifen, einer Burg, einem gekrönten Löwen und den Herkulessäulen; »plus ultra« stand darüber. Añasco salutierte. Trompeten zerrissen die Stille, ein Trommelwirbel rührte um, und die Leute nahmen Aufstellung, um dieser feierlichen Stunde beizuwohnen. Alle, selbst unsere Paul-Newman- und Robert-Redford-Imitate spürten, dies war ein historischer Augenblick, ein Moment für die Geschichtsbücher. Wäre die Daguerreotypie bereits erfunden gewesen, die Männer hätten sich aufgestellt und feierlich in Richtung Kamera gegrinst.

Während man wartete, bis auch die Letzten an Land gerudert waren, bekam der Himmel eine bleierne Tönung. Als sich Desoto erhob, er trug eine goldbestickte, windelartig aufgebauschte Hose, ein ärmelloses Hemd und eine schwarze Wollweste, zog eine dunkle Wolkenfront auf. Der große Eroberer pflanzte sich vor seiner Mannschaft auf und brüllte gegen den Wind, damit ihn zumindest die vordersten Reihen verstanden. Als er anhob, das Requerimiento zu verkünden, fielen erste Regentropfen:

– Ihr Kaziken und Indios auf diesem Festland! Ferdinand brüllte. Hiermit tun wir kund, dass es einen Gott gibt, einen Papst und einen König in Kastilien, der Herr dieser Länder ist. Kommt und leistet ihm Gehorsam und wisst, wenn nicht, werden wir Krieg führen gegen euch, euch töten oder gefangen nehmen.

– Aber es sind doch gar keine Indianer da? Elias wunderte sich über dieses absurd anmutende Ritual.

– Unsere Seele ist Spanien, verkündete Desoto. Añasco reckte eine Faust gen Himmel.

– Spanien ist wie eine wunderbare Frau, die auf dich wartet, ergänzte Nero, und Ramses der Zweite bellte. Die Antwort kam vom Himmel. Bald wurde der Regen stärker, wuchs sich aus zu einem Wolkenbruch und prasselte trommelfeuerartig nieder – so heftig, dass man die Hand vor den Augen nicht mehr sah. Binnen wenigen Minuten war der Strand in eine Teichlandschaft verwandelt. *Schöne Begrüßung.* Als das Unwetter nachließ, blickten die bis auf die Knochen durchnässten Männer zu ihrem Führer, der ein ernstes Gesicht machte und schwieg. Wasser tropfte vom Haar in sein Gesicht; an der Nase, den Lippen und am Kinnbart hingen Tropfen.

Juan Desoto, der Neffe des großen Eroberers, trat neben seinen Onkel, wrang Wasser aus seiner durchnässten Kutte, packte Feldmessutensilien aus, stellte sein strahlenförmiges Tabernakel auf eine feuchte Brokatdecke, um mitten am Strand eine Messe zu zelebrieren, was den in Hinterhalten verborgenen Indianern völlig skurril erschien. Die Kleidung des Priesters war ein hängendes Sackleinen. Und was waren das für Gefäße und Leuchter, mit denen er hantierte?

– Dein Wille geschehe. Der Dominikaner predigte von Sünde und Vergebung, von Gottes Beistand und heiligem Auftrag. Dazu achthundert Männer, die teils sangen, teils schwiegen oder Fliegen verscheuchten, die mit der Sonne zurückgekommen waren. Sie grinsten, als eines dieser Biester in Juans Mund landete, der Missionar sich verschluckte, hustete, sich wieder erholte und die Lächler böse anblickte. Achthundert Männer, teilweise in glänzenden Rüstungen, die sich wie unter Drogeneinfluss benahmen.

– Katholiken lieben Kröten, flüsterte Bastardo, Katholiken lieben Krieg. Sonntags gehen sie in die Kirche und haben sich alle lieb.

– Ihr widerlichen Pseudochristen, schimpfte Juan. Ihr sagt, ihr liebt die Religion und wollt die Wilden missionieren, dabei seid ihr Heuchler … Aber ihr könnt nicht Gott dienen und dem Mammon … Es mochte Missionare geben, die nur an Abenteuern oder Gold interessiert waren, Juan zählte nicht dazu. Er war von seiner Aufgabe beseelt. Der Gottesmann redete sich in Rage, stieg in seine Sätze wie in eine Kutsche, peitsche seine Pferde mit Begriffen wie Seelenrettung, Himmelreich … denn dein ist die Kraft und die Herrlichkeit und die Ewigkeit …

Am Schluss stimmten alle in das Te deum ein, der wabernde Gesang dunkler Männerstimmen legte sich über den Strand, den Wald, Florida, ganz Nordamerika. Damit war das Land in Besitz genommen. Die Alligatoren dachten an fette Happen Gringofleisch und ein Festmahl aus Spaniern.

Dies war das gelobte Land? Das neue Reich, wo jeder seine Meinung sagen konnte? In der warmen Morgenfeuchtigkeit zirpten Grillen, und Mückenschwärme tanzten im lachsfarbenen Licht. Mittags kochte die Luft, und nachts nahm einen die Hitze in den Schwitzkasten. Man errichtete Zelte und Hütten aus Laubwerk, um die man einen Graben zog und Palisaden aufstellte. Fünf Tage später waren die Schiffe vollständig entladen. Überall lagen Ballen und Proviantsäcke, Fässer, Korbflaschen, Munitionskisten und Arkebusen, diese gewaltigen Schießeisen, klobig wie Lastpferde. Piken, Schwarzpulver, Sättel. Es sah aus wie auf einem Flohmarkt. Allerorts rüsselten Schweine, pickten Hühner nach Muscheln. Hunde bellten, und die Pferde genossen es, wieder Boden unter den Hufen zu spüren. Ob sie ahnten, dass sie hier die ersten ihrer Rasse waren?

Rodrigo dachte an die Gasthäuser in Europa, an Schnee und die vergleichsweise zahme Landschaft in Spanien. Büffelmozarella, Ibérico-Schinken, Rinderlenden … Nirgendwo wurde abends so gevöllert wie in Spanien – trotzdem waren die Menschen schlank, wahrscheinlich weil sie wegen der späten Fresserei schlecht schliefen.

– Hin ist rosa … Hinest … Rosa …? Moskito versuchte sich das Wort zu merken. Er hatte sich von seinem letzten Rausch so weit erholt, dass er Meldung machen konnte. Ein blinder Passagier! Erst dachten wir, der Jüngling handle wider die Natur. Doch nein, der Jüngling ist … die Frau des Dragoners Pablo Hinestrosa! Hat sich mit Helm, Harnisch und Schwert unter die Truppe geschummelt.

– Francisca Hinestrosa. *Jetzt war es heraußen.* Sie behauptet, Krankenpflegerin zu sein. Das passt wie ein Ei aufs andere. Wahrscheinlich eine Hure, die dieser Hinestrosa in Schutz nimmt.

– Eine Hure für achthundert Männer? Desoto machte große Augen.

– Was soll mit ihr geschehen? Sie hat sich an Bord geschlichen, gegen die Vorschrift … unter Vortäuschung falscher Tatsachen … Schon das ist ein Verbrechen. Noch unfeiner ist es, sich dabei erwischen zu lassen.

– Wenn sie keine Frau wäre, würde sie Bekanntschaft mit der Peitsche machen. Aber so? Sie muss mitkommen.

– Sie wird die Männer verrückt machen, ihnen den Kopf vernebeln. Skeptisch blickte Rodrigo zu Ferdinand.

– Wo ist das Weib?

Rundes Gesicht, breite Nase, brünette, aber kurze Haare, wie von Franz Holbein gemalt. Bartflaum an der Oberlippe. *Oder ist es ein Schweißbärtchen?* Moskito öffnete ihr ledernes Oberteil und … nein, das waren keine verfetteten Pectorales majores, aber auch keine Kürbisse … sondern kleine birnenförmige Brüste, die heraussprangen wie Schachtelteufel. Es war wie mit Museumsbesuchern vor einem Hermaphroditen – alle mussten hinsehen, sich überzeugen, dass da wirklich etwas war. Das Mädchen, fest, ruhig und mit erhobenem Kopf, *selbstsicher wie eine reiche Bäuerin*, ließ sich in den Sand sinken und bat mit klarer Stimme um Verzeihung.

– An einen Pfahl binden und mit Fischschuppe übergießen, damit die Vögel ihr die Augen aushacken. Stummel machte eine Geste des Halsabschneidens, aber Desoto schüttelte den Kopf.

– Kannst du kochen?

– Kochen und Wunden verbinden, Blutungen stillen, Kranke pflegen. Das Mädchen blickte verschüchtert auf.

– Sie wird die Männer um den Verstand bringen, so hungrig, wie sie dreinschaut. Rodrigo hielt ein Nasenloch zu und schnäuzte sich durch das andere.

– Ich habe aus Liebe gehandelt, sagte Francisca Hinestrosa.

Liebe? Ich werde ihr zeigen, was Liebe ist … Dem großen Eroberer fielen jene Sätze ein, die Pedrarias damals vor fünfundzwanzig Jahren in Badajoz zu ihm gesagt hatte. *Liebe?* Er erhob sich, umkreiste das Mädchen, packte ihr Gesicht, Specksteinhaut, blickte in strahlend blaue Augen, dachte an Isabella, Maria … *was war die damals für ein wilder Zahn* … und sagte:

– Bald gibt es genügend Indianerinnen für die Männer, und eine Krankenpflegerin wird nützlich sein. Also kommt sie mit.

So wurde Francisca Hinestrosa die erste weiße Frau in Florida. Und die Eingeborenen? Wenn sie das Treiben im Lager beobachteten, musste es ihnen schwerfallen, diese Eindringlinge für Götter zu halten.

Nach einer Woche wurde ein Trupp mit vierzig Reitern ausgeschickt. Sie entdeckten fürs Erste nur verlassene Dörfer. Diese Siedlungen bestanden aus zwei, drei großen Hütten, die Platz für hundert Menschen boten. Dazu Feuerstellen, Tempelberge, Unrat.

– Keine Kunst, nur alte Kleidung, zerbrochenes Geschirr. Gunkel war enttäuscht.

Welch ungastlicher Empfang! Dabei hätte man Eingeborene als Lastenträger gebraucht. Und ein paar Weiber könnten auch nicht schaden.

Porcallo wollte auf eigene Faust Gefangene machen, ritt mit einigen Begleitern in den Wald und wurde prompt von einem Pfeilhagel empfangen. Ehe sie sichs versahen, waren sie von Indios umringt. Nackte, kleine Männer mit geschorenen Häuptern. Ihre Haarkränze ließen sie wie nudistische Mönche aussehen. Es gelang ihnen, die ungebetenen Besucher zurückzudrängen. Ein Missionar zeigte auf sein Kreuz und proklamierte:

– Das ist Jesus Christus, der Erlöser. Wir sind gekommen, eure Seelen zu retten.

– Außerdem dürft ihr als Sklaven arbeiten. Porcallo kratzte sich am Ziegenbart.

Die Wilden blickten drein wie Bankangestellte bei einem Überfall, kreischten in einer unverständlichen Sprache und stürzten sich in Todesverachtung auf die Besucher. Mit ihren Stöcken und Keulen waren sie gegen die Schwerter der Eroberer chancenlos. *Wir werden euch zeigen, wie man Gäste empfängt.*

Am Ende des Scharmützels lagen zwölf Eingeborene tot am Boden. Kein guter Beginn für einen bilateralen Austausch.

Der nächsten Expedition erging es kaum besser. Zwar gelang es, Indianerfrauen zu fangen, doch auf dem Rückweg wurden die Spanier beschossen, und die Damen konnten fliehen.

– Was fällt euch ein? Es ist unser Recht, euch zu versklaven. Porci war außer sich. Kommt heraus, ergebt euch. Glaubt ihr, wir haben ewig Zeit?

Desoto lachte und war bester Laune, warf Lanzen nach Alligatoren, die in den Sümpfen lagen wie – Jahrhunderte später – grobprofilige Autoreifen. Er ritt allein in den Urwald, verschreckte Wildkatzen, schoss Vögel.

– Leichtsinnig. Añasco ermahnte ihn. Was, wenn dich ein Pfeil trifft?

– Unsere Mission ist gottgewollt. Mir kann nichts passieren. Tatsächlich besaß der große Eroberer eine Aura, die alle glauben ließ, ihm könne nichts passieren. Schon stellte er sich der nächsten Mutprobe und nahm einen Löffel Eintopf, den Castro aus einem Alligator zubereitet hatte.

– Hmm, vorzüglich.

– Lang lebe Spanien! Añasco kostete ebenfalls: Schmeckt wie eine Mischung aus Makrele, sumpfigem Karpfen und Moorhuhn. Sehr vulgär!

– Wirst dich daran gewöhnen.

– Die Männer sind unruhig. Manche fragen, wo das Gold ist. Andere sagen, dass das ein Drecksland ist. Añasco blickte skeptisch in seine Schüssel mit dem Alligator-Eintopf, nahm all seinen Mut zusammen und aß auf.

Dieses Florida war verschlossen wie eine Auster. Überall verschilfte, morastige Wasserläufe, Sümpfe, Mangrovenwälder, aber keine eingeborenen Führer, die sie herausführen hätten können. Die vier indianischen Dolmetscher waren geflohen.

– Ausgebüxt? Wie konnte das passieren? Desoto griff sich an den Kopf.

In Neuspanien und Biru waren Cortés und Pizarro von mächtigen Führern Gesandtschaften geschickt worden, aber hier? In dieser touristisch völlig unerschlossenen Gegend wurde man aus Hinterhalten beschossen, die Einheimischen zeigten sich nicht, und alles, was man sah, war ärmlich, primitiv. In Mexiko und Peru verbündete man sich mit kleinen Stämmen, um den großen Herrscher zu stürzen, dort entschieden wenige Schlachten über das Schicksal ganzer Länder. Hier blieben die Häuptlinge unsichtbar.

Zwei Wochen nach ihrer Landung wurden Kundschafter mit Geschenken zur Rauchsäule geschickt. Sie kehrten nicht wieder. Tage später fand man ihre Leichen – verstümmelt und übel zugerichtet. Man hatte sie aufgeschnitten, ausgenommen und mit Erde gefüllt, aus den Nähten krochen Würmer. Wie Vorzeichen eines Unheils hingen sie in den Bäumen, die ersten Opfer dieser Reise!

Sie bekamen ein christliches Begräbnis. Soldaten schleiften Fahnen über den Boden, die Missionare sangen ein Requiem, Francisca hielt die Totenklage, und Juan Desoto sagte:

– Die Wege des Herrn sind unergründlich. Wie schon bei Johannes steht … Lasst uns Abschied nehmen von denen, die ihr Leben gaben. Möge Gott ihnen gnädig sein, auf dass ihnen das ewige Licht leuchte.

Es sollten noch viele Beerdigungen folgen.

Zweifel machte sich breit. Hier gab es keinen Priamos, der Troja einem Holzpferd öffnete. Und der große Eroberer? Er zählte die Baumstämme der Palisaden, die Zelte, Pferde … Was für ein Mann war dieser Desoto, der hunderte Männer in diese gottverlassene Gegend geführt hatte, weg von Frau und Kindern und einem geschützten Heim, sich von mit Erde gefüllten Leichen aber überhaupt nicht beeindrucken ließ. Stolz und selbstherrlich ritt er herum und klopfte den Männern auf die Schulter. *Wozu? Damit der Name Desoto eines Tages in den Geschichtsbüchern steht, während die Namen seiner Männer vergessen sind?*

Obwohl es nicht gelungen war, indianische Träger zu fangen, rüstete man zum Aufbruch. Zum Glück gab es in Porcallos Gefolge Negersklaven und kubanische Indianer. Auch die Portugiesen hatten schwarze Sklaven, denen jetzt die ganze Last aufgebürdet wurde: Säcke mit Getreide, Munitionskisten, Weinfässer, Kanonen, Arkebusen und die Kiste mit Glocke Griselda.

Alle litten an der Hitze, die wie mit Hämmern auf sie einprügelte. Im Lager roch es nach nassen Tieren und ungewaschenen Socken. An den Tagen vor dem Aufbruch hatten die Leute nicht mehr zu tun, als sich um ihre Waffen zu kümmern, sich abends zu betrinken und zu träumen. Irgendwo im Norden hinter den sumpfigen Wäldern musste ein sagenhaftes Goldland sein.

GERUCH DES MEERES

Der Abend war wolkenlos und sternenklar. Das Lagerfeuer knisterte, Nachtfalter flogen in die Flammen, zischten auf, und in Elias wurden Kindheitserinnerungen geweckt – in den Auen des Guadalquivir hatte er oft Speck gebraten, meist so lange, bis die Schwarte die Konsistenz von Trockenkatzenfutter hatte. Ein Lächeln zierte sein Gesicht, als er an die brennenden Fetttropfen dachte, unvermittelt nach Algerien schwenkte und von Algier erzählte, wo fieberhaft nach dem Minotaurus mit dem Eselshaupt gesucht wurde. *Asinus pagasius.* Wenn wir auch wie Ruben und Jonas vermuten, dass unser Held seine Geschichte kräftig ausschmückte, bleibt uns doch nichts übrig, als ihm zu folgen:

– Wilde Gerüchte liefen durch die Stadt, erschreckten die Bewohner, ängstigten Kinder. Von einem Eseldämon war die Rede, vom Antichrist Daddschāl, der gekommen war, um Menschen in dunkelste Abgründe zu stoßen. Elias blickte seinen Zuhörern eindringlich in die Augen. Märchenerzähler, Puppenspieler, Derwische, alle sprachen von dem Esel, sogar Muezzins schrien es von Minaretten – ein Esel-Dschinn! Daddschāl! Das Zeitalter des Esels sei angebrochen, das Eselgeddon.

– Ganz schöne Eselei. Ruben boxte Elias freundschaftlich auf die Brust.

– Anisa Anis, diese verrückte Hexe, kannte die Wahrheit. Tatsächlich waren die Leute damals, als sie als Königin von Saba mit Ziegenkopf erschienen war, entsetzt davongerannt. Jetzt verbarg sie ihr Eselchen in dem Verschlag, und ich versteckte mich in meiner Haut. Wenn sie mich in ihre Kemenate kommen ließ und an den Ort führte, wo Worte keine Bedeutung haben, sah ich ihr aber an, sie würde den Esel bald zur Schlachtbank führen.

– Manchmal ist der Wolf im Schafspelz gefährlicher als der Wolf im Wolfspelz, sagte Jonas.

– Tatsächlich verging kein Tag mehr, an dem ich nicht von der Vorstellung verfolgt wurde, sie würde mich verraten. Die Zauberin hatte mich vor den Haken gerettet, vor der aufgebrachten Menge, aber jetzt? Als Eselwurst enden? In Algier trieben sich Trinitarier herum … nein, keine Gymnasiasten … das sind Ordensbrüder, die Sklaven freikaufen. Manchmal hörte ich Deutsche oder Polen, die jubelnd Richtung Hafen liefen, um eine Feluke Richtung Heimat zu besteigen. Meine Hoffnung war Kaiser Karl, von dem man sagte, er wolle nach Tunis auch Algier erobern. Aber der Imperator hatte anderes zu tun. Mal hieß es, er organisiere einen Kreuzzug nach Jerusalem, dann wieder, er kümmere sich um seinen Palast in Granada, widme sich dem Kampftrinken oder entwerfe eine Fahne für sein *plus ultra*.

– Nie da, wenn man ihn braucht.

– Dafür kam Mustafa Müller. Er hatte mich aufgespürt und versprach mit dattelsüßen Worten, mir zur Flucht zu verhelfen. Konnte ich diesem schmierigen Gesellen trauen?

– Der hat dich schon einmal auf Grund laufen lassen. Ruben kratzte sich am Hals.

– Er erzählte von zwei Haussklaven, die aus einem Land stammten, wo man in Ziegenmilch gekochtes Affenfleisch verzehrte. Die hätten heimlich ein Boot gebaut, dessen Einzelteile sie nachts zum Hafen schleppten. Elias flüsterte.

– Wir schlichen ihnen hinterher und sahen, wie sie am Strand Spanten, Bretter und Rippenbögen versteckten. Das ist die Gelegenheit! Ich wäre ein schöner Esel, sagte Mustafa Müller, wenn ich sie verpassen würde. Er hatte recht, ich war ein Esel, aber was für einer? Jederzeit konnte mich Anisa Anis verpfeifen oder der Ausreißversuch entdeckt werden …

– Dann warst du wirklich so ein Kamel, diesem Mustafa Müller zu vertrauen?

– Als die beiden Schwarzen in einer Vollmondnacht Fladen, Trockenfrüchte und Wasserschläuche zu ihrem Versteck trugen, gab Müller mir Bescheid. »Halte dich bereit. Kommende Nacht wird es so weit sein.« Den ganzen Tag war ich nervös. Würde es klappen? Oder war es eine Falle? Als mich Anisa nach der Siesta kommen ließ, war ich beruhigt. So würde sie mich nachts in Ruhe lassen. Diesmal fiel es schwer, der Prinzessin den Esel zu machen, war doch mein Kopf gefüllt mit tausenderlei Gedanken. Das Meer, Sevilla, die Kuchen meiner Mutter, an alles Mögliche dachte ich, nur nicht daran, mit der Zauberin zu eseln.

– Iah.

– Sie stank wie eine Zibetkatze, sah aus wie eine Zervelatwurst und war wie immer wollüstig. Ich weiß nicht, wie, doch es gelang, gemeinsam kamen wir in das Land, wo Wörter nichts bedeuteten. Danach war die Hexe mürrisch, schimpfte auf ihre Köche, Kleider, auf alles, was ihr unterkam, und zum Abschluss der Tirade, mit Tränen in den Augen, sprach sie von Enttäuschung und Verrat. Was? Ich meinte, nun sei alles aus. Da flötete diese Schlange, sie hätte Angst vor dem, was sie sich am meisten wünsche. Ich begriff, was sie sagen wollte, und nahm die Flasche Palmwein, die sie mir schenkte.

– Prost.

– Zurück im Ziegenstall, war ich mir sicher, sie würde mich ans Messer liefern. Ich öffnete den Wein und schob ihn weg: Du bist Alkohol nicht gewohnt, denk an Sevilla, keinesfalls darfst du das trinken, nicht vor dieser Nacht. Die Unruhe ließ meine Knochen zittern. Also nahm ich einen Schluck. Du musst nüchtern bleiben, sagte ich beim zweiten. Nach dem dritten hob sich meine Stimmung, doch war ich klar genug, in die Mitte der Flasche eine Kerbe zu ritzen: Bis hierher und keinen Tropfen weiter. Plötzlich war ich so guter Laune, dass ich am liebsten laut gesungen hätte, und als die Flasche zu drei Vierteln geleert war, musste ich den Impuls niederkämpfen, mir Gewalt anzutun, wenn ich sie nicht sofort austrank.

– Bravo, murmelte Ruben. Man muss die Ladung löschen, wenn man im Hafen liegt. Jonas gähnte.

– Ich spürte Schwindel, was mich nicht hinderte, die Flasche leer zu machen. Plim imitierte einen Betrunkenen. Nüchtern bleiben, lallte ich. Sei kein Esel! Meine Nervosität war ertränkt. Ich drapierte mich auf dem Strohsack und schlief ein.

– Nein!

– Als ich wieder zu mir kam, war der Singsang des Muezzins zu hören. Iah, gab ich zur Antwort. Ich hatte prächtig geschlafen und fühlte mich herrlich ausgeruht. Da kam mir der Fluchtplan in den Sinn. Sollte ich alles versäumt haben? Draußen war es stockdunkel, schlimmer aber war der Fleck auf meinem Hemd.

Ich hatte mich angekotzt, was nur von dem, was an mein Ohr drang, übertroffen wurde – Anisa Anis rief »Eselias!« –, so nannte sie mich. Eselias! Ich wurde panisch. Jetzt den Esel machen? Ich lief hinaus. »Die Prinzessin ruft nach dir«, ein Wächter versperrte mir den Weg. »Bin sofort zurück«, drängte ich mich vorbei, sah Mustafa Müller, der mich … »wurde auch Zeit« … erwartet hatte. Gemeinsam rannten wir durch leere Gassen, über Treppen, vorbei an Moscheen, Zisternen, Büschen, in denen Hühner schliefen, als uns am Hafentor zwei Soldaten anhielten. Jetzt war alles aus.

– Ich hab's dir ja gesagt. Ruben schüttelte den Kopf.

– Die Soldaten hatten dumpfe Gesichter. »Was habt ihr hier zu suchen?« … »Ich …« »Mitkommen, Knaben. Wollen hören, was der Hauptmann dazu sagt.« … »Der stinkt ja wie die Pest.« … »Ihr dürft uns gern zu eurem Chef bringen, aber vorher müssen wir zum Strand. Der hier«, Mustafa Müller deutete auf mich, »ist überall als Narr bekannt und braucht rasch Abkühlung. Ihr könnt uns gern begleiten …« »Davonschwimmen werdet ihr ja nicht.« Die Soldaten hielten sich die Nase zu und ließen uns passieren. Wir rannten. Was, wenn die Sklaven schon weg waren? Nein, wir kamen gerade recht. Die Schwarzen schleiften ihre vorsintflutliche Nussschale zum Wasser. Zu zweit hätten sie es nicht geschafft. Als sie sahen, dass wir ihnen helfen wollten, sagten sie, wir sollten bloß verschwinden. Das Boot wäre zu klein für vier, so hätten sie nicht die geringste Chance. Wenn sie mich nicht mitnähmen, keuchte Mustafa, würde er die Hafenwache alarmieren. Vier Leute wären zu viel, konterten die Schiffsbauer. Er bleibe hier, sagte der Bärtige. Nur ich sollte mitkommen. Widerwillig stimmten die Neger zu.

– Warum half dir Mustafa Müller?

– Das fragte ich ihn auch. Er sah mich an, griff mir an die Schulter, hatte Wasser in den Augen und sagte, er werde seine

Heimat niemals wiedersehen, und wenn er jemals in den Himmel käme, dann in einen muselmanischen … Er werde sterben in diesem fremden Land, ich aber … Er ignorierte meinen Gestank, umarmte und küsste mich. Mit tränensatter Stimme wünschte er mir alles Gute. Adieu. Wir stießen das Gefährt ins Wasser und ruderten geräuschlos in das wie schwarze Tinte daliegende Meer. Ich sah die schwache Beleuchtung in den Hafentürmen, Mustafas undeutlichen Schatten, und war überzeugt, bald würden wir vom Schicksal eingetunkt. Bald würde Mustafa Müller die Wachen rufen … Ich traute ihm noch immer nicht. Dachte, es war bestimmt ein Judaskuss. Doch nein, die Flucht gelang.

– Dann war dieser Mustafa kein schlechter Kerl. Ruben wurde sentimental.

– Trotzdem war er verloren. Wer Sklaven zur Flucht verhilft, verliert den Kopf.

– Was? Jonas war eingenickt und öffnete schlaftrunken die Augen.

– Tatsächlich kamen wir aus dem Hafenbecken und auf die offene See hinaus. Gerettet!? Am Morgen stellte ich fest, die beiden schwarzen Idioten hatten nicht nur keine nautischen Geräte mitgenommen, sondern auch keinen Proviant dabei, nicht einmal Wasser. »Alles deine Schuld«, warfen sie mir vor. »Hättest du dich nicht eingemischt, wir hätten den Proviantsack nicht vergessen.« So oder so, es konnte nicht lange dauern, bis uns ein Schiff der Barbaresken-Flotte auflas und zurück in die Sklavenhölle brachte, wo es uns wie dem heiligen Philipp ergehen würde, den, wie jeder weiß, die Türken gekreuzigt haben.

– Philipp? Kenne ich nicht.

– Bestimmt hatte man die Flucht bemerkt und war längst unterwegs, um uns zu suchen. Trottel, dachte ich, während mir die Schwarzen drohten, mich zu schlachten, was ihnen eine Außenseiterchance zu überleben gäbe. Aber womit? Die Spinner hatten nicht einmal ein Messer. Ertrinken, Verdursten oder zurück in die Gefangenschaft, eine andere Möglichkeit gab es nicht. Wir ruderten gegen die Verzweiflung. Das Meer schien endlos. Am Abend waren wir so erschöpft, dass wir kaum redeten, und ich war mir sicher, den nächsten Tag nicht zu erleben. Es würde meine letzte Nacht auf Erden sein. Aber das war kein Grund zur Beunruhigung, dieses Stadium hatte ich hinter mir. Ich hörte das Gemurmel des Wassers, große weiche Worte, spürte das Streicheln des Windes und dachte an mein Elternhaus, den Diamantenring, die Flamencotänzerin in Triana, den Sklavenmarkt und an Anisa Anis. Irgendwann schlief ich ein.

– Sehr gut. Jonas fielen die Augen zu.

– Am nächsten Morgen weckte mich ein Pochen. Unser vollgelaufenes Boot schlug gegen eine hölzerne Wand. Ein Schiff! Das Ende? Im ersten Moment glaubte ich, es wären Algerier. Doch nein, ein Handelsschiff! Dänen! Der Kapitän machte ein Gesicht, als sähe er ein rosarotes, gelbgetupftes Meeresungeheuer, dann diskutierte er mit der Mannschaft, ob man uns erschießen oder ersäufen solle. Man könne schließlich nicht ganz Afrika aufnehmen. Finge man damit erst an, gäbe es bald keine Dänen mehr in Dänemark, die Schwarzen würden sich nicht anpassen, sie würden Kinder zeugen, die das Dänische verdrängten, den Leuten die Arbeit wegnahmen … »Ich bin Spanier, Sklave aus Algier, geflohen«, brüllte ich. »Halt die Pocken, du Leuchte«, tönte es zurück, bevor man irgendwann doch die Strickleiter herunterließ. Vom Kapitän erfuhr ich, man hatte Kabeljau von Skandinavien nach Griechenland gebracht und für die Rückfahrt Olivenöl, Gewürze und Wein geladen. Die beiden Schwarzen würde man dem Hafenkommandanten von Kopenhagen zum Geschenk machen, mir aber die Freiheit schenken. Obwohl sich der Kapitän weigerte, einen spanischen Hafen anzusteuern, um mich an Land zu lassen, waren die nächsten Wochen die schönsten meines Lebens. Es gab Stockfisch, Beerenmarmelade und Aquavit. Wir passierten Gibraltar und nahmen eine küstenferne Route Richtung Lissabon, um den maurischen Galeeren auszuweichen. Ich war also gerettet und fühlte mich ganz wunderbar.

Dann zog eine Sturmfront auf, der Kahn geriet in einen Kampf mit den Elementen, lag hilflos im Wind, der einem fürchterlichen Orkan vorausging. Bösartige Böen zerrten an den Segeln, haushohe Wellen türmten sich, dazu der Sprühregen der Gischt, als würden ganze Löschteiche über uns ausgeschüttet. Das Schiff wurde auf die Wellenkämme getragen, bis der Bugspriet in der Luft stand, den Kontakt zum Wasser verlor, das Schiff fast flog, bevor es klatschend in die Tiefe sackte und beinahe auseinanderbrach. Ein Schlingern und Schaukeln war das, und die Männer beteten, dass sie das Abendessen behielten. Doch es kam schlimmer: Das Schiff wurde so überspült, dass es krängte, schließlich kippte, in die Tiefe sank und alles … Stockfisch, Beerenmarmelade, Aquavit und alle Dänen … alles außer einer Tür zum Grund des Meeres strebte. Der Rest der Geschichte ist bekannt.

Ruben trank Wein und blickte zu Quigley, der sich während der letzten Sätze dazugesellt hatte und den Kopf schüttelte.

– Wetten, die Hälfte ist erlogen und die andere ausgedacht? Der Lockenmann ist ein Fabulierer vor dem Herrn, eine männliche Scheherazade.

– Ich war dabei, wie man ihn aus dem Meer ganefischt hat. Ruben dachte an dänischen Stockfisch, algerische Datteln und Eselsalami. Irgendwie schien Elias' Erzählung alle hungrig gemacht zu haben. Fenk träumte von Prager Schinken und holländischem Käse. Müggenpflug packte sein Vesperbrettchen aus … »ohne das verreist der Schwabe nicht, und wenn doch, sagen seine Eltern: Unser Kind ist nicht mehr unser Kind«…, begann Speck zu schneiden und lobte die unverschnörkelte Geradlinigkeit der deutschen Küche: Sauerkraut und Sauerbraten.

– Nicht so ein Getue wie bei den Franzosen … denen müsste man die Zunge schaben. In Schwaben ist es Tradition, das Fleisch so lange zu braten, bis es nicht mehr als Fleisch erkennbar ist.

Francisca Hinestrosa sang ein Kinderlied, in das alle einstimmten, nur Jonas schnarchte. Elias hatte ein Auge auf Cinquecento und Bastardo. Was führten die im Schilde? Florida? Eines stand fest, auch hier ließen sich gemütliche Abende verbringen. Es war Mitternacht, als die Ersten sich erhoben. Die einen, um ins Bett zu gehen … *Bett? Ein Deckenlager!* …, die anderen, um sich in einem angrenzenden Wäldchen zu erleichtern.

– Ihr habt eine Libellenblase!

– Geht da nicht hinein, warnte Ruben. Dahinter ist ein Sumpf, wer weiß, welche Untiere dort wohnen.

– Kleine Männchen, die mit Lampen herumfliegen.

– Das sind Glühwürmchen, aber deren Licht reicht nicht aus, um zu sehen, wohin man tritt. Passt auf.

Nicht jeder folgte diesem Rat. Elias hörte, wie ein Betrunkener ein Trinklied sang … »Es fließt der Wein, es fließt das Bier. Hoch die Krüge, trinken wir …« und fröhlich in das Sumpfgewässer urinierte. *Wie ein Brauereipferd.* Geh nicht so nah zum Wasser, wollte er sagen, sah einen langen Schwanz und zitronengroße Eier. »Hoch die Krüge, trinken wir.« Im nächsten Moment klatschte es! … so laut, dass das Trommelfell platzte … wurde der Mann von einer enormen Gewalt gepackt, in den Sumpf gerissen, gegen das Wasser geklatscht, noch einmal und noch einmal, *hoch die Krüge*, und gleich darauf war er verschwunden. *Man hat in diesem Land keine Privatsphäre auf der Toilette.* Elias sah noch hochgereckte Arme, ein Zappeln.

– Alligatoren! *Die dritte Option.* Da gibt es keine Warnung, keine aufgescheuchten Vögel und kein Knurren, nur eine einzige, gewaltige Explosion.

– Wenn man mir ins Schlafzimmer pinkelt, bin ich auch sauer, brummte Ruben.

– Hast du das gesehen? Mir hat man erzählt, Krokodile können ihren Kopf nicht drehen.

– Alligatoren, korrigierte Cord. Man erkennt sie an den breiten Mäulern.

– Wenn man ihnen im Wasser begegnet, muss man senkrecht schwimmen, weil die Viecher ihr Kiefer nicht so weit auseinanderbringen, um einen aufrechten Menschen zu verschlingen …

– Vielleicht hat sich der Kerl beim Ausschütteln zu weit vorgebeugt?

Am nächsten Morgen, nachdem alle ausgetreten … diesmal sehr viel näher am Lager … und angetreten waren, verkündete Juan Desoto einen Kirchenbann über die Krokodile.

– Alligatoren, murmelte Cord.

– Ihr habt euren Platz im Paradies verspielt und werdet exkommuniziert, da könnt ihr noch so viele Krokodilstränen vergießen, ihr widerlichen Echsen. Seht ihr nun ein, dass es nicht intelligent ist, sich mit dem Teufel zu verbünden … So wie die Kirche es bei Plagen gegen Heuschrecken, Mäuse und Maikäfer getan hatte, rief der dickliche Priester zum heiligen Krieg gegen diese Echsen auf.

– Richtet sich der Bann nur gegen Krokodile, die es hier nicht gibt, oder auch gegen Kaimane und Alligatoren, wollte Cord wissen. Gerade in diesem Punkt müssen wir präzise sein …

Statt einer Antwort rückten zwanzig Reiter aus, um ein Strafgericht gegen diese unverschämten Viecher zu halten, die die Expedition mit einem All-you-can-eat-Buffet verwechselten. *Es geht doch nicht, dass die zum Abendbrot die Mannschaft schnabulieren.* Als aber einige dieser ketzerischen Tiere Piken zerbissen und die Pferde scheuten, verschob man ihre Exstirpation auf irgendwann.

WEIßER INDIANER

Zwei Tage später wurde ein Erkundungstrupp mit vierzig Berittenen und Fußsoldaten losgeschickt, darunter Elias und Ruben. Letzterer trug die schwere Arkebuse, Ersterer das Pulverhorn, Munition und Stützgabel. Zuerst war es umgekehrt gewesen, dann sah der Hüne ein, Monsieur Plim war für die Vorderladerbüchse zu schwach. Jetzt, da er sich nicht mehr schinden musste, nahm Elias die Geräusche des Waldes wahr.

– Ich will hier nicht als erdgefüllte Leiche enden.

– Bist du erst gestern aus dem Krähennest gefallen? Ruben verdrehte die Augen, als wäre es das Dämlichste auf Erden, hier Angst zu haben. Was soll passieren – abgesehen von Indianern, Skorpionen, Schlangen, Krokodilen …

– Hast du gar kein Heimweh? Elias hoffte, dass er seine Irrfahrt nicht überstanden hatte, um am Ende der Welt abgemurkst zu werden. Auch bei Ruben kam etwas in Gang. *Heimweh?* Man sah ihm an, gleich würde er einen seiner Schreie tun.

– Wenn ich an zuhause denke, muss ich an die Pumpen, Wasser schöpfen.

– Nein, sagte Elias und begann wieder von Algier zu erzählen, vom Harem mit seinen tausend Frauen:

– Die Moslems dürfen vier Frauen haben, aber der Sultan hat viel mehr …

– Vier Weiber kappen dir den Baum. Ruben zeigte eine Faust mit dem Daumen zwischen Mittel- und Zeigefinger.

Sie wateten durch hüfthohen Schlick, hörten Klapperschlangen und fürchteten Blutegel. Dieser Sumpf war die Mutter aller Vegetation, Vater allen Getiers. Der Urschleim … Dreck! Schon bald war alles voller Torf, ihre Gesichter sahen aus, als hätten sie sich eine Kriegsbemalung zugelegt. Schlamm in den Ohren, Nasen, Mündern, unter den Fingernägeln, Schlick und Torf im

Geist, in jeder Hirnwindung. Ein Biotop voller Milben, Hakenwürmern, Käfern. Sie hörten Frösche und sahen Schildkröten ihre Hälse recken. Es roch nach Tier. Die Männer fühlten sich wie im Schoß der Welt, wo das Ursperma produziert wurde, Ursprung allen Lebens.

– In Sevilla hätten wir bleiben sollen. Bastardo zog sich seinen breitkrempigen Hut in die Stirn. Weißt du noch, wie wir Potenzmittel verkauft haben?

– Ein wahrhaft raffiniertes Pulver für Liebhaber und Ditschen, Cinquecento lachte. Ein Gemisch aus Huflattich, Fischmehl und dem zerstampften Rumpfling eines Gehängten. Die Deppen mussten einen Zauberspruch sagen und sich den Dreck auf die Geschlechtsteile reiben. War ein gutes Geschäft.

– Leider hat uns einer vernadert. Dem hat es nichts ausgemacht, alle Details seines Liebeslebens auszuplaudern.

– Auch als Aussätzige lebten wir gut. Der Aal machte sein Robert-Redford-Gesicht. Was uns da die Leute alles in den Almosenkorb gelegt haben.

– Aber das Präparieren des Gesichts mit Griesbrei und Baumrinden, damit die Haut schuppig aussieht …

– Hat Eindruck gemacht, wenn Rindenstücke abgebrochen und die Leute zurückgewichen sind, weil sie dachten, Pestbeulen fallen ab.

– Wenn wir nicht den Elefanten gestohlen hätten, könnten wir noch immer …

– Als Betrüger hat man uns im Büßerhemd zum Galgen gekarrt.

– Die hohen Herrschaften von Erbsien haben verkündet, dass wir ausgebuffte Ganoven und bald Asche sind. Es ist schlimm, wenn die Ehre eines rechtschaffenen Menschen so befleckt wird.

– Um ein Haar hätten wir mit dem Seiler getanzt. Die Zangen zum Zwicken glühten schon.

– Aber Lazarena Malverde hat uns gerettet.

– Was für eine Erde? Ruben wechselte die Arkebuse von der einen auf die andere Schulter.

– Lazarena Malverde, unsere Schutzpatronin! Die reitet auf einem weißen Schimmel und hilft in Not Geratenen.

Die Ganoven hatten Elias noch immer nicht wiedererkannt. In der Truppe verhielten sie sich unauffällig, aber man konnte spüren, sie heckten etwas aus.

Der Weg durch das Gestrüpp war zäh. Myriaden von Mücken und Fliegen machten sie mit ihrem Gesurre verrückt. Die Zuneigung dieser Tiere war unerträglich. *Was machen die, wenn nicht gerade eine Expedition vorbeikommt? Wie schaffen die es mit ihren dünnen Stacheln, die Haut zu durchstechen?* Langsam nur kam der Trupp voran. Die Leute mussten durch Flüsse waten, Sümpfe umgehen, Schneisen schlagen. Und ständig hatten sie das Gefühl, beobachtet zu werden. Sie sahen niemanden und wussten doch, da war jemand, der ihnen folgte.

Je länger sie marschierten, desto schweigsamer wurde Ruben. Elias sah es ihm an, der kräftige Mann verspürte Heimweh. Jetzt lenkten ihn nicht mal mehr Haremsdamen ab. Nicht mehr lang, und der Rothaarige würde mit seiner Stentorstimme den Urwald zum Erzittern bringen.

Damals war noch nicht von der Erschließung neuer Märkte, Wertschöpfung, Effizienz und billigen Lohnarbeitern die Rede. Ihre Invasion war mit Gier nach Edelmetallen und der Errettung von Seelen begründet, aber daran dachten sie jetzt nicht, zu unheimlich war ihnen diese Wildnis. Und irgendwann sahen sie, womit sie die ganze Zeit gerechnet hatten. Fünfzig Augenpaare, Riesenhagebutten – Indianer! Sie waren von Kopf bis Fuß mit roter Farbe beschmiert … *wie in Drachenblut gebadet* … außerdem trugen sie Federschmuck am kahlrasierten Kopf, den nur ein einziges Haarbüschel zierte. *Barbaren!* Lediglich mit einem

Lendenschurz bekleidet, Speere und bedrohlich gespannte Bögen. Ein seltsames Summen ging von ihnen aus, ein unheimlicher, nie enden wollender, kehliger Ton ähnlich dem Gesang tibetischer Mönche.

– Die wollen ihre Füße an uns abwischen.

– Schaut nicht so aus, als wären sie zum Spaß hier. Manchen Eroberern stand der Angstschweiß auf der Stirn, andere waren begeistert, endlich einen Feind zu sehen. Nur Ruben hatte einen roten Kopf und presste Luft in seine Lunge.

– Jetzt nicht schreien, flüsterte Elias. Nicht.

Die Spanier fühlten sich wie Bären vor einem Bienenstock. Eine knisternde Spannung lag in der Luft. Man hätte einen Borkenkäfer husten hören können.

– Keine Angst, verkündete Rodrigo. Bis der Häuptling auch nur drei Namen seiner Krieger ausgesprochen hat, sind sie überwältigt. Wie kann man nur Heulender Wolf, Schlafende Babyschlange oder Rollender Gewitterdonner heißen?

Solche Namen haben die? Elias dachte an den unaussprechlichen Namen des Piratenkapitäns.

Añasco, der Kommandant des Erkundungstrupps, sah ein Bartgeflecht an einem Baum, fein ziseliert wie Honigwaben. Für einen Moment war er verzaubert von dieser filigran gesponnenen Struktur, aber sie waren nicht gekommen, die Schönheit der Natur zu bewundern, besann er sich und … plötzlich war ein markerschütternder Schrei zu hören, ein Lärm, der einem die Haare von der Kopfhaut blies. Rubens Stentorstimme. Ahhhhhhhgrrrrr. Der Rothaarige wollte nachhause.

Was für ein Idiot! Herr, lass Hirn vom Himmel regnen und alle Rothaarigen vom Blitz erschlagen.

Die Indianer waren wie gelähmt. Añasco schrie in die Stimme Rubens – »Santiago!«, der Kampfruf der Spanier seit dem achten Jahrhundert, heiliger Jakob, mit dem man 1492 Granada gestürmt hatte. Santiago! Nieder mit dem Pack! Im selben Augenblick griff die Bärentatze in den Bienenstock, die Reiter preschten vor, rasten durch ein Meer von Pfeilen und sahen, wie die aufgescheuchten Bienen ausschwärmten und mit ihren lächerlichen Stacheln drohten. Aber nicht lange, und die Insekten ergriffen allesamt die Flucht. *Sie reißen aus! Nein, sie schwärmen, finden aber keine Königin.* Die Fußsoldaten trotteten gemütlich wie Filmstatisten hinterher, errangen den leichtesten aller Siege.

Nur einer von den Wilden blieb stehen, ließ Pfeil und Bogen fallen, hob die Hände zum Himmel und sagte in einer schwer verständlichen Sprache:

– Binspanier! Töt etnicht. Lasstleb, en. Bitte. Binspanier! Der Wilde, einen Kopf größer als die anderen Indianer, bekreuzigte sich unentwegt. Und obwohl Añasco schon ausgeholt hatte, diesem seltsamen Vogel den Kopf abzuhauen, hielt er inne, weil ihm plötzlich war, als hätte ihm jemand an einem Montag ein schönes Wochenende gewünscht. Irgendetwas stimmte nicht.

– Bist du Christ? Sprichst du unserer Sprache? Wie ist das möglich?

Der Indio zitterte, Tränen liefen über sein Gesicht, er fiel auf die Knie, bekreuzigte sich wie besessen und sagte etwas von Gefangenschaft, zehn Jahre.

Die Spanier standen nun um ihn herum und trauten ihren Augen nicht. Auch dieser Indianer war von Kopf bis Fuß mit roter Farbe beschmiert, trug Federn im schwarzen Haarbüschel, allerdings hatte er, wenn auch rasiert, einen Anflug von Bart, die Nase war länger, europäischer. Er war kaum der Sprache mächtig, und doch war er eindeutig ein Weißer.

– Huan o Tiz, sagte er immer wieder. Huan o Tiz, so lange, bis man es als Juan Ortiz erkannte.

– Was zum Teufel machst du hier, Juan Ortiz? Añasco blickte an dem kümmerlichen Mann hinab, war verwirrt.

Ortiz, dem Schamgefühle fremd waren, gewöhnte sich erst langsam wieder an das Spanische, verschluckte Silben, betonte alles falsch, verwendete Schnalz- und Pfeiflaute. *Wie die Leute auf La Gomera.* Nur das Vaterunser war ihm noch geläufig, und so kam es, dass dieser iberische Indianer seine mit Tätowierungen bedeckten Arme faltete und ein verstümmeltes Vaterunser betete: Beate Uhse i Immel, eiligt Erde Einnahme …

Was war das für ein Mensch? Zurück im Lager, stellte sich heraus, dass er Matrose auf einem der Schiffe des Pamphilius von Narváez gewesen war.

– Dann hat er zwölf Jahre bei den Wilden zugebracht? Cord drängte sich zu ihm vor. Du musst mir erzählen, wie die Indianer leben. Welche Rituale haben sie? Was essen sie? Welche Initiationsriten? Ich muss alles über ihre Religion erfahren, die Methoden der Medizinmänner … arbeiten sie mit Luftzufuhr? …

– Hör nicht auf den. Cord wurde weggestoßen, und Moskito drängte Ortiz, seine Geschichte zu erzählen.

Was folgte, war ein kaum verständliches Gestammel, das ständig Fragen provozierte. Am Ende brachte man den Geretteten zu Castro, der ihm … *gluck, klack, klick* … Branntwein und Suppe servierte. Ortiz aber interessierte vor allem eines: Salz. Er stellte die ganze Küche auf den Kopf, bis er es gefunden hatte, tauchte seine Finger in das Fass, schleckte sie genüsslich ab, war verzückt. Als er Käse entdeckte, konnte er sein Glück kaum fassen, wollte schreien vor lauter Freude, aber es kam nur ein einziger klebriger Laut hervor. Er versuchte einen vornehmeren Ton, der sich jedoch als Grunzen offenbarte. Was für ein Anblick! Ein tätowierter, nur mit einem Lendenschurz bekleideter Mensch, der genüsslich mit den Augen rollte, als er sich den Mund mit Käse füllte.

Moskito berichtete dem großen Eroberer, was man erfahren hatte:

– Ortiz war Matrose unter Pamphilius gewesen. Wie er zu den Indianern kam, die sich Menschen des ersten Lichts nennen? Sie haben unsere Leute freundlich empfangen, ihnen ein Fest bereitet. Als sich die Spanier aber über Frauen hermachten, kam es zu einem Streit zwischen Häuptling Hirrigas Mutter und Pamphilius. Der Eroberer hetzte Doggen auf die Indianerin, und »Sonnenschwert« Hirriga sowie alle seine Krieger mussten zusehen, wie sie zerfleischt wurde. Dem Häuptling, der dazwischengehen wollte, wurden Nase und Ohren abgeschnitten. Das Leben ist kein Ponyschlecken. Der Verstümmelte konnte das nicht auf sich sitzenlassen, sammelte seine Leute, und es kam zu einer Schlacht. Pamphilius' Männer waren darauf nicht vorbereitet, und als die Wilden begannen, sie mit Steinen zu bewerfen, gewissermaßen eine Ordnung in ihre Reihen brachten, flohen die Spanier. Vier wurden gefangen genommen, darunter Ortiz.

Häuptling Hirriga wollte seine Mutter rächen, trieb die Gefangenen durchs Dorf, ließ sie auspeitschen und schrie, jetzt wird sich zeigen, wer hier die Göttersöhne sind und wer nach ranziger Butter stinkende Bartgesichter. Danach wurde einer nach dem anderen gegrillt.

– Was?

– Auf einem Rost über glühenden Kohlen. So genossen die Gefangenen das Glück des heiligen Martyriums.

– Widerlich.

– Das Grillen hatte man von Pamphilius gelernt. Jetzt waren es Christen, die sich die Seele aus dem Leib schrien. Kaum waren die Gemarterten gegart, wurden sie zerteilt und den Hunden der Indianer zum Fraß vorgeworfen.

– Kann man in Erfahrung bringen, welche Marinade sie verwenden?, wollte Rodrigo wissen.

– Unserem Mann war das gleiche Schicksal bestimmt. Grillfleisch! Und wäre nicht die Häuptlingstochter Tanzender Waschbär gewesen, die um sein Leben flehte, Ortiz wäre in Hundedärmen geendet. Durch sie ließ sich der nasen- und ohrenlose Häuptling erweichen und begnadigte ihn – zur Sklaverei. Ortiz musste schwere Arbeit, Hungerrationen und die Prügel Hirrigas ertragen, erinnerte er den Häuptling doch an seine zerfleischte Mutter und an die löchrige Beschaffenheit seines Gesichts. Eines Tages, die Frauen waren auf den Feldern, hat der rachsüchtige Häuptling ihn gefesselt und in glühende Kohlen geworfen.

– Wird Zeit, dass wir diesem Grillmeister zeigen, was es heißt, Spanier zu sein, einen Kaiser zu haben und einen Papst. Der große Eroberer wölbte seine Brust und schlug mit der Faust in die flache Hand.

– Wieder haben Frauen ihn gerettet. Moskitos Stimme überschlug sich. Tanzender Waschbär riet zur Flucht, half ihm, sich zu Häuptling Mokosso durchzuschlagen – ein Feind Hirrigas. Juan Ortiz wurde dort aufgenommen, lebte wie ein Indianer, lernte ihre Sprache, die Jagd, und wurde ein passabler Fährtenleser. Auch die Mokosso lassen sich die Haare ausreißen und tragen nur ein einziges Haarbüschel am Kopf, den Skalp, damit sich ihre Feinde dessen bedienen können.

– Wozu? Als Pinsel?

– Sie schneiden ihren Feinden die Skalplocke samt Kopfhaut ab, räuchern und gerben sie, um sie wie Palmbuschen auf ihren Feldern aufzustellen.

– Perücken wären sinnvoller.

– Ich bin frei von Vorurteilen, sagte Moskito, aber das sind Barbaren, Wilde, die man mit dem Schwert bekämpfen muss.

– Genau, bekräftigte Rodrigo. Ich habe nichts gegen diese Indianer, aber wer Menschen ohne Marinade grillt, hat keine Existenzberechtigung.

Desoto schüttelte den Kopf und sagte:

– Das ist ein Wink des Schicksals! Einen besseren Führer hätte ich mir nicht wünschen können. Er betrachtete Ortiz, den man mittlerweile gebracht hatte, und klopfte ihm auf die Schulter.

– Danke, stammelte dieser, verwirrt von der Würde seines neuen Amtes, aber ich kenne die Gegend nicht. Indianer verlassen ihr Stammesgebiet nur selten. Außerdem wolle er hierbleiben.

– Was? Der große Eroberer war fassungslos. Hier? Bei den Wilden? Warum?

– Frau. Familie … Soweit sich Ortiz' Kauderwelsch deuten ließ, war er bei den Indianern glücklich, hatte eine Frau und Kinder, lebte zufrieden. Da war nichts vom Glück eines Geretteten, im Gegenteil, er schien verzweifelt und zerrissen. Was sollte er erobern? Warum nach Spanien zurück, wo alle stolz und eingebildet waren? Hier lebte er sorgenfrei …

– Kommt nicht infrage! Desoto brüllte. Du kommst mit!

Ortiz war verlegen … er gedenke nicht, dem Befehl zu gehorchen, es tue ihm leid.

– Willst du, dass wir Nudelteig aus dir machen?

– Gibt es einen mächtigen Häuptling, wollte Moskito wissen. Einen Kaziken, der ein großes Reich regiert?

– Gibt es. Im Norden schüttet man Gräber mit Perlen zu. Und jetzt Entschuldigung, Euer Gnaden, der falsche Indianer deutete auf seinen Bauch, Juan Essen ungewohnt. Ortiz Gedärm … wie Wasserfall … Er rannte hinaus, und Moskito rief ihm zu, wo die Latrine war:

– Nur einen Seitensprung entfernt!

– Perlen? Das ist ein Zeichen Gottes. Desoto ballte die Faust: Wir brechen auf! Sofort!

Die Zelte wurden abgebaut, die Hühner gefangen und in Käfige gesperrt, Pferde und Sklaven beladen, Männer zum Transport der Kanonen bestimmt, Schweine zusammengetrieben. Alle formierten sich, nur die Portugiesen nicht.

– Was ist mit denen?

– Sie verlangen einen formellen Entschluss, eine …

– Wenn sie sich nicht sofort bereitmachen, können sie sich einpökeln lassen und als Stockfisch zu den Krokodilen gehen.

– Alligatoren, korrigierte Cord.

DIE TAUFE

Zuerst war Juan Ortiz stolz auf die geschenkten Stiefel, Pluderhosen und den Wams, aber bald hatte er sich dieser Dinge wieder entledigt, weil er lieber nackt in Birkenrindensandalen und mit einem hohlen Hirschhorn als Präputiumverlängerung ging. Zumindest die Schellen und Rasseln an den Hoden hatte man ihm ausreden können. Er fragte jeden, ob er für eine Prise Salz oder etwas Käse seine Brandwunden sehen und die Tätowierungen erklärt bekommen wolle – komplizierte geometrische Muster, die von einem großen Geist erzählten. Jetzt wollte er nicht mehr um jeden Preis bei seinem Stamm bleiben, er gewöhnte sich an das Spanische und schien zurückzukehren in sein altes Leben. Anfangs hatte er sich einfach genommen, was ihm gefallen hatte … ihm war das Konzept von Besitz und Eigentum völlig abhandengekommen … aber auch das besserte sich.

Ständig ging Cord Fenk neben ihm her und wollte etwas über die Indianer erfahren.

– Stimmt es, dass sie mit Fischen Felder düngen? Ist es wahr, dass junge Burschen zur Mannwerdung einen Winter allein im Wald verbringen? Werden künftige Krieger wirklich von jeder Frau im Dorf gesäugt? Die Antworten enttäuschten. Die Medizinmänner kannten weder Aderlässe noch Luftzufuhr!

– Diese Indianer sind ein primitives Volk, das sich über die

Europäer lustig macht. Sie ekeln sich vor Taschentüchern, wie sie Pamphilius benutzt hat, und sagen, ein Volk, das Unreines aufbewahrt, hat einen Sprung in der Schüssel. Außerdem verstehen sie nicht, wieso sich Christen anderswo niederlassen, wenn ihre Zivilisation so großartig ist.

Ortiz' Sprache war wie ein verlassenes Haus, von dem jetzt Zimmer für Zimmer wieder betreten wurde. Ständig kamen ihm vergessene Wörter in den Sinn, er rief »Krauthobel«, »Gemüsesuppe« oder »Nasenrammel« und machte dabei Luftsprünge. Er besann sich der rollenden Rs und liebte es, den Wörtern ein A oder O anzuhängen. Sprach er von seiner Frau, sagte er Ortiza, und seine Kinder nannte er Ortizos …

Sein Magen hatte sich erholt, und mit traumwandlerischer Sicherheit führte er die Expedition … ins Perlenland? Nein, vorerst nur in das Dorf von Häuptling Mokosso, der ganz verwundert war, als er die achthundert Männer, Pferde, Kanarischen Doggen und Schweine sah. Eine Invasion Außerirdischer? Götter? So muss sich der Betreiber einer kleinen Kneipe fühlen, wenn plötzlich fünfzig Reisebusse mit Touristen einfallen.

Häuptling Mokosso, ein vierzigjähriger, gutgebauter Mann mit Pferdegesicht, hatte einen prächtigen Federschmuck angelegt und hielt eine pathetische Rede, von der die Spanier naturgemäß kein Wort verstanden. Ortiz übersetzte und sprach von großer Ehre und einem freudigen Ereignis. »Der Häuptling geruht, Eure hochwohlgeborene gnädige Löblichkeit zu fragen, ob es sich geziemt, ihn, wenn er geruht, mit einem bescheidenen Fest lobpreisen zu dürfen …« Vor Schwulst und Schmalz triefende Sätze waren das, die Ferdinand an den Windbeutel auf La Gomera erinnerten. Nachdem die Begrüßung ausgestanden war, führte Ortiz die Männer stolz durch sein Dorf, zeigte ihnen Strohhütten, Feuerstellen, Webstühle, den Schrein. Hier hatte er zwölf Jahre lang gelebt. Das war seine Frau, Ortiza, eine Zwanzigjährige mit Hängetitten, hier seine Kinder, die Ortizos, dreckige Bälger mit zerzaustem Haar.

– Diese Hütte habe ich Casa de la Contratación de Indias genannt, hier ist der Hauptplatz, dieser Teil des Dorfes ist Barcelona, und da hinten liegt Toledo … Diese Hütte habe ich Alcazar genannt, den Platz hier Segovia …

– Und das ist vermutlich die Alhambra? Añasco deutete auf eine armselige Hütte.

– Seht ihr die Dächer aus Palmblättern?

– Erinnern an Reetdächer, brummte Cord.

– Diese Blätter, Ortiz riss welche von einem Strauch, helfen gegen Mückenstiche. Cord zerrieb die Dinger und roch daran.

– Eukalyptus?

– Die Indianer sagen Garamuga.

Alles, was der Stamm besaß, wurde den Fremden überlassen – es gab gegrillte Meerschweinchen, Nasenbären und Affen, Fladen aus Maniokmehl, Ziegenmilch und gefüllte Maistaschen. Berauschenden Tabak und sogar ein bierähnliches, trübes Getränk, *keine Spur vom Reinheitsgebot,* dennoch entging den Spaniern nicht, wie ärmlich dieses Strohhüttendorf war. Überall Abfälle, zerschlagene Tontöpfe, Stofffetzen. Die meisten fühlten sich trotzdem wohl. Hier gab es zwar keine Hochkultur mit goldenem Geschirr, aber Herzlichkeit. Wenn diese Indianer nur nicht die Angewohnheit gehabt hätten, alles mitgehen zu lassen. Wie lästige Insekten waren sie. Ständig mussten sie davon abgehalten werden, Knöpfe von Jacken zu reißen oder Steigbügel aus dem Zaumzeug zu schneiden. Erst als man ihnen Glasperlen schenkte, war Ruhe.

– Sklaven, murmelte Porcallo. Billige Arbeitskräfte.

Juan Desoto war empört:

– Die Burgos-Gesetze von 1512 besagen, dass wir Indianer als freie Menschen behandeln müssen.

– Wir brauchen Träger und keine vierzig Jahre alten Gesetze.

– Und warum spucken Sie beim Sprechen so? Der Missionar wischte sich Tröpfchen von der Kutte. Porcallo fluchte. *Passt schon.*

– Gibt es hier eine Drei-Sterne-Herberge mit Frühstück, frischer Bettwäsche und Bar? Nero kratzte seinen Bartschatten.

– Pass auf deinen Wurstl auf, witzelte Stummel, sonst landet er im Kochtopf. Tatsächlich war der Rauhaardackel umringt von Kindern, die ihn abschmusten. Andere zogen an den Bärten der Spanier oder betasteten die Pferde.

Elias war, als hätte er alles bereits gesehen: Nackte Frauen säugten Hundebabys, rieben Wäsche zwischen Steinen, bereiteten in schmutzigen Pfannen herrlich duftendes Essen. Kinder spielten mit kleinen Stachelschweinen oder klopften auf die Brustharnische. Wie zuhause? Nein, die Landschaft war wilder – riesige Insekten und gigantische Bäume. Ein verlorenes Paradies? Oder die Hölle?

Mokosso war stolz auf seine neuen Verbündeten und hoffte, mit ihnen die Herrschaft über alle Nachbarstämme zu erringen. Wie ein Hotelier, der das Geschäft seines Lebens wittert, rieb er sich die Hände und grinste über sein ganzes Pferdegesicht. Er beschenkte Desoto mit Muschelschmuck und Ohrringen aus Entendaunen. Außerdem mit bequemen flachen Lederschuhen, die er erfunden hatte und Mokassins nannte. Seine Mutter aber war misstrauisch, fürchtete dasselbe Schicksal wie Hirrigas Mutter, aß nichts und sprach von Krankheiten, die die Eroberer in Kisten mit sich führten.

– Diese Spanier sind keine Gottessöhne, sondern Zechpreller. Die konsumieren, aber zahlen nicht. Du musst der Erde befehlen, sie zu verschlingen.

– Halt deine Klappe. Mokosso, der sich seinen Deal nicht madig machen lassen wollte, spuckte.

– Die Berge sollen sie zermalmen.

– Noch ein Wort, und ich lasse dich peitschen. Der Häuptling winkte mit der Hand, als verscheuche er Fliegen, und seine Mutter schlich davon … »wirst schon sehen, was du davon hast«.

Cord Fenk ließ sich die von Kanälen durchzogenen Felder zeigen, bestaunte Eggen aus Fischbein und Saatstössel aus Knochen. *Als ob ihn in Europa Bauern interessieren würden? Da ist ja das Geschlechtsleben der Mehlwürmer interessanter.* Er sah, wie in Erdlöchern Getreide zerstampft wurde und man mit glühenden Steinen, die man in Suppenschalen gab, kochte. Ortiz übersetzte und erklärte alles. Doch nun wollte er auch eine Gegenleistung.

– Wie heißt der neue Papst? Wer ist der erfolgreichste Torero? Wie weit ist der Bau der Kathedrale von Sevilla vorangeschritten? Wie viele Kinder hat Kaiser Karl? Wie heißen die hübschesten Hofdamen? Alles wollte er von Cord jetzt wissen, aber auch die anderen verschonte er nicht mit seinen Fragen.

– Kennt jemand den Kesselschmied Ortiz in Alburquerque? Das ist mein Vater. Die Werkstatt ist genau unter der Burg. Den muss doch jemand kennen … Wie geht es ihm? Ist meine Schwester schon verheiratet? … Natürlich wusste niemand, wie es Ortiz' Familie in Spanien ergangen war.

Bastardo und Cinquecento stolzierten herum, nahmen Felle an sich und sagten jedem:

– Wir, die wahren Christen, sind die Herren, und ihr müsst uns gehorchen. *Christen? Diese Halunken?* Sie genossen es, sich wie Auserwählte zu fühlen. Als sie eine Sänfte fanden, ließen sie sich herumtragen, machten hochnäsige Gesichter und sprachen sich mit »Durchlaucht Bastardo« und »Eminenz Gino« an. Es machte ihnen Spaß, sich wie gespreizte Adelige zu gebärden.

Die Mädchen des Stammes tanzten, dass ihre Knospen und Gugelhupfpopos wackelten, und ließen sich bereitwillig verführen. *Wann hat man schon Gelegenheit, sich mit einem Gott zu paaren?* Biegsame braune Körper mit stoischen Gesichtern – wie im Kakao gewendete Barbiepuppen. Jetzt dachte niemand an die Versprechen, die man ihnen in Sevilla abverlangt hatte, keinen Umgang mit einheimischen Frauen zu haben. Selbst Cord Fenk war versucht, die Haarlocke seiner Paula zu vergessen und sich mit einer dieser Schönheiten zu vergnügen. *Gesundheit verträgt sich nicht mit Enthaltsamkeit.*

– Vorsicht vor dem Liebeszauber, warnte Ortiz. Die Indianerinnen verfügen über Kräfte, die einen zwingen, Tag und Nacht an sie zu denken. Man kommt davon nur los, wenn man bei Vollmond ein Ritual mit frischem Hühnerblut vollführt.

– Aberglaube, der Arzt lächelte, besann sich seiner Wurstmacher-Herkunft und ließ sich mit einer jungen, auf wuchtigen Schinkenschenkeln stehenden Indianerin ein, an die er lange denken sollte. Sie umklammerte ihn mit ihren Bratwurstbeinen, drückte ihm ihre Fleischlaibchen ins Gesicht und quetschte ihn aus wie Leberwurst. Als er völlig leergepresst war, sah sie ihn an und sagte sinngemäß:

– Bleib noch ein bisschen drinnen.

Und er kam lang nicht mehr heraus. Noch Wochen später ging ihm ihr herbsüßer Fleischgeruch nicht aus der Nase, wollte er diese butterhüftige Indianerin wiedersehen.

Die Missionare liefen mit Bibeln und Kreuzen herum und erklärten die Lehre Jesu Christi, was von den Indianern mit Ohh- und Ahh-Lauten kommentiert wurde. Sie zeigten auf den Himmel und zur Erde, grinsten und imitierten das Kreuzzeichen. *Was für ein mächtiger Gott muss das sein, der seine Leute mit Metallwaffen ausrüstet und ihnen vierbeinige Fabelwesen schenkt.* Aber auch die bärtigen weißen Götter verrichteten ihr Geschäft am Rand des Dorfes, furzten, rülpsten und stanken. Oder sie liefen wie brunftige Primaten durch das Dorf und stürzten sich auf Weiber.

Zwei Dominikaner drängten Mädchen zur Beichte, ließen sie den Lendenschurz ausziehen, steckten ihnen einen Finger in die Spalte und begannen sie danach wegen Unzucht auszupeitschen.

Trotzdem war Häuptling Mokosso einverstanden, sich taufen zu lassen – wahrscheinlich, weil er Ähnliches von seinen Schamanen kannte, die nicht nur die Sprache der Wolken verstanden und mit Toten und Tiergeistern per du waren, sondern den Spaniern auch eine düstere Zukunft prophezeiten. »Wendigo wird kommen und euch holen.« Diese Medizinmänner rannten die ganze Zeit mit Räucherhölzern herum und führten einen seltsamen Tanz mit gurgelndem Gesang auf, der in seinen Obertönen an betrunkene Maultrommeln erinnerte. Als man ihnen mit den Hunden drohte, wurden sie kleinlaut und verschwanden.

– Seht ihr, deren Medizin ist unwirksam.

Mokosso küsste Desoto die Hände und schwor, ein treuer Vasall des großen Kaziken Karl in Spanien zu werden. Dafür sollte man ihn vor seinen Feinden schützen und ihm Waffen geben.

Kann man diesem Pferdegesicht trauen? Der große Eroberer dachte an Peru, wo man die Spanier oft in Hinterhalte locken und töten wollte – immer alle bis auf den Zureiter, den Schmied und den Barbier, die sollten nur kastriert werden.

– Bum, bum, deutete Mokosso auf eine Kanone. Gut.

Desoto antwortete mit Machiavelli:

– In der Politik geht es nicht darum, ein guter Mensch zu sein, sondern darum, das zu erreichen, was man sich vorgenommen hat.

– Gut, sagte der Häuptling. Bum. Bum.

Anstatt Mokosso Waffen zu geben, sangen die Missionare Psalmen.

– Das erfrischt sowohl den Geist als auch den Körper.

Beim Vaterunser begannen die Indianer zu tanzen, wahrscheinlich, weil sie glaubten, sie könnten ihre Sünden ausschwitzen. Danach wurde der ganze Stamm mit Weihwasser besprengt, was die Wilden glauben ließ, sie seien nun unverwundbar. Zwar wussten sie nicht, was sie glaubten, waren aber fest entschlossen, sehr daran zu glauben. Juan Desoto gab seiner Knetteigmasse ein würdiges Aussehen und predigte die Vorteile der Armut und des kargen Lebens. »Was der Mensch sät, das wird er ernten … Selig sind die Sanftmütigen … Und eher geht ein Kamel durchs Nadelöhr als ein Reicher in das Himmelreich.« *Langweilig wie ein Bibelfilm.* Sobald er von Jesus sprach, jubelten die Wilden, war vom Teufel die Rede, heulten sie.

– Wartet, bis auch euch die Freuden der Inquisition zuteilwerden, murmelte Rodrigo.

Müggenpflug war zunehmend enttäuscht über die primitiven Kunstgegenstände, die an den Fürstenhöfen Europas wenig einbrächten, und Desoto wollte weiter. Ihn störte Mokossos Gier nach Waffen. Ständig streichelte der Häuptling eine der Kanonen oder versuchte, den Soldaten Arkebusen und Schwerter abzuluchsen. Damit er Ruhe gab, schenkte ihm der Adelantado eine Armbrust, zeigte ihm, wie sie mit der Winde zu spannen war, und machte einen Probeschuss auf einen Baum.

– Damit kann man einem Hund auf hundert Schritt Entfernung das Arschloch pfeffern.

Der Indianer hüpfte herum wie ein Kind zu Weihnachten. Beim Spannen quetschte er sich einen Finger. Im nächsten Augenblick zielte er auf seine lachenden Leute und erschoss … bum, bum … einen Jungen, der in die Knie sank und starb. Mokosso schien nicht zu verstehen, was geschehen war, staunte über die Waffe, lachte. Auch die anderen interessierten sich mehr für die Armbrust als für den toten Knaben. Nur seine Mutter weinte. Als Pferdegesicht neuerlich spannte und wieder auf die Menge zielte, nahm man ihm die Armbrust weg. Sofort liefen ihm dicke Tränen über die Wangen, und er heulte.

– Lasst uns weiterziehen.
– Vorher müssen wir sie taufen.
– Jagt sie durch einen Fluss.

Am Morgen der Abreise leuchtete die Sonne eine prächtige, aprikosenfarbene Morgenstimmung aus. Zum Frühstück gab es Haferbrei und kaltes, fettes Pökelfleisch.

– Und Kuchen? Ruben sah melancholisch drein.

Castro schüttelte den Kopf, während er mit seiner Kelle Brei auf Rubens Holzteller pappte.

– Porridge ist Schweinefraß. Quigley beschwerte sich. Nicht einmal Orangensaft, Bohnen in roter Sauce, Würstchen, Spiegeleier … Ich wette, wenn Heinrich der Achte erfährt, wie man seine Untertanen hier abspeist, lässt er zwei Ehefrauen und eine Köchin einmauern. Fis is shit.

Während die Eroberer aßen, stand der ganze Stamm am Fluss. Die Missionare sangen Lieder und tauchten Köpfe ins Wasser. Es ging zu wie bei der Qualitätskontrolle einer Schwimmreifenfabrik. Gluck, gluck.

Obwohl daneben Soldaten flache Steine übers Wasser hüpfen ließen, waren die Fratres mit dieser ersten Massentaufe zufrieden. Eine christliche Gemeinde, strahlten sie, obwohl sie ahnten, dass die Indianer nichts verstanden. Als man ihnen erklärte, die Hostien wären der Leib Christi, weigerten sie sich, die geweihten Oblaten zu essen. Stattdessen liefen sie in ihre Hütten und versteckten die Teigblättchen, manche vergruben sie, andere befestigten sie an ihrer Kleidung oder an den Hütten. Zwar waren sie jetzt Christen, aber ohne jegliches Verständnis. Schade um die Hostien.

VOM MÄDCHEN, DAS IN SEINER ACHSELHÖHLE WOHNT

Schon während der Taufe hatte heftiger Regen die Stimmung verdorben. Wenig später kamen die Mücken. Añasco schimpfte: »Was fällt euch ein? Wir sind Spanier!« … So hatten sie sich dieses Land nicht vorgestellt. Auch Porcallo fluchte. Bedauerte er, sich der Expedition angeschlossen zu haben und nun mit einer unzivilisierten Horde durch Marschland zu ziehen, anstatt mit Isabella zu dinieren? Jedenfalls stritt er mit seinem Sohn, einem halben Indianer, der sich bemühte, besonders spanisch zu erscheinen, in den Augen seines Vaters aber ein Bastard war.

– Was sollen diese Beschriftungen? Desoto zeigte in Richtung eines Pferdes, auf dessen Hinterbacke »Pferd« stand. Auf einem Schwein stand »Schwein« und auf einem Kanonenrohr »Kanone«. Einer deiner Scherze? Der große Eroberer blickte zu Stummel.

– Nein, ich weiß nicht, ehrlich … Rodrigo zuckte mit den Achseln.

Den Soldaten waren die Beschriftungen egal. Sie litten unter ihren gepolsterten Helmen, Brustpanzern, Beinschienen und Kettenhemden. Doch an eine Umkehr war nicht zu denken. Desoto hatte sechs seiner neun Schiffe zurück nach Havanna beordert, das zehnte gehörte Porcallo, der nach wie vor auf Sklaven hoffte.

– Wir jagen keine Indianer, hielt Ferdinand kategorisch fest.

– Zwanzig Dukaten werden in Havanna für jeden Indio bezahlt. Damit finanzieren wir die gesamte Expedition. Porcallo war ein kühler Rechner. Wir müssen nur Mokossos Leute auf die Schiffe laden.

– Vergessen Sie's. Desoto blickte Porci verächtlich an. *Was meine Frau an dir findet? Deine Manieren sind nur Tarnung, dein Frauenverständnis Attitüde, und mit dem offenen Mund schaust du grenzdebil aus.* Wir haben andere Aufgaben. Zuerst greifen wir Hirriga an, damit wir das Bündnis mit Mokosso festigen.

So machte sich die Expedition auf, um dem nasenlosen Kaziken zu zeigen, wer hier das Sagen hatte. Juan Ortiz war gespalten: Einerseits gefiel ihm der Gedanke, dem Grillmeister eine Abreibung zu verpassen, andererseits durfte seiner Tochter nichts geschehen. Vielleicht könnte er sie mit nach Spanien nehmen? Spanien? War er nach zwölf Jahren bei den Indianern noch für ein Leben in der Zivilisation geeignet? Nach wie vor haperte es an der Aussprache, fühlte er sich unwohl in Kleidern, hatte er Probleme, Sätze zu verstehen, in denen es um Zukunft oder das Individuum ging. Er vertrug keinen Wein, und die Nahrung der Spanier war ihm zu üppig und versalzen. Er verstand nicht, wie seine Landsleute dauernd essen konnten – besonders Francisca Hinestrosa schien an nichts anderes zu denken, und auch Nero verputze solche Mengen, dass sein massiger Körper nur noch verdaute.

Kaum war Hirrigas Dorf in Sichtweite, ließ der große Eroberer die Trompeten blasen, auf die jemand »Trompete« geschrieben hatte. Sofort stürmten die Indianer neugierig heraus.

– Freut euch, ihr Heiden, schrie ihnen Juan über den Fluss zu. Ihr seid befreit, ihr müsst euch nicht mehr eurem Häuptling unterordnen, nicht mehr euren Heidengöttern. Ihr kehrt heim in den Schoß Jesu Christi. Eure Seelen sind gerettet.

– Soll ich das übersetzen?, fragte Ortiz. Der Statthalter schüttelte den Kopf.

– Ergebt euch, sagte Desoto, was Ortiz auf Indianisch wiederholte. Die Antwort war ein Regen an Pfeilen.

Bald darauf tanzten auf der anderen Flussseite dreihundert rotbemalte Krieger. Sie zeigten, was sie von ihrer Errettung hielten, reckten ihre nackten Ärsche in Richtung Spanier, furzten und lachten. Sie benahmen sich wie bekiffte Hippies vor Börsenmaklern.

– Ergebt euch, wiederholte der große Eroberer. Sofort!

Jetzt kam ein Bote über den Fluss, stellte sich grußlos vor Desoto hin und zwitscherte in der unverständlichen Indianersprache.

– Sein Häuptling sei unbesiegbar, und wir sollten uns nicht mit ihm anlegen, der große Hirriga sei aus gutem Darm und stehe unter dem Schutz eines mächtigen Gottes. Bevor der Dolmetscher fertig war, hatte der Bote seinen Hintern entblößt, ihn als Petschaft dem Spanier entgegengestreckt, gelacht und das Weite gesucht. *Zweifellos eine Überstrapazierung diplomatischer Immunität.*

– Wir werden diesen Spinner vernichten. *Schluss mit Völkerrecht und Schutz der Naturvölker.*

– Santiago! Der ganze Trupp setzte sich in Bewegung, überquerte den Fluss und näherte sich den höhnischen Indianern … Das setzt jede Genfer Konvention außer Kraft … Dann geschah etwas, womit nicht zu rechnen war, etwas, das sich mit einem Schmatzen der Füße ankündigte, einem Boden, der Schritt für Schritt matschiger wurde, das ganze diplomatische Corps außer Tritt brachte. Erst sank man nur etwas ein, dann ging der Dreck über die Knöchel, bald bis zu den Waden, Knien. Man blieb im Sumpf stecken, der den Fluss vom Dorf trennte. Die Pferde kamen nicht mehr vorwärts, bockten, warfen ihre Reiter ab. Die Soldaten konnten sich gerade noch befreien und stapften mühsam und schlammverschmiert Richtung festem Boden. Die Pferde aber steckten fest. Mit Reisigbündeln und kleinen Bäumen wollte man sie befreien, was nicht gelang, im Gegenteil, sie sanken tiefer, standen bald bis zum Bauch im Matsch. Die Indianer bogen sich vor Lachen. *Na wartet, das gibt Sanktionen.*

– Vorwärts, brüllte Stummel, dessen Pony halb versunken war. Es ist das Kostbarste und Edelste für einen Spanier, sich zu opfern. *Noch so ein Satz, und du zahlst fünf Pesos in das Phrasenschwein.*

Man rammte Balken in den Boden, baute Dreifüße, die man mit Tauen verband. Und während man breite Lederriemen unter den Bauch der Tiere drückte, um sie mit Seilwinden herauszuziehen, kletterte Ortiz auf ein Ross und brüllte:

– Tanzender Waschbär! Ich bin es!

Anstatt der Tochter kam ihr Vater, trommelte sich auf den Bauch, stellte sich breitbeinig ans Ufer, pisste und lachte. *Na warte, das kostet dich deine Immunität, du Ferkel.*

– Scheißkübel!, brüllte Stummel.

Die Rettung der Pferde dauerte Stunden, in denen sie von den Indianern weiter verhöhnt wurden.

– Schweinerei. Völlig besudelt stand Porcallo neben seiner verschlammten Stute. Die Federn an seinem Helm erinnerten an ein Huhn, das zu lang im Kuhstall gewesen war. Er hatte seinen Säbel aus Toledostahl verloren und einen seiner Stulpenstiefel im Moor gelassen.

– So etwas habe ich noch nicht erlebt. Schlammkrusten fielen in großen Brocken von ihm ab.

– Dreck, sagte sein Sohn.

Die Indianer grölten ihre Lieder, während die Spanier wie Moorleichen aus einem drittklassigen Horrorstreifen aussahen.

– Sie singen von dummen weißen Männern …, übersetzte Ortiz.

– Dieses verdammte Land, brüllte Porcallo. Darum bin ich nicht hier! Winzige Speicheltröpfchen spritzten aus seinem Mund. Von der heilenden Wirkung der Moorbäder wusste er nichts. *Passt schon.*

– Beruhigen Sie sich. Desoto nahm den Rückschlag gelassen.

Er strahlte die Ruhe eines Mannes aus, der sich seiner Sache sicher war.

– Ich fahre umgehend nachhause. Der Plantagenbesitzer spuckte. Mir reicht's.

– Genau, ergänzte sein Sohn. Wir haben genug von diesem Land. Uns reicht's. Das ist eine Jauchegrube!

– Sie wollen das erobern, um Gülle-König zu werden? Anstatt Sklaven zu fangen … nein, der Herr spielt sich als Herrscher auf. Nicht mit mir. Ein Vasco Porcallo de Figueroa hat hier nichts verloren.

– Genau, bekräftigte sein Sohn. Wir haben hier nichts verloren.

– Du nicht. Porcallo sah den Filius scharf an. Du wirst die Expedition begleiten.

– Wie Sie meinen, brummte der Sohn. Desoto blieb stumm, blickte dem Davonstapfenden hinterher, sah, wie Dreckpatzen von ihm abfielen.

– Dann wird Moskito neuer Quartiermeister. Der große Eroberer dachte an das Männlein, das keinen Alkohol vertrug, *die Saufgurgel*, und bereute diese Entscheidung sofort. Wer hat Santiago gebrüllt? Und was ist mit euch? Er blickte um sich, sah die Eidechsenaugen Añascos, Nuños Kinngrübchen, Neros Bartschatten … *Warum sind die nicht schmutziger?* … und einen Stein, auf den jemand »Stein« geschrieben hatte.

– Will sonst noch wer zurück? Und findet heraus, wer diese Beschriftungen macht.

Ein Murren ging durch die Leute. Niemand meldete sich. Nur Porcis Sohn schluckte. Der Mestize hatte Tränen in den Augen und winkte seinem Vater hinterher.

Die nächsten Tage verbrachte man damit, den Dreck aus der Kleidung und den Hautporen zu entfernen. Alle kratzten und schabten, wuschen und rieben, als gälte es, die Erinnerung an diese Schmach ein für alle Mal zu löschen.

Mokosso und sein Stamm waren enttäuscht, dass selbst die weißen Götter gegen den nasenlosen Widerling Hirriga nichts auszurichten vermochten. Um sie zu trösten, gab man den Indianern spanische Namen. Pferdegesicht hieß jetzt Don Carlos, seine Söhne nannte man Don Alonso, Don Felipe und Don Francisco. Ein Spaßvogel hatte sich erlaubt, am Totempfahl den Schriftzug »Sevilla« anzubringen. So lief der ganze Stamm nackt und mit Federschmuck herum, brüllte iberische Namen und wirkte wie die Pervertierung von Spaniens Hidalgismus mit seiner Adelssucht.

Nur Mokossos Mutter biss zornig die Zähne zusammen. Kam ihr ein Spanier zu nahe, deckte sie ihn mit Flüchen ein:

– Unoso temkimaar machukke …

– Sie wünscht uns langes Leben und Gesundheit, log Ortiz, der ihre gehässigen Verwünschungen nicht übersetzen wollte.

Um den Anblick dieses Dorfes nicht länger ertragen zu müssen, befahl Desoto, gerade als ein Indianer versuchte, ihm einen Knopf von der Jacke zu reißen, den Weitermarsch. Ortiz sollte sie führen.

Sie zogen durch Wälder, verschilfte Bäche, blumenbesäte Savannen. Manchmal stand »Baum« auf einem Baum oder »Blatt« auf einem Blatt. Träger gab es keine, denn die paar Indianer, die ihnen Don Carlos Mokosso mitgegeben hatte, konnten Porcallos Sklaven nicht ersetzen. Männer und Tiere keuchten unter der Last, sogar Hunde hatten Packtaschen umgehängt, nur die Schweine liefen unbeschwert und grunzten. Den größeren hatte man Schellen umgehängt. Neugeborene Ferkel, es gab viele, und sie waren so klein, dass man sich fragte, wie alle Organe in ihnen

Platz fanden, wurden in Körben an den Pferden transportiert und bei jeder Rast an die Muttersäue angedockt.

Was für ein obskurer Zug, der sich da vorwärtsschleppte. Bergauf brauchten sie für zwei Kilometer eine Stunde. Die Fußsoldaten und Träger fluchten auf die arroganten Dragoner, die grinsend auf ihren Pferden hockten, vor und zurück ritten, anstatt Lasten zu übernehmen. Und überall lagen dunkelgrüne, dampfende Rossknödel herum, umsurrt von grünen Fliegen.

– Ob es klug war, Porcallo nach Havanna zu lassen? Rodrigo machte ein besorgniserregend freundliches Gesicht.

– Warum? Etwas stimmte nicht. Ferdinand sah es an der Art, wie Stummel seinem Blick auswich und etwas zu verbergen suchte.

– Wegen Isabella. Es heißt, er macht ihr schöne Augen.

– Unsinn. Desoto fühlte Scham aufsteigen, einen kleinen schmerzhaften Stich. *Eifersucht? Der große Eroberer? Niemals!* Weißt du mehr als ich?

– Ihr Verhalten war merkwürdig, aber das muss ja nichts heißen.

– Eben. Heißt nichts. Einmal hatte er einen Briefumschlag mit Porcallos Siegel bei Isabella gefunden. Jetzt hätte Ferdinand viel darum gegeben, diesen Brief niemals gesehen zu haben. Hatte seine Frau gelogen? Was empfand sie für diesen Plantagenbesitzer … Renaissancemenschen …, der den Mund nicht zubrachte? War sie in ihn verliebt? Weil er reich war? Ferdinand spürte, wie sich eine zähe, bittere Substanz in ihm formierte – Eifersucht, die er sofort hinunterschluckte.

– Ich, sagte der Zwerg, hätte diesen Porci nicht zurück nach Havanna gelassen.

– Kümmere dich um deinen Kram. Desoto schüttelte den Kopf. Er dachte an die Stunden ihrer jungen Liebe. Damals erinnerte ihn Isabella an Maria, rollte sie sich nach dem Küssen wie ein Kätzchen in seine Achselhöhle, fühlte er das Bedürfnis, sie zu beschützen, zu lieben. *Was weiß schon der Zwerg?*

Jetzt sahen sie rot blühende Kakteen, Alligatoren, Gürteltiere und Vögel mit gelben Brüsten, blauen Federn, aber keine Indianer. Das Holz der Bäume knarzte, die Luft war würzig, und Frösche quakten ihre Sehnsucht nach einem paarungsbereiten Froschweibchen in die Welt – ein Geräuschteppich, als würde ein Volk von Gnomen Boden schrubben.

– Wie heißen diese Bäume?

– Zypressen! Die Indianer sagen, sie sind so alt wie ihr Volk. Der Baum mit der glatten Rinde ist ein Gumbo-Limbo, die Wilden machen aus seiner Rinde Suppe, hilft gegen Durchfall.

Gumbo-Limbo? Erinnert an den Guajakbaum, mit dem Pedrarias seine Syphilis behandelte. Der Alte hat die Rinde stundenlang gekocht, den Schaum abgeschöpft, und damit seine Geschwüre eingerieben. Das abgeseihte Gesöff hat er dann getrunken …

Einige plagten sich mit den Kanonen, andere mit Vorräten oder der Glocke Griselda. Jeder noch so kleine Hügel stellte eine Herausforderung dar, erforderte enorme Kraftanstrengung. Die Reiter hatten Schwielen an den Schenkeln … *der Hintern ist mürbegeritten* … und die Marschierenden bekamen Blasen an den Füßen.

Quigley bot Wetten an, wer zuerst schlappmachen würde, und Elias hatte sich das Knie verstaucht, schob diesen Schmerz aber beiseite. Neben Ruben humpelte Jonas, erstaunlich, wie gut er sich trotz des Stummbeins hielt. Ja, Stummbein nannte er die hölzerne Prothese, und Stockmännchen hieß er sich selbst. Aber nie hörte man ihn auf sein Bein oder sein Schicksal fluchen, im Gegenteil, mutig ging er seinen Weg und dem entgegen, was ein Prothesenjunge von der Welt erwarten konnte.

Abgelehnt? Trutz Finkelstein lehnte an der Wand und konnte es nicht fassen. Er versuchte zu schlucken, doch ein dicker Knödel schien in seinem Hals zu stecken. Abgelehnt!

– Mach das Fenster zu, schrie sein Sohn. Es zieht wie Hechtsuppe. Trutz reagierte nicht.

– Merkst du nicht, dass es gleich pisst? Tatsächlich waren dunkle Wolken aufgezogen.

Formfehler? Finkelstein spürte heftigen Pulsschlag an der Schläfe. Er hatte die Klage penibelst vorbereitet, sich mit Experten in Sachen Völkerrecht beraten, unzählige Prozessakten und Gesetzeszusätze studiert – und jetzt das. Abgelehnt! Ein Tritt in die Magengrube. Wofür hatte er die Verträge durchgeackert? Das Abkommen von Greenville 1795, den Vertrag mit den Navajos von 1868, jenen mit den Comanchen von Fredericksburg 1847 … Durch hunderte Vereinbarungen mit den Irokesen, Delaware, Cherokee, Choktaw, Kiowa, und wie sie alle hießen, war er gepflügt, hatte Nebenbedeutungen freigelegt und Formulierungen gepinselt wie ein Archäologe. Wortknochen zusammengesetzt und Sinnscherben ergänzt. Wofür? Damit man ihm jetzt sagte, seine Ausgrabung sei wertlos, die Funde belanglos? Abgelehnt! Dabei war das amerikanische Rechtssystem für seine Sache günstig, rein und klar wie abstrakte Malerei, weil es im Gegensatz zur europäischen Justiz keine Verjährung kannte.

Abgelehnt! Trutz' Hirn, sonst eine mit Post-its vollgeklebte Kühlschranktür, war leer und abgewischt. Alles weg. Sein Blick fiel auf die mit israelischer Erde gefüllte Thermoskanne – aus Haifa, um im Falle des Ablebens seiner Eltern den Toten Heimaterde mitgeben zu können, wie es geschrieben stand. Jetzt war er es, dem man diese heimatliche Scholle bald ins Grab legen konnte. Abgelehnt! Dabei hatte er alles richtig gemacht. Nur eine Sammelklage besaß Chancen. Die Vereinigten Staaten anerkannten weder den Internationalen Gerichtshof noch den Strafgerichtshof in Den Haag. Eine Anrufung des Sicherheitsrates der Vereinten Nationen war ohne Perspektive. Da es keinen Präzedenzfall gab, hätte er vor Gericht durchaus Möglichkeiten. Dafür musste die Klage zugelassen werden.

Nun teilte man ihm mit, dass die Indianer zum Zeitpunkt, an dem die Verbrechen wider die Menschlichkeit gegen sie begangen worden waren, keine Staatsbürger der USA gewesen seien. Die Native Americans hätten sich während ihrer Geburt in einem über den heutigen USA befindlichen Flugzeug befinden müssen, um als Staatsbürger anerkannt zu werden, was für das 16. und 17. Jahrhundert auszuschließen ist. *Was für ein Glanzstück juristischer Idiotie!* Außerdem existiert kein Dokument, das beweist, dass die Indianer die rechtmäßigen Eigentümer des Landes gewesen seien. Sie hätten Begriffe wie Besitz und Eigentum nicht gekannt. Diese Kategorien wurden erst später vom Kapitalismus eingeführt, um Eigentümer zu schützen. Bis zur Einreichung von Grundbüchern, Geburtsregistern, Taufbüchern und anderen Legitimationen der Besitzverhältnisse jener Zeit wäre man daher gezwungen … Rhabarberrhabarber … Der Schreiber suhlte sich in zynischen Gedankenspielen. *Wenn Dummheit klein machen würde, könnte er unter einem Teppich Fallschirm springen.*

– Wichser! Trutz Finkelstein war stinkwütend. Gab er auf? Nein, und wenn er bis zum Tag des Jüngsten Gerichts kämpfen müsste. Er dachte an die Lumpensammler in Galizien, an Tuchhändler, Geldwechsler, den ganzen Finkelstein-Stammbaum, und wusste, er würde weitermachen, eine neue Klage einreichen und die Justiz der Vereinigten Staaten herausfordern. Selbst wenn die Welt dachte, er hätte einen Webfehler, würde er weiterkämpfen, Post-its vollkritzeln und sein Kühlschranktürenhirn damit bekleben. Es war wie mit dem Paradoxon von Achilles und der Schildkröte – ersonnen von Zenon, um die Widersinnigkeit der Infinitesimalzahl zu veranschaulichen. Der Läufer gab dem Tier einen Vorsprung, und beide rannten gleichzeitig los. Sobald Achilles die Stelle erreichte, wo die Schildkröte gestartet war, befand sich das Tier schon ein Stück weiter. Kaum hatte der Läufer diese Stelle erreicht, war die Schildkröte wieder etwas weiter. So ging es ewig fort. Nach den Gesetzen der Logik konnte der Läufer die Schildkröte also nie erreichen … Klar, in der Praxis würde Achilles an dem Reptil einfach vorbeiziehen, es so überholen wie der Lebensstil der Weißen die Indianer überholt hatte. Aber Trutz Finkelstein würde beweisen, dass das den Gesetzen der Logik widersprach und unrechtmäßig war. Abgelehnt!

Trotz des Regens zog er Joggingsachen an, ging Richtung Central Park und rannte los – vorbei an einem Potpourri beschirmter degenerierter Wohlstandsspießer, tanzender Hippies, Kinderwagen schiebender Mütter und Exzentriker. Was ihn bei der Rückkehr erwartete, wusste er: Levy würde an seinem Egoshooter-Spiel sitzen, anstatt sich mit Vernünftigem zu beschäftigen. Der Fettklops hatte noch nie etwas von der Diaspora gehört. Und was hatte er vor ein paar Tagen kundgetan? Hitler hätte die Jugend vernichtet, deshalb gäbe es in Europa nur alte Menschen! Als ihn Trutz auf seinen Fehler hinwies – Juden, nicht Jugend! –, hatte ihn Finkelstein junior nur blöd angesehen … Sonst? Seine Ex, jetzt Rodeo Girl in San Antonio, würde ihm Beleidigungen auf die Mailbox gesprochen haben, und das Schreiben vom Gericht wäre noch immer da. Abgelehnt! Wegen dieser Indianergeschichte war seine Ehe in die Brüche gegangen. Oder wegen seiner Schwiegermutter, die aussah wie der alte Jassir Arafat. Vielleicht auch wegen der vielen Prozesse, die er gratis für Kleinkriminelle, Drogenabhängige, Prostituierte und so weiter führte? Dabei hatte seine Frau immer gesagt, sie würde ihn nie wegschmeißen – und nach einer Kunstpause: weil sie gar nicht wisse, wohin. Altmetall? Plastik? Elektronik? Papier? Die strengen

Mülltrennungsvorschriften machten die Entsorgung eines Ehemannes unmöglich. Irgendwann war es ihr doch geglückt …

Abgelehnt! Wegen dieser Indianergeschichte hatte er sich zu wenig um seinen Sohn gekümmert, war er jetzt nicht Chef einer großen Anwaltssozietät in Chelsea, Midtown oder der Bowery, sondern ein Winkeladvokat für Mietrechtsfragen und Erbschaftsangelegenheiten in der Upper West Side, der sich nicht einmal ein eigenes Büro leisten konnte. Machte er so weiter, würde er bald in Harlem oder New Brunswick sitzen, in irgendeinem Kaff in Wyoming, Idaho oder Utah? Dabei liebte er Manhattan. Die Oyster-Bar in der Central Station, die Jazzclubs in Lower Harlem, die Buchhandlungen in Tribeca, Diners im Village und all die angesagten Locations in SoHo. Bald würde er sich das nicht mehr leisten können. Er hatte die Kunstsammlung seines Vaters verscherbeln müssen, der amerikanische Expressionisten gesammelt hatte. Humorlose abstrakte Bilder: Franz Kline, Ad Reinhardt, Mark Rothko, de Kooning … Sämtliche Bilder hatte er versetzt. Nur ein kleiner Jasper Johns war übrig, aber auch der nicht mehr lange.

– Wenn du so weitermachst, sagte seine Mutter, schaffst du es spielend, den Aufstieg deiner Familie zunichtezumachen, als Lumpensammler wirst du enden …

Nein, Hinschmeißen war unmöglich. Nicht jetzt. Er war die Schildkröte, die sich dem Lauf der Zeit entgegenstemmte, die Schildkröte, an der der Läufer nicht vorbeikam.

Jeder war mit sich beschäftigt, blickte weder links noch rechts. Nur Cord sah die großartige Flora, die riesigen, sich wie Greisenhaar anfühlenden Geflechte an den Bäumen – das sogenannte Spanische Moos, daneben Palmen, Flaschenbürstenbäume und Flamboyants. Er sah einen Trompetenbaum, an dessen Blüten metallisch schimmernde Kolibris saugten, die der Wurstmachersohn erst für Insekten hielt, dann aber als Mischwesen klassifizierte. Die anderen beachteten das nicht. Es war, als glaubten sie nicht an die Natur, nicht an das große, menschenleere Dorf, auf das sie nach tagelanger Wanderung gestoßen waren. Alles erschien unwirklich. Hütten, erloschene Feuerstellen, Tonscherben.

– Ist hier jemand? Hallo! Die Soldaten hatten ihre Schwerter gezogen. Nichts. Die Stille war unheimlich, als könnte sie Landschaften verschlucken.

– Pst! Was war das?

Ein kleiner Hund sah verschreckt aus einer Hütte. Ramses und die Doggen reagierten.

Die Bewohner waren ausgebüxt? Empörend, einfach empörend. Niemand da, den man etwas fragen konnte, nur rachitisch aussehende Verschläge.

Sie fanden Tonkrüge mit Bohnen, Kürbisse, süßlich schmeckende Knollen und Säcke voller Mais. Außerdem in Tierhäute eingenähte Klumpen.

– Sieht wie vergammelter Rosinenkuchen aus.

– Erinnert mich an Cheddar. Quigley war begeistert.

– Das ist Pemmikan, erklärte Ortiz. Eine Mischung aus Fett, Trockenfleisch und Beeren.

Der große Eroberer ordnete an, hier die Nacht zu verbringen. Die Fußsoldaten sanken erschöpft zu Boden – zu müde, um Insekten zu verscheuchen. Männer entledigten sich ihrer Harnische und Ballonhosen, stiegen in einen kleinen Fluss und massierten ihre Füße.

– An Hunger sterbt ihr nicht, höchstens an Dummheit, sagte Castro. Der Koch schrieb »Suppe des Augenblicks: Schwarze Bohnen« auf seine Schiefertafel und bereitete eine Art Eintopf zu. Desoto ließ Wein ausschenken, und als alle die Strapazen der letzten Tage spürten, hörten sie Lärm aus der Küche. Ploppende Geräusche und Gelächter. Schüsse? Nein, Castro hatte mit dem Mais experimentiert, der über dem Feuer zu weißen Knubbeln aufsprang.

– Schmeckt wie Papier.

– Ihr müsst das salzen, verkündete der kleine, dicke Koch, legte Daumen und Zeigefinger zusammen und brummte wohlig.

– Ich weiß nicht, in meinem Mund ist der Wasserstand niedrig, wenn ich das esse.

– Diese Erfindung wird mich berühmt machen. Ich werde sie Castros Puffmais nennen. Gesalzen, geschmalzen, geschmulzen. Das wird einschlagen wie eine Bombe. Piff, paff, puff. Ein neuer Zweig der Gastronomie: Castronomie!

Eher Castroskopie oder Castroitis.

Gunkel hatte eine grauenhafte Entdeckung gemacht. *Heiligs Blechle!* In einem Rundbau mit geschnitzten Riesentieren in unzüchtigen Stellungen waren mumifizierte Leichen und ein Regal mit Totenschädeln. Verschrumpelte Gestalten, denen die Kinnladen herunterhingen. Pergamentbraune, in grobes Leinen eingehüllte Gerippe.

– Na, Kameraden? Müggenpflug zog am langen Haar, in dem Perlen hingen, hatte gleich den ganzen Skalp in der Hand, setzte ihn vorsichtig wieder auf den Schädel. Behalte das. Wo sind eure Enkelkinder? Feige Beletage. Nichts arbeiten? Nehmt euch ein Beispiel an den Deutschen, da arbeiten sogar die Toten. Die

Deutschen sind ein Volk von … Noch immer fielen ihm die richtigen Worte nicht gleich ein.

Als Gunkel Lust bekam, die Mumien zu necken, ihnen wie den versteinerten Gesichtern der Schweizergarde ein Lachen zu entlocken, kam ein haariges Würstchen angehoppelt.

– Ramses! Doch bevor Nero bei dem Hund war, hatte der Rauhaardackel auch schon den Wadenknochen einer Mumie stibitzt und war damit beim Hinterausgang hinausgeflitzt.

– He! Wir sind Europäer, wir verwenden Hobel!

– Hobel? Nero richtete seine blaue Schärpe … *blöder Modegag* … und ging in die Mitte der Hütte zu einer Feuerstelle. Reste einer Mahlzeit und zurückgelassene Decken zeigten, die Bewohner hatten ihr Dorf Hals über Kopf verlassen. *Empörend!* Wo waren diese Wilden, die es nicht erwarten konnten, Goldklumpen gegen Glasperlen und Spiegelscherben einzutauschen? Wo waren die Tempel mit den Schätzen? Kein Gold und keine Perlen – nur die wenigen im Haar der Mumien!

– Gabeln, sagte Gunkel. Ich meinte Gabeln. Aber das hier? Das ist gruselig.

– Ach was, brummte Nero. Sie hätten in Peru dabei sein müssen. Da wurden die Mumien der Könige wie Lebende behandelt, besaßen Paläste, Sklavinnen, die sie mit Fliegenwedeln befächelten. Ständig wurden diese vertrockneten Leichen herumgetragen und befragt. Es gab Huren, die sich um sie kümmerten. Sie hatten Schneider, Friseure, Köche. Eine Mumie in Peru lebte besser als ein Gott in Frankreich.

– Wie befragt man Mumien?

– Sie hatten Medien, die für sie sprachen. Niemand hat daran gezweifelt. Es gab tausend Männer, deren einzige Aufgabe es war, sich zu erinnern. Peru war eine Hochkultur der Erinnerung – bis Pizarro das Vergessen brachte. Und hier? Bloße Armseligkeit.

Nicht nur Nero war enttäuscht, sondern alle Spanier. *Goldland? Perlen? Nichts!* Dabei standen sie darauf, der Hügel in der Mitte des Tempels war das Grab der Häuptlinge, bis oben gefüllt mit Perlen, aber woher hätten sie das wissen sollen. Wütend schlugen sie alles kurz und klein, hauten zur Freude Ramses des Zweiten die mumifizierten Ahnen in Stücke, warfen Knochen zu Boden, traten Hütten ein und steckten am Ende alles in Brand. *Schön, dass sie es so gelassen nehmen.*

– Diese hinterhältigen Indianer! Ungastliches Pack! Erst als man im Wald zwei zahnlose Alte fand, runzelige Wesen mit Gesichtern wie zerfurchte Berghänge, erfuhr man, was los war.

Der Kazike Paracoxi hatte miterlebt, was Pamphilius vor zwölf Jahren angerichtet hatte, und wollte daher jeglichen Kontakt mit den Eindringlingen vermeiden. Wo sich ihr Volk versteckt hielt, wollten die Alten aber nicht verraten. Erst als man ihre Fußsohlen mit glühenden Kohlen bearbeitete, begannen sie zu reden. Desoto dachte an das Versprechen, das er Isabella gegeben hatte, mit den Eingeborenen human umzugehen. Er sah die verkohlten Füße, und ihm war klar, damit würden die nie wieder laufen können. Aber war es denn nicht notwendig, ihr Volk zu finden? Die Expedition brauchte Träger und die Männer Mädchen. Es ging um eine kaiserliche Unternehmung, die nicht durch den Starrsinn von ein paar Wilden gefährdet werden durfte.

Ein Trupp wurde losgeschickt, der die Flüchtlinge großräumig einkreiste, mit Schüssen erschreckte und sie direkt in die Hundemeute laufen ließ. Finstere Menschen waren das, ganz anders als die freundlichen Mokosso oder die ausgelassenen Hirriga. Sie wurden an Seile gefesselt und in ihr Dorf geführt.

– Wo ist euer Häuptling? Wo hat er sich versteckt? Stummel teilte Fußtritte aus, doch die Indianer blieben stumm.

– Na, ihr werdet sehen, spätestens morgen bekommen wir das aus euch heraus.

Mit der Dämmerung wurde die Hügelkette matt und grau, bevor sie in einem schwarzen Nebel versank.

Am nächsten Morgen hörte man Schellen und Trommeln, erschien eine von Trägern geschulterte Sänfte: Paracoxi – ein korpulenter alter Mann, der in einer grunzenden, mit Zischlauten versetzten Steinzeitsprache redete. Er war vornehmer als Mokosso oder Hirriga. Kein Pferdegesicht und kein zwanghafter Popoklatscher, eher ein tief gebräunter John Goodman mit grauen Zöpfen, aber eitel. Zwei hübsche, dicklippige Mädchen flankierten ihn mit laszivem Mätressengrinsen. Seine Kleidung bestand aus dem Ersatzteillager eines Tierpräparators: Fuchsköpfe und Schildkrötenpanzer um die Lende, im Stirnband Zähne, Krallen, ein Umhang von Opossum, außerdem eine Kette aus Schlangenköpfen.

Er sagte, er sei der beste Häuptling aller Zeiten, stehe für Recht und Ordnung, werde seine Heimat schützen und keine Ausländer ins Land lassen. Außerdem wäre er erstaunt, dass die Bärtigen, die manche für Söhne der Sonne hielten, schmutzige, behaarte Wesen mit unnatürlich blauen Augen seien, obendrein geschwätzig und zu Betrug und Falschheit neigend. Diese Söhne Gottes seien eine Strafe des Himmels! Bei ihrem letzten Besuch hätten sie den Tod gebracht und Krankheiten zurückgelassen. Alles, was diese Bleichgesichter verstünden, wäre die Herstellung hübscher Gegenstände – Kupferschalen, buntes Glas, funkelnde Werkzeuge. Sein Volk wolle diese Dinge gegen Pelze tauschen, sonst aber keinen weiteren Kontakt. Notfalls werde er eine Mauer um sein Dorf errichten lassen. Der Häuptling lehnte sich zurück, starrte Desoto an und wartete, bis Ortiz mit dem Übersetzen fertig war.

– Frag ihn, ob er damit einverstanden ist, dass wir sein Volk als Träger verwenden und die Frauen vergewaltigen? Der große Eroberer lächelte, als er sah, wie sich das Gesicht des Häuptlings verfinsterte. Paracoxi holte Luft zu einem Wutausbruch, aber der Adelantado ließ Armbrustschützen anlegen.

Ruhig, sonst werde ich dir die Luft auslassen.

– Dein Volk ist es gewohnt zu tragen und zu ertragen. Und Gold? Ein so großes Land muss ein reiches Land sein. Ferdinand sprach mit sanfter Stimme. Auch in Peru wurden wir zuerst in die Irre geführt, von Atahualpa nicht ernst genommen, aber hier werden wir nicht so geduldig sein. Er ging auf den fetten selbstverliebten Häuptling zu, zog ihn an seiner Nase und begann daran zu drehen.

Paracoxi zappelte mit Händen und Füßen, schrie, sein Volk sei arm, er wisse nichts von Gold. Vor drei Jahren sei eine große Trockenheit gewesen, ein Jahr später hätte es Überschwemmungen gegeben, und vergangenes Jahr sei der Käfer gekommen und hätte die Felder kahlgefressen. Alles Schuld seiner neidischen Feinde, weil er der Beste sei …

– Der Käfer interessiert mich nicht. Desoto drehte weiter an der Nase. Als er auch noch anfing, an einem Zopf zu ziehen, rief Paracoxi:

– Calés! Calés, wo die Krieger Goldhelme und silberne Schilde tragen.

– Na bitte. Habt ihr gehört? Das Goldland ist nicht weit und heißt Calés! Der große Eroberer ließ Paracoxis Nase los und pinselte mit dem Zopf über des Kaziken Gesicht.

Großer Jubel, nur Rodrigo murrte:

– Der dicke Narziss belügt uns doch. Das ist eine Finte!

– Ruhe, Zwerg!

Am Tag darauf ging es weiter. Die zwangsverpflichteten Träger waren eine große Erleichterung. Jedem wurde eine Glasperle versprochen, wenn er ein paar Wochen seine Last schleppte. So kamen zu dem Zug der achthundert Männer und fünfzig Sklaven hundert Träger aus dem Stamm des Paracoxi – alle schwerbeladen, beseelt von dem Gedanken, mit einer Glasperle unverschämt reich zu werden.

– Jetzt haben wir guten Wind. Ruben lachte. Das Stockmännchen ging auf seinem Stummfuß beschwingter, und Elias erzählte von algerischen Piraten, die aus Aberglauben vor jeder Ausfahrt ein Schaf schlachteten und in jede Richtung ein Viertel über Bord warfen.

– Besser als einen Esel. Ruben gab Elias einen freundschaftlichen Klaps.

Selbst Bastardo und Cinquecento vergaßen auf Griselda. *Was sollen wir mit den paar Reales, wenn der Hauptpreis winkt?* Vorne und hinten ritten die Dragoner, dazwischen gingen die Soldaten, Hunde, Schweine und die an Seilen angebundenen Träger. Der Zug war derart lang, dass, wenn die Vorhut angegriffen würde, die Nachzügler es erst Stunden später mitbekämen. Hatte die Spitze einen Lagerplatz gefunden, mussten die hinten noch einen Kilometer lang marschieren. Mittendrin Francisca. Gleich einer Königin saß sie mit ihrem Mann auf einem Pferd. Ihre Haare waren etwas länger geworden, aber mit der geschulterten Arkebuse sah sie immer noch wie ein junger Landsknecht aus.

– Du bist der Einzige, der ein Weib hat, sagte ein Soldat zu Hinestrosa.

– Halt's Maul, grunzte der Angesprochene. Diese Frau … Wenn man sie küssen will, wendet sie sich ab, spuckt einem ins Gesicht und kratzt … Sie hat nichts anderes im Sinn als zu fressen. Morgens erstellt sie Speisepläne, und wenn ihr kein anständiges Frühstück serviert wird, ist sie den ganzen Tag beleidigt.

– Brrr, bekräftigte Francisca. Glaubst du, es ist lustig hier mit all den Männern.

– Nachts kneift sie die Beine zusammen wie ein Schraubstock, stimmt's? Hinestrosa klopfte auf die Schenkel seiner Frau, und niemand konnte sagen, ob er den Soldaten auf den Arm nahm oder nicht.

Die Träger merkten bald, dass die Glasperlen ein lächerlicher Lohn für die Strapazen waren. Es dauerte nicht lange, und einige verdrückten sich. Man hetzte ihnen Doggen hinterher, die sie aufspürten und zerfleischten.

– Kein schöner Anblick, aber notwendig, sagte der große Eroberer, als die Priester protestierten.

– Wir sind gekommen, ihnen das Christentum zu bringen, nicht um sie als Hundefutter zu verwenden. Juan quälten die trostlosen Augen, mit denen ihn die Indianer ansahen.

– Und wir vertreten den Humanismus, ergänzte Fenk. Den Fortschritt, die Zivilisation, das Ideal des neuen Menschen, die Renaissance.

Desoto kraulte seinen Bart.

– Nur durch Abschreckung können wir die Wilden zwingen, nicht davonzulaufen. Ohne sie kommen wir noch langsamer voran und nie mehr zurück zur Küste. Dann müssen wir für immer hierbleiben ... Außerdem brauchen wir sie zum Transport des Goldes. Das sahen sogar die Missionare und der Arzt ein.

Die Expedition durchquerte einen Flickenteppich an Eichenwäldern, bemoosten Moorlandschaften und steppenartigen Feldern voller Preiselbeersträucher. Die Vögel hörten sich an wie frustrierte Hunde.

Unter den Trägern gab es Ortskundige, die das Heer Richtung Calés bringen sollten – sie hatten bessere Bedingungen als die Lastenschlepper, aber auch sie merkten, die weißen Götter waren Sklaventreiber, die das Land devastierten und Indianer umbrachten. Manche dieser Guides waren mutig und leiteten den Tross absichtlich in die Irre, an Felsabgründe oder in Sümpfe, wo sie die Achseln hoben und unschuldig zu Desoto schauten, dem jedes Mal das Blut zu Kopfe stieg, bevor er die Hunde auf sie hetzte.

– Heilige Makrele. Ruben hielt Elias die Augen zu, und Juan murmelte Gebete.

– Vielleicht haben sie uns nicht absichtlich in die Irre geführt? Warum sollten sie das tun?

– Weil sie falsch und hinterhältig sind. Menschlichkeit in ihrer niedrigsten Form, sagte Rodrigo.

– Aber diese Grausamkeit? Juan schaute zu seinem Onkel, der grimmig zurückblickte.

– Leider eine Notwendigkeit. Hier geht es um unser aller Wohlergehen, sagte der große Eroberer. Etwas war anders als damals bei der Hundehatz in Darién. Vor sieben Jahren in Peru, als er Atahualpas obersten General foltern ließ und zusah, wie ein Nonnenkloster zerstört und die »Jungfrauen der Sonne« vergewaltigt wurden, war er nicht gleichgültig geblieben. Jetzt empfand er wenig, war er abgestumpft wie ein Chirurg, der tagein, tagaus an Körpern schnipselt. Seine Psyche hatte sich verschanzt, damit nichts mehr zu ihr durchdrang.

In Peru war er ungeschützt gewesen. Dabei herrschten bei den Inka brutale Sitten. Vor Ankunft der Spanier hatte Atahualpa, Sohn des Huayna Cápac, Enkel des Tupa Inka und Urenkel des Pachakuti, die Truppen seines Halbbruders übertölpelt und danach aus dem Schädel des besiegten Generals trübes Spuckebier getrunken. *Bruderzwist im Hause Inka.* Desoto musste lächeln, als er an den Fledermauswolle-Mantel und die Krone, ein Stirnband mit roten Troddeln, dachte. Atahualpa, der schönste und edelste Indianer, den der große Eroberer je gesehen hatte, hatte die Spanier unterschätzt. Der Herrscher ließ sich in einer vergoldeten Sänfte herumtragen. Wo er hinkam, fegten livrierte Diener den Boden, rissen sich Untertanen als Zeichen der Huldigung Augenbrauen und Wimpern aus. Und dieser König mit einem riesigen Heer ließ sich von hundertachtundsechzig unterernährten, schlecht ausgerüsteten Männern übertölpeln, weil er ein arroganter Narr war.

Am Hauptplatz von Catamarca hielt er sich die Bibel ans Ohr und schleuderte sie, da die Leitung taub war und Gott die Annahme des Gesprächs verweigerte, verärgert zu Boden. Wie verdattert war er, als die Spanier daraufhin begannen, seine Männer umzumähen. Atahualpa hat sich gefangen nehmen lassen, seinen Untertanen befohlen, Räume mit Gold zu füllen, das höchste Lösegeld aller Zeiten, und war doch hingerichtet worden – erwürgt mit einer Garotte. In der Nacht vor dem Triumph hatten sich Pizarros Männer vor Angst angeschissen, und dann war es ganz leicht gegangen. So würde es wieder sein, wenn sie erst im Goldland waren. Cortés hatte sich mit Montezumas Feinden verbündet, und Atahualpa war Pizarro auf den Leim gegangen. Auch das Goldland würden sie mit einem Handstreich nehmen.

LOBET DEN HERRN

– Anisa Anis! Ich habe sie gesehen. Sie ist hier! Elias war außer sich, sein Kopf so durcheinander, als würden Esel darin grasen. Die Zauberin aus Algier!

– Jetzt wirf mal Anker. Bestimmt eine Indianerin. Ruben schüttelte den Kopf.

– Mit krausem Haar? Gut, sie trägt Federn und ein Kleid aus Tierfell, doch es ist Anisa Anis. Bestimmt! Wenn sie mich entdeckt, muss ich ihr wieder den Esel machen.

– Eher friert die Hölle zu, Monsieur. Aber Plim war sich sicher, sie gesehen zu haben. Wo? Wenn sie sich an das Ende des

Zugs zurückfallen ließen, konnte er sie genauso wenig entdecken wie an der Spitze. Es gab Indianerinnen, Francisca, aber keine Anisa Anis. Verlor er den Verstand?

Die Eroberer kamen in das Land des Kaziken Acuera, der eine Nachricht überbringen ließ: Da die Spanier ohne Einladung in sein Land gekommen seien, betrachte er sie als Landstreicher und Gesindel, das sinnlos morde und hier nichts verloren habe. Infolgedessen erkläre er ihnen den Krieg.

Der Häuptling war aber ein Feigling, der die offene Konfrontation mied und auf Guerillataktik setzte. Hinterhältig wurden die Spanier beschossen und hatten bald Opfer zu beklagen. Das Schlimmste allerdings war, dass diese Wilden beerdigte Leichen ausgruben, vierteilten und wie Christbaumschmuck in die Bäume hängten.

– Und dann kommt so ein Klugscheißer wie Las Casas und will, dass wir mit diesen Wilden menschlich umgehen. *Menschlich?* Desoto spuckte aus.

– Pst. Da hinten … Doch nichts. Alles, was man von den Acuera zu sehen bekam, waren tödliche Pfeile und menschliche Fäkalien mitten auf dem Weg. Nachts brach ein Geheul los, das selbst den Tapfersten die Haare aufstellte. Elias hasste diese Gegend. Er, der Städter aus Sevilla, konnte diese Wälder nicht leiden, in denen es nachts stockdunkel war und man vor Lärm und Angst kein Auge zubekam. Er dachte an Penelope, er wollte an sie denken. Ständig wurde ihr Bild von Anisa Anis überlappt. Mal sah er ihren Schatten, dann hockte sie hinter einem Busch, und wenn er schlief, erschien sie ihm im Traum und flüsterte: Eselias, Eselias, komm! Ich bin das Licht, das dich leitet.

Auf einer baumlosen Ebene besserte sich die Laune. Man stellte Kreuze auf, und Juan Desoto las eine Messe, den Sieg des Christentums zu feiern.

– Zeigt euch, ihr Verlorenen, rief er in den Wald. Kommt heraus, damit ich euch das Evangelium verkünden kann … Kommt, damit ihr die Botschaft Jesu Christi hört … Keine Reaktion.

Die anderen dachten an Gold und Ruhm und Macht, Juan aber sprach von einer Niederlage, weil es nicht gelingen mochte, die Acuera zu bekehren.

Nach einer weiteren Tagestour erreichten sie eine Stadt mit sechshundert kleinen Häusern. Die Bewohner waren nicht zu Hause … *feige Bande* … man fand aber Hülsenfrüchte, Betelnüsse, Rosinen.

Fenk entdeckte ein Maisfeld. Wie Hoden steckten die Kolben im unteren Drittel dieser Pflanzen. Sie erinnerten an eingewickelte Babys, wie sie Indianerinnen auf dem Rücken trugen. Schriftzüge waren zu sehen: »Haus« und »Hütte«, »Bohnen« und »Mais«. Sogar auf den Rücken der Doggen stand »Hund«. Was sollte das? Ferdinand konnte sich die Sache nicht erklären.

Die nächsten vierzehn Tage durchquerten sie eine menschenleere Gegend. Ständig krochen Insekten an ihnen herum – Tausendfüßler, Käfer, Spinnen. Dazu Blutegel, die sich zu leberwurstgrauen Ballons ansaugten und große Patzen samt dicker, gummiartiger Haut zurückließen, wenn man sie nicht fachgerecht herausdrehte. Bald bekamen einige Männer Fieber und Durchfall.

Francisca mischte übelriechende Tränke aus Wurzeln und Birkenrinde, legte Verbände an, strich Salben auf eiternde Wunden und erzielte damit bessere Erfolge als Cord Fenk mit seinen Aderlässen, Abführmitteln, Urinbeschauungen, Luftzufächerungen.

Bisher war Francisca im Damensitz hinter Hinestrosa auf dem Pferd gesessen und hatte den Männern lange Zähne gemacht. Sie war die Einzige, die während der bisherigen Reise zugenommen hatte. Bäurisch sah sie aus, rotbackig und feist wie eine stämmige russische Marktfrau. Anfangs war sie von einem Soldaten kaum zu unterscheiden gewesen, jetzt entpuppte sie sich als tatkräftig, schlau und weiblich. Sie jagte Tiere und fand heraus, dass man die kleinen Hunde, die nicht bellten, essen konnte. Geschickt zog sie diesen Opossums das Fell ab, nahm sie aus und briet das rosa Fleisch am Spieß. Von unbändigem Hunger war sie geplagt, aß alles, was sie kriegen konnte: Eichhörnchen, Gürteltiere, Papageien. Ihr Mann, ein kleiner ausgezehrter Kerl, war ständig unterwegs, ihr etwas Essbares zu beschaffen.

– Kann es sein, dass du schwanger bist?

Franzisca zog einen kleinen Schwamm hervor, hielt ihn hoch und schüttelte den Kopf.

Cord tat die Heilkraft ihrer Salben als Zufall ab. Jeder Mediziner wisse doch, Krankheiten entstanden durch Miasmen, spontane Korruptionen der Luft, Ausdünstungen giftiger Dämpfe. Was sollten Salben dagegen ausrichten? *Es geht um das Gleichgewicht der Säfte, das Verhältnis zwischen Blut, Schleim, schwarzer und gelber Galle. Die giftigen Miasmen müssen aus den Lungenflügeln!*

Endlich erreichte man Calés. Die Stadt, in der man goldene Helme und silberne Schilder trug? Böden aus Marmor und Perlenkleider? Calés war ein Barackendorf mit verschreckten Bewohnern, die Pfirsichgesichter, Wulstlippen und aufgeworfene Nasen hatten, in denen Äste steckten. Kinder leckten sich den Rotz von der Oberlippe, und ihr Häuptling war ein verdreckter Gammler, der sich beim Anblick der Spanier auf die Gesäßbacken klatschte und lachte. Kein Eldorado. *Dagegen ist sogar das Elendsviertel in Sevilla nobel.* Diese Hippies waren freundlich, grinsten dämlich und brachten gekochte Bohnen, Ketten aus Trockenfrüchten und bunte Steine. Was anderes hatten sie nicht. Hier soll das Goldland sein?

Wie sich herausstellte, waren den Calés die Tiere heilig. Sie aßen kein Fleisch, tranken keine Milch, trugen keine Felle. Dafür gab es Fleischersatz aus Bohnen, Milchersatz aus Pflanzensäften, Fellersatz aus Gräsern – und viel Rauchwerk.

– Die haben ihre Reichtümer versteckt, meinte Añasco kühl. Wir müssen es aus ihnen herauspressen, ein Exempel statuieren.

– Die Indianer hatten nicht Calés gemeint, sondern Casqui. Ortiz beeilte sich, die Beteuerungen der Führer zu übersetzen.

– Casqui? Wo soll das sein?

– Gar nicht weit von hier.

– Alle Wege führen durch Rom, bemerkte Moskito.

Schatzmeister Biedma las das Requerimiento und gab dem Hippie-Häuptling eine Tributliste, die festlegte, welchen Anteil die Calés an Kaiser Karl abzuführen hatten – Naturalabgaben: zwanzig Klafter Holz, achtzehn Scheffel Getreide, vierzig Stück Vieh … sobald der Unsinn des Fleischverzichts ein Ede hat. Außerdem seien jährlich Steuern zu entrichten … Verkehrssteuer, Türkentaler, Glücksspielsteuer, Jungfernsteuer … Der Kazike lachte und stimmte fröhlich zu.

– Du glaubst doch nicht, dass die etwas nach Spanien schicken.

– Hier geht es ums Prinzip. Außerdem tue ich im Gegensatz zu manch anderen meine Pflicht. Biedma blickte zu rauchenden Soldaten, machte ein angewidertes Gesicht.

Bevor die Männer von der Kifferei träge wurden, ging es weiter. Wieder marschierte man durch Wälder, wo tropfende Blätter über den Weg hingen, unsichtbare Wesen ins Dickicht flohen, Vögel höhnisch kreischten.

– Jetzt weiß ich, wer deine Anisa Anis ist, du Esel.

– Hast du sie gesehen?

– Eine Indianerin mit krausem Haar, die dem Feldherrn hinterherscharwenzelt. Ruben klopfte mit seinem Daumennagel gegen die Schneidezähne. Der Feldherr nennt sie Malinche wie

Cortés' Geliebte, weil er hofft, mit ihr das Goldland zu erobern. Aber diese Indianerin ist nicht so sprachbegabt wie die Mexikanerin, läuft dem großen Eroberer nur schweigend hinterher.

– Ja? Elias dachte an Algier, wo Pfeile an den Zimmerdecken nach Mekka zeigten und wo Männer türkische Hüte trugen … Turbane … Aber Anisa eine Indianerin?

Am Tag darauf stieß man auf eine Gruppe stolzer Casqui! Nicht so ausgemergelt wie die Leute von Calés. Unter ihnen ein zwölfjähriges Mädchen, das ein Armband aus Goldplättchen trug. Das erste Gold, das sie auf dieser Reise zu Gesicht bekamen. Rodrigo fasste die Göre am Arm und fragte, wo sie das herhabe. Das Mädchen, verwundert über diesen kleinen Mann, brachte erst kein Wort heraus, schimpfte dann aber lauthals auf die Fremden.

– Sie ist die Tochter des Kaziken, sagte Ortiz.

– Wenn du nicht aufpasst, stellt sie dich als Hofzwerg an, ergänzte Añasco.

– Das ist der Beweis! Es gibt hier mehr als Faulenzer und jämmerliche Hütten, es gibt Gold. Gold, das Wort klang, als lutsche er an einem Zuckerstück. Desoto stieg von Augusta und ließ ein Lager aufschlagen. Er nahm auf seinem Scherenstuhl Platz und starrte in den Himmel. Niemand sollte glauben, sie hätten jeden Tag ein Bett und drei warme Mahlzeiten. Dieses Erobern und Entdecken war ein hartes Brot, aber wenn man belohnt wurde, sich die Früchte der Mühsal zeigten … Gold … Da schreckte ihn eine Bewegung am Horizont auf. Das Flirren entpuppte sich als Menschengruppe. Bald erkannte er Krieger mit schwarzen Streifen im Gesicht, die auf einer Sänfte ihren Kaziken trugen, den dasselbe Zebramuster zierte.

– Na bitte, Streifen sind in, flüsterte John Schnur, der Schneider.

Häuptling Casqui kaute unentwegt an etwas herum, was ihm

eine Aura der Lässigkeit verlieh. Eine imponierende Erscheinung. Im langen glatten Haar waren schöne Federn, und um den Hals baumelte ein Band aus Goldkörnern. Seine Sprache war wie Bellen, als wollte er mit jedem Satz einen Nagel einschlagen.

– Casqui sagt, er ist der Häuptling eines auserwählten Volkes. Jeder Casqui ist stolz, ein Casqui zu sein. Casqui sind Herrenmenschen. Außerdem will er seine Tochter, übersetzte Ortiz.

– Sag ihm, ich grüß den verlausten Provinzkaiser, und wenn er mir seine Schätze übergibt, kann er sein Schätzchen haben.

Ortiz' Übersetzung war höflicher. Der Kazike bellte etwas Unverständliches zurück.

– Frag ihn, woran er rumkaut und ob das höflich ist. Weiß er nicht, wen er vor sich hat? Einen Adelantado!

– Adel-da-do, wiederholte der Häuptling.

Nicht nur der Kazike kaute, auch all seine Begleiter hatten etwas im Mund. *Bestimmt irgendeine Droge aus Kakteen.*

– Getrockneter Saft der Chicle-Bäume.

– Wehe, sie kleben das Zeug in unser Lager! Frag ihn, wo sie die goldenen Helme haben.

Der Kazike wusste zunächst nichts von Goldhelmen, wollte sie dann aber eintauschen gegen spanische Lanzen, Messer und, er zeigte es, Helme. Der Indianer grunzte behaglich und deutete auf Hellebarden, die Schabracke eines Pferdes, die Stulpenstiefel eines Soldaten und noch so allerlei.

Desoto dachte an die mitgebrachten Glasperlen und nickte, dann fielen ihm unter den Kriegern zwei Knaben mit heller Haut auf. Sie waren nackt und trugen die blonden Haare nach der hiesigen Mode – lang, glatt und mit Federschmuck, doch ihm war klar, diese Burschen hatten weiße Väter. Pamphilius war hier gewesen. Waren deshalb die Goldhelme versteckt? Pamphilius von Narváez war zu unserem großen Eroberer wie Johannes der Täufer in Relation zu Jesus, ein Prophet, aber des Negativen.

Als Ferdinand die goldenen Helme sehen wollte, wurde er vertröstet. Stattdessen erschienen geschmückte junge Männer, die auf Panflöten ein grässliches Gedudel bliesen.

– Ein Zeichen der Freundschaft, sagte Ortiz, aber wir sollten dem nicht trauen, etwas braut sich zusammen. Sie hassen uns, wollen uns in eine Falle locken, ich sehe es an ihren Gesichtern.

Jetzt merkte auch der große Eroberer die undurchschaubaren Mienen. *Sehen so verlogen drein wie die katholischen Könige, als sie den Mauren in Granada die freie Ausübung ihrer Religion versprachen.* Der Feldherr spürte einen eiskalten Schauer.

Casquis Antlitz war versteinert. Als er mit Tochter und Gefolge abzog, versprach er Desoto, ihm am nächsten Tag die Goldhelme zu übergeben, er müsse aber allein und unbewaffnet kommen.

Goldhelme? Wie viele? War dieses Casqui das Eldorado? Ferdinand plagten schlechte Träume, in denen ein gelbes Kaninchen in eine Falle ging und von einem Metzger zerteilt wurde. Trotzdem legte er morgens Brustharnisch, Mühlsteinkragen und den federbebauschten Helm an, aß Spiegeleier, hörte die Morgenmesse seines Neffen und ließ sich die Schutzbleche an Waden und Unterarme binden. Dann ging er mit seinem Dolmetscher zum Treffen. Es kostete Mühe, die stumme Indianerin, Malinche, die ihm seit Tagen nachlief, davon abzuhalten mitzukommen.

– Und wenn diese Wilden über uns herfallen? Ich habe gehört, wie sie geflüstert haben. Ortiz war wie aufgezogen. Sie halten sich für eine Herrenrasse und uns für Boten der Endzeit, gekommen, ihre Welt zu zerstören, sie zu versklaven, weil es ihnen prophezeit ist … Die glauben, ihre Götter werden sie erretten. Diese Casqui bilden sich so viel darauf ein, Casqui zu sein …

Desoto machte ein entschlossenes Gesicht. Er verschwieg, dass Moskito heimlich die Kavallerie zum Angriff sammeln ließ.

Dann das Treffen. Der Häuptling war allein. Er hatte eine Kette aus Tierzähnen um den Hals und einen imposanten Federschmuck, der an ein Pfauenrad erinnerte. Das Gespräch begann mit Höflichkeiten. Man versicherte sich ewiger Freundschaft und allerbester Absichten. Der Tonfall des kauenden Kaziken war schmeichlerisch, aber sein Blick unverschämt – Anatomie der Verschlagenheit.

Rausgeputzter Makake, dachte der große Eroberer. *Wo sind die Goldhelme?* Alle seine Instinkte rieten ihm zur Vorsicht.

– Casqui sagt, der weiße Mann …, übersetzte Ortiz.

– Desoto sagt, imitierte der Adelantado den Indianer, er muss sich dem großen Kaziken Karl in Spanien unterwerfen.

– Casqui sagt, er kann sich niemandem unterwerfen, den er nicht gesehen hat.

– Desoto sagt, der Papst hat uns das Land im Namen Gottes gegeben, Casqui muss Gott huldigen, sonst …

– Casqui sagt, dieser Papst muss ein Spinner sein. Die Casqui sind das Volk der Sonne.

– Desoto sagt, wir sind Männer des Friedens, aber …

Plötzlich setzte Gebell ein, unruhige Hunde hatten sich losgerissen, waren in den Wald gestürmt und … was Desoto jetzt sah, ließ ihm das Herz gefrieren … vor einer Mauer indianischer Krieger gelandet. Wie Schachtelteufel schnellten die Eingeborenen aus dem Gebüsch. Es waren hunderte. Weiße Farbe im Gesicht, im Haar, auf dem ganzen Körper. *Sehen wie Geister aus.* Tückisch, rachgierig, wutentbrannt. Die wollten eine Rechnung begleichen. Er zog sein Schwert und las auf der Klinge »Schwert«. Was sollte das?

– Wenn sie sich so bemalen, heißt das, es gibt kein Zurück. Ortiz schrie. Passt auf, für die gibt es jetzt nur noch Freiheit oder Sklaverei und Tod.

Der Boden vibrierte. Weitere Krieger standen da wie Gespenster aus einem Albtraum und spannten ihre Bögen. Jetzt waren es tausende. Speere wogten – ein sich wellendes Kornfeld im Wind.

Kurz darauf prasselte ein Pfeilregen vom Himmel. *Ein Hinterhalt!*

– Schöne Scheiße. Elias, Ruben und dreihundert Fußsoldaten lagen getarnt im Gras. Manche hatten gewitzelt, andere geschissen oder gekotzt. Jetzt wussten sie, warum. Plim betrachtete seine Kameraden: tapfere, ruhmreiche Soldaten? Nein, sabbernde Münder, blinzelnde Augen, vor Nervosität knirschende Zähne, zitternde Hände, Körper, die nur von den Harnischen zusammengehalten wurden, und Gesichter, die so grün waren wie die Dotter von Enteneiern.

Ferdinand war in Deckung gegangen und brüllte:

– Santiago! Denkt an unsere heilige Sache. Vorrücken! Formation!

Trompetenstöße erzeugten so viel Wind, dass Federn auf den Helmen knickten.

– Gott ist auf unserer Seite. Die Spanier erhoben sich und rückten langsam, aber unerbittlich vor.

Wo wollt ihr hin, Füße? Bewegt euch! Nicht zurück, ihr Trottel.

Stimmen gellten, Hunde winselten. Man hörte Geräusche von aus der Scheide gezogenen Schwertern: Sssst, ssst. Trommler begannen zu wirbeln. Standarten wurden entrollt, Fahnen geschwenkt, Armbrüste gespannt, Arkebusen in Stützgabeln justiert und geladen, Piken gereckt. Das war die Armee des Kaisers, ein Fest für die Augen jedes Militaristen. Alle stapften los. Staub wirbelte auf, und manche mussten husten. Es gab Befehle, aber im Lärm waren sie nicht zu verstehen, also machte jeder das, was auch die anderen taten: gehen, brüllen.

Nicht nur Gott war aufseiten der Spanier, sondern auch die Kavallerie. Nero und seine Reiter preschten vor, was so viel Dreck aufwirbelte, dass Elias eine Weile lang nichts sah. Als er den Staub endlich aus den Augen hatte, jagten die Berittenen bereits in die Reihen der weißbemalten Krieger, die immer noch unverdrossen ihre Pfeile und Speere abschossen. Jetzt husteten auch sie. Pferde wurden getroffen, knickten ein, wieherten und kippten um. Auch Moskito, *war er betrunken?*, fiel aus dem Sattel. *Saufgurgel!* Die Geschoße der Indianer prallten an den Rüstungen ab, manche fanden über Spalten und Ritzen auch ins Fleisch. Ein Fußsoldat schrie, dass es allen in Erinnerung bleiben würde: »Dreckskerle! Das ist jetzt unser Land, ihr Sumpfgeburten. Wir verteidigen es.« Manche wurden getroffen, brüllten, starben schreiend oder still, alle anderen schritten mutig weiter, weil sie nur eine Richtung kannten: vorwärts … weiter … unerbittlich wie ein Waldbrand. Man feuerte mit Arkebusen, kam mit dem Spannen der Armbrüste kaum nach. Sogar Castro war dabei, schwenkte *schnippel, schnappel* sein Hackmesser. Wegen der Leichen und Pferdekadaver kamen sie nur schleppend vorwärts. Elias zitterte, als er Ruben … »Klar Schiff zum Gefecht«… beim Laden der Arkebuse half. Er hatte Flecken im Gesicht und sprach atemlos, hastig.

– Was haben wir hier verloren? Lieber Gott, hilf mir, lass mich davonkommen … Hörst du mich, lieber Gott? Ich bin es, Elias Plim, der mit dir spricht.

– Im Chaos einer Schlacht, wenn sich der Boden zu einem Matsch aus Blut und Eingeweiden verwandelt, fleht man bald zu Gott. Aber Gott macht sich nicht die Finger schmutzig, Monsieur. Der geht da nicht an Bord … Ruben zielte mit der Arkebuse in das Wäldchen, schoss. Sie sahen nicht, ob er jemanden traf, hatten aber ein Rauschen in den Ohren. Auch Francisca hatte eine Arkebuse, feuerte. Ihr Mann half ihr beim Laden.

– Wer erledigt die meisten Wilden? Wetten wir?, schrie Quigley. Der Engländer redete von Cheddar, Sundowner und eingelegten Gürkchen. Neben ihm marschierte Jonas, der die Fahne des Kaisers trug. Bastardo und Cinquecento hielten sich im Hintergrund. *Weil Sterben nichts ist, wofür es sich zu leben lohnt.*

– Ihr gehört gestäupt, ihr Missgeburten. Stummel schritt als Nachhut hinter den Fußsoldaten her, schlug mit seinem Säbel in das Gras und brüllte. Man wusste nicht, ob sein Geschrei den Indianern oder seinen Leuten galt. Jetzt seht ihr mal, was ein Schlachtplan ist. Ihr Existenzen! Ihr verfurzten Vögel!

Casquis Krieger waren entschlossen gewesen, die Spanier zu vernichten. Sie waren überzeugte Patrioten, zuversichtlich. Als aber die Reiter wie verrückte Zentauren auf sie zustürmten, pfiffen sie auf ihre Gesinnung und ergriffen panisch die Flucht. Doggen stürzten hinterher, waren schneller.

– Endlich Krieg. Da lebt man auf. Das ist ein Fest für alle Sinne. Stummel bearbeitete immer noch das Gras, feuerte die Hunde an. Vorwärts Bestien! Auf sie! Macht sie fertig. Jonas drehte sich um und sah den Zwergwüchsigen, der stolz und siegessicher wie John Wayne bei der Oscar-Verleihung einherschritt.

Viele flüchtende Indianer hatten es in einen See geschafft, schwammen weit hinaus und fanden Grund. Wie Bojen ragten ihre Köpfe aus dem Wasser. Alle anderen waren tot. Zerfleischt, erschossen, zerstückelt. Ein grauenhafter Anblick. Abgetrennte Gliedmaßen, offene Schädel, aus denen weiße, formlose Masse quoll. Mit Blutspritzern gesprenkelte Gräser, als hätte sich ein gestischer Maler hier ausgetobt. Raben saßen auf Kadavern, rissen Fleischstücke heraus. Es roch schlimmer als in einem Schlachthof. Männer gingen wie Pilzsucher durch den Totenacker, sammelten Pfeile, Bögen, Speere ein und rissen den Leichen die Lederbeutel mit dem Tabak ab. Ein verwundeter Portugiese trat Tote und beschimpfte sie:

– Ihr hinterhältigen Scheißhausgeburten. Was ist euch eingefallen, uns zu beschießen? Graust euch vor gar nichts? Beleidigend ist das. Wenn das der König von Portugal erfährt, lässt er euch hängen …

Als der große Eroberer seinen Helm mit dem Federbusch abnahm und Augusta zu einem angenagten Pfosten brachte, der den Pferden als Zahnputzhilfe diente, war ihm sonderbar zumute. Er hörte die Prahlereien der Soldaten, aber ihm war flau im Magen. Warum konnten diese Wilden nicht kooperieren? Wofür kämpften sie?

– Warum so ernst? Wir haben gesiegt. Moskito strahlte.

– Gesiegt wofür? Gibt es hier Gold? Ferdinand sah Fliegen, die sich ständig neu formierten und auf Augusta setzten. Die Stute wackelte mit ihrem Schweif.

– Man darf die Hoffnung nicht ins Korn scheißen. Ich trinke auf Ferdinand Desoto.

– Warum trinkst du wirklich?

– Weil ich Angst habe. Böse Ahnungen. Ich habe von den Prophezeiungen der Alten auf La Gomera gehört. Moskitos Augen waren glasig.

Ein kühler Abendwind strich ihnen um die Gesichter, trocknete ihren Schweiß.

– Kannst du dich an den Kapitän des havarierten Schiffes vor Havanna erinnern?

– Niemand durfte damals mit der Mannschaft sprechen. Man munkelte etwas von Teufelspakt …

– Der Kapitän war Ponce de León.

– Der Entdecker Floridas?

– Der heißt Juan und ist längst tot. Ferdinand!

– Dein alter Freund? In Darién hat man euch die zwei Ferdinands genannt. Was wollte er?

– Die Frage ist nicht, was er wollte, sondern, was er bekommen hat. Desoto seufzte, und Moskito wusste, dass nichts mehr aus ihm herauszubekommen war.

– Was machen wir mit den Indianern im See?

– Bewachen. Ferdinand klopfte auf Augusta, Fliegen schreckten auf, und das Pferd wieherte.

Die Nacht stülpte sich wie ein Kohlesack über sie. Die Indianer im Wasser setzten sich Seerosen auf den Kopf, schwammen ans Ufer und versuchten zu fliehen, doch vergeblich. Hunde schlugen an, und man nahm die durchweichten Gestalten gefangen. Es waren neunhundert, die wie schiffbrüchige Bootsflüchtlinge alles mit sich machen ließen. Nun hatten sie keinen Kaugummi mehr im Mund, pressten ihre Kiefer aufeinander, zitterten.

– Erbarmen! Casqui tat, als hätte er von dem Angriff nichts gewusst, beschuldigte einen toten Unterhäuptling, bat unterwürfig um Verzeihung, küsste Desotos Füße, sagte, sein Herz täte ihm so weh, als sei es in Chili gebadet worden. Die Stimme dieses vormals stolzen Kaziken klang wie ein weinerliches Quietschen – jetzt ließen sich damit keine Nägel mehr einschlagen. Er warf sich auf den Boden und schwor dem Führer jenseits des großen Meeres ewigen Gehorsam. Er habe erkannt, dass nicht sie, die Casqui, sondern die Spanier das auserwählte Volk seien, die wahren Herrenmenschen … Desoto wollte ihm glauben und versuchte, ehebaldigst die Normalität wiederherzustellen. Wie hatte Machiavelli gesagt? »Wenn du einen Staat eroberst, so tue danach so, als hätte deine Familie schon immer dort geherrscht.«

Biedma verlas Requerimiento und Tributliste. Casqui blickte verschüchtert zu dem Rübezahl hoch und versprach alles, was man von ihm wollte.

Die Eroberer wurden im Dorf einquartiert, fanden aber das gesuchte Gold nicht – nur Fahnen mit einem seltsamen Symbol, dem Sonnenrad. Sie vergingen sich an Frauen und plünderten Vorräte. Am nächsten Tag wurde ein Festmahl zubereitet. Die Wilden sangen, lachten und schienen die Schlacht bereits vergessen zu haben. Da wurden Fische in Saucen gelegt, Früchte zerkleinert, Maisfladen zubereitet.

Beim Anblick dieser fröhlichen Menschen befiel Elias ein schleichendes Entsetzen. *Warum sind diese Indianer so guter*

Laune? Ihr halbes Dorf verfault am Schlachtfeld, und die singen, lachen. Empfinden sie keine Trauer? Oder ist der Schmerz nicht da, wenn man ihn nicht äußert?

– Der Mensch kann eine Menge tun, Monsieur, wenn sein Leben auf dem Spiel steht. Außerdem essen Menschen im Inland gerne Fisch.

– Wie? Elias wusste nicht, was Ruben meinte, doch der Rothaarige hatte sich längst mit »na, ihr süßen Sprotten« den nackten Tänzerinnen zugewandt. Außerdem sah er Diener, die regionale Köstlichkeiten – Bohnenpaste, geschmorte Igel, babykopfgroße Papayas – zu den Offizieren schleppten.

Desoto umarmte die stumme Malinche und sprach von gottgewollt und Entscheidungsschlacht.

– Es ist meine Bestimmung, dieses Land zu erobern. Wer sich dem natürlichen Lauf der Dinge entgegenstellt, wird niedergemacht. So will es die Geschichte.

Malinche war unruhig und versuchte dem Feldherrn etwas mitzuteilen, deutete auf die Indianer, gestikulierte nervös. Desoto ignorierte sie. *Diese Baumharzkauer haben zwar kein Gold, aber sie werden willige Träger sein.*

Nero wollte gerade zu einem Gedicht ansetzen, als die Bediensteten plötzlich … *so schlecht sind die Gedichte auch wieder nicht* … mit Töpfen, Brettern oder sonst was auf die Hauptleute losgingen. Erst dachten die Spanier an einen Scherz, dann … Nero hatte gerade zwei, drei plumpe Reime angebracht … begriffen sie, die Wilden meinten es ernst, gingen mit dem Mut der Verzweiflung zu Werke. *Hinterhältiges Pack!* Casqui kannte offensichtlich nur zwei Verhaltensmuster: heimtückisch oder hinterhältig. Er versetzte dem Adelantado einen Handkantenschlag, stürzte sich auf ihn und drückte ihn zu Boden.

– Casqui werden sich niemals unterwerfen. Nie! Eher werden sie zugrunde gehen. Die Spanier glauben, sie können uns besiegen? Niemals! Und wenn sie mit zehntausend Männern kommen …

Ferdinand spürte, wie seine Rippen schmerzten, eine Schramme am Schienbein, Stiche in der Seite. Verschiedene Körperteile buhlten um Aufmerksamkeit. Dazu der Häuptling, kochend vor Wut, direkt über ihm. Malinche kreischte, Ramses bellte.

Casqui wollte Desoto das Genick brechen, riss seinen Kopf mit aller Kraft nach hinten, doch Ferdinand trat ihm in den Unterbauch. *Genau in die Kronjuwelen.* Der Wilde fasste sich rasch wieder und versetzte Desoto einen solchen Schlag, dass dieser neben der Besinnung zwei Zähne verlor. Die nächsten Tage würde er nur Kleingehacktes essen können, aber vorläufig war ungeklärt, ob es überhaupt noch nächste Tage geben würde. Da kamen Offiziere angesprungen, packten den Häuptling, der sich heftig wehrte, und rissen ihn hoch.

War er geschlagen? Alles eine Frage der Interpretation. Jeder Spanier hatte zwei Indios am Hals, die mit allem, was ihnen in die Hände kam, auf die Spanier eindroschen. Zum Glück verstanden sie nicht, mit Schwertern und Lanzen umzugehen, sonst wären Nero, Añasco, Moskito, Nuño und der »Verräter!« brüllende Stummel nicht mit Beulen und Hämatomen davongekommen. Auch so richteten sie manche übel zu. Erst als Wächter die Doggen losließen, war es mit den Aufständischen vorbei. Niemand, und mochte er noch so winseln, fand Gnade. Das Ende der Revolution von Casqui wurde zu einem entsetzlichen Strafgericht.

– Jetzt werdet ihr uns kennenlernen, brüllte Stummel.

Fünfhundert Indianer starben. Den Überlebenden mussten die Indios aus Paracoxi die Kehlen durchschneiden, und für Casqui errichtete man aus Pfosten ein Kreuz, an das man ihn nagelte. Das wäre für den Häuptling ein günstiger Zeitpunkt gewesen, seine Strategie zu überdenken.

– Was ist dir eingefallen, du Spinner? Juan Desoto kniete über dem Häuptling und watschte ihn ab, während ihm Soldaten Nägel durch die Hände trieben. Wir hätten dich und dein Volk bekehrt. Ihr hättet in den Himmel kommen, eure stinkenden Seelen retten können, aber ihr Fliegenhirne habt es vorgezogen, für immer in der Hölle zu schmoren. Jetzt spürt ihr, was Gott meint, wenn er von Rache spricht … Casqui spuckte ihm ins Gesicht, was den Missionar nur weiter anstachelte. Ich hätte dir vom Heiligen Vater in Rom erzählt, du Trottel, vom grundgütigen Großinquisitor und den reinigenden Gedanken der Inquisition …

Welch absurdes Bild. Elias konnte es nicht fassen. Ein fetter Priester sitzt auf einem Gekreuzigten und prügelt auf ihn ein. *Diese Indianer verteidigen nur ihr Land. Sie sind die einzigen Menschen, die mit der Natur leben, alle anderen bezwingen sie.* Nein, er verwarf den Gedanken wieder.

Als man das Kreuz mit dem Häuptling aufrichtete, übertönten die Lobet-den-Herrn-Gesänge Casquis Geschrei.

– So wird es allen gehen, die sich widersetzen, verkündete Rodrigo, auf einem Fass stehend. Das ist die Logik des Krieges: Grausamkeit. Der Feind muss ausgerottet werden. Die Indianer starrten den wütenden Zwerg, der in Brustharnisch und silbernen Arm- und Beinschienen wie ein funkelnder Spielzeugritter aussah, mit großen Augen an. Sie verstanden kein Wort. Im Hintergrund schrie ihr gekreuzigter Häuptling, und davor wütete dieser Zwerg. Als Nero zu einer gravitätischen Rede ansetzen wollte, knickte das Kreuz ein, steckte nun schräg, gleich einem abgestürzten Flugzeug, in der Erde, so dass der Gemarterte wie die Bespannung eines Baldachins durchhing, das Gestell zu kippen drohte, was bei einigen ein unwillkürliches Lachen auslöste.

Sobald man das Kreuz wiederaufgerichtet hatte, deklamierte Nero:

– Deine Sonne beginnt zu sinken, du wirst in Bälde stinken. Dein Glanz verblasst im Abendrot, du endest hier als Vogelkot.

Stummel, als er diese Verse hörte, schüttelte den Kopf, sprang vom Fass und rannte zu Desoto.

– Man sollte unseren Dichter zu einem Archipoeta krönen. Er schmiedet die Verse besser als Petrarca und Vergil, da hat er einen dicken Lorbeerkranz verdient.

Der Feldherr lachte, was ihn in der Brust und an den Kiefern schmerzte.

Casqui wimmerte und schrie noch einen ganzen Tag von auserwähltem Volk, Herrenmenschen und Heimatliebe, dann wurde ihm die Last seines Gewichts zu viel, er wurde leiser, bis er nur noch dahing wie ein feuchtes Handtuch an der Wäscheleine. Als Desotos Bursche abends mit einem Stock die Geschlechtsteile des Häuptlings inspizierte, war der Kazike bereits tot. Am nächsten Morgen fehlte seine Leiche, und die Priester blickten ungläubig zum leeren Kreuz, auf das jemand »Kreuz« geschrieben hatte. Keiner sprach aus, was alle dachten: *Wie Jesus, wir haben den Messias umgebracht.*

Das Dorf der Kaugummi kauenden Casqui wurde abgebrannt. Der Schmied hatte viel zu tun, den versklavten Kriegern Eisen um die Hälse zu legen. Hübsche Frauen nahm man mit, und die Blicke der zurückgelassenen Alten und Kinder, als sie sahen, wie die Expedition, dieses unerwartet über sie hereingebrochene Strafgericht, davonmarschierte, würde Elias nie vergessen.

TOUCHDOWN

Es war nicht auf der To-do-Liste der Eroberer gestanden, dieses Dorf zu zerstören und den Großteil der männlichen Bevölkerung abzumurksen – doch genau das war geschehen. Außer Sklaven hatten die Spanier nichts gewonnen, kein Gold, keine Perlen, nicht einmal Ruhm, war doch niemand da, der ihren Triumph in die Welt hinausposaunen konnte. Und auch wir wenden uns angewidert ab, um zu sehen, wie es unseren anderen Klienten geht.

Monate nach Desoto erreichte Turtle Julius Florida. Der Advokat hatte Porcallos Schiff gechartert und war mit freigelassenen Indianern in der Heiligen-Geist-Bucht eingelaufen und feindselig empfangen worden. Wieder war der Tod ihm auf den Fersen, zischten ihm Pfeile um den kahlen Kopf. Als er überlegte, wie er die Expedition einholen sollte, stieß er auf nackte, rotbemalte Indianer, Hirriga.

– Guten Tag, die Herrschaften. Mein Name ist Turtle Julius, ich komme aus Spanien, um hier eine wichtige Erbschaftsangelegenheit zu regeln.

Die Wilden lachten über seine Kleidung, piksten ihn mit Speeren.

– Unterlassen Sie das, sonst werde ich Beschwerde einlegen … Sie werden doch die Grundbegriffe zivilisierter Umgangsformen kennen?

Die Indianer bespuckten ihn.

– Ich muss doch bitten. Der Notar sprach mit seiner sanften Ben-Kingsley-Stimme.

Er wurde gefangen genommen und dem nasenlosen Häuptling vorgeführt, der befahl, Feuer anzumachen.

– Ein Festmahl? Bemühen Sie sich nicht.

Doch der Kazike hatte anderes im Sinn. Er war außer sich vor

Freude, als er Turtle Julius' falsche Nase, Zahnersatz, Eisenhaken und das Holzbein sah. *Augenscheinlich handelt es sich dabei um übliche Bräuche bei den Weißen.* Fast hatte er Mitleid, doch nein, das Grillen dieser Schildkröte würde ihn für alles Erlittene entschädigen. Diesmal würde Tanzender Waschbär nicht dazwischenfunken, dieses Ersatzteillager mit der Luftpolsterglatze war kein schöner Jüngling wie Ortiz. Als der Notar die Absicht des Indianers erkannte und die Gastfreundschaft dieses Landes beanstanden wollte, war es zu spät. Eine singende Meute hatte ihm die Kleider vom Leib gerissen und ihn zum glühenden Rost bugsiert.

– Das wird rechtliche Konsequenzen haben, Herrschaften, verkündete Turtle Julius. Es gibt Gesetze! Ich komme aus Toledo, der Heimat des besten Stahls … Ein Argument, aber sinnlos, die Indianer verstanden kein Spanisch.

Bevor man ihn auf die Glut legte, trat Hirriga zu ihm und zeigte ihm ein Messer … *kein Toledostahl!* Ehe der Gefangene begriff, was los war, hatte ihm der nasenlose Häuptling einen Schnitt vom Nacken über das Haupt bis zu den Augenbrauen zugefügt, was erstaunlicherweise nicht schmerzte. Die Schildkröte sah nur Blutstropfen, die von seiner Stirn zu Boden fielen. Dann setzte es einen weiteren Schnitt. Hirriga war enttäuscht, weil dieser Weiße nicht die geringsten Anzeichen von Schmerzen zeigte. Der Notar blickte ihn nur verächtlich an. Kurz war es, als blicke er in sein nasenloses Spiegelbild. Der Häuptling warf sich in die Brust, drehte mit arrogantem Blick und wichtigtuerisch weggespreizten Armen eine Ehrenrunde um Turtle Julius und gab schließlich seinen Leuten den Befehl, das Werk zu vollenden. Alles, was der Advokat nun fühlte, war Schmerz. Ein mit Messern bewaffneter, wild um sich fuchtelnder Tausendfüßler saß in seinem Hirn und schnitt alles kurz und klein. Schmerz! Alles, was Turtle denken konnte, war, dass der letzte Wille des Grafen von Orgaz unerfüllt bleiben würde, Bastardo nie zu seinem Erbe käme.

– Die Erkenntnis der Wahrheit verändert das Leben nicht, sagte Rodrigo. Aber manchmal sind die Umstände so, dass man mit falschen Überlegungen zu richtigen Schlüssen kommt.

– Wovon sprichst du? Desoto sah ihn fragend an.

– Nichts. Ich meine nur, vielleicht war es ein Fehler, Isabella auf Kuba zurückzulassen.

– Isabella? Du meinst …? Ängstlich schob Ferdinand diesen Gedanken beiseite. *Eifersucht? Niemals!*

Bereits in Spanien hatte er gesehen, dass sie nicht viel für ihn empfand. Als er dann auf Kuba den Glanz in Isabellas Augen sah, sobald sie von Porcallo sprach, wusste er Bescheid, konnte es aber nicht fassen. Es war ihm auch egal gewesen, lieber hatte er Vorräte gezählt, die Ausrüstung überprüft, Hunde trainiert. Nun, in der Wildnis Floridas, geschah etwas, wieder machte es klack, nun wollte er sie wieder. Mehr als alles auf der Welt begehrte er, der große Eroberer, jetzt ihr Begehren, dabei war sie meilenweit entfernt, ja, er selbst hatte diesen ziegenbärtigen Renaissancemenschen mit dem offenen Mund und dem knochigen Körperbau zurück nach Kuba geschickt, direkt in die Arme seiner Frau.

– Seltsam, dabei habe ich sie nie geliebt, nicht so wie Maria. Ferdinand blickte zur stummen Malinche, die nicht wusste, wovon er sprach. *Passt schon.*

Tatsächlich saß Porcallo bereits bei Isabella im Gouverneurspalast Havannas und machte Komplimente. Er trug rosarote Seidenstrümpfe, eine aufgebauschte Hose, Schnallenschuhe und eine gelbe Weste.

– Ich achte Eure Schmerzen, Señora, und fürchte um Eure Gesundheit. Ihr bedürft des Schutzes, und ich bin gekommen, ihn Euch anzubieten.

Isabella war unglücklich und brauchte Trost. So hatte sie sich das Leben als Gouverneurin nicht vorgestellt. Selbstbewusst und stark wollte sie sein, aber wie sollte das gehen, wenn alle etwas von ihr wollten. Da gab es Pflanzer, die mehr Sklaven forderten, Siedler, die die Errichtung einer Befestigungsanlage verlangten, Beamte, die mit dem Klima unzufrieden waren, und selbst die indianischen Ammen hatten sich über die gefräßigen weißen Säuglinge beschwert. Alfonsito sabberte, Francisco betete, und die meisten Leute dachten, mit der kann etwas nicht stimmen, weil sie keine Kinder hat. *Dabei stimmt mit vielen etwas nicht, obwohl sie Kinder haben.*

Isabella wusste weder ein noch aus. Sagte sie dem einen etwas zu, beschwerte sich ein anderer. Verstärkte sie die eine Front, brach es woanders über sie herein. Und ihr Mann, der für Ordnung hätte sorgen können, trieb sich in unbekannten Gefilden herum und schwängerte vermutlich Eingeborenenweiber.

– Als ich wegen einer Kakerlake fast einen Herzstillstand bekommen habe, hat er sich lustig gemacht.

– Armseliger Egoist. Porcallo wusste, dass man eine so schöne Frau nicht vernachlässigen durfte. Er zog sie mit den Augen aus und hing an ihren Lippen. Ihr Mund hätte allen Steinmetzen seit der Antike als Vorbild dienen können. *Und erst ihre Zähne!* Diese Frau war eine wandelnde Werbung für Zahnputzmittel. Tatsächlich rieb sie sich täglich stundenlang die Beißerchen. Früher mit Asche, jetzt mit einer Paste aus Elfenbein, Ingwer, Tigertalg.

Isabellas Lippen murmelten die Worte eines Briefes, den Ferdinand Porcallo mitgegeben hatte – ein Bote hatte ihn im letzten Moment zur Heiligen-Geist-Bucht gebracht. Sätze, die davon erzählten, wie erfolgreich die Expedition verlaufe, welch großartige Entdeckungen man gemacht, wie viele Wilde man bekehrt habe, und dass er unablässig an sie denke, sich nach ihr verzehre … nach ihrem Atem, ihrer milchweißen Haut, ihrem rotblonden Haar. Aber das kannte sie, kaum war sein Stempel in ihr Fleisch gedrückt, strafte er sie mit Ignoranz. Wie hatte er zulassen können, dass diese Indianerin mit ihren Bälgern hier aufkreuzte? Diese keifende Prinzessin Curriculum …

Porcallo spielte mit dem Siegelwachs des Briefumschlags. Der Gigolo war überzeugt, bald würden sie sich so wild und heftig lieben, als ob es um Leben und Tod ginge. Bald würde sie unter ihm liegen oder er unter ihr, und sie würden zu einem einzigen Körper verschmelzen, zu einer sich drehenden Fleischwalze, die tagelang durch Betten rollte. Er würde sich in sie hineinschrauben und ihr mit hämmernden Bewegungen den Pfropfen seiner Liebe einpflanzen. Ein Nieten und Nageln wäre das, ein Bohren und Hobeln, Rohrverlegen und Dichten – die reinste Liebeswerkstatt. Kurz stellte er sich das alles vor und hatte Angst, dass die Große mit den schönen Zähnen nur dalag und sich berühren ließ wie ein Gebiss von einer Zahnbürste, die verzweifelt auf und ab rutschte, den steilen Zahn aber nicht aus seiner Fassung brachte.

– Was ist eigentlich dran an den Gerüchten, die man erzählt?

– Was erzählt man?

– Wie du mit Erde essenden Indianern umgesprungen bist.

– Ach das. Porcallo räusperte sich. Wir leben hier auf einem Vulkan, der nur mit Strenge und Disziplin verschlossen bleibt. In den letzten Jahren sind auf Kuba zig Spanier von aufständischen Indianern … er fuhr sich mit dem Finger über die Kehle … und du weißt, wie viele Sklaven ich besitze. Es ist wie mit jedem Geschäft, der Schornstein muss rauchen. Aber lass uns von etwas Schönerem sprechen. Er bekam sein Beischlafgrinsen, stand auf und legte eine Hand auf ihre Schulter. Sie griff danach, wollte sie küssen, als sie eine Narbe sah.

– Die ist alt. Damals wollten einige Spinner eine Kommune errichten. Stell dir vor, was geworden wäre, wenn wir nicht eingegriffen hätten.

Ja, der Schornstein muss rauchen.

Tck, tck, tck – die stampfenden Marschschritte der Fußsoldaten. Die Indianer von Paracoxi waren durch jene von Casqui ersetzt. In den Halseisen war vom einstigen Stolz dieser Herrenmenschen nichts mehr übrig, auch wenn sie immer noch am getrockneten Saft der Chicle-Bäume herumkauten.

Mein Bein fühlt sich komisch an, dachte Elias, als wäre es mit Laub gefüllt. Tck, tck, tck. Die Landschaft war ein nie endendes Wandgemälde, das Felder, Wälder, Wiesen zeigte. Sie sahen blühenden Sumach und Heidekraut, Wacholder und Schafgarbe. *Wie lange geht das noch? Wann finden wir dieses Goldland?* Das Tocktock der Pferdehufe lockte Indianer an, denen man Glasperlen versprach, wenn sie beim Tragen halfen. Natürlich wurden sie nach Eldorado befragt, aber ihre Antworten blieben unbefriedigend.

– Wir sollten sie zu einem Spiel auffordern, sagte Quigley. Ich wette meine Pistole, wir verlieren.

– Was für ein Spiel?

– Etwas für Sportsmänner. Zwei Mannschaften, die ein Huhn über die Linie des Gegners befördern müssen. Alles ist erlaubt: Stoßen, Kratzen, das Huhn werfen, mit dem Fuß treten … Wenn es einer Mannschaft gelingt, darf sie versuchen, das Huhn durch zwei Stangen zu treten. Das gibt einen Extrapunkt.

– Man sollte das Geflügel nur nach hinten werfen dürfen, und die Mannschaften müssten in vier Versuchen mindestens zwanzig Schritte Raum gewinnen.

– Oder wir werfen Küken, und ein Schläger mit einem Holzprügel muss sie treffen?

Als alle über Regeln debattierten, hüpfte plötzlich Gunkel auf einem Bein herum.

– Heiligs Blechle! Leck mich am Ärschle! Den Hax! Ich han mir den Hax verstaucht. So kann ich nicht weitergehen.

– Hatte ich auch, sagte Elias. Das gibt sich.

– Das ist kein Witzle vom Fritzle. Was tue ich hier? Wir sind in einem fremden Land. Ich hasse es!

Francisca machte einen Wickel und ließ sich mit Essbarem bezahlen.

– Vielen Schwank. Müggenplug humpelte weiter. Francisca hatte mittlerweile einen kleinen Kugelbauch über ihren Cranach-Beinen. Kein Wunder, aß sie doch die meiste Zeit. Nebenher beschwerte sie sich über Männer, die ihr nachstiegen. Oft bekam sie zu hören: »Man sieht hier nicht viele europäische Frauen, noch dazu so schöne europäische Frauen …« Und nachts im Lager glaubte sie Sätze zu erlauschen, die ihr die Schamesröte ins Gesicht trieben, Sätze, in denen »Vögeln« oder »Bumsen« vorkamen. »Vögeln, bis der Saft ihr aus den Ohren läuft.« Wenn sie mit Hinestrosa darüber sprach, sagte der nur:

– Keine Angst, dir wird niemand etwas tun. Aber das klang nicht sehr glaubhaft.

Im Lager wurde Indianern geweihtes Wasser über den Kopf geleert. Missionare lasen eine Messe, murmelten Gebete und begrüßten die Getauften in der Gemeinschaft der Christen. Die mit speckigen Lendenschürzen bekleideten und nach Sumpf riechenden Eingeborenen wiederholten die Gesten der Priester und sprachen Gebete nach, was sich recht kurios anhörte: Maria voll, Ismit, Gebene Deit, Dein es, führ uns, A Men.

– Erinnert mich an Algier, sagte Elias. Da hat man unsere Fußsohlen geschlagen, bis sie zerfetzt waren. Nachher mussten wir über einen Strand mit Muschelschalen gehen. Die Mauren lachten und brüllten »Schehed! Schehed! Kunmora! Kunmora! Werde Maure!«

– Dazu würde ich zu sehr an meiner Vorhaut hängen. Um Rubens Augen bildeten sich Lachfalten.

– Hast eben nie eine Bastonade durchgemacht. Wenn Faïd

oder Mustafa Müller danach war, ließ man mich peitschen. Elias' Augenlider waren halb geschlossen, und man konnte nicht sagen, ob vor Scham, Schmerzen oder Erregung.

– Sag bloß, Monsieur Plim? Ruben bekreuzigte sich. Du bist ein Kamelficker?

– Als ich gesehen habe, wie man eine Frau gequält hat, die sich weigerte, zum Islam überzutreten, gab ich nach. Elias blickte so unschuldig drein wie ein Bratenfleck auf einer blütenreinen Tischdecke. Christ oder Maure? Jesus oder Mohammed? Ist doch egal, zu welcher Mannschaft man hält. Die einen haben »Bibel« auf der Fahne stehen, die anderen »Koran«. Da sitzen gewalttätige Heilige auf der Ersatzbank, dort Dschihadisten. An den Sieg ihres Vereins glauben beide. Mir ist nur eines heilig, das Spiel.

– Nein! Ruben, der den Mund gerade voller Wasser hatte, spuckte aus. Ein Konvertit! Ein Teppichlecker? Heilige Makrele. Da fällt mir der Bugspriet ab.

– Ich bin nicht tot, sagte Elias. Das ist es doch, was zählt.

– Aber bei der Schlacht von Casqui hast du gebetet, hanabe ich selbst gehört.

– Man kann vor Gott davonlaufen wie Jonas … ich meine den in der Bibel … Elias blickte zum Stockmännchen. Der Fisch verschluckt einen trotzdem.

– Du bist zur Konkurrenz gewechselt!

– Na und? Plim blickte zum Himmel und sagte: Sein Wille geschehe.

– Wenn der Feldherr das erfährt. Mauren dürfen nicht nach Westindien, sagte Bastardo.

– Verbrecher auch nicht. Elias spuckte, und Bastardo wollte ihm an die Gurgel.

– Verbrecher? Ich? Hast du einen Sonnenstich?

– Du hast mehr geklaut als Haare auf dem Kopf.

– Hör sich das einer an. Ein paar Umdrehungen zu viel im

Turm? Etwas Wahnsinniges lag in Bastardos Blick, aber an die Geschichte mit dem Diamantenring schien er sich nicht zu erinnern. Verbrecher? Gut, wir haben einen Elefanten geangelt, falsche Reliquien verkauft, uns als Aussätzige ausgegeben, aber Verbrecher? Jedenfalls werde ich melden, dass wir hier einen Muselmanen haben … Bastardo blickte zu Ruben, trat einen Schritt zurück … Es sei denn, du zeigst dich erkenntlich.

– Idiot, brüllte der Rothaarige. Willst wohl Bilgewasser trinken? Elias schüttelte den Kopf.

– Ist es nicht egal, zu welcher Mannschaft man hält? Für mich war es ein Auswärtsspiel bei Fanatikern … kurz vor der Verurteilung zum Bab Azoun. Man hat mich zum Barbier geführt … ein Dilettant, der mit einem rostigen Messer das ganze Präputium weggeschnitten hat, das er dann hochhielt wie der Scharfrichter einen Kopf. Anschließend wurde mir gezeigt, wie man sich richtig wäscht … bis zum Ellbogen … dann habe ich in der Moschee das Glaubensbekenntnis abgelegt, bekam Seidengewänder, wurde auf ein Pferd gesetzt, herumgeführt. Der Marabut sprach Gebete, die Menschen jauchzten, Derwische tanzten. Es gab Datteln, kandierte Orangen. Ein Fest. Nur Mustafa Müller beschwerte sich, dass es zu viele Konvertiten gäbe.

– Jetzt bist du Moslem. Ruben sah aus, als hätte er feuchte Hühnerlosung im Mund.

– Ich habe mich beim Freitagsgebet in den Staub geworfen, kein Schweinefleisch gegessen und mir Geschichten von guten und bösen Engeln angehört. Wenn du mich fragst, ist da kein Unterschied zum Christentum – die einen beten das Kreuz an, die anderen den Halbmond. Elias sprach mit Überzeugungskraft. Die einen pilgern nach Mekka, die anderen nach Jerusalem. Die Christen betrachten den Papst als den Stellvertreter Gottes, die Moslems den Sultan in Istanbul. Ich kenne beide nicht. Die einen fasten vor Ostern, die anderen im Ramadan.

– Ich fasse es nicht. Ruben war durcheinander. Moslem? Das ist so, als würden wir mit dem Hintern essen und aus dem Mund kacken. Wir müssten im Handstand gehen, und der Mundgeruch bekäme eine neue Dimension.

– Blöder Vergleich. Elias schüttelte den Kopf.

– Er hat recht, warf Cinquecento ein. Es gibt nur oben und unten, Arm und Reich. Armut ist mehr als eine Lebensform, sie gräbt sich tiefer ein als jede Wunde, wird zu einem selbst. Gab es bei Adam und Eva Adelige? Nein! Aber dann kamen die Grundbesitzer, das hat mit Kain begonnen, die Sippschaft aus dem Geschlecht Davids, der einen Großbauern enteignet hat … Zuerst waren sie Sklaven, dann hat Moses sie in ein neues Land geführt, wo sich ein paar alles unter den Nagel gerissen haben … Die Religionen dienen nur zur Verteidigung des Besitzes. Darum glaube ich an Lazarena.

– Moslem? Ruben ging auf Gino nicht ein. Heilige Makrele! Dann gehst du am Freitag in die Moschee und manachst einen Hadsch nach Mekka?

– Vier Weiber habe ich, du Kuffar, und im Paradies erwarten mich zweiundsiebzig Huris. Elias lachte.

– Und was machen wir mit Bastardo? Glaubst du, er wird zum Feldherrn gehen?

– Macht euch keine Sorgen, sagte Gino, der Aal. Mein Kumpel ist zwar ein ausgemachter Gauner, aber er weiß, was sich gehört.

Die Wälder strahlten in den schönsten Herbstfarben – Blutrot bis Quittengelb. *Indian Summer.* Die Luft war kühl und frisch. Es gab Morgentau, herrliche Lichtstimmungen, aber kein Eldorado. Der große Eroberer hatte sein Vermögen investiert, er konnte es sich nicht leisten, mit leeren Händen zurückzukommen. Seit Porcallo nach Kuba aufgebrochen war, nein, seit Rodrigo ihn mit »Das muss nichts heißen!« darauf aufmerksam gemacht hatte, zerfraß ihn Eifersucht. Also doch! Ständig musste er an Isabella denken, fühlte er sich zurückgesetzt, gehörnt, gedemütigt. Selbst wenn Malinche in seinem Zelt stand und ihren Zeigefinger in der lockeren Faust hin und her bewegte, gingen ihm Gespräche mit Isabella durch den Kopf. Sogar wenn er auf der Stummen lag, versuchte er sich einzureden, seine Frau würde ihn vermissen, oder er war sich sicher, sie genoss die schmierigen Komplimente dieses Porcallo. Wenn er daran dachte, wie sie sich liebten, wäre er vor Eifersucht beinah zersprungen. Dann stieß er die Indianerin von sich und fluchte.

Der große Eroberer fühlte sich heimatlos. Niemanden gab es mehr, der auf ihn wartete, weil Isabella jemand anderen hatte, einen Porcallo – kein schöner Name, wenn man ihn sich gestöhnt vorstellte. Wie wollte sie das hauchen? *Porci! Porci! … Dieses Schwein.* Ferdinands Herz raste, seine Hände zitterten, und sein Hirn formulierte Flüche. *Mögen die Flammen der Hölle deinen lasterhaften Schoß ausräuchern, du Schlampe. Mögen dir Dornen an den Brüsten wachsen, Stacheln an der Scham, und deinem Liebhaber, diesem widerwärtigen Renaissancemenschen, soll das Gemächt verdorren, die Adern mögen ihm platzen, damit er in seinem eigenen geilen Blut ersäuft …* Diese Eifersucht war ein größeres Ärgernis als jeder von Krokodilen bevölkerte Mangrovensumpf, bösartiger als jeder Indianerstamm.

– Reiß dich zusammen, sagte er sich, Eifersucht passt nicht zu einem großen Eroberer, doch es nützte nichts.

Im Sumpf wuchs wilder Reis, auf den Teichen schwammen Seerosen wie Fettaugen in einer Suppe. Sie sahen Bären, Kojoten, Pumas. Die Einheimischen konnten mit denen in Peru und Mexiko nicht mithalten, sie hielten den Sonnenball für eine Gottheit und den Mond für die Mutter der Nacht, außerdem glaubten sie an Geister, die auf Bäumen saßen und in Träumen wohnten. Halbnomaden auf niederer Entwicklungsstufe, die weder das Rad kannten noch den Metallguss. Wie sollten die zu

Gold gekommen sein? Spanier waren für sie Söhne Gottes oder extraterrestrische Usurpatoren, die das besitzen wollten, was jedem gehörte, den Boden unter den Füßen. Diese Indianer kannten kein Eigentum, keine Grenzsteine, kein Grundbuch, nicht einmal Verträge. Landbesitz war ihnen fremd.

Aber Football? Die Wilden hatten Spaß bei diesem Spiel, das abends unter Anleitung Neros stattfand, der in einem schwarzweiß gestreiften Kostüm, John Schnur hatte sich selbst übertroffen, den Schiedsrichter gab. Man hatte mit Kalk Begrenzungslinien gezogen und jeweils zwei Stangen aufgestellt. Auf der einen Seite die Spanier in Ballonhosen, auf der anderen die nackten Indianer. Das zum Spielball auserkorene Huhn gackerte wie verrückt. Die Teams bildeten Formationen. Dann ein Pfiff, Leiber prallten aufeinander, man hörte klatschende Geräusche und Anfeuerungsrufe. Auf der einen Seite gesellschaftlich legitimierte Soziopathen, Abenteurer, die das christliche Imperium vertraten, die Werte des Abendlandes, das Recht des Stärkeren, die freie Marktwirtschaft, das Ego – angetreten, sich ihrer Überlegenheit zu versichern. Auf der anderen das Team der Naturreligionen, Geister- und Schamanengläubige, das Von-der-Hand-in-den-Mund-Prinzip, Vertreter einer primitiven Steinzeitkultur.

Das Huhn war in seiner eigenen Umlaufbahn, wurde hin und her geworfen und getreten, was es sich keineswegs gefallen ließ. Es hackte Spielern in die Hände, wollte fliehen, hatte aber keine Chance. Die Indianer waren schneller und geschickter, führten bald mit sechs zu null, neun zu null, wurden erfüllt von einem ungeahnten Gefühl der Macht. Dann wechselten die Spanier die Taktik, griffen zu schmutzigen Tricks, wurden brutaler. Sie holten auf und kamen unter dem tosenden Jubel des Publikums auf acht zu zehn heran. Stummel stand auf einem Fass und kommentierte mit schnarrender Stimme das Geschehen, sprach von Raumgewinn, Sololäufen und Passgenauigkeit. Vorwärts,

Sportsfreunde! Auf dem Spielfeld kreischte das zerzauste Federvieh, während das Publikum wie Hühnersülze waberte und geflügelte Worte in den Mund nahm. Quigley wettete mit Gunkel, auch Castro, Jonas und alle anderen ging er an.

– Wetten ist mein Sport.

Ein nassgeschwitzter Ruben passte zu Elias, der, als er die nackten Körper auf sich zustürzen sah, Angst bekam und prompt das Huhn verlor. Bastardo biss einen Indianer in die Wade, und Cord Fenk und Francisca hatten mit den Verwundeten alle Hände voll zu tun. Der Niederländer ließ sie gleich zur Ader, die Cranach-Frau setzte auf Salben. Die Indianer zogen neuerlich davon, dann schnappte sich Gino Cinquecento das Huhn, ließ mit einer geschickten Körpertäuschung zwei Gegner aussteigen, warf es zu Ruben, der, es war das Einzige, was jetzt Bedeutung hatte, nichts anderes wollte, als diesen Eierleger über die Linie zu bringen. In diesem Augenblick ging es für ihn in diesem fremden Land um nichts anderes … als wären die Geschehnisse der Weltgeschichte darauf konzentriert, als hinge der Fortbestand des Universums davon ab, dass auch er dem Gegner ein Ei legte. Er rannte keuchend, stieß zwei Verteidiger weg, hörte all die Geräusche seiner Mitspieler – Rufe, Husten, Füße, die in den Schlamm traten –, sah nur noch die gekalkte Linie, stürmte darauf zu, und landete kurz darauf … kurz? Wie lange dauerte das? Sekunden? Minuten? Eine Ewigkeit? … landete also kurz darauf im schlammigen Dreck. Man hörte einen Pfiff, und alle blickten zu Nero, der eine Miene zog wie ein Mensch von der Landwirtschaftskammer, wenn er befahl, wegen einer Seuche eine Geflügelzucht zu vernichten. Ramses bellte, und der Schiedsrichter fuchtelte mit seinen Armen, wie ein Fluglotse, wenn der Flieger gleich die Passagierrampe rammte: Goal!

– Du siehst beschissen aus. Elias half Ruben hoch und lachte. Stummels Stimme überschlug sich, die Zuseher jubelten.

So ging es noch stundenlang. Als die Dunkelheit hereinbrach, pfiff Nero ab. Añasco erklärte das Spiel für beendet und sagte etwas von sechsundsiebzig Versuchen auf der einen und dreiundsiebzig auf der anderen Seite. Es gab so und so viele Ballberührungen, so viele Schritte Raumgewinn, achtundvierzig Laufversuche, zwölf Ballverluste, acht Würfe wurden vom Gegner abgefangen, und so weiter.

– Aber am Ende gewinnen doch immer die Deutschen. Gunkel zählte lachend seinen Wettgewinn.

Das war das erste Footballspiel auf amerikanischem Boden. Die aufgestellten Rekorde wurden von niemandem notiert, und selbst der Ausgang war umstritten. Nachts träumten alle von Aktionen, Raumgewinn und Toren. Tausende Menschen sahen zu, aßen aufgeplatzte Maiskörner, Würste in Brot mit gezuckerter Tomatensauce, und tranken dazu Bier. Junge Tänzerinnen wackelten mit ihren Gesäßen, bildeten Formationen, während in den Pausen Musikkapellen über das Spielfeld marschierten und »When the Saints Go Marchin' In« spielten. Nein, das sollte alles erst viel später kommen.

DIE MÜHEN DER EBENE

Es war nicht mehr so heiß, dass man die eigene Haut ausziehen wollte, aber noch immer schwül. Die Expedition durchquerte endlose Felder, erreichte Gegenden, in denen nie zuvor ein Weißer gewesen war. Niemand mehr, nicht einmal Cord, fraß jetzt noch die Landschaft in sich hinein. Sümpfe, Hügel, Wälder, Tafelland, immer dieselbe Leier. Das Gehen war, als würde man mit den Füßen einen Teig kneten. Alles, was man fand, waren verlassene Dörfer. Überall dasselbe trostlose Bild: erloschene Feuerstellen, Reste an Vorräten. *Seelenlandschaft.* In einem Dorf lag sogar ein Verstorbener im offenen Grab. Wo war sein Stamm? Die Kunde vom Strafgericht an Casqui musste sich wie ein Waldbrand ausgebreitet haben.

– He, Flöte. Bastardo und Cinquecento nahmen Elias beiseite und sprachen im Verschwörerton. Wir werden nicht verraten, dass du ein muselmanischer Moslemist bist, wenn du uns hilfst.

– Wobei? Elias' Magen krampfte sich zusammen.

– Wirst du erfahren. Die Gauner lächelten heimtückisch. Elias nickte. *Mit denen gemeinsame Sache machen? Das ist schon einmal schiefgegangen. Reichst du denen die Hand, kannst du nachher nur noch bis drei zählen. Die stehlen dir die Därme aus dem Bauch, um Geigensaiten daraus zu machen.* Wegen solcher Typen gab es Regeln, Gesetze, Moral und einen Ehrenkodex. Aber wer hielt sich daran? Die, die ohnehin nie etwas Unrechtes taten! Die Gesetzestreuen! Banditen wie Bastardo und Cinquecento bestimmt nicht, die setzten sich über alles hinweg, für die waren Regeln und Gesetze lächerlich.

– Ich wette meine Stulpenstiefel, der Herr, wir finden bis Ende der Woche noch zwölf verlassene Siedlungen, sagte Quigley, der mit einem Leinenhemd und in Stiefeln marschierte. Alles andere hatte er verspielt.

Cord Fenk skizzierte die mumifizierten Toten, bewunderte die mit Gräben bewässerten Felder, studierte Schnitzereien.

– Ganz so kulturlos scheinen diese Wilden nicht zu sein.

Seit Monaten waren sie unterwegs, es fühlte sich an wie Jahre. Fenk bastelte an seiner Verfassung, einem Gesetzeswerk für dieses Land. Das Wichtigste war die Gleichheit aller freien Männer … keine Wahlen, dafür Rassentrennung, freie Religionsausübung … ein parteiisches Gericht … allgemeine Wehrpflicht … wahrscheinlich ein Gefängnis … ein Henker …

– Und was ist mit Minderheiten, Leuten mit Behinderung?

Jonas humpelte neben ihm her. Cord lächelte. Er mochte den Jungen mit dem Stummbein, der ihm manchmal bei Aderlässen half. Mit dem Holzbein konnte er nicht schnell gehen, doch niemals hatte er geklagt.

Da brüllte einer, das Teufelszeug solle zur Hölle fahren. Missionare droschen auf Götzen ein, zerschmetterten Tongefäße und schimpften wie Moses, als er das goldene Kalb erblickte.

– Was fällt euch ein? Banausen! Cord wollte die Fanatiker zurückhalten, verteilte Tritte und Ohrfeigen. Das sind Kulturgüter! Denkt an die Statuen der Römer, die Barbaren in den Tiber geschmissen haben. Später hat man sie wieder herausgeholt, die Laokoon-Gruppe, eine schlafende Venus … Die Missionare stießen ihn zur Seite und zerschlugen Tempelinventar. Geschnitzte Figuren, Tiermasken für rituelle Tänze, nichts blieb heil.

– Teufelswerk!

– Ihr selbstgerechten Pharisäer! Cord war außer sich, griff sich eine Tonskulptur, die ein dickes Weib darstellte, wollte sie retten. Ein Missionar entriss sie ihm und zerschmetterte die füllige Venus mit Genuss.

– Auch Moses hat das goldene Kalb zerschlagen. War der ebenfalls ein Kunstbanause? Añasco strich sich über die Glatze, sah den Niederländer mit kalten Augen an und sagte:

– Wenn die Indianer überleben wollen, müssen sie sich anpassen. Sonst werden sie vernichtet. Wir sind dazu bestimmt, die Welt zu erlösen durch unsere Lebensart. Zuerst haben wir Spanien zurückerobert, Granada – und jetzt Westindien. Denn heute gehört uns Spanien und morgen die ganze Welt! Warum? Weil es unsere Bestimmung ist!

– Ich bin ein Mann der Wissenschaft.

– Die meisten glauben, es ginge um Gold und Perlen. Añasco sprach mit unterkühlter Stimme, aber es geht um Größeres, um etwas viel Größeres, nämlich um die Weltherrschaft. Nicht die

Chinesen, Neger oder Mauren sind hier, sondern wir! Die Europäer! Spanier, um genau zu sein.

Nachdem sie zehn verlassene Dörfer von Götzen befreit hatten und Quigley barfuß weitermarschieren musste, erreichten sie einen breiten ockerfarbenen Fluss, der zu tief war, ihn zu überqueren. Das aufgeschäumte Wasser war reißend, und am Ufer lagen Alligatoren wie Gäste in einem Spa-Hotel, die sich mit Handtüchern die besten Plätze gesichert hatten. Ein untersetzter Soldat, der den Fluss für eine Art Whirlpool hielt, wurde von den Wassermassen weggespült. Damit waren nach Ferdinands Zählung von den achthundertzwölf Expeditionsteilnehmern noch siebenhundertdreiundachtzig am Leben, dazu zweihundert indianische Träger, hauptsächlich Casqui.

– Wir müssen rüber. Aber wie? Mit einem Floß? Desoto konnte seit Tagen an nichts anderes denken als an Isabella. *Du liebst sie ja gar nicht, du glaubst nur, dass du sie liebst. Wo ist der Unterschied?* Seinen Leuten fiel nichts auf, nach außen hinterließ er den Eindruck, alles im Griff zu haben. Aber diese Selbstsicherheit war nur gespielt. Immer noch sprach er von einer erhabenen Aufgabe, der Verwirklichung eines großen Gedankens, aber innen war es brüchig, sein Optimismus bröckelte. Er achtete auf die Blicke seiner Hauptleute. Merkten die etwas? Tuschelten sie hinter seinem Rücken?

– Warum nicht eine Brü-Brü-Brücke? Nuño de Tobar setzte sein Brad-Pitt-Lächeln auf, dem Leonora erlegen war, und begann das zu fühlen, was Desoto ihm auf Kuba genommen hatte – Stolz.

– Brücke? Das ist das Dümmste, was ich je gehört habe. Rodrigo schüttelte den Kopf, und auch Desoto wollte schimpfen, besann sich aber.

– Eine Brücke! *Natürlich eine Brücke nach Havanna und zu*

Isabella. Nein, nur über diesen Fluss. Trotzdem: So eine Brücke ist metaphorisch, ein Symbol! Aber wie? Der Fluss ist dreißig Schritt breit. Die Indianer haben eine spezielle Technik, aus Hanf dicke Seile herzustellen, aber wir? Wie sollen wir da eine Brücke bauen? Das dauert Monate.

– Ich weiß es. Nuño war in seinem Element, dirigierte sofort welche, Werkzeuge zu holen, befahl, Bäume zu fällen und daraus Bretter anzufertigen. Den Arbeitern stand bald die Hitze im Gesicht. Nun verlangte Nuño lange, starke Seile, die er am Ufer auflegen ließ. Summend wie ein Komponist ging er herum, setzte eine Note da, dort einen Kontrapunkt. *Ein Zauberer!* Sogar sein Stottern war verschwunden. Schließlich zeigte er den Leuten, wie die Bretter mit den Tauen zu verknüpfen waren, um eine wundersame Melodie … nein, eine primitive Hängebrücke zu bauen. Alle staunten. Nach zwei Tagen *Simsalabim* war das klapprige Konstrukt, eine Art dreidimensionale Strickleiter, fertig. Nuño schritt wie ein Kapellmeister an den Rand des Ufers, so selbstverständlich, als holte er aus einer Abstellkammer einen Notenständer, lud sein Instrument, eine Arkebuse, und feuerte auf die Hotelgäste – die Alligatoren zogen widerwillig ab. *Ihr habt keine Eintrittskarten für unser Konzert.*

Indianer, man hatte ihnen Seile um den Bauch gebunden, durchschwammen den Fluss, wurden abgetrieben, schrien, als sie am anderen Ufer Reptilien entdeckten, vertrieben sie mit Steinen, gingen stromaufwärts und befestigten die Seile, an denen sich Soldaten hinüberhanteln konnten. Wie Notenlinien hingen die über dem Gewässer.

Sobald genügend Leute drüben waren, setzte sich Nuño auf einen Balken, strich sein Haar aus dem Gesicht, stemmte sich mit beiden Händen vorwärts und begann mit der Ouvertüre: zwei Winden, über die er Taue laufen ließ. Einem Notenschlüssel sah er ähnlich. Nun kam das Adagio, man hievte die Strickleiter ins braune Wasser und feuerte die Ziehenden an. Die Männer arbeiteten wie ein reibungslos funktionierendes Orchester, kraftvoll und ohne zu ermüden. Alle waren gespannt, ob die Seile hielten. Waren die Balken fest genug verankert? Alles strebte Richtung Höhepunkt, der erreicht war, als sich die Seile der Hängebrücke langsam spannten. Allegro, alle hatten einen ergriffenen, fast seligen Gesichtsausdruck – wie das Publikum eines Konzerts.

– Santiago!

– Lasst uns ein Gebet sprechen. Juan Desoto spritzte geweihtes Wasser auf die Brücke. Damit sie uns sicher über diesen Fluss bringt, uns davor bewahrt, vom rechten Weg abzukommen. Seit der Kreuzigung des Casqui war der Dominikanerpater nachdenklicher geworden. Nun war er kein »domini cane« mehr, kein Hund des Herrn, berief er sich nicht mehr auf den Papst und die Inquisition, sondern verkündete verrückte Ideen wie die Gleichheit aller Menschen oder die Pflicht zur Armut.

Da sich niemand über die Brücke wagte, war es Nuño, der Schritt für Schritt die Vertrauenswürdigkeit seiner Komposition bewies. Alle hielten den Atem an, manche applaudierten, und Francisca bekam beim Anblick dieses Schönlings leuchtende Augen und Appetit auf Fleisch. Als Nuño die Mitte der Brücke erreicht hatte, blieb er plötzlich stehen, begann zu lachen und zu tanzen. Gottverdammt! Er begriff selbst nicht, wie sie es geschafft hatten, dieses Wunder zu vollbringen, reckte die Hände in die Höhe und quietschte vor Vergnügen. Santiago! Fast wäre er ausgerutscht und in den milchkaffeebraunen Strom gestürzt. Als er drüben angekommen war, brach Jubel aus. *Na bitte, die beste Waffe ist immer noch der gesunde Menschenverstand! Schade, dass viele unbewaffnet sind.* Nuño gab Handzeichen, jetzt konnte die Expedition den Fluss überqueren, was einen vollen Tag in Anspruch nahm. Während die Hunde und Schweine leichtfüßig hinübertrippelten, mussten die Pferde geführt werden, um nicht zwischen die Bretter zu treten. Jonas brauchte jemand, der ihn stützte, und Müggenpflug sprach von deutscher Wertarbeit.

– Wir sollten diesen Fluss 18. Oktober nennen, weil heute der 18. Oktober ist. Ein welthistorischer Moment!

Das Ziehen der Kanonen war eine schweißtreibende Angelegenheit, mussten doch ständig Bretter unter die Lafetten geschoben werden. Die Prozedur für das erste Geschütz dauerte über eine Stunde.

– Können wir sie nicht zurücklassen?

– Die Gewehre des Königs? Seid ihr verrückt! Añasco betrachtete die Plackerei. Von allen Hauptleuten war er wegen seiner Art und seines Gehabes am wenigsten beliebt. Als die Kanonenschlepper aber von Nuño hörten, dass es einfacher wäre, das bronzene Rohr aus der hölzernen Lafette zu heben und von Pferden hinüberziehen zu lassen, wären sie fast explodiert.

Und Griselda? Seit Monaten mitgeschleppt, um in Eldorado den Sieg der Christenheit einzuläuten. »Kiste« stand auf ihrer Einrüstung, sie erwies sich als zu breit.

– Wenn wir sie hierlassen? Die Señora macht nur Schwierigkeiten.

– Seid ihr wahnsinnig? Juan hüpfte entsetzt herum, streichelte die Holzkiste und flüsterte Griselda zu, dass sie sich keine Sorgen machen müsse, weil diese bösen Ketzer sie nicht hier in dieser Wildnis aussetzen dürften.

Bastardo und Cinquecento witterten eine Gelegenheit, an ihr Erspartes zu gelangen. Wie werdende Väter vor dem Kreißsaal standen sie herum, klopften gegen die Bretter, machten sich wichtig.

Wieder war es Nuño, der die Lösung wusste: An Bäumen wurden Seilzüge gespannt, um daran den Kasten über den Fluss zu ziehen. Sowohl die Gauner als auch die Missionare bangten um die Glocke. Juan standen Schweißtropfen auf der Stirn.

Die Taue waren gespannt wie die Darmsaiten einer Geige, doch sie hielten. Die Bäume bogen sich, hielten aber ebenfalls, als man die Kiste wie eine Seilbahngondel über den Fluss kurbelte.

Kaum war Griselda an Land, brach ihre Einrüstung. Die Glocke stand ungeschützt am Ufer, und als wäre es ein Zeichen des Himmels, fiel ein übersinnlich heller Sonnenstrahl auf sie. Juan bekreuzigte sich, die Gauner seufzten. Griselda aber strahlte wie ein Honigkuchenpferd, eine Marienerscheinung irgendwo im Nirgendwo. Der Missionar war erleichtert. Andere klatschten.

Nun erschienen Gläubige, nein, Indianer, die die Glocke nicht beachteten, sich aber vor Nero, den sie als Dicksten und Auffälligsten für den Anführer hielten, in den Staub warfen. Da konnte sich Desoto noch so räuspern. Die Wilden trugen Hüte mit Federn, Lederhosen und mit Hirschhornknöpfen besetzte Gürtel. Sie hatten luftgetrocknetes Fleisch, eine Schüssel voll Kraut und Grüße ihres Kaziken Tülolee mitgebracht. Nero wurden Ketten aus Knochen, Zähnen und Federn umgehängt. Ramses bellte, und Stummel flüsterte zynische Bemerkungen.

Die Eingeborenen sagten in einer tiefen, kehligen Sprache Wörter wie »ackchpaschnakche« und »narkcharakch«.

– Gut und Feuerstein, grübelte Ortiz.

Wie verwirrt waren sie, als nicht Nero, sondern Desoto antwortete. Der Statthalter sagte den Boten, Tülolee müsse sich taufen lassen und sich dem großen weißen Herrscher jenseits des Salzmeeres unterwerfen, außerdem solle er Vorräte abliefern und Träger zur Verfügung stellen. Ortiz übersetzte es Satz für Satz einem Paracoxi, der es einem Casqui erklärte, welcher mit einem erst kürzlich hinzugestoßenen Burschen sprach, der es den Boten sagte. Eine Art Stiller Post, bei der niemand wusste, was vom Sinn erhalten blieb.

Die Tülolee berieten sich murmelnd, bewunderten die Brücke, die Glocke, und waren von den Pferden und Schweinen angetan, die sie gegen kleine geschnitzte Figuren oder Hirschhornknöpfe tauschen wollten – zu einem lächerlichen Kurs. Dann zogen sie ab.

Nach einer Stunde kam die Antwort. Diesmal gab es keine Geschenke, und am Ende der harschen, in verächtlichem Tonfall vorgetragenen Stille-Post-Sätze stand Folgendes:

– Tülolee sagt, du bist kein großer Kazike, nur der Knecht eines Kaziken, dessen Befehle du ausführen musst. Tülolee verhandelt nur mit Gleichgestellten, und auch dann nur zum Schein, weil Tülolee bleibt immer frei und unabhängig. Wenn du das Land durchqueren willst, ist Maut zu zahlen.

– Teilt dem Starrkopf mit, er soll sich zeigen und verhandeln, sonst wird er bald das Gras von unten sehen. Wir werden sein Fell zum Trocknen aufhängen, bevor er Muh sagen kann. Wieder ging es Wort für Wort durch die Stille-Post-Mühle, konnte man sehen, wie sich das Gesicht jedes Übersetzers veränderte, sobald er die körnigen Beleidigungen hörte. Zuerst machten sie Oh, dann folgte ein Kichern und Kopfschütteln.

»Techzschek« und »wurachopo« waren zu verstehen. Nicht gut und nicht schlecht.

Ferdinand streichelte die stumme Malinche, die ihn tagsüber mit großen Augen anstarrte und nachts auf ihm spazieren ging. Während die Wilden heftig diskutierten, drehte sich in seinem Schädel alles um Isabella. Ein Sprichwort fiel ihm ein: Man kann unter der Achsel zwei Melonen tragen, aber nicht lange, dann fällt eine zu Boden. Welche? Isabella? Oder die Indianerin?

Die Boten jodelten und zogen ab, aber weder sie noch ihr Häuptling wurden jemals wieder gesehen. Sehr zum Entsetzen Quigleys, der sein Hemd verwettet hatte, dass diese Indianer bald angekrochen kämen, um sich zu unterwerfen.

Man schlug das Lager auf und genoss die rote Dämmerung.

Ein kalter Wind strich als erster Vorbote des Winters um ihre Wangen. Alle freuten sich über die Brücke, manche warfen Äste in Richtung Alligatoren, andere starrten stundenlang in den Fluss und bestaunten das sich an Felsen kräuselnde Wasser. Nur Rodrigo benahm sich wie ein böswilliger Kardinal bei einem Konklave und begann Misstrauen zu säen.

– Der große Eroberer ist verwirrt, arrogant und trifft falsche Entscheidungen. Zu Añasco sprach der Kleinwüchsige von Ferdinands Selbstgefälligkeit, gegenüber Moskito erwähnte er seine Entscheidungsschwäche, und Nuño erzählte er von Irreführungen. Er ist dabei, sich die Welt so zurechtzulegen, wie er sie will, auch wenn es diese Welt schon lange nicht mehr gibt. … Es waren spitze Bemerkungen, die der Zwerg in die Köpfe der Hauptleute pflanzte, aber irgendwann würden sie austreiben, blühen und Früchte tragen.

Auch Bastardo und Cinquecento hatten einen Plan, in den sie Elias aber nicht einweihten. Alles, was er tun sollte, war, die beiden wachhabenden Soldaten von dem Versorgungszelt wegzulocken.

– Nur eine Gefälligkeit, damit wir dich nicht verpfeifen.

Die Chargen in ein Gespräch verwickeln? Sie vom Zelt weglocken? Für einen Fabulierer wie Plim keine große Sache.

– Wollt ihr eure Zukunft wissen? Passt auf … So begann Elias das Gespräch mit den würfelnden Soldaten. Seht ihr in der Astgabel das Termitennest? In Termitennestern kann man die Zukunft lesen.

– Wie soll das gehen? Ein Wächter war neugierig, der andere gleichgültig.

– Eine Zauberin in Algier hat es mir erklärt. Man kann die Zukunft in Fischkiemen erschauen, in Gehirnen von Gehenkten oder in Termitennestern. Interessiert euch, ob ihr mit Gold nachhause kommt? Ob ihr heiratet, Kinder habt?

Während Elias die Wächter vollquatschte und zum Termitennest lockte, versuchten die Ratte und der Aal im Versorgungszelt in die Glocke zu gelangen. Sie nutzten die Hebelwirkung, schoben Pflöcke unter und … *Lazarena Malverde, Schutzpatronin aller Gauner, hilf uns …* schafften es tatsächlich, Griselda hochzuwuchten und Pfosten unterzulegen.

– Beeil dich. Bis dein Arsch da drinnen ist, geht die Sonne unter.

Als Gino in Griselda war, berührte er den Schlögel – ein dumpfer Ton erklang, fuhr allen in die Glieder.

– Was war das? Die Wächter waren wie vom Blitz getroffen, packten Elias und zerrten ihn zum Zelt. Willst du uns ablenken mit deiner Termitenscheiße?

– Nein, ich … Auch Elias war zusammengezuckt.

Zum Glück war im Zelt nichts Verdächtiges zu entdecken, weder bei den Munitionskisten noch bei den Weinvorräten. Die Kanonen standen an ihrem Platz, und die geräucherten Schinken waren unangetastet.

– Griselda wird keiner stehlen. Ein Wächter ging hin und schlug mit seinem Schwertknauf dagegen, was einen dumpfen Donnergroll ergab.

– Irgendetwas stimmt hier nicht. Dann sahen sie ein Ferkel.

– Süß. Bestimmt ist dieses rosarote Würstchen gegen Griselda gerannt? Ohne weiter zu überlegen, gingen sie zurück an ihren Platz und machten mit dem Würfeln weiter.

– Wie gesagt, stammelte Elias. Ich …

Bastardo und Cinquecento krochen aus der Glocke. Beiden brummte der Schädel. Das Schlimmste aber wollte nicht in ihren Kopf, ihre Ersparnisse waren verschwunden. Weg! Zweitausend Kröten.

– Diebstahl! Wir werden das anzeigen! Wir leben in einem Rechtsstaat, nicht? Wozu gibt es eine Behörde? Es kann nicht angehen, dass man sich am Eigentum anderer vergreift. Während einer Expedition! Ein rechtschaffener Mensch hat sowas nicht verdient. Wenn der Besitz als Basis der Gesellschaft wegbricht … Cinquecento regte sich auf. Bastardo gab ihm eine Ohrfeige.

– Ruhe jetzt!

FASTFOOD

Seit einem halben Jahr war die Expedition nun unterwegs und hatte nicht die geringsten Schätze entdeckt. Alles, was zum Vorschein kam, waren versteckte Eigenschaften: Stummel entpuppte sich als boshafter Intrigant, bei Desoto kam zum Stolz die Eifersucht hinzu, Nero wurde eitler, Añasco kälter, patriotischer, und Moskito hatte seinen Alkoholkonsum kaum noch im Griff. Die Leute waren entkräftet, und ihre Laune verschlechterte sich täglich. Blasen an den Füßen, verfilztes Haar, und unter ihren Fingernägeln war die Erde dieses schrecklichen Landes. Oberhalb der Hüftknochen scheuerten die Rucksäcke, und einige spürten vom vielen Gehen kaum noch den Boden unter ihren Füßen. Überall waren Schlangen, Skorpione, hinterhältige Indianer. Selbst in Birkenwäldern erinnerten die Risse in den Baumrinden an Augen, hunderte, nein, tausende, die sie unablässig anstarrten, ihnen das Gefühl gaben, unter Beobachtung zu stehen.

– Was mache ich hier, murmelte Elias. Immer öfter schnürte ihm etwas die Kehle zu. Er war einer Wildnis ausgesetzt, die fremd und unwirklich erschien. Genauso gut hätten sie auf dem Mond spazieren können.

– Du musst an etwas Schönes denken, sonst wird dein Geist kalfatert. Was wirst du mit dem Gold machen? Ich weiß es. Einen

Hafen werde ich mir suchen und vor Anker gehen, ein Strandhaus, eine Frau … Heilige Makrele! Rubens Augen glänzten.

– Und wenn wir hier nichts finden? Wenn es gar kein Goldland gibt?

– Dann gehe ich zu Filiberta Budenholzer und sag, ich bin ihr Filibertus. Auch du solltest nachhause gehen.

– Nachhause? Mein Vater würde mich umbringen. Gut, ich könnte sagen, dass man mich bestohlen und verschleppt hat. Oder ich erzähle von einer geheimen Mission?

– Oder die Wahrheit? Wie wäre es damit?

– Und du, Ruben? Wie bist du auf dem Piratenschiff gelandet?

– Seit meinem achten Jahr fahre ich zur See. Handelsschiffe, Fischkutter. Irgendwann hatten wir ein solches Schwein von Kapitän – Peitschen, Kielholen, das ganze Programm, dass es zu einer Meuterei gekommen ist. Von da an gab es kein Zurück mehr.

Manche schnitzten aus Knochen Schachfiguren, andere knabberten an getrockneten Schweineohren. Francisca versorgte die Verwundeten, Cord experimentierte mit Luftzufuhr, und die Ratte und der Aal verkauften Glücksbringer, die angeblich unverwundbar machten. Humbug! Aber irgendwie mussten sie sich Ersatz für ihren Notgroschen beschaffen. Andere begannen, die Expedition infrage zu stellen, wollten lieber umkehren, als sich weiter in diesen Wäldern herumzutreiben, wo sie nichts als der Tod erwartete. Ein Murren und Lamentieren ging durch die Truppe. Nur Jonas nahm alles gelassen, pfiff Lieder und sprach mit seinem Stummbein.

– Desoto hat uns verraten. Wir müssen ihn loswerden. Er ist so nachdenklich … Rodrigo spannte weiter sein Intrigennetz. Der Feldherr hat die Welt glauben gemacht, er sei ein großer Eroberer, dabei ist er ein verwirrter Scharlatan. Andere widersprachen.

– Das ist nicht wahr. Er ist willensstark, und ich sterbe für ihn, ohne zu zögern.

– Ich sterbe als Erster für ihn. Stummel machte einen Schwenk um hundertachtzig Grad. Ich wollte euch nur testen. Der Kleinwüchsige trommelte sich auf die Brust und gab sich arglos.

Müdigkeit und Anstrengung hatten tiefe Falten in die bärtigen Gesichter gegraben. Dies war nicht das Paradies, es war die Hölle! Auch die Träger aus Casqui waren am Ende, manche befreiten sich und stürzten sich in einen Fluss. Die Hunde bellten, weigerten sich aber, hinterherzuspringen. Alligatoren! Selbst die prallen Hundehoden schienen da zu schrumpfen. Einer, der es wagte, wurde von einem Reptil gepackt, auf die Wasseroberfläche geschlagen, weichgeklopft wie ein Oktopus, verschlungen.

Warum geschah den Indianern nichts? Was war dran an den Geschichten, die man erzählte? Gab es tatsächlich Medizinmänner, die sich mit Tiergeistern vereinigten? Traumpfade und mystische Erlebnisse? *Spirituelle Paarungen mit Krokodilen?* Desoto murmelte nur »Isabella, verzeih mir, dass ich dich vernachlässigt habe«. Dabei küsste er den kleinen Mund der Indianerin, die sexuell so versiert war wie alle Liebesdienerinnen Babylons zusammen. Ferdinand war jedes Mal so überrascht wie vom Frühling nach einem harten Winter, konnte nicht glauben, dass plötzlich etwas spross und blühte, aus morschem Holz Säfte schossen, Knospen trieben … Aber jetzt war keine Zeit dafür.

Damit nicht noch mehr flohen, ließ er die Träger in feste Ketten legen. Im Namen des Papstes und seiner allerkatholischsten Majestät Karl des Fünften. Einige hielten nichts davon, wetzten nachts das Eisen an Steinen durch, verschwanden.

Von Tülolee kamen Botschaften, die zeigten, was er von den Gästen hielt: Pfeile und Speere. Die meisten prallten an den Rüstungen ab, aber ein paar durchbohrten Hände, Füße, Gesichter. Auch Soldaten, die Früchte sammelten oder an abseitigen Stellen ihr Geschäft verrichteten, sah man oft erst gevierteilt und in Bäumen hängend wieder.

– Unfreundliche Gegend! *So wird das nichts mit dem Tourismus.*

– Was ist eigentlich dran am Kannibalismus der Indianer? Cord blicke Ortiz fragend an. Du hast bei ihnen gelebt. Stimmt, was man erzählt? Essen sie Menschenfleisch?

– Davon weiß ich nichts. Ortiz' Lachen klang gezwungen, und Cord war sich sicher, dass er log.

So ging es weiter Tag für Tag. Tck, tck, tck. An der Spitze des Zugs ritten die Dragoner von Añasco. Dahinter die leichte Reiterei, gefolgt von Nero, Nuño und den anderen Hauptleuten. Mittendrin Desoto mit der stummen Indianerin im Rücken. Dann kamen Arkebusiere und Armbrustschützen, Träger und Sklaven, die Hunde an Ketten führten, schließlich Schweine und Kanonen ziehende Maultiere.

Für das Lager musste im Umkreis von fünfzig Schritten das Gebüsch niedergeschlagen werden. Sechzig Zelte bildeten einen Halbkreis, und an der offenen Seite wurde ein Feuer gemacht, mit dessen Glut Castros Mannschaft Mahlzeiten bereitete – Eintöpfe mit Bohnen, Mais, Maniok und etwas Fleisch. Dazu Fladen. Die »Suppe des Augenblicks« hieß Roter Pfeffer, Blutige Tomate oder Falsches Huhn.

Ruben verlangte Kuchen, doch den gab es nicht.

Einmal grillte Castro ein Laibchen aus fein gehacktem Fleisch, legte es auf eine Maisflade, gab Zwiebelringe darauf, dazu eine Tomatensauce, Gurken. *Fehlen nur noch Sesamkörner.*

– Ich werde das Burgunder nennen.

– Wird sich nie durchsetzen.

– Wenn man frittierte Kartoffelstäbchen dazu serviert und es Bremer oder Rotterdamer nennt?

– Wenn das in Mode kommt, ist alles aus.

Ein Viertel der nach Lagerfeuer, Schweiß und Alkohol riechenden Mannschaft stand ständig Wache. Schlief einer ein, wurde er ausgepeitscht. *Disziplin!* Zwanzig, fünfundzwanzig Kilometer kam die Expedition täglich voran. Die Vorhut begann schon mit dem Bau des Nachtlagers, zumindest kam es einem so vor, wenn die Nachhut noch mit der Räumung des alten beschäftigt war. Der Wald war feindlich, unberechenbar. Manchmal stieß man auf glosende Feuerstellen, und einmal überraschte man Indianer, die gerade Kinderköpfe mit feuchter Erde einrieben, um sie mit Muschelschalen zu scheren.

– Macht sie nieder, brüllten welche. Desoto hielt sie zurück.

– Wir sind keine Barbaren! Der Feldherr verglich die Frauen mit Isabella. Keine einzige war so schön wie sie.

Das Gehen schien sie zu isolieren. Jeder vergrub sich Schritt für Schritt in seine Einsamkeit. Elias kam es vor, als wären sie alle lebendig begraben in diesen Gedanken an das Goldland, völlig zurückgezogen, oft nicht einmal mehr in der Lage, die Gespräche der Nebenleute zu verstehen. Dazu das ewige Marschieren. Tck, tck, tck. Die immer gleichen Gedanken-Trampelpfade, Ideen, Sätze, die sich mit jedem Schritt verfestigten. Manchmal spielten sie Ich-packe-meinen-Koffer und nehme-mit … eine wollene Unterhose, ein Bild von Karl dem Fünften, eine Haarlocke meiner Tante Caroline … aber mehr als sechzehn, achtzehn Dinge konnte Plim sich selten merken. Seine Aufnahmefähigkeit war begrenzt – für das Spiel genauso wie für die Landschaft.

Abends war er unterkühlt und tagsüber rieben Blasen an den Füßen. Er hatte das Gefühl, der Staub der Wege würde sich in seinen Poren einnisten und Pickel ausbrüten. Staub in den Ohren, Nasenlöchern, Augenwinkeln, ja, sogar im Mund, *fast wie in Algerien*, während das die indianischen Träger, viele waren nicht übrig, nicht zu stören schien. Er träumte von den Kuchen seiner

Mutter, von kandierten Orangenspalten … Das trieb ihm Tränen in die Augen. Schritt für Schritt. Tck, tck, tck.

Die nächsten Flüsse waren seichter. Jetzt reichte ein notdürftig zusammengezimmertes Floß für die Lasten, während die Soldaten, wenn sie sich an den Zaumzeugen und Sattelgurten der Pferde festhielten, sicher hinüberkamen. Nass bis auf die Knochen wurden sie trotzdem, und am nächsten Tag liefen ihre Nasen.

Trotz aller Flüsse, Stromschnellen und Sümpfe hörten die Überfälle nicht auf. Plötzlich verwendete die feindliche Guerilla Pfeile aus gehärtetem Schilfrohr. Die drangen durch Kettenhemden und rissen Rüstungen auf. Innerhalb von drei Wochen hatte man neunzehn Tote und zahlreiche Verletzte, die von Cord Fenk und Francisca behandelt wurden. Der Wurstmachersohn sprach von den vier Säften: Blut, Phlegma, schwarze und gelbe Galle, erzielte aber mit seiner Phlebotomie weniger Erfolge als Franciscas Wickel. Die hoffnungslosen Fälle wurden den Indianern überlassen, die mit qualmenden Zweigen hantierten, den Verwundeten Rauch ins Gesicht bliesen und jammernde Litaneien anstimmten. Aber seltsam, einige erholten sich sogar nach dieser der damaligen Schulmedizin völlig zuwiderlaufenden Methode. Cord Fenk führte sich auf wie der Herrgott persönlich, sprach vom hippokratischen Eid … wie alle Ärzte mit kehlig tiefer Stimme …, setzte Blutegel an, zapfte Blut ab, fächerte Frischluft zu, und hatte kaum Erfolg. Anders Francisca, sie verwendete Salben von der Konsistenz eines Pinienkern-Pestos und Hundefett, von dem sie gelegentlich auch naschte. Aber Rauch, der die Verwundeten derart husten ließ, dass sie fast erstickten?

– Scharlatanerie! Cord war irritiert. Sollten die Vorlesungen in Salamanca umsonst gewesen sein? War am Ende das Getue der Wilden genauso wirksam wie die an Universitäten gelehrte Heilkunst? Nein, bald würde er seinen antimephitischen Respirator bauen und das Gegenteil beweisen. Er hatte schon mit

Handwerkern gesprochen, aber solange das Problem mit dem Schlauch nicht gelöst war und er sich weigerte, Tierdärme zu verwenden, war eine Realisierung nicht in Sicht.

Endlich lichtete sich der Wald, wich einer sandigen Steppe mit Sträuchern und hohen Gräsern. Nun gab es keine Überfälle mehr. Abends saßen kreischende Papageien in den Bäumen, und morgens sah man am diesigen Horizont weidende Rehe. Man fand strohgedeckte Vorratshäuser – bis oben hin mit Bohnen, Maiskolben und getrockneten Fischen gefüllt. Ein Glück, weil der Proviant bereits zur Neige ging.

Unvermittelt wurde es kälter. In der Dämmerung saß man dickvermummt am Feuer, und nachts sah man in den Himmel – sogar die Sterne schienen zu frösteln, sie zogen sich zusammen. Die kalte Jahreszeit begann mit Regen und Überschwemmungen, die den Boden in eine sumpfige Landschaft verwandelten, was bei jedem Schritt ein schmatzendes Geräusch ergab ... kein tck, tck, tck mehr, sondern schmmtsch, schmmtsch, schmmtsch ... Stiefel und Pferdehufe waren voller Lehm. Dazu Verkühlungen, Niesen und Husten, Rotzen, Räuspern und verkrustete Nasenlöcher. Als das Weitermarschieren zäher wurde, selbst Tiere im Schlamm ausrutschten und bereits kleinste Steigungen ein Problem darstellten, beschloss der große Eroberer, das Winterlager aufzuschlagen.

Der Himmel war nun bleiern, und Regen wurde in all seinen Möglichkeiten durchdekliniert. Trotzdem hob man Gräben aus, fällte Bäume und härtete ihre zugespitzten Enden im Feuer, um Palisaden zu errichten. Geübte Hände waren da am Werk. Dennoch stand das Wasser vor den Zelten knöcheltief – *wie in den Sklavenbehausungen Algeriens.* Alle waren damit beschäftigt, die Vorräte und Waffen trocken zu halten, den Pferden und Hunden Dreck von den Füßen zu wischen. Nun glaubte niemand mehr, zum Höchsten und Besten zu gehören, was die Erde jemals hervorgebracht hatte, im Gegenteil, sie kamen sich vor wie Kanalarbeiter in Venedig, Schlammwürmer. *Wir sind die Moorsoldaten und ziehen mit dem Spaten …*

– Kein Regen mehr, skandierten manche Richtung Himmel. Kein Regen mehr. No rain! Aber es nützte nichts, der Himmel war unerbittlich. Es war, als hätte Gott zu viel getrunken. Regen ohne Unterbrechung. Als wollte das Wetter alles auf einmal erledigen. Heute kann man in den USA, wenn Gott eine Harnwegsentzündung hat, bei Walmart anrufen, damit die ihren Lkw-Fuhrpark mobilisieren, Planen, Decken, frisches Wasser bringen. Aber damals? Regen ohne Unterlass. No rain!

– Gott ist traurig, sagte Juan. Wir erleben eine Sintflut.

– So? Cord lächelte. Die biblische Sintflut ist schon aus physikalischen Gründen fragwürdig. Bei einer angenommenen Niederschlagsmenge von … sagen wir, einem Zoll pro Stunde, die nur bei Starkregen erreicht wird, hätte Noah zwanzig Jahre warten müssen, bis die höchsten Berge Palästinas unter Wasser standen. Selbst auf dem Ölberg Jerusalems wäre erst nach fünf Jahren Dauerregen Land unter gewesen.

– Ungläubiger! Juan strich sich Wasser aus der Stirn. Das ist Ketzerei!

– Ich glaube an Vernunft und Logik, nicht an die Bibel. Wenn Adams Geschichte wahr wäre, müssten Männer an der Brust vernarbt sein. Was haben wir? Eine Naht am Sack! Was war 1524, als Wanderprediger die Sintflut prophezeiten? Nichts. Im August 27 wurde der Weltuntergang auf Pfingsten 28 festgesetzt. 1530 hieß es, der Weltuntergang fände zu Weihnachten 31 statt. 34 übernahmen in Münster Untergangsgläubige die Macht … Immer gab es Fanatiker, die das Armageddon verkündeten. Und? Was ist passiert?

Der Missionar schüttelte den Kopf, blickte zu Cord und sagte:

– Ihre Wissenschaft glaubt nicht, dass sich die Sonne um die

Erde dreht, die Pest eine Strafe Gottes ist … Alles soll jetzt anders sein? Man ist nicht mehr davon überzeugt, dass Gott die Erde an sechs Tagen erschaffen hat, das soll jetzt allegorisch sein. Man zweifelt an der Wirksamkeit des Ablasses … Aber mit Logik kommt man nicht zu Gott … Satan arbeitet darauf hin, den Unglauben zu verbreiten. Das geht so weit, dass er den Menschen glauben lassen will, er existiere nicht. Das ist perfide! Kann man an den Teufel glauben, nicht aber an Gott? Nein. Umgekehrt genauso nicht.

– Wenn Gott keinen Leib hat, kann er auch nicht handeln. Hat er aber einen, ist er vergänglich. Warum soll Gott, der so lange allein gelebt hat, plötzlich auf die Idee gekommen sein, eine Erde zu erschaffen? Menschen?

– Zweifel ist ketzerisch! Es wird noch kommen, dass man verkrüppelte Kinder nicht für eine Strafe Gottes hält, sondern für eine Laune der Natur …

– Ist Gott ein Erbsenzähler?

– Ihre Seele ist verloren, ungläubiger Ketzer. Ich werde für Sie beten.

– Einen Versuch ist es wert.

Wozu soll das gut sein? Bei so einem Wetter geht man nicht an Deck, dachte Ruben, sah die verdreckten Hühner und Schweine, spürte den Regen im Gesicht.

– Wir werden Schlamm fressen. Genauso habe ich mir den Urlaub vorgestellt. Heilige Makrele. Man sollte sich beim Reiseveranstalter beschweren … Und wie er so dahinlamentierte, rutschte ein Fuß weg, der Hüne schwankte, ruderte mit den Armen und fiel ohne die geringste Anmut der Länge nach hin. Verdammt! Nein, verschlammt! Als er sich aufrichtete, sah er aus wie ein Golem. Er leckte sich die Oberlippe, schmeckte Erde, rieb sich Dreck aus den Augen und sah – Plim. Der Junge lachte. Im nächsten Moment hatte er … platsch … einen Schlammpatzen im Gesicht.

– Toppsegel reffen, Sprotte. Ruben grinste.

Sofort begann auch Elias, sich zu bewaffnen. Was nun losging, war die erste Tortenschlacht Amerikas, nur dass statt der Cremetorten Schlammknödel flogen. Kladderadatsch. Als hätten sie darauf gewartet, beteiligten sich auch andere. Soldaten, Reiter, Kochgehilfen, Missionare … sogar Jonas und Francisca … sie alle schmissen sich in den Matsch, bewarfen einander mit Dreck und hatten ein Kairos-Erlebnis, einen ultimativen Kick an Glückshormonen. Binnen weniger Minuten sahen alle aus wie Scheiße auf zwei Beinen. Sie waren so verdreckt, dass es einen schon vom Hinschauen juckte. Dagegen war das Schlammrutschen in Woodstock eine Veranstaltung von allergischen Sauberkeitsfanatikern. Je mehr sie eins wurden mit dieser braunen, nach Schlick und Erde riechenden Masse … sie fühlten sich wie Würmer … desto mehr gefiel es ihnen. Raum und Zeit lösten sich im Urschleim auf. Und wenn es das Letzte sein sollte, was sie auf dieser Welt erlebten, es machte Spaß. Dafür war der Regen gut.

– Wie Kinder, murmelte Ferdinand. Und diese verspielten Dreckspatzen wollen Spanien vertreten? Im nächsten Augenblick hatte er ein Schlammgeschoß am Hals.

– Himmelherrgottsakrament, eine offene Insubordination, na wartet. Auch der große Eroberer warf sich ins Getümmel, formte Schlammkugeln, dachte bei jedem Wurf an Porcallo.

Was sie nicht bedachten, war die Reinigung. Sie mussten nackt in den kalten Fluss steigen, den Kopf minutenlang unter Wasser halten und sollten trotzdem noch tagelang Erdkrümel im Haar finden, hinter den Ohren oder an anderen unzugänglichen Stellen … sogar an der Narbe von Jonas' Beinstummel.

Zwei Tage später wurde Añasco samt Reitern losgeschickt, um die Küste zu finden, was dem kaltblütigen Patrioten bald gelang.

– Das Meer ist nur zwei Tagesmärsche entfernt! Eine freundliche Bucht, wo Schiffe anlegen können.

In Desotos Haar waren noch Schlammbröckchen, darunter wuchs der Plan, die beiden Brigantinen und die kleine Karavelle nachkommen zu lassen, aber dafür musste jemand den gesamten in den letzten sechs Monaten bewältigten Weg zurückreiten, sich vor den Hinterhalten der Indianer in Acht nehmen, die Heiligen-Geist-Bucht finden und hoffen, dass die Schiffe noch da waren. Rodrigo kam nicht infrage, Moskito würde sich betrinken, bei Nero musste man befürchten, dass er bei einer indianischen Kalypso überwinterte und ein schwülstiges Epos dichtete, Nuño war zu intelligent, um sein Leben zu riskieren, blieb nur Añasco. Und wenn sich Ferdinand selbst zur Heiligen-Geist-Bucht aufmachte, nach Kuba segelte und seine Frau zurückeroberte? Er könnte Porcallo das Fell abziehen … Nein, das ging nicht. Seine Leute brauchten ihn hier. Wenn ihnen niemand sagte, was zu tun war, vergaßen sie sogar aufs Scheißen.

Während der große Eroberer mit gemischten Gefühlen an seine Frau dachte und der stummen Indianerin gedankenverloren den Oberschenkel streichelte, kam Añasco aufgeregt in sein Zelt.

– Der Strand, ich habe es den Leuten nicht gesagt, ist übersät mit Schädeln und Gebeinen, mehr als hundert Pferdeschädel, auch menschliche Skelette, rostige Helme, zerbrochene Lanzen. Dieser Strand ist ein Friedhof! So werden wir alle enden! Für Spanien, heldenhaft, aber Spanien wird davon gar nichts mitbekommen.

– Blödsinn. Das hast du von der Heiligen-Geist-Bucht auch gesagt. Der Statthalter stieß die Indianerin von seinem Schoß. Habt ihr die Bäume nach Botschaften abgesucht?

– Nichts gefunden. Was ist das für ein Ort? Die Skelette sind größer als die der Indianer. Waren Weiße dort? Oder fremde

Wesen? Überall ausgebleichte Pferdeschädel, als hätte ein Sandsturm eine ganze Garnison begraben.

– Muss der Platz sein, an dem Pamphilius seine Expedition abgebrochen hat, um Boote für die Rückreise zu bauen. Es heißt, er ließ Pferde schlachten, ihr Fleisch räuchern und aus den Häuten Segel nähen.

– Wir haben viele Baumstümpfe gesehen.

– Die schlecht gezimmerten Boote zerfielen dann, nimmt man an, auf dem Meer. Vielleicht gerieten sie in einen Sturm? Jedenfalls kamen von den sechshundert Männern nur Cabeza de Vaca und drei weitere, die nicht an Bord dieser Schiffe stiegen, zurück … und Ortiz, von dem Ferdinand wusste, was für ein Führer Pamphilius gewesen war, aufbrausend, unbesonnen … einer, der Häuptlingsnasen und Ohren abschnitt … hauptverantwortlich für den kläglichsten Versuch Spaniens, Westindien zu erobern … der erfolgloseste Konquistador aller Zeiten. *Bis hierher hat er es also geschafft … ohne ein Goldland zu entdecken. Warum sollte es diesmal anders sein? Weil Gott auf unserer Seite steht!* Ferdinand erzählte Añasco von dem Plan, die Schiffe nachkommen zu lassen, und Plattnase war bereit, den Ritt zu wagen.

Auch wenn die mit Schädeln übersäte Bucht nicht angesprochen werden durfte, verbreiteten sich Gerüchte, bekam sie einen Namen: Pferdebucht. Viele verfluchten den Tag, an dem sie beschlossen hatten, ein solches Abenteuer zu bestehen. *Wir werden alle an dieser Küste enden, Krebse werden durch unsere Schädel und Brustkörbe spazieren, die Brandung wird unsere Kiefer spülen.* Manche erinnerten sich an die Musterung in Sevilla, an ihre damalige Freude, dabei zu sein.

Am 22. Dezember fiel Schnee, und Desotos Heer wurde unruhig. Wo blieb Plattnase? Die Männer begriffen, sie würden Weihnachten in dieser Ödnis verbringen, abseits ihrer Liebsten, fern von Lebkuchen und Festtagsbraten. Kein Krippenspiel mit einem Caganer, keine Mette. Der große Eroberer hoffte, die Schiffe würden sie beruhigen.

– Mit den Brigantinen, verkündete Desoto, können wir nach Neuspanien segeln. Ihr braucht keine Angst zu haben.

– Und was, wenn die Schiffe nicht kommen? Was, wenn Plattnase in einen Hinterhalt geraten ist? Vielleicht steckt er in Hirrigas Sumpffalle fest? Oder er hängt gevierteilt in den Bäumen? Was, wenn die Schiffe zerstört worden sind? Rodrigo flüsterte und grinste.

– Daran wollen wir nicht denken, Gnom.

– Sollten wir aber. Auch an Isabella! Der Zwerg rollte mit den Augen … Ist dir aufgefallen, dass das Wort Zwerg in allen Sprachen kurz ist, meist nur aus drei, vier Konsonanten und einem oder zwei Vokalen besteht? Dwarf sagen die Engländer, Nano die Italiener, Nain die Franzosen. Im Spanischen heißt es Enano, und die Türken sagen Cüce. Gerade, weil ich ein Zwerg bin, habe ich mir angewöhnt, nicht kurzfristig zu denken. Die Schiffe …

Die Schiffe kamen. Seit Añascos Abreise waren vier Wochen vergangen, aber er hatte es geschafft. Die Männer jubelten, als sie die Segel sahen. Eine gewaltige Leistung! Abends gab es ein kleines Fest, bei dem Añasco vor Stolz fast die Brust platzte.

– Habt ihr gedacht, ich komme nicht? Plattnase strich Nuño durch das blonde Haar.

– Neidisch? Der Schönling legte seine Hand auf Añascos kahles Haupt.

– Ein schönes Gesicht fordert Platz, entgegnete der Glatzkopf. Hirn braucht kein Haar. Er erzählte, dass sie Tag und Nacht geritten, von Tülolee beschossen worden sind, keinen Casqui begegneten, aber das leere Kreuz gesehen haben, von Paracoxi unfreundlich empfangen wurden und die nackten Ärsche der Hirriga gezeigt bekamen.

– Die Mokosso haben begonnen, Kreuze als Vogelscheuchen zu verwenden.

– Don Carlos hat das zugelassen? Desotos Gesicht verfinsterte sich. Sie waren nun ein Dreivierteljahr unterwegs, und es war nicht gelungen, auch nur einem Stamm etwas Zivilisation beizubringen.

– Ortiz' Frau fragt, wann ihr Mann zurückkehrt.

– Das wird dauern.

– Man hat auch von einem seltsamen Mann erzählt, der kein Gesicht hat und uns sucht. Ein Holzbein soll er haben, einen Eisenhaken und Narben überall. Die Indianer sagen, das ist Wendigo, der böse Geist und Wundenmann.

– Aberglaube! Mann ohne Gesicht? Blödsinn.

Kranke, Verwundete und zwanzig Indianerinnen wurden an Bord der Schiffe gebracht. Auch Francisca wurde die Heimreise empfohlen, aber sie, mittlerweile feist geworden, weigerte sich. Seit sie sich als Krankenschwester bewährt hatte, waren die anzüglichen Bemerkungen weniger geworden. Auf keinen Fall wollte sie Hinestrosa, ihren schwächlichen Mann, allein lassen.

– Warum fahren die Schiffe nach Kuba? Was ist mit Neuspanien?

– Um den Leuten zu zeigen, dass es kein Zurück gibt, alles vom Erfolg der Expedition abhängt. Ferdinand verschränkte die Arme.

– Damit nabeln wir uns ab. Añasco blickte den großen Eroberer skeptisch an.

– Wer hat dich gefragt? *Du mit deinen kalten Eidechsenaugen. Außerdem habe ich genug von deinem Wendigo und diesem Knochenstrände-Scheiß.* Wir treffen sie nächsten September in der Pensacola-Bucht. Pereira, der die Schiffe kommandiert, ist verlässlich.

– Die Pensacola-Bucht ist westlich. Was, wenn wir sie nicht finden? Das ist Wahnsinn!

Wahnsinn? Desoto wollte nicht eingestehen, dass ihn Eifersucht antrieb. Die Schiffe mitsamt den Indianerinnen und der Brief würden Isabella an ihn erinnern. Und wenn dieses Feld ein anderer beackerte, würde es sein Samen sein, der darin aufging, Blüten trieb.

Dann kam der Heilige Abend. Sie saßen in einer öden Gegend und heulten. Abgekapselt von der Welt, von den Einheimischen unfreundlich behandelt. Waren sie nicht selbst wie die Heilige Familie? Abgewiesene Herbergssucher. Aber erschien ihnen ein Komet mit leuchtendem Schweif? Gab es Geschenke? Eine Weihnachtsgans? Nichts! Nur Juan las eine Messe. Die Stimmung war auf dem absoluten Tiefpunkt. Es war kalt, der Himmel grau und das Wasser in den Augen knapp vor dem Gefrieren. Da tauchten am Horizont Federn auf, und kurz darauf zeigten sich … *die Heiligen Drei Könige?* … nein, Wilde. Sie kamen näher, setzten sich zu den Spaniern und heulten mit ihnen. Niemand wusste, weshalb die anderen weinten, doch alle schluchzten. Das Ganze glich einer Totenfeier. Da saßen die flennenden Spanier neben halbnackten, der Kälte trotzenden Wilden – die einen in Ballonhosen und Wolljacken, die anderen in Lederkluften. Es war, als würden sie das Ende der Welt betrauern. Nachdem sie eine Stunde lang gemeinsam geheult hatten, wurden die Wilden gefangen genommen.

– Das geht nicht. Heute ist Weihnachten, protestierte Juan Desoto. Das Fest der Liebe!

– Na und? Unsere größte Waffe ist die Verschlagenheit, der Wortbruch ist die beste Kriegsstrategie, ohne sie hätte Cortés nicht Neuspanien erobert, Pizarro nicht Peru. So haben wir es immer gemacht.

– Heute gedenken wir der Geburt des Erlösers … Weihnachten … An so einem Tag macht man keine Gefangenen. Außerdem … Juan wollte sagen, dass alle Menschen Brüder seien … aber konnte das stimmen? Waren diese Wilden seine Brüder?

– Jetzt wissen sie, weshalb sie geweint haben. Añasco gab Befehl, die Wilden in Eisen zu schlagen. Nun heulten die Indianer nicht mehr, sondern fluchten.

Am nächsten Tag, es war der 25. Dezember 1539, feierte man das spanische Neujahr. 1540! Eine neue Dekade! Statt der Trauben gab es Rosinen. Müggenpflug machte sich darüber lustig, weil doch jeder wusste, dass der Neujahrstag auf den 1. April fiel. Zumindest in Deutschland. Früher war es Ostern. *In Florenz feiert man den Jahresanfang am 1. März, und die Polen sind so verrückt, ihn am 1. Januar zu begehen. Das wird sich nie durchsetzen.*

– Die Zeit ist nirgendwo dieselbe. Cord holte seine Taschenuhr hervor und sagte: Bei meiner Reise von den Niederlanden nach Spanien habe ich festgestellt, dass die Zeit in jeder Stadt eine andere ist.

Juan hielt eine Predigt, dankte Gott, dass er bisher so gut auf sie aufgepasst hatte, bat ihn, weiter auf sie Acht zu geben, und vergaß auch nicht, für die Toten zu bitten. Vor allem bedankte er sich für das Wunder, das sich im Bauch von Griselda offenbart hatte. Zweitausend Reales, Freunde! Gott hat uns ein Zeichen geschickt, dass er unsere Expedition gutheißt und wir beim Bau der Kirche nicht sparen dürfen.

– Von wegen Gott … Bastardo spuckte. Da kriegst du die Motten. Das ist unser Eigentum. Der fette Kuttenbrunzer hat sich unsere Kröten gekrallt, aber wir holen sie uns zurück. Der Abgottfresser hat nur seinen Jesus, aber wir haben Santa Lazarena. Wir müssen nur fleißig zu ihr beten.

– Die Kirche ist ein Abzockerverein. Gino stampfte verärgert auf den Boden. Ob uns das zur Tilgung unserer Sünden angerechnet wird? Nicht, dass ich an den Schwindel mit dem Ablasshandel glaube, aber man weiß nie …

Kaum hatten sich die beiden Brigantinen und die Karavelle Richtung Havanna aufgemacht, griffen wütende Indianer an, setzten das Winterlager in Brand. Zelte gingen in Flammen auf … zum Glück nicht das Versorgungszelt mit dem Schwarzpulver. *Wir hätten diejenigen, die mit uns geweint haben, nicht gefangen nehmen dürfen.*

Die Leute hatten alle Hände voll zu tun, das Feuer zu löschen, nur Rodrigo brüllte Richtung Wald:

– Ihr seid gemein und stinkt, ihr dreckigen Hundsfutindianer. Schaut euch an, wie winzig ihr seid, hässliche, primitive, nichtsnutzige Gnome mit Zwergenherzen und Mückenhirnen. Kommt her, wenn ihr euch traut. Ich werde euch die Gedärme um die Schädel wickeln.

Es war ein an kriegerischer List und Mut allen anderen Indianern überlegener Stamm, die Appalachen. Ihre mit furchterregender Bemalung verzierten Krieger lauerten Soldaten auf, die Heu für Pferde oder Wasser holten. Auch das Entleeren der Latrinen oder Entsorgen der Küchenabfälle war gefährlich. Diese Wilden trugen ihre Haare auf der einen Seite lang, während es auf der anderen geschoren war, damit es sie beim Bogenschießen nicht behinderte. Sie zielten auf Gesichter. Und als sie merkten, dass das Nachladen der Arkebusen lange dauerte, die Schützen einen Augenblick lang wehrlos waren, griffen sie auch diese an. Man hatte auf ein friedliches Winterlager gehofft, doch diese Appalachen waren wie Ungeziefer, das sich nicht vertreiben ließ.

Ihr Kazike Kaspasi war so dick, dass er beim Gehen gestützt werden musste, acht Leute waren notwendig, ihn mit der Sänfte zu bewegen. Dagegen war Paracoxi, den wir mit John Goodman verglichen haben, eine Gräte. Vielleicht hatte er sich deshalb nur ein einziges Mal gezeigt? Kaspasi war mit kleinem Gefolge und sämtlichen Ahnen – dutzenden Mumien – auf Tragbahren erschienen. Als Desoto, auf Augusta reitend, mit seinen Übersetzern näher kam, glich der Platz einem Autokino. Das Areal war mit bunt geschmückten Tragbahren verstellt, in denen bekleidete Skelette saßen, die aussahen, als wären sie durch tibetanische Gebetsfahnen gerannt. Und inmitten dieses Ahnenparkplatzes thronte Kaspasi – fett, als hätte er das Fleisch von allen Gerippen gefressen. Sein Bauch hing bis zu den Knien, die Waden waren so dick, als steckten Schweineschinken darin, dazu sein Mondgesicht, das auch auf dutzenden Fahnen prangte. »Unser großer geliebter Führer« oder »Lang lebe Kaspasi« stand darunter.

Neben den Mumien gab es noch Kaspasis Geschwister, nicht minder fett, die Nomenklatura der Appalachen. Keine Höflichkeitsbekundungen, keine Geschenke, nicht die leiseste Regung im Fettgewülst. Der Kazike donnerte los, sagte Dinge wie »himme en sowui« oder »hanikochzi«, und nachdem seine Sätze durch den Fleischwolf der Übersetzer gedreht worden waren, kamen nur verstümmelte Worte bei Desoto an.

– Was wollt ihr hier, ihr Ameisen? Was ist euer Beruf? Wie Vagabunden herumziehen und Leute bestehlen? Die Kaspasi sind Kinder des Mondes, gottgewollte Herrscher und nicht neugierig auf ausländische Spione.

Soweit Ferdinand verstand, handelte es sich um eine Kriegserklärung. Das Land gehöre seit Urzeiten den Appalachen, und die Eindringlinge hätten hier nichts verloren. Die Appalachen mochten keine Fremden, die stanken, keine Kultur hatten und den Spalten ihrer Frauen hinterher waren. Sie wollten keine faulen Schmarotzer, die nicht hergehörten und auf Kosten der Gemeinschaft lebten. Sie waren nicht neugierig auf eine Religion, die einen Gekreuzigten ansang. Das Volk der Appalachen liebte seinen großen Führer Kaspasi und wünschte, dass die Spanier dorthin zurückkehrten, woher sie gekommen waren, außerdem empfahl man ihnen, das rasch zu tun, weil sie sonst auf keine Gnade hoffen dürften. Wer sich Kaspasis Willen widersetzt, kommt in ein Straflager.

Was für ein xenophober Kerl. Ferdinand war entsetzt. Was fiel diesem Fettwanst ein, der sich allein nicht bewegen konnte, von Kultur und Recht zu sprechen. Der Feldherr setzte zu einer Antwort an, doch da erklang Musik, und Kaspasi wurde mitsamt seinem Mumien-Staat davongetragen.

Unerhört! Weiß der Fettklops nicht, wen er vor sich hat?

Zurück im Lager, wurde Ferdinand die Flucht mehrerer Gefangener mitgeteilt. Es gab aber auch Erfreuliches, ein gefangen genommener Creek, die Männer nannten ihn Pedro, behauptete, ein Stamm namens Cutifachiqui könne Gold herstellen. Er sagte, man solle ihn von Hunden verspeisen lassen, wenn man weniger Gold fände, als jeder tragen könne.

– Endlich! Gold! Im Frühling brechen wir auf. Desoto ließ sich Pedro zeigen, tätschelte den Kopf des Burschen. *Wenn das nicht stimmt, wirst du der Sitzpolster von diesem Kaspasi.*

Nero deklamierte ein pathetisches Gedicht, Ramses bellte, und Stummel überzeugte den großen Eroberer, dass eine Dichterkrönung die Leute aufmuntern würde.

DIE DICHTERKRÖNUNG

Isabella las den Brief und verstand nicht, was Ferdinand mit den zwei Melonen unter der Achsel meinte; er schrieb von Liebe und Verbundenheit. *Liebe?* Ihre Lippen verzogen sich zu einem müden Lächeln, dabei war sie in ihrem hellen Kleid ein warmer Lichtstrahl im kalten Saal. Sie spürte einen Hoffnungsschimmer, warf einen Blick auf Porcallo, sah seinen offen stehenden Mund.

Die Gouverneurin kratzte sich am Muttermal, pfiff durch ihre Zahnritze, und ihr war klar, dass sie auch Porci nicht liebte. Er war nur jemand, der zuhörte. Aber neben diesem Gutsbesitzer wurde aus Isabellas Standhaftigkeit ein offenes Scheunentor. Sie schmolz nicht mehr, so dass sie mit einem Stück Brot hätte aufgetunkt werden können, aber immer noch erfüllte sie seine Nähe mit Zufriedenheit. Also verbrachte sie jede freie Minute mit Porcallo, der mehr für sie empfand.

– Wenn man sich etwas stark genug wünscht, so der Leitspruch seiner Kampagne, bekommt man es. Aber würde er auch sie bekommen?

Stundenlang hockten sie beisammen und redeten. Isabella erzählte von ihrer Jugend in Segovia, ihren Träumen und von Desotos Egoismus, der alles dieser Expedition untergeordnet hatte.

– So viel Mitgefühl wie ein Sack Steckrüben.

Einmal in Schwung gebracht, war ihr Redefluss nicht mehr zu stoppen. Sie berichtete von ihren Geschwistern, ihrem strengen Vater, Verehrern … Da war eine seltsame Vertrautheit, ein Gefühl der Leichtigkeit. Porcallo blickte sie an mit seinen dunklen Augen, und ihr wurde schwindelig. *Der kann schauen.* Der Gutsbesitzer umschloss ihre Hand und machte Komplimente, die der Gouverneurin Röte ins Gesicht trieben.

– Ich bin wie eine Sonnenblume, und Ihr seid meine Sonne … und ähnlich geschmackloser Kitsch kam aus ihm heraus.

Sie fühlte sich als schönste Frau auf Erden. *Beine bis zum Kinn.* Diejenige, die schöner war, so Isabellas Überzeugung, musste erst geboren werden. Sie war dafür gemacht, Königin der Karibik zu werden.

– Mein Mann hat es zugelassen, dass diese Indianerhure aufkreuzt und mich bloßstellt, diese hochnäsige Prinzessin Curriculum, die glaubt, sie sei was Besseres, nur weil ihr Vater der Indianerkönig von Peru gewesen ist. Desoto hat sich über mich lustig gemacht, als ich aus Angst vor einer Kakerlake fast gestorben wäre …

Porci sah sie schmachtend an. Ein Blick, der ihr unter die Haut ging, jede ihrer Zellen in Schwingung versetzte. Sie wusste, worauf das hinauslaufen würde, doch Isabella wollte nicht, noch nicht. Sie hatte Angst. Nicht davor, dass es ihr nicht gefallen könnte, sondern davor, dass es ihr zu sehr gefiele. Aber richtig fühlte es sich nicht an. Also schloss sie ihre Schleusen, redete von Kopfschmerzen, dass ihr Sichtfeld eingeschränkt sei, als ob sie durch eine Wunderkerze blicke.

Wenn Turtle Julius auf seine Spiegelung stieß, zuckte er zusammen. Jetzt sah er nicht mehr wie Ben Kingsley aus, sondern wie eine geschälte Schildkröte. Sein Gesicht war eine einzige Wunde. Nur an einigen Stellen um die Ohren und rund um die nicht vorhandene Nase fehlte die Haut nicht. Hirrigas Leute hatten sie ihm vom Kopf gerissen. *Das ist natürlich keine Art, mit Gästen umzugehen.* Ein Wunder, dass Turtle noch lebte. Don Carlos Mokosso, das Pferdegesicht, hatte ihn im letzten Augenblick befreit und sich so der Freundschaft aller Weißen versichert.

– Du bist ein weißer Mann, also bist du mein Freund. Der Indianer sprach mit Händen und Füßen, streute ein paar Brocken Spanisch ein, den Rest übersetzten Turtle Julius' Träger.

– Sie haben mir das Leben gerettet, Herr Mokosso. Die Schildkröte verbeugte sich.

– Du! Wir duzen uns hier. Der Indianer klopfte ihm auf die Schulter. Du kannst mich Don Carlos nennen.

– Dann hast du Christoph Kolumbus gerettet, den Entdecker dieses Kontinents.

– Kolumbus? Christoph? Nie gehört. Ist das dein Name?

– Jawohl … Turtle hatte nicht nur das Gesicht verloren, sondern offensichtlich auch seinen Verstand … Ich wurde von der katholischen Königin Isabella finanziert, um nach Westindien zu fahren, und habe dieses Land entdeckt. Eigentlich war es der Matrose Rodrigo de Triana, der vom Mastkorb der Pinta aus zuerst Amerika gesehen hat.

– Aber es waren welche vor dir da.

– Betrüger! Wahrscheinlich dieser Amerigo Vespucci, der den ganzen Ruhm für sich einheimst.

– Ferdinand Desoto, ein Adelantado und guter Freund.

– Desoto? Langsam begann es Turtle Julius zu dämmern. Namen wie Orgaz und Bastardo tauchten auf. Mir scheint, ich bin in dieser ersten Stunde … Mein Name ist Turtle Julius … Ich komme aus Toledo, Stahlstadt, berühmt für Küchenmesser, Äxte, Scheren.

– Du kennst Ortiz?

– Francisco Ortiz, den Richter in Murcia? Diego Ortiz, den Sattler in Valencia?

– Juan Ortiz, den Mann und Vater von … Mokosso zeigte auf verrotzte Bälger … den Ortizos. Er hat versprochen, bald zurückzukommen.

– Das tut mir leid.

Turtle Julius verabschiedete sich von dem Kaziken und brach auf. Zwei Tage später kam Añasco, der mittlerweile, wir wissen es, längst wieder bei Desoto ist.

Bei einer Schildkröte geht das nicht so schnell. Die Zeit war Honig – wo Desoto und seine Leute hinwegschritten, klebte Turtle fest.

Der Advokat sah aus wie ein Bild aus einem Anatomielehrbuch. Allerdings hatte das auch etwas Gutes, wurde er doch von keinen Indianern belästigt. Alle hielten ihn für Wendigo, den Dämon – Wundenmann und Mensch ohne Gesicht. Also irrte er mit den Trägern unbehelligt durch das Land, wurde auf eigentümliche Art verköstigt: Indianer, die ihn für eine Art Ahasver hielten, stellten Nahrung an den Weg, und als es kälter wurde, fand er Tierfelle und Decken. Er entdeckte das ausgestopfte Krokodil von Gunkel, sah verwüstete Dörfer, zerschlagene Statuen und Unrat, den die Expedition zurückgelassen hatte. Er wusste, er war auf der richtigen Spur.

Den ganzen Februar 1540 regnete es. Das Lager hatte sich in eine sumpfige Baugrube verwandelt, die Sinne waren trüb, wie mit Lehm verschmiert. Kein Tag verging, an dem Elias nicht zumindest einen Blutegel an sich entdeckte. Quigley hatte gewettet, dass der Winter sie von dieser Plage verschonen würde – nun war er knapp davor, sich ein Fass als Bekleidung suchen zu müssen.

Ein Armbrustschütze verlor den Verstand und floh, weil er glaubte, hier litten alle an der Pest. Das stimmte nicht, dennoch besaßen die Spanier eine biologische Waffe, von deren Existenz und Gefährlichkeit sie gar nichts wussten, etwas, das Milzbrand, Brucellose, Leptospirose, Trichinose, Tuberkulose und noch so einige Chosen verbreitete, Schneisen in die Wachstumskurve der Indianer schlug, ganze Stämme ausradierte – kein in Labors gezüchteter Virus, sondern die beweglichen Fleischkammern brachten den Tod. Schweine! Das Borstenvieh richtete unter den Einheimischen hundertmal mehr Schaden an als alle Spanier und Engländer zusammen. Diese Tiere waren für Krankheitserreger wie Reisebusse. Bereits ein paar Übertragungen an Rehe oder Rebhühner reichten, ganze Landstriche zu verseuchen. Nicht Desoto sollte Amerika erobern, nicht die Engländer oder Franzosen, sondern Schweine …

– Und für dieses Drecksland habe ich meine Wirtschaft aufgegeben? Meine Kathy? Dachte Quigley nicht gerade an Wetten oder Drinks, schimpfte er über das Wetter, den Schlamm oder auf England, wo die Kutschen links fuhren, Menschen karierte

Stoffe trugen, Grafen ihren Rasen pflegten und Kekse aßen, die sie Kurzbrot nannten.

– Ein Fitzroy Wellington Dalrymple Quigley lässt sich nicht …

– Was bedeutet Dalrymple? Klingt wie Gerümpel.

– Wetten, das errätst du nie?

Añasco betrachtete alles auf kühle Art und erzählte von der Angst der Indianer vor dem Dämon Wendigo.

– Vielleicht sollten wir Schilder aufstellen, damit uns dieser gesichtslose Wundenmann leichter folgen kann, bemerkte Stummel.

Nuño ersann eine dampfbetriebene Wasserpumpe, Katapulte, Rammböcke und andere Kriegsmaschinen. Francisca war im Winterlager begehrter als zuvor, ließ aber niemanden an sich heran, nicht einmal Hinestrosa.

– Alle Hessen sind Verbrecher, weil sie klauen bunte Becher. Gunkel schimpfte über die hygienischen Verhältnisse, so etwas gäbe es in Deutschland nicht. Den Indianern schien der Schlamm nichts auszumachen. Selbst die kleinen Würmer, die sich in das Zehenfleisch fraßen und herausgeschnitten werden mussten, schienen ihnen nichts anzuhaben.

Während einer Abendmesse schlich sich der als Priester verkleidete Bastardo in das Zelt der Missionare und durchsuchte ihre Habseligkeiten, fand aber nur Bibeln, Kreuze, Monstranzen, Kupferstiche nackter Frauen. Als ihm einfiel, dass Juan das Griselda-Geld dem Schatzmeister übergeben haben könnte, wurde er geschnappt.

– Falscher Priester, schrie ein Missionar. Ein Dieb! Zu seiner Überraschung wiederholte der Eindringling alles Wort für Wort, nur lauter. Betrunkene Wächter stürmten herbei, und der Gottesmann bekam vor Staunen über diese Unverschämtheit kein Wort heraus, kriegte nur mit, wie der Eindringling mit einer Frechheit à la Paul Newman alles wiederholte, mit ausgestrecktem Zeigefinger auf ihn deutete, ihn mit dem Schrei »Einschleichdieb!« aufspießte wie eine Cocktailkirsche, worauf der Missionar von den Wächtern abgeführt wurde. Natürlich klärte sich alles auf, aber da war Bastardo schon entkommen.

Mitte Februar planten der fette Kaspasi und seine Appalachen einen Angriff. Sie steckten Pfeile mit Quasten in die Erde, was als Kriegserklärung galt. Außerdem bekifften sie sich und bemalten ihre Körper mit Ockerfarbe, auf die sie schwarze Streifen setzten – *Kakaocremetorten, die zu lange in der Sonne gestanden waren.* Sie opferten Hühner und Hunde, ließen ihren Schamanen sein Œuvre herunterbeten und tanzten, um die Götter gnädig zu stimmen. Kaspasi hielt eine Ansprache, und seine Appalachen jubelten ihm zu, schwenkten Fahnen mit dem Mondgesicht.

Im Lager glaubte man, die Appalachen wären in Feierlaune. Nero sollte zum Dichterfürsten gekrönt werden. Endlich würde sein Talent gewürdigt werden. Tagelang war der Dicke herumstolziert und hatte mit John Schnur seine Ausstaffierung diskutiert.

Tatsächlich war die Festlichkeit eine Woche lang vorbereitet worden, und am 20. Februar war Neros großer Tag. Er wurde auf einen geschmückten Maulesel gesetzt und unter dem Gelächter aller zum großen Eroberer geführt. In Erwartung seines Ehrentages trug der Dichterfürst eine Toga aus rotem Samt sowie einen Chorrock mit Hermelinsaum. Wie ein Karnevalsprinz sah er aus.

Die in Deckung harrenden Appalachen beobachteten die Szenerie und wussten nicht, was das zu bedeuten hatte. Wenn sie jetzt angegriffen hätten, das Lager wäre eine leichte Beute gewesen. Aber dieser Dicke auf dem Maulesel gab ein derart absurdes Bild ab, dass sie neugierig waren, was die Bleichgesichter aufführten.

Beim Adelantado wartete Stummel, der eine Ansprache vorbereitet hatte. Er stand auf einem Podest und sprach vom einzigartigen Licht, das von Nero ausging, ein Licht, das sogar die Sonne in den Schatten stellte. Er nannte Nero einen Luzifer der schönen Worte.

– Er meint Lichtbringer. Der Poeta laureatus strahlte über das ganze Gesicht, sein Dackel knurrte.

Der Knirps bezeichnete Nero als Gelehrten in Sachen Tischmanieren, Hundeerzieher erster Pfote, Füllosophen, der nicht nur zwanzig Hühner und vierzig Eier an einem Tag verdrücken konnte, sondern auch ein Experte in Frauenunterwäsche war, Ratschläge im Gebrauch von Schuhlöffeln geben konnte und mit seinem musischen Gespür erkannt habe, dass der Gesang von Singvögeln wohltuender sei als das Gekrächze von Krähen. Seine Genialität, so Stummel weiter, stelle die gesamte olympische Dichterschar in den Schatten und wäre eine einzigartige »Genitalität«.

Die Männer lachten. Nero, rot vor Scham und Glück, hörte nicht auf Rodrigos Worte, der seine Poesie jetzt mit der Erhabenheit von wurmstichigen Kohlblättern verglich und der prustenden Menge verkündete, dass diese heroisch-neronische Dichtung sogar Schmetterlinge zum Zittern bringe.

Selbst der ernste Desoto konnte sich das Grinsen kaum verkneifen, als er dem gebeugten, immer noch auf dem Maultier sitzenden Nero den Lorbeerkranz, einen mit Gräsern drapierten Knoblauchzopf, aufs Haupt setzte.

– Er ist Petrarca überlegen, schrie Rodrigo, Vergil ist ein blutiger Anfänger gegen ihn, und seine Vulgarität ist so außerordentlich, dass sogar Vögel, wenn sie ihn hören, gelähmt vom Himmel fallen.

Dem ernst und würdig dreinblickenden Poeta laureatus kamen allmählich Zweifel, aber er wollte die Posse nicht erkennen, wollte als Zeichen seiner Dankbarkeit eine Ode zum Besten geben, eine Eloge auf die Liebe, wurde aber vom Geschrei der Menge übertönt. Heißkalt wurde ihm, er stockte, hob die Arme, forderte Stille.

– So wollen wir ihn krönen, rief Stummel. Taufen wir ihn jetzt. Soldaten mit Kübeln voller Kot erschienen, es waren dutzende, schütteten die Fäkalien Richtung Dichterfürst.

– Aufhören, brüllte Nero.

Da schüttelte das von so viel Dichtkunst und Dung irritierte Maultier seinen Kopf, stellte sich auf die Hinterbeine und warf Reiter samt Schoßhund ab. Nero landete im Dreck, dass es nur so klatschte und alle losprusteten.

– Unser Dichterkönig, deklamierte Stummel, sitzet nun wie ein Gesteck im stinkenden Dreck. So nett! Seht seine ehrwürdige Erhabenheit, anbricht eine große pestilenzische Poetenzeit.

Stummel, Desoto, sämtliche Hauptleute … alle lachten, nur der Dichter hatte Tränen der Verzweiflung in den Augen.

Da Lachen bekanntlich ansteckend ist, hatte es bald auch die Appalachen in ihrem Versteck erfasst. Sogar Kaspasis massiver Leib erzitterte. Selbst wenn sie den Sinn dieser Aufführung nicht kapierten, fanden sie das Ganze zum Brüllen komisch, gingen sie statt eines Angriffs zurück in ihr Dorf, allen von dieser Dichterkrönung zu erzählen – auch den Ahnen. Eines musste man den Weißen lassen, witzig waren sie.

Die wochenlang über den Himmel jagenden Wolken hatten sich verflogen. Mit der Sonne wurden die Schatten stärker. Und einer dieser Schemen packte Plim am Hals und drückte zu – Bastardo!

– Der Schatzmeister hat unsere Mäuse.

– Geht mich das was an? Elias röchelte.

– Wenn du uns nicht hilfst, verraten wir, dass du Moslem bist.

– Den Schatzmeister bestehlen? Plim spürte, wie ihm Hitze zu Gesicht stieg. Hernández de Biedma ist ein Hüne, ein buchhalterischer Rübezahl. Der sieht nicht aus, als würde er sich gern beklauen lassen.

– Lass das unsere Sorge sein. Bastardos Züge hatten nichts von ihrer Verschlagenheit eingebüßt.

Vor Elias' Augen tanzten dunkle Flecken, er war nahe daran, das Bewusstsein zu verlieren. *Den Schatzmeister bestehlen? Etwas Dümmeres kann einem nicht einfallen. Wenn man erwischt wird, ist man tot.* Bastardo lockerte den Griff, und Plim war, als hätte jemand eine ungerupfte Gans durch seine Kehle gepresst.

– Wozu braucht ihr das Geld? Jetzt, da wir bald im Goldland sind.

– Hier geht es ums Prinzip. Gino tätschelte Plims Gesicht.

– Und wann?

– Erfährst du früh genug.

Anfang März verließ die Expedition das Winterquartier. Die Zeltwände wurden getrocknet, die Lafetten der Kanonen gesäubert. Angeführt von Pedro, ging es Richtung Cutifachiqui, jenem Goldland, von dem der Indianer gesprochen hatte.

Pedro vom Stamm der Creek trug einen blechernen Morion und eine gestreifte Bluse mit Puffärmeln, darunter war er nackt. Ein Wichtigtuer, wie es immer welche gibt, wenn eine Besatzungsmacht ein Land einnimmt. Durch sein offenes Gesicht machte sich der Bursche, er mochte fünfzehn oder sechzehn sein, schnell beliebt.

Überall erregte der Zug Staunen – die Rüstungen der Dragoner, ihre funkelnden Schwerter und Fahnen. Die Indianer kannten weder Pferde noch Schweine. Auch die Doggen hatten nichts gemeinsam mit ihren putzigen Hunden, die von Frauen gesäugt wurden, neben Kleinkindern schliefen und früher oder später im Kochtopf landeten.

Ein Teil der Männer war in Mexiko und Peru gewesen, andere waren mit der Armee Karls des Fünften kreuz und quer durch Europa gezogen. Manche hatten auf dem Balkan gegen Türken gefochten, wider Mauren in Tunis oder gegen Bauern in Deutschland. Aber wo auch immer, es hatte einen Feind gegeben, eine Schlachtordnung und einen Plan. Hier gab es nur ein zielloses Herumziehen unter der Führung eines wichtigtuerischen Kollaborateurs. Pedros Vertrauenswürdigkeit war durch nichts begründet. Er brabbelte von vertrauten Wegen. Aber je länger er quatschte, desto mehr kam der Verdacht auf, er sei ein Bluffer. Cutifachiqui? Goldland? Alles, worauf man stieß, waren armselige, meist verlassene Dörfer.

Entschlossen verteidigten die Indianer ihre hässlichen Mädchen und hängebrüstigen Weiber, ihre Hühner, Ziegen, Affen. Die meisten kannten nur eine Strategie – sich verstecken. Und irgendwann waren auch ihre Vorratskammern leer. Die Appalachen hatten dazugelernt, alles vor den Spaniern in Sicherheit gebracht.

Das wenige Kleinwild, das man fing, konnte das Heer nicht ernähren. Jeder vernünftige Führer hätte es für nötig gehalten, die Mannschaft auf halbe Ration zu setzen. Der große Eroberer aber machte das Gegenteil, ließ die Portionen verdoppeln.

– Er wird verrückt. Stummel schüttelte den Kopf. Die Eifersucht bringt ihn um den Verstand.

– Wahnsinn. Añasco rümpfte die Nase.

– Jedenfalls hebt es die Stimmung. Moskito hielt das für einen guten Einfall.

– Verhungern werden wir, sagte Nero, und Ramses bellte.

– Bald essen wir Luftsuppe mit Windklößen.

Der Zug schleppte sich vorwärts, und die Appalachen blieben lästig. Jeder, der sich zu weit von der Truppe entfernte, verschwand und tauchte später übel zugerichtet wieder auf. Diese Angewohnheit der Wilden, ihren Opfern das Haupthaar vom Kopf zu schneiden, war ziemlich ungustiös. Die Toten sahen aus wie Mönche, deren Tonsur von einem Mähdrescher geschnitten worden war.

Niemand gab sich Mühe zu zählen, aber von den achthundert Expeditionsteilnehmern waren bestimmt schon hundert nicht mehr am Leben.

– Was isst du da? Elias sah, wie Ruben Pulver aus einem Beutel naschte.

– Heilige Makrele! Was geht dich das an? Der Rothaarige machte eine abfällige Geste.

– Erde, entfuhr es Jonas. Das Stockmännchen humpelte neben ihnen her.

– Du kannst mir in die Heckluke kriechen.

– Erde?

– Heimaterde, brummte Ruben. Gegen Heimweh.

– Träumt man da nicht schlecht?

– Entsetzlich. Aber wenn man beschossen wird, verändert sich das Hirn, daher brauche ich ein Gegengift. Jawohl, Monsieur.

Nach wochenlangem Marsch kamen sie in eine öde Steppe. Dahinter, verkündete Pedro, liege das Gebiet der Creek. *Das Griechenland Westindiens!* Von dort ist das Goldland Cutifachiqui nicht mehr weit.

Die Appalachen hatten die Verfolgung eingestellt, veranstalteten Freudentänze und ließen ihren verfetteten Häuptling, ihren großen Führer Kaspasi, hochleben. Die Creek waren freundlicher, ohne Kriegsbemalung. Eine Hochkultur wie die alten Griechen? Ein Volk, das eine Akropolis baute und Staatsformen wie die Tyrannei oder die Oligarchie ersann? Nein, in Lumpen gekleidete Wilde, die in erbärmlichen Hütten hausten. Kein Amphitheater, keine Tempel oder Badehäuser. Aber sie behandelten die Expedition wie eine Delegation des Himmels, kamen mit Früchten, Fleisch und Halsketten, näherten sich zögerlich und zupften an den Hosen und Strümpfen der Spanier, als wollten sie sich überzeugen, ob die Fremden wirklich existierten. Bereitwillig teilten sie ihre Vorräte und zeigten, wie man mit spitzen Steinen die Rinden von Bäumen kratzte, im Holz verästelte Tunnel freilegte, gelbliche Würmer herauszog und sie genüsslich verspeiste.

Der Oberhäuptling hieß Potofo. Er empfing Desoto, dem die stumme Indianerin wie ein Schatten folgte, mit großem Tamtam, überreichte dem Statthalter einen Pfeil … das bedeutet Freundschaft, erklärte Pedro gerade rechtzeitig, ehe der große Eroberer ihn zerbrechen konnte … und lud ihn zum schwarzen Trank.

– Saft aus der Stecheiche. Wir trinken ihn zur Reinigung.

Keine Mumien, sondern Männer jeden Alters. Pedro nannte ihre Namen: Zehnzwölf Bären, Fettes Gras, Stummer Hungerwolf … Potofo selbst trug einen pompösen Federschmuck, *hat wohl einen Adlerhorst geplündert,* und eine Art Brustpanzer aus Hühnerknochen und Fischgräten. *Sein Herrenausstatter scheint eine Vorliebe für Küchenabfälle zu haben.* Schwer zu sagen, wie alt er war. Das Gesicht, faltig wie ein Elefantenrüssel, saß auf einem gedrungenen, aber muskulösen Körper.

Der schwarze Trank wurde in Schneckengehäusen serviert und schmeckte so entsetzlich, dass sich Desoto und seine Hauptleute sofort übergaben. Auch Potofo, Zehnzwölf Bären, Fettes Gras und die anderen kotzten. Dann richteten sie sich auf, lachten und umarmten die Spanier.

Man reichte ihnen Spuckebier und führte sie durchs Dorf. Strohgedeckte Hütten um einen hölzernen Palast mit geschnitzten Krokodilköpfen, Sonnensymbole und Kreaturen in unzüchtigen Stellungen.

– Früher war die Sonne ein Mann. Wenn er seine Achsel hob, wurde es Tag, wenn er sie senkte, Nacht. Pedro wies auf klobige Steinstatuen.

Wieder wollten die Missionare alles zerschlagen. Diesmal hielt sie Desoto rechtzeitig zurück. Die Ordensmänner begnügten sich damit, Kreuze aufzustellen und den Indianern von Jesus zu erzählen.

– Das ist unser Erlöser! Gott!

– Dieser kleine Kerl soll mächtiger sein als unser großer Geist? Mächtiger als Wendigo?

– Er kann übers Wasser gehen, Blinde sehend machen und Fische wie Brot vermehren. Die Missionare wussten, nur mit Wundern konnten sie die Wilden ködern. An Seelenrettung, ewigem Leben oder einem Paradies waren die nicht interessiert, aber mit einer Verwandlung von Wasser in Bier … Wein kannten sie nicht … ließ sich ein Konfessionswechsel schmackhaft machen.

Cord war von den Lehmöfen beeindruckt, in denen die Indianer Brot buken. Außerdem gab es eine Hütte mit luftdurchlässigem Boden. Der Arzt vermutete, dass man hier Tote mumifizierte, aber die falschen Griechen zeigten ihm den wahren Zweck. Sie begannen in Streifen geschnittenes Fleisch auszubreiten und entzündeten ein glimmendes Feuer. Ein Räucherhaus! Ursprung aller Grillfeste, familiärer Bierbesäufnisse – des Barbecues. Ein halbes Jahrtausend später sollte das BBQ die Religion der Südstaaten sein, würde es konfessionelle Dispute über die Länge der

Garzeit, die Zutaten der Marinade und das richtige Holz geben. Eiche oder Mesquite? Man würde darüber streiten, welche Art Musik man dem schmorenden Fleisch vorspielen darf. Blue Grass oder Honky Tonk, Nashville Sound oder Western Swing? BBQ würde eine Religion sein – mit Messen, Priestern, Gläubigen.

Als der Wurstmachersohn überlegte, wie sich die Räucherei für seinen Vater nutzen ließe, riss ihm einer der Wilden die Brille vom Gesicht. Die bügellosen Gläser gingen von Nase zu Nase und reizten die Eingeborenen zu Lachstürmen.

– Nicht kaputtmachen! Glas! Zerbrechlich!

Die meisten Griechen rauchten. Manche Spanier kannten den Tabak aus Kuba. Hier, in der Einsamkeit der Wildnis, war den Männern jede Berauschung recht. Die Europäer hatten den Indianern Grippe, Pocken, Cholera und andere Geschenke gebracht. Die Gegenleistungen dieser Transaktion waren Tabak und Syphilis. Verbotstafeln, Raucherreservate, Aschenbecher … All das verdankt die Welt den Indianern.

Pedro zeigte stolz sein Creek-Land. Keine ionischen Säulen und keine Stadien, kein Orakel von Delphi und keine Philosophen, aber man hatte Schmieden mit knisternden Essen. Gold? Nicht so viel wie die in Cofitachequi, aber ja. Mit geschwellter Brust führte Pedro die Hauptmänner zu einer Hütte, wo alles glitzerte und funkelte: Kessel, Schmuck, Figuren. Der Indianer strahlte.

– Zu viel versprochen? Gold! Mehr, als ihr tragen könnt.

– Gold! Wir sind reich. Nero hob Ramses hoch und jubelte. Gold! Añasco machte einen Luftsprung, und Nuño umarmte Stummel. Gold! Go-gottverdammt! Nur Desoto betrachtete die Gegenstände und fühlte sich wie ein Kind, das zu Weihnachten leer ausging. Enttäuscht sagte er:

– Das ist … jetzt sahen es auch die anderen … Plunder. Stummel schüttelte den Kopf, und Añasco sprach von einem Wunder … an Einfalt.

– Was ist? Pedro wusste die Ernüchterung nicht zu deuten.

– Das ist kein Gold. Du hirnloser Idiot. Nur Kupfer von ungewöhnlich heller Farbe.

– Betrüger! Ich mache Bett-Bettbezug aus dir. Añasco fauchte.

– Gold? Kupfer? Wo ist der Unterschied? Das sind nur Wörter. Pedro zuckte mit den Achseln, sein strahlendes Lachen schrumpfte zu einem dünnen Strich.

– Nur Wörter? Der große Eroberer sah aus, als hätte sich soeben ein Goldschatz in Erdklumpen verwandelt. Das eine ist wertvoll, das andere nicht.

– Wertvoll? Pedro verstand nicht.

– Für Gold kann man alles kaufen, Schlösser, Gestüte, Mühlen … Freiheit! Der Adelantado merkte, dass der Indianer damit wenig anzufangen wusste.

Die Soldaten schäumten vor Wut, sobald sich diese Verwechslung zu ihnen durchgesprochen hatte. Besonders Bastardo und Cinquecento verfluchten ihr Schicksal.

– Wir bringen es nie zu was. Alles wegen unserer Herkunft, du als Bastard, ich als Sohn eines Schnürsenklers und eines Fischweibs …

Andere kühlten ihre Füße in einem kalten Bächlein. Manche rasierten sich, und selbst Ruben ließ sich die rotblonden Locken stutzen. Elias saß abseits und lächelte versonnen. Er war einer der wenigen, die Gold nicht interessierte, lieber dachte er an zuhause. Ob er seine Eltern jemals wiedersehen würde? Spanien mit seinen stolzen Bürgern … *ein größenwahnsinniges Völkchen mit eingebildeten Leuten.* Da kam eine alte Indianerin, zeigte ihm eine Schüssel mit grüner Paste und gestikulierte. *Eine Nymphe? Hure?* Die Alte griff ihm an die Schulter und gab überraschte Töne von sich. *Was denn?* In Elias' Augen standen Fragezeichen.

Sie drückte ihn auf einen Schemel, setzte sich davor, nahm seinen Fuß und begann ihn zu massieren. Als sie ihre Fingerknöchel in die Fußsohle drückte, schrie er auf vor Schmerz. *Das ist wie eine Bastonade in Algerien.* Was folgte, war ein Kneten und Drücken, ein Hämmern auf die Waden, Trommeln an den Oberschenkeln und Schlagen seines Rückens, der gleich darauf mit der Paste, Kaktusmark, eingerieben wurde. Elias war, als wringe diese Alte alle Knoten und Verspannungen aus ihm heraus, alle Erinnerung – Mustafa Müller, Sklavenmarkt, Penelope, den Kapitän mit dem unaussprechlichen Namen, Sevilla, Diamantenring … Als sie fertig war, kam er sich vor wie durch einen Fleischwolf gedreht und wieder neu zusammengesetzt. Herrlich. Er schenkte der Masseuse eine Glasperle, die die stolze Alte allen zeigte. Sofort entpuppte sich das Dorf als heimlicher Massagesalon. Überall tauchten Frauen mit Kaktusmark auf, die Körper der Spanier durchzukneten.

Quigley war der Erste, der seinen schwabbelbrüstigen Körper präsentierte, aber auch Müggenpflug hatte keine Scheu, sein knochiges schwäbisches Gestell in Knethände zu legen.

Cord Fenk und Castro hingegen interessierten die Tortillas: Zuerst werden die Maiskörner in Kalkwasser aufgeweicht, dann entfernt man ihre Haut, kommen sie in Steinmühlen. Die Masse knetet man zu Teig, bis er die Konsistenz von Ohrläppchen hat …

Häuptling Potofo schwor, dass er weder die Trennung von Staat und Kirche noch die Entthronung Karls jemals akzeptieren und niemals an den Humbug einer heliozentristischen Welt glauben werde – und noch so allerlei, was man ihm vorsagte. Er beteuerte, niemals dem deutschen Ketzer nachzueifern, den er wie »Mutter« aussprach, bat um Verzeihung, weil er den Teufel angebetet hatte, und Desoto heftete diesem Schleimer einen Papporden an die Brust, woraufhin der Kazike eitel herumstolzierte und bereit war, dem großen weißen Vater in Spanien zu dienen.

– He, komm zurück. Wir müssen noch eine Formalität erledigen.

Potofo kniete nieder und sprach Wort für Wort die Eidesformel nach, worauf der große Eroberer ihn zu seinem Statthalter ernannte, zum Klein-Adelantado, ihn mit einer Amtskette beschenkte und ihm eine Urkunde überreichte. Der Kazike verbeugte sich und schritt würdig herum. Jetzt zeigte sich Potofos wahrer Charakter, seine Vorliebe für Verordnungen. Er verkündete stante pede die Umbenennung seines Dorfes in Neukastilien, erklärte alles Land zum Eigentum des Königs, erließ die allgemeine Wehrpflicht, verbot die Vielweiberei, beschloss die Meldepflicht von Träumen und führte Steuern auf das Fingernagelschneiden ein.

In der Mitte des Dorfes wurde ein Grenzstein gesetzt, der das Gebiet zu kaiserlichem Territorium erklärte. Außerdem wurde das Tannenzapfenessen verboten und verkündet, dass man für seinen Schatten Abgaben leisten müsse.

Ein paar Soldaten machten sich den Spaß, Indianern Strümpfe, Hosen und Leinenhemden anzuziehen, womit die Wilden wie Faschingsnarren aussahen. Man setzte ihnen Helme auf und drückte ihnen Schwerter in die Hand, doch die Indianer sahen immer noch verkleidet aus.

Nach einer kurzen Unterweisung in der Lehre Christi nahmen alle Creek die christliche Taufe an. Juan ging mit einem Eimer Weihwasser durch die Reihen und wischte einen nassen Schwamm über Gesichter. Hostien gab es nicht, dafür warf man alle geschnitzten Götter aus dem Tempel, die von Gunkel eingesammelt wurden.

– Das sind mal Vesperbrettchen.

Die mumifizierten Ahnen landeten in einer Grube, wo die

klapprigen Gestelle zerfielen. Mehlsuppengraue Schädel mit makellos weißen Gebissen sahen jetzt entsetzt nach oben. Auf jede Hütte wurde getreu dem nächsten Potofo-Erlass ein Kreuz gemalt, und die Priester freuten sich, tausende Seelen gerettet zu haben. Alle sangen, tranken vergorenes Spuckebier und feierten. Ein Greis warf seine Krücken weg, und Fiebernde begannen zu tanzen. Erst als die bekehrten Heiden um Locken der Missionare baten, damit sie daraus Amulette machen konnten, kamen den Priestern Zweifel.

– Sie kennen kein Ego, sagte Cord.

– Was hat das damit zu tun?, entgegnete Juan.

– Das Christentum ist eine Religion des Egoismus. Jedem geht es zuerst um seine eigene Rettung, es gibt nur einen Gott. Wir sind so erfolgreich, weil wir eine Menge von Einzelnen sind. Die Indianer begreifen sich dagegen als Gesamtheit. Die kommen alle gemeinsam in den Himmel oder gar nicht.

– Kein Ego? Juan war schlanker und nachdenklicher geworden. Er verließ sich nicht mehr auf das, was der Papst und sein Bischof gesagt hatten, war bereit, auf der Suche nach Gott Narben und Abschürfungen in Kauf zu nehmen. Aber war er auf dem richtigen Weg? Seelen retten, taufen, das ganze proselytische Geschäft?

Potofo dekretierte Erlässe, die das Tragen von Schuhen und die Haarlänge betrafen. Den Bäumen wurde die Dicke der Rinde vorgeschrieben und Säuglingen die Schlafenszeit. Dauernd ließ sich dieser bürokratieversessene Häuptling etwas einfallen. Festgelegte Stillzeiten, Ausgangssperre, Versammlungsverbot … Arbeitspläne … Verordnungen, Dekrete, Erlässe, das war der Geist der neuen Zeit. Wenn der Wahnsinnige so weitermachte, würde er noch das Atmen besteuern.

Diese falschen Griechen hatten weder Gold noch Perlen, in ihren Nasen steckten Knochen und in ihren Brustwarzen Schilfrohr. Das waren keine Prinzen, die ihre Körper mit Honig bestreichen und dann mit Goldstaub pudern ließen – nur einfache Menschen. Was sollten die mit Potofos absurdem Gesetzeswerk anfangen? Trotzdem wurde jeder neue Erlass gefeiert wie ein Homerun beim Baseball.

Potofo zeigte auf Soldaten und meinte, deren Waffen wären wirksamer als Kreuze. Er würde einen Erlass zur Abgabe formulieren.

– Das geht nicht, fuhr ihm Añasco in die Parade.

– Nein? Nachdem der Häuptling lange vom Geist seiner Ahnen, vom Gewicht der Feder eines Kolibris und der Sonne, deren Strahlen Bärenklauen waren, gesprochen hatte, berichtete er endlich auch von der Kazikin Cofitachequi, die im Norden regierte und viele Perlen besaß. Er nannte sie die Königin der Perlen, versprach einen Erlass und sagte, dass dort die Frauen an der Macht waren und in einer Sprache redeten, in der alles weiblich war.

Desoto war misstrauisch, Añasco aber sagte:

– Perlen sind Perlen, da kann es keine Verwechslung geben. Du musst den Leuten zeigen, dass du daran glaubst. Sie müssen wissen, dass du alles im Griff hast.

Potofo musterte den großen Eroberer wie ein Hund seinen Herrn. Er hatte keine Ahnung, dass Perlen wertvoll waren, Glasperlen fand er schöner, würde aber sofort einen Gesetzesentwurf ausarbeiten lassen …

– Genug! Keine weiteren Erlässe! Nicht, solange wir hier sind.

Zwei Wochen verbrachte man in diesem falschen Griechenland. Die Männer vergnügten sich mit Hahnenkämpfen und jungen Nymphen. Potofo wäre dagegen vorgegangen, doch er durfte nicht und schmollte.

Bastardo und Cinquecento hatten den Cockfight erfunden. Sie banden Hähnen blaue oder rote Bänder um die Knöchel oberhalb der stumpf gefeilten Krallen, fetteten die Federn ein und nahmen Wetten an.

– Sobald der Kampf in vollem Gang ist, gehst du zum Schatzmeister und fragst, ob er zusehen will. Bastardos Atem roch faulig. Als er Elias so nahe kam, dass sein Gesicht zu einem einzigen Auge schmolz, kippte Plim fast um. Der Finanzminister wird seine Geldtruhe nicht aus den Augen lassen wollen, aber du wirst ihm anbieten aufzupassen.

– Ich … Elias' Stimme stockte. Ihr werdet die Kiste nicht öffnen können.

– Das lass unsere Sorge sein. Ein rechtschaffenes Schloss weiß, wann es aufzugehen hat.

Als Plim merkte, wie seine Knie zitterten, begann der Hahnenkampf.

– Auf den Blauen, schrie Quigley. Ich wette um die Ehre meiner ungeborenen Tochter. Firteen Reales!

In einem Kreis von johlenden Soldaten ließ man das Geflügel aufeinander los, sah zu, wie die Hähne erst desinteressiert taten, gockelstolz herumstaksten, die Hälse reckten, ein Krächzen herauswürgten, sich langsam, fast beiläufig einander näherten, beschnupperten, mit Blicken taxierten, fixierten, dann eine Art Tanz vollführten, bei dem die ruckartigen Bewegungen der Köpfe vollkommen synchron verliefen – vor, zurück, seitwärts wie ein geflügeltes Ballett. Man konnte die Spannung spüren, das Knistern, bevor die Streithähne alle Contenance ablegten und sich völlig unvermittelt ins Genick hackten, aufflogen, dem Konkurrenten ohne viel Federlesens in den Flügel bissen. Jetzt hatte keiner mehr Zeit zu krähen, wurde nur noch wild gegackert und geackert. Gehackt und gehämmert.

– Volle Breitseite, murmelte Ruben. Schuss vor den Bug.

Flaumfedern wirbelten durch die Luft, die hellen Krägen färbten sich dunkel, und von den Tieren tropfte Blut, bis sich einer der Gockel geschlagen gab und zum Zeichen der Unterwerfung auf den Rücken legte. Das Spektakel erinnerte an Gladiatorenkämpfe, an eine rohe Form des Volkstheaters. Die Betrunkenen kreischten, feuerten ihre Favoriten an, verlangten ihren Wettgewinn oder schimpften auf den Verlierer, während die Indianer staunten, und Castro schon mal den Suppentopf warm machen ließ.

– Firty-free, schrie Quigley. Ich setze die Ehre meiner Kreolin.

– Treffer. Ruben klatschte. Bravo, Blauer. Versenk ihn.

Elias ging zum Schatzmeister, erzählte ihm von einem einzigartigen Spektakel und bot an, auf die Kriegskasse aufzupassen.

– Kommt nicht infrage. Hernández de Biedma blickte auf Elias mild lächelnd herunter. Bestimmt hatte man ihn nur wegen seiner Körpergröße zum Schatzmeister ernannt.

– Die Kiste bringt keiner auf … Elias stotterte.

– Zum Wegtragen zu schwer, zum Trinken zu dick. Aber Hahnenkampf? Einen Wettkampf für große Leute müsste man erfinden, etwas, wobei man Kürbisse in Körbe wirft … Der Hüne ließ sich aber überzeugen und ging zur Hahnenkampf-Arena, wo sich die Hähne blutig hackten.

Quigley verwettete inzwischen seine Vornamen, und Cord war verwundert, dass die Hauptleute nichts unternahmen, war doch die branntweingetränkte Stimmung unmittelbar davor, in eine Schlägerei zu kippen.

Inzwischen war Bastardo im Zelt des Schatzmeisters, fuhrwerkte in den Löchern der mit Eisenbeschlägen verstärkten Kiste herum und brauchte nicht lange, bis etwas einrastete und sich der schwere Deckel öffnen ließ.

– Na bitte. Gelernt ist gelernt. Er nahm das obenauf liegende Säckchen – prall gefüllt mit Münzen. Und das sind die Zinsen. Die Ratte steckte ein paar Golddukaten ein.

– Wenn das rauskommt, bin ich tot. Elias schüttelte den Kopf. Was braucht ihr hier Geld?

– Klappe. Bastardo schloss den Deckel und verschwand so schnell, wie er gekommen war.

Gleich darauf stürzte der Schatzmeister empört ins Zelt und schrie:

– Betrug! Diebstahl! Und du sitzt hier herum.

– Was? Aber der Hüne sprach nur von Wettbetrug und von der Schlägerei der Zuseher.

Ich habe den Zimmerpflanzen erzählt, was ich vorhabe. Die Justiz in ihrem eigenen Spiel schlagen, sagte Trutz Finkelstein zu seinem auf der Couch lümmelnden Sohn.

– Wie haben die Pflanzen reagiert? Levy gähnte.

– Sie reden wenig, aber ich denke, ein bisschen haben sie gegrinst.

Das Spiel der Amerikaner, das, worin sie unschlagbar sind, ist die Form. Es hatte dunkle Momente in Finkelsteins Leben gegeben, aber die Ablehnung der Klage hatte alles übertroffen. Doch Trutz hatte sich gefangen und war nun noch mehr überzeugt, aufseiten der Gerechtigkeit zu kämpfen. *Und wenn man sich im Recht wähnt, findet man auch Gründe – umgekehrt ist es schwierig.* Er wusste, dass die neue Klagsschrift formvollendet sein musste, schließlich erklärte er der amerikanischen Realität den Krieg, einer Realität, die glaubte, der Läufer könne die Schildkröte überholen … einer Gesellschaft, die Schildkröten im Gemüsefach ihrer Kühlschränke überwintern ließ. Diese Wirklichkeit war etwas für Leute, die es sich bequem machten.

Finkelstein war in fiebriger Erregung … halb Euphorie, halb Wahnsinn. Er schrieb vom Requerimiento, der Aufforderung der spanischen Eroberer, sich Papst und Kaiser zu unterwerfen, erwähnte Desoto, Coronado und andere Eroberer, stellte fest, dass der Vorzug der USA, keine Vergangenheit zu haben, sich ins Gegenteil verkehrte. Nicht nur Kulturgüter müssten restituiert werden, Federkronen, Tomahawks und geschnitzte Totems, sondern das ganze Land. Alles!

Sein Stil war hypotaktisch, aber präzise, als wären die Schachtelsätze nur für ihn, Trutz Finkelstein, erfunden worden. Es war eine gefinkelte Schrift voll juristischem Raffinement, worin er über Eigentum und Besitz räsonierte, über Ausbeutung und Verjährung philosophierte. Er übertraf sich selbst. Da wurde mit Scheinangriffen operiert, mit dem Sicherheitsrat der Vereinten Nationen, dem Vorrecht des Völkerrechts vor dem Bundesrecht. Aber das waren Strohfeuer, Ablenkungsmanöver, um ein kleines Geschütz in Position zu bringen, eine Schildkröte voller Sprengstoff, die direkt in das Herz der Vereinigten Staaten ging. Es war ein lapidarer Satz, der Wörter wie Befugnis und Kontraktfähigkeit enthielt und alles auf den Kopf stellte, weil er so beharrlich und unausrottbar war wie Pflanzen, die Asphalt sprengen, wie eine Schildkröte, die kein Läufer überholen kann. Die Idee dazu war ihm durch Levys Computerspiel gekommen. Wer hätte gedacht, dass diese Zeitvergeudung zu etwas gut sein könnte? Ausgerechnet sein verfetteter Sohn, der noch nie von Martin Luther King oder Malcom X gehört hatte, nicht einmal Christoph Kolumbus kannte, hatte das entscheidende Stichwort geliefert.

Wie die Pflanzen reagiert hatten, wusste Trutz, sie hatten gegrinst. Aber der Supreme Court? Diese altehrwürdigen Richter – Abkömmlinge von republikanischen Rinderzüchtern oder demokratischen Fabriksbesitzern? Diese saturierten WASPs? Wie würde das zwischen Klassenjustiz und Gerechtigkeit hin und her schwankende amerikanische Rechtswesen die neue Klage aufnehmen? Trutz hob seine Faust mit einem wegstehenden Mittelfinger und reckte sie in die Luft. Es gab keinen objektiven Grund für sein Gefühl, aber er wusste, er war wieder im Geschäft.

Vielleicht würden die Richter fassungslos wie seine Eltern reagieren, als er ihnen gestanden hatte, dass das koschere Hähnchen zu Rosch ha-Schana gar nicht aus Israel stammte, sondern von einem Halal-Fleischer aus der Bronx? Oder wie er selbst, als er erfahren hatte, dass Santa Claus kein jüdischer Heiliger war und im Talmud keine Rede davon war, Kindern zu Weihnachten Zweitausend-Dollar-Geschenke zu machen?

– Egal. Sie werden die Klage annehmen, sagte er mit fester Stimme. Sie müssen sie annehmen, sonst gehe ich zu Starbucks, greife mir einen dieser durchsichtigen Plastikstäbe zum Umrühren, pule damit im Ohr und stecke ihn zurück in den Behälter … Für Finkelstein der ultimative Akt der Subversion. Aber das wird nicht notwendig sein, weil ich wieder im Geschäft bin.

YANKEE DOODLE

Obwohl sich die Creek im Streit mit den Bewohnern des Perlenlandes befanden, stellte Potofo den Spaniern fünfhundert Träger zur Verfügung. Per Erlass durfte er festlegen, sie mit Bohnen, Mais und Trockenfrüchten zu beladen. Zum Abschied bekamen die Spanier Mangos, Brotfrüchte und Papayas, bei deren Nennung alle kicherten.

– Papp-Eier? Ist das so lustig?

– Ihr Name bedeutet das, was Frauen zwischen ihren Beinen haben, erklärte Pedro, der in seinem Dorf bleiben wollte, per einstweiliger Verfügung aber gezwungen wurde, die Expedition ins Perlenland zu führen. Dem kleinen Wichtigtuer gefror das Lachen im Gesicht.

Als sie zum Aufbruch rüsteten, war der Grenzstein geschmückt, kleine mit Mais gefüllte Körbe standen davor, Frauen küssten ihn … Für sie war dieser Stein mit dem aufgemalten Wappen ein Gott. Juan griff sich an den Kopf. *Diese Heiden lernen es wohl nie.*

Potofo bekam zwei Schweine – mit der Auflage, niemals aus ihrer Haut Pergament zu machen und Erlässe darauf zu schreiben, was aber bei einem Analphabeten wie ihm überflüssig war. Dafür erhielt Desoto einen Mantel aus Marderfell.

Eine Kanone wurde dagelassen, deren Funktionsweise fachmännisch demonstriert wurde.

– Erst das Rohr säubern, so, dann den Pulversack hinein, stopfen, nicht zu fest und nicht zu locker, damit das Pulver Feuer fangen kann, die Kugel Schwung bekommt. Nun schneidet man den Pulversack, seht ihr, zündet die Lunte an – und Feuer! Man schoss auf einen Baum, der dermaßen zerfetzt wurde, dass er aussah, als hätten alle Biber Floridas daran genagt. Trotzdem blieb er stehen. Erst ein zweiter Schuss – nachdem der Kanonenlauf mit einem feuchten Lappen durchgewischt und neu geladen worden war – fällte ihn. Die Indianer waren aus dem Häuschen, luden die Kanone selbst, vergaßen das Durchwischen, der Pulverrest entzündete sich, und eine Stichflamme versengte dem Kanonier die Hand.

– Idiot. Das kommt davon, wenn man nicht aufpasst. Moskito prügelte auf den verbrannten Indianer ein, und Desoto musste den Quartiermeister bremsen, um die Abreise nicht weiter zu verzögern.

Die Männer waren bereit, doch was war mit den Trägern? Die standen in einer langen Schlage, an deren Anfang ihr … *ja, gibt es das?* … Gepäck kontrolliert wurde. Es stellte sich heraus, Potofo hatte eine Verfügung zu den Ausmaßen des Gepäcks erlassen. Für Übergröße musste man bezahlen, Muschelgeld. Außerdem gab es eine Art Schleuse, die sicherstellte, dass niemand schmuggelte. Da mussten die Träger Schuhe ausziehen, Gürtel ablegen und sich einer Leibesvisitation unterziehen. Der Häuptling strahlte.

Desoto konnte es nicht fassen. *Gepäckkontrolle?* Hört sofort damit auf. Schluss!

Kaum hatten sie diese falschen Griechen und ihren bürokratieversessenen Häuptling verlassen, kamen sie in dichte Wälder, wo der Weg mit Äxten und Macheten freizuschlagen war. Die Männer an der Spitze bewegten sich wie Trockenschwimmer, ruderten mit den Händen, um nicht ständig in Spinnweben zu laufen – riesige geometrische Konstrukte, in deren Mitte dickbauchige arachnoide Architekten auf Beute lauerten.

Das Fortkommen war mühsam. Im aufgeweichten Boden versanken die Füße, Pferdehufe verfingen sich in Wurzeln. Überall ein Gewirr von herabhängenden Ästen und Baumflechten. Dazu getarnte Tiere, die die Männer erschreckten, in Bäumen riesige Termitennester.

Ob man die essen kann? So wie die dickarschigen Ameisen in Darién, die dort als Spezialität gelten?

– Erobern lanangweilt mich. Ruben wischte sich Rotz in den Ärmel. Elias schwieg, er spürte ein Jucken am Unterarm und fühlte Müdigkeit. Zwei Stunden später war der Arm geschwollen, aber nicht nur der. Plim sah aus, als hätte man ihn aufgepumpt.

– Da hilft nur ein Aderlass, konstatierte Fenk. Humoralpathologie! Auch wenn Theophrast Bombast von Hohenheim … Paracelsus, Erfinder des künstlichen Darmausgangs, etwas anderes behauptet … Er schnitt den Jungen, ließ Blut heraus und verband die Wunde. Jetzt fühlte sich Elias noch schwächer, wie mit Watte ausgestopft. Nur mit Rubens Hilfe kam er vorwärts. Auch die Nacht brachte keine Linderung, im Gegenteil, der aufgequollene Arm hatte sich verdoppelt, das Gesicht war zum Ballon geworden. *Wie damals bei Manolo, dem Gesellen meines Vaters. Da hat der Arzt auch gesagt, wir müssen uns keine Sorgen machen. Zwei Tage später war er tot.*

– Vielleicht hilft Knoblauch.

– Ich werde sterben, jammerte Elias, Sevilla niemals wiedersehen. Es ist vorbei. Ich werde hier krepieren.

– Sumsum-Krankheit, sagte ein Indianer. Medizin: Teebaumöl. Der Träger stellte seine Last ab, holte eine Kalabasse hervor und begann, Elias mit einer öligen Substanz einzureiben. Wenig später war der Junge wiederhergestellt.

Fenk schüttelte den Kopf und sprach von Humbug.

Moskito stieg vom Pferd, krümmte mehrmals seinen Zeigefinger … »komm her« … Richtung Elias, der eine Alkoholfahne wahrnahm. Der Quartiermeister schlug ihm ins Gesicht.

– Diese Indianermedizin ist Teufelszeug. Davon wird das Kraut fett. Dann ließ er den Träger kommen und verdoppelte seine Last.

– Aber er hat mir das Leben gerettet, widersprach Elias.

– Pst, sagte Ruben. Halt dein Maul, Monsieur.

– So, brummte Moskito. Du zweifelst am Urteil des stellvertretenden Expeditionsleiters?

– Ich sage nur, was ich gesehen habe. Der Indianer hat … Ohne ihn wäre ich abgekratzt.

– Noch ein Wort, und er bekommt noch mehr aufgepackt.

Elias wollte widersprechen, doch Ruben hielt ihn zurück.

– Mach keinen Wind.

Elias schwieg und schämte sich, als er sah, wie sich sein Lebensretter plagen musste, dem Indianer aber schien das gar nichts auszumachen.

Langsam krochen die Tage dahin. Bald schon waren sie zwei, drei Wochen unterwegs, hatten den Widrigkeiten und Gefahren der Natur getrotzt, aber von der sagenhaften Perlenkönigin noch immer nichts gesehen. Immer nur Bäume, Bäume, Bäume …

Bäume … Viele der Männer waren des Entdeckens leid, sie hatten genug von kriegerischen Indianern und ihrem ungastlichen Land. Die Vorräte gingen zu Ende, jetzt kam es zu Kürzungen der Rationen, die Stimmung kippte, Mutlosigkeit machte sich breit.

Was war aus den überirdisch großen Essensportionen geworden, von denen man ihnen erzählt hatte? Wo blieben die kolossalen Fleischberge mit fingerdicken Speckscheiben und Kübeln voller Soßen? Wo waren die eisgekühlten Getränke, die einem das Hirn gefrieren ließen? Alles, was sie sahen, war der Wald mit seinen gespenstischen Moosflechten. Bäume, Bäume, Bäume.

Doch Ameisen essen? Viele hielten den Griechen für unfähig, weil sie glaubten, im Kreis zu gehen. Pedro ließ sich nichts anmerken, redete und lächelte, aber in seinen Augen stand Angst.

Ruben träumte von Schweinsfüßen in Aspik, von Spritzgebäck mit Feigenmarmelade, und Elias halluzinierte völlig anachronistisch, es würden Blasmusikkapellen durch den Wald marschieren, Lieder wie »When the Saints Go Marchin' In« spielen und sich musikalische Gefechte liefern – da setzten Trommeln ein, gab es Tuba-Soli, rasten duzende Trompeten aufeinander zu … Nein, alles Einbildung. Es war die Gleichförmigkeit des Gehens, der ewige Trott, der ihm den Marsch blies. Bäume, Bäume, Bäume.

Eines Nachts fuhr ein Heulen durch das Lager, das den ganzen Kummer der Welt zum Ausdruck brachte. Ein Höllenlärm, der die von Dienstplänen und Patrouillen geregelte, bisher allenfalls von Wasserlassern gestörte Nachtruhe aufwirbelte. Ein Gebrüll, dass die Milch im Euter sauer wurde. Der Grieche! Er schrie wie die Gefährten des Odysseus, als sie der Zyklop verspeiste, so markerschütternd, dass einem glühend heiße Drähte durch die Knochen fuhren, alle aus dem Schlaf gerissen wurden.

– Der Teufel persönlich … Wendigo! Wendigo! Pedro zitterte

und sagte, der Dämon habe sich auf ihn gestürzt und begonnen, ihn zu verspeisen, weil er die Spanier ins Perlenland führe. Eine schreckliche Gestalt mit Hörnern, Fell und Zungen, die ihn mit Tentakeln gepackt und fast zerquetscht hätte. Ein Gesicht aus Schädelknochen! Der Grieche zeigte blaue Flecken, atmete in kurzen Stößen und tippte allen auf die Brust.

– Dich und dich und dich … Alle wird er holen! Alle!

Deutete man sein Kauderwelsch richtig, sprach er von einem Pferdefuß und davon, dass sich Wendigo »Meister Rückenmarkaussauger« nannte und jedem, der das Perlenland suche, die Knochen einzeln auseinanderdividiere. Abgesehen von Cord Fenk glaubten ihm alle, weil sie auch Hexen und Zauberei für real hielten.

Seltsam war der Geruch nach Schwefel – alle hatten den Gestank fauler Eier in der Nase. Ferdinand, aufgeschreckt aus Isabella-Träumen, befahl, den Griechen zu exorzieren. *Damit Ruhe ist.* Dabei hätte er selbst eine Teufelsaustreibung notwendig gehabt, die ihn vom Dämon der Eifersucht befreite.

Die Missionare wedelten mit Weihrauchkesseln, brachten Bibeln, Kruzifixe, brabbelten Gebete. Juan besprengte den Besessenen mit Weihwasser, schlug Kreuze – und tatsächlich, Pedro beruhigte sich. Sobald er klare Sätze formen konnte, sagte er, Wendigo hätte seine Erinnerung an den Weg nach Cofitachequi ausgelöscht.

– Taufen, schrie er. Bitte taufen!

Juan träufelte ihm Weihwasser über den Scheitel und sprach die Taufformel. Alle glaubten ihm, nur Rodrigo meinte, der falsche Grieche hätte sich das ausgedacht, um nicht eingestehen zu müssen, sich verirrt zu haben.

– In meiner Preisklasse muss man Schritte mit Bedacht setzen, und der Knabe ist wie Odysseus, aber ich habe keine Lust auf zwanzig Jahre Irrfahrt.

Die Expedition war nun führerlos, immer wieder musste jemand auf Baumwipfel klettern, um am Stand der Sonne die Himmelsrichtung festzustellen. Reiter stiegen von den Pferden, um die Tiere zu schonen, Träger brachen zusammen, und Offiziere weigerten sich, diesen Marsch ins Ungewisse fortzuführen. Stummel zweifelte an Desotos Führungsqualitäten, aber der große Eroberer war wie in Trance, erteilte verrückte Befehle, um sich seiner Macht zu versichern. Tagtäglich wurde die Lage hoffnungsloser und die Stimmung aggressiver.

– Wir werden alle sterben, jammerte Jonas. Alle. Ich habe genug. Für sowas bin ich nicht hergekommen. Sterben werden wir …

– Ach was. Elias lächelte gezwungen. Hör, wie schön die Vögel singen. Alles wird gut.

– Glaubst du? Das Stockmännchen sah zerbrechlich aus. Lange war es ihm gelungen, seine Gefühle zu verbergen, aber nun brach es aus ihm heraus, er war knapp davor zu weinen.

Desoto dachte Tag und Nacht an Isabella, schwieg. Die Eifersucht saß ihm wie Rost am Eisen, er fühlte den Schmerz aller Schmerzen, das Ungeliebtsein.

– Wir sind in einem Labyrinth ohne Ausweg, konstatierte Añasco. Wir haben uns in diesem Wald verirrt wie Minotaurus im Irrgarten, andere würden verhungern, aufgeben, aber wir sind Spanier.

– Keinen Schritt gehe ich weiter. Jonas verlor die Nerven, setzte sich auf den Boden, stopfte Moos in sich hinein und sprach von Kaldaunen mit Petersilie, Schmalzgebackenem.

– Dem Stockmännchen sein Mais ist nicht richtig geröstet. Ruben verschränkte die Arme und schenkte dem Jungen einen herablassenden Blick. Elias half Jonas hoch und drängte zum Weitermarsch.

– Bald haben wir es geschafft, du wirst sehen. Komm schon.

Aber auch Elias' Stimme klang resigniert. Er spürte die Gefahr und blieb trotzdem positiv. Penelope kam ihm in den Sinn. Ob er sie wiedersehen würde? Er hörte von Gespenstern sprechen, vom Dämon Wendigo, der sie hergelockt habe.

– Wir haben uns verirrt! Jonas' Stimme drohte, ins Hysterische zu rutschen. Es ist aus!

– Keine Panik, verkündete Ortiz. Er ging zu den Hauptleuten, sein Schritt war so selbstsicher, als hätte er Tennisbälle statt Testikel in der Hose. Wozu habe ich zwölf Jahre bei den Indianern gelebt? Ich bin ein unfehlbarer Fährtenleser. Er betrachtete die Büsche, lauschte am Boden, hielt den befeuchteten Finger in die Höhe und verkündete:

– Diese Richtung! Die Hauptleute vertrauten ihm.

Nachdem man sich zwei Tage lang weitergekämpft hatte, wiederholte sich die Prozedur. Wieder begutachtete Ortiz die Sträucher, wieder studierte er die Moosflechten an den Bäumen, wieder untersuchte er den Boden und verlautbarte dann:

– Hier sind vor drei Tagen zehn Creek durchgekommen. Wenn wir ihnen folgen, finden wir aus diesem Wald. Weiter ging es durch Gebüsch und dichte Wälder, über steile Anhöhen, felsiges Gelände. Einen Tag lang folgte man einem Fluss, dann wandte man sich einer Hügelkette zu, überquerte einen Berg und landete schließlich genau dort, wo Ortiz die Führung übernommen hatte. »Los« war in die Rinde eines Baumes geritzt. Der Fährtenleser hatte Tränen in den Augen, die Tennisbälle waren zu Smarties geschrumpft, und die Hauptleute, allen voran Añasco, wollten ihn vierteilen.

Desoto litt wie alle Perfektionisten, denen die Ordnung abhandengekommen war. Zuerst der Kontrollverlust durch die Eifersucht und jetzt das.

– Jemand, der sich seiner sicher ist, braucht keine Bestätigung. Stummel hob die Achseln, lächelte.

Der große Eroberer sah die abgekämpften Gesichter seiner Männer. Sie waren wie Kinder, verstanden nicht, wozu sie tagelang im Kreis gegangen waren. Hatte sie tatsächlich ein Dämon hergeführt? Waren sie in einem Irrgarten? Während die Männer das Lager aufschlugen, ritt Ferdinand zu einer kleinen Waldlichtung und lauschte der Stille. Stille? Als würden Steine schweben und Bäume anfangen zu sprechen. Sie spotteten: Ihr habt euch verlaufen, dummer weißer Mann. Ihr werdet Spinnen und Schnecken essen, Moos von Bäumen kratzen, bevor ihr jämmerlich zugrunde geht.

– Bist du das, Dämon Wendigo? Was willst du?

Keine Antwort.

Zurück bei der Truppe, fürchtete er eine Meuterei und befahl die Ausgabe von Schweinefleisch. Als die Männer noch mit ihrer Verdauung kämpften, machte der große Eroberer etwas Unverständliches: Er entließ die Träger, schickte sie zu ihrem Stamm zurück. *Soll Potofo einen Erlass erfinden.*

– Ohne Träger sind wir verloren.

– Warum folgen wir ihnen nicht?

– Weil wir das Land der Perlenkönigin suchen, das dritte große Reich.

– Er ist komplett verrückt. Er führt uns ins Verderben. Stummel murmelte, und viele nickten.

Desoto überhörte es, griff sich die Unzufriedensten heraus und stattete sie mit erfundenen Ämtern aus. Einer wurde zum allerkatholischsten Naturschutzbeauftragten für den Froschbestand Floridas ernannt, ein anderer zum obersten Baumverweser, und ein Portugiese erhielt den Titel Sonderbeauftragter für interkulturelle Beziehungen mit den Eingeborenen. Alle Ämter waren genauso lächerlich wie Neros Krönung zum Dichterfürsten, aber niemand war mehr imstande zu lachen.

Sobald die Zeremonie vorüber war, bestimmte Ferdinand vier

Gruppen, die jeweils in eine andere Himmelsrichtung aufbrechen sollten, um nach dem Ende dieses Waldes zu suchen.

– Wenn wir keinen Ausgang finden, müssen wir die Schweine schlachten und nach Griechenland zurück.

– Wir sind verloren. Wendigo hat uns hierhergelockt, um uns alle zu vernichten. Der böse Dämon der Indianer soll kein Gesicht haben, aber Eberzähne, die er seinen Opfern in den Kopf rammt …

– Lasst uns beten. Lasst uns Gott bitten, er möge den Wald teilen wie damals das Meer für sein auserwähltes Volk. Er hat uns genug auf die Probe gestellt, jetzt wird es für ihn Zeit zu helfen. Hörst du, Gott? Wofür haben wir die ganze Zeit gebetet? Hier ist dein treuer Diener Juan Desoto, ausgezogen, um Seelen zu retten. Du darfst uns nicht im Stich lassen, nicht jetzt …

Der große Eroberer setzte ein mildes Lächeln auf und ging mit der Stummen in sein Zelt.

Bastardo und Cinquecento verlangten von Elias, ihnen seine Tortillas zu überlassen. Die beiden hamsterten. Immer noch war ihr Diebstahl unentdeckt geblieben, jetzt planten sie die Flucht. Zurück zu Potofo, zur Pferdebucht, ein Schiff bauen und dann nach Kuba …

– Nehmt ihr mich mit? Auch Elias wollte heim. Seine Füße waren geschwollen, und er hatte Sehnsucht nach einem Bett, wollte unter eine Decke kriechen und sich zusammenkauern wie ein Kind. Und dann war da noch Penelope …

– Warum?

– Weil ihr mir etwas schuldet?

– Wir? Was denn?

– Wisst ihr nicht mehr? Sevilla, Diamantenring. Ihr habt mich nach Triana gelockt, zum Händler, dann in das Flamencolokal, wo der Scharfrichter seine Gesellenprüfung feierte … Ich mache euch keine Vorwürfe. Was geschehen ist, ist geschehen, aber wegen euch bin ich hier, jetzt ist es nur fair, wenn ihr mich mitnehmt.

– Schau einer an. Bastardo kniff die Augen zusammen und schien sich zu erinnern. Damals warst du fetter.

– Das Geld, das ihr gestohlen habt, stammt von meinem Ring!

– Dein Ring war eine Fälschung.

– Nein! Der Diamant?

– War Glas. Ich schwöre bei Lazarena.

– Gefälscht? Elias' Füßen war der Boden entzogen.

– Glaubst du, sonst wären wir hier?

– Ein plumpes Imitat, nicht einmal das Gold war echt.

– Das … Sollte sein Vater ihm einen wertlosen Ring gegeben haben? War sein alter Herr einem Betrüger aufgesessen? Plims Bein begann konvulsivisch zu zucken, auf seiner Stirn bildeten sich Schweißperlen. Eine Fälschung? Dann wäre er grundlos auf den Kauffahrer gestiegen … Wie im Delirium zog sein Leben an ihm vorbei: Algier, Mustafa Müller, Tag der Haken, Anisa Anis, Piraten …

– Damit haben wir uns schön blamiert. Du solltest dich entschuldigen. Dein Ring hat die Ehre rechtschaffener Menschen verletzt. Cinquecento blickte beleidigt.

– Nehmt mich mit. Ich will nachhause.

– Damit dein Freund uns nervt?

– Monsieur Plim hier, Monsieur Plim da, Bastardo imitierte Ruben.

– Ich werde ihm nichts erzählen.

– Wir können dich nicht brauchen. Neben dir bekomme ich Kopfschmerzen.

– Meine Eltern sind vermögend, hört ihr. Meinem Vater gehören vierzehn Mühlen und sieben Bäckereien im Umland von Sevilla, die Schiffszwieback für die Flotten produzieren.

– Ich dachte, er wäre Totengräber.

– Das habe ich erfunden, um nicht gegen Lösegeld verkauft zu werden. Aber ihr … Wenn ihr mich heimbringt, wird euch meine Familie fürstlich entlohnen.

– Hmm. Der Aal machte ein nachdenkliches Gesicht. Also ein gestopfter Binkl?

– Gut, wir starten in drei Nächten.

Nachdem vier Kundschaftertrupps aufgebrochen waren, wurden für die verbliebenen fünfhundert Mann täglich zwei Schweine geschlachtet – erbärmliche hundertfünfzig Gramm für jeden. Die letzten Indianer zogen aus, um Wurzeln, Kräuter und Pilze zu sammeln, manche brachten auch Vögel, Opossums oder Waschbären mit. Es gab Heuschrecken- und Käfersuppe. Francisca, die unter der Knappheit am meisten litt, erfand ein Gericht aus zerriebener Baumrinde und Blättern, welches bitter schmeckte und nicht sättigte. Der Hunger begann, ihr den Verstand zu rauben.

Wie halten die Männer es bloß aus, Schweine, Hunde und Pferde zu sehen und nicht zum Messer zu greifen? Jetzt war sie bereit, sich hinzugeben, wenn es dafür was zu essen gab. Sie stieß Hinestrosa weg und bot sich an, doch niemand zeigte Interesse.

Der Wald war voller Geräusche – knarrendes Holz, Blätterrauschen, Vogelstimmen, aneinanderschlagende Äste … Und immer wieder Schreie, die weder tierisch noch menschlich klangen. Vorzeichen eines Unglücks? Die Stumme zuckte jedes Mal zusammen, rannte zu Desoto, murmelte »Wendigo« und wollte Trost. *Kein Mensch kann klar denken, wenn ihn Hunger quält.*

Der große Eroberer beruhigte sie. Man konnte über ihn vieles sagen, er war egoistisch, ehrgeizig, eifersüchtig und manchmal nahe am Wahnsinn, aber er besaß eine Mischung aus Güte und Härte, mit der er alle bei der Stange hielt – streng zu den Faulen, aber väterlich zu denen, die es verdienten. Liebevoll strich er über die Köpfe seiner hungernden Soldaten, sprach ihnen Mut zu, unterhielt sie mit Scherzen. So schaffte er es, die Woche bis zur Rückkehr der Expeditionen zu überbrücken.

Der Reihe nach kamen sie, aber mit schlechten Nachrichten. Der Wald schien endlos. Im Westen war man umgekehrt, da der Irrgarten kein Ende nahm. Im Osten dasselbe: immenser Wald. Bäume, Bäume, Bäume. Im Süden lag das Land Potofos. Wie schon so oft wollten manche die Überbringer schlechter Nachrichten aufhängen. Desoto hielt sie davon ab. Als Letzter kam Añasco und mit ihm die Rettung. *Lang lebe Spanien!* Er hatte im Norden nicht bloß das Ende des Waldes erreicht, sondern war dort Menschen von Cofitachequi begegnet. Das Perlenland – es lag im Norden! Endlich sah die Welt wieder rosig aus.

– Santiago! Desoto umarmte die Stumme und gab Rodrigo einen Klaps. Na also! Obwohl es in Strömen regnete, ließ er zum Aufbruch rüsten. Der große Eroberer wollte so schnell wie möglich in das Land der Perlen, vergaß den Hunger und die Müdigkeit. Jetzt war es bald vorbei mit diesem Wald.

In den nächsten Tagen gab es achtzehn Körner Mais für jeden, aber die Aussicht auf Reichtum ließ sie alles andere verdrängen.

Die ausgehungerten Doggen ernährten sich von Fröschen, Raupen, Schnecken. Aber die Menschen? Manche waren so abgemagert, dass man ihre Brustkörbe als Waschbretter hätte verwenden können. Francisca deckte ihren dürren Mann mit Flüchen ein. Hinestrosa schwieg. Alle hatten sich in ihre kleine, hungrige Welt zurückgezogen. Beim Gehen kamen ihnen die Füße entgegen. Selbst das Sprechen war anstrengend. Sie kannten nur noch ein Gefühl, nur einen Gedanken: Hunger.

– Ich habe Marzipan, erklärte Quigley. Als ihn einige verächtlich ansahen, holte er staubtrockene Tortillas hervor und tauschte sie gegen Stiefel und ein neues Hemd.

– Wo ist Elias? Habt ihr Monsieur Plim gesehen? Den Jungen mit den Locken? Es ist ein böses Vorzeichen, wenn die Schiffsglocke von allein läutet. *Schiffsglocke?* Ruben Christian war verwirrt, verzweifelt, ausgezehrt. Sein Freund war verschwunden. Hatte er ihn zu grob angefasst? Sollten ihn Tiere oder Indianer erwischt haben? Elias! Monsieur Plim, wo bist du?, hallte es durch den Wald.

Der nun wieder siegesgewisse Statthalter trieb die erschöpften Nachzügler mit gezogenem Degen vor sich her, riss Gestrauchelte hoch, beschwor sie durchzuhalten.

– Bald sind wir reich! Bald ist es geschafft! *Und dann geht es heim zu Isabella, wird sich zeigen, von wem sie ihr Feld beackern lässt.*

Die Stumme imitierte ihn, schob ebenfalls Soldaten an, trat ihnen in den Hintern, klatschte in die Hände.

Als sie das Ende des Waldes erreichten, halluzinierten sie vor Hunger. Manche sahen prunkvolle Schlösser, andere eine Hühnergrillstation. Auf einem Baum stand »Wendigo«, und niemand wusste, woher diese Beschriftung stammte. Den meisten war es auch egal. Sie stürzten sich auf Flechten, kratzten Moos von Steinen, stopften alles in sich rein. Der Hunger machte alle schwachköpfig. Nur Stummel kletterte auf einen Baum und schrie:

– Das ist unzumutbar.

Währenddessen irrten Bastardo, Cinquecento und Elias durch den Wald. Sie hatten sich verlaufen. Ihre Vorräte waren aufgebraucht, das Moos ungenießbar und die Vögel nicht zu erwischen. Kein Taschenspielertrick nützte etwas, auch die Gebete an Lazarena blieben ohne Antwort. Jetzt hatten sie nur noch das gestohlene Geld. Sie waren reich, aber am Verhungern. Die Flucht hatte ihnen zugesetzt. Überall Abschürfungen und Krusten, die wie Florentinerkekse aussahen. Hin und wieder gelang es, Schlangen oder Käfer zu fangen, die sie roh verzehrten. Nahrhaft war das nicht.

– Was nützt uns jetzt das Geld? Der Gedanke, vermögend zu sein und trotzdem zu verhungern, demütigte sie zutiefst.

– Es hat geheißen, hier wäre das Schlaraffenland, wo sich Berge aus Käse erheben, Wein in Strömen fließt und der größte Faulenzer König ist … Alles Betrug! Während Cinquecento und Elias schweigsam dahinstapften, quasselte Bastardo in einer Tour:

– Man baut sich etwas auf, ist fleißig, spart ein Leben lang, und dann ist alles wertlos. Diese Wahrheiten, die man uns verkauft hat, sind Lügen. Was haben wir jetzt von dem Geld? Hilft es gegen den Frost im Magen?

– Schon beim Elefantendiebstahl hätten wir merken müssen, wie blöd wir sind, warf Cinquecento ein.

– Die Leute waren ganz verrückt, diesen Dickhäuter zu sehen.

– Aber stehlen? Einen Elefanten! Ein rechtschaffener Mensch stiehlt keinen Rüssling. Gino verdrehte die Augen. Da siehst du es, mein Kompagnon ist verrückt.

– Wegen der Gelegenheit!

– Gelegenheit … Du würdest dem Kaiser die Scheiße aus dem Arsch stehlen, wenn du die Gelegenheit dazu hättest. Ich war beim Elefantenklau nur dabei, um dem Papst eins auszuwischen … dem und seiner Inquisition, die nicht will, dass wir wissen, was wir wissen.

– Was wisst ihr denn? Elias' Bewusstsein hatte sich in die hintersten Hirnregionen zurückgezogen, ließ sich nur mühsam herauslocken.

– Wir wissen, dass Maria Magdalena eine Tempelhure war … dass es egal ist, ob man zur Beichte einen Priester aufsucht oder einen Hackstock. Wir wissen, dass die Hostie nur ein Stück Teig ist. Weil alles Gott ist – die Erde, die Luft, das Wasser, einfach alles. Und Lazarena ist seine Prophetin. Aber die Priester und der Papst verkaufen uns für dumm.

– Was ist mit diesem Deutschen?

– Luther? Gino spuckte aus. Der hat dazu aufgerufen, aufständische Bauern abzuschlachten, damit nie wieder ein Untertan es wagt, die Hand gegen die Obrigkeit zu erheben. Alle diese Kuttenbrunzer wollen nur, dass wir für sie die Arbeit tun. Schau sie dir an! Krötenhaftes Doppelkinn und Bierfasswampe … Die scheren sich einen Dreck um uns. Und wenn uns die Maden aus dem Arsch kriechen, weil wir nichts zu spachteln haben, sagen sie, das ist gottgewollt. Glaubst du, die wollen, dass es uns besser geht? Leute wie wir sind für die Abschaum. Schnürsenkler, Fischweiber, Bastarde … lauter Gesindel!

– Und was habt ihr mit dem Elefanten angestellt?

– Das Tier war kurzsichtig, rannte ständig gegen Bäume. Klar, dass wir damit nicht weit gekommen sind.

– Aber es hat Spaß gemacht, so einen apostolischen Rüssling zu besitzen. Bastardo redete wie Paul Newman in einem Gangsterfilm. Weißt du noch, wie seine Verdauung polternde Geräusche machte? Ich dachte, er explodiert. Mit dem, was der geschissen hat, kannst du Städte bauen. So ein Tier wird achthundert Jahre alt und hat nur einmal im Leben Nachkommen, die aus Eiern schlüpfen. Wenn ihnen der Rüssel abfällt, wächst ein neuer nach.

– Er hatte traurige Augen, aber du wolltest ihn ausstopfen. Gino seufzte. Weißt du, wandte er sich an Elias, meinem Kumpel geht es immer nur ums Fressen. Der hat kein Bewusstsein für seine Klasse. Wenn morgen eine Revolution ausbricht, bestiehlt der Herr Bastardo die Aufständischen. Kein Gewissen!

– Leck mich … Mit dem ausgestopften Dumbo hätten wir viel Filz gemacht.

– Mit einem Elefanten durch Spanien? Den Leuten erzählen,

er sei der verzauberte Papst Hannibal … Wo man uns schon für den Devotionalienschwindel an den Pranger gestellt hat.

– War es denn kein guter Einfall, Schweineblut als Blut Christi zu verkaufen? Bastardo grinste. Kreuzsplitter und Kreuznägel, die Bettwäsche der Maria Magdalena, den Schürhaken Josefs, mit dem er Jesus gezüchtigt hat … Erde, aus der Adam erschaffen wurde …

– Nur gab es in den Kirchen und Klöstern so viele Kreuzsplitter, dass man damit ein Schiff hätte füllen können. Und so viel Gottesmutter-Milch, dass nicht einmal eine Herde Milchkühe diese Menge zuwege gebracht hätte. Einen Angelhaken Petrus', die Saliera des Judas … lauter Schwachsinn.

– Wenn wir nicht bald etwas zu beißen bekommen, werden wir verhungern, stöhnte Elias.

– Verhungern? Wir? Jetzt, da wir endlich reich sind? Bastardo nahm den Sack mit den Reales, schüttelte ihn, dass die Münzen klimperten, und leerte ihn aus. Weg mit diesen Großaugerten. Macht einen Hasen …

– Bist du verrückt? Cinquecento warf sich zu Boden, sammelte das Geld ein. Dann umarmte er Elias und flüsterte: Wir werden nicht verhungern. Wir zwei nicht, nicht Gino, der Aal. Bevor es so weit kommt, essen wir diesen Verrückten. Er blickte zu Bastardo. Elias sah ihn erschrocken an. *Essen? Den da?*

Was in Florida passierte, davon wusste man auf Kuba nichts. Isabellas Feld, war es bestellt? Jedenfalls war die laue Luft schwül und lud zum Trinken ein. Fischer fingen seltsame Kreaturen mit Seepferdchenköpfen, die vorzüglich schmeckten. Dazu frittierte Bananentaler und Maniok, der an faserige Rüben erinnerte.

Isabella saß im Gouverneurshaus. Blassarmig, weißgesichtig – ein hübscher Mehlwurm inmitten schwerer dunkler Möbel. Aber eine Königin der Karibik? Sie las die Petition der Bürger Santiagos, die Havannas Festung nicht bezahlen wollten. *Wie streitende Kinder.* Die Habaneros meinten, sie bräuchten diese Verteidigungsanlage unbedingt, die in Santiago sagten, das ginge sie nichts an. Beide schrieben Briefe an das Indienhaus und die Krone. So entstand der Eindruck, die Gouverneurin hätte ihre Insel nicht im Griff.

Isabellas Gedanken waren Butter in einer heißen Pfanne, rutschten hin und her zwischen Desoto, Porcallo und Leonora, die gemeint hatte, Männer glichen Fleisch, man müsse sie scharf anbraten und dann ziehen lassen. Die Gouverneurin hatte gehofft, Porci würde in Havanna bleiben, aber dieser virile Mensch schwärmte von der fertilen Landschaft um Trinidad. Er müsse sich um seine Plantagen kümmern, wollte seine Kinder wiedersehen.

Sie war enttäuscht. Hatte sie ihn zu wenig angebraten? Zu lange ziehen lassen? Sie stand auf und … Übersprungshandlung … putzte wie besessen ihren Schmuck und sortierte Kleidung. Was sollte sie am letzten Abend vor Porcallos Abreise tragen, um ihn einzuköcheln? Das weiße Leinenkleid mit Spitzen?

– Steht dir sehr gut, sagte der Plantagenbesitzer, ohne dabei den Mund zu schließen. Manche besaßen die Gabe, mit geschlossenem Mund zu sprechen, bei ihm war es umgekehrt.

– Du musst sagen, du siehst wunderschön aus.

– Du siehst wunderschön aus.

– Das mit den Falten gefällt mir besser. Isabella zog einen eigelbfarbenen Stoff hervor.

– Bezaubernd siehst du darin aus. Porcallo strich über sein pechschwarzes Haar und zog die Augenbrauen hoch.

– Vielleicht das hellblaue? *Das hat mir Desoto geschenkt.* Sie war erstaunt, wie wenig sie für ihn empfand. Er war zu lange in der Pfanne gewesen, trocken und ungenießbar. Ein merkwürdiger Hass kehrte zurück, und sie tat nichts, ihn zu unterdrücken. Der große Eroberer war weit entfernt, und sie war keine zum Warten bestimmte Penelope, die sich Tag für Tag an einen Webstuhl setzte und von Odysseus träumte.

– Ist was? Ja, ich denke schon. Wenn du nicht nach Trinidad fährst, Porci … wenn du hierbleibst, hier bei mir … Sie wusste selbst nicht, was sie dachte, spürte aber seine angenehme Gegenwart. Der Gutsbesitzer, ein ziegenbärtiger Clark Gable, umfasste ihre Schultern, roch an ihrem Haar, *herb-süßlicher Geruch von aufgestauter Weiblichkeit*, hauchte ihr ins Ohr, wollte sie sanft beißen. Bald würde ihn die Lust in einen geilen Ziegenbock verwandeln.

Da kam Julius Cäsar und räusperte sich. Sein Gesichtsausdruck war finster. *Einer von der überschwänglich fröhlichen Sorte.* Der Indianer sprach von einem Sklavenaufstand, massakrierten Gutsbesitzern, abgebrannten Höfen. In diesem Tonfall hätte er auch verkünden können, dass das Abendessen angerichtet war.

Isabella dachte an die Schwarzen, die sich so aufreizend langsam bewegten, den Arsch nach hinten streckten und mit kleinen, rhythmischen Hüftschlenkern gingen.

– Ein Aufstand? Wo? Porcallo war wie vom Blitz getroffen.

– Im ganzen Land. Havanna ist in Aufruhr, auch Santiago … Julius Cäsar verzog noch immer keine Miene … Seit geraumer

Zeit kleidete er sich nicht mehr wie ein spanischer Kavalier, sondern wie ein Indianer – mit Schambinde und Federschmuck wie zuletzt bei der Audienz des Kaisers.

– Die Bewohner, die sonst Sklaven fordern, sind jetzt panisch. Sie haben sich ihr eigenes Gefängnis geschaffen, sehen das Gitter vor lauter Stäben nicht. Der Indianer blickte zu Porcallo, der zuerst den Mund nicht zubrachte, dann aufsprang und trocken … jetzt spritzte gar nichts … seine Abreise nach Trinidad verkündete. Ohne sich noch einmal umzudrehen, stapfte er aus dem Zimmer.

Isabella blickte ihren Leibsklaven strafend an. *Mund auf und Mund zu, das ist alles, was du kannst.* Die Zornesfalte durchquerte ihre Stirn wie ein Highway to Hell, darunter waren ihre Augen umwölkt von Zorn und Wut.

– Hättest du diesen Sklavenaufstand nicht für dich behalten können?

– Es war die Prinzessin von Curicuillor, die die Leute aufgestachelt hat.

– Wer hat der ins Hirn gepeffert?

– Eins plus eins ergibt nicht immer zwei, sagte der Indianer. Oft sind Träume wirklicher als die Realität. Übrigens, er stockte, Julius Cäsar glaubt, Alfonsito schreit.

– Ach, der überlebt uns alle. Isabella war außer sich. So hatte sie sich ihr Leben als Königin der Karibik nicht vorgestellt.

Ferdinand war von Eifersucht zerfressen. Er hatte Maria geliebt, in Darién von ihr geträumt, *das Näschen*, dann, einundzwanzig Jahre später, Isabella, eine Unbekannte, zur Frau genommen. Hätte sie nicht von dem Vlies des Stallmeisters erzählt, von der Hilfe beim Schafscherwettbewerb, wäre ihm Heirat niemals in den Sinn gekommen. Mitten in der Wildnis wurde ihm jetzt bewusst, wie sehr er an ihr hing. Jeden Tag wurde sie größer … bestimmt eins fünfundsechzig … hellhäutiger, hübscher. Selbst die Ritze zwischen ihren Zähnen schwand, und das Muttermal wurde zum Schönheitsfleck. *Aber was nützt die Liebe in Gedanken?*

In seiner Vorstellung waren ihre Seelen eins. Oder war es Maria? Selbstliebe? Jedenfalls konnte Malinche dieser überhöhten Frau nicht das Wasser reichen, auch wenn sie nachts im Feldbett das Kamasutra durchbuchstabierte und ihm dabei ihr ehrlichstes Gesicht zeigte. Die Indianerin konnte auch komisch sein, Leute imitieren, außerdem las sie ihm Wünsche von den Augen ab, war zärtlich, anschmiegsam und, wie es schien, glücklich – trotzdem hatte sie einen Makel, sie war real und nah. *Ein denkendes Wesen? Eher ein Haustier. Fleißig, unterwürfig und naiv, aber keine Isabella.* Die paar Mal, die er mit seiner Frau geschlafen hatte, war er in Gedanken bei seiner indianischen Prinzessin gewesen, während er mit Atahualpas Schwester im Kopf bei Maria gewesen war. Nun phantasierte er mit der stummen Indianerin von Isabella. War es immer das falsche Leben, das er lebte? Stets die falsche Frau?

Er blickte Malinche an, die verlegen lächelte. So hübsch wie Isabella war sie nicht, nicht so keck wie Maria. Ihr Wesen glich einer Bohne, rund und fest.

– Isabella!, rief er aus, als sie die Grenze des Perlenlands erreichten. Seine Offiziere aber sagten Gott sei Dank. Man hatte das heutige Georgia durchquert und war nahe an South Carolina. Desotos Expedition war tiefer in Nordamerika eingedrungen als jemals ein Europäer zuvor. Nun standen sie am Ufer eines Flusses und blickten in das Land der Cofitachequi.

Vier geschmückte Kanus, jedes mit zwanzig bronzefarbenen Paddlern besetzt, kam ihnen entgegen. Der große Eroberer wünschte, Isabella wäre an Bord, aber es waren nur Federbüsche und Girlanden. Grell bemalte Musiker veranstalteten mit Trommeln, Muschelhörnern und Rohrpfeifen ein barbarisches

Konzert. Ferdinand trug einen Silberhelm mit Federbusch und über dem Brustpanzer ein Wams aus roter Seide. Er glich einem Feldherrn, der die Nachricht vom Ausgang der Entscheidungsschlacht erwartete. War hier das Perlenland? Würden die Strapazen jetzt vergolten?

Auf einem Kanu thronte ein Mädchen mit üppigem Federschmuck. Die Königin? Nein, erklärte Ortiz, nur ihre Nichte und Nachfolgerin.

– Frauen?

– Sie kennen in ihrer Sprache nur das weibliche Geschlecht.

– Dürfen wir ihnen trauen? Desoto stellte tausende Überlegungen an.

Das Mädchen forderte ihn mit perlender Stimme auf, in eines der Kanus zu steigen. Er nahm Ortiz, Pedro, Soldaten, Schatzmeister Biedma und Rodrigo mit. Am anderen Ufer standen hunderte nackte Indianerinnen, die über seine Rüstung staunten. Auch der Riese und der Zwerg machten Eindruck. Kurz dachte der Statthalter, dass er in die Falle gegangen war. Da öffnete sich die Menge wie eine Muschel, und auf einer über und über mit Perlen besetzten Sänfte sprudelte sie gewissermaßen hervor: die Kazika Cofitachequi. In ihren schneeweißen Kleidern aus feinstem Rindenbast glich sie einer Eisprinzessin. *Wenn das eine Falle ist, dann eine bezaubernde.* Anmutiges Gesicht und Augen, die alles oder nichts versprachen. Um ihren Hals baumelte eine Kette aus haselnussgroßen Perlen. Als Desoto näher kam, sah er, sie hatte hellere Haut, ihr Gesicht war feiner, die Nase zarter. Schmale Hände, schwarzes Haar, schwärzer als die Raben im Londoner Tower, und ein gelassenes, fast arrogantes Auftreten.

– Naboragaroque mabuni tochzaama.

– Die Leopardin Cofitachequi heißt dich willkommen, kleine Made.

– Isabella, murmelte Desoto. Er sah seine Frau in den Gesichtern der Indios, im Baldachin der Sänfte, im sandigen Boden und auf Bäumen. Manchmal war es auch Maria.

– Reiß dich zusammen, flüsterte Rodrigo und verkündete das Requerimiento, die spanische Besitzerklärung. *Nur damit klar ist, wem alles gehört.*

– Im Namen des sehr hohen und sehr mächtigen und sehr katholischen Verteidigers der Kirche, des immer siegreichen und nie besiegten Königs Karl des Fünften von Spanien, von beider Sizilien … und der sehr hohen und sehr mächtigen Herrin, der Königin Isabella … Stummels Stimme war voller Pathos … Ich, Ferdinand Desoto, sein Diener und Bote, verkünde euch, dass Gott, unser Herr, einen Mann und eine Frau erschaffen hat, deren Söhne und Nachkommen wir und alle Menschen der Welt sind … Über alle diese Völker gab der Herr, unser Gott, einem, der heiliger Petrus genannt wurde, das Amt, Herr und Vorgesetzter aller Menschen zu sein, diesen nennt man Papst … Deshalb fordere ich euch auf, die Kirche anzuerkennen … sowie den Kaiser, als dessen Stellvertreter wir vor euch stehen … wenn ihr dies tut, ist alles gut. Tut ihr es nicht, lasse ich euch wissen, dass ich mit Gottes Hilfe euch unterwerfen werde. Und ich erkläre, dass die Tötungen und Schäden, die sich daraus ergeben dürften, zu euren Schulden gehen.

Die Indianer verstanden kein Wort, lachten, bis ihre Chefin ein Zeichen gab.

Die Herrscherin stieg von der Sänfte und ging wiegenden Schrittes … wie Marilyn Monroe in »Some Like It Hot« … auf Desoto zu, *makellose Figur*, blieb vor ihm stehen und blickte ihn lange an – wie aus den Augen eines Rehs, das nachts mitten auf der Fahrbahn von starken Scheinwerfern geblendet wird. Ferdinand war, als setzte sein Herz aus. Als die Stimmung zum Zerreißen war, man das Atmen der Borkenkäferlarven in den Bäumen hören konnte, nahm die Kazika mit unendlicher Grazie ihre Kette ab und reichte sie dem Statthalter. Höflich lehnte er ab. Erst als sie die Geste wiederholte, senkte Ferdinand sein Haupt, ließ sie sich umhängen. Riesige Perlen waren das, groß wie Katzenhoden. *Gott im Himmel!* Aus Dank überreichte er ihr einen Rubinring, *nein, lieber den billigeren Granat, sie kennt den Unterschied ja nicht*. Der Ring war zu groß für ihre zarten Hände. *Egal.* Die Königin, ein Geruch nach Griebenschmalz ging von ihr aus, lächelte, gab ein Zeichen, und die Indianer sangen, musizierten.

– Isabella. Der große Eroberer war wie in Trance. Er wollte etwas sagen, merkte aber, sein Geist war in den Graben gefahren.

Elias und die beiden Gauner schlugen sich noch durch den Wald. Der Hunger hatte ihre Hirne gestürmt, kämpfte sich vom Magen in den Körper und war jetzt dabei, sie völlig zu besetzen. Hunger! In der Hypophyse, auf den Gaumenknospen und im Kehlkopf. In jeder Synapse ihrer Gehirne: Hunger!

– Wenn das so weitergeht, werden wir uns selbst verdauen. Cinquecento flüsterte. Dabei gehen neben uns Stelzen und Rippchen, Lenden und Innereien. Eine gut gefüllte Fleischerei. Wir müssen nur zugreifen.

– Du willst Bastardo essen? Deinen Freund?

– Freund? Ein rechtschaffener Mensch hat keinen Freund. Cinquecento wollte spucken, hatte aber keinen Speichel. Eine Leidensgemeinschaft! Der mit seinen Ideen. Es ist auf seinem Mist gewachsen, dir den Ring zu mopsen. Alles Unsinn. Passagiere auf Schiffe schmuggeln? Falsche Zeugenbriefe? Dieser Mensch hat grenzenlose kriminelle Energie – und mich hat er hineingezogen. Einmal wollte er falsche Ablassbriefe verkaufen: Bei einem Schreiber hat er Urkunden in Auftrag gegeben, die eine Befreiung vom Fegefeuer nicht nur für begangene, sondern auch für noch zu begehende Sünden versprachen, oder Sündenerlass für verstorbene Angehörige, ungeborene Kinder … Sobald das Geld im Kasten klingt, die Seele in den Himmel springt. Gino hatte ein Messer in der Hand, dessen Griff er wild massierte. Er zog sich seinen Hut in die Stirn und redete ununterbrochen:

– In Valladolid wären wir fast verbrannt worden, aber dann hat Lazarena Malverde uns geholfen. Auf einem weißen Ihaha ist sie einhergeritten und hat mit ihrer Aureole aus goldenem Licht alle geblendet, den Henker und seine Büttel in die Flucht geschlagen. Na ja, ein weißer Schimmel war es nicht, mehr eine aufgebrachte Menge alter Weiden. Lazarena war kein Kalbfleisch, mehr ein altes Warzenweib mit Haaren am Lötkolben und Horchlappen so groß wie Kohlblätter … eine Schreckschraube namens Filiberta Budenholzer … radikale Tierschützerin mit Balkongesicht. Aber das zeigt, Lazarena kann jede Gestalt annehmen. Die alten Weiber haben protestiert, weil bei Hinrichtungen auch Dachhasen, also Katzen, daran glauben mussten. In den Augen der Inquisition sind Katzen teuflische Viecher … Also haben diese Schabracken einen derartigen Wirbel veranstaltet, dass wir in die Blüh gehen konnten.

– Filiberta Budenholzer? Der Name sagt mir etwas.

– Die magst du nicht essen, aber einen Bastardo …

– Damit will ich nichts zu tun haben. Nie! Elias verlangsamte den Schritt, ließ sich zurückfallen, ging eine Weile zwischen beiden, buchstabierte Hunger, wurde von Bastardo eingeholt.

– So ist das, wenn man stirbt. Die Geräusche im Kopf machen einen verrückt. Die Hände fühlen sich an wie Federn, der Wille ist nichts Festes mehr, nur noch ein weicher Klumpen. Aber ich will noch nicht die Flatter machen. Willst du den Löffel abgeben? Bastardos Stimme war krächzender geworden – dagegen war Tom Waits ein Sängerknabe vor dem Stimmbruch.

– Ich …

– Wann hatten wir die letzte Mahlzeit? Vor acht Tagen? Zehn?

Bastardos Augen glänzten fiebrig. Ich habe in letzter Zeit immer so einen merkwürdigen Traum gehabt. Ich laufe durch ein Haus mit vielen Zimmern, laufe vor irgendwas davon, das mich verfolgt. Ich renne über knarzende Treppen und in einen Keller. Von dem Verfolger geht eisige Kälte aus. Ich stolpere, falle hin, und etwas greift nach mir. Knochige Finger, ein Eisenhaken. Es ist ein Mann ohne Gesicht. Ich schreie, doch er führt mich in ein Zimmer mit einem reichgedeckten Tisch, auf dem eine Terrine steht, eine Art Suppentopf voller … Aale … Aale kann man essen … Das ist es, was der Traum mir sagen will. Wir müssen Cinquecento schlachten. Wenn wir weiterleben wollen, müssen wir es tun.

Der auch?

Elias malte sich das Entsetzliche aus, sah einen tranchierten Cinquecento, herausquellende Gedärme, Adern … fühlte Ekel. *Obwohl … so eine Leber ist zart, ich würde zu Kräften kommen … es geht ums Überleben … aber ein Stück Aal hinunterwürgen?*

– Du wärst zarter, bist aber kostbarer … Freund? Der Gino? Ein Hopfenbruder, an den ich mich gewöhnt habe. Der Spinner will, dass sich Gauner in Gilden organisieren. Klassenbewusstsein muss man sich leisten können. Bastardo legte seinen Arm um Plim – dieser schrie:

– Greif mich nicht an!

– Na, na, na.

Im nächsten Moment stach ein Lichtstrahl durch die Bäume, eine Flut von hellem Glanz. Wenig später waren sie aus dem Wald und sahen die Nachhut der Expedition, die gerade dabei war, den Fluss zu überqueren. Sie schlossen sich ihr an, als ob es das Selbstverständlichste auf der Welt wäre.

Mittlerweile hatte man alle Spanier über die Flüssin gebracht. Jeder bekam ein Haus mit männlicher Dienerschaft. Man reichte Truthühner, Nüsse, Maulbeeren – und alles roch nach zerlassener Butter. *Ein Leben wie Gott in Frankreich.* Decken aus Rindenbast, weiche Mokassins und mit Daunen gefüllte Kopfkissen. Ein Paradies!

– Teakimaar teschkaro kokun …

Der Grieche übersetzte, soweit er es verstand. Nur Feminina. Man hielt die Spanier für Töchter der Sonne, Göttinnen.

– Was?

– Sie kennen in ihrer Sprache nur das weibliche Geschlecht. Wörter wie Erlebnis, Mandelbaum oder Bemerkung heißen hier Sielebnis, Fraudelbaum, Bemsiekung.

Amazonen? Nein, es gab auch Männer – zurückhaltende Gestalten mit langem Haar und glatten Gesichtern. Manche trugen Babys oder hatten Teigreste an den Fingern, andere wackelten mit dem Hintern oder lächelten lasziv. Den Ton, der hier Tönin hieß, gaben die Frauen an. Mit ihren kurzen Stirnfransen sahen sie aus wie Feministinnen, so als hätten Judith Butler, Alice Schwarzer und Susan Sontag eine Kommune gegründet. Die Frauen hatten die Herrschaft übernommen, die sie Frauschaft nannten. Ortiz erklärte, wie das geschehen konnte:

– Auch hier waren im Rat der Weisen immer Männer, während Frauen nur dienende Funktionen hatten. Wie überall suchten sich auch hier die Männer jüngere Gespielinnen. Modellwechsel! … *Hätte er das Vokabular gehabt, Ortiz wären Worte wie Karosserien und Ölwechsel über die Lippen gekommen, er hätte von Fahrgestellen, Einspritzmotoren, Kolben und zu großen Zylindern gesprochen …* Die benebelten Männer vergaßen ihre Pflichten. Was machten die ausrangierten Frauen? Zogen sie sich schmollend zurück? Nein, sie retteten den Stamm mit weiblicher List vor ihren Feinden. Also saßen bald auch Frauen in den Versammlungen. Und was taten die? Sie, die keine Ahnung von Jagd und Kriegführung hatten? Sie beschäftigten sich mit Mythen, fanden Vorbilder und sagten den Männern: »Ihr solltet euch was schämen!«

Bald forderten sie Gleichstellung, eine neue Sprache, dieselben Rechte … Spurwechsel! Die Männer ließen sie gewähren. Bis es verboten war, im Stehen zu pinkeln oder Waffenübungen zu machen. Berauschtheit in der Öffentlichkeit, Wettkämpfe, alles, was Männern Freude bereitete, wurde untersagt, selbst die jungen Modelle bekamen ein so schlechtes Gewissen eingetrichtert, dass sie sich der Frauschaft anschlossen. Was dabei herausgekommen ist, lässt sich jetzt bestaunen, eine Weiberwirtschaft.

– Heilige Scheiße. Cord schüttelte den Kopf, schob seine Brille nach oben und stöhnte. Alle waren irritiert, nur Francisca meinte:

– Da seht ihr es! Was Männer können, können Frauen auch. Und noch mehr!

– So etwas zersetzt die Welt und beleidigt Spanien. Añasco verdrehte die Augen. Es ist unsere Pflicht, diesen gotteslästerlichen Unfug zu beenden. Der Glatzkopf murmelte etwas von Kapuzen und Aktionen, stieß mit Elias zusammen und sagte:

– Wir müssen die Ehre des Mannes wiederherstellen!

– Wie? Elias hatte keine Ahnung, wovon der Hauptmann sprach.

– Wo hast du gesteckt? Heilige Makrele! Ich habe dich gesucht. Ruben stürzte sich auf Elias, nahm ihn freundschaftlich in den Schwitzkasten und verpasste ihm Knuffe. *Leichte Schläge auf den Kopf erhöhen das Denkvermögen.* Mich so zu beunruhigen. Schämst du dich nicht? Jetzt komm, iss. Es gibt Hechtküchlein, gedämpften Kabeljau …

– Hallo Kürbis. Mehr brachte der Junge nicht heraus. Ruben klatschte in die Hände:

– Garçon! Wir möchten uns gewichttechnisch verändern.

Sofort wurden ihnen von leichtbeschürzten Jünglingen schwarzes Bohnenmus, gelber Maisbrei und rotes Fleisch gereicht.

– Schöne Farbkombination, sagte Gunkel. Jonas lachte, und Quigley bot eine Wette an.

Elias schaufelte in sich hinein und spürte mit jedem Bissen, wie seine Lebensgeister zurückkehrten. Er vergaß das Herumirren und die Spintisierereien wegen dem Kannibalismus. Ein Papagei setzte sich neben seinen Teller, stibitzte eine Bohne. Seine Krallen glichen Greisenfingern.

– Ist das hier Eldorado?

Elias sah Indianer, die sich, abgesehen von den vertauschten Rollenbildern, kaum von den bisher gesehenen unterschieden. Ärmliche Behausungen aus Ästen, Rinde, Stroh, – keine Paläste oder goldgepflasterten Wege, nicht einmal Lebkuchen auf den Dächern. Er sah Ziegen, Hühner und schmutzige Kinder, die wie Ferkel quietschten. Männer, die mit Mörsern Körner stampften oder Wäsche bändigten, während Frauen rauchten, mit Pfeil und Bogen herumstolzierten oder jungen Burschen hinterherpfiffen.

– Weiberwirtschaft, stellte Fenk fest.

Plötzlich brach Gezeter los. Ein kreischender Mann zeigte auf eine Frau, fuchtelte wild herum. Schnell bildete sich eine Gruppe, alle schrien.

– Was ist los?

– Er beschuldigt sie, ihm auf den Hintern geklopft zu haben. Andere sprechen davon, dass sie ihre Position ausgenützt und Männer genötigt habe. Mitu ist das Wort dafür. Ortiz zuckte mit den Achseln. *Was es alles gibt? Mitu?* Sie diskutieren über Machtmissbrauch, Unterdrückung des Mannes, Karrierechancen und darüber, dass die Arbeit des Mannes als gleichwertig anzuerkennen sei.

– Alle Männer, die sich für Gleichberechtigung einsetzen, sagte eine machohafte Kriegerin, sind hässlich und verweichlicht. Unattraktive Waschlappen! Tussis! Kein Luxusmännchen zweifelt am althergebrachten Rollenbild. Wo kämen wir da hin? Es wird noch so weit kommen, dass diese Männerrechtler die Sprache ändern wollen …

– Perlen, nicht schleckig, kam Gunkel, die zeternden Männer und sexistischen Frauen nicht beachtend, mit einer Schale glänzender Perlmutttrauben. Die sind hier billiger Schmuck. Perlen! Er griff in die Schale, ließ sie durch die Finger rieseln. Perlen wie Säue am Sand. Ihr habt noch nie etwas Erreichbares gesehen. Offensichtlich warf die Perlenfülle sein Sprachzentrum in die Phase der Kokosnuss-Aphasie zurück.

– Geschafft! Das sagenhafte Perlenland! Bastardo und Cinquecento küssten einander, hakten sich ein und tanzten eine Art Kasatschok. Wir sind reich! Nie wieder Frost im Magen! Und wem verdanken wir das? Lazarena!

Von überall her kamen nun strahlende Soldaten mit Händen voller Perlen. Himmelherrgottsakrament! Geschafft! Nero küsste Ramses, und Rodrigo klatschte. Der große Eroberer beobachtete das Treiben, stemmte seine Arme in die Hüfte und deklamierte:

– Auf seine allerkatholischste Majestät Kaiser Karl, der nichts weiß von Hunger und Leid, vor knienden Adeligen groß geworden ist, gefüttert mit Schweinskaldaunen, Spanferkel und Bier. Auf das imperiale Unterkiefer! Und auf meine verarmten Vorfahren. Verdammt! *Isabella würde Augen machen.* Desoto schnalzte mit der Zunge, und seine Hauptleute kamen aus dem Staunen nicht heraus, als auf Geheiß der Kazika Cofitachequi

Töpfe mit Perlen gebracht wurden. Flussperlen, heute von geringem Wert, damals den Orientperlen ebenbürtig.

– Wir sind reich! Die Männer brachten den Mund kaum zu, spürten, wie ein wohliges Gefühl in ihre Kehle stieg. Reich!

– Ich gehe in Havanna eine Woche lang ins Hurenhaus!

– Ich kaufe mir ein Fischerboot. Ach was, einen Hafen.

– Und ich eröffne eine Garküche.

Die Kazika saß in einem Bottich mit Orangenblütenwasser und betrachtete vergnügt, wie die Spanier völlig aus dem Häuschen waren.

– Säße sie in Äppelwoi, würde ich ihr Wadebasser saufen, sagte Müggenpflug. Die Indianer schleppten immer noch mehr Perlen heran. *Wie damals in Peru das Gold!* Als der Haufen groß genug war, sprang Rodrigo quietschend hinein, wurde aber sofort herausgezogen und auf den Kopf gestellt, damit ihm die Perlen aus dem Hemd rieselten. Andere machten Luftsprünge, ballten Fäuste, küssten Indianerinnen. Manche waren versucht, sich Perlen in den Mund zu stopfen, sie in die Luft zu werfen. Bald hatten alle die höchste Stufe der Tollheit erreicht.

– Perlen! Wir sind reich. Elias strahlte, und Ruben packte ihn vor Freude. Sagenhaft!

Erst das Erscheinen Biedmas beruhigte sie, aber sogar auf dem strengen Gesicht des Schatzmeisters lag ein Lächeln. Man brachte eine Balkenwaage und errichtete ein provisorisches Büro, wo unter der Leitung des Riesen, der mit dem Misstrauen eines Diamantenhändlers agierte, in stundenlanger, von den Indianerinnen staunend beobachteter Prozedur alles gewogen wurde: dreihundertfünfzig Pfund. Siebzig gehörten dem Kaiser, fünfunddreißig Desoto, noch einmal so viele den Hauptleuten, blieben zweihundertzehn Pfund Perlen für siebenhundert Soldaten, also hundertfünfzig Gramm für jeden – genug, um alle bis an ihr Lebensende zu versorgen.

Eine gravitätische Würde ging vom Schatzmeister aus. So wie diesen langhaarigen, bärtigen Riesen könnte man sich Gott vorstellen, der hoffentlich nicht so ein Erbsenzähler war. Listen wurden erstellt und Lederbeutel mit Namen bestickt. Die gefüllten Säckchen kamen in Kisten, Dragoner wurden zur Bewachung abgestellt. Alle Spanier waren verzückt. Und die Indianerinnen?

– Männer, sagte Cofitachequi im Kreis ihrer Rätinnen. Männer, sie sprach das kontaminierte Wort vorsichtig und verächtlich aus, Abneigung schwang in ihrer Stimme mit, Männer sind anders. In den Mienen ihrer Vertrauten lag Entsetzen, aber die Prinzessin meinte, sich mit den Perlen den Schutz der Eisenmänner erkauft zu haben. Eine ganze Armee für Spielzeugkügelchen.

Waren die Spanier nun zufrieden? Bastardo und Cinquecento entdeckten in den Tempeln Perlenschnüre, die neben mumifizierten Toten hingen. Respektlos rissen sie sie herunter. Die Indianerinnen, Opfer gewisser ökonomischer Zusammenhänge, die sie nicht durchschauten, schien das gar nicht zu erfreuen. Sie waren kurz davor, zu den Waffen zu greifen. Die kluge Kazika hielt sie zurück:

– Nicht, das wäre dumm.

Andere Eroberer hatten in Häuptlingsgräbern Perlen gefunden. Also gruben sie den Boden auf, fanden aber im mit Knochen gespickten Erdreich nur glanzlose Kugeln.

– Können nicht genug bekommen. Rodrigo blickte zu Desoto hoch und sagte: Siebzig Pfund Perlen für den Kaiser sind zu viel. Der Habsburger hat nichts dafür getan. Es heißt, die rückkehrenden Schiffe machen einen Zwischenstopp auf den Azoren, deponieren dort Teile ihrer Beute und holen sie dann später ab.

– So weit sind wir nicht. Der große Eroberer machte ein finsteres Gesicht.

– Freust du dich nicht? Was ist? Denkst du an Isabella? Der hamstergesichtige Rapunzelzwerg sah ihn hämisch an.

– Mir ist eingefallen … Desoto spürte eine Panik des Triumphes. Kannst du dich an Ferdinand Ponce de León erinnern?

– Man hat euch die zwei Ferdinands genannt.

– In einer Laune haben wir damals in Darién vereinbart, all unser künftiges Vermögen zu teilen. Er hat mich unterstützt, bevor ich mit Pizarro nach Peru gegangen bin.

– Und? Rodrigo lächelte.

– Dieser falsche Ferdinand hat von meinem Vermögen nie etwas gesehen. Ich nichts von seinem. Desotos Stimme war von klebriger Nostalgie belegt.

– Dann kann er sich den Finger in den Hintern stecken.

– Eben nicht. Desoto klang nachdenklich. Nachdem Ponces Schiff vor Havanna in einen Sturm geraten war, ließ er drei Schatzkisten vergraben. Ein Hafenarbeiter hat es mir erzählt. Verstehst du, dieser Schurke wollte mich übers Ohr hauen. Ich ließ die Kisten konfiszieren. Da kam er in den Gouverneurspalast und fing mit den alten Zeiten an … Balboa, Pizarro, Pedrarias' Syphilisbehandlung … Die Leute munkelten von Teufelspakt und Seelenschacher. Sie hatten recht: Ich habe ihm verziehen. Wir haben unseren Vertrag erneuert.

– Himmelherrgottsakrament! Dann gehört die Hälfte deiner Perlen diesem Ponce de León?

– So hat Isabella eine Versicherung, falls ich nicht zurückkomme.

– So sie darauf angewiesen ist. Der kleine Hauptmann konnte sich den Zynismus nicht verkneifen. Perlen gibt es genug.

– Und Gold? Wir sind nicht um der Perlen willen hier, sondern wegen dem sagenhaften Eldorado. Was ist mit Gold?

– Nur Kupfer.

Dafür fand man Felle. Die Spanier plünderten, und die Indianerinnen ließen sie gewähren, halfen sogar, ihre Habseligkeiten zu verteilen, und lachten, wenn man ihnen gläserne Kugeln oder Spiegelscherben gab. Die Soldaten fühlten sich wie Lotto-Millionäre. Sie wussten, ihrer Herkunft nach waren sie Unterschicht, es gab hunderte Kriterien, die sie brandmarkten, nun aber war alles überwunden. Perlen! Reichtum! Aufstieg! Hektoliter Glückshormone wurden freigesetzt.

Jeder raffte, so viel er konnte. Nur Elias war an den Perlen nicht besonders interessiert. Er setzte sich zu Jonas, der ihn mit traurigen Augen ansah.

– Was ist? Warum gehst du nicht auf Perlenjagd?

– Ach, seufzte das Stockmännchen. Kann ich mir darum ein neues Bein kaufen?

Müggenpflug sammelte Tonfiguren und Masken. *Säkularer Krempel.* Cord machte Skizzen und Notizen. Er sah Indianer Felle gerben, Körbe flechten, Pemmikan kneten. Priesterinnen zeigten ihm, wie sie die Sterne deuteten. Im Zelt der Hauptfrauen fielen ihm … *ja gibt es das?* … verrostete Waffen, Schilde und Rosenkränze auf.

– Woher habt ihr das? Der Wurstmachersohn war außer sich, sein Herz schlug schneller als das eines Vogels. Am liebsten hätte er alles kurz und klein geschlagen, doch die Wilden schwiegen.

Waren schon einmal Spanier hier gewesen? Hatten sie sich im Perlenland bedient, und waren sie danach einem Fluch zum Opfer gefallen? Wurden sie bezirzt, in die Schweine verwandelt, die sie selbst mitgebracht hatten? Der Niederländer informierte Nuño.

– Jetzt e-endlich kö-können wir nachhau-hause. Ich werde meinen go-gottverdammten Sohn sehen! Und Leono-no-nora!

– Aber die Waffen? Was ist, wenn schon einmal Spanier hier gewesen sind?

– Interessiert mi-mich ni-nicht. Ich will nur heim.

– Erst müssen wir die Weiberherrschaft beenden! Añascos Augen waren kalt. Er erwartete Nuños Zustimmung, aber der ehemalige Frauenhasser blickte versonnen in die Luft.

– Was ist? Du hast immer gesagt, Frauen sind die Wurzel allen Übels.

– Ich habe mei-meine Mei-Meinung geändert.

– Du kannst mir den Buckel in Serpentinen runterrutschen. Añasco sah den Schönling an, als wäre dieser verrückt.

– Vielleicht können wir hier etwas lernen. Cord hatte eine Erklärung für die verrosteten Waffen und Schilde gefunden: Sie stammten von der Pamphilius-Expedition und waren durch Tauschhandel hierhergelangt.

– Etwas lernen? Von einer Weiberwirtschaft? Ein grimmiger Zug umspielte Añascos Mund.

– Das ist eine friedliebende Gemeinschaft ... Die Frauschaft regiert klug und besonnen. Cord stemmte die Hände in die Hüften.

– Lächerlich. Añasco spuckte aus. Ich werde ein Exempel statuieren.

– Hier muss eine Kolonie gegründet werden, meinte der Schatzmeister. Biedma reichte die Kapelle nicht, die Desoto errichten ließ. Bis im September die Schiffe kommen, können wir ein Fort bauen, ein Santiago de Perlas. Nächstes Jahr kehren wir zurück, bringen Siedler und gründen eine Kolonie.

– Mit der alten Ordnung, warf Añasco ein er war nicht nur äußerlich starr, auch seine Ansichten waren mit Stahlbeton ummantelt.

– Die Männer wollen nachhause. Moskito rülpste. Alles andere interessiert sie nicht die Birne.

Der große Eroberer hatte sich die Meinungen seiner Hauptleute schweigend angehört. Jetzt saß er in seinem Zelt und sah der Stummen zu, wie sie Kleidung faltete. Er war fasziniert von ihrer Liebe zu geraden Linien. Wäre sie Gott, die Welt bestünde nur aus Rechtecken.

– Umkehren? Ich werde nicht umkehren!, verkündete Ferdinand. Dieses Perlenland ist schön, aber es zeigt, dass es noch andere Reichtümer gibt, Schätze, die das Inkareich in den Schatten stellen. Die stumme Indianerin blickte ihn mit glänzenden Augen an. Er hatte sich oft gefragt, was sie dachte. Ob ihr die Frauenregentschaft gefiel? Jetzt jedenfalls wollte sie mit ihm schlafen, seine Mundwinkel lecken, sich entblättern und auf ihm spazieren gehen. Sie sehnte sich nach wollüstigem Rekeln und erregter, nassgeschwitzter Haut. Der Eroberer hatte aber andere Verpflichtungen, er musste die Kazika erobern, um Träger zu rekrutieren für den Weitermarsch.

– Mit Perlen zufriedengeben? Hier eine Kolonie gründen? Niemals! Meinetwegen hissen wir eine Fahne. Die Stumme begriff allmählich, dass er sie abwies. Traurig schlich sie davon, begann zu weinen. Er verabscheute sie dafür, sie hatte nicht zu weinen.

– Ich … du musst verstehen, Malinche, es gibt Pflichten, Schicksal. Und ich bin schließlich Ferdinand Desoto, der bedeutendste Eroberer aller Zeiten!

Dann wurde die Kirche eingeweiht. Eine Blockhütte mit unspektakulärem Portal, wäre da nicht der Glockenturm mit Griselda gewesen.

Da das Gebäude nicht genügend Platz bot, versammelte man sich am Vorplatz. Später würde Juan die Predigt halten – mit dem Gesicht zum Publikum, um die Gemeinde zu kontrollieren. Die Missionare sangen in nasalen Toni und verkündeten die Lehre Christi. Ortiz übersetzte Gott in Göttin und Apostel mit Jüngerinnen. Aber was war die weibliche Form von Messias? Die Gottesmänner hielten Kreuze in die Höhe und schwenkten Weihrauch, was die Indianerinnen wenig beeindruckte. Erst als Griselda in Schwung kam, erstarrten sie. Sie klang wie alle Glocken, aber die Wilden waren davon fasziniert, sie spüren den Ernst, der in diesen Klängen lag, fast könnte man sagen, den heiligen Ernst. Nun zogen die Brüder besonders kraftvoll an den Schnüren, so dass das Geläut heftiger und lauter wurde, sich die Töne zu überholen schienen. Die Indianerinnen lachten und klatschten wie Kinder, selbst die Augen der Prinzessin strahlten.

Juan grinste. *Danke, Griselda.* Er ließ es sich nicht nehmen, die Brüder an den Schnüren anzufeuern. Er zitterte erregt, spürte ein wohliges Behagen und kam sich vor wie der Papst auf der Baustelle des Petersdoms. *Triumph des Glaubens!*

Desoto saß neben der Kazika, schrie gegen den Glockenlärm an, versuchte, ihr das Wunder Christi zu erklären, und berührte dabei ihren Nacken. Dabei blickte er ihr lange in die Augen. Seine Finger suchten wie Insekten ihren Unterleib. *Wie würde ich mir dich vorstellen, wenn ich dich nie gesehen hätte?*

Die Indianerin ... jetzt war das Reh nicht mehr geblendet ... ergriff seine Hand und legte sie bestimmt zur Seite. Männliche Annäherungsversuche waren hier nicht bekannt – und auch nicht erwünscht. Er blickte auf und sah die Stumme, die im Abseits stand. Im selben Moment krachte ein Balken, rutschte etwas aus der Verankerung, und während alle erstarrten, die Niederkunft des Erlösers erwarteten, hörten sie, wie etwas brach, weil Gott nicht leise heruntersteigen konnte. Jesus Christus! Der Balken mit der Glocke bewegte sich, das Geläut kam aus dem Takt, der Pfosten hing nur noch an einem vorstehenden Pflock, geriet ins Rutschen, alle schrien, *so haben wir uns die Erlösung nicht vorgestellt*, und schon sauste die taktlos läutende Griselda herunter, überschlug sich und landete mit großem Plopp am Boden. Alle stöhnten, kreischten. Die Missionare, die am Glockenseil gezogen hatten, waren weiß wie Kreide und zitterten am ganzen Leib.

– Dios mío, lag auf vielen Lippen. Juan wollte etwas sagen, brachte aber nur ein wässriges Krächzen heraus.

– Heiliger Bimbam! Schlagende Herzen und verzagte Blicke. Der Missionar blickte zum Himmel, seine Kehle war ein rußiger Kamin, aber allmählich kam Dampf heraus:

– Das haben wir nicht verdient! Hörst du, Gott? Wie kannst du nur die Autorität der dir geweihten Kirche in den Dreck ziehen? Findest du das lustig? Warum tust du mir das an? Warum? Hörst du mich, du himmlischer Nasenbohrer? … Er schritt zu Griselda, trat dagegen … Blödes Ding! … Trottelglocke! Was fällt dir ein? …, blickte zum Himmel: Statt, dass du uns hilfst? Du hast doch nichts zu tun, außer älter zu werden … was du vielleicht nicht wirst … Was bist du für ein gemeiner, bösartiger Gott … Warum?

Ferdinand erhob sich und sprach, ohne auf das Missgeschick mit der Glocke einzugehen, von Zeichen und Wundern, davon, dass ihr Auftrag noch nicht erledigt sei.

Nicht? Ein Raunen ging durch die Spanier.

Der große Eroberer redete von Räumen, Türen und davon, dass die Heimkehr-Tür die falsche sei. Dann gab er den Befehl zum Aufbruch.

– Wir haben die welthistorische Aufgabe, Eldorado zu entdecken, das Wasser der Unsterblichkeit, die sieben Städte aus Gold. Wir ziehen weiter!

– Was? Unter den Männern machte sich Murren breit. Alle hatten sie gedacht, die Strapazen wären zu Ende. Viele begannen nun zu weinen, andere schlugen aufeinander ein, die Nächsten verfielen in Agonie.

Weiterziehen? Warum? Die Perlenkönigin verwandelte sich in eine Furie. Auch ohne Übersetzung verstand Ferdinand, dass sie ihn unschicklich beschimpfte. *Schickse!* »Chochzo! Nartoko!« Nichts davon war jugendfrei.

– Du Schwammhorn! Beherrschst das donnernde Feuer und sitzt auf gehorsamen Terrinen, schrie sie. Pedro übersetzte.

– Terrinen?

– Tierinnen. Sie meint die Pferde …

– Wir wären geschützt, wenn ihr bleiben würdet, aber du willst zu anderen Völkern. Du Mann! Cofitachequi reckte ihren Zeigefinger Richtung Desoto. Willst uns im Stich lassen, du Eisenkopf. Obwohl wir euch alles gegeben haben. Warum? Weil ihr Männer seid! Alte weiße Männer, die sich für die Krönung der Schöpfung halten. Schämt euch.

Ferdinand war verlegen. Er versuchte, ruhig und charmant zu bleiben. Doch wirkungslos. Die Leopardin wurde noch lauter. Wie Rumpelstilzchen stampfte sie auf den Boden. Männer! Und du bist der Schlimmste, wieder zeigte sie auf Ferdinand. Du selbstsüchtiger, eitler Mensch, dem es nur um sich geht … Der große Eroberer hob beschwichtigend die Hände. Aus irgendeinem Grund hatten ihn Frauen immer durchschaut – Maria, die Prinzessin, Isabella, sogar die Stumme und jetzt diese Furie. In seinem Kopf herrschte ein Durcheinander an Schuldgefühlen und zwingender Logik.

– Nehmt sie fest! Der Statthalter wollte keinen zweiten Fall Atahualpa. *Warum begreift sie nicht, dass es lächerlich ist, sich im 16. Jahrhundert wie eine Wilde aufzuführen?* Er wollte sie beruhigen, aber die Dreckschleuder war unzugänglich. Die anderen Indianerinnen waren geschockt, trauten sich aber nicht zu reagieren. Lieber flirteten sie mit Negersklaven.

Am nächsten Tag war man bereit zum Abmarsch. Den Dorfbewohnerinnen schenkte man Schweine – die relevanteste Aktion der gesamten Expedition, wurde Desoto damit doch der erste Schweineimporteur. Francisco de Coronado hatte den Indianern Pferde und Schafe gebracht, und ein unbekannter Soldat die erste Katze. Koteletts, Pulled Pork, Bacon, Ham und Pork

Jerky aber verdanken sich Desoto, auch Krankheiten, die bald Millionen Indigene dahinraffen sollten. Epidemien waren die schrecklichen Folgen dieser ersten Globalisierung.

Der große Eroberer forderte fünfhundert Träger. Fünfhundert? Wieder zeterte die Prinzessin, bewarf ihn mit Schimpfwörtern.

– Gut, dann kommt die Zicke auch mit. So laufen uns die Träger nicht davon.

– Nicht dein Ernst? Stummel schüttelte den Kopf.

Als die Leopardin sah, wie sich ihre Leute mit Glasperlen bestechen ließen, aß sie Erde, wollte sterben.

– Sag ihr, sie bleibt nur bis zur Grenze ihres Stammesgebietes unsere Gefangene. Der Grieche übersetzte, doch Cofitachequi war nicht zu beruhigen.

– Karbun nemobitain. Höre, großes Nasenloch, du wirst das bereuen.

Schnaubend bestieg sie ihre Sänfte. Ein Portugiese und sein schwarzer Diener übernahmen die Bewachung. Der Weg führte nach Nordwesten über kahle Hügel, Steppen und in die »unendlichen Weiten der Prärie«. In den Dörfern wurden ihnen Hütten zur Verfügung gestellt. Die Träger verkündeten, dass die Kazika Cofitachequi höchstpersönlich in der Sänfte saß, woraufhin alle respektvoll auf die Knie sanken, sich Wimpern ausrissen und den Spaniern all ihre Habseligkeiten brachten.

Der Himmel war zuerst von Schäfchenwolken übersät, die Bocksprung spielten, dann begann es zu regnen, die Wege wurden schlammiger. Bald klebten erdige Klumpen an den Sohlen, die das Fortkommen mühsam machten.

Als sie Ende Mai einen Stamm erreichten, der die Kazika als Herrscherin anerkannte, sahen sie aus wie Wellnesstouristen nach einem Moorbad. Die Eingeborenen lachten sich krumm.

– Glauben, wir wären in ein Plumpsklo gefallen.

Der große Eroberer wollte Cofitachequi noch auf die Berge, die die Grenze ihres Reiches bildeten, mitnehmen, doch sie war verschwunden, mit ihr der schwarze Diener. Der Portugiese war außer sich.

– Ihr Verbrecher, kommt zurück, wenn ihr nicht wollt, dass ich euch die Köpfe abreiße! Er ging daran, die Hunde loszulassen. Desoto hielt ihn zurück, weil er keine Feindschaft mit dem Frauenvolk provozieren wollte. Bald flohen weitere schwarze Sklaven.

– Wie undankbar. Wissen gar nicht, wie gut sie es bei uns haben. Rodrigo schüttelte den Kopf. Ist es nicht besser, ein Sklave unter Christen zu sein als ein freier Mann bei Indios? Noch dazu unter Emanzen?

– Wer keinen Glauben hat, kann der Hölle nicht entgehen, brummte Juan.

Stummel blickte ihn geringschätzig an.

– Seit die Kirche Prozesse gegen Maikäfer veranstaltet und der Oberfaulenzer in Rom einen Bannstrahl gegen Mäuse ausgesprochen hat, ist mir eure Firma verdächtig.

– Das war vor ein paar hundert Jahren!

– Und der Ablasshandel? Ihr habt die erste künstliche Währung erfunden, das Fegefeuer. Der Kleinwüchsige provozierte weiter.

– Schwarze Schafe gibt es überall, aber der wahre Glaube … Juan machte ein einfältiges Gesicht.

– Alles, woran ihr glaubt, ist Geld. Westindien interessiert euch nur, um euren Wirtschaftsraum zu erweitern, den Indianern einen Sündenerlass zu verkaufen.

– Niemand ist frei von Verfehlungen. Juan wusste, vieles von dem, was Rodrigo vorbrachte, stimmte. Aber sollte er ihm recht geben?

– Es heißt, die Mönche in Sevilla sind zu den Reformierten

übergelaufen, übertragen die Bibel ins Spanische, verehren diesen Luder. Rodrigo war in streitlüsterner Verfassung.

– Luther? Dessen Anhänger Kirchen stürmen, Bilder zerschneiden und Statuen zerschlagen?

– So wie es die Missionare hier machen?

– Das ist etwas komplett anderes.

– Finde ich nicht.

Stummel und Juan wären sich bestimmt in die Haare geraten, wenn nicht Añasco mit zehn, zwölf Männern in weißen Kapuzenmänteln erschienen wäre.

– Was ist hier los? Maskenball? Der große Eroberer kratzte sich am Kinn.

– Wir werden den aufmüpfigen Schwarzen und den verrückten Weibern eine Lektion erteilen. Es geht um die Bewahrung unserer Werte. Es geht um Spanien!

– Was habt ihr vor?

– Das übliche Programm. Hütten niederbrennen, Schwarze aufknüpfen, Emanzen notzüchtigen …

– Das werdet ihr schön bleibenlassen.

Wie heutzutage neue Auto- oder Handymodelle überzogen damals Gesprächsthemen das Land. Mal war es die Pest, dann die Gefahr der Türken, mal wurde über einen Kreuzzug diskutiert, dann über flache Hüte, Ballonhosen oder den englischen König und sein wunderliches Hobby, Ehefrauen köpfen zu lassen. Nur in Florida gab es keine neuen Themen, nicht für Turtle Julius.

Der Notar versuchte seinen Trägern die Vorteile einer Gewerkschaft klarzumachen, erklärte ihnen das Prinzip der Krankenversicherung, aber die Indianer wollten davon nichts wissen. Außerdem hatten sie Angst vor ihrem Herrn, der einem Monster glich. *Wendigo.*

Groß konnte der Vorsprung der Expedition nicht mehr sein.

Turtle hatte den korpulenten Paracoxi kennengelernt und das umgekippte Kreuz bei den Casqui gesehen. Die Tülolee hatten ihm teure Souvenirs verkauft, und der fette Kaspasi war bei einer Parade seiner Appalachen – samt Mumien – ganz verzückt gewesen. Nun war er bei den Greek angelangt, wo Häuptling Potofo es sich nicht nehmen ließ, ihm seine neuesten Verordnungen zu präsentieren. Außerdem zeigte er ihm die Kanone, die Desoto dagelassen hatte. Kinder saßen darauf und spielten.

DÄMONEN

Kam es von unten raufgesogen, oder sickerte es von oben ein? Hatte es Stummel in Umlauf gebracht oder jemand anderes? Jedenfalls verbreitete sich das Gerücht, der große Eroberer hätte es sich anders überlegt, und es ginge nachhause. Die Stimmung drehte sich. Quigley bot Wetten an, und John Schnur phantasierte von Joppen mit Schwalbenschwanz und Flügelärmeln. Nero war außer sich vor Freude. Auch Cord war zufrieden. Er hatte botanische Raritäten, Samen und Schösslinge gesammelt, wollte damit in Europa eine Zucht beginnen.

Ruben klopfte Jonas auf die Schulter. Elias war nachdenklich. Je öfter er Bastardo und Cinquecento versicherte, es gebe keine reichen Eltern, desto weniger glaubten sie ihm. Die Ratte und der Aal lächelten heimtückisch.

Vor einer Woche hatten sie das Perlenland verlassen, nun war alles wieder wie zuvor. Schmerzhafte Blasen an den Füßen, Rückenschmerzen. Die Sonne brannte auf ihre Gesichter, Schweiß tropfte, und an den Lefzen der Pferde hingen weiße Schaumflocken. Der Gedanke an die Heimat beflügelte, aber ging es wirklich zu den Schiffen?

Die Natur war trostlos, nur an Fortpflanzung interessiert. Vögel, Schmetterlinge, Eichhörnchen und Bäume – alle wollten sich vermehren. Tiere und Menschen bewegten sich, während die Flora fest verwurzelt war und nichts tat, als zu wachsen.

Als sie ein Dorf mit ausschließlich blinden Bewohnern erreichten, glaubten sie, am Ende der Welt zu sein. Die Sehschwachen besaßen nichts als Erinnerungen. Sie redeten von Jagden, Kriegen und einem Messias namens Teodoro, aber nicht von Gold.

Teodoro? Auch im nächsten Dorf war der bekannt. Die Leute glaubten an Prophezeiungen, an Wendigo, und meinten, dass großes Unheil bevorstünde, weil die Schlangen ihre Eier auf Bäumen gelegt hätten, Bienen im Winter ausgeflogen seien und die Sonne geschrumpft sei. Von Gold wussten sie nichts. Der Name des nächsten Dorfes lautete Somnamboule, und es war eine Gemeinschaft von Schlaflosen. Dann kamen sie nach Itschiha, wo Leute lebten, die sich niesend unterhielten. In einer Hatschiii-Sprache sagten sie, früher hätte es … tschii … acht Monde und drei Sonnen gegeben, und sobald die letzten … tschii … Himmelskörper herunterfielen, kämen weiße Männer in karierten Hemden, die Reis melkten und in hohen Häusern lebten … Gesundheit!

Die Luft war warm wie Suppe, und die Hitze machte ihre Köpfe träge. Die Namen der Dörfer gerieten durcheinander. Pedro und Ortiz brauchten Dolmetscher, aber egal, wie viel sie übersetzten, niemand wusste von Eldorado. Die Eingeborenen sprachen von Ländern, durch die Pelz-Kühe zogen, aber Gold?

So ging es von Dorf zu Dorf. Die einen beschäftigten sich nur mit dem Vergessen, während sich andere an Erinnerungen klammerten. Die Nächsten glaubten, Fleisch wäre ungesund, während wieder andere nur in Träumen lebten. In einem Dorf wurden Schlangen verehrt, im nächsten Frösche. Einmal trugen die

Indianer weiße Punkte am Körper, dann wieder rote Streifen. Aber alle redeten von einem Messias Teodoro und dem bösen Dämon Wendigo, der kein Gesicht hatte.

Wo sie hinkamen, errichteten die Missionare Kreuze, verkündeten sie die Lehren Christi und sagten, Teodoro sei der Teufel. Zwecklos. Man konnte den Wilden ihre Amulette nehmen, ihre Totems vernichten und Heiligenlegenden erzählen, so viel man wollte, sie rieben sich dennoch weiterhin mit Kräutern ein, tranken Saft von Rinden, betrachteten die heilige Kommunion als Mittel gegen den bösen Blick und vertrauten ihren Medizinmännern.

Cord holte sich einen Sonnenstich, als er unbekannte Pflanzen zeichnete, und bekam eine Magenverstimmung, als er probierte, daraus Medizin zu destillieren. Dafür ging es mit dem antimephitischen Respirator voran.

– Antime– was? Müggenpflug hatte ihn entgeistert angesehen. Nachdem Cord aber erklärt hatte, wie er sich das luftreinigende Beatmungsgerät vorstellte – mit Balg, Filter und einem Schlauch –, war der Schwabe nicht mehr zu halten, experimentierte mit Tierhäuten, Därmen, Ledermasken. Bislang ohne Erfolg.

Die Landschaft war so, dass das Wort »zerklüftet« eine neue, wahrhaftige Bedeutung bekam. Sie überquerten eine Hügelkette, irrten durch Sümpfe, folgten Flussläufen, quälten sich durch Wälder und wurden von den Wilden für Söhne der Sonne gehalten. So ging es Richtung Pensacola-Bucht, wo Ende September Pereira mit den Schiffen eintreffen sollte.

Der weitere Weg führte sie zu Dörfern mit unfreundlichen Bewohnern, denen man die Vorräte gewaltsam entreißen musste. Schweigsame Menschen, Ewigkeiten von den Errungenschaften der Zivilisation entfernt, ohne Grundbücher, Volkszählungen, Steuern.

– Kein Eigentum, keine Ehe, keine Hierarchien, keine Kirche und auch keine Kirchensteuer. Wilde! Juan bekreuzigte sich. Und immer wieder war von diesem Teodoro die Rede.

– Da ist Europa anders. Rodrigo liebte es, den Missionar zu necken. Da werden schöne Scheiterhaufen errichtet und Nachttöpfe auf die Straße geleert. Europa hat Kultur. Papst Innozenz nannte man das Nilpferd, so fett war er, und Papst Leo hat in alles, was bei drei nicht auf den Bäumen war, seinen Medici hineingesteckt.

– Ja, sagte Juan, die Kirchenfürsten waren voller Verfehlungen, aber der Kern der Sache, der reine Glaube ist etwas derart Wunderbares, dass man darüber hinwegsehen sollte.

Plötzlich stand man an einer Palisade … nein, die zugespitzten Baumstämme lebten … hundert Kriegern gegenüber. Fürchterlich waren ihre Schädel – lang und spitz wie Maiskolben, kahlgeschoren mit einem kleinen Haarbüschel an der Spitze … Pinsel … dazu breite Nasen. Sie sahen aus wie Bert aus der »Sesamstraße«, aber in einem Horrorfilm. Eine Agglomeration von Hässlichkeit mit dem Charme von Zombies. Elias wuchs im Nacken eine Gänsehaut. *Ist hier der Malkasten Gottes mit lebenden Pinseln? Oder sein Maisfeld?* Plim dachte an seine Mutter, die vielleicht gerade Mandelgebäck mit Zitronenglasur bestrich. Nach ihrer Ansicht war bereits Triana so unerreichbar wie der Südzipfel Afrikas. Wenn es nach Müttern ginge, hätte es keine Argonauten gegeben, keinen Marco Polo oder Christoph Kolumbus. Wenn Mütter das Sagen hätten, wären immer alle brav zuhause geblieben. Mütter lebten nach dem Grundsatz, dass alles Unglück von der Unfähigkeit herrührte, daheimzubleiben und still in einem Zimmer zu sitzen. Doch die Welt war größer als ein Zimmer, größer als Sevilla. Aber beim Anblick dieser Wilden mit den spitzen Schädeln dachte Elias, seine Mutter hätte vielleicht recht.

– Sind das auch Ebenbilder Gottes? Rodrigo liebte es, Gift zu verspritzen.

– Abscheuliches Pack. Ruben polierte sich mit einem Zeigefinger die Zähne.

– Müssen Westfalen sein, meinte Müggenpflug. Oder Oberpfälzer.

Ortiz ging zu dem Häuptling der Spitzköpfe und sprach mit ihm. Er winkte Pedro und ein paar von den sprachbegabten Trägern herbei. Sie redeten mit Händen und Füßen, aber mit Erfolg. Die Pinselmenschen ließen den Tross passieren. Allerdings blieben sie ausdruckslos stehen. Aus der Nähe sahen sie noch furchterregender aus. Auch Frauen, die an einem Fluss Wäsche über Steine rieben und mit Brettern klopften, hatten diese Maiskolben-Schädel – kahlrasiert mit einem langen Haarbüschel an der Spitze. Kamen die schon so zur Welt? Oder besaßen ihre Hebammen riesige Bleistiftspitzer? Nein, den Neugeborenen wurden mit Tüchern die Köpfe gebunden, was diese Form ergab.

– Warum machen die das? Glauben sie, das ist schön?

– Vielleicht wollen sie ihre Kinder vor Entführung oder ihre Frauen vor Vergewaltigung schützen. Man sieht, das funktioniert.

Weiter marschierte man durch eine aufgeheizte Landschaft … Bratpfanne Gottes. Staub wirbelte auf, legte sich in alle Poren, füllte Lungen. Im Gänsemarsch ging es endlos querfeldein. Die Füße waren voller Schwielen, manche hatten einen Wolf zwischen den Beinen, und hätte es Francisca mit ihren Bärlauchpesto-Salben nicht gegeben, die Leute wären wahnsinnig geworden vor Schmerzen oder Abgestumpftheit.

Bei der nächsten Station lebten Langhaarige, die ihre bunten Kleider mit Pflanzensäften und dem Blut der Cochenillelaus färbten. Sie aßen getrocknete Kaktusstücke, Peyote, was sie in halluzinative Stimmungen brachte. Sie sangen, tanzten und lachten – Hippies. Nur an Sex und Drogen interessiert. Vor allem aber gab es hier unglaublich hübsche Mädchen. Großgewachsen, strahlende Gesichter – Sonnenaufgänge.

Gott machte die nicht umsonst so schön, brummte Juan. Es wäre eine Sünde, das nicht zu genießen. Eine Woche lang ließen sie sich verwöhnen – Peyote, Maisschnaps, Zuckermilch, wilder Honig, Fleisch und Maniokgrütze, Früchte und an den Kiemen aufgespießte Räucherfische.

– Sommer der Liebe! Auch Ruben und Elias aßen Kaktus und hatten plötzlich das Gefühl, ihr Ich würde aus dem Körper steigen. Sie betrachteten sich selbst von außen und sahen, wie in ihren Adern Eroberer marschierten. Häuptlinge traten dem Trupp entgegen und verkündeten Gefühle von Schmerz und Hunger. Ihr Fleisch war Amerika und das Blut der Zug der Eroberer, aber das war nur eine Vision, hervorgerufen durch Meskalin.

Moskito schleppte einen verrosteten Säbel heran, auf dem der Schriftzug »Don Alonso de Teodoro« eingraviert war.

– Lag im Zelt des Schamanen. Passt wie angewurzelt.

Der Oberhippie erzählte, dass Don Alonso und sein schwarzer Begleiter hier bis zu ihrem Tod gelebt hatten. *Kein Wunder, bei diesen Mädchen.* Ortiz konnte mit dem Namen Teodoro nichts anfangen. Hatte er friedlich gelebt? Kleine hellhäutige Mestizen bezeugten, langweilig konnte ihm nicht gewesen sein.

Mittlerweile waren sie fünfzehn Monate in Florida unterwegs, September 1540, bald würde die Regenzeit alle Bäche zu mächtigen Strömen anschwellen lassen und die sumpfigen Landstriche unpassierbar machen. Zeit zur Rückkehr? Ein Gedanke, der die Männer wehmütig werden ließ. Zur Pensacola-Bucht und hoffen, dass Pereira dort wartete.

– Alle wollen nachhause, nur nicht du. Denkst du, ich merke das nicht? Rodrigo schaute Desoto eindringlich an. Du denkst an Isabella? Der Feldherr schwieg.

Da kam Nuño, seine Backenmuskeln schienen gleich zu explodieren. Teo-! Teodoro! Man hat ihn entdeckt. Kommt! Er ist hier! In der Mitte des Lagers stand ein Mann mit langem, schlohweißem Haar, gelbem Bart und flackernden Augen, als wären sämtliche Teufel der Hölle hinter ihm her. Man sah sofort, dass bei dem einiges aus den Fugen geraten war. Dünne Beine mit knotigen Knien, angeschmutzte Schambinde … so wie Hiob auf dem Gemälde von Léon Bonnat … dazu eine Kette aus … menschlichen Backenzähnen.

– Wir haben ihn in einer Höhle aufgespürt. Er glaubt, er sei der Messias der Indianer, hat in seiner Grotte eine Kapelle mit blauen Kristallen und Knochen errichtet, Menschen geopfert und Herzen gegessen.

– Was wollt ihr? Verschwindet! Ich bin der Erlöser der Indios, sagte der Alte mit schriller Stimme. Ich bin ein Heiliger, der Wunder tut. Das ist die Wahrheit. Die einzige Wahrheit, die an einem Ort wie diesem existiert. Ich lade euch zur Erlösung ein.

– Sind Sie Don Alonso de Teodoro?

– Nennen Sie mich Kazike Universum Royal Teodoro Zar – kurz Kurtz!

– Wir bringen dich nach Spanien, du Spinner.

– Niemals! Die blutunterlaufenen Augen des Alten glühten. Ich bin Gott! Jawohl, Gott! Auch wenn eines Tages einer kommen wird, der mir ein Ende setzt …

– Du bist Spanier.

– Tausend Jahre ist das her. Was wollt ihr hier? Ihr kämpft für nichts. Meinetwegen tötet mich, aber urteilt nicht über Dinge, die ihr nicht versteht. Er begann auf Indianisch so laut zu brüllen, dass alle Dorfbewohner angelaufen kamen.

– Was sagt er?

– Geesst … den Leib des Herrn, getrinkt seine Blut. Der Jüngste Tag ist gekam, wie es steht geschreibt … Ortiz mühte sich mit der Übersetzung. Indianer stürzten sich auf den Alten und, so schnell konnten die Soldaten gar nicht reagieren, bissen ihm die Kehle durch, tranken sein Blut und fraßen ihn buchstäblich auf. Der Anblick war so grauenhaft, dass keine Formulierung ihn fassen konnte. Später fand man einen Brief an seine allerkatholischste Majestät, verfasst von Don Alonso de Teodoro, wider die Eroberung und Unterdrückung der Indianer. In einem zweiten, in dem er sein neues Zuhause als Herz der Finsternis beschrieb, hatte er bereits mit Kurtz signiert.

DER ZUG NACH TUSCALOOSA

Der verstörende Anblick Teodoros war schnell verdrängt, und mit der Aussicht auf Heimkehr marschierte es sich leichter. Die ins Fleisch schneidenden Riemen, die Blasen und Hühneraugen schienen wie weggezaubert.

Elias sah einer Hummel beim Fliegen zu. *Bummel-Hummel.* Er fühlte sich wie dieses gemütliche Insekt, war zufrieden. Es ging Richtung Penelope, sein Hirn war leer und weit. Wenn nur Bastardo und Cinquecento nicht ständig um ihn herumscharwenzelten! Irgendwann schnappte Ruben die Ratte und nahm sie in den Schwitzkasten.

– Jetzt erzähl, Freundchen, warum ihr die Sprotte um den Diamantenring gebracht habt? Ich empfehle, mit der Wahrheit rauszurücken, sonst werden die Schoten dichtgemacht.

– Und ich empfehle, mich am Arsch zu lecken! Bastardos Stimme war eine Mischung aus knarzenden Stiegen und Froschkonzert.

– Muss ich nachhelfen? Ruben drückte zu, dann lockerte er den Griff etwas, und Bastardo quietschte:

– Diese Flöte wollte ins Matrosenviertel Triana und … die Ratte keuchte … sich amüsieren. Hat versprochen, uns frank zu halten, wenn wir ihm die verruchtesten Häuser zeigen. Irgendwann waren wir angedibbelt …

– Lüge, brüllte Ruben. Ihr habt seinen Ring geentert.

– Der war gefälscht, ein Mummenpflanz.

– Das ist nicht wahr. Seemannsgarn.

– Die Motten soll ich kriegen, wenn ich lüg. Überleg doch, wenn wir so einen Ring hätten, wären wir dann hier?

Ruben grübelte kurz, dann presste er wieder, bis Bastardo zappelte und keuchte. Cinquecento trommelte auf Rubens Rücken, brüllte:

– Es stimmt, wir haben ihn übers Ohr gehauen. Aber muss er prahlen? Ein anständiger Mensch prahlt nicht. Wir haben ihm gesagt, dass man Geld arbeiten lassen muss und wir etwas wüssten. Plateauschuhe!

– Ist das wahr? Ruben ließ los, drehte sich um zu Gino.

– Der Klunker war eine Fälschung. Nichts wert.

– Das stimmt nicht, schrie Elias.

– Wir hätten begonnen, Plateauschuhe zu fertigen.

– Und?

– Erstens hat der Großinquisitor diese Schuhe als Teufelswerk verdammt, zweitens war der Ring ein Kohl. Ihr glaubt, wir sind Halunken? Das ist wahr. Aber wir hatten niemals eine Chance. Seht uns an. Wisst ihr, wo wir aufgewachsen sind? Unter Bettlern und Hausierern, Nutten, Wasenmeistern. Mein Milchgeschirr war eine Branntweinflasche und mein Lehrer eine Peitsche. Für uns stand nie Essen auf dem Tisch. Zu uns kommt keiner und sagt, ihr seid was Besseres, die Erben eines Grafen Soundso …

– Genau, ergänzte Bastardo. Wir waren immer unten. Als Verlierer sind wir auf die Welt gekommen.

– Aber unsere Zeit wird kommen. Auch wir werden einmal

oben sein. Jetzt, da wir Perlen haben … Gino umarmte Bastardo, und beide zogen ab.

Die Männer sangen anzügliche Lieder, die sich anhörten wie »hang down your head Tom Dula«. Selbst die Träger waren fröhlich, die Schweine grunzten freudig, und sogar die Bäume schienen zu lächeln. Das Gehen ging von allein. Die Soldaten redeten von Frauen und was sie bald mit ihnen anstellen würden.

– Und ich kauf mir einen Mann. Francisca lachte.

So erreichten sie den Tombigbee-Fluss, vor dessen Ufer bemalte Wilde standen: kräftige Staturen, breite Backenknochen, wulstige Lippen und Nasenringe aus glänzendem Metall. Sie standen da wie ein Footballteam, tanzten, sangen höhnische Lieder, die an »Dottore, dottore del buco del cul …« erinnerten. Weder das Hissen der Fahnen und Standarten noch das Blasen der Trompeten schien sie zu beeindrucken. Höhnische Gesichter, als hätten sie den Spaniern gerade ins Bier gepisst.

Der Gesang der Wilden schwoll weiter an, mündete in einen langen sirrenden Ton und brach dann abrupt ab. Der Sohn des Kaziken Tuscaloosa kam behäbig auf Desoto zu. Der Kerl war erstaunlich groß, breit wie eine Regimentstrommel, speckiger Nacken, Wurstlippen. Er blickte Ferdinand herablassend an. Zum Erstaunen aller redete er aber nicht mit dem großen Eroberer, sondern mit der Stummen.

Ortiz verstand nicht, was er sagte, erkannte aber Beleidigungen und Wörter wie »Miststück« und »Arschfloh«. Als er mit seiner Schimpftirade fertig war, wandte sich der Dicke an Desoto und sprach nun mit einer so sanften Stimme, als wollte er Vögel von den Bäumen locken. Der fette Häuptlingsspross lud die Spanier ein, das Dorf seines Vaters zu besuchen.

Es war ein kleines Dorf nahe am Fluss, und Tuscaloosa himself, noch größer, noch breiter als sein Sprössling, machte keine

Anstalten, Desoto zu begrüßen. Er saß nur da, ließ die Kinnlade hängen und schaute. Seine Krieger schwenkten Fahnen mit einem Fabeltier darauf – einem Löwen-Bären, dralle Frauen fächelten ihm Luft zu. Als Desoto das Requerimiento verlas, verzog der Kazike keine Miene. Selbst die Glasperlen und Spiegelscherben vermochten ihm keine Gefühlsregung zu entlocken. Sein Blick, mit dem er den großen Eroberer wie einen Schuljungen betrachtete, blieb tranig. Erst nach minutenlangem Schweigen verkündete er ein unverständliches Gebrabbel, was Ortiz und der Grieche mithilfe mehrerer Dolmetscher übersetzten:

– Die Tuscaloosa sind kein unfreies Volk nicht und heißen uns willkommen, solange es uns nicht einfällt, ihre Gesetze nicht zu ignorieren. Es ist bei den Tuscaloosa verboten, nachmittags eine Wurst zu essen und die Knie zu bedecken, Frauen dürfen keine Hosen anziehen. Man will ein Fest ausrichten, aber nicht hier, wo es kaum Unterkünfte gibt, sondern in einer Stadt namens Maubilia. Ein Herbstfest mit Bier und Köstlichkeiten.

– Wir kommen. Auch Desoto sprach mit gleichgültiger Stimme, wandte sich dann zu Moskito und flüsterte:

– Womöglich ist dieses Maubilia das sagenhafte Eldorado.

– Und wenn es eine Mausefalle ist?

– Dann sitzt der Fettsack selbst darin.

– Wir so-sollten zur Pen-Pensacola-Bucht. Nuño dachte an seinen Sohn.

– Damit das Goldland uns entgeht?

– Das ist ein u-u-unnötiges Ri-Risiko. Wir bringen uns leichtfertig in Gefahr. Uns und die Pe-Perlen.

– Gebt dem Häuptling einen Gaul.

– Mafalda, das stärkste Pferd, mitgenommen, um das Rohr einer Kanone zu tragen, war nicht glücklich, als es den Fleischberg sah. Als Tuscaloosa oben saß, glich das Paar einer Skulptur von Botero. Die Beine des Kaziken waren derart lang, dass sie fast den Boden streiften, der Rücken von Mafalda hing durch wie das Bett in einem billigen Stundenhotel.

Der Marsch nach Maubilia am 12. Oktober 1540 war die folgenschwerste Fehlentscheidung der Expedition, der Anfang vom Ende. Man kam durch Dörfer und tauschte Glasperlen gegen Mais, Bohnen, Honig. Alle waren guter Dinge, lediglich Ortiz traute dem Kaziken nicht.

– Der hat ein verschlagenes Gesicht. Seine Leute sind Denunzianten, schwärzen sich gegenseitig an, weil sie ihre Regeln gebrochen haben. Außerdem vergöttern die das Bier und bilden sich weiß Gott was ein auf ihre Unabhängigkeit.

Nach sechs Tagen erreichten sie eine Festung mit hohen Palisaden – Maubilia. Die Pfähle waren mit Lehm verputzt, damit sie nicht in Brand gesetzt werden konnten. Rundherum war ein Glacis, auf dem jeder Angreifer weithin sichtbar war. Die größte Stadt, die sie bisher zu Gesicht bekommen hatten. *Na bitte, hier riecht es nach Gold.*

Tuscaloosa und sein Sohn waren freundlich, aber bestimmt, als sie Desoto klarmachten, dass er nur mit einer kleinen Gruppe in die Stadt kommen könne.

– Ein Akt der Höflichkeit, sagte Pedro. Oder eine Falle?

– Ach was. Falle? Was soll passieren?

– Vielleicht etwas, mit dem kein Mensch rechnet und was es hier noch nie gegeben hat – Krieg!

– Alle Kriege wurden stets an einem Freitag erklärt.

– Heute ist Freitag.

Mit ein paar Hellebardieren und Arkebusieren, zwei Missionaren, dem Schreiber und dem Koch zog Desoto in die Stadt ein. Pedro wollte vor den Toren warten, aber auf ihn konnte man keinesfalls verzichten.

Maubilia bestand aus achtzig Strohhütten, in denen einfache Leute lebten, alle mit klobigen Figuren. Provinzler! Ob die Coca hatten? Wie gerne hätte Ferdinand eine Nacht lang durchgeredet, mit kribbelnder Zunge und kitzelndem Zahnfleisch Gedanken von sich gegeben, die so klar und rein waren wie ein Gebirgsbach. Er fühlte sich aber matt und ausgelaugt.

Anstatt die Medikamente, Perlen und Wertsachen im Lager zu lassen, nahm er sie alle mit – aus Angst, seine Offiziere könnten die Gelegenheit zur Meuterei nutzen. Seit sich Isabellas Untreue in ihm festgebissen hatte, war er misstrauisch. Nuño hasste ihn wegen der Degradierung, Moskito war meist betrunken. Nero war seit der Dichterkrönung gekränkt, und Añasco? *Berechnend, kühl und voller Patriotismus!* Der zynische Rodrigo? Ein Intrigant.

– Du traust uns nicht, sonst würdest du die Schätze bei der Truppe lassen. Als Einziger hatte Añasco die Situation erfasst.

Ohne zu antworten ging der große Eroberer mit seinem Gefolge in die Stadt. Seine Leute brachten ein paar Schweine mit, die quinkten. Die Indianer feierten und sangen. Es gab eingedrehte Maisfladen, geräucherten Fisch und einen seltsam patzigen Aufstrich. Dazu Unmengen Bier. Desoto befahl den Männern, nicht zu viel zu trinken, hielt sich aber selbst nicht daran. Da kam Pedro und flüsterte aufgeregt. Beim Wasserabschlagen habe er gehört, dass in jeder Hütte Krieger wären, die nur auf ein Kommando warteten.

– Die planen einen Überfall. Tuscaloosa berät mit den Unterhäuptlingen noch, wie und wann sie losschlagen.

– Habe ich mir gedacht, brummte Desoto. Isabella und Porcallo!

– Wie? Pedro verstand nicht. Die Indianer ... sie wollen uns überrumpeln.

Tuscaloosa war verschwunden. Dafür begann ein ganzer Schwarm draller, butterärschiger Mädchen im Rhythmus der Trommeln eine Art Hupfdohlen-Tanz, bei dem die Brüste waberten wie Pudding auf einer Waschmaschine im Schleudergang. Lachend wippten sie ihre Hüften und wackelten mit den Popos, dass jede Tabletänzerin dagegen eine keusche Klosterschülerin war. Eine Bierprinzessin begann mit einem jodelartigen Gesang, und Männer schunkelten. Die Spanier waren hingerissen. Der große Eroberer beobachtete das Treiben gleichgültig, schüttete aus, was Tuscaloosa ihm gebracht hatte, trank weiter Chicha, das Spuckebier … Im Lauf weniger Monate war aus seiner Frau ein herrischer und verbissener Mensch geworden. Eine Zuchtmeisterin … und jetzt war sie allein mit Porcallo, der den Mund nicht zubrachte … Da spürte er Brotbrocken, spuckte sie aus, weil er wusste, wie dieses Bier gemacht wurde: eingespeichelte Maisfladen kamen mit Zusätzen in einen Wasserbottich. Zur Beschleunigung der Gärung wurde das Gebräu erhitzt, nachher presste man es durch ein Sieb. Wenn das nachlässig geschah, hatte man Teigpatzen im Getränk, die schon einmal ein anderer im Mund gehabt hatte. *Von wegen Reinheitsgebot.*

Da kam eine feiste Tänzerin und flüsterte. Ortiz übersetzte:

– Sie möchte, dass ihr Schleimloch nicht nichtglänzt wie der Mond nicht.

Ferdinand stieß sie von sich.

– Man verwirrt uns! Versucht unsere Sinne zu benebeln. *Die mit ihren dreifachen Verneinungen.* Wo ist Tuscaloosa? Was hat der dicke Häuptling vor? Desoto, Pedro und ein paar Infanteristen erhoben sich, stießen die Tänzerinnen beiseite und schritten durch das Dorf. Als sie den verdatterten Kaziken fanden, hielten sie ihn fest. Der fette Häuptling schnappte nach Luft, schrie, beschimpfte Pedro als Überläufer, sagte, dass seine eigenen Kinder nicht anders aufwachsen sollten, wie er aufgewachsen war, sie sollten nicht an Geister und Götter nicht nichtglauben nicht, keinen Medizinmann nicht haben, keine unvernünftigen Gesetze, und nicht lächerliche Kleidung anziehen und keinen Gekreuzigten nicht anbeten müssen. Nicht. *Mia san mia!* Dann erhob er seinen Speer und sprang brüllend auf einen Infanteristen, der konterte und ihm mit einem Schwerthieb den Arm vom Körper trennte. *Himmelkruzitürken!* Für einen Augenblick stand die Zeit still, dann brach die Wirklichkeit über sie herein. Sie waren in eine missliche Situation geraten und hatten ein Problem: Krieg! *Natürlich, schließlich ist heute Freitag.*

Wie ein seltsam zuckendes Tier lag der Arm am Boden, die um den Speer geklammerten Finger gingen auf und zu. Der Häuptling, eine rote Fontäne pumpte sich aus der offenen Schulter, war fassungslos und schrie entsetzt. Sofort stürmten bewaffnete Krieger aus den Hütten. Ein Gebrüll schwoll an, das nur Tuscaloosa übertönte.

– Die Weißen wollen, dass keine Menschen nicht wie sie nicht leben nicht! Sie möchten uns das Bier verbieten! Himmelherrschaftszeiten! Wollen wir das nicht nicht? Niemals!

– Vielleicht ist ihre Gesellschaft nicht die beste. Auch Pedro brüllte. Aber es ist die beste, die ihr kriegen könnt. Es geht um die Freiheit des Einzelnen, um Selbstbestimmung.

– Freiheit? Tuscaloosa lachte und befahl zum Angriff.

Krieg! Freitag! Oder sollte man es Treibjagd nennen? Die Spanier waren bald umringt, sahen sich Keulen und Steinmessern ausgesetzt.

– Lauft auseinander! Bildet kein kompaktes Ziel! Doch es ging nicht.

Tuscaloosa hatte dem Griechen, auf den er es besonders abgesehen hatte, einen Speer in den Hals gerammt und ihm gleich darauf mit nur einer Hand … *geschickt wie jemand, der in seiner Hosentasche SMS schreibt* … das Herz herausgeschnitten. Krieger hoben den fetten Häuptling in die Höhe, so dass auch die Spanier sehen konnten, wie er in das blutige Organ biss und es voller Verachtung ausspuckte.

Desoto sah den aufgespießten Griechen, der mit ihnen kollaboriert hatte, um zu überleben … *nun ja, das ist nicht geglückt, nun liegt er da wie ein Souvlaki im Tsatsiki* … Der Schwertkampf mit Pérez fiel ihm ein. Damals war er chancenlos.

Auch jetzt schien die Lage hoffnungslos. Höchste Lebens-, nein Sterbensgefahr. Wofür kämpften sie? Um die Freiheit des Einzelnen, die Selbstverwirklichung des Individuums, dafür, dass es Porträts und Tagebücher, Privatbesitz und individuelle Erinnerungen gab. Sie kämpften im Namen des Egos gegen das Kollektiv … Nun ja, eigentlich kämpften sie um das nackte Überleben.

Da wurde Ferdinand von einem Speer zu Boden geschleudert, rappelte sich hoch, dachte an Pedrarias, an Cocablätter, die wie Stacheldraht durchs Hirn glitten, gefühllos und unverwundbar machten. Aber jetzt gab es kein Coca, er war unter Feinden, fühlte den Tod.

– Die schlachten uns ab! Die schießen auf uns!

Der große Eroberer gelobte, auf den Knien nach Rom zu rutschen und dem Papst die Zehen mit der Zunge zu reinigen, sollte er hier heil herauskommen. Er war die Seele der Expedition, er hatte sie finanziert, aufgebaut, durchgeführt. Und nun? Ein aussichtsloser Kampf gegen feiste, stiernackige, ja bajuwarische Indianer. Sie waren unter die Räder einer Immaubilia-Gesellschaft geraten, einer gewaltigen Übermacht. *Mia san mia.* Alles, was Desotos Leuten übrigblieb, war durchzuhalten und auf Verstärkung zu hoffen.

Vor der Stadt schlugen Doggen an. Sofort küssten die Dragoner ihre Kreuze, schickten sie Stoßgebete zum Himmel, legten Brustharnische an, Beinschienen, Knieleder, setzten Helme auf, schwangen sich auf Rösser, stiegen wieder ab, weil sie die Schilde vergessen hatten, die Beinschienen nicht richtig verschnürt waren, die Ballonhosen schlecht saßen, dann befahlen sie den

Trompetern zu trommeln, den Trommlern zu trompeten, kurz, es herrschte Chaos und dauerte eine Ewigkeit, ehe sie die Stadt stürmen konnten. Unbegreiflicherweise hatten die Indios vergessen, das Tor zu schließen. So mähte ein Stoßkeil Gepanzerter Scharen dichtgedrängter Indianer nieder, und es gelang ihnen, zu Desotos kämpfender Truppe vorzustoßen. Nun bildeten die Fußsoldaten den Tercieros, den lanzenstarrenden Igel. Todesmutig ließen sie sich vom Feind einschließen. Manche kreischten, andere weinten, und es gab sogar zwei Verängstigte, die onanierten, weil sie wie Pflanzen im Angesicht des nahen Todes all ihre Kraft in die Reproduktion steckten.

Der große Eroberer befahl, sich zum Tor vorzukämpfen. Der Igel bewegte sich wie ein schwankendes Schiff inmitten schäumender Wellen vorwärts; achtzig, vielleicht neunzig Spanier kämpften gegen eine zwanzigfache Übermacht. Die Formation glich einem Panzer, der niederwalzte, was ihm in den Weg kam.

Sobald das Tor passiert war, befahl der Feldherr eine Flucht vorzutäuschen, was äußerst riskant war. Bei aufgelöster Formation liefen alle so schnell sie konnten davon, und siegestrunken stürmten die Indios hinterher. Dann ließ Desoto wenden, die Flutwelle schwappte zurück. Nun stürzten sich Spanier gegen die irritierten Eingeborenen, durchbohrten sie mit Lanzen oder hieben ihnen Köpfe ab, so dass das Glacis bald mit zwanzig, fünfzig, fünfhundert toten Indianern übersät war.

Tuscaloosas Heer war jedoch noch nicht besiegt. Ein paar Indianer hatten am Lagerplatz Pferde abgestochen, Träger waren entlaufen und unterstützten den Kaziken. Am schlimmsten aber war, dass sich die Perlen und Medikamente in der Stadt befanden. Zwei Missionare, die vor Angst in ihre Kutte harnten, plus Castro, zwei Hilfsköche und ein Schreiber hatten in einer Hütte Schutz gesucht. Wussten sie, wie Arkebusen zu bedienen waren? Konnten sie mit Schwert und Lanze umgehen? Bis zum Lager hörte man ihr Gezeter, als Indios begannen, das Strohdach ihrer Hütte abzureißen und sie von oben zu überwältigen.

– Ihr Barbaren. Stummel stand außerhalb der Palisaden, schimpfte und fuchtelte wild mit den Händen: Ihr lebt nicht im Einklang mit der Natur, und eure Religion ist hinterwälderisch, ihr vergammelten Steinzeitidioten. Eure Kultur ist ein Irrweg ohne Zukunft. Euer Leben ist so sinnvoll wie das, was bei Schweinen hinten rauskommt.

Desoto und Nero lenkten zweihundert Infanteristen, darunter Elias und Ruben, gegen das Bollwerk. Jeder Dritte hatte eine Axt, um das mittlerweile verriegelte Tor zu zertrümmern. Strickleitern wurden über Palisaden geworfen.

– Pass auf, dass keine Erde in die Waffe kommt, brummte Ruben, und als er sah, dass Elias' Hand zitterte: Vielleicht solltest du dir einen anderen Beruf suchen bei Gelegenheit. Panik hatte Elias erfasst, sein Mund war ausgetrocknet, der Herzschlag raste, und sein Atem ging zu schnell. Ja, der Körper verweigerte die Gefolgschaft, und der Geist war in seinen Grundfesten erschüttert. *Das ist der erste Kreis der Hölle.*

– Santiago! Lang lebe Spanien! Trotzdem die Seile der Strickleitern gekappt wurden, gelang es einigen, die Festung zu erklimmen. Man musste versuchen, das Tor von innen zu öffnen. Zwölf schafften es tatsächlich, den Balken zu erreichen, sie waren den Indianern aber wehrlos ausgesetzt.

Ruben und Elias hielten sich im Hintergrund, weil alle anderen vorpreschten. Ihre Körper waren aufgepumpt mit Adrenalin, dazu die Erschöpfung der monatelangen Wanderungen und das Gefühl der Heimatlosigkeit … der Anblick hunderter verstümmelter Leichen, ein Blutgeruch wie in Schlachthöfen. Das alles hatte sie in einen Rausch versetzt, in einen Mordrausch.

– Ihr unzivilisierten Holzköpfe. Stummel schrie. Ihr seid zu hässlich, um hier frei herumzulaufen.

Endlich fiel der Balken, die Infanteristen drangen ein, es kam zur Straßenschlacht. Uniformierte gegen Nackte. Elias nahm verschwommen wahr, wie schreiende Indianer auf ihn zusprangen, er mit dem Schwert in ihre Leiber hieb. Er sah Ruben, der fluchend, als wären sie lästige Fliegen, einen Schwarm Wilder niedermachte und dabei ein Gesicht zog, als wolle er sagen: Tsssa, Leute gibt's. Und er sah den Sohn des Kaziken, dem eine Lanze in den Leib fuhr. Der Fettklops bekam einen Wutanfall: Himmelherrschaftszeiten! Saubeuteln! Das ist kein Benehmen nicht … riss sie heraus und kämpfte weiter, als wäre nichts geschehen. Auch Schwerthiebe konnten ihn nicht stoppen. Als er mit Wunden übersät war, seine Augen aussahen wie zwei verlorene Eier auf einem blutenden Kotelett, prügelte er noch auf Gegner ein wie ein zu allem entschlossener Beschützer seines Volkes. Dann bekam sein Gesicht einen Grünstich, und er kippte um wie eine vom Blitz getroffene Kuh.

Elias sah Francisca unverdrossen kämpfen, neben ihr ritt Desotos Neffe Diego, dem ein Pfeil das Gesicht zerrissen hatte. Ein Teil der Wange hing herunter. Den Tod witternd redete er von Jesus, der Dämonen in Schweine fahren ließ, die sich Klippen hinabstürzten.

Aber was bedeuteten Worte an einem solchen Ort? Die Indianer hatten weder Schweine noch Klippen, und auch von Jesus war hier nichts zu sehen. Diego rutschte aus dem Sattel, verfing sich mit dem Fuß im Steigbügel und wurde vom Pferd weggeschleppt.

Sogar der große Eroberer war getroffen. Ferdinands Gesäß brannte so sehr, dass er nicht mehr im Sattel sitzen konnte. Er stellte sich in die Steigbügel, riss den Pfeil heraus, brüllte »Isabella!« und kämpfte wütend weiter.

Nuño wurde die Hand zerschossen.

– Das ist eine go-gottverdammte Krä-Kränkung! Dafür werdet ihr bü-bü-büßen, ihr Ju-Juden! Und wenn ihr keine Ju-Juden seid, dann sind die verantwortlich.

Ein süßlicher Geruch, durchsetzt mit dem Duft nach Erbrochenem und Kot, lag über der Stadt. Es wurde Abend … Blassrotes Dämmerlicht gab die Kulisse für einen perfekten Herbstabend, doch die Kämpfe gingen unvermindert weiter. *Manierloses Pack, man sollte Vesper machen*, doch die Wilden wussten nichts davon.

Habt ihr noch immer nicht genug? Frauen und Kinder wagten sich aus den Hütten, wollten die Waffen der Toten bergen, wurden niedergemacht. Für jeden Toten, schien es, kamen zwei, drei andere nach. Ein vielköpfiger Drache, ein Widerstand wie noch nie in Westindien.

– Wie wär's mit einem Sundowner? Quigley bot den Toten Wetten an.

Jetzt kam der Befehl, die Dächer anzuzünden.

– Feuer? Da-das ist keine ri-ritterliche Kri-Kri-Kriegführung. Nuño hätte vor Wut fast sein Schwert weggeworfen. Ich will meinen Beleidigern den Bau-Bau-Bauch aufschlitzen und sie nicht au-ausräuchern wie Mäuse. Das ist u-u-unehrenhaft.

Die Strohhütten brannten schon. Markerschütternde Schreie gellten durch die hereinbrechende Nacht. Bald roch es nach gegrilltem Fleisch, der Rauch war so beißend, dass die Spanier aus den engen Gassen auf das Feld vor der Stadt oder in die Mitte Maubilias fliehen mussten.

Das nutzten die Indios zum Konter. *Wir sind noch nicht geschlagen nicht!* Wie eine wütende Wolke stürmten sie aus der Stadt, erreichten das Lager, steckten nun ihrerseits Zelte in Brand, plünderten Packpferde und erstachen sie. Dann geschah das Wunder. Ein Pfeil bohrte sich durch Jonas' Holzbein und bildete ein Kreuz, ein Zeichen Gottes. Nuño, der Schönling, sah aus wie ein Heiliger, packte Jonas, reckte das Holzbein mitsamt dem darunter baumelnden Jonas wie ein Priester das Kreuz gen Himmel und brüllte:

– Santiago! Go-gottverdammt! Santiago!

Den Indianern fiel das nicht weiter auf. Sie machten Bekanntschaft mit der Logik des Krieges, die eine völlige Vernichtung des Gegners verlangte. Sie kämpften bis zum letzten Mann, und der erhängte sich nicht nicht. Ein paar der Verletzten gelang die Flucht, Tuscaloosa war da längst schon nichttot nicht.

Das war der Tag des heiligen Lukas 1540, der 18. Oktober, ein Freitag. Michelangelo Buonarroti stieg von der Leiter der Sixtinischen Kapelle, in der er soeben das Jüngste Gericht vollendet hatte, in Europa fanden Bittprozessionen für Regen statt ... 1540 war das trockenste Jahr der Menschheitsgeschichte ... und in Nordamerika ging das erste Oktoberfest, die Schlacht bei Maubilia, zu Ende, die blutigste seit der »noche triste«, die Cortés bei Tenochtitlan geschlagen hatte. Neun Stunden hatte sie gedauert. Dreitausend tote Indianer, hundertfünfzig tote Spanier und unzählige Verwundete ... das Ende für den Freistaat Tuscaloosa.

Cord Fenk und Francisca mussten die Hemden der Toten zerschneiden und aus der Haut gefallener Pferde Bandagen für die Knochenbrüche machen. Man brauchte Fett für Salben, öffnete Indianerleiber und schnitt weißes Gewebe heraus. Hatte einer Schüttelfrost, bekam er Blut zu trinken.

– Die einzig wirksame Medizin, verkündete der Niederländer. Warum sonst stehen Epileptiker bei Enthauptungen Schlange?

Über das von einem traurigen Vollmond erleuchtete und von tausenden Fliegen umsurrte Schlachtfeld gingen Armbrustschützen und suchten ihre Pfeile. Quigley jammerte, weil er niemanden zum Wetten fand, und ein Soldat, der seinen besten Freund verloren hatte, prügelte auf eine Leiche ein.

Bastardo demonstrierte Cinquecento an den Toten, wie man mit Zeige- und Mittelfinger stiehlt. Die beiden beklauten keine

Indianer, sondern Spanier. Sie schnitten ihnen Finger ab, um an Ringe zu gelangen. Entgeisterte Kinder, die die Toten ratlos stupsten, schreckten auf.

Auf den angekokelten Palisaden hingen Tote, und bei den Geiern hatte sich herumgesprochen, dass es ein Festmahl gab. *Heute führt Herr Geier seine Frau zum Essen aus.*

– Feiglinge, euch zeig ich es! Brüllend stand ein verwirrter, sein Küchenmesser schwingender Castro auf dem Schlachtfeld. Ich werde euch alle Knochen brechen und daraus Suppe machen. Er war der Einzige von den Eingeschlossenen, der sich hatte retten können. Soweit man etwas aus diesem gestauchten Pavarotti herausbekam, war alles Gepäck im Gästehaus verbrannt. Und von den Perlen war nur Asche übrig geblieben. Vorbei der Traum von Reichtum, Wohlstand. Alles vernichtet, auch die Altargeräte, die Aufzeichnungen, Bücher, Paradeuniformen. Sie selbst hatten das Feuer gelegt.

– Verloren. Aus. Tsssa. Elias hörte Ruben, er hatte Tränen in den Augen, aber nicht wegen der Perlen, sondern wegen all der Toten. Eine Woge tiefer Trauer überrollte ihn. Auch Jonas saß auf dem Schlachtfeld, spielte mit dem abgebrochenen Pfeil an seinem Holzbein, weinte.

– Wir werden alle sterben. Alle! Er sah zur Feuerstelle, wo sich Nachtfalter in die Flammen stürzten, und wischte sich Tränen von den Wangen.

– Ramses! Ägypterkönig! Wo bist du? Nero ging rufend über das Schlachtfeld, aber von dem Rauhaardackel war nichts zu sehen.

Die meisten Männer besaßen nur noch, was sie auf dem Leib trugen, suchten, sich zu entschädigen, fanden aber in den verkohlten Trümmern nichts Nennenswertes. Gefangen genommene Weiber sagten, bevor man sie vergewaltigte, man hätte ihnen Spanier als Leibeigene versprochen. Kinder sangen:

– Dottore, Dottore …

Der große Eroberer betrachtete eine über Baumkronen huschende Fledermaus … *zieht Kreise, als wäre sie in ihrer Bahn gefangen* … und begann zu beten. Er erklärte Gott, warum es notwendig gewesen war, so viele Wilde abzumurksen. Dann stand er auf und sprach in Richtung Schlachtfeld:

– Jetzt können eure Kinder so leben wie ihr! Hinterhältige Idioten! Ihr seid vernichtet, ausgelöscht! In Zukunft werden hier weiße Männer leben; Weiber mit Birnenfiguren und protzigen Abendkleidern. Weiße Familien werden hier alles besitzen. Witwen, die sich die Haare ananasfarben und zuckerlrosa färben. *Leute mit Bingo Wings, deren einzige Probleme die verstopfte Schwimmbeckenfilteranlage und ihre falschen Zähne sind.* Heute hat das Individuum gesiegt, der Einzelne, die Selbstverwirklichung.

Die Stumme tischte Ziegenmilch, Maisbrei und Nüsse auf. Dann versorgte sie Ferdinands Wunden und legte Verbände an … Dem großen Eroberer fiel auf, dass sie magerer und faltiger geworden war. Ohne Perlen gab es keinen Grund für eine neuerliche Expedition nach Florida, ohne Schätze keine Freiwilligen für einen neuen Eroberungszug. Mit leeren Händen wollte er nicht vor den Kaiser treten. Nicht vor Isabella! Was würde man auf Kuba sagen? Er war gescheitert. Von den achthundert Männern, die aufgebrochen waren, Florida zu erobern, waren nur noch fünfhundert am Leben, und die hatten nichts erreicht, nichts erbeutet.

– Kelche, Altarschmuck, Messgewänder, Weizenmehl … alles zerstört. Juan tobte. Wie sollen wir jetzt Messen halten? Mit Maisbrot? Die heilige Kommunion erfordert Weizenmehl und Wein. So steht es in der Bibel.

– Macht, was ihr wollt. Ferdinand interessierte es nicht, sich die übliche Moral-Suada seines Neffen anzuhören. Und kann jemand Nero sagen, er soll mit dem Geschrei aufhören. Immer noch erklangen die »Ramses! Ägypterkönig!«-Rufe aus der Ferne.

Am nächsten Morgen zogen die Priester Gewänder aus Fell an und hielten eine trockene Messe ohne Kommunion.

Desotos Gedanken waren woanders. Sollten sie zurück zur Perlenprinzessin? Nein, man hatte sie viel zu schlecht behandelt. So wie die Dinge standen, blieb nur eine Möglichkeit, man musste neue, unbekannte Gebiete finden, das sagenhafte Eldorado, Gold.

Weitermarschieren? Das Meer war doch so nah. In der Pensacola-Bucht warteten die Schiffe nach Havanna. Als sich das Gerücht herumsprach, begann ein Murren. Nach Kuba wollten sie, heim, notfalls auch ohne Perlen, aber Desoto war wieder wie früher – überzeugend, väterlich und optimistisch. Jemand, der alles verloren hat, kennt keine Ängste mehr, aber auch keinen Sinn für das Schöne, weil er es mit niemandem teilen kann. Trotz der höllischen Schmerzen am Gesäß ging Ferdinand durch das Lager, redete den Männern ins Gewissen, packte sie bei ihrer Ehre, lockte sie mit Versprechungen. Und er zählte: Zaumzeug, Packtaschen, Arkebusen … alles Mögliche.

In den folgenden Tagen fing man geflohene Indios ein und folterte sie, bis sie die Verstecke ihrer Vorräte verrieten.

– Und was macht ihr? Biedma beobachtete Bastardo und Cinquecento, die Blusen mit dem Schriftzug »Maubilia 40« anfertigten und an Soldaten verhökerten.

– Souvenirs!

Sobald die Verwundeten halbwegs wiederhergestellt waren, wurde der Befehl zum Weitermarsch gegeben. Es ging Richtung Nordwesten, von der Küste weg.

Schweißperlen standen auf Trutz Finkelsteins kahlrasiertem Schädel. Er trug einen silbergrauen Anzug, ein blütenweißes Hemd und eine ochsenblutfarbene Krawatte, die ihm seine Ex geschenkt hatte, Windsor-Knoten, außerdem braune Wildlederschuhe, aber keine Socken. Im Verhandlungssaal des State Supreme Courts hing ein schwerer Geruch. Journalisten stritten mit Gerichtsbeamten um die besten Plätze. Gleichgültige Vertreter der Indianerverbände, die meisten mit langen Haaren und Baseballkappen, Kiebitze, Prozessbeobachter und Menschen, die aussahen wie Delegierte der Waffenlobby oder Befürworter der Todesstrafe – sie alle waren gekommen, den Prozessauftakt zu erleben.

Finkelsteins Knie schlotterten, und in der Kehle steckte ein Knödel, trocken wie ein zwei Jahrzehnte alter Muffin. Seine Klage war angenommen worden … er war tatsächlich wieder im Geschäft … und nun stand ein langwieriges Verfahren bevor. Das Interesse der Medien sollte bald nachlassen, aber noch in zwei, drei Jahren würde man über Nebensätze der Verfassung streiten. Selbst wenn er den Jasper Johns verkaufte, hieß es jetzt den Gürtel enger schnallen. Levys Hardrock-Kreuzfahrt, eine Schiffsreise mit durchgeknallten Bands, die so vielversprechende Namen wie Slipknoten, Bergrebell oder Ausstülpbare Kleinlippen hatten, war nicht mehr drin. Und dann seine Ex! Diese Frucht aus Upper-East-Küchenphilosophie, Hausfrauenfeminismus und Bikram-Yoga, mittlerweile Rodeo Girl in San Antonio, und ihre Mutter, Jassir Arafat … Sie werden ihn unerträglich finden.

Dennoch ein Sieg. Bereits die Tatsache, dass über seine Klage verhandelt wurde, galt als Sensation. Natürlich räumte ihr niemand Erfolgsaussichten ein. Erstens galt die Sache als verjährt, zweitens schien es unmöglich zu beweisen, dass die Indianer die rechtmäßigen Besitzer der USA gewesen waren, und drittens war die Geschichte völlig hanebüchen. Es war so, als würden

Pygmäen Amerika beim Basketball herausfordern. Seine Freunde hatten abgeraten, selbst Richter und Staatsanwälte hatten Finkelstein beiseitegenommen und ihn gebeten, die Sache auf sich beruhen zu lassen.

– Seien Sie vernünftig, Hinkelstein. Sie ruinieren sich.

Man hatte Vergleiche angeboten, er selbst hätte viel Geld bekommen, auch die Indianer wären gut ausgestiegen, aber Finkelstein blieb hart. Er kannte die Berichte über die Desoto-Expedition und andere Eroberungszüge der Conquista und war überzeugt, eine Chance zu haben. Das Gewicht seiner Akten betrug achtundzwanzig Kilo, er war präpariert, hatte sich monatelang vorbereitet, seine Runden im Central Park erweitert, die Ernährung umgestellt – von Bagels mit Räucherlachs und Schoko-Donuts auf gezuckerte Donuts und Bagels mit Frischkäse. Mittlerweile war es ihm egal, dass Amerika ihn hasste, sogar die Schwarzen, Inder, Mexikaner, Puertoricaner, Chinesen, nicht einmal die Indianer waren glücklich. Alle hielten Hinkelstein oder Finkelswine, wie er auch genannt wurde, für einen Querulanten. In sozialen Netzwerken wurde er als mediengeiler Wichtigtuer bezeichnet, als Argument für die Geburtenkontrolle. Seine Ex hatte ihren Namen geändert und Levy mit der Finanzierung der Heavy-Metal-Kreuzfahrt zu sich nach San Antonio gelockt ... *gut, soll er bei Fort Alamo frittierte Kojoten fressen und sich mit Mariachi-Musik die Ohren zukleistern* ... sein Bruder hatte den Kontakt abgebrochen, und ihre Erzeuger waren in die Altersteilzeit-Demenz geflüchtet, hatten sich diskret zurückgezogen und nur noch jeden zweiten Tag angerufen. Das alles war egal, Trutz wusste, da musste er durch. Es ging um nichts weniger als um Gerechtigkeit. Dieser Prozess war seine letzte Chance, sein Fünfzehn-Minuten-Ruhm. Verlor er, war er am Ende. Und wieso sollte er als ausgemachter Pechvogel nicht verlieren? Er spürte unzählige Augenpaare auf sich ruhen, seine Brust brannte, die Kiefer mahlten. Trutz blickte zu den Richtern … ehrwürdige Herren mit Truthahnkehllappen, Perücken und Talaren … er sah den über ihren Köpfen angebrachten Spruch: In God We Trust.

DER PROZESS

Wieder verwandelte sich das Heer in einen Tausendfüßler, der beharrlich marschierte. Die Leute waren bereit, bei jeder Schenke oder jedem Hurenhaus anzuhalten, um ihren Frust zu ertränken und sich Geschlechtskrankheiten einzufangen, aber die Infrastruktur hier war ausbaufähig: keine Gasthäuser, keine Bordelle, nur die eintönige Ebene. Sie träumten von Frauen, Gold, aber alles, was sie fanden, waren Dörfer mit Wilden, die in Schambinden herumliefen – Schambinden! John Schnur sagte, sie haben die Kontrolle über ihr Leben verloren. Beleidigend.

Sie ritten und marschierten mit Scheuklappen, sahen nichts von der Schönheit der Landschaft, dem herbstlichen Farbenspiel der Blätter, den bunten Vögeln. Nur Jonas machte sich den Spaß, ihnen Namen zu geben, nannte sie tomatenbeschmiertes Rotlaibchen, Zitronenkopfsittich, Halmschnabel …

– Wir müssen zurück nach Havanna, aber Desoto will nicht. Er ist verrückt.

Gunkel arbeitete an einem seltsamen Gerät, weil, so sein deutsches Arbeitsethos, nur wer etwas tue, eine Existenzberechtigung habe.

– Du musst lernen zu genießen, Kranichmann. Quigley griff sich an den Kopf. Wetten und Sundowner sind der Sinn des Lebens … und vielleicht die Royals.

– Wenn der Mensch nicht arbeitet, hat er kein Geld zum Konsumieren, gibt es kein Wachstum, kommen schwere Zeiten, sagte Cord. Eines Tages werden alle Produkte von Maschinen hergestellt werden. Niemand wird mehr arbeiten. Deshalb braucht es eine gerechte Verteilung, eine Grundversorgung.

– Das, was die Indianer haben?

– Die sind wie Kinder, aber wir kennen die Vernunft. Wir müssen uns nur von ihr leiten lassen.

– Und was wird das da für ein Teufelswerk?

– Ein antimephitischer Respirator. Müggenpflug klopfte stolz auf den Apparat. Deutsche Wertarbeit.

– Was? Quigley betrachtete das wie eine Luftpumpe aussehende Gerät.

– Ein Beatmer! Ein Schmunzeln ging über Cords Gesicht, als er zu einer Erklärung ansetzte: Dem Kranken wird die Ledermaske angelegt, und über den Schlauch bekommt er Frischluft durch den Balg. Das reinigt die Lunge von Miasmen und kuriert Krankheiten.

– Darauf möchte nicht einmal ich wetten. Quigley schüttelte den Kopf.

Desoto war in Gedanken, als ihm zwei Soldaten vorgeführt wurden, die Blusen mit der Aufschrift »Maubilia 40« produziert hatten.

– So etwas untergräbt die Moral der Truppe. Añasco, zweifellos das Muster eines Soldaten, aber eingebildet, bestand auf einer harten Strafe, sprach von Auspeitschung, Essensentzug und ähnlichen Dingen.

– Wir wollten an einen großen Sieg erinnern. Bastardo blickte zu Boden.

– An einen großen Sieg im Namen des allerkatholischsten Kaisers und seiner Heiligkeit in Rom. Cinquecento sah dem Feldherrn ins gelbliche Gesicht, als ginge ihn die ganze Anhörung nichts an.

– Wenn Ihr uns bestraft, dann … Ihr müsst wissen, dass wir einen Mauren in der Truppe haben, Elias Plim ist sein Name.

– Einen Muselmanen? Hier?

– Wir sind der Meinung, alle Mauren sollte man in Stücke hauen …

Sofort wurden Elias und die Missionare geholt. Juan befragte den Verdächtigen, sagte:

– Das Verbrechen, dessen du beschuldigt wirst, ist derart widerwärtig, dass wir gezwungen sind, die höchste Strafe zu verhängen. Es ist das abscheulichste Verbrechen, das in Florida jemals verhandelt worden ist. Daher kann das Urteil nur lauten …

Plim war hin- und hergerissen zwischen dem Ankläger und den Denunzianten, blickte zum Missionar, dann zu Bastardo. *Verräter! Irgendwann mache ich einen Polsterüberzug aus dir.* Alles erzählen? Algier, Sklaverei, Auspeitschung … Oder sich als dick auftragenden Geschichtenerfinder darstellen?

– Hose runter, damit wir sehen, ob er beschnitten ist.

– Ich … Elias' Blick war schamhaft gesenkt, er wollte etwas sagen, aber niemand nahm davon Notiz. *Die Beschneidung ist gar kein Bestandteil des Islams, obwohl fast alle Wüstenvölker ohne Vorhaut sind … Stammvater Abraham hat sie sich selbst mit einem Stein abgeschlagen … Jesus war beschnitten …*

Juan wollte nichts hören. Er war in seine Glaubensgrundsätze gehüllt wie in einen dicken Mantel, sprach von Abfall und Verrat, eines der schwersten Verbrechen, und forderte den Scheiterhaufen mit der Gnade der Garotte.

Die Missionare klatschten, Anasco entkam ein Bravo. Lang lebe Spanien! Da platzte Cord der Kragen. Himmelherrgottsakrament! *Ihr seid doch samt und sonders ein Exempel für Dummheit und Aufgeblasenheit.*

– Wir leben in einer gefährlichen Zeit. In Spanien führt jede unbedachte Äußerung direkt ins Feuer. Selbst die Reformierten sind zerstritten. Die Einzigen, die arbeiten, sind die Mauren.

– Das hat mit dieser Todsünde nichts zu tun. Stummel plädierte für den Scheiterhaufen.

– Einen Unschuldigen verbrennen im Namen des Herrn? Wenn ich das höre, möchte ich mir den Finger in den Hals stecken. Ihr seid so scheinheilig … Warum seid ihr hier? Cords Stimme überschlug sich. Um zu arbeiten? Nein, um wie Herren zu leben, um den Adel zu imitieren.

– Brot dazu? Stummel grinste.

– Für euch ist Arbeiten eine Strafe. Cord überging den Einwand. Die Renaissance ist gefährlich, weil Durchlässigkeit propagiert wird, Menschen nach oben kommen könnten. Ich hatte darüber einen Briefverkehr mit Erasmus von Rotterdam … Tatsächlich hatte der Gelehrte auf Fenks Schreiben nie geantwortet … Die Renaissance ist gefährlich, weil die Leute anfangen zu denken.

– Hört ihr das? Rodrigo war empört. Der niederländische Wurstl betreibt Ketzerei. Die Holländer mögen ihre Wurstmacher so verehren wie wir die Priester, und ihre Priester wie Wurstmacher behandeln, aber wir Spanier … Stummels sardonisches Lächeln besagte, du weißt hoffentlich, dass du verrückt bist?

– Der Humanismus stellt infrage, ob es der Wille Gottes ist, dass die Armen arm sind und die Reichen reich. Wisst ihr, warum die Niederlande reich geworden sind? Weil Spanien die Juden vertrieben hat. Cords Stimme wurde leiser, flüsterte jetzt fast. Sie durften nichts mitnehmen außer Seide. Also haben sie ihr Vermögen in Seide angelegt, Schiffe bestiegen und wurden von gierigen Kapitänen über Bord geworfen.

– Höre ich zum ersten Mal. Juan, entschlossen sein Terrain zu vereidigen, schüttelte den Kopf. Hat damit nichts zu tun.

– Andere Juden sind nach Portugal geflohen, wo sie auf Betreiben der Königin ebenfalls vertrieben worden sind. Also gingen sie in die Niederlande.

– Ich verstehe nicht, was das mit dem Abtrünnigen zu tun hat? Stummel hatte sich neben Elias gestellt und ihn von unten am Kinn gepackt. Plim bedankte sich für diese Vertraulichkeit mit einem Röcheln.

– Warum sind wir hier? Warum wir und keine Moslems oder Chinesen? Cord legte eine Kunstpause ein. Wegen dem Humanismus! Der Freiheit! Wir erobern die Welt. Das kleine Europa. Warum? Weil wir das Mittelalter überwunden haben! Wir haben das freie Denken und die Wissenschaft …

– Weil es bei uns heißt: Hilf dir selbst, dann hilft dir Gott. Juan verschränkte die Arme und hob sein feistes Kinn. Die Moslems vertrauen auf Allah. Wenn Allah nicht will, geht gar nichts. *Damit sind sie vielleicht glücklicher, weil man nicht für alles selbst verantwortlich ist, aber auch untätiger.* Juan spürte, wie ihm etwas in der Kehle brannte, aber er war nicht bereit, sein Zweifeln öffentlich zu zeigen, lieber versteckte er sich hinter der Maske des Scharfmachers.

– Er war doch Sklave in Algier, schrie jetzt Ruben.

– Da hört ihr es. Cords Stimme wurde wieder lauter. Er hatte sich in seiner Verteidigung etwas verrannt, aber jetzt war er auf dem richtigen Weg: Warum soll es ein Verbrechen sein, in einer Zwangslage die Konfession zu wechseln? Hat das Moses in Stein gemeißelt, nachdem er vom Berg Sinai gekommen ist?

– Logik! Stummel schrie. Wisst ihr, was ich davon halte? Der Kleinwüchsige öffnete den Mund und streckte mehrmals die Zunge gegen sein Wangenfleisch … Das halte ich davon!

So wogte es hin und her. Die Gottesmänner, Añasco und der Gnom votierten für den Scheiterhaufen, während Cord ein flammendes flämisches Plädoyer für Humanität und Toleranz hielt. *Soll Flammkuchen machen, wir wollen Feuer.* Ein großes Geschrei war das, bei dem die Vokale und Konsonanten völlig durcheinandergerieten, niemand mehr sein eigenes Wort verstand. Da hob Desoto die Hand, das Urteil zu verkünden. Er blickte zu Elias, sah verschreckte Augen, und verkündete:

– Im Namen unseres geliebten Kaisers Karl des Fünften wird Folgendes verfügt: Der Angeklagte Elias Plim hat sich der schweren Verfehlung wider den Glauben schuldig gemacht und wird daher zum Scheiterhaufen verurteilt …

Alle stockten. In den Gesichtern der Missionare formte sich ein Lächeln, Cord schnappte nach Luft. Elias fühlte sich wie an eine Wand gespuckt. Sein Herz raste. Ruben holte Luft und befand sich kurz vor einem Schreiausbruch, Jonas senkte seinen Kopf. Bastardo und Cinquecento grinsten.

Rodrigo stand neben Plim, sah ihm ins Gesicht und … jetzt geschah etwas Merkwürdiges … spiegelte sich selbst darin. Der Kleinwüchsige wurde in einer Weise berührt, die er nicht fassen konnte. Es war, als hätte er sich mit dem Fuß an einem Bett gestoßen. Ein süßer Schmerz durchzuckte ihn. Ja, da war eine Ähnlichkeit. Gut, der Lockenkopf war ein großer Bursche mit butterweichen Wangen und Rodrigo ein Zwerg, aber irgendwie glichen sie sich. Waren es die Augen? Die Nase?

Da betrat Jakob die Szene, schlich zu Desoto, flüsterte ihm ins Ohr. Der Feldherr verzog das Gesicht, klatschte in die Hände und befahl, ihn allein zu lassen.

– Und wann wird der Knabe verheizt?

– Ach so. Was? Warum?

– Er hat den Zusatz »in effigie« vergessen. Stummels Stimme hatte eine gereizte Schärfe angenommen und schnitt wie ein Messer durch den Raum. Juan und die Missionare wollten widersprechen. In Cords Gesicht zeichnete sich ein Lächeln ab. Ruben und Elias wussten nicht, was das bedeutete … *in effigie? Nie gehört* …, ahnten aber Schlechtes.

– Richtig, ich habe den Zusatz »in effigie« vergessen, sagte ein verwirrter Desoto. Was hatte den großen Eroberer derart aus der Bahn geworfen? Pereira! Boten waren gekommen und hatten von Schiffen in der Pensacola-Bucht berichtet. Sie hatten Briefe mitgebracht, einer davon war von Isabella.

Ferdinands Hände zitterten, als er das Siegelwachs erbrach und über die runden, wie Strickmaschen aussehenden Buchstaben flog. Seine Frau erwarte ihn, ganz Kuba. Auch andere Frauen ersehnten die Rückkehr ihrer Männer. Das Wesen der spanischen Frau sei es zu warten, aber irgendwann war es genug! Die Strickmaschenschrift erzählte von der Prinzessin von Curicuillor, davon, dass ihr Aufstand niedergeschlagen, die Wilde verbannt worden sei. Alle aufsässigen Negersklaven waren gehängt worden – mit dem schönen Brauch, ihnen vorher einen Blumenstrauß in die Hand zu drücken. Die Einwohner Havannas und Santiagos bekämpften einander, und Isabellas Bruder Francisco liege ihr mit Forderungen nach Messgewändern und Weihnachtskarpfen in den Ohren. Alfonsito habe Fieber … Porcallo wurde mit keinem Satz erwähnt, aber da Isabella immer von einem wir schrieb, wenn sie von Festen und anderen »Schönigkeiten« erzählte, war dem Statthalter klar, dass sie ihre Zeit mit diesem Sklavenhalter verbrachte. Wollte sie ihn häkeln? Konnte es sein, dass Isabella alles aufgab? Setzte die Liebe alles außer Kraft? Bildete er sich das nur ein? Nein, er wusste Bescheid. *Sie ist glücklich, wenn sie umgarnt wird. Dann fühlt sie sich eingestrickt … wie eine vielbeschnupperte Gesellschaftsknospe. Gönnst du es ihr nicht? Niemals!* Er hätte sich nicht über ihren Anfall angesichts der Kakerlake lustig machen dürfen. In Gedanken stritt er mit Porci, hörte sich sagen: »Sie gehört mir, du darfst sie mir nicht nehmen.« Gleichzeitig wusste er, er hatte keine Chance. Der Plantagenbesitzer hatte sie erobert.

– Du wartest hier, sagte der Feldherr zu Jakob. Dann nahm er die verschnürten Briefe, ging zu einer Feuerstelle, warf sie hinein und sah zu, wie der Packen von den Flammen verzehrt wurde, sich schwarze Blättchen bildeten, durch die Luft wirbelten und vom Wind davongetragen wurden.

Zurück im Zelt, befahl er Jakob, den Boten zu bestellen, dass er sie von den Hunden zerreißen ließe, wenn sie irgendjemandem von den Schiffen erzählten. Der Truppe ließ er ausrichten, dass Pereiras Flotte bis Anfang November gewartet hätte, nun zurück nach Kuba gesegelt sei und nächstes Jahr wiederkommen werde. Dann befahl er den Aufbruch Richtung Nordwesten. Pereira erhielt keine Antwort. Wieder gab Desoto die Rettung des Heeres preis für eine vage Hoffnung auf Eldorado. Bei Maubilia hatte er durch Misstrauen den Perlenschatz verloren, jetzt ließ er sich von Eitelkeit und Eifersucht lenken, führte er die Expedition in das Desaster. Keiner seiner Hauptleute vermochte ihn aufzuhalten.

– Und die Verbrennung? Añasco trat unruhig von einem Fuß auf den anderen, strich sich über die Glatze. Die Leute wären dankbar für das Schauspiel. So etwas wärmt die Herzen.

– In effigie! Weißt du, was das heißt? Als Bildnis! Der große Eroberer sprach wie zu einem Begriffsstutzigen. Hast du nie einem Autodafé beigewohnt? Da werden Angeklagte, die man nicht fassen kann, durch Puppen ersetzt. Bei Gestorbenen haben die Puppen Schachteln mit den Knochen des Toten in der Hand.

– Aber dieser Plim ist nicht flüchtig … und nicht tot.

– Willst du das Urteil anzweifeln?

Añasco zog ein Gesicht wie ein Aristokrat nach der Abschaffung aller Adelstitel.

Tatsächlich wurde am Abend nicht Elias verbrannt, sondern eine Puppe, aber keine lebensgroße wie bei einer Winteraustreibung, sondern nur ein Püppchen. Der Scheiterhaufen war ein Lagerfeuer, in das man später das Fleisch einer Ziege warf. Juan weigerte sich erst, dieses lächerliche Schauspiel mitzumachen, las dann doch die Messe, gab Elias zur Sühne ein paar Ohrfeigen, besprengte ihn mit Weihwasser und erklärte ihn für heimgekehrt in den Schoß der Kirche.

– Amen, sagte Ruben. Da hast du die Schoten gerade noch mal dicht bekommen, Sprotte.

Tags darauf gingen sie weiter Richtung Norden.

Die Truppe hörte Gerüchte über Riesenkanus in der Pensacola-Bucht. Manche murrten zwar, aber es gab keinen Widerstand. Desotos Wille war unerschütterlich. Aus Ästen und Tierhäuten hatte man Tragbahren für die Verwundeten gemacht. Francisca half den Kranken, bekam für ihre Salben Perlen, wurde reich und wieder dicker.

Dann, da nützten alle Salben nichts, fiel ein Portugiese tot vom Pferd. *War er krank? Verwundet? Nein.*

– Typisch Portugiese, zu hochnäsig, etwas zu sagen. Stolze haben kurze Beine. Moskito fuhr sich nervös durchs Haar. Seit der Katastrophe von Maubilia hatte er keinen Tropfen Alkohol mehr angerührt.

Schlechtes Wetter kennt nur schlechtgelaunte Menschen oder gar keine, weil die Leute sich vor ihm verstecken. Ende November war es so weit – es wurde regnerisch und kalt. Die Spanier hüllten sich in Felle, die sie den Eingeborenen weggenommen hatten. Je länger sie marschierten, desto weniger wurden die Gebote der Sauberkeit beachtet.

– Was will der Zwerg, fragte Ruben. Wieso sucht er dauernd deine Nähe? Will er dich auf Kiel legen?

Elias wusste nicht, was Hauptmann Rodrigo Ranjel wollte. Wieso hatte er ihn mit seinem »in effigie« vor dem Scheiterhaufen gerettet? Oft ritt der Zwerg neben ihm, fragte ihn nach seinen Eltern, wo er aufgewachsen war. Wozu?

Man kam an eine Lichtung und sah eine tote, von Pfeilen

durchbohrte Indianerin, vom Regen aufgeweicht. Eine Ehebrecherin, erklärte Ortiz. Auch Verwandten ist es verboten, ihr die Pfeile aus dem Leib zu ziehen oder sie zu beerdigen. *So wird es auch Isabella gehen.* Desoto riss einen Pfeil aus der aufgeblähten Toten und zerbrach ihn.

Je kälter es wurde, desto ernster und bitterer wurde Ferdinand. Meist ritt er schweigend, dachte an Isabella, Maria und dass die Liebe ein gegenseitiges Sich-Zerfleischen sei. Immer seltener wurden die Abende, an denen er von Peru und Darién erzählte. Gelegentlich munterte er Soldaten auf, trieb Nachzügler an, doch seine einstige Heiterkeit war wie weggeblasen. Nicht einmal die Parodien der Stummen brachten ihn zum Lachen. Manche Männer sprachen aus, was viele dachten, nämlich dass sie der große Eroberer in den Untergang führte.

– Es geht nicht, dass so ein ruhmreicher Mann mit Schmutz beworfen wird, erwiderten andere. Wenn es nottut, wird er Wasser in Wein verwandeln und an den Bäumen gebratene Tauben wachsen lassen.

Tatsächlich hing am nächsten Tag ganz etwas anderes in den Bäumen: der tote Portugiese. Obwohl man ihn begraben hatte, baumelte er da in Brustharnisch, Ballonhosen, gestreifter Bluse. Sein Fleisch war übersät mit Würmern, die Augen von Vögeln ausgehackt, Lippen und Ohren abgebissen. Ein unheilvolles Zeichen. Wendigo.

Über den Hauptplatz von Havanna schleppte sich ein Hund mit gelähmten Hinterläufen. Isabella betrachtete die Kreatur mit dem todtraurigen Gesicht, und die Gouverneurin fühlte wie sie. Seit Porcallos Abreise war die verhinderte Königin der Karibik einsam, starrte oft stundenlang aufs Meer. Die Leute dachten, sie sehne sich nach Desoto, der sie mit seiner Abwesenheit demütigte, aber es war Porci, an den sie dachte.

Eine Gruppe schwarzer Sklaven zog vorbei. Sie grinsten und kicherten. Was hatten die zu lachen? Aus ihrer Heimat entführt, versklavt, eine Überfahrt, bei der die meisten starben, angekettet wie Hunde … und trotzdem Kichern? Keine Vergangenheit, keine Zukunft, nur große weiße Augäpfel, die wie Wachteleier in der dunklen Haut lagen. Isabella beneidete sie. Oder lachten die sie aus?

Käme wenigstens das levantinische Korallenpulver, um sich die Augenringe überschminken zu können.

Im Palast polierten Sklaven das Silberbesteck, Leonoras Kind machte erste Gehversuche, und Alfonsito röchelte. Auf ihrem Schreibtisch lagen Briefe aus Sevilla und Santiago, nur Ranküne. Sie ließ nach Julius Cäsar rufen, doch der Indianer war unauffindbar. Er hatte sich schon eine ganze Zeit lang seltsam benommen. Zuletzt hatte er im Innenhof Lagerfeuer gemacht, ein Tipi aufgestellt und Tänze vollführt. Von leeren Hüllen und dem Sperma der Sonne hatte er gesprochen. Davon, dass seine Erinnerung zurückkäme, er die Welt wieder sprechen höre, aber nicht mit den Ohren. Jedem hatte er von Unterdrückung und Revolution erzählt, von Ausbeutung, Plünderung und dass er sich nicht länger zum Komplizen dieser Feinde der Menschheit machen lasse. Nun war er verschwunden.

Isabella fühlte sich verlassen. Jeder ihrer Tage war verklumpt mit Traurigkeit. Sie sehnte sich nach Porcis Erregung, vermisste die warme Nervosität im Bauch. Es war die Einsamkeit, die sie fertigmachte. Sie wollte begehrt werden, geliebt, und nicht verbittern. Königin der Karibik? Sie fühlte sich beleidigt und gedemütigt. Sosehr sie sich bemühte, diese Gefühle aus ihrem Herzen zu verbannen, blieben sie beharrlich darin stecken oder kehrten über einen Hintereingang zurück. Sie hätte vor Porcallo auf die Knie fallen und ihn anflehen müssen, hierzubleiben. Doch jetzt war es zu spät.

Wieder waren sie tagelang marschiert, als vor allem Indianer von einer Krankheit befallen wurden, die mit Fieberschauern, geschwollenen Augen und dicken Zungen begann, bald zu roten Bläschen führte und sie aussehen ließ wie ein zerschossener heiliger Sebastian. Gleich Leprakranken band man ihnen Glöckchen um und ließ sie abseits gehen. Als das nicht mehr möglich war, legte man sie auf Tragen, wenn sie Spanier waren. Indianer wurden zurückgelassen.

Cord zapfte den Kranken Blut ab oder hantierte mit dem Respirator, Francisca gab ihnen Salben, und Indianer bliesen sie mit Rauch an. Nützte alles nichts. Bald versagte ihre Stimme, wurden sie rot wie gekochte Krebse. Im Stadio ultimo trat Blut aus ihren Poren, schrien sie nach Wasser, weil sie innerlich verbrannten. Ihre Haut schien zu zerbröseln wie trockenes Laub. Entsetzlich gingen sie zugrunde, verbreiteten dabei bestialischen Gestank.

– Das Strafgericht Gottes, sagte Juan, weil wir ihn mit dieser Verbrennung in effigie beleidigt haben.

– Wendigo, jammerten die Indianer. Der Dämon kommt uns holen.

Plim blieb verschont, aber Ruben Christian erkrankte, glaubte, bald zu sterben, brüllte wie am Spieß und redete von Äquatortaufe, Allemannsend, dem Klabautermann und anderen Seefahrerbegriffen. »Loten. Stellt die Segel in den Wind!« Elias ging neben dem delirierenden Rothaarigen, der auf einer Trage lag und bald so schwach war wie ein Handtuch. Was war aus dem Hünen mit der angelsächsischen Haut geworden, der Kanonen und Karren gestemmt hatte? Jonas versorgte ihn mit Wasser, und Plim murmelte die ganze Zeit:

– Durchhalten, du musst durchhalten.

Abends flößte er ihm Suppe ein, und nachts saß er bei ihm, zeigte in den Sternenhimmel.

– Großartig, saugt einen ein. So einen Sternenhimmel habe ich nicht einmal in Algerien gesehen. Man muss nur hinaufschauen. So ist es oft im Leben, an den schönsten Dingen geht man achtlos vorüber. Die Welt ist voll davon. Darum durchhalten.

– Ich muss dir etwas beichten, Sprotte. Ruben hauchte. Sein Gesicht war aufgedunsen, glühte.

– Was denn?

– Etwas Persönliches. Ruben blickte zu Jonas, der mit den Achseln zuckte und davonhumpelte.

– Also? Elias tätschelte den behaarten Handrücken des Freundes.

– Sterben ist schrecklich, noch dazu für einen kümmerlichen Sold. Wofür? Damit der Kaiser nach einem guten Essen zufrieden rülpsen kann? Außerdem ist es unnötig, waren doch Pereiras Schiffe in der Pensacola-Bucht.

– Woher weiß du das?

– Alles eine Frage der Navigation, Monsieur. Rubens immer noch mächtiger Brustkorb hob und senkte sich wie das Meer zu den Gezeiten, aber sein Atem war flacher als der einer altersschwachen Heuschrecke. Ich habe einen Boten getroffen und ihn ausgequetscht. Desoto hat ihnen verboten, von den Schiffen zu erzählen.

– Warum?

– Wichtiger ist, ich habe nach Penelope gefragt.

– Woher weißt du?

– Na hör mal, dir spritzt ja der Saft bei den Ohren raus, wenn du von ihr sprichst. Auf Rubens mehlsuppengrauem Gesicht erschien ein Grinsen. Sie arbeitet als Abwäscherin in einer Schenke.

– Warum erzählst du mir erst jetzt davon? Elias Stimme zitterte. *Abwäscherin? Küchenmensch?* Ihm war, als hätte man ihm gerade die Schädeldecke weggesprengt.

– Ich kenne dich. Du wärst abgedampft, um dich zu Pereira durchzuschlagen.

Elias atmete schwer, dann tupfte er Ruben Schweißtropfen von der Stirn und sagte:

– Auch ich muss was gestehen. Algier …

– Du bist nicht konvertiert?

– Was ich dir von der Galeere und dem Sklavenmarkt erzählt habe, ist wahr. Aber dann arbeitete ich in einer Garum-Fabrik, ein Gewürz aus getrockneten Fischinnereien … Garum? Schon der Name hinterließ einen seetangartigen Geschmack … Bald war ich Haussklave bei Faïd, wo es mir ganz gut ging. Die Muslime waren gar nicht so brutal. Man hat mich nicht den Bab Azoun hinabgestoßen, das hätte ich nicht überlebt.

– Moment, fürs Protokoll, Ruben hauchte, deine Horrorgeschichten waren …

– Ausgeschmückt. In der Kasbah konnte ich mich frei bewegen, musste Wasser von der Zisterne holen, Esel füttern, Ziegen melken. Grausam war das nicht … Elias sprach, als wäre das, was er sagte, das Wichtigste der Welt … Ich habe ein bisschen übertrieben, weil man in Europa gerne blutrünstige Geschichten von bestialischen Muslimen hört.

– Was war mit dieser Landratte? Mustafa Müller.

– Ein pflichtbewusster Mensch, angepasst bis zur Selbstverleugnung, ein Denunziant.

– Und die Zauberin? Anisa Anis? Rubens Zunge fühlte sich an wie kalter Fisch.

– Eine Witwe. Elias' Stimme war gedämpft, die Wörter kullerten aus seinem Mund wie Kugeln aus einem Kaugummiautomaten. Anisa lud mich zu sich nach Hause ein. Aus Höflichkeit sagte ich nicht nein, als sie mir Rosinenwasser anbot. Um nicht undankbar zu erscheinen, nahm ich von den Datteln, die man Finger des Lichts nennt, und von denen man eine ungerade Zahl essen muss, weil es sonst Unglück bringt. Ich griff bei den gegrillten Sardinen zu, aß Bourek und Hammelfleisch. Aus Anstand kostete ich Bakbouka, Ziegendarm mit Kürbisstücken. Ich widersprach nicht, als sie sagte: »Ich weiß, dass Sie mich lieben, es sich aber nicht zu zeigen trauen.« Um ihr meine gute Kinderstube zu demonstrieren, setzte ich mich neben sie, ließ aus Diskretion ihre Hand über meine Beine streichen. Der erste Kuss … »Schämen Sie sich« … war ein Zeichen meines guten Benehmens. Aus Höflichkeit ging ich mit ihr ins Bett. »Was tun Sie da?« So hat sie mich verzaubert. Zu konvertieren und zu heiraten war die Konsequenz meiner Bescheidenheit. Ich bin zu gutmütig.

– Heilige Makrele. Und die Eselmaske?

– Tsssa … du musst nicht alles glauben. Mit der Heirat war ich frei und hieß jetzt Sid el Abd Qudir ibn Muhyl Plim.

– Sid el Abt … Quatsch …, murmelte Ruben.

– Eins hatte ich nicht bedacht, als Konvertit konnten mich die Trinitarier nicht freikaufen. Egal, es gab holländische und italienische Raïse in der Barbaresken-Armee. Warum nicht dort Karriere machen? Der Islam ist eine vernünftige Religion, der es geschafft hat, wilde Völker dazu zu bringen, eine Ordnung anzuerkennen: Gott … Jetzt war Elias endgültig in Schwung gekommen, die Wörter kamen wie beim japanischen Pachinko aus ihm herausgekullert … Als Anisas Mann war ich ein angesehener Bürger, kleidete mich mit Burnus und Fes. Bald ging ich in Palästen ein und aus, diskutierte über die neunundneunzig Namen Gottes, den Dschihad und die Scharia, bekam ein Ehrenkleid verliehen. Irgendwann, wahrscheinlich steckte Mustafa Müller dahinter, kam das Gerücht auf, ich sei ein Spion.

– Du? Sind die klar Schiff im Kopf? Auf Rubens Lippen formte sich ein Lächeln.

– Jeden Tag konnte ich verhaftet werden. Anisa wollte mit mir in die Wüste fliehen, wo man, wie es heißt, die Stille hört. Sie bekam leuchtende Augen, wenn sie von der Sahara sprach, und meinte, das wäre eine Reise in sein Inneres. In der Wüste würde man bescheiden wie ein Sandkorn. Aber die Tuareg sind ein Schmugglervolk mit kleinen Ohren und einer Weiberherrschaft … Jetzt überholten sich Plims Wörter fast selbst … Es war Mustafa Müller, der davon sprach, dass die islamische Zeitrechnung mit einer Flucht begonnen habe. Aber, fügte er hinzu, man landet vielleicht an einem Ort, der schlimmer ist. Er war es, der mein Entkommen organisierte, die Hafenbeamten bestach, das Boot organisierte. Anisa musste ich versprechen, bald zurückzukommen … Der Rest war so, wie ich es dir geschildert habe. Dänisches Handelsschiff, Sturm …

– Eine Seefahrt, die ist lustig, eine Seefahrt, die ist schön, murmelte Ruben und schlief ein.

Drei Tage lang schlief er wie ein Pferd, dann war der Rotschopf wiederhergestellt und bereute das Gesagte. Elias ging es ebenso. Schweigend marschierten sie nebeneinander her. Da kreuzte eine große Echse mit Kamm und Halskrause ihren Weg. Die weggespreizten Beine sahen lustig aus, Watschelgang. Männer rannten hinterher.

– Fangt sie! Desoto, der in der Jagd ein Symbol für die gesamte Expedition sah, war traurig, als dem Tier die Flucht gelang.

Der große Eroberer war abgemagert und hatte öfter Aussetzer, in denen er nach Isabella oder Maria verlangte. Seine Seele war verklumpt. Nachts plagten ihn Träume, sah er Kugelmenschen Getränke trinken, die Dr Pepper oder Sprite hießen, und Uniformierte, die Schwarze erschlugen, weil sie schwarz waren, oder Kinder einsperrten, weil sie nackt badeten, während dicke Männer auf grasfressenden Gefährten saßen. Er träumte von einem Land, in dem Fahrzeuge lebten. Menschen gab es auch, die hielten ihre Hände in die Höhe, sagten Gimme five …

Auch Rodrigo war schweigsamer geworden. Irgendetwas war mit dem Zwerg geschehen. Früher hätte er sich über den traurigen Nero lustig gemacht, der immer noch nach Ramses suchte, sich nicht einmal mit den neuesten Kreationen John Schnurs aufheitern ließ.

Sie plünderten Dörfer, töteten Aufmüpfige und vergewaltigten Weiber, was außer Cord und Juan niemand zu stören schien.

– Nur weil wir jederzeit draufgehen können, dürfen wir uns nicht alles erlauben. Die Männer denken, es ist nicht wichtig, was sie tun. Dabei ist das Gegenteil der Fall. Gerade, weil wir hier jederzeit sterben können, ist es wichtig, was wir machen.

– Wir müssen unsere Menschlichkeit bewahren, dürfen nicht verrohen. Moral ist unser höchstes Gut. Die Männer stimmten zu, hielten sich aber nicht daran.

Im Dezember errichtete man das Winterlager. Sie waren im Gebiet der Chicaza, einem Stamm von Kleinwüchsigen, der besser Kingsizer heißen sollte, war doch alles, was sie besaßen, drei Nummern zu groß. Wie im Jahr zuvor hoben die Spanier Gräben aus und errichteten Palisaden. Wovon redeten die Soldaten während der Mahlzeiten? Von Frauen, Kriegen, Gold.

Sie hatten so viele Schlachten und Scharmützel geführt, so viele Indianerstämme geplündert, dass sie alle durcheinanderbrachten. Wie hieß der dicke Patriot? Wo herrschte die Nomenklatura? Wen hatten sie gekreuzigt? Wer war ganz vernarrt in seine Erlässe und Dekrete?

Kurz vor Weihnachten erkrankte Stummel. Als er das Ende kommen sah, ließ er Desoto rufen, sprach von Dankbarkeit, Vertrauen und davon, dass Zwerge alt geboren würden, aber jung stürben. Schließlich bat er den Eroberer, das Ohr an seinen Mund zu halten, und hauchte:

– Moskito war's. Moskito hat Maria vergewaltigt. 1519 in Segovia. Hast du dich nie gefragt, warum er so viel säuft.

– Moskito? Ferdinand dachte an den trockenen Alkoholiker. Maria? *Das Näschen. Schwöre, dass du immer nur mich liebst.* Das ist lange her, zu lange. Mehr sagte er nicht. Dann ging er zur Stummen und verabreichte ihr eine Ohrfeige.

Zu Neujahr 1541 gab es modrig schmeckende Rosinen und Wein. Kein Feuerwerk, keinen Champagner und keinen Mitternachtstanz, nur den Tod jeder Party – betretenes Schweigen. Von den Kingsizern war nichts zu sehen. Das Leben normalisierte sich. Waffen pflegen, essen, Tiere füttern, es gab sogar ein Puff mit Indianerfrauen. Mit der Zeit wurde man unvorsichtig wie ein Boxer, der die Deckung fallen lässt, verringerte die Wachen.

Die Chicaza, Meister der Tarnung, hatten sich noch immer nicht gezeigt. Dieser vorsichtige Indianerstamm bildete eine Streitmacht von dreitausend Mann, die nur auf eine mondlose Sturmnacht wartete. Kreisten sie wie Boxer ihre Köpfe und trippelten sie herum? Nein, sie planten einen Tiefschlag: Feuerdrachen! Der Wind sollte brennende Flugobjekte in das Lager der Spanier tragen und es in ein Flammenmeer verwandeln. Federleichte Matten mit Versteifungen aus Weidenzweigen, dazu Zündschnüre aus dürrem Gras, fingerdick mit Bärenfett beschmiert.

Am 30. Januar war es so weit. Eine Wolkendecke verdunkelte den Himmel, und von Norden blies so heftiger Wind, dass sich die Wachen hinter den Palisaden wärmten. Eine Kälte war das, dass einem die Pisse in den Nieren fror. Desoto hatte sich mit Juan zurückgezogen, um zu beichten. In Wahrheit erzählte er nur von Isabella und Maria.

– Jeder hat Liebe und Hass in sich. Wir müssen lernen, damit umzugehen. Juan … er hatte wieder zugenommen … war verständnisvoll – er sah aus wie ein Stück Gnocchi mit Haaren.

– Wegen Isabella sind wir nicht umgekehrt, weil ich ihr nicht mit leeren Händen unter die Augen treten wollte. Wir waren nur zwei Jahre zusammen, aber ich habe es verbockt … Sie hat mir das Leben zur Hölle gemacht, jetzt aber, da sie vielleicht mit einem anderen … Ich verliere den Verstand …

– Fürchtest du, die Flammen der Eifersucht könnten dich verzehren? Juan kratzte sein flaumbewachsenes Gesicht, spürte, wie ihm heiß wurde. Aber es waren nicht die Feuerzungen des Argwohns, sondern die profaneren Drachen der Indianer.

Die Uhren zeigten Mitternacht, Desoto und sein Neffe sahen ein helles Flackern, das sie nicht zu deuten wussten, dann begann sich der Augenblick zu dehnen, und es brach die Hölle los. Geschrei aus allen Richtungen. Ferdinand stürzte nach draußen und sah brennende Flugobjekte, dann Zelte, aus denen Flammen schlugen, und verstand nicht, was los war. Erst als er »Indianer! Sie greifen an!« hörte, kapierte er die Lage. Man schrieb den 31. Januar – Freitag, Tag aller Kriegserklärungen! Wieder einmal. Der große Eroberer blickte zu seinen Leuten und sah panikerstarrte Gesichter. Sofort versuchte er, die Truppe zu sammeln, aber da war nur kopfloses Durcheinander.

– Seht ihr nicht, was zu tun ist? Alles steht in Flammen! Die Wilden greifen an!

Dutzende Feuerdrachen fielen vom Himmel, Hunde schlugen an, Schweine grunzten panisch.

– Eine Beleidigung für Spanien, sagte Añasco.

– Die Vorräte, brüllte Castro. Die Schinken! Die Maische für den Branntwein!

– Passt auf das Pulver auf.

Nur Nero stand inmitten der Apokalypse und murmelte:

– Ramses! Ich vermisse dich.

Die Pferde scheuten dermaßen, dass es unmöglich war, ihnen Sättel aufzulegen. Alles stand in Flammen. Ein Inferno! Indios waren die Palisaden hochgeklettert, ins Innere gesprungen und hatten das Tor geöffnet. Jetzt drängten welche in das Lager. Es kam zu Rangeleien, Kämpfen. Infight. Wie in Trance gab der große Eroberer Befehle, er trieb die Dragoner an, die Fußsoldaten, Armbrustschützen. Überall war er zu finden, half, das Feuer im Versorgungszelt zu löschen, öffnete die Gatter der Hühner, ließ die kläffenden Doggen frei, teilte Waffen aus. Das waren die ersten Stunden seit Monaten, in denen er nicht an Isabella dachte, und er war glücklich.

Wie es gelang, den Chicaza standzuhalten, wusste nachher niemand zu sagen. Ohne Sattel ritten manche in die Reihen der heranstürmenden Indios, trampelten sie nieder, zweimal wurde Desoto, der die Reiter anführte, vom Pferd gerissen, beide Male kam er wieder hinauf, feuerte seine Leute an.

Elias war schlaftrunken aus dem Zelt gewankt, sah, wie Ruben mit zwei Wilden kämpfte, und ehe er verstand, was hier geschah, lag er auf dem Rücken, hatte einen Chicaza auf sich sitzen, der wie ein Bär gerade seine Tatze hob, ihm das Gesicht vom Kopf zu fetzen, nur dass es keine Bärenklaue war, sondern eine Kingsize-Streitaxt, die Schwung genommen hatte, ihm den Schädel zu zertrümmern. Der Wilde hielt sich nicht lange mit Präliminarien auf. Elias hörte es zischen … *Scheiße!* … jetzt war alles aus. Hätte nicht jetzt sein Leben vor ihm ablaufen müssen? Ja, der Film war über den Vorspann schon hinaus. Er sah sich in der Werkstatt seines Vaters, der, wie er ihm damals gestanden hatte, gar nicht sein Vater war, genauso wenig wie Mutter seine Mutter war … eine Information, die er völlig verdrängt hatte … seine Eltern hatten ihn adoptiert! … weshalb er sofort in die heruntergekommensten Schenken Trianas wollte. Die Flamencotänzerin blitzte auf, Algerien, das Piratenschiff, Penelope, der lange Marsch … und jetzt der Indianer mit dem Ich-bin-stark-wie-ein-Bär-Gesicht … Wenn nicht auf der Stelle die Kavallerie eintraf, war es vorbei. Wo steckte Ruben? *Monsieur! Hier bin ich!* Doch der Rotbart hatte selbst alle Hände voll zu tun. Ein schrecklicher Gedanke brodelte in Plims Hirn, es war vorbei. Aus. Adieu, du schnöde Welt. *Ich lebe, ich weiß nicht, wie lang. Ich sterbe, ich weiß nicht, wann … doch, jetzt! … Ich fahre, und weiß nicht, wohin. Kein Wunder, dass ich nicht glücklich bin.* Da wurde der Indianer mitsamt seiner Waffe einfach weggewischt wie Speisereste von einem Tisch. Stummel! Der Gnom hielt den Lauf einer Arkebuse in der Hand und grinste ein Ich-bin-stark-wie-ein-Bär-wenn-da-bloß-nicht-der-Großwildjäger-wär-Grinsen. Er hatte dem Indianer den Schaft des Schießprügels über den Schädel gezogen, ihn wie mit einem Golfschläger weggeschossen. War das möglich? Wie konnte der kleine Mann, der vor kurzem fast gestorben wäre, eine so schwere Waffe schwingen?

– Pass auf dich auf! Der kleinwüchsige Großwildjäger reichte ihm die Hand und zog ihn hoch.

– Danke. Elias stammelte. Doch schon stürmten die nächsten Indios auf ihn zu. Ring frei zur nächsten Runde. Uppercut. Wie eine Schlange bei einem Waldbrand hätte er sich gerne in einem Loch verkrochen, aber die Wilden hatten anderes im Sinn.

Bis zum Morgengrauen dauerte der Kampf, dann floh der Feind aus der verbrannten Zeltstadt. Überall Glutnester und beißender Geruch. Mit dem Sonnenaufgang zwitscherten Vögel, als gäbe es keine dreiundvierzig Toten, keine hundert Verwundeten, die alle nach Francisca schrien.

– Sie ist in ihr brennendes Zelt gelaufen, sagte ihr heulender Mann, um ihre Perlen zu retten. Balken stürzten auf sie nieder, sie ist verbrannt.

– Warum hast du sie nicht gerettet?

– Es war zu heiß … Ich hörte ihre Schreie. Hinestrosas Stimme stockte. Er zeigte seine mit Brandblasen übersäten Hände, weinte.

– Fünfzig tote Pferde, davon ist nichts im Itinerar gestanden. Cords Brille war zu Bruch gegangen, nun war seine Welt zerscherbt. So gut es ging kümmerte er sich um die Verwundeten, hatte keine Zeit, sich zu denen zu setzen, die die Köpfe hängen ließen, nach ihrer Mutter schrien.

Die meisten Schweine waren verbrannt, nur die kleineren Tiere hatten sich durch die Umzäunung gezwängt. Decken, Zelte und große Teile der Ausrüstung waren den Flammen zum Opfer gefallen. Zweifelsfrei war das eine Niederlage durch technisches K. o. … Würden sie zuerst verhungern oder erfrieren? Quigley bot Wetten an. Nichts von beiden. Wie man es bei Indianern gesehen hatte, flocht man aus Halmen Decken, fütterte mit Hasenfellen Grasmatten, die erstaunlich warm hielten. Aus Häuten toter Pferde fertigte man Stiefel, die mit trockenem Moos gepolstert wurden. Handwerker schusterten Sättel aus Holz zusammen, schnitten Sattelgurte und Zaumzeug aus Schwarten. Der Schmied schob die Waffen der Gefallenen in einen improvisierten Schmelzofen, goss Lanzenspitzen, die später Schäfte aus Hickoryholz erhalten sollten. Der Bau des neuen Winterquartiers dauerte acht Tage. Einem Angriff wären sie jetzt ungeschützt ausgesetzt gewesen, doch von den Wilden war gerade nichts zu sehen.

– Willst du immer noch in diesem verfluchten Land bleiben, fragte Moskito. Salz auf mein Haupt, aber wir haben hier kein Brett im Stein …

– Ich gebe nicht auf. Ferdinand blickte ihn verächtlich an, dachte an Maria. *Wie konnte ich dir jemals vertrauen, du Verräter.*

Erst als das Lager wiedererrichtet war, kehrten die Indianer zurück, sie endgültig zu vernichten. Doch ein heftiger Sturm ließ sie unverrichteter Dinge wieder abziehen.

MARDI GRAS

Die Luft war ausgewaschen, das Gras funkelte vom nächtlichen Regen, und die Sonne war bereit für einen herrlichen Tag. Isabella erwartete venezianische Strümpfe und Mailänder Kleider, aber alles, was kam, waren Sklaven. Man hatte an Havannas Hauptplatz ein pompöses Haus für das kreolische Geschäft gebaut, wie man den Sklavenhandel nannte. Sklaverei war das Fundament jeder Zivilisation, der einzige Schutz gegen Verarmung, Motor allen Fortschritts.

Unten saßen die gutgelaunten Plantagenbesitzer und Gutsherren samt Gespielinnen … lauter Stutzer …, fläzten sich in ihren bequemen Sesseln, als hätten Tischler diese Möbel nur gemacht, weil sie wussten, dass diese Herrenmenschen eines Tages zur Welt kämen und Sitzgelegenheiten bräuchten. Ausbunde an selbstgefälliger Überheblichkeit und Ignoranz.

Oben auf der Galerie drehten Sklaven ihre Runden. Die Szenerie müsste einem zufälligen Beobachter wie eine Mischung aus Modenschau und Viehmarkt vorkommen. Da waren »Neger«, die wie auf spitzen Kieselsteinen gingen, während andere selbstsicher stampften. Da waren Mädchen, schwarz wie Kohle, mit Ärschen in Kürbisgröße … Steatopygie. Männer mit muskulösen Oberkörpern und gelben Augen. Junge Frauen mit Säuglingen an der Brust, Körbchengröße Melone, und gazellenbeinige Burschen, nicht älter als vierzehn. Der Auktionator pries die Waren an, ratterte Preise herunter und verteilte Zuschläge.

Die Zuckerbarone, Viehzüchter und Großbauern machten zynische Bemerkungen und lachten. Eine Tafel an der Stirnseite des Raumes zeigte die Wertigkeit der Rassen: weißer Vater, indianische Mutter oder Indianervater mit einer Mulattin; schwarzer Vater, Mischlingsmutter: Mestize, Mulatte, Zambo, Kreole, Quintero, Obscuro … Für jede Variante gab es eine Bezeichnung.

Ganz unten auf der Skala waren die reinrassig Schwarzen, ganz oben die Weißen.

Die Bieter aßen gegrilltes Fleisch und tranken Wein. In der Mitte thronte Porci, der kaufte, was er kriegen konnte. Sein Ziegenbärtchen hatte sich zu einem Vollbart ausgewachsen. Er strahlte.

Isabella wusste, dass sie ihn hier finden würde. Wenn sie sich einmal etwas in den Kopf gesetzt hatte, konnte sie stur sein wie ein Kind. Es war die erste Sklavenauktion seit einem halben Jahr, und sie hatte Porcallo seit Monaten nicht gesehen. Nun blickte er zu ihr mit seinen ruhigen, tiefen Augen und lächelte. Was für ein beglückendes Gefühl. Nun würde alles gut werden. Er würde sie in seine Arme schließen und küssen … *da hat der liebe Gott uns Öffnungen gegeben, damit die Schleimhäute sich berühren* … sie würden sich lieben … Er warf ihr eine Kusshand zu, und Isabella strich sich verlegen durch das rotblonde Haar, senkte den Blick und errötete. All ihre Gehirnzellen waren auf Porci fokussiert. Isabellas Augen funkelten, in ihrem Mund formierte sich ein Lächeln. Ein breites Grinsen, wie es Adam im Gesicht stand, als er die Gegenleistung seines Tauschhandels zum ersten Mal erblickte, ein Wunder von Lächeln. *Porci.* Sie ignorierte alles andere – die Sklaven, Gutsbesitzer und der Auktionator hätten ebenso gut Löcher in den Wänden sein können. Sie hörte das Blut in ihrem Kopf pochen. Plötzlich Lärm, wie aus dem Nichts sprang ein Schatten auf Porcallo zu, man hörte einen Schrei, »Freiheit!«, und ehe Isabella begriff, was vorging, erkannte sie Julius Cäsar in vollem Eingeborenen-Ornat. *Dieser prähistorische Vorsintflutler.* Eine böse Ahnung beschlich ihr Herz. Was sollte das werden? Der verrückte Indianer ignorierte alle Fakten, schuf eigene. Sie brüllte »Nein!«, doch da war es zu spät. Ihr persönlicher Sklave, dieser verrückte Kerl, hatte ihrem Liebhaber die Kehle aufgeschlitzt … ein Schnitt, der endgültiger spaltete als jedes Lächeln.

Porcallo griff sich an den Hals, begriff nicht, was los war. Kotzübel war ihm, und er war sich sicher, in die Hose gemacht zu haben. Der Sklaventreiber wollte schreien, doch seine Kehle gehorchte nicht, außer Blut kam nichts heraus. Jetzt stand sein Mund für immer offen.

– Nein! In Isabella explodierte Entsetzen. *Eines Tages wirst du dafür den Kopf verlieren.* Ihr strahlendes Gesicht fiel zusammen wie ein Soufflé. Sie kreischte, doch es war zu spät. Aus Vasco Porcallo de Figueroa würden keine Speicheltröpfchen mehr kommen, er war tot.

Julius Cäsar hob das blutende Messer und schrie:

– Das Ego hat die Europäer groß gemacht. Das Ego wird sie auch vernichten. Julius Cäsar hat Angst vor einer Welt der Eigentümer, in der überall »Privatbesitz« und »Betreten verboten« steht … wo man zu keinem See und in keinen Wald mehr gehen kann, weil alles irgendwem gehört. Das ist ein Irrweg, aber damit ist jetzt Schluss! Julius Cäsar hat genug von dem Geschwätz über Freiheit und Humanismus und neue Menschen, das nur Monster hervorbringt. Kolonialherren machen die Neue und die Alte Welt kaputt! Freiheit allen Unterdrückten! Veni, vidi, vici! Ein paar Sklaven lachten.

Bis Ende März war man Attacken der Chicaza ausgesetzt. Zum Wasserholen mussten Bewaffnete in voller Montur ausrücken. Blickte man über die Palisade, bekam man von einem Pfeil einen Scheitel gezogen. Nur Fliegen und Käfer kümmerten sich um die Toten, die mit Pferde- und Schweinekadavern auf einem Platz hinter der Zeltstadt lagen und verrotteten – für Insekten Buffet und Brutkasten, Kinderklinik und Schlaraffenland.

Im April regnete es weniger, der Aufbruch schien nah. Der große Eroberer saß über einem mit »Stiefel« beschrifteten Stiefel, als Biedma sein Zelt betrat und von Soldaten berichtete, die

Sold verlangten. Der Schatzmeister strich sich das lange graue Haar aus der Stirn und kraulte seinen Bart.

– Was? *Dieser buchhalterische Rübezahl hat die Ausstrahlung eines Kutschers, der sein Leben lang nur auf Pferdehintern starrt, aber jetzt gehen die Gäule mit ihm durch. Sold?*

– Sie sind seit zwei Jahren unterwegs, eine Eroberung ist unwahrscheinlich, daher verlangen sie … Biedma sprach mit wohlgesetzten Worten, jeder Satz wurde so bedacht ausgesprochen, als wollte er daran ein Bild aufhängen.

– Bekanntlich ist die Armee etwas Großes, aber die Soldaten sind Trottel. Sold? Stummel verbiss sich an dem Wort wie ein Hund an einem Knochen. Faule Knaben, die herumlungern und warten, dass es Kekse regnet. Sold? Wofür?

– Sie glauben, Anspruch zu haben. Biedma scharrte mit den Füßen verlegen in der Erde.

– Reichen nicht die Werke der Frömmigkeit, die sie hier vollbringen dürfen? In der Stimme des Zwergs lag Sarkasmus.

– Es ist nicht gesagt, dass man Seelen rettet, wenn man Dörfer überfällt, Frauen vergewaltigt und Vorräte stiehlt. Der Schatzmeister hatte eine kleine Grube ausgeschaufelt.

– Gut, sie verlangen also Sold. Desoto sprach mit tonloser Stimme. Das Gesäß tat ihm weh, und seine Beine waren steif. Vierhundertfünfzig Männer waren noch am Leben. Wie sollte er die künftigen Tage, Wochen aushalten? Alles, woran er denken konnte, war seine Frau. Und jetzt drohte eine Meuterei, denn nichts anderes war diese unverschämte Forderung. *Sold?* Sag ihnen, ich denke darüber nach.

Kaum waren der Riese und der Zwerg aus dem Zelt, begann ihn die Stumme zu umarmen, er stieß sie zurück.

– Hast du keine Sehnsucht nach Haut, fragte sie. *Sie spricht?*

– Jetzt nicht. Jetzt muss ich nachdenken.

– Worüber?

– Sold!

– Was ist das?

– Eine dumme Idee, die der weiße Mann gehabt hat, lange bevor Kolumbus Westindien entdeckt hat.

– Also unwichtig. Malinche stemmte ihre Arme in die Hüften, und ihre Brust hob sich wie ein Blasebalg. Essen, Schlafen, Sex, für alles hast du eine Zeit. Du lässt nichts zu. Du kannst nicht mit mir schlafen, weil du nur an Rache denkst.

Er sah sie an und wusste, sie sprach von Isabella. Woher wusste sie? Hatte er im Schlaf geredet? Ihr krauses Haar war zu einem Zopf zusammengebunden, und sie trug ein besticktes Leinenkleid. Hatte sie sich hübsch gemacht? Wie lange hatte er sie nicht mehr richtig angesehen?

– So ist das, wenn man eine Ehre hat. Malinches Stimme klang spitz. Nicht einmal der Tod wäscht dich rein von der Beleidigung. Nicht einmal der Tod. Sie rannte hinaus, kam zurück und richtete eine Decke gerade … Tsssa! … und war schon wieder weg. Er blieb stehen und dachte über ihre Worte nach. Es stimmte. Er wusste nicht, was Liebe ist. Alles, was er kannte, war Selbstliebe und Eifersucht, Besitzdenken und Neid.

In den nächsten Tagen wurden viele krank, aber nicht so schlimm wie vor dem Winterlager. Diesmal waren keine Glöckchen notwendig. Bastardo und Cinquecento verkauften Pillen aus Mehlpaste – die Gauner waren in ihrem Element, sie hätten selbst Jesus für die Kreuzigung bezahlen lassen. Für jede Pille verlangten sie eine Münze. Seltsam war, die kleinen Kügelchen wirkten.

Mitte April 1541 kamen die Ameisen zurück, liefen in langen Reihen durch die Zelte, über Tische, alles. Man verließ das Winterquartier. Desotos Wille bestimmte den der Männer. Nordwärts! Niemand sprach jetzt mehr von Sold – dieser Knochen war gegessen. Sie erreichten Dörfer, ließen Begrüßungsrituale und Feste über sich ergehen und begannen, den Lebensstil der Indianer zu kopieren. Manche trugen nun Mokassins statt Stiefeln, andere Lederumhänge statt Ballonhosen. *Nicht mehr lange, und sie werden Schamgürtel anziehen, sich Holzpflöcke durch Unterlippen rammen und ihre Gesichter tätowieren lassen.* Sie hatten indianische Frauen im Schlepptau und aßen, was die zubereiteten.

– Sie sind dabei, die Kontrolle zu verlieren, sagte John Schnur, der nicht müde wurde, Nero mit neuen Kreationen zu beglücken. Die Indianerinnen machten aus Decken Kleider, verwendeten Knochensplitter als Nähnadeln und Tiersehnen als Fäden. John Schnur aber verarbeitete die edelsten Stoffe … weiß der Teufel, woher er die hatte … und kombinierte sie mit gewagten Accessoires: getrocknete Därme, Rinden, Felle – nichts war vor ihm sicher. Nero, seit Ramses der Zweite verschwunden war, fatalistisch, zog alles an, selbst wenn es wie das selbstgenähte Karnevalskostüm eines geistig zurückgebliebenen Zwölfjährigen aussah.

– Phantastisch, sagte John Schnur, als er ihm eine Weste aus Schneckenhäusern anprobierte. *Schnecken?* Feine Leute sagen dazu Escargot.

Alle anderen waren nicht mehr als Soldaten des Kaisers zu erkennen. Sie sahen aus wie Gammler, die Requisiten für einen Mittelalter-Film gestohlen hatten. Ein verlauster Haufen. *Kein Modebewusstsein!* John Schnur konnte es nicht fassen.

Sie wurden zu Indianern. Ein paar hatten gar keine Lust mehr, zurück nach Spanien zu gehen. Hatten sie hier nicht alles, was sie brauchten?

– Vielleicht erleben wir nie wieder eine solche Freiheit? Wer weiß, vielleicht sagen wir später, dass wir heute glücklich waren. Jonas lächelte, und auch wenn niemand reagierte, dachten viele so. Das Leben war schön. Es war nicht das Etepetete-Schnickschnack-Champagnerisieren der vornehmen Leute, aber es gab Frauen und genug zu essen und als Gratisbonus die Hoffnung auf den Lottosechser – Eldorado.

Stille und Ruhe schienen aus der Landschaft aufzusteigen, doch der Friede war trügerisch. Die nächste Festung tauchte auf und wurde en passant erobert.

Beim nächsten Dorf war es wieder komplizierter. Die Wilden hatten Pfeile mit Feuersteinspitzen, was entsetzliche Wunden hervorrief. Achtzehn starben.

Cord versuchte mit Aderlässen und Blutegeln zu helfen, vermisste Francisca und ihre Salben. Aber dann kam der große Moment, der ihn in den Olymp der Medizingeschichte katapultieren würde, die Stunde des antimephitischen Respirators. Er band seinen Patienten die Ledermaske um den Mund und pumpte ihnen gefilterte Luft in die Lungenflügel, was zur Folge hatte, dass die Glücklichen ihr Hochgefühl kaum fassen konnten, erst rot anliefen, dann die Augen weit aufrissen, mit den Händen zappelten und schließlich vor lauter Freude über so viel medizinische Obsorge qualvoll erstickten. Was war falsch gelaufen? Vom streng wissenschaftlichen Standpunkt aus gesehen, war das nicht möglich. Lag es am Filter oder am Schlauch? Waren die Organe ob der vielen Frischluft überfordert. Cord war ratlos. Nachdem er zwölf Männer zu Tode gebracht hatte und alle in der Truppe unruhig wurden, gab er die Idee des Beatmungsgerätes wieder auf. Vielleicht konnte er es eines Tages als Folterwerkzeug verhökern. Jetzt war die Zeit noch nicht reif dafür.

– Wir siegen uns zu Tode. Wenn Christus hier wäre, würde er erobern und töten? Sollten wir nicht versuchen, die Indianer zu bekehren? Ihnen die Botschaft der Liebe verkünden?, fragte Juan.

Desoto sah ihn an und schwieg.

Wegen der Kranken kam man nur vier, sechs Meilen pro Tag

voran. Dann bekamen welche Fieber, begannen fürchterlich zu stinken und waren verwirrt. Salzmangel! Die Indianer kannten ein Gegenmittel, verbrannten ein bestimmtes Kraut und mischten die Asche in Speisen und Getränke. Spanier, die das nicht wollten, sagten, sie seien keine Aschefresser, sondern Vertreter der Zivilisation. Manche meinten, das sei nur eine Grippe. Völlig harmlos. Acht Tage später sah es anders aus. All jene, die sich aus Stolz oder Blödheit geweigert hatten, das Pulver zu essen, waren tot. Danach wurde niemand mehr gefragt, danach verglich auch keiner mehr die Krankheit mit der Grippe.

Desoto war nur selten zusammenhängender Gedanken fähig, hatte Angst durchzudrehen. War diese Realität nicht vollkommen absurd?

– Nicht nur die Soldaten planen eine Meuterei, auch deine Hauptleute. Stummel flüsterte. Auch wenn die meisten nur milde Symptome von Intelligenz aufweisen, darfst du das nicht ignorieren. Sie sagen, du führst sie in den Untergang … Du musst ein Exempel statuieren!

Wieder marschierten sie durch endlose Ebenen. Keine Täler taten sich auf, keine Berge am Horizont, nur flaches Land. Und doch konnten sie etwas riechen, Schlick und Feuchtigkeit, sie ahnten Bewegung, eine große Kraft, und am Mittwoch, dem 21. Mai 1541, sahen sie ihn – einen Strom, breiter als alles, was sie je gesehen hatten. Dagegen waren der Guadalquivir oder der Tajo Kinderpipi, die Themse oder die Donau armselige Pissrinnen. Kein Fluss, sondern ein Ungeheuer – träge und langsam, blaugrau und gleichgültig. Diesem Strom war anzusehen, dass er die Wassermassen eines ganzen Kontinents ins Meer spülte. Die Indianer nannten dieses Monstrum Misiziibi, was Vater allen Wassers bedeutete.

Der Mississippi, ein Strom, so breit, dass drei Doppelkonsonanten in ihm Platz fanden. Seine Entdeckung, hundert Kilometer nördlich von New Orleans, sollte Desotos größter Erfolg sein. Er war der erste Europäer, der ihn sah. Das würde ihm einen Platz in den Geschichtsbüchern sichern. Heute sind dort Resorts und Parks nach ihm benannt, gibt es De-Soto-Hotels, -Leihwagenfirmen, -Partnerschaftsinstitute, -Reisebüros. Für den großen Eroberer war das nur ein Fluss, den es zu überqueren galt.

Es sollte die glücklichste Stunde seines Lebens sein, sein Nebenbuhler war tot, und er entdeckte den größten Strom Nordamerikas – was ihn auf eine Stufe hob mit Mungo Park, Livingstone, Balboa, aber er bekam davon nichts mit, schüttelte, als er den Monsterfluss sah, nur den Kopf und sagte:

– Dreckslacke!

Soldaten bekamen beim Anblick dieses Stromes romantische Gefühle, entledigten sich ihrer Kleider, entblößten drahtige Körper, die im Gegensatz zu den braunen Armen weiß wie Milchschaum am Latte Macchiato waren.

Auch Ruben und Elias hatten ein Leuchten in den Augen und liefen die verschlammte Böschung hinab, da waren die ersten Schwimmer schon verschluckt und nicht wieder aufgetaucht. Dieser Fluss war so voller Strömungen und Wirbel, dass Chaosforscher hier ihre Theorien entwickeln könnten.

– Geh nicht hinein, rief Stummel Elias zu. Der Kleinwüchsige stand am Ufer und beobachtete den Lockenkopf.

Bevor er darüber nachdenken konnte, was der Zwerg wollte, sah Plim ans Ufer. Da lagen nicht nur handtellergroße Austern, sondern auch Alligatoren. Entsetzt wich er zurück, und auch Ruben sagte was von Aufgeien und Segel reffen. Elias blickte sich um und sah zu Stummel, der ihn so lange anstarrte, bis Plim errötete und seinen Blick abwandte. Seit geraumer Zeit wusste er, dass ihn der Kleinwüchsige beobachtete. Der Zwerg war so beharrlich wie der Strom. Was wollte er? Liebesdienste? War der Knirps ein Sodomit?

Wie sollte man dieses Ungetüm überqueren? Mit Flößen? *Eine Hängebrücke wird hier nicht möglich sein.*

Als alle an die Schinderei des Floßbaues dachten, kamen Kanus mit singenden Indianern. Sie brachten Geschenke, und ihr Kazike, ein bunt befederter Greis mit dem Gesicht einer vertrockneten Kastanie, war, nachdem man ihm das Requerimiento vorgetragen hatte, sofort bereit, sich zu unterwerfen. Das Requerimiento-Dokument war den Flammen zum Opfer gefallen. Der große Eroberer zitierte aus dem Kopf, Rodrigo besserte ihn aus.

– Du hast Murcia vergessen!

– Es ist nicht notwendig, alle Herrschaftsbereiche Karls aufzuzählen. Das ist egal.

– Denen in Murcia nicht.

Tatsächlich war es den Indianern, sie nannten sich Süd-Abita-Amber, einerlei, wie Karls Besitzungen hießen. Sie staunten über die Ankömmlinge, berührten neugierig Brustharnische und Bärte, zogen ihre Hände aber schnell wieder zurück. Viel wichtiger als das Requerimiento war ihnen, dass die Spanier ihren Gott um Regen baten, waren doch all ihre Felder verdorrt.

Und uns hat es im Winterlager fast davongeschwemmt.

– Vor Regen, wir müssen über Fluss. Du verstehen? Der große Eroberer sprach wie mit einem ausländischen Hilfsarbeiter. Der Häuptling antwortete mit einladenden Gesten. Man lud Zeltplanen, Vorräte und Waffen in die Kanus und ließ sie über den Fluss bringen, wobei man vier Kilometer abgetrieben wurde. Auch Hühner, Schweine, ja selbst Ziegen konnten in den Rindenbooten transportiert werden.

– Na bitte, alles fügt sich. Wenn man einen Arsch im Hintern hat … Moskito rieb sich die Hände. Seit er nicht mehr trank, war er kaum zu bremsen.

Ja, wie es sich schon einmal gefügt hat und gefügig gemacht worden ist. Desoto betrachtete den Vergewaltiger seiner Maria voller Abscheu. *Wie konnte dieses Männlein …?*

– Was ist mit den zweiunddreißig Pferden? Für die sind die Kanus zu klein.

Also musste man erst ein Floß bauen, das mit einem Gatter umkränzt wurde und sechs Tiere fasste, die nur unwillig auf das Konstrukt stiegen, sofort bis zu den Knien im Wasser standen. Die Riemen knirschten, und die Hufe plantschten. Dann wurde dieses Pferdefloß von vier Kanus ans andere Ufer gepaddelt. Bis alle drüben waren, dauerte es zwei Tage.

Drüben wurde das Lager errichtet. Die Indianer tanzten, sangen und verschütteten Spuckebier, womit sie ihren Göttern dankten.

Sie brieten Papageien und veranstalteten einen Höllenlärm, den sie für Musik ausgaben. Während die einen Indianer feierten, stahlen andere Pferde, die den Grundstock sämtlicher Pferde Nordamerikas bilden sollten. Nicht Coronado hatte die Gäule gebracht, sondern Desoto, der über diese unfreiwillige kulturelle Transaktion wenig erfreut war. Ihm war egal, dass diese Tiere das Leben der Indianer auf Jahrhunderte prägen sollten, für ihn war das ein hundsgemeiner Diebstahl. Noch dazu, als es so viel Anstrengung gekostet hatte, sie über den Fluss zu bringen.

– Diese Maisfladen auf zwei Beinen, Hurensöhne!

– Sie sprechen mir aus der Seele. Häuptling Vertrocknete Kastanie musste sich den Mund fusselig reden, bis man ihm glaubte, dass die Nord-Abita-Amber die Übeltäter waren, die Süd-Abita-Amber damit nichts zu tun hatten, sie weiterhin ein Recht auf Regen hätten.

– Die Süd-Abita-Amber sind ein gutes Volk, während die Nord-Abita-Amber zwar dieselbe Sprache sprechen, aber durch und durch böse sind. Die beten Fische an!

Man errichtete also, da man guten Willen zeigen wollte, ein riesiges Kreuz und bat den Kaziken, seine Leute zu versammeln. Zwanzigtausend Menschen. Unter Juans Anleitung folgten stundenlange Gebete und Großer-Gott-wir-loben-dich-Gesänge.

– Der Wille des Herrn soll geschehen … Juan hielt die Predigt so feurig, wie er konnte. Aber Regen heraufbeschwören? Gut, man musste Gott eine faire Chance geben, auch wenn Wetterzauber der Inquisition als Verbrechen galt. In der Bibel stand nichts davon. Regen machen hatten selbst Moses und Jesus nicht gekonnt. Regen war ein Problem, das die Grundfesten der Theologie berührte. Am Himmel zeigte sich kein Wölkchen. Was würde geschehen, wenn die Wilden merkten, dass ihr Gott dazu nicht fähig war? Würden sie über die Spanier herfallen? *Hier spricht Juan Desoto, Gott … hörst du mich? Siehst du, wie viele Menschen hier versammelt sind? Und alle erwarten, dass du ihnen etwas von deiner großen Gnade zeigst …*

Grundgütiger! Während Juan und die anderen um Regen beteten, betrachtete Turtle Julius verkohlte Palisaden und abgebrannte Häuser. Überall Gerippe und Totenschädel. Es war, als wate er durch einen Komposthaufen. Ständig knacksten Knochen unter seinen Füßen, trat er auf Steigbügel oder Schilde. Manchmal stieg er auf etwas Schleimiges, roch es nach Fäulnis.

Er strich über seine Walnussglatze und brummte mit Ben-Kingsley-Stimme etwas von Krieg, Schlachtfeld, Katastrophe. Ob Bastardo unter den Toten war? Natürlich war er ihm noch hinterher. Man könnte sagen, er konnte nicht aus seiner Haut, was bei Turtle nicht ganz stimmte.

– Maubilia, kreischten Kinder, die spanische Helme trugen. Die einst stolze Stadt trug den Namen Maubilia. Da kam eine verstörte Mutter, deutete auf Turtle Julius, schrie etwas wie »Wendigo« und zerrte die Knaben weg.

Als der Notar zu seiner Sänfte ging und den Weitermarsch befahl, hörte er ein Bellen. Im nächsten Moment kam ein haariges Würstchen angehoppelt, winselte und wedelte.

– Na, wer bist denn du? Turtle streichelte das Tier, das ihm auf den Schoß sprang. Die Indianerkinder wollten den Hund zurück, zeigten mit den Fingern, dass sie ihn essen würden. Turtle ging darauf nicht ein.

Zwei Tage später kam er zu einem Dorf mit lauter blonden Menschen, die Helme mit Kuhhörnern trugen, trockenes Brot und Beerenmarmelade zum Fleisch aßen und ihn respektlos duzten. Was für seltsame Indianer? Ihre Sprache klang wie Deutsch mit vielen durchgestrichenen Ö und Ä. Und die Namen? Ingvar, Ebbe, Björn? Arvid, Sixten und Hendrik? Ihr Häuptling hieß Kamprad Kamprad, der Bausätze für Hütten, Möbel und ein Drachenschiff entwickelt hatte. Alles hier hatte einen Namen, die Tür hieß Ture und das Bett Gutvik, das Gestell zum Spannen der Felle Märta und die Feuerstelle Folke. Selbst die Teller und Becher hatten Namen: Vilgot und Wilmer. Stella hieß das Regal und Lykke das Fenster. Freja war der Name des Kamins, und Hedda nannte man den Webstuhl, Stina die Schüssel, Viggo den Mörser, und Melker war ein Eimer.

Das Zusammenstecken brachte seine Leute zur Verzweiflung, trotzdem glaubten sie, mit Kamprad Kamprads Hilfe zurück in das Heimatland ihrer Väter zu gelangen.

Während sich Turtle Julius noch wunderte, war am Horizont eine Windhose zu sehen, die dem Dorf gefährlich nahe kam. *Alles, was recht ist. Grundgütiger!* Er sprang in seine Sänfte, schnappte den Hund und befahl den Trägern die Flucht.

Um Mitternacht kam das, was niemand für möglich gehalten hatte, nein, keine Ikea-Filiale, sondern Regen. Erst glaubte Juan seinen Sinnen nicht, als er Tröpfchen auf der Nase spürte. Spielte ihm der Teufel einen Streich? Nein, so dumm stellte sich nicht einmal der Teufel an. Dann prasselte es auf seinen Kopf. Himmelherrgottsakrament! Das menschliche Stück Gnocci streckte die Hand aus und sah, wie fette Wasserperlen darauf klatschten. Regen! Die Indianer jubelten. Juan dankte Gott für dieses Wunder, lief zu Häuptling Vertrocknete Kastanie und schüttelte ihn wie von Sinnen.

– Wunder! Das ist ein Wunder Gottes! An mir hat Gott ein Wunder offenbart. An mir! Der Dicke mit dem Teig-Gesicht war völlig außer sich. Regen! Gott hat sich gezeigt. Hier muss man eine Kirche bauen. Einen Wallfahrtsort! Der Papst muss kommen!

Der Kazike fiel auf die Knie, reckte die Hände gen Himmel und dankte Gott.

Drei Tage schüttete es ohne Unterlass. Selbst Cord konnte sich dieses Mirakel nur als göttliches Zeichen erklären. Am rätselhaftesten aber war, dass nach dem Regen tote Fische auf der Erde lagen.

– Hier leben Fische in der Erde, verkündete der Wurstmachersohn. Aufgrund des Regens sind sie an die Oberfläche gewandert. Überall im Boden wohnen Fische, die nur auf eine Überschwemmung warten …

– Blödsinn, widersprach Juan. Gott hat sie vom Himmel regnen lassen. Ein Wunder!

– Seit wann können Fische fliegen? Ich hatte einst ein Gespräch mit Nikolaus Kopernikus … Tatsächlich hatte Cord Fenk den Astronomen behelligt, war aber nicht zu ihm vorgelassen worden.

Blüten sprangen auf, Triebe schlugen aus, und die Indianer versicherten, dass ihre Vorfahren von einem Fischregen berichtet hatten. Außer sich vor Freude begannen sie zu singen und eine Art Regenpolonaise zu tanzen, gegen die Gene Kellys

»Singin' in the Rain« ein Pfützen-Hopsen war. »Mardi Gras« sagten sie dazu, was Ortiz mit »verrückter Fisch« übersetzte.

Gestärkt durch diesen Triumph, begannen die Süd-Abita-Amber Krieg mit den Nord-Abita-Amber. Ein uralter Konflikt. Es war wie mit den Republikanern und Demokraten – mal hatten die einen die Oberhand, dann die anderen, wie Ebbe und Flut wogten die Kräfte hin und her. Die Süd-Abita-Amber lebten vom Ackerbau, während die Nord-Abita-Amber Fischfang betrieben. Mal waren die Ichthylogen erfolgreicher, dann die Agrarier. Mal waren die Fischfresser stärker, dann die Weizenwampen. Jedenfalls bestand das fragile Gleichgewicht in einer Abfolge gegenseitiger Überfälle, Vergewaltigungen, Kindesentführungen. Mit dem Erscheinen der Spanier war alles durcheinandergeraten, die Süd-Abita-Amber marschierten mit Soldaten in das Dorf der Nord-Abita-Amber und begannen wahllos zu massakrieren. Desoto bestaunte noch das Dorf … wie alle Flussbewohner hatten auch die Nord-Abita-Amber kleine Skulpturen aus Treibholz gemacht … während die Süd-Abita-Amber auffällig bunt gekleidet waren, bevorzugten die Nord-Abita-Amber einheitliches Grau … sonst sah er wenig Unterschied, dann hörte er Geschrei und sah ein Gemetzel. Er wollte Einhalt gebieten, doch die Agronomen ließen sich nicht bremsen. Sie waren wilder als die Aufständischen im Bauernkrieg, wenn sie mit Lanzen Ritter von den Pferden holten und Rüstungen wie Krustentiere knackten.

– Wir glauben an das Kreuz und an euren unsichtbaren Gott, der Regen macht und uns sein Blut zu trinken gibt, aber die Nord-Abita-Amber sind Teufel und müssen vernichtet werden, rechtfertigte sich Schrumpelkastanie und zeigte Desoto eine Reihe aufgespießter Köpfe.

Rühr die nicht an, das bringt Unglück. Doch davon wusste der Häuptling nichts, nahm einen Kopf von einem Pfahl, küsste ihn und ließ ihn achtlos fallen.

– Meine Leute. Schaut, was die Nord-Abita-Amber mit Gefangenen machen. Verschrumpelte Kastanie zeigte auf Leibeigene mit durchtrennten Achillessehnen.

Die Süd-Abita-Amber plünderten, verwüsteten Tempel, zerschlugen die Gebeine toter Häuptlinge und führten sich auf wie die Mudjahedin in Kabul. Sie töteten fünfzig Feinde, schnitten ihre Köpfe ab und steckten sie auf jene Pfähle, auf denen eben noch die Schädel ihrer Leute gesteckt waren. Ein barbarisches Massaker. Hutu gegen Tutsi, Serben gegen Kroaten, Türken gegen Armenier – ein blutrünstiges Schlachten, das zeigte, wozu der Mensch zu allen Zeiten fähig war: Brudermord. Desotos Leute ließen sie gewähren, der Feldherr selbst war zu erschöpft, um etwas dagegen zu unternehmen.

Eine Delegation der Nord-Abita-Amber bot Waffenstillstand an, und Desoto nahm an. Die Süd-Abita-Amber waren erbost, konnten es aber nicht verhindern.

Der Häuptling der Nord-Abita-Amber mit der Haut einer Dörrpflaume war so dankbar, dass er dem Feldherrn zwei der schönsten Mädchen schenkte. Als Ferdinand desinteressiert ablehnte, versicherte der Kazike, er werde sie … so sicher, wie alle Flüsse in das Große Wasser flössen … persönlich im Mississippi ersäufen, wenn der Spanier sie nicht wolle. Außerdem redete er von einem goldgelben Metall, das es im Westen gäbe, aber niemand glaubte ihm. Nur Desoto ballte die Fäuste und jubelte:

– Gold! Endlich, nun wird alles gut.

– Und was passiert mit diesen Süßen? Nero warf ihnen Kussmünder zu.

– Fließen wirklich alle Flüsse ins Meer?

– Der Krähenbach nicht. Das kam von Gunkel.

DIE BEGEGNUNG MIT SICH SELBST

Wir gehen der Wahrheit entgegen. Elias' sonniges Gemüt wurde durch nichts getrübt. *Je weiter wir marschieren, desto näher kommen wir den letzten Geheimnissen.* Alles, was sie fanden, waren Dörfer, Wäldchen, Ebenen und ein abgrundtiefes Verständnis von Einsamkeit. Die Landschaft war unverändert langweilig und das Gehen wie eine hirnzerstampfende Droge. Nach Wochen unermüdlichen Marschierens erreichten sie heiße Quellen. Jungbrunnen? Nein, aber sie genossen es, sich von den Zehenzwischenräumen bis zu den Ohrritzen zu säubern. Der Barbier wetzte Rasiermesser, und Castro zauberte ein Festmahl.

– Erzähl mir von Spanien. Malinche legte ihren Kopf auf Ferdinands Brust. Wie sieht es in Sevilla aus?

– Da gibt es Häuser aus sandfarbenem Stein, Türme, höher als Bäume, Torbögen, Eisengitter vor den Fenstern. Zu Ostern stehen Psalmen-Sänger auf den Balkonen, deren weinerliches Gewinsel sich anhört, als hätten sie sich ihr bestes Stück im Türstock eingeklemmt. Die Stadt liegt an einem Fluss, über den eine steinerne Brücke führt. Am Hafen wird Fisch verkauft, und manchmal liegen dort zwanzig große Schiffe.

– Hafen? Ostern? Balkone? Schiffe? Die Stumme wiederholte Begriffe, die sie nicht verstand.

– In den Straßen stehen Orangenbäume. Desoto sprach mit rollendem Timbre. Es riecht nach Flieder und Hortensien. In Garküchen bekommt man Eintöpfe und Fischsuppen.

– Garküchen? Malinche strich Desotos Bluse glatt.

– Es gibt ein riesiges Gotteshaus mit ziselierten Säulen, Nischen, in denen aus Stein gemeißelte Heilige stehen …

– Eilige?

– Dort werde ich eine Kapelle stiften. *Dem heiligen Isidor, Patron der Treue.* Ferdinands Stimme war sachlich, und die Stumme hing an seinen Lippen, träumte von dieser märchenhaften Stadt und davon, dass er sie eines Tages dorthin mitnahm. Mit Rodrigos Kommentaren, der von Scheiterhaufen und entleerten Nachttöpfen sprach, konnte sie nichts anfangen.

Weiter ging's. Sie erreichten einen Fluss mit blauem Sand, und Cord zeigte, wie man daraus Salz gewinnen konnte. Salz! Es schmeckte umwerfend – als äßen sie Erinnerung an eine längst vergangene Zeit.

Cord zweifelte an der Sinnhaftigkeit seiner Aufzeichnungen. Vielleicht waren nicht die Pflanzen und Tiere das Interessante, nicht die Waffen und Werkzeuge der Indianer, sondern das, was mit der Expedition passierte. Aus der geordneten Armee war ein unzivilisierter Haufen geworden, der sich kaum an Regeln hielt, über Dörfer herfiel wie eine Rotte rüpelhafter Landsknechte. Es gab längst kein Exerzieren mehr, keine Disziplin – man ließ sich gehen. *Körperpflege ist ein Prinzip, kein Anlass.* Überall wurden Mädchen und Frauen vergewaltigt, Männer abgemurkst, Vorräte geplündert. Sie hatten keine fünf Sinne mehr, nur noch einen, den Trieb. Niemand würde sie dafür je zur Verantwortung ziehen. Die Indianer konnten keine Petition an den Kaiser schreiben, sie hatten ja nicht einmal eine Schrift, nur Schnüre mit Knoten. Es gab keine Kriegsberichterstatter von CNN, keine unabhängigen Beobachter, Menschenrechtsorganisationen … Diese Eingeborenen waren dem Untergang geweiht. In ein paar Jahrhunderten würde man sie wie exotische Tiere oder Missgebildete ausstellen. Männer wie Andrew Jackson würden kommen, der zweitschlechteste Präsident aller Zeiten, der den schlechtesten inspirieren sollte. Dieser Andrew Jackson, abgebildet auf der Zwanzig-Dollar-Note, leidenschaftlicher Indianerhasser und Sklavenhalter, so wie seine Vorgänger, würde mit einer brutalen

Umsiedelungspolitik die letzten indigenen Völker vernichten, aber das sollte erst vier Jahrhunderte später geschehen.

Die verbliebenen Missionare waren kaum besser, selbst Juan, der sich seit dem Regenmachen für gottbegnadet hielt, hatte eine Gespielin, mit der er Händchen hielt. Der große Eroberer verglich sich mit Moses, der sein Volk durch die Wüste führte. Aber würde er auch das Gelobte Land erreichen oder wie Moses kurz davor krepieren? Er war weder Cortés noch Pizarro, nur ein glückloser Führer, der Leute ins Verderben lenkte. Allmählich war selbst er das Erobern leid. Der Feldherr fühlte, dass er dieses Erobern im Grunde verabscheute. Wo war sein Glaube, seine Überzeugung? Diese Expedition hatte einen anderen Menschen aus ihm gemacht. Aber was war das für eine weiche, unsichere Kreatur, die da aus der gepanzerten Larve seines früheren Lebens geschlüpft war? Ein unerschrockener Held? Nein, ein unsicherer, verzweifelter, von Eifersucht geplagter, verwirrter Mensch, der seine Getreuen ins Verderben führte.

Selten machten sich die Männer noch die Mühe, ein ordentliches Nachtlager aufzuschlagen. Wenn sie ein Dorf erreichten, las niemand mehr das Requerimiento, die Fahnen blieben eingerollt, sogar das Verkünden der Tributzahlungen ersparte man sich. Sie waren Söldner in einem jahrelangen Krieg, nur gab es in diesem Krieg keinen Feind. Die Eingeborenen, von der Brutalität immer überrumpelt, ergaben sich meist kampflos. Umso überraschter war man, als es aus einem Hinterhalt Pfeile regnete.

Wieder kam es zu einem Kampf, in dem sich die Indianer mutig in die Schlacht warfen, aber keine Chance hatten. Zu geübt waren die Spanier, zu tödlich ihre Armbrüste und Schwerter.

– Ich bin der einzige deutsche Konquistador, warf sich Gunkel ins Getümmel.

– Ich mache aus euch Suppe, brüllte Castro.

Auch Elias wollte kämpfen, hatte ein Schwert in Händen, war

bereit, Indianern Köpfe abzuschlagen. Da sah er Rodrigo, der den Kopf schüttelte.

– Warum? Wieso sorgen Sie sich um mich?

– Ich fühle mich verantwortlich, sagte Stummel.

– Was wollen Sie von mir?

– Erfährst du früh genug.

Wieder gab es Tote. Im Dorf fanden sich gegerbte Felle von unbekannten Tieren – Bisons.

Trotz des Sieges glaubte niemand noch ernsthaft an ein Eldorado. Die Indianer hatten keinen Sinn für Gold. Hier gab es keine Reales, Pesos oder Dukaten. Und Maravedís? Diese Münze existierte nur als Rechnungseinheit.

So schmolzen die Tage. Im Sommer war es so unerträglich heiß, so dass das Mark in den Knochen kochte, im Herbst wurden sie von Regengüssen durchnässt. Weiter ging es von Dorf zu Dorf, von Überfall zu Überfall. Mal waren es Holzhütten, dann Zelte oder Gestelle mit Palmblättern. Mal ernährten sich die Eingeborenen von Landtieren, dann von Fischen, Fröschen, Flusskrebsen. Die Stämme hießen Mikasuki, Choktaw, Tunica … Namen, die sich die Spanier nicht merkten. Einmal kamen sie in ein Dorf mit Zwergen, dann zu einem von Riesen, die aus Austernschalen Hügel errichtet hatten. Im September wollten alle nur noch zurück zur Pensacola-Bucht, doch die war weit entfernt, zu weit.

Desoto zweifelte. Hatte er Fehler gemacht? Nein, die Welt war noch nicht reif für ihn.

Manchmal kam es ihm vor, er träume. Als wären diese Landschaft und ihre Einwohner nur ein Ausbund seiner Phantasie, eine Seelenlandschaft, die immer unfreundlicher wurde, je mehr er sich in Hass und Eifersucht verrannte. War er es, der das alles imaginierte? Würde es besser, wenn er Isabella und Moskito verzieh? Er ahnte, dass er Frieden schließen musste, ganz egal, was

Isabella in Havanna getrieben hatte, aber es gelang ihm nicht. Stets fiel ihm Porcallo ein, geriet er gleich in Rage, obwohl er wusste, nichts ist erbärmlicher als ein Mann in den Tiefen seines Selbstmitleids.

Nuño wollte mit ein paar Männern Richtung Westen, die Landschaft zu erkunden. Desotos Blick verlor sich in verfilzten blonden Locken. Das Gesicht des Schönlings war faltiger geworden, wie geschnitzt. *Auch du bist nur eine Figur in meinem Traum. Wie alle. Ihr existiert gar nicht wirklich, niemand existiert …* Schließlich stimmte er Nuños Plan zu. *Aber schwängere keine Gouverneurstochter!*

Im November fiel Schnee, man errichtete das Winterlager und kämpfte wieder gegen Indianer.

Weihnachten kam und damit das Jahr 1542. Rosinen und gute Wünsche. Es waren traurige Weihnachten. Nuño und seine Reiter waren mittlerweile weit ins heutige Kansas vorgedrungen. Sie legten fünfzehn Leguas, achtzig Kilometer, pro Tag zurück – nichts als endlose Steppen, kleine Wälder und hin und wieder Zeltdörfer. Am Dreikönigstag stießen sie auf etwas völlig Unerwartetes, nämlich auf sich selbst. Zuerst sahen sie Pferde, dann Zelte, Fahnen, die leuchtenden Helme der Soldaten. Wie war das möglich? Sie stiegen von den Pferden und marschierten durch das Lager, das zweifellos ihr eigenes war, aber die Leute waren andere. Der Koch war nicht mehr der kleine Dicke mit den schwarzen Locken, sondern eine hagere Figur. Der Arzt war kein Niederländer, auch gab es keinen Quigley und kein Stockmännchen. Keinen Nero, keinen Moskito, keinen Biedma … Keiner der Soldaten kam ihnen bekannt vor. Kein einziger! Aber es waren Spanier. Sie sprachen spanisch, benahmen sich wie Spanier und sahen auch so aus.

– Entweder, man hat alle au-ausgetauscht, oder ich ha-habe den Verstand verlo-lo-loren. Nuño spürte, wie sein Herz einen

Gang hinaufschaltete. Verwirrt lief er zum Zelt des Feldherrn, stürzte hinein, sah den Adelantado und erstarrte.

Währenddessen lief Rodrigo von Zelt zu Zelt, erzählte den Hauptleuten von Desotos Unfähigkeit und dem großen Eroberer von Intrigen. Mal erinnerte er an Moskitos Marienschändung, dann an Nuños Unbeherrschtheit mit der Gouverneurstochter, an Neros Blödheit oder Añascos Kälte. Gleichzeitig erzählte er den Hauptleuten erfundene Behauptungen, sagte Nero, die Idee mit dem Kotwerfen zur Dichterkrönung wäre von Nuño gekommen, und Moskito hätte in der Schlacht von Maubilia Ramses den Zweiten umgebracht ... Ständig fiel Stummel etwas ein. Warum? Weil es sein Charakter war? Nein, um Elias zu zeigen, wie man intrigieren konnte. Er hatte den Jungen unter seine Fittiche genommen, ließ sich Geschichten von Algerien, Piraten und Eseln erzählen und demonstrierte, wie leichtgläubig die Menschen waren, wie schnell sie in Streit gerieten. Elias wusste nicht, was davon zu halten war. Ruben, eifersüchtig auf den Zwerg, bekam Schreiattacken.

– Schick den Kleinen unter Deck! Monsieur! Was willst du mit dem?

Doch zurück zu Nuño. Der stand noch im Zelt des Feldherrn und blickte verdattert in ein unbekanntes Gesicht. *Ist das Desoto?* Es ist leicht, an etwas zu glauben, was man weiß. Was aber, wenn nichts zusammenpasst? Nuño dachte, die Knochen in seinem Fleisch hätten sich in Gallert verwandelt und er würde jeden Moment in sich zusammenfallen. Verzweifelt suchte er nach bekannten Gegenständen, nach Rodrigo oder der stummen Indianerin. Nichts!

– Was ist? Der Bärtige hatte dieselben traurigen Augen wie Desoto, dieselbe schlanke Figur – und doch war er ein anderer. Seine Stimme war tiefer, mehr Bariton, sein Blick stechender.

Nuño betrachtete ihn von allen Seiten, versuchte sich an Desoto zu erinnern, war sich nicht sicher. War die Nase größer, der Bart weniger dicht? Seit wann trug der Adelantado einen Ring?

– Was wollen Sie?

– Entschuldigung. Sind Sie … nein … go-go-gottverdammt! … Nuño kam dem Feldherrn bis auf einen halben Meter nahe und betrachtete ihn eindringlich. Er roch den Gestank aus seinem Mund, der einen Drachen umgehauen hätte. Wie bei einer Musterung stand dieser falsche Desoto da und rollte mit den Augen. Was ist denn?

Der Blondschopf schüttelte den Kopf und konnte es nicht fassen. Die Schrauben in seinem Gesicht waren um ein paar Umdrehungen gelockert, alles hing vor Verblüffung schlaff herunter. Er trottete verwirrt hinaus. Da kam einer seiner Reiter und fuchtelte aufgebracht.

– Wisst ihr, wo wir sind? Bei der Expedition des Francisco de Coronado, der das Land von Westen her erobert. Die haben genauso wenig entdeckt wie wir, nämlich gar nichts.

Ohne sich zu erkennen zu geben, ritten sie gen Osten davon und erreichten zehn Tage später das Desoto-Lager, wo sie auf vertraute Gestalten trafen.

– Die Coronado-Expedition? Unmöglich. Sosehr sich Nuño ins Zeug legte, von diesem anderen Lager erzählte, desto mehr hielt man ihn für einen Lügner. *Francisco de Coronado? Nur zehn Tagesritte entfernt! Unmöglich!*

Im März 1542 räumten sie das Winterquartier. Man war jetzt seit fast drei Jahren unterwegs, die letzte Nachricht aus Havanna lag Jahrtausende zurück.

– Was ist, wenn es auf anderen Planeten höher entwickelte Lebewesen gibt, die uns besuchen. Cord war vernarrt in Gedankenspiele. Er hatte an berühmte Astrologen geschrieben, aber keine Antwort erhalten.

– Die Sterne sind von Engeln beheizte Feuer. Dort lebt niemand.

– Angenommen, doch. Cord blinzelte. Seit seine Brille zu Bruch gegangen war, nahm er alles leicht verschwommen wahr. Was werden diese Fremden machen?

– Uns beschenken?

– Warum? Weil Menschen immer das denken, was sie sich erhoffen? Sie werden sich so benehmen wie wir gegenüber den Indianern! Versklaven werden sie uns, die Schätze plündern und uns töten. Ihr glaubt an Engel, die uns beschützen, so wie die Indianer uns für Engel halten, für Söhne Gottes. Aber gäbe es Engel, würden die uns genauso vernichten wie wir die Eingeborenen.

– Das ist Ketzerei!

– Nein, Wahrheit.

Amerika wurde nicht mit Waffen oder Taktik erobert, sondern mit Form – genauso wie die USA die Welt nicht mit Atombomben, Nimitz-Flugzeugträgern oder Tomahawk-Hubschraubern eingenommen haben, sondern mit geilen Schriftzügen, stromlinienförmigen Autos und coolen Logos. Nicht das Tellerwäscher-Märchen ist der American Way of Life, sondern das Design von Kellogg's, Coca-Cola und Texaco.

Und die Form des 16. Jahrhunderts war der Morion, ein konischer, seitlich zugespitzter Blechhelm mit Kamm, ein aufsetzbarer Teufelsrochen mit Rückenflosse, wie ihn heute noch die Schweizergarde trägt. Völlig anders als die Eierbecher und Suppenschüsseln des Mittelalters, stylischer als die plumpen Lederhauben der Inka. Der Morion war wie ein umgedrehtes Schiff, Vorläufer des Irokesen, geniales, formvollendetes Design – wie später Autos mit verchromten Stoßstangen, Heckflossen, geschwungenen Auspuffrohren. Die Vereinigten Staaten sind nicht wegen Pappbechern und Eiswürfeln groß geworden, nicht wegen Fertignahrung, Klimaanlagen und Mikrowellen, sondern weil sie es verstanden haben, alles cool zu verpacken, ihre Monstertrucks, Pick-ups und Greyhounds optisch etwas hermachen. Damit ist es gelungen, der Welt klarzumachen, dass die USA optisch das Nonplusultra sind, das Äußerste.

Auch die Indianer baten um Helme, damit sie ihre Mädchen beeindrucken konnten. Ein Morion war für sie dasselbe wie für einen Amerikaner ein Cadillac mit Weißwandreifen, für einen Bengali das Tuk-Tuk oder den Europäer das iPhone – Statussymbole, etwas, das den Mädchen sagte, schaut, ich bin der geilste Hahn im Korb, der mit dem glänzendsten Gefieder.

Juan Ortiz trug ständig einen Morion. Dennoch sah der Übersetzer längst keinen Sinn mehr darin, weiter herumzuirren und darauf zu warten, dass die Beine Wasser wurden oder sich der Magen selbst verdaute.

Er empfand das Land als endlos und grauenvoll, wollte zurück zu seinen Ortizos, zu Ortiza und Tanzender Waschbär. Er hätte eine wildromantische Pocahontas-Geschichte erleben können, aber nein, er musste mit diesen Raubeinen durch die Lande ziehen. Dann, er hatte gerade eine von Castros Suppen gegessen, erhob er sich, sprach Worte, die niemand verstand, irgendwas mit Käse, Salz und Spanien … ließ einen Klagelaut folgen, taumelte, fiel um und war … tot. Sein Atem war abgeflacht, würde keinen Pusteblumensamen mehr aus der Flugbahn bringen. Cord versuchte, ihn zu reanimieren, indem er ihn schüttelte, anbrüllte und abwatschte … andere Erste-Hilfe-Maßnahmen waren nicht bekannt … ohne Erfolg. Zwölf Jahre hatte Ortiz bei den Mokosso gelebt, war einer von ihnen geworden, drei Jahre war er mit Desoto herumgezogen, und jetzt war er einfach so gestorben.

– Wie kannst du mir das antun? Nennst du das Dankbarkeit? Ferdinand tobte.

Ein Indianer, den man Juan nannte, wurde zu Ortiz' Nachfolger bestimmt. Bereits im nächsten Dorf kam es zu Missverständnissen. Gonzalo, der Porcallo-Bastard … ja, der war noch am Leben … hatte sich in ein Indianermädchen verliebt und wollte bei ihm bleiben. *Ganz der Vater.* Stummel meinte, das sei nicht zu dulden, und wegen Juans fehlerhafter Übersetzung kam es fast zum Krieg. Schließlich wurde Gonzalo von den Dorfbewohnern ausgeliefert. Desoto hätte ihn lieber zurückgelassen, doch dank Stummel war er wieder da und musste mitmarschieren.

Das stolze Heer war geschrumpft. Fieber raffte die Männer dahin. Pulver und Blei wurden knapp, trotzdem wollte der große Eroberer weiter, immer weiter.

Allmählich sah aber auch Desoto ein, dass es kein Goldland gab. Alles hatten sie gesehen, und eine beängstigende Dunkelheit hatte zurückgeschaut. Er konnte es drehen und wenden, wie er wollte, seine Unternehmung war gescheitert. Langsam, aber sicher setzte sich diese Wahrheit durch. Er war mit einem größeren und besser ausgerüsteten Heer losgezogen als Cortés oder Pizarro und hatte nichts erreicht, nichts gefunden, weil es nichts zu finden gab. Stimmt nicht, versuchte er sich zu trösten, du hast den Kontinent erobert, der spanischen Krone die Vorherrschaft über dieses riesige Land gesichert. Aber wen sollte das interessieren? Was hatte diese Expedition gebracht? Vierhundert tote Männer, zweihundertfünfzig tote Pferde, auch die mitgebrachten Kühe waren tot, die meisten Hühner, Ziegen, ebenso Hunde, viele Schweine, daneben gab es hunderte gezogener Zähne, eine kaputte Brille und einen verschwundenen Rauhaardackel … Er hatte sein Heer an den Abgrund geführt, und hätte er noch genügend Kraft besessen, würde er es ganz vernichten.

– Wir kehren um! Wie ein Lauffeuer verbreitete sich die Nachricht, blieb aber ohne Reaktion. Zu oft hatten sie sich auf daheim gefreut, auf das Geräusch von Bettdecken, wenn sie ausgeklopft wurden, blühende Obstbäume, Küchengerüche, und was sie sonst damit verbanden, nur um dann enttäuscht zu werden. Selbst als man Anfang Mai den Mississippi erreichte, gab es keine Freudentänze. Sie wussten nicht, ob die Süd-Abita-Amber und Nord-Abita-Amber stromaufwärts oder -abwärts lagen. Die Indianer hier hießen Quigaltangi und hielten sich versteckt.

Unter der Anleitung Nuños begann man mit dem Bau von Brigantinen. Bretter und Planken mussten gesägt werden, dazu kam das mühevolle Aufbocken der Rippen. Der Schmied fertigte Nägel, Taue wurden gedreht und mit Bärenfett eingerieben. Eine Mischung aus Fichtenharz und Moos diente zum Abdichten der Fugen, aus Zeltplanen nähte man Segel. Selbst nach tagelanger Plackerei war es unvorstellbar, mit diesen halbfertigen Schinakeln jemals irgendetwas zu erreichen. Da hinterbrachte man Gonzalo, wem er es zu verdanken hatte, dass er nicht bei seiner Indianerin hatte bleiben dürfen. Stummel!

Porcallos Sohn kochte, aber niemand schenkte ihm Beachtung.

Häuptling Quigaltangi ließ ausrichten, dass er nur mit Leuten seines Standes kommuniziere. Desoto solle das Wasser des Stromes verschwinden lassen, dann würde er vielleicht mit ihm verhandeln. *Und Steine in Brot verwandeln?* Man versicherte dem Kaziken, dass er es mit dem Sohn des Sonnengottes zu tun habe und dass er keine Dummheiten machen solle.

Sohn des Sonnengottes? Der große Eroberer fühlte sich so überhaupt nicht göttlich. Anfangs war er im Zentrum gestanden, aber je länger diese Reise dauerte, desto mehr verlor er seine Mitte. Eine Weile lang war es ihm gelungen, sich an der Peripherie zu halten, aber irgendwann war die Fliehkraft zu stark geworden und hatte ihn hinausgeschleudert. Etwas Schlimmes lag in der Luft. Er hatte keine Krankheitssymptome, aber die unzweifelhafte Erkenntnis, dass seine Mission gescheitert war.

Ferdinand sprach nur noch mit Isabella, Maria, und verfiel zusehends.

– Maria! Ich habe versprochen, immer nur dich zu lieben … aber dann, Atahualpas Schwester …

Auch nahm er kaum Nahrung zu sich. Sein Kopf glühte, und er kam beinahe um vor Kälte, Fieber, Schüttelfrost. Zeitweise verlor er die Sprache, redete nur Zahlen. War das Wahnsinn?

– Du musst gesund werden, sagte Malinche. Ich will, dass du mir Sevilla zeigst, die Schiffe am Hafen und Psalmen-Sänger auf den Balkonen, die Orangenbäume … Ferdinand lächelte müde.

Bald verließ er sein Bett nicht mehr, und wenig später war klar, er hatte sich aufgegeben. Der große Eroberer konnte keine Nahrung mehr behalten, Spuren von Erbrochenem waren auf der Decke, im Bett und sogar in seinem Bart. Er stank. Das Menschliche in seiner niedrigsten Form? Alle Gebete nützten nichts, alle der heiligen Katharina gespendeten Kerzen waren vergebens. Desoto lag im Sterben. Am 15. Mai ließ er seine Hauptleute kommen und sagte mit fester Stimme »Sechsundvierzig«. Er eröffnete ihnen, dass er bald in die Ewigen Jagdgründe eingehen und daher einen Nachfolger bestimmen werde.

– Da kommt ja wohl nur einer infrage, sagte Stummel, und alle senkten in falscher Bescheidenheit den Blick.

Ferdinand fieberte. Tief drinnen, dort, wo sich der letzte Rest seines Geistes aufhielt, hatte er gehofft, Isabella würde kommen und ihm ihr Herz ausschütten, ihm die Erklärung geben, die sie ihm schuldig war. Doch sie kam nur in seinen Träumen, und auch da stritt sie alles ab.

Cord setzte Schröpfgläser an, ließ ihn zur Ader, fächelte ihm Luft zu und verordnete Fußbäder. Alles unter den Argusaugen der Stummen, die die ganze Zeit am Bett des Kranken saß und ihm mit Tüchern das Gesicht abrieb. Fenk drückte Desotos Bauch, machte ein besorgtes Gesicht und stellte seine Diagnose: Blasenstein. Wie die Steinschneider auf Jahrmärkten würde er zwischen Skrotum und Anus einen Schnitt anbringen, dem Feldherrn einen Finger in den Hintern bohren und ihn bitten, den Stein herauszupressen. Eine solche Behandlung überlebten nur wenige, und wenn, dann waren sie nachher inkontinent. Entwürdigend, auch für einen Arzt. In den Niederlanden zählten Steinschneider zur Gilde der Schlittschuhmacher und Zahnreißer.

– Nein! Kein Blasenstein, hauchte Ferdinand. Lieber den antimephistelischen Respirator … Der Wurstmachersohn ließ den Patienten neuerlich zur Ader. Als keine Besserung eintrat, überließ er ihn dem Medizinmann, der die Truppe seit einiger Zeit begleitete. Der begann sein Werk sogleich mit Kompressen aus eingeweichten Blättern, die nicht wirkten. Als Nächstes wurde der Patient mit Tabak eingequalmt, was zu entsetzlichen Hustenanfällen führte. Ferdinand, die Stumme und der Medizinmann, alle drei krächzten und spuckten. Kaum bekam Desoto wieder Luft, wurde er geknetet, versuchte der Schamane, ihm den bösen Geist mit einer Art verkehrter Mund-zu-Mund-Beatmung herauszusaugen. Ohne Erfolg. Nun setzte sich der Zauberer einen Wolfskopf auf und tanzte stundenlang, was dem Balztanz einer betrunkenen Stockente glich. Der Lärm, den er dabei veranstaltete, machte den Kranken halb verrückt. Anschließend prustete ihm der Indianer einen bitteren Absud ins Gesicht, presste seinen Kopf und beträufelte ihn mit dem Blut eines Huhnes, dem er zuvor den Kopf abgebissen hatte. Die Behandlung mit Hundefett blieb genauso wirkungslos wie das Auflegen von Baumrinde. Der große Eroberer delirierte, als der Medizinmann zu einer letzten Maßnahme ansetzte. Er rieb ihn von Kopf bis Fuß mit einer Mischung aus Vogelkot, Ziegenblut, Urin und Erde ein. Malinche versuchte, die Masse glattzustreichen, wurde aber weggestoßen. Desoto lag in einer fingerdicken tonartigen Kruste und stank entsetzlich.

– Das vertreibt die bösen Geister, verkündete der Indianer. Zieht sie heraus wie Würmer.

– Soll er verfaulen? Waschen Sie ihm sofort diesen Dreck ab, befahl Fenk.

In der Nacht auf den 21. Mai 1542 wurde Ferdinands Fieber stärker. Seine glasigen Augen lagen tief in ihren Höhlen, das Gesicht des Sechsundvierzigjährigen war greisenhaft. Sein Neffe drängte ihn zur Beichte und wollte ihm das Sakrament der letzten Ölung spenden, aber der große Eroberer wies ihn ab.

– Du musst. Ich habe Verbindungen nach oben. Das Regenmachen hat's gezeigt.

– Lieber das Zeug der Indianer. Ferdinand ließ seine Hauptleute kommen, die sich die Nase zuhalten mussten, und ernannte nicht den tapfersten, schnellsten, beliebtesten oder schönsten zu seinem Nachfolger, auch nicht den patriotischsten oder den modebewusstesten, sondern Luis Moscoso, Moskito.

– Ich weiß, du hast Maria vergewaltigt, Maria de Peñalosa Arias Dávila, *das Näschen*, und so meine Aussichten zerstört. Desoto ließ die Augen nach links und rechts wandern, betrachtete jeden seiner Hauptmänner, ehe er wieder bei Moskito landete und fortfuhr: Als Zeichen meiner Vergebung ernenne ich dich zum neuen Kommandanten.

Moskito war sprachlos.

– Gibt's nicht, sagte Stummel, als würde er Mehlmaden ausspucken. Nuño und Añasco zogen enttäuschte Gesichter.

– Der hat Ramses den Zweiten umgebracht, entfuhr es Nero.

– Warum sollte ich das tun? Moskito schüttelte den Kopf. Auch von Maria de Peñalosa und so weiter weiß ich nichts.

Desoto schrieb einen letzten Brief an Isabella: Frau! Wir haben unsere Zeit nicht genützt, stattdessen bin ich im Feuer der Rachsucht verbrannt, im Schmerz, der meine Seele zerrissen hat. Vielleicht war alles Einbildung, vielleicht nicht? Ich bin gescheitert beim Versuch, dir zu vergeben, gescheitert an Florida. Ich habe dich immer geliebt ... fast so wie das Entdecken ... Er blickte auf und sah, dass an der Zeltwand eine Kakerlake emporkletterte.

Mit schwacher Stimme hauchte er seine letzte Verfügung: Ich vermache alles meinem Heer, meine Pferde Augusta und Mafalda, die stumme Indianerin ... Er sah, wie sie ihn ergeben anschaute. Meinen Degen und die Rüstung bekommt Nuño.

Ferdinand beichtete und empfing die Sakramente. Lang lebe der König!, rief er. Nein, tatsächlich schrie er:

– Isabella, du treulose Schlampe! Pest und Krätze sollen dich zerfressen, dein Schoß soll vom Aussatz befallen sein. Und deinen Galan soll man häuten und sein Fleisch als Wagenschmiere nehmen.

Die Hauptleute blickten sich fragend an, nur Rodrigo grinste.

Der große Eroberer verfluchte Cabeza de Vaca, den Kuhschädel, der von diesem Land erzählt hatte, dass es hundertmal reicher wäre als Peru, seine Häuptlinge tausendmal mehr Gold besäßen als Atahualpa. Und er verfluchte den unterbissigen Habsburger, der ihn in diese Drecksgegend geschickt hatte.

– Den Finger soll man dir abreißen, du nuschelnder Affe, deinen Sohn zerstückeln.

Beide Flüche sollten sich bewahrheiten.

Ferdinands Geist zog sich zurück, suchte wie eine Maus in einem Labyrinth den Ausgang aus dem Körper, gelangte in unbekannte Räume und löschte überall das Licht. Sein Fleisch war eine Stadt bei Nacht, in der es langsam finster wurde, nur noch eine Notbeleuchtung brannte. Dann öffnete er die Augen und sah sie: Isabella. Sie sah ihn an und lächelte.

Jetzt war alles gut. Die Sehnsucht, die ihn getrieben hatte, jetzt war sie gestillt. Nun, da er Isabellas großen Mund und ihre weißen Zähne mit der Ritze sah … groß wie ein Tunnel …, ihr rotblondes Haar, das Muttermal und diese langen Beine, lang wie die Regentschaft Salomons, die milchweiße Haut … Panna cotta … nun war alles gut. Oder war es Maria? Die Stumme? Seine Mutter? Oder ein Engel? Jetzt war alles … Dann machte es klick, betätigte jemand den letzten Schalter, ging auch die Notbeleuchtung aus.

Der Morgen, an dem Ferdinand Desoto starb, war strahlend schön. Das Licht hatte eine besondere Beschaffenheit, war aprikosenfarben und klar. Nachts hatte es geregnet, jetzt glänzte alles in der Morgensonne, strahlte in frischen, kräftigen Farben. Abseits des Lagers saßen Geier, die auf ein Frühstück hofften. *Heute führt Herr Geier seine Frau zum Lunch.* Desoto ist tot, wurde von Mund zu Mund geflüstert. Lang lebe Desoto! Er hatte Gegenden durchquert, in denen niemals zuvor ein Europäer gewesen war, unbekannte Flüsse durchschifft, Indianer getroffen, die zuvor keinen Weißen gesehen hatten, und den Mississippi entdeckt. Mit ihm begann die Globalisierung. Es waren Männer wie er, die der weißen Spezies und dem Christentum die Vorherrschaft über die Welt sicherten. Trotz der Schrecken, die seine Truppe verbreitete, war die Leistung dieser Leute übermenschlich.

Am 21. Mai 1542, genau ein Jahr nach der Entdeckung des Monsterflusses, starb er. Ein Donnerstag. Christi Himmelfahrt. Sein Antlitz, als man ihm den Spitzenkragen um den Hals legte, hatte friedliche Züge angenommen. Heimlich, damit die Indianer, die ihn für unsterblich hielten, es nicht bemerkten, wurde er bestattet – sein Leichnam in Hirschdecken eingenäht und in der Erde versenkt. Später bekam man Angst, Wilde könnten seine Leiche schänden. Also grub man ihn wieder aus, steckte ihn in einen hohlen Baumstamm und übergab ihn dem Fluss, jenem Fluss, den er entdeckt hatte, damit er ihn in den Golf von Mexiko trieb. Vielleicht kam er ja an New Orleans vorbei, hörte Washboard Sam, Louis Armstrong, Nat Towles.

Niemand weinte um Ferdinand Desoto, nur die stumme Indianerin. Niemand schnitt sich, wie es bei den Indianern Brauch war, die Haare und streute sie auf sein Grab, nur Malinche stand am Mississippi und warf einen akkurat geschnittenen Haarschopf hinein. Sie hatte ihn geliebt, als Einzige … und er hatte sie ignoriert und mies behandelt.

Juan verspritzte Weihwasser. Stummel stand auf einem Fass und hielt die Totenrede. Gerührt sagte er, Ferdinand Desoto sei ein korrekter Mensch gewesen, ein großer Eroberer, einer, dem man vertrauen konnte, einer, der versucht habe, sich über die Zeit zu erheben, aber nun … nun sei er vergiftet worden. Der Zwerg blickte auf und lächelte.

– Vergiftet? Von wem? Die Hauptmänner blickten erschrocken auf.

– Das wird sich herausstellen.

– Kurz und klein, sagte Moskito, das macht den Braten auch nicht fett. Aber wisst ihr, was er mit der Vergewaltigung Marias gemeint hat?

– Er sprach im Fieber. Stummel grinste. Praktisch kann ihn jeder auf dem Gewissen haben, aber natürlich stellt sich die Frage, wer von seinem Tod am meisten profitiert. Er blickte zu Moskito.

– Ich habe nichts damit zu tun. Auch Neros Dackel habe ich nicht umgebracht.

Rodrigo rollte mit den Augen, Nero knurrte. Da kam Gonzalo angerannt, stürzte in die Beerdigungsgesellschaft, brüllte etwas von »Rache« und »zerstörtem Leben«, packte den verdatterten Rodrigo und rammte ihm … »hier, für dich, heimtückischer Zwerg!« … ein Messer in den Bauch.

– Was? Warum? Du vertrottelter Porcallo-Bastard! Erlaube mir, dass ich gerührt bin, du Depp.

– Für deine Lügen, kleine Laus.

Der Knirps blickte Gonzalo mit aufgerissenen Augen an. Sein Mund stand offen, doch nichts kam mehr heraus. Er griff sich an die Seite und sein Bewusstsein trübte sich, drohte abzudriften. So taumelte er davon.

– Lasst mich, sagte er denen, die ihn stützen wollten. Weg! Geht alle weg! Alles in Ordnung, mir geht's gut. Dabei schwankte er wie ein Betrunkener.

Und als die Hauptmänner überlegten, was sie mit Gonzalo machen sollten, der ihnen einen unverlangten Dienst erwiesen hatte, kam Castro und pries ein neuartiges Getränk.

– Kostet! Das Gesicht des Kochs strahlte. Na? Aus Melasse, dem Extrakt von Kokablättern und der Cola-Nuss. Ich werde es zu Ehren unseres toten Führers Toto-Desoto nennen … Soto-Coco … oder nur Coco? Coca?

– Etwas süß. Añasco verzog das Gesicht.

– Damit werde ich in Serie gehen, verkündete Castro. *Enjoy!*

– Kümmere dich besser um die Suppen.

– Suppen? Wie kann man in einem solch historischen Moment an Suppen denken?

In der Küche köchelten wirklich Suppen, daneben stand Elias

und knetete Kuchenteig. Plötzlich war ihm, als läge ein monströser Schatten über ihm. Sein Herz klopfte, und er bekam Angst, sich umzudrehen. Es gab keinen Grund, jetzt an Wendigo zu denken, und doch … etwas Entsetzliches lag in der Luft … Da vernahm er ein Schnauben, Fauchen, Röcheln, fürchtete er sich, über die Schulter zu sehen, und tat es doch. Nicht der böse Geist der Indianer war gekommen, sondern sein kleinwüchsiger Stalker.

Stummel hatte einen Tunnelblick. Er torkelte. Sein Unterkörper war nass, nein, das war … Blut. Blut auch im Haar, im Gesicht, selbst aus dem Mund quoll es. Plim rutschte das Herz in die Gedärme. *Was bedeutet das?*

Der blutüberströmte Zwerg fiel ihm in die Arme. Elias wusste nicht, wohin mit seinen klebrigen Händen, dachte an den Teig. *Ein Blutkuchen ist nicht geplant.* Also versuchte er ihn zu umarmen und gleichzeitig die Teigfinger wegzustrecken. Im nächsten Moment spürte er etwas Warmes an seinem Oberschenkel. Blut. Schwere rote Tropfen fielen auf den Boden. *Rot wie Kirschen, Erdbeeren, Rosen.*

– Ich sterbe, hauchte Rodrigo. Ich wollte, dass du bei mir bist, du bist mein … Rodrigo blickte Elias durchdringend an … Blut kam aus seinem Mund … die Augen waren glasige Haselnüsse … sein Atem stockte, aber eine Reinheit ging von ihm aus, als wäre sein verkrüppelter Charakter gesundet … du bist mein Sohn.

– Was? *Sein Sohn?* Plim war, als hätte ihn eine Straßenwalze überrollt. Er sank zu Boden und mit ihm der Zwerg.

– Weil alles zusammenpasst. Blut lässt sich nicht verleugnen. Rodrigo zitterte. Deine Mutter, ihr Name ist Maria de Peñalosa Arias Dávila, war in Desoto verliebt, aber ich habe sie genommen. Sie kam in ein Kloster bei Segovia. Lebendig eingesargt in einer Nonnentracht.

– Mutter? Elias leckte sich gedankenverloren Teig vom Finger. *Schmeckt wie tote Ratte.*

– Später soll sie geheiratet haben, es heißt, den Gouverneur von Nicaragua. Das Kind aber, mein Kind, kam zu Pflegeeltern nach Sevilla. Es hat ein Muttermal in der Gestalt eines Raben … über der linken Hinterbacke.

– Aber? Ich habe keinen Raben … Elias wollte den Teig ausspucken, merkte aber, dass dies der Situation nicht angemessen war, schluckte ihn aus Höflichkeit hinunter.

– Doch. Du bist es. Mein Sohn! Stummels Worte kamen gesetzt und waren voller Pathos. Mein Sohn!

– Ich? Woher wissen Sie … woher weißt du das? Elias war, als hätte er seinen Hoden auf eine Flasche gelegt, diese über ein Feuer gehalten und neugierig zugesehen, wie der Testikel hineingezogen wurde. Nun wusste er nicht, wie er ihn wieder herausbekommen sollte.

– Ich habe dein Raben-Muttermal beim Bad im Fluss gesehen. Das kann kein Zufall sein. Du bist mein Fleisch und Blut, mein Stammhalter. Der Teint des Kleinwüchsigen war schiefergrau, das Blut darauf glich einem Steak in einem Luxusrestaurant. Nimm meinen Namen an. Ich legitimiere dich, du erbst meine Besitzungen … Stummel machte einen Seufzer, dann drehten sich seine Augäpfel nach oben, und die Pupillen wurden trüb. Der kleine Körper zuckte noch ein letztes Mal, dann war es vorbei. Und Elias? Er konnte sich den Hodensack aufreißen oder die Flasche zerschlagen – zumindest kam er sich so vor. Es war, als hätte er einen Türknauf in der Kehle stecken und wusste nicht, ob spucken oder schlucken.

Moskito hatte schlecht geträumt, und in seinem Kopf erklang eine Melodie wie Ennio Morricones »Spiel mir das Lied vom Tod«. Als er aufwachte, stand Malinche neben ihm. Sie gab ihm zu verstehen, dass sie jetzt ihm gehöre.

– Geh weg, ich brauch dich nicht.

Die Indianerin wollte nicht verstehen, flehte ihn an, sank auf die Knie, doch der dünne Mann mit dem wuscheligen grauen Haar blieb hart.

– Hörst du nicht? Du sollst verschwinden.

Sie begann, die Decke glattzustreichen.

– Hinaus! Moskito deutete einen Fußtritt an.

Kaum war sie draußen, bereute er es, hätte sie ihm doch Chicha bringen können. *Nein, du trinkst nicht mehr. Du hast getrunken, weil du Angst hattest, böse Ahnungen, aber das ist jetzt vorbei.*

Am Morgen sah man, wie Malinches schwarzes Haar vom Wind zerzaust wurde. Sie trug eine von Desotos Jacken, darunter nichts. Da waren die teigigen Brüste, das etwas zu breite Becken und die Augenbraue eines Riesen – ihre Scham. Wie eine Frucht, die niemand gepflückt hatte, hing sie an einem Baum. Der Kopf war zur Seite gefallen, und die Glieder baumelten herunter. Die dritte Tote in drei Tagen, die dritte Leiche, die dem Fluss übergeben wurde – diesmal ohne Zeremonie. Stumm, wie sie gelebt hatte. Gleich einem Mehlsack wurde sie hineingeworfen, platschte auf das silbern schimmernde Wasser und versank … nicht.

Moscoso befahl, die Hauptleute zusammenzurufen.

– Eine Versammlung, sonst kriegen wir hier keinen Fuß mehr auf das Bein.

Es wurde wild diskutiert. Biedma wollte eine Siedlung gründen.

– Hier wird ein neues Spanien entstehen mit neuen Menschen. Eine große Nation!

– Bis Polen, Tschechen, Russen kommen, die ihre Herkunft hinter Phantasienamen verstecken. Ein Danielowitsch wird sich Douglas nennen, aus Korzeniowski wird Conrad und aus Varhola … Das wird ein Land von Entwurzelten. Kulturlos und vulgär!

– Nein! Hier wird ein Reich entstehen, in dem jeder seine Meinung sagen darf.

– Ohne Zensur? Damit jeder aussprechen kann, was er sich denkt? Vulgär!

Añasco wollte unter keinen Umständen mit leeren Händen heimkehren, Nuño betonte, dass im Westen nichts zu finden sei außer diesem go-go-gottverdammten Coronado. Nero wollte weitermarschieren.

– Nach Westen? Mit zwanzig Pferden können wir nichts mehr erobern. Und die Brigantinen? Wir müssen nach Neuspanien, sonst sind wir verloren. Da keiner widersprach, setzte sich Moskito durch. Sobald das Wetter günstig war, würden alle auf die Schiffe gehen und für eine glückliche Heimkehr beten.

Auch in der nächsten Nacht schlief der neue Führer schlecht. Er glaubte, einen Lichtschein zu sehen, hörte Schreie, fühlte Harndrang, quälte sich auf und sah etwas Wunderbares: Flammenkegel. Das warme Feuer zauberte ihm ein Lächeln ins Gesicht, erst dann kapierte er, was los war – die Schiffe brannten.

– Feuer! Feuer! Moskito tobte, gab Befehle, doch niemand verstand etwas bei dem Geschrei, Gewieher und Geheule. Trotzdem gelang es, eine Löschkette zu bilden.

Am Morgen sah man die Bescherung. Was gestern eine stolze Flotte gewesen war, bot jetzt einen ernüchternden Anblick. Verkohlte Kästen, die zerfielen, wenn man länger hinschaute.

– Das ist ein Zeichen. Añasco stützte die Hände in die Hüften. Wir müssen weiter.

Weiter? Männer, die mit der Heimkehr gerechnet hatten, weinten. *Weiter? Wohin denn?*

Um sie zu beruhigen, ließ Moskito die Hälfte der verbliebenen Schweine schlachten, Speck und Schinken räuchern.

– Gut für unsere Fender. Ruben klopfte sich auf den Bauch. Das bringt unsere Ärsche wieder in den Wind.

Plim, er hatte Ruben nichts von Rodrigos Vermächtnis gesagt, suchte die Nähe der Hauptleute, um herauszufinden, was sie von Stummel hielten. Die Antworten waren ernüchternd.

Dann machte man weiter mit dem Weitermachen, brach man auf. Jenseits der Sümpfe und Steppen erreichte man die Randzone der großen Prärie, den sogenannten Wilden Westen. Rote Felsen, surreale Steinformationen und verblichene Tierschädel lagen im Sand. Endlose Weiten voll mit nichts.

Nach drei Monaten Marschiererei waren die Vorräte aufgebraucht, die Träger tot oder entlaufen. Für Cord war klar, sie waren in der Hölle, nein, sie waren diese Hölle. Wie Johann Faustus hatten sie ihre Seelen an den Teufel verloren – und es war kein lohnendes Geschäft.

Sie stießen auf nomadisierende Indianer, litten Hunger und hatten zwanzig Verwundete auf Tragbahren mitzuschleppen.

– Niemand wird das überleben. Niemand. Alle werden wir zugrunde gehen.

– Es ist zu gefährlich, weiter vorzudringen.

– Ich flehe Sie an, holen Sie uns endlich aus dieser Hölle raus.

Manche verloren den Verstand, andere dachten nur noch mit ihren Eingeweiden, ernährten sich bloß noch von Erinnerung. Einzig Añasco beharrte auf seinem existenzbedrohenden Eigensinn.

– Weiter! Denkt an Spanien! Denkt an Eldorado!

Als sie auch nach weiteren Wochen ziellosen Herumstreifens nichts entdeckt hatten, wurde Añasco überstimmt. Sie machten kehrt. Wieder marschierten sie, bis sie sich auflösten in Raum und Zeit, sie nur noch wandelnde Gerippe waren. Völlig erschöpft kamen sie zurück zum Mississippi, zurück zum Gebiet der Quigaltangi. Wieder begann man mit dem Bau von Brigantinen. Nuño beklagte das Fehlen von go-gottverdammten Nä-Nägeln. Dragoner mussten ihre Brustpanzer opfern, damit der Schmied Material bekam. Wachen wurden aufgestellt, weil alle wussten, diese Schiffe waren ihre letzte, ihre allerletzte Chance auf eine Heimkehr.

Die meisten hatten wenig Hoffnung, nur Bastardo war euphorisch, als er den Entschluss fasste, Cinquecentos Hinterteil mit Nadel und Asche zu bearbeiten. Seine kriminelle Energie war ungebrochen.

– Ich habe gehört, was der Abgezwickte abgesondert hat. Mit dem tätowierten Kräher wirst du dich als Sohn von Hauptmann Rodrigo Ranjel ausgeben und sein Vermögen abstauben. Der tatsächliche Erbe geht verschütt.

– Ein rechtschaffener Mensch ist sich nicht zu gut, andere zu betrügen.

Mittlerweile hatte Häuptling Quigaltangi eine Friedensallianz mit allen anderen Stämmen geschlossen. Der Kazike sah so wild aus, wie sein Name unaussprechlich war: zugespitzte Zähne, keine Haare außer einem Zopf und ein tätowiertes Gesicht – grau wie ein Nilpferd. Aber er war klug und hatte ein größeres Ego als der Sonnenkönig. Quigaltangi machte allen klar, dass die Weißen Feinde der Indianer waren. *Diese Bärtigen sind nie zufrieden, wollen immer mehr und mehr. Sie wollen alle Geheimnisse enthüllen, alles unterdrücken und beherrschen.*

– Wollt ihr leben wie unsere Vorfahren? Mit Medizinmännern und Jagdsaisonen? Oder einen Gekreuzigten anbeten? Wollt ihr weiter Skalps eurer Feinde sammeln? Oder Hosen anziehen, in denen ihr ausseht wie Grillen? Und das ist nur der Anfang! Die Eisenmänner bauen Dörfer aus Stein, in denen die Erde blutet. Sie bringen alles aus dem Gleichgewicht. Bienen werden sterben, Vögel sich verfliegen, und Fische werden aus dem Wasser springen, um den Menschen die Kehlen aufzuschlitzen. Die Bärtigen werden das große Eis zum Schmelzen bringen, Wälder vernichten und die Welt versteinern. Sie werden das Wasser und die Luft vergiften, den Boden sauer machen und das Wetter ändern. Wollt ihr das? Nein? Dann dürft ihr nicht herumsitzen und Erbsen zählen! Es bleibt uns nichts übrig, als die Eindringlinge zu zerstampfen. Der Feind darf sich hier niemals heimisch fühlen.

Es war das erste Mal, dass einem Indianer das bewusst wurde. Lange würde es dauern, bis wieder einer dieselbe Idee haben sollte. Quigaltangi hatte alle Häuptlinge auf seiner Seite. Zum Schein sollten sie sich friedfertig verhalten, sich taufen lassen und Karl den Fünften als obersten Kaziken anerkennen.

Der Tätowierte hatte allen eingebläut, wie sie sich verhalten mussten. Er sagte, der große Fluss führe zum salzigen Wasser, und von dort kämen die nächsten weißen Männer, und nach ihnen wieder welche, immer mehr. Das müsse man verhindern.

Die Spanier waren zu erschöpft, um argwöhnisch zu sein. Auf Quigaltangi hätten sie völlig vergessen, wäre da nicht ein kleiner, schmieriger Verräter aufgetaucht, der ihnen das Komplott enthüllte. Guachojo – gutaussehend und offenbar genug Arschloch, sein Volk zu verraten. Konnte man ihm trauen?

– Er hofft, wir werden Quigaltangis Allianz vernichten, damit er die Herrschaft übernehmen kann. Añasco war die kühle Denkart vertraut.

– Ich mag so einen Judas nicht, der einen altersschwachen Regenwurm statt eines Rückgrats hat. Aber wir müssen vorbereitet sein. Moskito fuhr der Gedanke an einen Hinterhalt wie ein Nagel ins Gehirn.

Die Spanier waren gewarnt, postierten Wachen. Wochenlang

passierte nichts, dann, als Ende November das Wetter umschlug, kam eine Gesandtschaft Quigaltangis. Die Männer brachten Geschenke und überboten sich vor Komplimenten. Man konnte aber sehen, wie sie Soldaten, Pferde, Waffen zählten, alles aufs genaueste taxierten. Moskito ließ sie in Ketten legen.

In der folgenden Nacht dann der Überfall. *Himmelherrgottsakrament!* Man sah brennende Fackeln und hunderte Krieger. *Meine Pisse soll gefrieren.* Eine Horde Indianer stürzte Richtung Lager, doch das Überraschungsmoment war aufseiten der Spanier, die mit Arkebusen und Armbrüsten antworteten.

Schnell lichteten sich die Reihen der Angreifer, gedemütigt zogen sie sich zurück. Quigaltangi verstand nicht, wie das passieren konnte.

Am Morgen sah man vor dem Lager fast nur tote Indianer. Die Verwundeten wurden nicht behandelt, sondern abgemurkst. Cord war damit nicht einverstanden, sagte aber nichts.

Moskito jubelte. Den Gesandten … *mit euch habe ich ein Hörnchen zu rupfen* … ließ er die Hände abschlagen. Danach durften sie zurück zu ihrem Stamm.

– Bestellt eurem Häuptling, dass man Gästen etwas mehr Respekt entgegenbringen muss.

– Besonders Spaniern!

Jetzt begann man mit dem Bau der Brigantinen, schnitt Bäume, hobelte Bretter, machte Nägel, Taue … Segel aus flachsartigem Rindenstoff. Pech gewann man aus Kiefernharz und Werg aus Palmenherzen. Aus Pferdeschwänzen flocht man Seile, und Schweineläufe verarbeitete man zu Wasserschläuchen.

– Ihr müsst die Rothäute vernichten. Guachojo rannte hinter Moskito her, redete auf Nero ein, gab keine Ruhe. Quigaltangi wird euch wieder angreifen … und wieder … Der Verräter wurde nicht müde, die Spanier zu warnen, aber niemand schien sich dafür zu interessieren. Die Wahrheit war, sie würden dieses Land verlassen, egal, ob ihnen Quigaltangi noch ein Abschiedsständchen darbrächte oder nicht.

Isabellas Gesicht war gealtert. Zur Zornesfalte waren kleine Wülste an der Wange hinzugekommen. Ihre einst straffe Gesichtshaut wirkte schlaff, als hätte die Zeit ein paar Spannschrauben gelockert. Aus dem zarten Panna-cotta-Weiß war eine Schafdecke geworden. Sie weigerte sich zu essen, starrte Löcher in die Luft und dachte an Porcallo, Desoto. Dass ihr die einmal gefallen hatten? Porcis offen stehender Mund, die Storchenbeine und sein Renaissancemenschengesicht. Alles stieß sie ab, vor allem die Gewissheit, dass er tot war. Und Ferdinand? Dieser Größenwahnsinnige! Pereiras Schiffe waren ohne ihn zurückgekehrt. Wenn sie Alfonsito die Hose wechselte, seinen Mund abwischte, ihn fütterte, immer dachte sie an ihren Schmerz. Eine selbstbestimmte Frau hatte sie werden wollen mit einer frei gewählten Liebe. Die Königin der Karibik! Was war daraus geworden?

Die Bürger Havannas drängten sie zum Bau der Befestigungsanlage, aus Santiago kamen beleidigende Briefe, und auch die Nachrichten aus Spanien waren nicht erbaulich: Man wollte sie als Gouverneurin ablösen. Außerdem gab es das Gerücht, Julius Cäsar und die Prinzessin von Curicuillor hätten sich in den Bergen verschanzt. Es hieß, sie hätten mit entlaufenen Sklaven ein Dorf gegründet. Die Habaneros wollten eine Strafexpedition losschicken, die Gemeinschaft ausräuchern wie ein Rattennest … »bevor sie eine Revolution anzetteln« … aber Isabella war dagegen. Julius Cäsar, der sich jetzt nach einem Indianergott nannte, war ihr lange treu gewesen, sollte zumindest er glücklich werden. Wirklich? Hatte er ihr nicht alles genommen, was sie geliebt hatte? Was war nur aus ihm geworden? Ein Revolutionär? Völlig vertrottelt! *Er sollte sich die Zähne richten lassen.*

Isabellas Selbstwertgefühl war geschrumpft. Ihr Verstand arbeitete noch einwandfrei, sezierte mit scharfen Klingen ihre Situation. Aber auch wenn sie abends vor Erschöpfung keine Ruhe fand, fühlte sie sich so lebendig wie ein Felsblock. Ihre Befehle bohrten sich in die Bediensteten, die sie bald nur noch als »die Wahnsinnige« bezeichneten. Isabellas Lachen war ein hohles Theaterlachen geworden, und ihre Blicke hatten eine derartige Strenge angenommen, dass Hunde zu jaulen anfingen und Leute Bauchschmerzen bekamen, wenn sie sie ansah. Die Königin der Karibik war eine verhärmte Frau geworden.

DER RÜCKWÄRTSTAG

1543. Der Winter war hart gewesen, und im Frühjahr waren sie noch immer mit den Brigantinen beschäftigt. Da sie bereits zum zweiten Mal Schiffe bauten, dauerte es diesmal länger, gebogene Stämme für die Rippenbögen zu finden. Das Fertigen der Balken und Bretter, Planken und Masten war mühevoll. Hinzu kam ein gerüttelt Maß Inkompetenz, das sie mehrfach zwang, Arbeiten zu wiederholen. Trotzdem war es schön, den drahtigen Körpern beim Sägen, Hobeln und Nageln zuzusehen. Fugen wurden gestopft, Segel genäht und Ruder geschnitzt.

Als sie fertig waren, wurden die Schiffe nach griechischen Göttinnen benannt. Jedes war groß genug, um vierzig Mann zu fassen. Da ereignete sich in der Nacht vor der Abfahrt die nächste Katastrophe. Der Vollmond, den Moskito Trinkersonne nannte, beleuchtete die vorbeiziehenden Wolken. Kein Regentropfen fiel vom Himmel, und dennoch lag etwas in der Luft oder im Wasser – der Mississippi war erwacht und stieg aus seinem Bett. Es dauerte, bis die Spanier registrierten, dass der Strom über die

Ufer trat und alles unter Wasser setzte. Ausrüstung wurde davongeschwemmt, Hunde schlugen an.

– Das darf nicht sein!

Himmelkruzitürken! Wie konnten sich die Geschicke nur so gegen sie verschwören? Sie warfen Habseligkeiten in die Brigantinen, dazu Steine, damit die aufgebockten Konstrukte nicht davongerissen wurden. Sie selbst wollten auch in die Schiffe flüchten, wurden aber von Moskito auf eine Anhöhe gelotst.

Von dort sahen sie, wie der Fluss unerbittlich anschwoll. Entwurzelte Bäume trieben vorbei, schwimmende Inseln aus Gestrüpp. Tote Tiere hingen im Geäst.

– Das ist biblisch, verkündete Juan. Die erste der sieben Plagen. Oder die letzte. *Was will Gott mir damit sagen? Habe ich ihm für das Regenmachen nicht genug gedankt?*

– Wir sind verloren! Der Fluss steht gewiss im Bunde mit dem Teufel, wenn er nicht selbst der Teufel ist.

Sie hatten kein frisches Trinkwasser und zu essen nur die Tiere, alles andere war davongespült. Um Feuer zu machen, mussten sie durch hüfthohes Wasser zu den Brigantinen waten und Feuersteine holen. Das Holz war feucht und qualmte. Vom Flusswasser, das sie durch Stoffe sickern ließen, bevor sie es tranken, bekamen sie nicht nur Erde zwischen die Zähne, sondern auch Diarrhö. Es war, als wäre eine Putzkolonne in ihren Eingeweiden. Weltuntergang? Wasser, nichts als Wasser.

Bereut eure Sünden, der Tag des Herrn ist nah!

Alle beteten zu ihrem Schutzpatron, die Soldaten zum heiligen Andreas, Handwerker zu Josef, Ruben zu Sankt Nikolaus … und alle gemeinsam zu Elmo, dem Patron der Gewässer. Die Anhöhe, anfangs noch die Rettung, schmolz zu einer kleinen Insel. Nach einer Woche waren alle Bäume gefällt, ihr Holz verbrannt. Die im Wasser treibenden Stämme mussten geschnitten und getrocknet werden, und selbst dann waren sie zu feucht. Niemand nahm den sumpfig-modrigen Gestank noch wahr, weil er überall war. Alles klamm und feucht und nass. Nach zehn Tagen begann das Sterben. Als Erstes erwischte es den vorletzten Missionar. Nur noch Juan war übrig, der unablässig von Sünde und Prüfung sprach, von einer Strafe Gottes.

– Wie war das mit der Sintflut? Wie viele Jahre muss man warten?

Cord murrte und brummte Unverständliches.

– Wir werden hier zugrunde gehen. Aber wenn wir schon sterben, dann wenigstens als Menschen. Jonas hatte begonnen, Fiebernde zu trösten, Wasser abzukochen, Kranke zuzudecken. Er war der Einzige, der sich kümmerte.

In allen Gesichtern stand Verzweiflung, Wahnsinn. Nur dem kühlen Añasco war es zu verdanken, dass sie sich nicht über die Schiffe hermachten und ihr Holz verbrannten.

– Vielleicht kommt Rettung? Elias war optimistisch. Die in Havanna haben bestimmt schon einen Suchtrupp losgeschickt.

– Träum weiter, Monsieur. Wir werden gerade von einer riesigen Bugwelle erdrückt.

Dann kam das Fieber auch über Nuño. Mit einem Mal wurde er schwach in den Armen und weich in den Knien. Seine Stirn war so heiß, dass man darauf Spiegeleier hätte braten können – Eier à la Nuño. Eine Nacht lang schrie er »Leonora« und dass die Frauen an allem schu-schuld seien, die Frauen und die Ju-Juden … go-gottverdammt … dann wurde es still. Ausgestottert. Leonora würde vergeblich auf ihren Brad-Pitt-Verschnitt warten, der kleine Ferdinand würde seinen Erzeuger niemals kennenlernen, das Kinngrübchen nie sehen. Und niemand würde ihn je wieder »go-gottverdammt« fluchen hören, außer vielleicht Gott persönlich.

Trübsinnig saßen sie auf ihrer Insel und hielten sich für verloren. Nur einer konnte nicht sitzen. Cinquecento. Seine Tätowierung hatte sich zu einem entzündeten Furunkel ausgewachsen. So waren sie gefangen und verzweifelt.

– Und wenn wir versuchen, die Brigantinen in den Fluss zu bekommen?

– Lösen wir die Aufbockungen, kippen die Schiffe um.

Elias suchte die Nähe der Hauptleute und fragte, ob sie etwas über Rodrigos Vermögen wüssten.

Añasco beachtete ihn nicht, Moskito zeigte ihm den Scheibenwischer, und Nero sagte, dass der Zwerg ein böswilliger Intrigant gewesen sei, der am Abort Pech auf den Sitzbalken gestrichen, kleine Hunde geärgert und sich über Mode lustig gemacht habe. Dabei lachte er und merkte, er hatte den Kleinen gemocht. Seine Streiche ... sogar die Dichterkrönung ... Er redete von einem Landgut bei Huelva ... ein großes Schloss mit kleinen Türen.

Was sich in den nächsten Tagen der Verlassenheit abspielte, war unbeschreiblich. Sie standen kurz davor, sich gegenseitig abzuschlachten, aßen Würmer, hatten Halluzinationen, drehten durch. Endlich, nach vier Wochen, in denen sie dem Wahnsinn gefährlich nahe gewesen waren, kam die Rettung: Der Wasserpegel senkte sich. Erst wenige Zoll, bald eine Spanne von vier Fingern. Ihre Insel wurde wieder größer, der Fluss zog sich zurück. Plötzlich war die Angst wie weggeblasen, redete niemand mehr vom Grauen des Verhungerns und Ersaufens. Es war, als wären sie aus einem bösen Traum erwacht.

Im Juni, über ein Jahr nach Desotos Tod, war es dann so weit. Die sieben Brigantinen, jede zehn Meter lang, bauchig und ohne Schwert, konnten vom Stapel. Über entrindete Baumstämme wurden sie gezogen und unter enormer Anstrengung ins Wasser gehievt. Wie Schönheiten lagen sie da. Zusammengeschusterte Holzkästen, aber für die Leute waren sie Göttinnen. Jede besaß einen Mast mit lateinischem Segel und sieben Ruder.

Die Decks waren mit Brennholz und Werkzeugen vollgestopft. Dazu die letzten Hunde. Schweine. Nur vierzehn Pferde, zwei auf jedem Schiff, die anderen waren geschlachtet und zu Seilen, Decken und Schläuchen verarbeitet worden.

Insgesamt bestiegen zweihundertdreiundfünfzig Spanier die Schiffe, dazu sechzig getaufte Indios, fünfundzwanzig Frauen.

– Nur das Notwendigste, verkündete Moskito. Er hatte sich vor den Schiffen aufgebaut und kontrollierte, was an Bord kam.

Müggenpflug grinste, als die Kisten mit seinen Artefakten angeschleppt wurden.

– Was ist da drin?

– Wir Schwaben sind Erfinder, sagte Gunkel.

– Was da drinnen ist, will ich wissen.

– Kulturgüter. Widerwillig öffnete Gunkel eine Kiste, auf der »Kiste« stand. Zum Vorschein kamen Masken, Tonfiguren, Muschelketten, sogar Skalps. Alles war beschriftet.

– Haben Sie die Wörter geschrieben?

– Ist das verboten? Mich hat auf Havanna eine Kokosnuss gestreift, seither leide ich unter Sprachverlust, daher muss ich zu so einem Herrgottsbschissli greifen.

– Die Kisten bleiben da.

– Nein. Die Herzöge und Markgrafen, Barone und Kurfürsten haben ein Recht darauf. Gunkel war empört. Ich erhebe Anspruch! Und was ist mit dem? Er zeigte auf Cord, der einen Sack mit Büchern, getrockneten Pflanzen und Insekten mit sich führte.

– Ausnahmen beschönigen die Regel, und die lautet: keine Widerrede. Moskito blieb hart, und Müggenpflug war den Tränen nahe.

Am 2. Juli 1543, etwas mehr als vier Jahre nach ihrer Ankunft in Florida, glitt die Flotte den breiten Strom hinab. Der Himmel wölbte sich am vernebelten Horizont, das Morgenlicht war diesig, und ein feiner Sprühregen sagte den Eroberern adieu. Die Schiffe waren erstaunlich seetauglich, beinahe aerodynamisch oder, besser gesagt, aquadynamisch.

– Klar Schiff, Frau Budenholzer, Ruben strahlte. Backbrassen! Elias blickte in das braune Wasser, sah zu den lärmenden Möwen hinauf und war glücklich. Die Schiffe schaukelten, aber Seekrankheit kam nicht infrage.

Sie waren überzeugt, bald daheim zu sein. Jonas schwärmte von einem Handwerk, das er lernen wollte.

– Wagner oder Sattler? Etwas, das es immer geben wird, nichts mit Seefahrt. Einmal und nie wieder.

– Hättest du nicht das Stummbein, könntest du dir eine Witwe suchen wie unser Ruben …

Elias' Augen waren in den Fluss gerichtet. Er dachte an seinen kleinen Vater, an die Zuneigung, die ihm dieser Zwerg entgegengebracht hatte. Erinnerungen an Algier und die Piraten blitzten auf. Hatte ihn sein Schicksal unermüdlich vorwärtsgetrieben, um ihm am Ende die Wahrheit seiner Herkunft zu verkünden? Schicksal? Zum ersten Mal in seinem Leben schien er den Sinn dieses Wortes zu begreifen, seine Bedeutung zu durchdringen … Da tauchten am Horizont kleine Punkte auf. Ein Entenschwarm? Nein, die Punkte wurden größer, lauter. Die Flügelschläge waren Paddel … Kanus, hunderte, die näher kamen und ein unheimliches Gurgeln hervorbrachten, ein spitzer werdendes Gemurmel, nein, Gekreische. Die Wilden schrien und drohten, griffen aber nicht an. Im vordersten Kanu saß Quigaltangi im vollen Ornat. Manche sahen ihn zum ersten Mal, mit der tätowierten Haut und den spitzen Zähnen glich er einem bösen Geist. Wendigo?

Monatelang hatte man nichts von ihm gehört und geglaubt, sein Stamm wäre ersoffen. Jetzt schrie er und hielt eine Art Kokosnuss in die Höhe. Jeder wusste, was der grässliche, von einem bösen Triumphgefühl beherrschte Kazike wollte. Alles an ihm war Zorn, Gebrüll und Überzeugung, die Weißen zu vernichten. *Sonst keine Neuigkeiten?* Dann warf er dieses kokosnussartige Etwas auf das Schiff, wo es direkt vor Moskitos Füße rollte. Es war ein Schädel mit zugenähten Lippen: Guachojo.

Quigaltangi lachte höhnisch. *So wird es allen Verrätern gehen.* Im nächsten Moment setzte ein Pfeilregen ein. Wie ein Nagelbrett sausten die Geschosse herab und bohrten sich in Planken, Tiere, Körper. Man flüchtete unter das Vordeck. Für die Ruderer wurde ein Schutzwall aus Proviantsäcken errichtet, aber da kam schon die nächste Tranche. Brandpfeile, die wie ein Sternschnuppenregen herunterfielen. Man musste Wasser schöpfen und Brände löschen. Pferde, Hunde und Schweine wurden getroffen. Panik machte sich breit.

– Fuck! Quigley hatte einen Pfeil in der Schulter stecken – *so haben wir nicht gewettet.* Elias wurde gestreift, und Juan, dessen Gespielin getroffen war, fluchte:

– Was fällt euch ein, ihr gottlosen Geschöpfe. Dafür werdet ihr ewig in der Hölle schmoren, auch wenn ihr gar nicht daran glaubt. Für euch kann Christus nicht gestorben sein! Wisst ihr denn nicht, wer ich bin? Ein Regenmacher! An mir hat Gott ein Wunder offenbart! … Und plötzlich geschah etwas. Eine Erleuchtung? Der Dominikanerpater bekam einen verklärten Blick, schritt zum Heck des Schiffes und sprach jetzt wie in Trance von Gott, der überall sei – in Demütigungen, Krankheiten, aber auch in der Liebe … Neben dem Missionar sausten Pfeile nieder, die ihn wie durch ein Wunder verfehlten. Er redete ungerührt weiter von der Wahrheit, die ein Kreuz sei … alle Menschen seien Brüder, die Armen und die Reichen, die Katholiken und die Unbekehrten ... alle seien Gottes Ebenbild. Er hielt eine flammende Predigt, der niemand zuhörte.

Wie im Rhythmus des Atmens gingen die Pfeilgeschwader nieder. Jeder außer Juan versuchte, sich zu schützen. Cord dachte, dass nicht diese wütenden Indianer die Bösen waren, sondern sie, die Eroberer, und dass Menschen, die an eine beseelte Welt glaubten, ihr Weltbild verteidigten, eine Wirklichkeit, in der alles ein Wesen hatte, und nicht wie in Europa eine Funktion.

Die Schiffe gewannen an Fahrt, die Kanus konnten nicht folgen. Man hielt sich am Ufer, so dass der Beschuss nur von einer Seite möglich war.

Quigaltangi änderte die Taktik, ließ nun auch die Bogenschützen rudern. Derart in Fahrt gekommen, überholten die Kanus die Flotte und warteten an der nächsten Flussbiegung, um von der anderen Seite anzugreifen. Jetzt waren die Spanier vorbereitet, verschanzten sich unter dem gedeckten Heck und schützten sich mit Schilden, Brettern und allem, was sie finden konnten.

– Was willst du, Quigelquagel-Quigaltangi, du hässliches Nilpferd? Du Queequeg. Moskito schrie. Wir sind auf dem Heimweg, lass uns in Frieden. Er hielt den Kopf des Guachojo in die Höhe und warf ihn in Richtung der Kanus.

Als Antwort kam ein Pfeilregen.

Der Fluss war voller Biegungen und Windungen – wie ein Darm. Entsprechend fühlte sich diese Reise durch den Körper Floridas an. Zuerst waren da die Zähne des nasenlosen Hirriga und Mokossos Zunge gewesen, dann war es am Paracoxi-Gaumen vorbeigegangen zur Speiseröhre mit der Kreuzigung des Casqui. Die Tülolee waren schwer im Magen gelegen, im Perlenland der Bauchspeicheldrüse hatte ihnen das Frauenvolk zugesetzt, später folgte der gallige Saft von Maubilia, das Herumirren zu den Blinden, Kopfdeformierten, Hippies. Und jetzt der Mississippi-Darm mitsamt diesen lästigen Bakterien.

Elf Tage dauerte die Verfolgung schon. Quigaltangi wollte nicht aufgeben. Selbst als ihn seine Verbündeten verließen, feuerte er seine Leute an. Irgendwann waren es nur noch zwölf Kanus, dann nur noch fünf, bis er schließlich brüllend im letzten saß. Drei Tage hing dieses verbliebene Kanu wie ein zorniger Feuerschweif noch an der Flotte. Als die Ruderer entkräftet ins Wasser fielen, saß Quigaltangi allein im Kanu, riss sich den Federschmuck vom Leib, erhob sich und pisste in Richtung der Schiffe.

– Himme en sowui. Karabune, machukke motz, nerochk koschip … Niemand übersetzte, was er schrie. »Hört zu, ihr Dreck zwischen meinen Zähnen, ich werde euch zermalmen, bis ihr Speichel seid, ihr kommt mir nicht davon …«

Stundenlang noch ruderte er ihnen hinterher, bis auch er die Sinnlosigkeit erkannte. Einen Augenblick lang hallten seine Flüche nach, dann herrschte Totenstille. Quigaltangi wusste, er hatte verloren. Die Bärtigen würden zurückkommen und ihn vernichten, sein Volk, seine Lebensweise, alles.

Die Flotte hatte vierzig Mann verloren, aber den lästigsten Indianer aller Zeiten abgeschüttelt. Die nächsten Tage war es verdächtig ruhig, nichts als diese gottverlassene Wildnis. Tukans, Kapuzineraffen und betretene Stille. Als am Ufer Dörfer auftauchten, legte man an.

Sechs Pferde lebten noch – fünf Hengste und Augusta. Mit dreihundertfünfundzwanzig gepanzerten Reitern war die Expedition vor über fünfzig Monaten gestartet, jetzt mussten sechs genügen, um ein Dorf mit dreihundert Indios einzunehmen. Auch sie leisteten Widerstand, doch waren sie mit ihren lächerlichen Waffen chancenlos. Das Dorf wurde geplündert, Frauen vergewaltigt. *Das übliche Programm.*

Dann ließ man die Pferde frei. Die Tiere konnten es nicht fassen, wieherten und stießen ihre Köpfe gegen die Reiter, als wollten sie sagen: Ihr seid verrückt. Eine Weile lang waren sie hin- und hergerissen. Sie schnaubten und bewegten sich nur widerwillig, dann siegte ihr hippokratisch hippophysischer Instinkt, und sie stürzten davon in die Weiten der Prärie, um wilde Mustangherden zu begründen oder auf dem Speisezettel der Eingeborenen zu landen.

– Riecht ihr das Meer? Mancher glaubte, den Geruch von Salzwasser zu schmecken. Es war so feucht, dass Fische in der Luft hätten leben können. Aber zwei Tage lang war nichts zu sehen als dieser breite, gewundene Fluss, der Enddarm dieses Landes. Dann ein Trompetenklang, das Ufer war plötzlich zerrissen, eine riesige trichterartige Flussmündung kam in Sicht. Die letzte Körperöffnung dieses Kontinents, Arschrosette, daneben kleine Hämorrhoiden-Inseln. Das Meer! Unendlich weit und metallisch blau. Was hatte es die ganze Zeit gemacht? Träge und ungerührt lag es da, als ginge es diese Expedition nichts an. Sie sahen Möwen und Stelzenläufer – *tomatenbeschmierte Rotlaibchen, Zitronenkopfsittiche …*

Bevor sie sich hinauswagten auf die glitzernde See, liefen sie eine unbewohnte Insel an, gingen an Land, legten sich in den Sand und gönnten sich eine der seltenen Freuden des Erobereralltags – drei Tage Schlaf.

Manche träumten von Schlachten, andere von Frauen. Ruben von Filiberta Budenholzer und Elias von Penelope und seinem Schloss bei Huelva.

Geweckt wurden sie von einem Schrei. Wie viele Schreie hatten sie auf dieser Reise schon gehört? Cinquecento! Der Aal glaubte zu sterben.

Das Furunkel war groß wie eine Orange, er fieberte, sagte, er würde nun den Löffel abgeben, zum Beinernen gehen, zu Lazarena Malverde. Cord tat, als hörte er ihn nicht, auch Bastardo wollte nichts mit ihm zu tun haben. Es war Jonas, der sich um ihn kümmerte. Das Stockmännchen brachte ihm Wasser und betupfte den pflaumenblauen Knoten.

Gino schrie und stieß den Jungen von sich, doch Jonas ließ sich nicht abwimmeln, holte Elias, der nichts wusste von Sepsis und Blutvergiftung, aber sah, man musste etwas unternehmen, sonst würde Gino den nächsten Tag nicht erleben. Ohne zu zögern schnitt er das Furunkel auf.

– Weißt du, was du tust? Bastardo beäugte das Geschehen missgünstig.

– Wenn man nichts macht, stirbt er. Elias sah das austretende Blut-und-Eiter-Gemisch. Wie ein Zwetschkenkompott lief es über Cinquecentos Hinterteil. Plim wischte es weg, schickte Jonas um frisches Wasser, Tücher. Als das Stockmännchen wieder angehumpelt kam, hatte Cinquecento die Besinnung verloren. Tags darauf ging es ihm besser.

– Weißt du, Flöte … Er griff Elias auf die Schulter und sah ihn mit glasigen Augen an … Bastardo wollte mir einen Raben tätowieren, damit ich mich als du ausgeben kann. Aber als rechtschaffener Mensch werde ich das nicht machen, nicht nachdem du mich gerettet hast. Wir sind Gauner, aber auch wir haben eine Ehre im Leib.

Die Schiffe wogten in den Wellen. Taue führten zu Pflöcken am Strand, wo die Männer Krabben fingen – sie wie Austern schlürften.

Añasco hantierte mit einem Astrolabium. Er drehte an der Planetenscheibe, verglich den Höhenwinkel mit dem Sonnenstand und war sich sicher, genug nautische Kenntnisse zu besitzen, um Havanna über das offene Meer zu erreichen.

– Man soll den Roggen nicht vor dem Hafer loben, sagte Moskito. Sicherer ist es, entlang der Küste nach Neuspanien zu segeln.

– Aber das dauert viel länger.

– Warum einfach, wenn es kompliziert geht. Quigley wettete mit Cord, der Paulas Haarlocke einsetzte, dass sie Neuspanien ansteuern würden.

– Hauptsache, die Schiffe fallen nicht auseinander. Elias blickte ins Meer und sah einen schwimmenden Baumstamm, in dem etwas glitzerte. Er kniff die Augen zusammen und erkannte einen Helm. Es war, *ja, tatsächlich,* die ausgehöhlte Eiche mit Desotos Leiche. *Der große Eroberer!* Daneben ein aufgedunsener Frauenkörper, das Gesicht umspült von feinem Haar, die Stumme. *So haben sie sich also doch gefunden.* Ehe er das Bild der im Tod Vereinten ganz erfassen konnte, wurde Alarm geblasen. Plim sah am Horizont fünfzig Kanus mit schwarzbemalten Indianern. *Nicht schon wieder.* Man ließ alles stehen und liegen, watete zu den Schiffen, setzte die Segel, und kräftige Hände griffen zu den Rudern. Die Wilden hatten keine Chance, bevor sie ihre Pfeile abschießen konnten, waren die Schiffe außer Reichweite, der Wind trieb sie nach Westen.

– Na bitte. Quigley riss die Arme hoch. Auf nach Nueva España! Cord murrte und gab ihm Paulas Locke. Der Engländer roch daran, gab sie zurück.

– Jetzt, da ich meine Kathy wiedersehe, Wurstmachermann …

Niemand vermochte mehr, die würzige Seeluft zu riechen oder den verspielten Delphinen zuzuschauen, die neben den Schiffen schwammen. Apathisch starrten sie ins Nirgendwo und waren überzeugt, es gäbe gar kein Neuspanien. Am dreiundsechzigsten Tag der Schiffsreise geschah das Unerwartete, das, was keiner mehr für möglich gehalten hatte, man stieß auf Indios, die Leinenhemden trugen – zerrissen, schmutzig, aber zweifellos spanischer Herkunft. Noch nie hatte Kleidung so erfreut. Sogar John Schnur lächelte. Drei Tage später sah man ein Holzkreuz an der

Küste und wenig später die strohgedeckten Hütten von Tante Zwiebel. Sie wateten ans Ufer und umarmten, *put, put, put, das Näschen* die Fischersfrauen. Es war der 12. Oktober 1543. Ein Dienstag! Oder Mittwoch? Von den achthundert Mann, die vor viereinhalb Jahren aufgebrochen waren, waren noch zweihundertelf am Leben. Dazu dreiunddreißig Indios und neunzehn Indianerfrauen.

– Holy shit, schrie Quigley. Er hatte mit sich selbst um sein Leben gewettet, dass er diese Reise nicht überleben würde. *Oder war es umgekehrt?* »Fis is great!« Eines Tages wird es keine Eroberer mehr geben, dachte Cord. Die Leute werden auf uns mit Staunen und Entsetzen zurückblicken und nichts verstehen.

HAPPYLOG

Sie waren kaum noch bei Sinnen, aber gerettet. Vizekönig Antonio de Mendoza schickte eine Maultierkarawane nach Tante Zwiebel, um sie bis Mexico-Tenochtitlan zu geleiten. In jedem Dorf wurden Hälse gedreht, Kinnladen gereckt und Feste organisiert. Überall plusterten sich Wichtigtuer auf, die von Ehre und historischer Bedeutung sprachen. In der Hauptstadt begegneten sie dem Vizekönig, der erst nervös herumtänzelte, dann enttäuscht war. *Die Falschen!* Nicht seine Eroberer waren zurückgekehrt, nicht die Truppe des Francisco Coronado, sondern die Desotos. Und was hatten sie entdeckt? Eldorado? Die sieben goldenen Städte? Nichts! Großspurig versprach der Vizekönig jedem Rückkehrer eine mickrige Rente. Es gab einen Empfang mit gebratenen Meerschweinchen und gefüllten Fladen, bei dem sich alle eine veritable Lebensmittelvergiftung zuzogen.

– Seltsam, sagten die Mexikaner, so etwas kommt hier sonst nicht vor. Muss Montezumas Rache sein.

Moskito verliebte sich in ein hässliches, aber reiches Mädchen, dem er das Eheversprechen gab.

– Wo die Liebe hinfällt, wächst kein Korn. Er fühlte, dass die schlimmen Ahnungen, die ihn einst zum Alkoholiker gemacht hatten, nun alle in Erfüllung gingen.

Der Rest machte sich auf nach Veracruz, wo man eine Karavelle bestieg, die am 1. Dezember 1543 Havanna erreichte. Als sie in den Hafen einliefen, konnten sie eine Aufwallung selbstgefälligen Stolzes nicht unterdrücken. Doch bald kam die Ernüchterung. Weder gab es ein Empfangskomitee noch ein Fest, nur Francisco las eine Messe für die Toten. Die Gouverneurin war nicht da, Leonora weinte, sonst konnte sich kaum jemand an sie erinnern. Eine Reise ging zu Ende, die als eine der erfolglosesten in die Geschichte eingehen sollte. Erst fünfundzwanzig Jahre später würden wieder Spanier die Tierra Florida betreten.

Enttäuscht über den Empfang und die Perspektiven in Havanna, brachen manche gleich Richtung Peru auf, um dort gegen Indios zu kämpfen … *das übliche Programm.* Quigley ging zu seiner Gastwirtschaft, umarmte Kathy und machte da weiter, wo er vor fast fünf Jahren aufgehört hatte – mit dem Erfinden abstruser Biersorten, Sundownern *ohne Gürkchen* und Schwärmereien von den Royals.

Cord Fenk schickte Briefe an Akademien, Universitäten und, vielleicht den wichtigsten, an Paula: Dein Haar ist noch an meiner Brust, ich habe dir so wie im Märchen »Drei Nüsse für Aschenbrödel« etwas mitgebracht, erwarte mich.

John Schnur eröffnete eine Herrenschneiderei, und Nero sorgte dafür, dass jeder in Havanna davon mitbekam. Mit Ramses dem Zweiten stolzierte er in den abenteuerlichsten Kostümen herum, warf Frauen Küsse zu … Hallo Süße hier, hallo Süße da … und strahlte.

Juan hatte Gewicht verloren und dafür die glänzenden Augen eines Fanatikers bekommen. Seit seiner Erweckung im Pfeilregen Quigaltangis war er beseelt, erfüllt von einem Geist sozialrevolutionären Christentums, einer Mischung aus Thomas Müntzer und Ernesto Cardenal. Nun wollte er niemandem mehr den verknöcherten Kodex der Inquisition aufzwingen. Im Gegenteil, er träumte von einer Gemeinschaft der Liebenden, von einer Gesellschaft, die glücklich im Einklang mit der Schöpfung lebte. Als er von Julius Cäsar, der Prinzessin von Curicuillor und ihrer Kommune in den Bergen hörte, beschloss er, sich zu ihnen durchzuschlagen und Befreiungstheologe zu werden. Jonas folgte ihm. Gemeinsam phantasierten sie von einer besseren, gerechteren Welt.

Castro eröffnete ein Restaurant – Fidels Gastro. Und Wilhelm Friedrich Erasmus Müggenpflug begann einen Bericht, in dem er von wilden Anthropophagen erzählte, die Blut tranken und Gefangene verzehrten. Er schrieb von Eintöpfen mit Menschenfleisch und abscheulichen Dingen, die er sich aus seinen knochigen Schwabenfingern sog. Das Buch musste erfolgreich werden. Ein Nürnberger Drucker ließ es später illustrieren, änderte den Verfassernamen und machte einen Weltbestseller daraus, der das Bild der »Indianer« auf Jahrhunderte prägen sollte.

Auch Añasco und Biedma kehrten heim. Añasco ging nach Granada, das mit seinem Ideal wenig gemeinsam hatte. Die Leute waren eingebildet, schroff. *Vulgär!* Enttäuscht wandte sich der Glatzkopf an den Hof, wo er als Kammerherr Philipps des Zweiten reüssieren sollte. Der König glich Vincent van Gogh, während seine Nachfolger Philipp der Dritte und Vierte eitle Witzfiguren waren, die ihre wulstlippigen Visagen ständig von Velázquez porträtieren ließen.

Schatzmeister Biedma musste am Hof erklären, weshalb er keine Schätze mitgebracht hatte. »Wir kennen das. Alles auf den Azoren deponiert?« »Wir hatten Kisten voller Perlen, aber die Schlacht bei Maubilia …« Sein Bericht wurde gleichgültig angenommen. Den unterbissigen Kaiser Karl, Ahnherr aller Philipps, interessierte lediglich Häuptling Quigaltangi. »Ggn slch Inds wll ch kn wtrs Nternm rskrn.« Was Heinrich Graf von Nassau-Breda mit »gegen solche Indios will seine Majestät kein weiteres Unternehmen riskieren« übersetzte.

Elias Plim war Anfang zwanzig, doch eigentlich viel älter. Als er durch Havanna schlenderte, dachte er an den Korsarenkapitän, Algerien, den Zwerg, der sein Vater war, vor allem aber an Penelope. Er hatte herausgefunden, in welcher Auskocherei sie arbeitete. Er wollte sie fragen, ob sie mit ihm nach Spanien kommen wolle, nach Schloss in sein Huelva … vor Aufregung brachte er alles durcheinander. Dann, nur wenige Schritte vor dem Lokal, wurde er an den Schultern gepackt. Bastardo und Cinquecento!

– Haben wir dich, Geldbäumchen! Jetzt wird Lösegeld kassiert. Die Ratte packte ihn, und Elias spürte einen schrillen Schmerz.

– Ich … Gino! Ich habe dir das Leben gerettet, du hast versprochen …

– Kann mich nicht erinnern. Der Aal lächelte.

Im selben Moment trat Penelope aus der Schenke, sah die Gestalten, setzte ein kugelsicheres Lächeln auf und schritt davon. Sie sah bezaubernd aus. Elias wollte schreien, doch die Gauner hielten ihm den Mund zu und schleppten ihn zum Hafen. *Jetzt ist alles aus.* Plim verlor fast die Besinnung, dann sah er ein Mädchen auf einem weißen Schimmel. Lazarena Malverde, die Schutzheilige aller Gauner? Umspült von einer Aureole gleißenden Lichts und jubelnden Posaunenklängen? Aber nein, es war ein Mensch mit Holzfuß, Eisenhaken und ohne Gesicht. Ein Nichtgesicht, das Gläser platzen und Schwangere vorzeitig in die Wehen kommen ließ. Wendigo, der böse Geist und schwarze Mann der Indianer? Nein, Turtle Julius.

– Sind Sie Ambrosio Bastardo, fragte er mit sanfter Ben-Kingsley-Stimme Cinquecento.

– Was wollen Sie von ihm, antwortete der Aal.

– Nun, sagte der Notar, Ambrosio Bastardo ist zum Alleinerben des Grafen von Orgaz bestimmt. Seit fünf Jahren bin ich unterwegs, um ihm mitzuteilen, er ist ein gemachter Mann. Abzüglich meiner Spesen beläuft sich sein Vermögen auf, Moment, lassen Sie mich rechnen … hundertvierunddreißigtausend Golddukaten, Ländereien, Weinberge, zwei Schlösser samt Falknerei, ausgedehnte Wälder, vierzehn Mühlen und acht Jagdhunde.

– Verschwinden Sie, zischte Cinquecento.

– Wir sind nicht der, für den Sie uns halten, ergänzte Bastardo, der Elias immer noch gepackt hielt. Wir stehen in keinem Adelskalender.

– Kümmern Sie sich um Ihren Dreck. Nehmen Sie Rücksicht auf unser gutes Recht.

– Wie viel, sagten Sie? Hundertvierunddreißigtausend Golddukaten? Von wem soll ich das geerbt haben? Bastardo grübelte.

– Vom Grafen von Orgaz, wiederholte Turtle Julius.

– Eine Falle, zischte Cinquecento, aber wir fallen nicht darauf herein. Er trat gegen Turtle Julius' Holzbein. Wir sind nicht gewillt, uns die Ohren abschneiden zu lassen. Was werfen Sie uns vor? Der Aal deutete einen Faustschlag an. Der Notar schützte sich mit dem Eisenhaken.

– Moment, Bastardo ließ Elias los und hielt den Aal zurück. Der Graf von Orgaz? Meine Mutter hat den Namen oft erwähnt.

– Hören Sie nicht auf den. Gino drängte ihn zur Seite. Der Kerl ist plemplem.

– Augenblick. Bastardo schubste Cinquecento. Sie sind der Mann ohne Gesicht aus meinem Traum! ... Ich soll Alleinerbe sein, das ist ein Scherz?

– Keineswegs. Der Jurist zog ein Pergament hervor und verlas das Testament. Tränen traten in die Augen der Gauner, und ihre Gesichter verwandelten sich zu jenen von Paul Newman und Robert Redford. Zweimal noch ließen sie sich den Text vorlesen, dann fielen sie einander in die Arme, lachten. Hundertvierunddreißigtausend! Schlösser! Ländereien! Sogar Jagdhunde!

Elias rannte so schnell er konnte zu Penelope, empfand eine ungeheure Ausgelassenheit ... *dem geht die Milch über* ..., erwischte sie, schloss sie in die Arme, küsste sie, und für einen Augenblick stand die Zeit still, so still, dass selbst das Licht auf seine Geschwindigkeit vergaß und vor Rührung zusammenbrach. Sie legte ihm den Finger auf die Lippen ... wie es Engel bei Neugeborenen machen, wenn sie »Vergiss« sagen ..., sah ihm in die Augen und lächelte. Sie könnte ihn auch wegstoßen und von einem Verlobten sprechen, sie könnte eine arrogante Zicke sein, das Kind eines anderen im Bauch tragen oder Plim für ein aufdringliches Arschloch halten. Aber wir sind der Meinung, er hat sich dieses Happy End verdient – und wir uns auch. Womit wir am Ende wären. Non plus ultra.

Vielleicht sollte noch erwähnt werden, dass Ruben Christian tatsächlich zu Filiberta Budenholzer ging und sich als ihr Sohn ausgab.

– Wenn Sie mich nicht gleich erkennen, Señora, dann deshalb, weil ich die Reffs herausgenommen habe ... aber mein Anker ... ich meine, wenn Sie Ihre Bullaugen zusammenkneifen ...

Die zahnlose Alte mit dem Balkongesicht und den fischbauchweißen, von Krampfadern durchzogenen Beinen lachte lauthals.

Bei diesem Sohn, gluckste sie, handle es sich um einen Kater, aber wenn er schon hier sei, könne er auch bleiben, das Haus sei groß genug.

– Heilige Makrele.

– Wissen Sie, wir alten Leute bedauern alle, zu wenig gelebt zu haben. Dass jemand zu wenig gearbeitet hat, bedauert keiner.

Die Rückkehr in die Zivilisation war ernüchternd. Inflation! Fünf Reales verlangte man nun für ein Huhn, das vorher zwei gekostet hatte. Das nächtliche Treiben in Sevilla war ausgelassen wie eh und je. Ein pulsierender Ort der Schwärmer, eine Stadt des Ausgehens und des Lichts. Niemand wusste, was die Heimkehrer erlebt und durchgemacht hatten, niemand interessierte sich dafür.

Bastardo und Cinquecento waren enttäuscht, dass ihre Garküche in Triana nicht mehr existierte. Wo früher ihr Gasthaus gewesen war, stand jetzt eine Markthalle. Auch der blinde Orangenverkäufer war nicht mehr da, das Bordell hatte dichtgemacht. Sie kamen sich vor wie Touristen, Fremde, kehrten nur in den besten Schenken ein, schmissen Lokalrunden und sangen mit, wenn einer »Vamos a la playa« anstimmte. Nur die besten Weine, Eintöpfe mit Wachtelfleisch, Milch und Kapern. Es war ein anderes Sevilla als das, das sie gekannt hatten. Doch sie zogen weiter.

Endlich erreichten sie das Gut von Orgaz, waren verwundert, dass es keine Türen gab. Auch im Inneren war alles leer. Keine schwanger aussehenden Möbel und keine comicstripartigen Wandteppiche. Kronleuchter? Hellebarden? Ritterrüstungen? Nur Müll und Dreck. Was war geschehen? Sie trieben einen alten Verwalter auf, der ihnen berichtete, dass die Söhne und Töchter des alten Grafen alles verprasst hatten. Der Alleinerbe war nicht aufgetaucht, also hatten die Sprösslinge ausgiebig gefeiert, bis nichts mehr da war.

– Und die Ländereien? Die Weingärten?

– Verkauft.

– Die Wälder? Die Falknerei?

– Alles weg.

Der Verwalter war zwar steinalt, aber einen derart raschen Verfall, wie er sich in den Gesichtern seiner Besucher abspielte, hatte er noch nie gesehen.

Und Isabella? Es heißt, sie sei jeden Tag zum Hafen gegangen, um Ausschau nach den Schiffen ihres Mannes zu halten. Die Menschen lieben romantische Geschichten, auch wenn sie erlogen sind.

Bei der Ankunft der Rückkehrer war sie in Santiago gewesen, später empfing sie Nero. Der Dicke musste gar nichts sagen … Zumindest besaß er den Anstand zu erröten, als er Isabella gegenübertrat. Ihr Haar, sagt man, wurde weiß wie Schnee, sie starb im selben Jahr. Falsch auch das. Tatsächlich machte sie eine Inventur ihrer Besitzungen und traf ihren Nachfolger. Das Indienhaus hatte Desoto abgeschrieben und reagiert. Der neue Gouverneur war gutaussehend, höflich und intelligent. Ein Widerling, der ihr die Stellung nahm!

Isabella hatte verloren. Sechs Tage benötigte sie, um ihre Habseligkeiten zu verscherbeln. Dann verabschiedete sie sich von Pater Francisco, ihrem Bruder … »ärgere den Bischof nicht« …, schnappte sich den sabbernden Alfonsito und bestieg das Schiff, mit dem der neue Gouverneur gekommen war. Drei Wochen später war sie in Spanien, regelte im Indienhaus sämtliche Formalitäten und fuhr mit einer Kutsche nach Segovia, wo ihre Mutter lebte.

Es heißt, Isabella hätte wieder geheiratet, doch davon weiß man nichts. Sicher ist, die Familie war pleite, hatte doch Ferdinand Ponce de León alles konfiszieren lassen.

Elf Jahre blieben ihr. Sie überlebte Karl den Fünften und bekam noch seinen Nachfolger zu Gesicht. 1555 soll sie neunundvierzigjährig verstorben sein. Ob sie ihre Schwester Maria in Peru besucht hat, wohin diese aus Nicaragua geflohen war? Ob sich die beiden über Ferdinand unterhielten? Sprachen sie über das zerstochene Schaffell von Badajoz oder die leere marmorne Grabstätte, die sich Desoto in Jerez hatte errichten lassen? Rollten ihre warmen Worte in einen friedlichen Sonnenuntergang? Oder hüpften sie durch eine versteppte Narbenlandschaft voller Wunden? Wir wissen es nicht. Sicher ist nur, dass Maria Aufzeichnungen führte, die ihr Sohn, der Bastard, später gerettet hat. Aufzeichnungen, denen wir vieles hier verdanken. Aus dem unehelichen Sohn sollte ein Schriftsteller werden, der auf seinem Gut bei Huelva vergnügliche Ritter- und Piratenromane schrieb. Es heißt, er nahm den Namen Miguel de Cervantes an, aber das ist eine andere Geschichte.

Und dann betraten die ehrwürdigen Richter des State Supreme Courts den Gerichtssaal, und alle Anwesenden erhoben sich. Viereinhalb Jahre hatte der Prozess gedauert, genau so lange wie die Desoto-Expedition. Der Medienandrang war enorm. Das Gerichtsgebäude platzte schier aus allen Nähten, Heerscharen von Journalisten belagerten es. Die Publikumsränge waren überfüllt. Und alle blickten gespannt zu den Richtern, die in ihren Talaren und Perücken so verkniffen ernst aussahen, als kämen sie gerade von einer Prostatauntersuchung. Ihre Gesichter waren eisig, nicht einmal Finkelstein entlockte ihnen ein Lächeln. Der Chef der Anwaltskanzlei Trutz Finkelstein und Partner war nur mit Schambinde und Federschmuck bekleidet und hatte eine Art Kriegsbemalung aus rotem Lehm angelegt. Sein schmaler, durchtrainierter Körper wirkte ausgemergelt. Die Ringe unter den Augen glichen den Rändern in Kaffeetassen. Finkelschweinchen, wie ihn die Medien jetzt nannten, hatte seit Ewigkeiten kaum geschlafen, sich nur von Aufputschmitteln, Energydrinks und Automatenkaffee ernährt.

– Im Namen des Volkes der Vereinigten Staaten von Amerika, der oberste Richter begann das Urteil zu verlesen. Auf den Publikumsrängen wurde gekichert, der Richter hämmerte auf das Pult, bat um Ruhe und begann von vorne. Im Namen des Volkes der Vereinigten Staaten … Es folgte ein juristischer Sermon, bei dem fast alle einschliefen, bevor er eine Kunstpause machte und dann mit sonorer Stimme verkündete: … Wird den fünfhundertzweiundsechzig Klägern der Sammelklage in den Punkten eins, zwei, drei und fünf nicht recht gegeben.

Nicht recht gegeben? Zwischenrufe von den Rängen.

– Ruhe!

Trutz sank in sich zusammen. Tausend Gedanken liefen durch seinen Kopf. Die jahrelangen Mühen, seine gescheiterte Ehe, die auf den sozialen Aufstieg des Nachwuchses konzentrierten Vorfahren, Levy, den er seit Prozessbeginn nicht mehr gesehen hatte … die Punkte eins, zwei, drei und fünf, welche die Verjährung und Fragen der Rechtmäßigkeit betrafen. Aber was war mit Punkt vier? Da ging es um die Kompetenzbefugnis der Häuptlinge, bedeutungslos, wenn die anderen Punkte abgewiesen wurden. Es war aus. Vorbei.

Trutz spürte, wie sich eine Schwärze um seine Gedanken legte, er versank im Niemandsland, dachte an Jasper Johns … diese abstrakte Pissmalerei hatte er verkauft … vergeblich. Seine Ex und Jassir Arafat hatten recht, er war ein lebensunfähiger Querulant, eine Niete, ein Pechvogel. Da hörte er verzerrt, wie ihm im Punkt vier recht gegeben wurde … Die damaligen Häuptlinge hatten kein Recht gehabt, das Land ihrer Stammesgenossen zu veräußern … mangelnde Vertragsfähigkeit … unzureichende Befugnis, da die damaligen Stammesgemeinschaften in keiner Demokratie lebten, die Häuptlinge als moralische Autorität fungierten, aber keine Legitimation besaßen, Stammeseigentum zu veräußern, womit, und jetzt kam's, sich der Vertragspartner in Luft auflöste, alle geschlossenen Verträge null und nichtig waren. Ein Raunen ging durch die Menge.

– Ruhe! Der oberste Richter führte weiter aus, dass somit das gesamte Gebiet der Vereinigten Staaten einschließlich aller beweglichen und unbeweglichen Besitztümer zurück in den Besitz der Indianer falle. *Was?* Finkelstein traute seinen Ohren nicht. *Triumph! Der Läufer kommt an der Schildkröte nicht vorbei, das Reptil gewinnt! Achilles hinkt.*

Auf den Rängen brach Applaus aus. Trutz blickte hinauf und sah bekannte Gesichter ... Dealer, Nutten, Rentner, Kleinkriminelle ... lauter Leute, die er irgendwann einmal gratis verteidigt hatte, sogar Levy, Hoffnung der Ahnen, Projektion seiner väterlichen Wünsche. Sie alle jubelten, klatschten und riefen »Finkelstein! Finkelstein!«. Trutz lächelte.

– Ruhe! Die Übergabe hat bis Ende des Jahres zu erfolgen. Dieses Urteil ist rechtskräftig und eine Berufung nicht möglich ... Lärm brandete auf, manche kreischten, andere brüllten. Frauen fielen in Ohnmacht, Männer begannen sich zu prügeln, die Kleinkriminellen klatschen und skandierten weiter »Finkelstein! Finkelstein!«. Sogar Levy ballte seine Faust. Trutz verlor fast die Besinnung, und ein anwesender Indianer vom Stamm der Cherokee sagte:

– Hugh!

Im Falle einer Nichtrückgabe, führte die Richterstimme weiter aus, verurteile das hohe Gericht die Vereinigten Staaten von Amerika zu einer Zahlung von sechshundert Billionen US-Dollar. Da klar sei, dass eine solch gewaltige Summe von keiner Volkswirtschaft aufzubringen sei, biete man folgende Lösung an: Die USA verpflichten sich für die nächsten vier Dekaden, den aktuell bei sechshundertfünfzig Milliarden Dollar liegenden Etat der Militärausgaben ausschließlich für Umwelt- und Sozialprogramme zu verwenden, um das seit fünfhundert Jahren kaputtgemachte Land wieder in Ordnung zu bringen.

– Hugh, sagten die Indianer. Die Menge applaudierte.

Nord-Abita-Amber
Süd-Abita-Amber
Chicaza
Maubilia
Cutifachiqui
APPALACHEN
Creek
Tülolee
Casqui
ATLANTISCHER OZEAN
Mississippi
Quigaltangi
Pensacola
N
W
O
S
Hirriga
Espiritu Santo
Mokosso
Rio Grande
GOLF VON MEXIKO
MEXIKO
(NEUSPANIEN)
0 100 200 300 400 500 km
Havanna
KUBA

Danksagung

Während meiner Recherche bin ich immer wieder gefragt worden, warum ich mich ausgerechnet für diese Geschichte interessiere. Ganz konnte ich diese Frage nie beantworten, wiewohl ich mich gut an die Initialzündung erinnere. Es war im Januar 2017, im Fernsehen lief ein Themenschwerpunkt über Amerika, und ich hörte den Satz vom erfolglosesten spanischen Eroberungszug aller Zeiten; der hat mich interessiert.

Bei meinem Versuch, Hernán de Soto, dem Führer dieser Unternehmung, hinterherzureisen, haben mich viele Menschen unterstützt, ohne deren Hilfe der vorliegende Roman nie zustande gekommen wäre. Die damit verknüpften Erlebnisse und Begegnungen ergäben ein eigenes Buch, und all die wunderbaren Menschen, denen ich verpflichtet bin, anzuführen, würde viele Seiten füllen, aber zumindest die wichtigsten, ich hoffe, ich vergesse nicht allzu viele, müssen genannt werden:

Ich danke Suzan Aytekin, dass sie mich in einer schweren Lebenskrise aufgefangen und auf der Recherchereise durch Kolumbien und Panama begleitet hat. Juan Antonio Vilar für eine sensationelle Führung durch die Alhambra und die Geduld, all meine Fragen zur Zeit der Konquistadoren zu beantworten. Professor Olga García, die sich Zeit genommen hat, mir die Extremadura zu zeigen, und mit mir nach Badajoz, Barcarrota und Jerez de los Caballeros gefahren ist. Darauf einen Gin-Ding! Professor Patricia Cifre Wibrow, weil sie mir Salamanca nähergebracht hat. Vera Reisner für ihre Zeit in Madrid.

Shannon Lalor habe ich in Charlotte, North Carolina, besucht, um mir von Isabella de Bobadilla, über die sie ihre Dissertation schrieb, erzählen zu lassen. Shannons Quellenstudien haben viele häufig kolportiere Fakten widerlegt. Nach unserem Gespräch war ich gezwungen, wesentliche Teile umzuarbeiten.

Wenn Sie also ein anderes Buch über die Soto-Expedition lesen oder auch nur einen Lexikon-Eintrag, und daher glauben, meine Angaben wären falsch, kann ich Ihnen entgegenhalten, mich weitestgehend an die von Shannon Lalor ermittelten Fakten gehalten zu haben. Danke, Shannon, und Gratulation zum Doktortitel. Dottore, dottore del buco del cul …

Natürlich handelt es sich hier um einen Roman, manchmal habe ich geflunkert, und einiges ist erfunden, aber grundsätzlich wollte ich die Geschichte möglichst wahrhaftig erzählen. Professor Ida Altmann hat mich in Gainesville freundlich empfangen und mir versichert, dass man auch nach vierzigjähriger Historikerarbeit die Zeit der Konquistadoren nicht restlos verstehen könne. Danke, Ida, für die inspirierenden Gespräche. Gerard van Bussel vom Weltmuseum Wien hat das Manuskript auf historische Details überprüft. Merci. Dasselbe hat mit Ausdauer, Akribie und Inspiration Karl Steinkogler getan. Außerdem danke ich Gerlinde Paschinger, 2018 österreichische Botschafterin auf Kuba, und ihrem Mann Peter für die freundliche Aufnahme in Havanna und viele wertvolle Tipps. Peter Elsner-Mackay, österreichischer Botschafter in Algerien, dafür, dass er eine Algier-Reise ermöglichen konnte, wo mir dank eines Gesprächs mit Abderrahmane Khelifa ein differenziertes Bild dieser Stadt vermittelt wurde.

Christian Ebner danke ich für die Organisation meiner kleinen Tour durch die Südstaaten der USA; Janet Swaffar und Bob für die herzliche Aufnahme in Austin; Andreas und Nici Bremer für die inspirierende Beherbergung in Dallas; Kati Ahrens dafür, dass sie mir Texas gezeigt hat und mir das amerikanische Justizsystem auseinanderklamüsert hat. Professor Günter Bischof und seine wunderbare Frau haben mich durch New Orleans geführt. Chapeau.

Erwähnen will ich auch Martin Weichmann, der sich beim

Laubrechen den Kopf über eine Restitution der USA an die Indianer zerbrochen hat, und Stefan Gulner, der mich in dieser kniffligen juristischen Frage beraten und inspiriert hat. Anna Mikula war die erste kritische Leserin, deren kluge Anregungen mir eine große Hilfe waren. Danke. Weitere Testleserinnen waren Jeanette Stickler und Mechthild Harnischmacher. Bussi. Nicht vergessen will ich meine Eltern für ihre uneingeschränkte Liebe.

Zur Fertigstellung des Romans durfte ich einige Wochen in der Franz-Edelmaier-Residenz für Literatur und Menschenrechte in Meran verbringen. Wenn Sie aber der Meinung sind, die Geschichte wäre zu ausufernd geraten, dann müssen Sie sich bei meinem Verleger und Lektor Herbert Ohrlinger beschweren, der sich im Schweiße seines Angesichts bemüht hat, mich zum Kürzen und Verknappen zu bringen. Ohne sein beherztes Eingreifen wäre das Buch bestimmt doppelt so dick geworden. Danke für die vielen Verbesserungen. Mein herzlichster Dank gilt auch den lieben Menschen vom Zsolnay-Verlag und meiner Agentin Karin Graf. Zum Schluss nenne ich meine Liebe und Inspiration Ramona Schnekenburger. Danke.